[典藏版]

宋诗三百首全解

上

李梦生 解

复旦大學出版社

目 录

大陆版序 / 1

海外版原序 / 1

张　咏　新市驿别郭同年 / 1
柳　开　塞上 / 4
王禹偁　村行 / 6
　　　　春居杂兴 / 8
保　暹　秋径 / 11
惠　崇　访杨云卿淮上别墅 / 14
魏　野　清明 / 18
寇　準　春日登楼怀归 / 21
　　　　书河上亭壁 / 23
　　　　江南春 / 25
林　逋　宿洞霄宫 / 28
　　　　梅花(二首) / 31
杨　亿　泪 / 36
鲍　当　孤雁 / 39
范仲淹　野色 / 42

张　先　题西溪无相院 / 45

晏　殊　寓意 / 48

石延年　金乡张氏园亭 / 51

宋　祁　落花 / 55

曾公亮　宿甘露僧舍 / 59

梅尧臣　范饶州坐中客语食河豚鱼 / 61

　　　　田家语 / 65

　　　　悼亡 / 68

　　　　鲁山山行 / 70

　　　　梦后寄欧阳永叔 / 72

　　　　东溪 / 75

　　　　陶者 / 77

欧阳修　夜夜曲 / 79

　　　　秋怀 / 81

　　　　戏答元珍 / 83

　　　　丰乐亭游春 / 86

　　　　宜远桥 / 87

　　　　梦中作 / 89

张方平　题歌风台 / 92

苏舜钦　大雾 / 95

　　　　中秋夜吴江亭上对月怀前宰张子野及寄君谟蔡大 / 98

　　　　淮中晚泊犊头 / 100

		初晴游沧浪亭 / 102
		夏意 / 104
赵	抃	和宿硖石寺下 / 106
李	觏	读长恨辞 / 108
		乡思 / 109
黄	庶	探春 / 113
		怪石 / 114
文	同	新晴山月 / 117
刘	敞	微雨登城 / 120
曾	巩	西楼 / 122
司马光		别长安 / 125
		晓霁 / 126
		闲居 / 128
王安石		秃山 / 130
		纯甫出释惠崇画要予作诗 / 133
		明妃曲 / 137
		后元丰行 / 140
		葛溪驿 / 143
		思王逢原 / 146
		示长安君 / 148
		题齐安驿 / 151
		梅花 / 153

	题西太一宫壁 / 154
	夜直 / 156
	元日 / 158
	泊船瓜洲 / 160
	书湖阴先生壁 / 161
	钟山即事 / 163
	江上 / 165
	北山 / 167
	北陂杏花 / 169
	州桥 / 170
刘攽	新晴 / 173
	雨后池上 / 174
徐积	莫饮吴江水寄陈莹中 / 177
	爱爱歌 / 180
王令	暑旱苦热 / 188
	潺潺 / 191
张舜民	打麦 / 194
	村居 / 197
苏轼	寒食雨 / 200
	辛丑十一月十九日既与子由别于郑州西门之外马上赋诗一篇寄之 / 203
	泗州僧伽塔 / 206

游金山寺 / 210

腊日游孤山访惠勤惠思二僧 / 213

法惠寺横翠阁 / 216

书韩幹牧马图 / 220

百步洪 / 224

舟中夜起 / 228

荔支叹 / 231

和子由渑池怀旧 / 235

新城道中 / 237

有美堂暴雨 / 239

儋耳山 / 241

六月二十七日望湖楼醉书 / 243

饮湖上初晴后雨 / 245

东栏梨花 / 247

陈季常所蓄朱陈村嫁娶图 / 249

题西林壁 / 251

惠崇春江晚景 / 253

书李世南所画秋景 / 255

纵笔 / 256

澄迈驿通潮阁 / 258

郭祥正　访隐者 / 261

苏　辙　遗老斋 / 264

孙平仲　禾熟 / 266

道　潜　临平道中 / 268

　　　　秋江 / 269

黄庭坚　题竹石牧牛(并引) / 272

　　　　送王郎 / 274

　　　　戏呈孔毅父 / 278

　　　　书摩崖碑后 / 282

　　　　过平舆怀李子先时在并州 / 287

　　　　次元明韵寄子由 / 290

　　　　登快阁 / 293

　　　　寄黄几复 / 296

　　　　春近 / 299

　　　　夜发分宁寄杜涧叟 / 301

　　　　六月十七日昼寝 / 303

　　　　和陈君仪读太真外传 / 305

　　　　题伯时画严子陵钓滩 / 307

　　　　病起荆江亭即事 / 309

　　　　次韵中玉水仙花 / 311

　　　　雨中登岳阳楼望君山 / 313

　　　　鄂州南楼书事 / 315

秦　观　春日杂兴 / 318

　　　　秋日 / 321

　　　　春日 / 322

　　　　泗州东城晚望 / 324

　　　　三月晦日偶题 / 326

　　　　还自广陵 / 327

米　芾　望海楼 / 330

贺　铸　野步 / 333

陈师道　妾薄命(二首) / 335

　　　　寄外舅郭大夫 / 341

　　　　示三子 / 344

　　　　除夜对酒赠少章 / 346

　　　　雪后黄楼寄负山居士 / 348

　　　　登快哉亭 / 352

　　　　春怀示邻里 / 354

　　　　十七日观潮 / 357

　　　　绝句 / 358

晁补之　流民 / 361

张　耒　绝句 / 364

　　　　初见嵩山 / 366

蔡　肇　题李世南画扇 / 368

林　稹　冷泉亭 / 370

王　寀　浪花 / 372

潘大临　江上晚步 / 375

谢 逸	送董元达 / 378
饶 节	息虑轩诗 / 381
	眠石 / 384
江端友	牛酥行 / 386
唐 庚	春日郊外 / 390
	栖禅暮归书所见 / 392
惠 洪	登控鲤亭望孤山 / 395
晁冲之	感梅忆王立之 / 397
	夜行 / 399
徐 俯	再次韵题于生画雁 / 401
	春日游湖上 / 403
韩 驹	题李伯时画太乙真人图 / 405
	和李上舍冬日书事 / 409
	夜泊宁陵 / 412
	为葛亚卿作 / 414
	谢人送凤团及建茶 / 416
洪 朋	宿范氏水阁 / 419
王庭珪	送胡邦衡赴新州贬所 / 422
赵 佶	在北题壁 / 426
吕本中	兵乱后杂诗 / 429
	春日即事 / 431
	柳州开元寺夏雨 / 434

　　　　　连州阳山归路 / 437
李清照　乌江 / 440
曾　几　寓居吴兴 / 443
　　　　　苏秀道中自七月二十五日夜大雨三日秋苗以苏喜而有作
　　　　　　/ 446
　　　　　三衢道中 / 449
李弥逊　春日即事 / 451
陈与义　夏日集葆真池上以绿阴昼生静赋诗得静字 / 454
　　　　　雨 / 458
　　　　　试院书怀 / 461
　　　　　对酒 / 463
　　　　　伤春 / 466
　　　　　襄邑道中 / 468
　　　　　秋夜 / 470
　　　　　中牟道中 / 472
　　　　　牡丹 / 474
　　　　　早行 / 476
朱淑真　元夜 / 478
　　　　　中秋闻笛 / 480
曹　勋　入塞 / 482
刘子翚　绝句送巨山 / 485
　　　　　汴京纪事 / 487

岳 飞　池州翠微亭 / 490
吴 芾　北望 / 492
萧德藻　登岳阳楼 / 495
　　　　古梅 / 497
　　　　樵夫 / 499
黄公度　道间即事 / 502
陆 游　三月十七日夜醉中作 / 505
　　　　金错刀行 / 508
　　　　胡无人 / 511
　　　　长歌行 / 514
　　　　关山月 / 517
　　　　游山西村 / 520
　　　　晚泊 / 522
　　　　临安春雨初霁 / 525
　　　　书愤 / 527
　　　　剑门道中遇微雨 / 530
　　　　花时遍游诸家园 / 532
　　　　小雨极凉舟中熟睡至夕 / 533
　　　　秋夜将晓出篱门迎凉有感 / 534
　　　　十一月四日风雨大作 / 536
　　　　沈园(二首) / 537
　　　　梅花绝句 / 540

	示儿 / 541
范成大	后催租行 / 543
	六月十五日夜泛西湖风月温丽 / 545
	灯市行 / 550
	田舍 / 552
	州桥 / 554
	横塘 / 556
	咏河市歌者 / 558
	四时田园杂兴(三首) / 560
尤　袤	淮民谣 / 565
杨万里	重九后二日同徐克章登万花川谷月下传觞 / 570
	过百家渡 / 573
	过下梅 / 574
	小池 / 576
	闲居初夏午睡起 / 577
	小雨 / 579
	晓出净慈送林子方 / 581
	送德轮行者 / 583
	田家乐 / 585
	初入淮河四绝句(选二) / 586
	过松源晨炊漆公店 / 589
朱　熹	观书有感 / 592

	水口行舟(二首) / 593
志　南	绝句 / 598
陈　造	望夫山 / 601
陈傅良	游赵园 / 605
刘　过	题润州多景楼 / 607
姜　夔	除夜自石湖归苕溪 / 612
	过垂虹 / 613
	平甫见招不欲往 / 615
	湖上寓居杂咏 / 617
	姑苏怀古 / 619
林　升	题临安邸 / 622
徐　照	和翁灵舒冬日书事 / 624
	自君之出矣 / 626
韩　淲	五月十日 / 628
	风雨中诵潘邠老诗 / 631
徐　玑	新凉 / 635
翁　卷	野望 / 637
	乡村四月 / 639
	山雨 / 640
戴复古	淮村兵后 / 642
	江阴浮远堂 / 644
赵师秀	雁荡宝冠寺 / 646

	约客 / 649
	数日 / 650
曹豳	暮春 / 653
华岳	骤雨 / 655
雷震	村晚 / 657
叶绍翁	游园不值 / 659
	夜书所见 / 661
严羽	访益上人兰若 / 664
杜耒	寒夜 / 667
利登	早起见雪 / 669
胡仲参	读秦纪 / 672
刘克庄	苦寒行 / 675
	戊辰即事 / 677
	西山 / 679
许棐	泥孩儿 / 682
方岳	三虎行 / 685
	春思 / 688
乐雷发	乌乌歌 / 691
	秋日行村路 / 697
黄大受	早作 / 699
家铉翁	寄江南故人 / 701
罗与之	寄衣曲(三首) / 703

谢枋得	庆全庵桃花 / 708	
	武夷山中 / 710	
真山民	杜鹃花得红字 / 713	
	晚步 / 716	
文天祥	过零丁洋 / 719	
	金陵驿 / 721	
汪元量	湖州歌(二首) / 725	
郑思肖	画菊 / 729	
林景熙	题陆放翁诗卷后 / 731	
	山窗新糊有故朝封事稿阅之有感 / 735	
谢　翱	西台哭所思 / 738	
	过杭州故宫 / 741	
赵　㬎	在燕京作 / 744	

大 陆 版 序

因为要出大陆版,我把这册宋诗的选本重新校读了一遍,见到前言所署的日子,方想起已经过去了十二年。这些年,我对宋诗又读了不少,因而借此机会,将点滴想法,与读者共同研讨。

也是在上世纪九十年代,我曾与蔡义江先生合作注译陈衍编的《宋诗精华录》,读到朱自清先生在该书卷首所写的《什么是宋诗的精华》一文所说"读此书如在大街上走,常常看到熟人"时,对"熟人"二字,我这样认为:"宋诗具有它本身鲜明的特点,足以使人品味出它与唐诗的不同之处。宋诗诸多特点被作家们自觉地奉行,所以常常在不同作家的作品中,出现风格意境相近的篇章或联、句。"今天看这段话,显然说得不够全面,它只指出了宋诗在形式技巧与风格上的趋同,而没有领悟朱先生所说的"熟人",应指宋诗贴近生活,把人人在生活中经常遇见的情、事、景、境用清新活泼的词句表达了出来;宋诗善于挖掘理趣,把人人对人生的感慨用富有哲理的情景、议论阐述总结了出来。因而,人们在读宋诗时,往往感到作品写出了自己的经历与思想,所以觉得"熟"。

《红楼梦》第四十八回写香菱学诗时,曾有这么一段议论:"诗的好处,有口里说不出来的意思,想去却是逼真的;又似乎无理的,想去竟是有理有情的……'渡头余落日,墟里上孤烟',这'余'字合'上'字,难为他怎么想来!我们那年上京来,那日下晚便挽住船,岸上又没有人,只有几棵树。远远的几家人家做晚饭,那个烟竟是青碧连云。谁知我昨儿晚上看了这两句,倒像我又到了那个地方去了。"同样,我们在读宋诗"沾衣欲湿杏花雨,吹面不寒杨柳风"(志南《绝句》)、"黄梅时节家家雨,青草池塘处处蛙"(赵师秀《约客》)、"山重水复疑无路,柳暗花明又一村"(陆游《游山西村》)时,不也回到了我们曾经亲历过的生活场景中去了吗?宋人那些富有哲理的诗句,如"人到愁来无处会,不关情处总伤心"(黄庭坚《和陈君仪读太真外传》)、"不识庐山真面目,只缘身在此山中"(苏轼《题西林壁》),不也激起我们对人生的共鸣与思考吗?这些,正是我们在宋诗中常常遇到的"熟人"。

　　宋诗之所以多"熟人",很大原因在于宋代诗人自觉地变唐人之浑厚而趋新求奇,从而达到"无不可状之景,无不可鬯之情"(清邵长蘅《研堂诗稿序》),形成"以文字为诗,以议论为诗,以才学为诗"(宋严羽《沧浪诗话》)的时尚,这些是宋诗的缺点,也是宋诗的优点。"以文字为诗",使诗散文化,善于叙事,灵活多变,但容易缺少诗的韵味;"以议论为诗",赋事结合讽谕,探索人生哲理,使诗多了理趣,但容易流入俚滑;"以才学为诗",斧削琢磨,求新求变,提高了诗的技巧,但容易流于形式。不过,如果没有宋代诗人的这番努力,诗歌的表现手法肯定要贫乏得多,而对由此产生的"熟",前人往往贬多于褒,也就不十分合理了。

　　读宋诗遇到"熟人",必须多思考多品味,深入理解它的内涵,从而更多地引发共鸣,切不可草草放过。研究宋诗的人,经常引用严羽《沧浪诗话》中所说"夫诗有别裁,非关书也;诗有别趣,非关理也",却不注意紧接着的话"然非读书,多穷理,则不能极其至",显然是弃醇醪而就村酒。不多读书穷理,便不知书不知理,后者才是读书人不可不奉为圭臬的良言。因此,这册宋诗的选本,只是读宋诗的入门,所作的鉴赏,也只是我个人的心得。读者在读时正应该按自己的理解重新品味,多读、多穷理,不要单纯地像鲁迅先生《集外集·选本》所说:"读者虽读古人书,却得了选者之意,意见也就逐渐和选者接近,终于'就范'了。"

李梦生

2007 年 3 月 15 日

海外版原序

在中国文学史上,复古思想似乎总是占上风,要做到杜甫所说的"不薄今人爱古人",十分不容易。反映到对宋代诗歌的评价中,也是如此。紧接宋代的元代诗人,总喜欢以"纤弱"二字概括宋诗,从而提出"宗唐复古"的口号。明代诗人,尤其是前后七子倡导"诗必盛唐"后,普遍认为"汉无骚,唐无赋,宋无诗"(李梦阳语),"宋人诗不必观"(何景明语),宋诗遭到空前的冷落。到了清代,人们才重新认识到宋诗的价值,钱谦益、黄宗羲倡于前,查慎行、厉鹗承于后,钱载、姚鼐专学黄庭坚。道、咸以后,宋诗运动兴起,同光体作家专以宋人为标的,宋诗越来越受欢迎,逐渐被认为是与宋词并列的一座文坛奇峰。

宋诗发展的脉络与阶段,陈衍《宋诗精华录》卷一的案语认为与唐诗一样也可分为四个阶段,元丰、元祐前为初宋,此后至北宋末为盛宋,南渡后曾几、陈与义及"四大家"为中宋,"永嘉四灵"后为晚宋。这一分法,基本切当。以下,我们即以此为纲,对宋诗的作家、诗歌特点作一番简单的巡视。

宋初诗风承继晚唐,正如《蔡宽夫诗话》所说:"国初因袭五代之余,士大夫皆宗白乐天诗,故王黄州(禹偁)主盟一时。祥符、天禧之间,杨文公(亿)、刘中山(筠)、钱思公(惟演)专喜李义山,故昆体之作,翕然一变。"蔡宽夫罗列的,即宋初学白居易及学晚唐的两大阵营,稍后则为西昆体作家。学白居易的,独树一帜的是王禹偁。他的诗,在内容上承袭白居易《新乐府》,反映时代与政治,在风格上古朴淳实,写景造意,追踪杜甫。晚唐诗派的作者,推潘阆、魏野为首,还有惠崇等"九僧"。他们的诗多警句,讲究锤炼,对后世有一定的影响。游离于二派之外的,则有林逋,一首《梅花》,令人磬折千年。

国家的形势往往左右着诗风的变化,一个新王朝建立,渐趋稳定后,追崇绮丽繁缛的习气便应运而生。诗人们醉心于纸醉金迷的生活,奏起歌功颂德的赞歌,于是出现了西昆体。这派作家由当时文学侍从之臣杨亿、钱惟演、刘筠等人组成,因为他们的倡和集名《西昆酬唱集》而得名。西昆体诗人,讲究对偶的工巧,追求用典的贴切,大抵学李商隐,所以后来元好问《论诗绝句》有"诗家总爱西昆好,独恨无人作郑笺"之讥。当时石介也曾说西昆体"穷妍极态,缀风月,弄花草,淫巧侈丽,浮华纂组",离圣人之言太远,戕害人们的身心耳目。但这股风气也影响了几十年,后来的晏殊、宋祁、赵抃等人,基本上都从属于这一派。

不论是晚唐诗派还是西昆体,都不能算真正的宋诗,因为这两派诗人都只是沿袭前人,从形式上进行模拟,没有很强烈的自我意识。真正的宋诗,应该从欧阳修、梅尧臣开始。欧阳修在改革散文的绮丽繁缛的同时,针对西昆体的浮靡发起了攻击。他论诗崇尚气格,提倡语言的平易流畅。在前辈作家中,欧阳修特别推崇韩愈,认为韩愈诗"资谈笑,助谐谑,叙人情,状物态,一寓于诗,而曲尽其妙"(《六一诗话》),所以他继承和发扬韩诗特色,逐步形成了以文为诗的特点,使诗风趋向散文化、议论化。这一特点,成为宋诗区别于唐诗的主要特征。在诗的创作上,欧阳修又力求自然,富有情韵,叶梦得《石林诗话》云:"欧阳文忠公诗,始矫昆体,专以气格为主,故言多平易疏畅。"可作定评。

追随欧阳修的诗人,主要有苏舜钦、石延年、梅尧臣。苏舜钦诗清丽畅达,石延年诗多豪语,成就最高的是梅尧臣。梅尧臣与欧阳修一样,提倡诗的讽谕劝诫作用,诗各体皆备,以古朴淡雅为主,力求达到"意新语工,得前人所未道者"(《六一诗话》)的境界。他被叶燮认为是"变尽昆体,独创生新",被刘克庄《后村诗话》推崇为"本朝诗惟宛陵为开山祖师。宛陵出,然后桑濮之哇淫稍熄,风雅之气脉复续,其功不在欧、尹之下"。

在欧、梅等人的提倡推动下,宋诗日益走向繁荣,到了仁宗、神宗时,出现了王安石、苏轼这样的大家,又出现了苏门弟子及江西诗派,诗风一新。正如《后村诗话》所说:"元祐以后,诗人叠起,一种则波澜富而句律疏,一种则锻炼精而性情远,要之不出苏、黄二体而已。"严羽《沧浪诗话》说:"至东坡、山谷始以己法为诗,唐人之风变矣。"

王安石在政治上的贡献历来聚讼纷纭,但诗歌的成就,却被人一致推崇。他强调诗文"务为有补于世","以适用为本"(《上人书》),诗各体皆工,尤以绝句及古风为人称道。所作精于修辞,长于议论,重视对偶,讲究推敲,风格遒劲;而抒情小诗又写得清新婉丽,饶有情致,对后世影响很大。苏轼是宋代最伟大的文学家,诗、文、词都达到了宋文学的巅峰。他的诗题材多样,内容丰富,笔触所及,从政治斗争、自然风物到生活中的纤微小事,莫不囊括,均写得形象生动,富有韵味,形成了自己汪洋恣肆、豪放挥洒的独特风格。赵翼《瓯北诗话》总结说:"以文为诗,自昌黎始,至东坡益大放厥词,别开生面,成一代之大观。"并说他的诗"才思横溢,触处生春……有必达之隐,无难显之情,此所以继李、杜后为一大家也"。

苏轼作为当时诗坛领袖,便有一批诗人围绕其身边,切磋唱和,其中最著名的是被称为"苏门四学士"的黄庭坚、秦观、张耒、晁补之,及陈师道、文同等人。值得注意的是,后代的文学团体总有统一的创作观、统一的风格,而苏轼周围的诗人,虽然奉苏轼为领袖,却各人有各人的文学观及创作手法,有的甚至与苏轼诗风截然不同。如黄庭坚通过自己的理论与实践,创立了江西诗派;秦观诗则以婉丽清新为主,有的诗更写得柔弱纤丽。

江西诗派是宋代最重要的文学流派,对宋代及明清两代诗风都有重要影响。首先提出江西诗派这个名称的是吕本中,他作《江西诗社宗派图》,以黄庭坚为创始人,下列陈师道、潘大临等二十五人。至方回,提出一祖(杜甫)三宗(黄庭坚、陈师道、陈与义)之说。

黄庭坚师法杜甫,重视谋篇结构的法度,讲究诗格句法,"自出己意","词必己出",特别提出"以俗为雅,以故为新"八字诀。惠洪《冷斋夜话》引黄庭坚语云:"诗意无穷而人之才有限,以有限之才追无穷之意,虽渊明、少陵不得工也。然不易其意而造其语,谓之换骨法;窥入其意而形容之,谓之夺胎法。"黄庭坚在《答洪驹父书》中又说:"古之能文章者,真能陶冶万物,虽取古人之陈言入于翰墨,如灵丹一粒,点铁成金也。"根据这样的理论,黄庭坚形成了自己奇峭瘦硬的独特风格。陈师道的诗与黄庭坚相近,在诗句的锻炼上更准更稳,求深而不求奇,不少作品自然清新,平淡质朴。但由于他片面追求苦思苦吟,也被人认为"有斧凿之功,无熔炼之妙"(胡应麟《诗薮》),"气象浅露,绝少含蓄"(吴子良《荆溪林下偶谈》)。此后,韩驹、吕本中、曾幾等人继承与发展了江西诗派诗格,提倡"活法",更使江西诗派增色。

　　陈与义是江西诗派的重要作家,也是功臣之一。他作为北宋与南宋过渡时期的诗人,不像黄庭坚那样有意用事、标奇立异,而以江西诗派的写作技巧反映时事,"感时抚事,慷慨激越,寄托遥深,乃往往突过古人"(《四库全书总目提要》)。他早期作品词语明净,音调响亮,南渡后一变而为雄阔沉郁,直逼少陵。

　　自从吕本中、陈与义等人因为身罹战乱,眼见北方大好河山沦陷敌手,遂以诗歌集中反映现实、抒发家国之感后,整个南宋诗坛,爱国题材的诗一直是主旋律之一。南宋诗人中,被后世普遍赞赏、名声最大的是陆游、杨万里、范成大、尤袤四人,被称为"中兴四大家"。四大家中,除尤袤诗大多散失外,其他三家都各成一派,对宋诗的繁荣起了决定性的作用。

陆游是我国历史上最伟大的爱国诗人之一。他的诗从江西诗派入手,另辟新径,以高昂的情调歌颂爱国战争,被梁启超赞为"集中十九从军乐,亘古男儿一放翁"。他的古诗淋漓痛快,悲壮豪放,充满浪漫色彩;近体以对仗工整著称。杨万里的诗,典雅精工,句外有意,色彩鲜明,被称为"诚斋体"。他推重晚唐,学王安石,取法自然,善于捕捉瞬息即逝的事物,赋予新意,灵透活泼,尤工七绝,多秀句。范成大的诗,在爱国主题上与陆游相仿,但写得感情深婉,意境含蓄,又多同情下层之作的乐府;晚年所写的大量田园诗,扩大了传统题材的范围,享有盛名。

除了以上三家,南宋诗坛再也没有出现过大家,萧德藻、朱熹等人的诗,虽多可观之句,从总体上说,没有什么特别的成就,值得一提的是南宋中期后的四灵诗派和江湖诗派。

四灵诗派由徐照、徐玑、翁卷、赵师秀四人组成,他们都是永嘉人,字号中都有个"灵"字,所以被称为"永嘉四灵"。四灵反对江西诗派,诗学晚唐,耽苦吟,摒弃典故,转用白描,多秀丽清新之作。但变化不大,被四库馆臣讥为"虽镂心铣肾,刻意雕琢,而取径太狭,终不免破碎尖酸之病"。江湖诗派主要由江湖布衣或小官组成,陈起将他们的诗刻集行世,名曰《江湖集》,所以后人称之为江湖诗派。这派诗人成分复杂,诗风也不相同,内容或写山川风景,或指陈时政。其中姜夔诗情韵皆胜,戴复古诗沉着悲壮,刘克庄诗涉历老练、布置阔远，都足以名家。

在宋末，与江湖诗派并行的还有一批爱国诗人，著名的有文天祥、谢枋得、谢翱、林景熙等。他们抒发家国之感，反抗异族入侵，寄托亡国哀思，宋诗便在悲壮的乐曲中降下了帷幕。

从以上一番简介，我们可以清晰地看到，宋诗风格多样，成就斐然。就作家及所存作品的数量来说，宋诗更不是唐诗所能比拟的。本书从浩如烟海的作品中选取了一百一十余位作家的三百首诗作，显然不足以反映宋诗的全貌。因此，本书在选诗时，尽量注目于大家名家，选目尽可能照顾名篇及各诗人的代表作，使这些诗基本上能反映整个时代的诗风及成就。当然，由于篇幅的限制，遗珠也是难免的，有不当之处，只好在此先向读者表示歉意。各作家入选诗的排列，则采取先古后近、先五言后七言的传统做法。诗的今译，以达意为宗旨。

李梦生

张　咏

张咏(946—1015),字复之,自号乖崖,濮州鄄城(今属山东)人。太平兴国进士,历官枢密直学士、御史中丞,出知陈州。卒谥忠定。著有《乖崖集》。

新市驿别郭同年① 　　　张　咏

驿亭门外叙分携②,酒尽扬鞭泪湿衣。
莫讶临歧再回首③,江山重叠故人稀。

【注释】

① 新市:故址在今湖北京山市东北。郭同年:不详。当为与张咏同年中进士者。　② 分携:分手,别离。　③ 歧:歧路,交叉路口。

【语译】

在驿亭门外,我们殷殷告别,送行的酒喝了一杯又一杯,没有个够;我骑上了马,挥鞭上路,伤心的眼泪把衣襟湿透。你不要惊讶我到了路口不断地回头,眼前是重重叠叠的江山,今后又能碰到几个知心朋友?

【赏析】

独自在外,踽踽凉凉,充满着家山身世之感。忽然在一个小小的驿站,碰到了老朋友,"他乡遇故知",二人自然十分欣喜。但欢会难久,好景不长,接着又要分手了。这一重难舍难分的心情,压得人沉重地喘不过气来。张咏这首诗,写的就是这种离别的愁绪。

诗前两句写分别的地点,与分别的场面。诗人要走了,郭同年送出了驿亭门外,二人殷勤把手告别,酒喝了一杯又一杯,诗人终于跨上了马,恋恋不舍地离开了。"叙分携"三字包涵很广,可以想见两人说了很多话,诸如离别时互道珍重,对今后再见的向往,各自托带给亲友的问候等,但诗仅用"叙分携"三字,便概括一尽。讲的话很多,所以酒也喝得多,"酒尽"二字不是说酒喝完了,没有了,而是说离别的情意很深,告别的时间很长,以至于不得不放下酒杯上路。"泪湿衣"三字,则道尽了别离的黯然。

三、四句写告别上路后,自己的感情。诗写自己到了路口,再三回头,这是为什么呢?是因为前途江山重叠,而朋友稀少。离别时回头,这是常见的景况,但频频回头,便使人感到惊讶,所以诗以"莫讶"二字领句;而以"江山重叠"写此行路途多艰,以"故人稀"衬托对郭同年的情意,这别离的愁味便加深了许多。这两句直抒情境,陈衍《宋诗精华录》说:"末七字眼前语,说得担斤两。"意思是说结尾一句,通过眼前景、心中事,深切地道出了自己难舍难分的别情。

宋诗善于写细微的感情,尤其善于翻案及融化前人的成句。临歧分手,凄然下泪,在唐人的送别诗中多次见到,但往往以安慰语出之,如王勃《送杜少府之任蜀川》:"无为在歧路,儿女共沾巾。"高适《别韦参军》:"丈夫不作儿女别,临歧涕泪沾衣巾。"这首诗因为自己是离开的人,所以翻过来写,直说自己临歧回首,泪湿衣巾,同样情真意切。诗末句直叹"故人稀",也多少与唐诗"劝君更尽一杯酒,西出阳关无故人"(王维《渭城曲》)在情感上有相通之处。

柳 开

柳开(947—1000),字仲涂,号补亡先生,大名(今属河北)人。开宝进士,历官殿中侍御史。宋代古文运动倡导者,提倡"文道合一"。著有《河东先生集》,存诗仅数首。

塞 上

鸣骹直上一千尺①,天静无风声更干②。

碧眼胡儿三百骑,尽提金勒向云看③。

【注释】

① 鸣骹(xiāo):响箭。　② 干:清脆响亮。　③ 金勒:饰金的有嚼口的马络头。

【语译】

一枝响箭笔直地飞上蓝天,天空是那么的高,那么的静,没有一丝风,只剩下箭的呼啸声,响彻长空。三百骑碧眼胡人闻声一齐回头,勒住了马缰,仰头凝视着云中。

【赏析】

看到诗题,人们很自然地会想到塞外无边无垠的草原,蔚蓝深湛的天空上飘浮着白云,剽悍的逐水草而居的游牧民族,以及他们打猎时"风劲角弓鸣"那种气势。这首诗就写发生在那儿的一件小事的一个片段:一位射手向空中发了一枝响箭,箭飞速上升,发出啸声,引得一群骑马的健儿勒住了马,带着惊羡的目光,往高空凝目观看。

诗通首用旁衬法。主人公是射箭的健儿,诗却一言不及那位健儿。一声响箭上天,以"一千尺"形容其高,暗中赞叹健儿臂力之强,弓之硬,也见得天之高邃空阔。对句的"声更干"是呼应"鸣骹",写箭发出清脆的呼啸声;同时"天静无风"又是"声正干"的陪衬,以静寂的场面来突出箭的响。三、四句"碧眼胡儿三百骑、尽提金勒向云看",从天上拉到地上,但焦点仍在天上的箭,以旁人的钦佩,来写箭射得非同寻常,表现射手的高明,诗用烘云托日的手法,把箭疾飞的效果淋漓尽致地表现了出来。这样,诗中没有射手,没有弓,只有箭声及由箭声引起的反响,却把射手的技艺写得十分入神。构思奇妙,令人叹为观止。

诗中"直上"与"向云看"首尾呼应。直上的箭是全诗的焦点,吸引着"向云看"的人的视线不断地随箭的上升而延长,画面便在无风、停着的胡骑这样刹那归于静态的背景中表现唯一一点动的东西——箭,且动得很迅疾,伴随着摄人心魄的破空声,创造了紧张、激烈的气势,刺激人们进入高亢振奋的状态。

这首绝句强烈地反映出塞上风光民俗的特色,所以在当时就广为流传。据宋张师正《倦游杂录》记载:"冯太傅端尝书此诗,顾坐客曰:'此可画于屏障。'"后世确有人依诗意作画,明杨慎《升庵外集》记载曾见到"此图稿本"。

王禹偁

王禹偁(954—1001),字元之,济州巨野(今属山东)人。太平兴国八年(983)进士,历官右拾遗、商州团练副使、翰林学士等。他反对浮靡,主张文学韩、柳,诗学杜、白。诗多反映现实之作,风格简古雅淡,语言平易质朴,已有议论化趋向,开宋代风气。著有《小畜集》。

村 行

马穿山径菊初黄,信马悠悠野兴长①。
万壑有声含晚籁②,数峰无语立斜阳。
棠梨叶落胭脂色③,荞麦花开白雪香。
何事吟余忽惆怅④?村桥原树似吾乡!

【注释】

① 信马:骑着马随意行走。野兴:野外的游兴。 ② 籁:大自然的声响。 ③ 棠梨:植物名,落叶乔木,一名杜梨。 ④ 吟余:吟诗之后。

【语译】

我骑着马行走在山村的小路上,菊花刚刚开放,绽露着金黄。面对这一派乡野风光,我兴致勃勃,任凭着马儿碎步慢行。远处的群山万壑,风儿飒爽,传来阵阵清响;矗立的山峰,无声无息地,沐浴着那一片夕阳的余光。小路两旁,棠梨树的叶子枯萎了,变成胭脂般的红色,纷纷坠落;田野里的荞麦花开了,洁白似雪,袭来阵阵幽香。哎,怎么搞的,我吟完了诗句,怎会忽然间阵阵感伤涌上心房?是了,是那村边的小桥,平野的林木,与我家乡相仿,勾起我思乡的怅惘。

【赏析】

这首记游诗作于淳化三年(992),时作者谪官商州团练副使。凡记游诗,与游记一样,一般都交代时间、地点,然后抒发心中的感受。这首诗也是如此。

商州地处商洛山,多穷山深谷,所以诗首句就用"马穿山径"点题,说明游的是郊外山村,次用"菊初黄"点明时令。开场一过,便接写游览所见,而以"信马悠悠野兴长"作总冒。只有游兴很浓,才能做到悠悠——从容不迫;也只有悠悠,才能体会颔颈二联所写出的景物的感人之处。

颔联是传颂的名句。诗说群山万壑,回旋着秋风,阵阵作响,高耸的山峰,默默无声地沐浴在斜阳中。诗一句以听觉写动态,一句以视觉写静态,互为交错。又以有声与无声相对,而有声所体现的也是寂静,也就是诗家历来肯定的寓有声于无声,述动态以表达静态。这样一实一虚,更显出了风景的宜人。此外,"数峰无语",用拟人化手法,又揭开了一层诗境。山无语,实际上也是人无语,是山与人的忘情与默契,是诗人对山景的充分陶醉。

颔联写了远景,颈联就拉回写近景。通过棠梨叶、荞麦花所呈现的秋景,既切合所写的山村,回照诗题"村行",又倾发作者游览时的心情。出语很平淡,却又写得很热闹:落叶是红色,荞麦花是白色,红白的相间,冷暖色的对比,给人以感官上强烈的刺激。

最后,诗人归结到自己。说自己吟完诗忽然对景伤感,是因为眼前的景色几乎与自己家乡一样。末句看似回答出句的提问,实际上把前面的"信马悠悠野兴长"也照应到了:诗人爱这里的风景,看个不够,不就是因为"似吾乡"么? 由思乡,又将迁谪失意的心情含而不露地表达出来了。

王禹偁是宋初著名诗人,他的诗学白居易,又追踪杜甫。这首诗写得自然闲淡,与白居易相仿,而凝练处又得杜律神韵。

春居杂兴

两株桃杏映篱斜,妆点商山副使家①。

何事春风容不得? 和莺吹折数枝花。

【注释】

① 商山:在今陕西商洛市。副使:团练副使。唐肃宗时置团练使、副使,领多州,代宗后由州刺史兼团练使。宋代为虚衔。

【语译】

稀疏的竹篱边,两株桃杏,枝干横斜;这派热闹的春色,装点了我这商州副使简陋的家。为什么春风容不得它们? 惊走了黄莺,吹折了数枝盛开的花。

【赏析】

诗作于太宗淳化三年(992)三月,当时王禹偁因为抗疏直谏,贬官商州团练副使。原诗共二首,这是第一首。

诗采用绝句的常规写法,前两句出齐景物,后两句即事抒怀。首句描摹了一幅热闹的春景,用实笔,说两株桃杏种在竹篱边,枝干横斜。诗中用"映"字体现花的意趣,以"斜"字状出桃杏枝干低亚的外形,都很神似。第二句虚写,仅以"妆点"二字,利用上句的实写,说自己所居之处春色的热闹。诗人有意把"商州副使"直接出于诗面,明显表示对贬官商州的强烈不满,于是前面所说的"竹篱",也就从侧面反映了他生活的贫困简陋,这与他在《上元夜作》中所说"谪宦门栏偏冷落,山城灯火苦萧疏"是一致的,都带有愤疾的情绪。谪居后,心中不平,生活清寒,对大自然的景色就更为注目喜爱,那竹篱边的桃杏,也就成了慰藉诗人寂寥的不可一日或缺的东西,所以诗中充满了惜春之感。

三、四句一转,以问句出。诗人对桃杏如此喜爱珍惜,可是一夜春风吹折了数枝,连树上的黄莺也惊走了,因此他对春风愤愤不平,责问春风何以不能容物。诗表示的是惜花,也是以花自况。王禹偁刚正不阿,为世俗权贵所不容,据宋文莹《玉壶清话》、宋王辟之《渑水燕谈录》载,宋太宗曾说他"卿聪明,文章在有唐不下韩、柳之列,但刚不容物,人多沮卿,使朕难庇"。王禹偁在这里正是把自己比作花,把东风比作排挤他的权贵,发泄胸中的不满。

这首诗写得很朴实,即景抒情,平淡含蓄,是他师法杜甫、白居易的结果。王禹偁自己说,诗写成以后,过了半年,他的儿子见杜甫绝句中有"恰似春风相欺得,夜来吹折数枝花"句,因此询问他是否袭用了杜甫诗句。王禹偁听说后很高兴,便又作一诗,中有"本拟乐天为后世,敢期子美是前身,从今莫厌闲官职,主管风骚胜要津"句,认为自己与杜甫暗合,表现了自己诗的成就已达到很高的程度。见《蔡宽夫诗话》。

保 暹

保暹,俗家姓名及履历均不详,金华(今属浙江)人。与希昼、惠崇、宇昭等合称"九诗僧",诗入《九僧诗集》,宋时已佚。

秋 径

杉竹清阴合,闲行意有凭。
凉生初过雨,静极忽归僧。
虫迹穿幽穴,苔痕接断棱①。
翻思深隐处,峰顶下层层。

【注释】

① 断棱:路上石板断裂的缝隙。

【语译】

一条小径,曲曲弯弯,路旁的杉树与绿竹,枝叶茂密,把路的上空遮盖。我乘闲来到这里,眼前的一切,都与我的心情相融,化成一块。刚下过一阵小雨,迎面吹来的风儿,带着丝丝凉意;万籁寂静,忽然远远传来了轻轻的脚步声,原来是山中寺庙的僧人归来。我细细地品味着四周的一切,路边松软的泥土,那一个个小小的洞穴,虫子钻过的痕迹宛在;一块块石板的断处缝边,长满了暗绿的青苔。望着远方,我想到那小径深处,那高峰下层层岩洞,一定有高士隐居在苍烟暮霭。

【赏析】

保暹是宋初九僧之一。九僧的诗,以精微细致闻名,看似明白如话,实际上句锤字锻,洗尽铅华。因此元方回《瀛奎律髓》说:"人见九僧诗或易之,不知其几锻炼、几推敲,乃成一句一联,不可忽也。"这首诗,句句结合秋径,不断变换角度,勾勒了一幅深山秋色图,同时将自己淡泊的胸怀寄托在景中,一向被认为是九僧诗的代表作。

诗的第一联,境界全出。"杉竹清阴合"五字,概括山中树林绿竹枝叶茂盛的情况。"清阴"二字切秋天时令;"合"字状出路两旁枝叶交覆的情况,不说"秋径"而秋径自见。如此清幽之地,诗人自然领会于心,于是以"闲行意有凭"五字植入自己,让自己陶醉在景物之中。"意有凭"三字,把人与境融合在一起。唯有这样的境地,才适合诗人这样远离物外、淡泊名利的情操;也唯有诗人这样的情操,方对这样幽邃清静的景色"有凭"。

以下接上联"闲行",写自己在闲行中品味到的种种意趣。一阵秋雨方过,凉气沁人,诗人更觉得心旷神怡、游趣横生;幽无人至的小路上,传来了轻微的脚步声,原来是寺庙中的僧人回来了。这联排比感受,通过写景来体现。归僧是实见,也可视作写自己。如此描写,以动写静,更加突出山中的幽僻岑寂,与王维"空山不见人,但闻人语响"所写境界密合。诗中虽然不见"秋径"二字,通过写自己徘徊秋径中的感受及偶尔经过的僧人,更见秋径的宜人。

寺僧远去,山中复归宁静,诗人饶有趣味地观察着小径中的一切。他见到路边,小虫钻过的地上,有一个个小洞,山路的石板断缝间,长满了青苔。这第三联纯用工笔写景,得六朝山水诗雅趣。作者是个僧人,僧人以清静为本,从他对景色的描写上,分明可见他当时的情怀。他爱这小径爱得是那么深,他的心境是那么悠闲无挂,所以才那么细心地观察小径中一切微不足道的东西,从小虫钻的洞到石板上的苔痕。

从写大环境到刻绘细物,我们可见诗人在这空寂的小径中留连徘徊了许久。诗写到第三联,诗人已进入了物我两忘的境界,妙在尾联忽然大笔宕开,不以小径作结,而是从曲径通幽的现状,进而想到那视线不到之处,那层层岩岫下,一定有不少高人在隐居。这样翻深一层,诗人爱小径的原因,也就在不言之中了。这样结,结得很全面,既写小径,又把自己的深情和盘托出,富有禅味。

全诗紧扣秋径,写出了秋径的宜人,表露了自己浓厚的游兴与淡泊闲适的情怀,语语浅近,句句含情,这在宋初西昆体主宰诗坛的时候,实属难得。

惠 崇

惠崇,宋初诗僧之一,淮南人,一说福建建阳人。与希昼、保暹、文兆等合称"九诗僧",作品入《九僧诗集》,已佚,今诗见《宋高僧诗选》《瀛奎律髓》等。惠崇能诗善画,所画花鸟小景享有盛誉。

访杨云卿淮上别墅[①]

地近得频到,相携向野亭[②]。
河分冈势断,春入烧痕青[③]。
望久人收钓,吟余鹤振翎[④]。
不愁归路晚,明月上前汀[⑤]。

【注释】

① 杨云卿:不详。淮上:淮河边。 ② 野亭:郊野的小亭子。 ③ 烧痕:火烧的痕迹。农民在冬天常放火烧野草以肥田。 ④ 吟余:吟罢。 ⑤ 汀:水边平地。

【语译】

因为住得近,这淮上别墅我经常过往;今天我与主人一起,出了别墅,到郊野的小亭,浏览早春的风光。淮水从中间流过,把连绵的冈峦隔断;春风悄吹,野地里的烧痕已经是绿色葱苍。我们久久地眺望,淮水边垂钓的人已经收场;吟罢诗句,水边的白鹤也振翅远翔。不用担心回去太晚,路上太暗,一轮明月已经升起,把水边的平地洒满了清光。

【赏析】

杨云卿不知何许人,看来与惠崇关系很密切,所以这首记游诗,在写杨家别墅外所见到的景物外,还流露出与主人深切的情谊与共同的情趣。

诗真正写淮上别墅的只有首句"地近得频到"。因为杨家与自己的住所很近,所以常常去拜访,与杨云卿很熟。因为"得频到",所以对杨家别墅已用不着游,主人既然是知交,时逢春天,两人便一起出门去踏青了——"相携向野亭"。以下一联,写野亭中所见的景色。郊外山坡起伏,淮水从中穿流而过,似乎把山坡一分为二,四周的原野,农民放火烧冬留下的焦痕上,又长出了嫩绿的青草。这一联,出句给人以空旷的感觉,对句由烧痕之青而呈现春色,写得细致入微。"入"字锤炼工稳,描写的意境,很容易使人想到白居易"野火烧不尽,春风吹又生"这一名句。惠崇是著名的画家,他的诗很注意色彩及布局,清贺裳《载酒园诗话》说他的诗"不唯语工,兼多画意",这一联正体现了这一特色。

下半段转而写情,表达对眼前景色的迷恋,但仍然通过写景来表达。诗说自己与杨云卿站在亭上,望着淮河,被春景所陶醉,忘记了时光的流逝,只见到河边垂钓的人收拾了钓竿回去了;水边的白鹤,也在他们吟罢诗句后,振翅远飞。渔人回去,白鹤飞走,都暗示天色已晚,到了应该返归的时候了,但诗人仍然意犹未尽,指出用不着发愁担心天晚难行,一轮明月,正悄悄升起,月光已经洒在河前的平坡上了。这样写,使诗充满闲情逸趣,诗人此番出游的悠然惬意,也通过不急于回去表白出来。而月光升起,郊野又呈现另一番景色,读者自可通过想象来体会,诗的底蕴便扩大了。

全诗写得质朴自然,纡徐舒缓,既表现出景物的美好,又写出自己沉湎山水、清淡无为的情怀。第二联"河分冈势断,春入烧痕青"是全诗中最为工整的一联,写得气势磅礴,精妙绝伦,但也是历来最有争议的一联。惠崇在这里是因为眼前情景,正符合唐人司空曙及刘长卿的诗句所述,便信手拿来,合成一联。宋司马光《温公续诗话》说惠崇对这联很自负,有人作诗讥嘲他说:"河分冈势司空曙,春入烧痕刘长卿。不是师兄多犯古,古人诗句犯师兄。"明王世贞《艺苑卮言》卷四也批评惠崇说:"割缀古语,用文已漏,痕迹宛然,如'河分冈势'、'春入烧痕'之类,斯丑方极。"这些议论,都是针对惠崇直取前人成句而言。平心而论,这联写淮上风光、初春郊野,贴切工整,宛如生成,用不着计较是否用前人成句。正如方回《瀛奎律髓》专门指出的那样:"三、四虽取前人二句合成此联,为人所诋,然善诗者能合二人之句为一联亦可也。"清纪昀、许印芳还指出,惠崇这样做,开宋人集句为联的风气,后来陆放翁、陈简斋等人都沿此例,写了不少诗,特举陈之《伤春》"孤臣霜发三千丈,每岁烟花一万重"为例,以为不必以盗句为嫌。

宋人的诗因为有唐诗在前,所以力求变化,有的人另走偏锋,把前人写过的题材拿来,或干脆摘取前人成句,向深处推移,或略加斧削,使之切合眼前景、心中事,造出新的意境。这样做常常被后人捉住不放,指责窃句成为宋人诗话的一大内容。站在公正的立场上看,不少前人诗经宋人改窜、活用,变得更富情趣,但也影响、形成了后世集句诗一类文字游戏。

魏 野

魏野(960—1019),字仲先,号草堂居士,河南陕州(今三门峡陕州区)人。宋初著名隐士,真宗遣使召之,不赴。他的诗效法晚唐贾岛、姚合,以精思苦吟闻名,亦时有平淡闲远之作。著有《东观集》。

清 明

无花无酒过清明,兴味都来似野僧①。

昨日邻翁乞新火②,晓窗分与读书灯。

【注释】

① 兴味:指意趣与兴致。都来:一作"萧然"。　② 邻翁乞新火:向邻翁乞求新火。新火,古人钻木取火,换季时取到的火种叫新火。

【语译】

没有花供我欣赏,也没有酒供我消愁,我就是如此凄凉地挨过这清明佳节。私下里揣摸,我的意态与趣味,竟然等同于那山野小庙中青灯礼佛的老僧。昨天送走了寒食,我向隔壁老翁求来了新火,今天天曚曚亮,就赶快点着了窗前读书用的油灯。

【赏析】

这首绝句被《千家诗》选入,题王禹偁作,不知道有什么根据。

清明是古人十分注重的节日,宋人每逢这天,家家赏花饮酒,出外踏青,热闹非凡。诗人本来就与花与酒有不解之缘,这天更该纵情欢乐一下。可是魏野这年的清明却过得很不堪,家贫没有酒,买不起花,也没有兴致出外去赏花,只好躲在家中,孤苦伶仃,他内心的凄楚可想而知。诗人要想把自己的一番寂寞清贫表现出来,可一下子又找不到适当的句子,想到无花无酒只是脱离凡尘、六根清净的苦行僧该过的日子,便拈出"野僧"二字来作譬喻,渗透了心中无可奈何的基调,又带有几分不忿与调侃在内。毕竟,诗人是很想和许多人一样,有花有酒,潇洒快乐地过好清明节的。

前两句集中写出了自己的孤单贫困,后两句转而在苦中寻觅乐趣,寻找安慰。清明在寒食的后两天,寒食节照例要禁火,到清明前一天重点新火。唐宋时朝廷有清明日赐百官新火的例行恩典,而平民百姓则通常是一家钻木取火,分给亲戚朋友们用。诗人孤单一人,没有人赠新火,为图方便,就向邻家老翁求得火种。求来火种当然有其他多项用途,可诗单单强调,今天一清早,就赶忙用这火点燃了读书用的油灯。"读书灯"三字一出,就把前面似老僧般的愁苦扫到了一边,表现出自己非同一般的意趣。诗人对无花无酒的清明如何打发,也从这三字中找到了答案。同时,"晓窗"二字,又包有多种内涵,一是说自己爱惜光阴,刻苦读书;同时也是说碰到佳节,百无聊赖,无从发泄自己的愁闷,只好早早起床,借读书来暂时打发时间,医治自己不平的痛楚。

这首诗,写寒士过清明时的凄凉及独特的过节方法,选取了典型的事例,稍作点染,就把自己的清苦总结出来,也把自己的情趣表现了出来,用笔十分传神。魏野是宋初隐士,《宋史》说他"为诗清苦,有唐人风格,多警策句"。他这首诗就写得很清苦,密切符合隐士身份。《宋诗精华录》称赞魏野"有名闲富贵,无事小神仙""数杯村店酒,一首野人诗"皆能本色,真应该把这首诗也包括进去。

寇 準

寇準(961—1023),字平仲,华州下邽(今陕西渭南)人。太平兴国五年(980)进士,官至同中书门下平章事,封莱国公。后受丁谓排挤,贬逐雷州。仁宗时追赠中书令,谥忠愍。诗学晚唐,含思凄婉,尤工绝句,富于情韵。著有《寇莱公集》。

春日登楼怀归

高楼聊引望①,杳杳一川平②。
野水无人渡,孤舟尽日横。
荒村生断霭③,古寺语流莺④。
旧业遥清渭⑤,沉思忽自惊。

【注释】

① 引望:远望。 ② 杳杳:深远的意思。 ③ 断霭:时有时无、忽聚忽散的烟气。霭,轻烟。 ④ 流莺:谓婉转的莺鸣。 ⑤ 旧业:祖上的基业,如房宅田地等。清渭:渭水源出甘肃鸟鼠山,横贯陕西渭河平原,东至潼关入黄河。渭水清,古人多与流入渭河而水流浑浊的泾水对举,称清渭浊泾。寇準的家乡在渭水北岸的下邽,他当时在湖北,所以有"遥清渭"的感叹。

【语译】

我登上高楼,朝远处瞭望,眼前是一派春水,浩浩荡荡。那原野里,静悄悄没个行人;渡口的小舟,在水边整日孤零零地横着,也无人看管。荒凉的村庄,还能够见到不时飘起的缕缕轻烟;古庙里香火全无,只有黄莺儿,唱了又唱。啊,面对这异乡异景,忽然触起我思乡的情感:天边,渭水的北岸,那里就是我的家,可隔了多少重水多少座山。

【赏析】

春天是万物复兴勃苏的时节,客居他乡的游子,每到春天,总会不由自主地生出思乡之感。寇凖当时在湖北巴东县任官,碰上春天,写下了这首怀归的诗篇。

诗要表现的是思乡怀归,所以选取了最能表现这一情绪的"登楼"来写。首联就说自己登上高楼,伸长了脖子,向远处眺望,只见到无尽的春水,涨满了河中。这一联气势很宏大,给下文发挥情感留下了充分的余地。古人论诗强调起句要拉得开,压得住,这首诗正做到了这一点。

下面二联都承起句远望而来。诗写春水高涨,渡口没人过渡,渡船独自横在水边,荒凉的村庄,只见到时有时无的轻烟升袅,不知何年建造的寺庙,传来阵阵莺啼。这二联,前一联是大境界,次联是小境界,大与小相结合,展示出一派幽寂凄凉的景象,这样由景便逼出了他乡不如故乡好的情感,自然地过渡到尾联的思乡去了。这时候,读者才明白,前面竭力写景,正是为末尾的写情而设,受诗的气氛导引,也就被拉入了诗人思乡的茫茫惆怅中去,留下深沉的回味。

全诗的显著特点是扣题紧密,首写登楼,次写登楼所见,末写怀归,而以"春日"一句贯之,回环照应,得唐人律诗神髓;同时又对仗工稳,富有生活气息。诗中"野水无人渡,孤舟尽日横"两句,浑然天成,犹如一幅层次分明的水墨画,刻绘了春日郊外的荒凉景色,历来为人称道。人们同时也注意到,这两句诗实际上是化用了唐韦应物《滁州西涧》"野渡无人舟自横"句。化用古人成句是很难讨巧的事,弄不好就弄巧成拙,古人有成功的例子,也有失败的例子。如唐王维《辋川闲居赠裴秀才迪》中"墟里上孤烟",化用陶渊明《归园田居》"依依墟里烟"句,就是公认用成句用得好的例子。王安石《钟山即事》改王籍《入若耶溪》"鸟鸣山更幽"为"一鸟不鸣山更幽",变含蓄为浅显,就常被人攻击。寇準这联,添了韦诗数字,使景象宽阔、层次分明,改得很自然,所以受到交口赞誉。释文莹《湘山野绿》以为它"深入唐人风格"。更因为这两句诗画意很浓,北宋画院曾以此为试题来考学生。

书河上亭壁

岸阔樯稀波渺茫①,独凭危槛思何长②。

萧萧远树疏林外③,一半秋山带夕阳。

【注释】

① 樯:桅杆。此代指船。　② 危槛:高处的栏杆。　③ 萧萧:风声。

【语译】

宽阔的黄河,只有不多几条船在航行,眼前是波浪滚滚,一派渺茫。我独自登上河边的亭子,斜靠着栏杆,愁绪像河水,源源不断。那河边、远处,萧瑟秋风中,有片稀疏的树林,林后是耸立的高山,一半沐浴着西斜的阳光。

【赏析】

寇準的绝句,力摩唐人之垒,写得气象宏大,感情诚挚。这首诗作于他三十七八岁时,前有小序,说自己在咸平元年(998)镇河阳,"每凭高极望,思以诗句状其景物,久而方成四绝句,书于河上亭壁"。四首诗,分写四季登临黄河所见景色,这里选的是第三首,描摹的是秋景。

诗前两句写黄河,及因黄河勾起的无边的愁思。诗人用的线条很粗,着眼于大景。首句力写黄河的宽广空阔。"岸阔"正是说水阔,河中船少樯稀,益发衬出河的宽敞,水波的浩淼,给人以大涂大抹的感觉。第二句承接第一句的景,说自己凭栏眺望,心潮翻滚,引起无穷感慨。这两句以景起兴,通过景来暗示次句的情,写得很婉转。诗人感慨什么呢?诗又以景观来说明。三、四句写远处,说萧瑟秋风中,依稀可见一片凋落的树林,林后的山脉,一半浸沉在夕阳照射中。这两句视野更远,摄像更大。就景而言,这两句是以远树远山作为前两句黄河的背景,带有灰暗的色调;前两句空旷,这两句繁富,使整个画面疏密得当,浑融一色。就情而言,前两句以景起,直言对景茫然;这两句以萧瑟秋景,表现自己凄然黯然的愁思。当时诗人被排挤出朝,眼见黄河秋色,自然因季节的转换与景物的摧伤产生愁怨。登临送目,水流无限,落叶萧萧,总是被诗人直接借以言愁,寇準脱去俗套,只是构出一个令人愁怨的气氛,描写出令人愁怨的场景,隐括自己的心情,更显得含蓄深致。这样,自然之景与人的感慨紧紧结合,诗境诗意都得到了全面地发挥。

宋胡仔在《诗思》中单列"凄婉"一格,并以寇準诗作为代表。清贺裳《载酒园诗话》也说寇準诗"善写迷离之况"。这些,都足以移评这首《书河上亭壁》诗的特点——写情得其真,写景传其神,清丽而含蓄。

江 南 春

杳杳烟波隔千里①,白蘋香散东风起②。

日落汀洲一望时③,柔情不断如春水。

【注释】

① 杳杳:深远貌。　② 白蘋:多年生浅水草本植物,开白花。　③ 汀洲:水边的小洲。

【语译】

渺茫烟波,一望千里;东风吹拂,散布着白蘋的香气。夕阳西下,我站在水边瞭望,心中的柔情绵绵不绝,与春水相似。

【赏析】

清贺裳《载酒园诗话》说寇準"善写迷离之况"。这首诗正如贺裳所说,把很难表达的江南春天迷离之况很蕴藉地表现了出来。

江南的春天是什么呢?是水。江南是水乡,是水的世界,千里绿波,水气迷蒙,东风送暖,白蘋散发着沁人的香气,这一切,是多么的迷人。江南的春天又是情的世界。当你站在水边,沐浴着斜阳,呼吸着带有花草幽香的潮湿的空气,你的情感也就如同这渺渺春水,绵绵不绝,流向了大自然的每一个角落。

诗没有写人,但都从人的角度上来写。烟波千里,"日落汀洲一望时"是视觉,"白蘋香散"是嗅觉,柔情似水是感觉。前面景物的纷至沓来,便逼出了末句的无限情感,妙在诗人随手就拈起眼前的春水作譬,毫不费力,情从景生,耐人寻味。

古人很喜欢把情与水联系在一起,如唐刘禹锡《竹枝词》云:"水流无限似侬愁。"南唐李煜《虞美人》词:"问君能有几多愁,恰似一江春水向东流。"这些脍炙人口的诗句,都是把愁之多比成水之多。寇準这首诗作了变化,首先想到的是江南的春水,是那陂塘里、小河里的春水,是柔和的,不绝的,于是他把这水与情相联系,不仅比拟了情的长与深,更突出了情的性质"柔",把自己的感觉移进了春水,所以比前人要进了一大步。后来秦观的《鹊桥仙》词也有"柔情似水,佳期如梦"句,不知是否从寇準诗得到过启发。

寇準这首诗,情深意长,风神秀逸,得唐人绝句风味。明杨慎《升庵诗话》载,何景明主张诗必盛唐,把宋人诗说得一无是处。杨慎与他开玩笑,抄了四首宋诗给他看,问他是哪朝的诗,其中就有寇準这首诗在内。何景明琢磨了半天,断定是唐诗。

林 逋

林逋(967—1028),字君复,钱塘(今浙江杭州)人。他隐居孤山,二十年足迹不入城市。终身不娶,植梅畜鹤,人称"梅妻鹤子"。卒谥"和靖先生"。林逋诗出入晚唐,别具平淡清隽的风格,尤以咏梅诗脍炙人口。他的一些小诗清秀淡远,亦为人所称道。有《林和靖诗集》。

宿洞霄宫[①]

秋山不可尽,秋思亦无垠[②]。
碧涧流红叶,青林点白云。
凉阴一鸟下,落日乱蝉分。
此夜芭蕉雨,何人枕上闻?

【注释】

① 洞霄宫:在今浙江杭州余杭区大涤山中,唐建天柱观,宋改名洞霄宫。
② 无垠:无边,无尽。

【语译】

秋天的大涤山,美景无限,我难以一一游览;秋天的大涤山,引起我无限遐思,更难一一形诸笔端。你看,那碧绿的山涧,泉水奔流,带来了片片红叶;青葱的树林上空,朵朵白云萦绕飘荡。一只飞鸟不知从何处飞来,扑腾腾地冲进了树阴;夕阳西下,满山的知了,不停地鸣唱。我想,这美妙的夜晚,雨打芭蕉,声声点点,是那么的悦耳;有谁,将与我一起,在枕上细细地聆听,联翩浮想?

【赏析】

一般研究者认为,宋诗讲究议论,起于欧阳修等人学韩愈古文,遂在诗中借鉴古文的写法,形成了以散文为诗的风格,同时也把议论带入到诗中。林逋这首诗,首联也以散文笔法起,作一总论,可以说走在了欧阳修等人的前面。

诗写的是宿洞霄宫,采取的是历来游览留宿诗的习惯写法,即先不写宿而写游。首联作一大概括。洞霄宫在大涤山中,诗第一句便写山,说秋天的大涤山,美景无限,难以遍历,也难以缕述;第二句接述游山的感触,美景无限,他游览时的快意,也难以缕述。这样,诗作了一番大范围、居高临下的总述,把山景及自己的游兴交代出来,写得很满,从而勾起读者急于想知道山如何好、兴如何浓的兴趣。

以下两联便具体写山,铺陈"秋山不可尽"处。诗在写山时,紧紧把握住"秋"字,首先说碧绿的涧水在山石间奔流,水中漂来了片片红叶;茂密的树林上端,白云在悠闲地飘浮。这一联使用了几种亮丽的色彩,碧涧、红叶、青林、白云,把山林装点得绚丽多彩;水在奔流,云在飘荡,又写出山中的幽阒,体现出诗人面对山景的喜悦心情。碧涧中流下红叶,很容易使人联想到东汉刘晨、阮肇游天台山遇仙女前,见到一条涧水,漂下片片红色的桃花那种仙境;青林点缀着白云,又使人想起晋著名道士陶弘景的"山中何所有?岭上有白云"那样超尘绝俗的诗句来。大涤山是道家第七十二福地,诗人勾勒的这派悠闲高雅的景色,似乎也充满了隔绝人寰的仙风道气,这也是诗人所要表白的"秋思亦无垠"的一个方面。

"凉阴一鸟下,落日乱蝉吟",也是写景,但笔法又换,转入明净轻快。诗仍关合秋天,但又插入当天的时间,表明已是黄昏时候,为下宿洞霄宫作伏。上联写的是自然界纯净的景色,重点是静,尽管水在流、云在飘,都是相对的静止,有声的无声;这联的重点放在动与闹上,说在树林清凉的树阴中,一只鸟儿扑腾腾地飞来栖下,落日照着山林,到处是秋蝉的鸣声。这联写得很有兴味,与前面合成一个和谐统一的氛围,显得诗人在山中徘徊,充满留恋,以至于把整个身心都沉浸在自然之中,处处呈现出自然界的真趣。

最后,诗才归结到"宿"字上,但又不直接写,而是宕开一层。洞霄宫中种了许多芭蕉,诗便由芭蕉想到晚上听雨,便通过虚拟听雨来实写住宿。"此夜芭蕉雨",可以有两种解释,一是山中气候多变,目前是晴天,晚上是否就会下雨呢?因雨,他想到了那秋雨打在芭蕉叶上的充满韵味的响声。另一种解释,诗人宿洞霄宫是秋天,秋风萧瑟,摇动着芭蕉,夜深人静,满树沙沙,黄叶飘阶,犹如不绝的雨声。想到晚上美妙的秋声,诗人不禁问道:有谁和我一起在枕上共听呢?这样一问,给人以无限的思考,也回照了首联的"秋思亦无垠"句。

林逋这首诗写得工巧细致、闲远冲淡,如其为人。对偶整齐,层次分明,景与情自然地融合在一起,令人回味无穷。梅尧臣《林和靖先生诗集序》说林逋诗"咏之令人忘百事",这首诗正有这样的魅力。

梅　花二首

众芳摇落独暄妍①,占尽风情向小园②。
疏影横斜水清浅③,暗香浮动月黄昏④。
霜禽欲下先偷眼⑤,粉蝶如知合断魂⑥。
幸有微吟可相狎⑦,不须檀板共金樽⑧。

【注释】

① 摇落:凋谢。暄妍:明媚艳丽。这里是形容梅花开得很茂盛。　② 占尽:"尽占",独占。　③ 疏影:指梅的枝干。　④ 黄昏:指月光朦胧昏暗。　⑤ 霜禽:寒天的禽鸟。也可解为白色的鸟,以与梅花的白相衬。　⑥ 合:应该。　⑦ 微吟:低声吟诵。狎:亲近。　⑧ 檀板:用檀木做成的拍板,歌唱时用来打拍子。这里代指音乐唱歌。金樽:名贵的酒杯。这里代指酒。

【语译】

百花都已凋谢,只有您,独揽了这小园美丽的风光,开得那么的烂漫。您那疏朗的树枝,横斜着,倒映在清澈的水面;月色朦胧,一味幽香,弥漫了整个空间。寒天的鸟儿,禁不住猜想:那洁白的花儿,是否是雪?想飞落枝头,又止住冲势,频频偷看。春天翩翩飞舞的彩蝶,如果知道冬天竟有如此芳洁的花朵,岂不要为自己深深伤惋?梅花啊,您不要叹息悲伤,有我在这里,吟着诗儿,与您相亲相伴;又何须俗人打着檀木拍板,高举着金樽美酒,把您赏玩?

【赏析】

被称为以"梅妻鹤子"的林逋,作了好几首梅花诗,这里选的是最脍炙人口的二首。

第一首诗前六句写梅花,是咏物,后两句抒发情感。首联以赞美梅花作为发端,说它不与群芳争妍,开在百花凋谢的日子,点出梅花独立不群,高洁傲岸的性格。用了一个"独"字、一个"尽"字,把梅花的天姿国色及引人入胜的神韵雅品呈现在人眼前。以下即放手写梅,描摹了梅花的香气、形态,并通过霜禽、粉蝶对梅花的态度,一实一虚地写出梅花迷人之处。末联赞赏梅花,铺叙感受,又为梅花占地位。

"疏影"一联是传颂的名句,普遍认为代表了咏梅诗的最高成就。诗把梅花置身于水边、月下两个特定环境,衬出梅花的品格,而"疏影横斜""暗香浮动"又形象地概括了梅的体态、清香,所以"疏影""暗香"二词后来成为咏梅的固定语,宋姜夔创新调咏梅,干脆以之为词牌名。宋陈与义《和张矩臣水墨梅》云:"自读西湖处士诗,年年临水看幽姿。晴窗画出横斜影,绝胜前村夜雪时。"认为林诗压倒了唐齐己《早梅》诗名句:"前村深雪里,昨夜一枝开。"元人冯子振《疏梅》诗也说:"黄昏照影临清浅,写出林逋一句诗。"

俗话说,"人怕出名猪怕壮",诗出了名以后也是如此,对林逋这联诗挑刺的人也不少。细心的评论家先寻出了五代时江为的诗"竹影横斜水清浅,桂香浮动月黄昏"句,说林逋抄袭前人。宋王诜甚至有意寻岔,认为这联诗移到咏桃李或杏花都可以。这些说法,也引起种种反驳,如苏轼就对王诜之说表示反对。怪不得被《千家诗》选入的宋王淇《梅》诗感慨说:"只因误识林和靖,惹得诗人说到今。"

就整体来说,林逋这首诗有着明显的缺陷。如首联与写梅不很贴切。五、六两句,与上接得不称,《蔡宽夫诗话》认为"与上联气格全不相类,若出两人。乃知诗全篇佳者诚难得"。结句也嫌气弱。

古往今来的写梅诗,大多以梅花作为诗人自己人格的象征。这首诗表现的意境,也与林逋淡泊名利、意趣清远的品格相吻合。《四库全书总目提要》说林逋"诗澄澹高逸,如其为人",正是以他的咏梅诗作为依据。

> 吟怀长恨负芳时①,为见梅花辄入诗②。
> 雪后园林才半树,水边篱落忽横枝。
> 人怜红艳多应俗,天与清香似有私。
> 堪笑胡雏亦风味③,解将声调角中吹④。

【注释】

① 吟怀:作诗的情怀,即诗兴。芳时:开花的季节。 ② 辄:就,便。
③ 胡雏:指边地少数民族的少年。风味:富有情趣。 ④ "解将"句:指能够用

角吹奏出《梅花落》的曲调。《梅花落》是汉代横吹曲,本是笛中曲,古代诗人常在诗中用作双关语,如李白诗"黄鹤楼中吹玉笛,江城五月落梅花"。

【语译】

每当我诗兴勃然,我总责怪自己错过了开花的季节,所以我见到了梅花,就情不自禁地写下了一首首诗。你看,大雪刚刚停止,小园里的梅花才开了一半;转过小溪,篱笆下伸出了一株刚劲的梅枝。俗人们都欣赏凡花的红艳,只有苍天,偏爱梅的淡雅,赐予它清香袭袭。真没想到,边地的少年居然也有那么高的情趣,能把《梅花落》的乐曲用画角吹出,令人啧啧称奇。

【赏析】

一般咏物诗,都是前六句咏物,末二句因物及情,联系自己,抒发寄托,曲终奏雅。林逋的第一首咏梅诗就采用了这一手法。这首诗与上首格调不同,以抒发自己的情怀为起,说自己酷爱梅花,写了不少咏梅诗。于是由爱梅,进而放笔写梅花的姿态——大雪过后,早梅已开放了半树;转过水边的篱笆,忽见到一枝横斜的梅花。这里呈现的是两个画面,分别点染了梅花不畏寒冷的高洁品格与枝干扶疏横斜的神韵,从而补足了首联的"爱"字,成为全诗的重点。"雪后"句,用环境来衬托,写出早梅未盛开的状况,造意从齐己《早梅》"前村深雪里,昨夜一枝开"脱胎出来,深得后人赞赏,黄庭坚甚至认为比第一首的"疏影横斜水清浅,暗香浮动月黄昏"更有风味。

诗的下半首又转入抒怀,以"俗人"与"苍天"对梅花的态度作对比,表示自己爱梅的立场,夹写了梅的清香;尾联拓开,以笛曲《梅花落》作双关,写边地少年的情趣。这四句,在布局用语上稍嫌圆滑俗俚,已带有宋诗的风味,与上半不相称。宋诗有句无篇的弱点,从宋初就表现了出来。

杨 亿

杨亿(974—1020),字大年,大名(今属河北)人。淳化三年(992)进士,官翰林学士兼史馆修撰。诗学李商隐,追求声律与用典,辞藻华丽,与刘筠齐名,时称"杨刘"。他曾将与同馆刘筠、钱惟演等十七人的唱和之作编为《西昆酬唱集》,后世因称其派为"西昆体"。另著有《武夷新集》等。

泪

锦字梭停掩夜机①,白头吟苦怨新知②。
谁闻垄水回肠后③,更听巴猿拭袂时④。
汉殿微凉金屋闭⑤,魏宫清晓玉壶欹⑥。
多情不待悲秋气⑦,只是伤春鬓已丝。

【注释】

① "锦字"句:据《晋书·列女传·窦滔妻苏氏》,窦滔在符坚时官秦州刺史,因罪流放流沙。他的妻子苏蕙思念他,织锦为回文旋图,可以循环正倒读,词句很凄婉。此句说苏蕙在晚上织锦,因思念丈夫,停下织梭,十分悲伤。
② "白头"句:《西京杂记》载,司马相如以琴挑卓文君,二人私奔,非常相爱。后司马相如做了官,想聘茂陵人女为妾,文君作《白头吟》以自绝。新知,即指茂陵女子。　③ "谁闻"句:古乐府《陇头歌辞》:"陇头流水,鸣声幽咽,遥望秦川,心肠断绝。"写征夫思乡。"垄",通"陇"。回肠,谓肠在旋转,指内心很痛苦。

④"更听"句:《水经注·江水》云:三峡每到秋天天晴,林寒涧肃,常有猿长啸,声音凄异,空谷传响,哀转久绝。因此打鱼人歌说:"巴东三峡巫峡长,猿鸣三声泪沾裳。"拭袂,以衣袂拭泪。 ⑤"汉殿"句:《汉武故事》载,武帝幼时,长公主抱置膝上,问是否愿娶陈阿娇为妻。武帝说:"若得阿娇作妇,当作金屋贮之。"后武帝以陈阿娇为皇后,久之,废居长门宫。"金屋闭",指失宠。 ⑥"魏宫"句:《拾遗记》卷七载,魏文帝召美人薛灵芸入宫,灵芸别离时,歔欷累日,泪下沾衣。就路时,用玉唾壶承泪,壶则红色,至京,壶中泪凝结如血。 ⑦悲秋气:出宋玉《九辩》:"悲哉秋之为气也,萧瑟兮草木摇落而变衰。"

【语译】

夜晚,苏蕙停止了纺织回文锦字,掩面叹息;卓文君挥笔写出了《白头吟》,怨恨相如有了新知。有谁在倾听了令人伤心断肠的陇头流水后,再听到巴峡凄凉的猿啼而不以袖拭泪?汉殿中秋风送凉,陈阿娇的金屋紧紧关闭;魏宫里晨光曦微,薛灵芸的玉壶中的血原是泪凝。无限伤怀用不着等到秋天才发泄,还只是春天,悲伤已使人两鬓换上了霜丝。

【赏析】

这首七律是西昆体的代表作品。全诗利用典故的堆砌,构成华丽绮靡的氛围。前六句分别用了六个典故,每个典故都与题"泪"密切相关,最后点明所咏的是伤春的感受。

自从诗歌从古体演进到近体,律诗要在短短的几十个字中包含丰富的内容,自然难免要用典。通过用典,诗歌在表面文字之后富有深刻的内涵,给人咀嚼回味。用典的关键在于贴切工稳,既要让人读得懂,忌用生僻艰涩的典故,切忌生拼硬造;又不能为用典而用典,背离诗题主旨。用典的圣手,公推杜甫,其次是李商隐。李商隐的诗以擅长用典、情高韵远、沉郁顿挫的风格被后世所模仿,尽管其中有不少含意朦胧的诗句,令人有"独恨无人作郑笺"的感叹。宋初的西昆体诗人就专学李商隐的雅丽纤密、工于用典,但流于表面,往往为炫博而用典,甚至追求用典的形式,雕饰堆砌,屡被后来的评论家批评。

杨亿这首《泪》诗就是模仿李商隐的。李商隐作过一首《泪》诗,前六句写古人六件挥泪事,各事都互不相关,最后以"朝来灞水桥边回,未抵青袍送玉珂",点出挥泪是为了送别。杨亿这一诗题共作了两首,格局与李商隐完全一致。总体来说,杨亿学问渊博,所用各典都很贴切"泪"字,没有生搬割裂的弊病;且在选材时也注重了多样化,有因个人的不幸而伤感的,有因环境的凄凉而使人怆然泪下的。另外两位西昆体作家刘筠、钱惟演也各作有两首《泪》诗,用典也很切,不过也和杨亿诗一样,只是从形式上步趋李商隐,没有真情实意,这样的诗做多了,只能说是炫弄才学的文字游戏。

西昆体作为宋初流行的诗体,宋初歌舞升平的社会背景是它产生的土壤,就像明初台阁体的形成一样,都是时代精神的反映。西昆体虽然抹杀了人的真情,但体现了人的才情,比一些道学家率口而出的打油诗、"击壤体"要高明得多,不应该对它全盘否定。因此,这里选了杨亿这首诗,以展示西昆体的特征。

鲍 当

鲍当(？—1039),字平子,杭州人。景德二年(1005)进士,授河南府法曹参军,历知明州、湖州。诗风格冲淡闲远,因《孤雁》诗被称为"鲍孤雁"。著有《清风集》。

孤 雁

天寒稻粱少①,万里孤难进。
不惜充君庖②,为带边城信。

【注释】

① 天寒句:化用唐杜甫《同诸公登慈恩塔》诗"君看随阳雁,各有稻粱谋"句。 ② 充君庖:供给食用。庖,厨房。

【语译】

天气已经寒冷,北方的食物稀少;你,一只孤独的大雁,停息在这里,是不是万里行程,你已耗尽了心力,无法达到?雁儿昂首回答:"不,我明知单独停下会被人捉住杀掉,为的是带来的边城将士的书信还没交出,我怎能不负责任地飞跑?"

【赏析】

在中国的咏物诗中,咏雁的很多。因为雁自从《汉书·苏武传》中,常惠教汉使诡言天子射雁上林得帛书,言苏武在某泽中事后,鸿雁传书成了熟典。每逢秋高风起,鸿雁南飞,诗人总是借咏雁叹息自己流落他乡,书信难通。又由于雁喜欢群居同飞,所以孤雁失群很容易引起诗人的同情,也更易被流离孤独的诗人取作自我写照。历代咏孤雁的诗,有不少名篇,如杜甫《孤雁》云:"孤雁不饮啄,飞鸣声念群。谁怜一片影,相失万重云。望尽似犹见,哀多如更闻。野鸦无意绪,鸣噪自纷纷。"又如唐崔涂《孤雁》诗,也有"暮雨相呼疾,寒塘欲下迟"名句。珠玉在前,后人再作,很难讨好。但鲍当这首诗,由孤雁生发开去,独创新意,取得了很大的成功。

诗前两句仍学前人,在"孤雁"的"孤"字上落笔,这就是咏物诗所谓的"著题"。诗说天冷了,北方食物稀少,所以大雁南飞,但是这只大雁却在半途独个停了下来,不由人怀疑它是否无力飞完万里征程。"天寒"二字点节令;"稻粱少"写大雁何以南飞;"万里孤难进",概括了雁目前的处境。三、四句,在孤雁的身上忽生奇想,以人度雁,说它不惜于被人逮住吃掉,独自留下,原来是因为捎带来了边城将士的书信。诗在鸿雁传书的旧典上翻出了新意,歌颂雁宁可杀身也忠于写信人的嘱托的品质,把边防将士思念亲人的深情很深刻地表达了出来,诗本身的意义就不再单单是咏雁了。

诗短短二十个字,语言质朴通俗,构思新颖奇巧,寓意十分深远。《宋诗纪事》卷七引《温公续诗话》说,鲍当写这首诗时官河南法曹,知府薛映起初对他并不赏识,他写了这首诗给薛映看,薛映大为嗟赏,"自是游宴无不预焉,不复以椽属待之"。当时人因此送了个美名给鲍当,称他为"鲍孤雁"。鲍当这诗确实不错,知府也不俗,所以给后人留下了这段文坛佳话。

范仲淹

范仲淹(989—1052),字希文,吴县(今属江苏苏州)人。大中祥符八年(1015)进士,官至枢密副使、参知政事,推行新政。卒谥文正。工诗文,所作《岳阳楼记》最为传诵。诗风格雄放,多寄托,著有《范文正公集》。

野 色

非烟亦非雾,幂幂映楼台①。
白鸟忽点破,斜阳还照开。
肯随芳草歇?疑逐远帆来①。
谁会山公意②,登高醉始回。

【注释】

① 幂幂:浓密状。 ② 山公:晋山简,曾镇守襄阳,喜酒,常常出外登山游览,尽醉而归。

【语译】

不是烟,也不是雾,它浓密地笼罩着楼台。白鸟飞来,点破了野色的沉寂;一道斜阳低低地照着,又仿佛一把剑,把它剖开。它怎么愿随着芳草的消歇而寂灭远去?我真怀疑,它正追随着那远远的白帆,渐渐到来。有谁能知道山公的情趣,他天天登高远眺,沉湎野色之中,大醉方归。

【赏析】

从诗题,这首诗是题郊野景色,主要着眼点是在"色"字上。而这色又不是指颜色,而是一种虚幻缥缈、难于名状的形象,只可通过意会而难以言传。因此,要赋野色,必须要有独特的理解力、丰富的想象力及高超的表达技巧,其难度要超过一般写景咏物诗不知多少倍。

范仲淹是怎样来描摹野色的呢?首先,他选定了春季这个最丰富多彩的季节作为背景,然后从春天的不可捉摸的氛围中提炼出有代表性的景象来作暗点陪衬,让读者感觉到野色的存在,体会到野色的美好。

野色既然是无所不在,但又不是实体,诗人马上把它与烟雾这些流动虚幻、不能触摸的东西联系起来,说它不是烟,也不是雾,但如同烟雾一样,浓密地映照笼罩着楼台。首句用的是否定中带有肯定的手法,野色与烟雾当然不是同样的东西,但有相近的性质,它占据了每一处视线与感觉所能到达的地方。实际上,诗把烟雾也作为野色的一部分写了进去。首联是通过同类作譬,又以楼台这一实物作参照,说明野色的存在,下面两联也都采用这一方法,继续铺写。诗说白鸟在野地里飞,把野色给点破;夕阳照着野外,把野色给剖开。野色弥漫,它不愿随着芳草的消歇而减少消失,又好像追随着远处的船帆,渐渐逼近。这两联用了一连串动词,使表面上看不见、不存在的东西,通过白鸟、残阳、芳草、远帆的动作与变化,使你确实地感到野色就伴随在你的周围。这种写法,就好比写风而着力刻画草木摇动、落英缤纷,写月而极力描写飘浮的云一样。尾联以情语结,提出谁知当年襄阳守山简,为什么总喜欢登高远眺,喝醉了才回家。前三联是以景表示野色的存在,末联是从人对野色的迷恋,显示野色的魅力,通过想象的境地,无限地扩展实景,空灵剔透,趣味无穷。

全诗把虚无的、难以名状的境界描绘得活灵活现,人们可以从诗中布置的实景,体会到野色,领略到野趣。用这样的手法写某些迷蒙、不可捉摸的东西,在宋词中常见,一般用来刻画愁、怨,都取得了很大的成功。范仲淹的这首诗用以写野色,是一个创举。值得一提的是,与范仲淹差不多时代的司马池作过一首《行色》诗,也是写难以名状的氛围,诗云:"冷于陂水淡于秋,远陌初穷到渡头。赖是丹青不能画,画成应遭一生愁。"艺术手法与范仲淹诗相仿。宋吴子良《林下偶谈》认为二诗不相上下,都达到了梅圣俞所说的"写难状之景,如在目前;含不尽之意,见于言外"这一标准。

张　先

张先(990—1078),字子野,湖州乌程(今浙江湖州)人。天圣八年(1030)进士,历官吴江令、尚书都官郎中。宋著名词人,擅作慢词,有《张子野词》行世。

题西溪无相院①

积水涵虚上下清②,几家门静岸痕平。
浮萍破处见山影,小艇归时闻草声。
入郭僧寻尘里去③,过桥人似鉴中行。
已凭暂雨添秋色,莫放修芦碍月生④。

【注释】

① 西溪:在诗人的家乡浙江湖州。一名苕水、苕溪。无相院:即无相寺,在湖州城西南,吴越钱氏建。　② 涵虚:宽广清澄。　③ 尘:尘世,指热闹的人世间。　④ 修芦:修长的芦苇。

【语译】

秋雨过后,湖水上涨,白茫茫的,水色与天色同样清澄;溪边的人家,静悄悄的,仿佛浮卧在水边,与水相平。一阵风吹开了水面的浮萍,现出了山的倒影;一只小船,悠然归来,刺开了水草,发出沙沙的响声。僧人行走在入城的道上,消失在远远的红尘之中;回家的农夫,经过了小桥,好像在明镜中徐行。骤雨收歇,已足使这一派秋色更为迷人;岸边的芦苇,请不要再长,免得妨碍我欣赏明月东升。

【赏析】

张先是北宋初年著名的词人,他的词,含蓄发越,善于描景绘情,风格幽隽窅渺,折服时辈。他的诗也如词,绵密新巧,有晚唐余韵。这首《题西溪无相院》是他的代表作。

诗写的是秋雨后无相寺前的景色,主景是水。首联写西溪及附近的湖泊,经过一场秋雨,水位上涨,远近一片浑茫澄澈,与秋空相接;水边的人家,似乎浮在水上。"积水涵虚"四字,场面很大,仿佛唐孟浩然《望洞庭湖赠张丞相》诗"八月湖水平,涵虚浑太清"的景况。孟浩然写洞庭湖水,描摹了湖的渺茫宽阔;张先在这里突出江南雨后河湖溪塘涨满水的情况,是小环境组合成的大环境,都很神似。"上下清"即孟浩然诗的"浑太清",都写秋天天空晴朗,水光澄碧的景象,移不到别的季节去。次句写水边人家,以"岸痕平"说水涨得高,与"几家门"成为一个平面,也活生生地画出雨后江南水乡的秀丽景色。

首联写大场面,积水涵虚,水天一色,临水人家,这些片断,组成了一个完整的静穆的无相寺外景,次联便让静止的景色活动起来。诗写了两组动态的画面。出句描述微风吹来,满池的浮萍裂开了,露出了一段水面,水面上倒映出青山的影子;对句写一叶小舟归来,船帮与水中的葑草摩擦,发出沙沙的响声。两组画面,一从视觉上写,一加入声响,都从细微处见精神,写得很有情趣。尤其是抓住浮萍开裂的一瞬间做文章,特别新巧,足见诗人观察得仔细,后来杨万里的绝句,专学此种。诗几乎都围绕水写,这联在写水时又不失时机地带出了青山,扩大了景区,足见构思绵密奇巧。

第三联仍然写景,但通过人这个主体来写,还是以水作背景。一句写入郭僧,照应题面"无相院";一句写过桥人,点缀水乡,二句又相互呼应。僧到城里去,加以"尘里"二字,说城市喧嚣,反衬无相寺所在地的静寂清净;人过桥,以"鉴中行"形容,说出桥下水之清澈,回照首句,又以眼前环境的清旷与上句的"尘里"作对比,表达诗人自己对景色的欣赏。

尾联逆挽,以情收。眼前美景,由于一场秋雨,增加了无边意趣,使诗人对这派泓碧秋水叹赏不已,因此他希望芦苇不要长高,以免遮断观看水面月出的视线。诗前面全写雨后景物,至此才点出秋雨,安排得很巧。末句以雨后芦苇长高作一虚设,便把白天所见的景色扩大到未见的溪月,拓出了另一番想象的世界,给人以回味。

全诗几乎全是写景,即使是尾联,也把情浸入景中,给人以"人在画中行"的感觉。

晏 殊

晏殊(991—1055),字同叔,抚州临川(今属江西)人。景德进士,官至集贤殿学士、同中书门下平章事兼枢密使。谥元献。他是著名词人,也是诗人,诗学李商隐,近西昆体,以婉丽见长。存世作品有《珠玉词》及清人所辑《晏元献遗文》。

寓　意①

油壁香车不再逢②,峡云无迹任西东③。

梨花院落溶溶月④,柳絮池塘淡淡风。

几日寂寥伤酒后⑤,一番萧索禁烟中⑥。

鱼书欲寄何由达⑦,水远山长处处同。

【注释】

① 寓意:有所寄托,但在诗题上又不明白说出。这类诗题多用于写爱情的诗。　② 油壁香车:妇女所乘坐的轻便车,车壁用油漆涂刷。　③ 峡云:巫峡云彩。宋玉《高唐赋》记有巫山神女,与楚王相会,说自己住在巫山南,"旦为朝云,暮为行雨"。后常以巫峡云雨指男女爱情。这句说对方如同巫山云,飘荡无踪。　④ 溶溶:形容月光清淡如水。　⑤ 伤酒:中酒,即喝醉。　⑥ 萧索:冷落。禁烟:在清明前一天或二天为寒食节,旧俗在那天禁火,吃冷食。
⑦ 鱼书:古乐府有"客从远方来,遗我双鲤鱼。呼儿烹鲤鱼,中有尺素书"句,后因以"鱼书"指书信。

【语译】

　　我再也见不到你所乘坐的油壁香车,没想到,我们是这么无缘,像那巫峡的彩云倏忽飘散,我在西,你向东。你是否记得,盛开着梨花的小院里,似水的月光照着我们相逢;柳絮飞扬的池塘边,我们曾相偎着,在微风里倾吐着情衷。唉,往事如烟,我喝着酒打发走一天又一天,是那么的伤怀寂寞;眼前凄凉的寒食节,怎不令我加倍地思念你的芳踪。我的心,你知道么?想寄封信儿告诉你,这层层的山,道道的水,又怎能到得了你的手中?

【赏析】

　　这是一首情歌。诗人与情人由于某种原因被迫分离,留下了无穷无尽的相思。面对寒食春景,他思绪起伏,写了这首勾心摄魄的感叹诗。

　　诗从回忆入笔。越是伤心时,越是容易想到当年的欢乐,诗人面前仿佛又出现了她的情影,想起了她最初乘着油壁香车来相会的情景。然而,一切都过去了,"不再逢"三字,一下子把回忆拉回到现实:如今她在何处?诗人信手拉出象征爱情的巫山神女的故事作譬,说自己与恋人犹如巫峡的云彩,被风吹散,东西飘荡,再也无缘相会。

　　接着,诗借景抒情。小院中,梨花飘落,月光似水;池塘边,风儿轻拂,柳絮纷飞。而这小院,这池塘,不就是诗人与恋人相会的地方吗?这一派孤寂的景象,正是诗人孤寂心情的吐露,写景正为了写情,情与景在这里融成了一片。同时,梨花、柳絮,这些春天将归的象征物,也暗示了爱情的过去。两句十四字,包含了很丰富的底蕴。

面对这眼前景,诗人进一步点破,写自己心中事。由于伤心,孤单无聊,难以排遣,只有借酒浇愁,没想到醉了更愁,醒后更愁;时光偷换,又是寒食清明,所爱的人儿在何处呢?想寄封信,可是水远山高,到处都是阻隔,又怎么能送到她手中呢?诗便在这无力的呻吟中结束了,留下了一大片遗憾的空间,让人去愁思苦想。

晏殊这首诗一名《无题》,在风格上学李商隐的无题诗,运用含蓄的手法,表现自己伤别的哀思。诗在表现上,则将思想藏在诗的深处,通过景语来表达,然后在景语中注入强烈的主观色彩,这样,诗便显得幽迷怨旷。与李商隐诗风不同的是,晏殊这首诗清而不丽,也没有堆砌典故,所以呈现出一派淡雅与疏宕。

晏殊还有一首著名的《鹊踏枝》词,所表现的也是离恨。词云:"槛菊愁烟兰泣露。罗幕轻寒,燕子双飞去。明月不谙离恨苦,斜光到晓穿朱户。　　昨夜西风凋碧树。独上高楼,望尽天涯路。欲寄彩笺兼尺素,山长水阔知何处。"词的上片是景语,下片通过登楼远眺,吐露情愫,在艺术表现手法上与《寓意》诗相同,末尾也写了寄书无法到达的苦闷,遣词造句,同出一辙。把诗与词合起来看,作者的思想便进一步明了了。同时,宋初人的诗与词往往相通,此亦为一例。

石延年

石延年(994—1041),字曼卿,宋城(今河南商丘)人。累举进士不第,以叙得官,位至秘阁校理。诗文为欧阳修等人推重,诗风俊爽劲逸。有《石曼卿诗集》。

金乡张氏园亭①

亭馆连城敌谢家②,四时园色斗明霞③。
窗迎西渭封侯竹④,地接东陵隐士瓜⑤。
乐意相关禽对语,生香不断树交花。
纵游会约无留事⑥,醉待参横月落斜⑦。

【注释】

① 金乡:今山东金乡县。 ② 谢家:东晋谢安家。《晋书·谢安传》说谢安营造别墅,"楼馆林竹甚盛"。 ③ 明霞:彩霞。 ④ 西渭封侯竹:渭指渭水。《史记·货殖列传》:"渭川千亩竹……其人与千户侯等。" ⑤ 东陵隐士瓜:秦末东陵侯召平,秦亡后,为隐士,种瓜长安东门外,瓜味甜美,俗称"东陵瓜"。 ⑥ 无留事:没有俗事牵挂。 ⑦ 参:二十八宿之一。参横指夜深,曹植《善哉行》:"月没参横,北斗阑干。"

【语译】

亭台楼馆,连绵不断,与城相接,规模超过了东晋的谢家;园中四季如春,百花斗妍,如云似霞。推开小窗,迎面是一大片修竹,苍翠欲滴;踱出园门,毗邻有一大块瓜田,景色如画。禽鸟相亲相近,你呼我答;满树的繁花相续,香气弥漫,清幽淡雅。我尽情地游赏着园中的美景,无牵无挂;喝醉了酒,等待着月亮西落,参星横斜。

【赏析】

天圣四年(1026),石延年官金乡县令,游张氏园,作此诗。

诗起笔高敞,说张氏园中亭馆与城相接,几乎与东晋谢安家别墅相匹敌。"连城"二字是实写,可见张氏园占地之广,建筑之雄伟豪富;"敌谢家"是虚写,加深连城的涵意。次句转述园中景色,全用浑笔,赞园中四季璀璨,繁花竞放。这两句,一从外观着笔,写其规模;一从内景着笔,写其秀丽。有了这两句,以下无论从什么角度写园,都能转换自如。评论家每每强调诗的发端要高稳,方能驾驭控制全局,就是这个道理。

以下具体写张氏园。"亭馆连城",大到什么程度呢?诗选了从一处小窗所见的景色来说明,描写了窗外一大片绿竹,苍翠青葱。这样,亭馆之间的距离可以想见。下句,诗不写园,而说园外还有一大片瓜地,更衬托园之大。诗中的两个动词下得很工稳,一个"迎"字,描摹出窗外景色扑面而来的情况;一个"接"字,又显出园子占地广阔。一般写园,总得捎带颂扬主人,这两句避开了直言,化用典故。因为有竹而用了"渭川千亩竹,此其人与千户侯等"的典,夸主人之富;因为园接瓜田,又用了东陵侯种瓜事,暗示主人与高士为邻,品质清高。这两个典故,都用得很切当,含而不露。石延年的古体歌行为欧阳修等人服膺,他的近体诗还是承西昆体余绪,在驱使典故上很见功力。

颈联则承"园色斗明霞"而来,说园中禽鸟相和,鸣声不歇,花树掩映,香气扑人。诗在写景时,夹入了自己游园时的欢畅心情,所以写得生机勃勃,酣畅条达。这联是宋人传颂的名句,晁补之《鸡肋集》称道不已,刘克庄《后村诗话》也说"为伊洛中人所称"。蔡正孙《诗林广记》说朱熹称赞这两句诗好在"方严缜密",承上启下。陈衍《宋诗精华录》则专从情字上来解悟,说诗能在白居易《欲与元八卜邻先有是赠》中"绿杨宜作两家村"之外"辟出境界"。陈衍的意思,是说石延年这两句诗,表面上是叹赏园中美色,同时暗暗关联主人,说主人豪放大度,家有好园而与朋友高邻相共。从以上这些评论,可见石延年这联诗,洗练而出,既能以己之情体悟出大自然的美景奇趣,复能在领赏园景时表达出对园主好客的感激,而这一切又不都是明说,所以显得分外蕴藉有味。

尾联抒写心情,与上联一意相贯。园子是如此美好,主人又是如此好客,而自己呢,又是正逢闲暇,无牵无挂,便乐得在这园中尽情地赏玩,与主人一起痛饮,一直到参横月落,再领略园中的夜景。这两句写得情深意永,第一句直抒心臆,充满喜悦;第二句通过虚拟想象,把白天的景物进一步延伸,同时通过"醉"字及愿饮到深夜,暗述园主的热情,面面俱到,回应首联。

石延年这首诗虽然是写游园,好在既能刻画出园林的美丽,又能畅述游园时的心情,且不忘暗对园主张氏的称扬,体制章法,严谨细密。在用典上,密切景情,且对偶工稳。元方回在《瀛奎律髓》中指出,宋初诗"每首必有一联工,又多在景联,晚唐之定例也",这首诗正具有宋初诗的典型风格。

宋　祁

宋祁(998—1061),字子京,安州安陆(今属湖北)人,徙雍丘(今河南杞县)。天圣二年(1024)进士,官翰林学士、史馆修撰。修《新唐书》成,进工部尚书、翰林学士承旨。谥景文。工诗词,诗承西昆体余绪,精巧工丽。有《宋景文集》。

落　花

坠素翻红各自伤,青楼烟雨忍相忘①。

将飞更作回风舞②,已落犹成半面妆③。

沧海客归珠迸泪④,章台人去骨遗香⑤。

可能无意传双蝶,尽付芳心与蜜房⑥。

【注释】

① 青楼:指显贵人家的居处。　② 回风舞:《洞冥记》载,汉武帝所幸宫人丽娟于芝生殿唱《回风》之曲,庭中花皆翻落。这里暗用此典,既写花落的姿态,又暗喻不忘故恩。　③ 半面妆:《南史·后妃传·梁元帝徐妃》:"妃以帝眇一目,每知帝将至,必为半面妆以俟。"此指落花在地,尚存艳丽。　④ 沧海:大海。珠迸泪:《博物志》载,南海有鲛人,每泣,泪下即化为珍珠。　⑤ "章台"句:唐韩翃姬柳氏,安史乱起,柳氏寄迹法灵寺。韩翃后任淄青节度使侯希逸从事,以世方扰,无法接柳氏,乃寄诗云:"章台柳,章台柳,往日依依今在否?纵使

长条似旧垂,亦应攀折他人手。"这里借用此典故,以花喻人,也以人喻花。

⑥ 蜜房:蜜蜂储蜜之处。

【语译】

　　白的李花,红的桃花,纷纷扬扬地飘坠,各自带着一份忧伤;青楼佳人,在烟雨中伫望,落花勾起了无限往事,难解难忘。它将要随风飞去,又旋转着,仿佛在翩翩起舞;它落下了,静静地躺在地上,仍然保持着艳丽芬芳。飘零四海的游子归来,对着它凄然落泪,犹如当年韩翃,眼见心上的人儿已经离去,只留下淡淡余香。落花啊,当然还回想着彩蝶缭绕的日子;可它,毫不懊丧,毕竟它已把自己的花粉,供蜜蜂采藏。

【赏析】

　　宋吴处厚《青箱杂记》载,夏竦守安州时,年轻的宋祁与哥哥宋庠同去拜访夏竦,请求他向朝廷引荐。这天夏竦正举行诗会,诗题是咏落花,于是命宋庠兄弟各赋一首。夏竦见诗后,认为宋庠诗咏落花而不言落,风骨秀重,将来当中状元,做宰相;宋祁诗则预兆将来一定是位翰院名臣。咏物诗贵在即物达情,既要完全体现出被咏物的风貌特点,又要在被咏物上生发,有所寄托,抒发情操。宋祁这首咏落花诗,文采绚丽,风流倜傥,通过落花寄托自己高洁的情操,带有清贵之气,所以夏竦以文学侍臣相许。

　　诗首句入题写花落,但不直接着一"花"字,选取了春天最为繁盛的李花与桃花作为花的代表,分别以素、红两色来代替;诗又不直言"落",分别以"坠""翻"二字状花落时形态,呈现出一派落英缤纷的热闹场面。桃李遭风雨摧残,纷纷飘坠,素来被诗人当作红粉薄命的象征。唐杜牧《金谷园》诗有"落花犹似坠楼人"句,所以宋祁承杜牧诗意,以"各自伤"三字,将无情化为有情,引起人们的同情,递出自己对落花的惋惜;又沿这层意思,与多愁善感的贵族女子相联系,说花与人一样,在烟雨中感叹自己的遭遇,充满幽情恨苦。通过这样描写,以暮春凄凉迷离的景况作为落花的背景,给全诗抹上了一重浓重的愁绪。

次联承落花有情而展开,具体描写"落"。出句写初落,即方从枝上飘落那一瞬。花恋故枝,不忍坠落,于是在将被风吹走时,还是依依不舍地绕着花枝回旋转动,似乎在殷殷道别,而姿态又是那么的轻盈优美。对句写已落。花已坠地,倾斜着,仍然不失其美好的娇容。这两句精雕而出,十分形象,不仅用"更作""犹成"二语,突出花的多情,而更通过自己的感受,表达惜花的深情。在这里,花与诗人几成一体,诗人自己似乎化成了那朵朵飞花,随风飘坠,满怀依恋,深深叹息。诗中灵动的语句,缠绵的情怀,直接晚唐李商隐、韩偓诗香艳悱恻的风格,令人一唱三叹。宋刘克庄《后村诗话》说:"'将飞更作回风舞,已落犹成半面妆',宋景文《落花》诗也,为世所称,然义山固已云已。"义山即李商隐。李商隐在《和张秀才落花有感》诗中有句云:"落时犹自舞,扫后更闻香。"宋祁正是借李商隐诗意,表现花的气质,也寄寓了自己执着的精神。

第三联换个角度,写人对落花的情感,来达到表白惜花的目的。"沧海客归珠迸泪",显然又化用李商隐"沧海月明珠有泪"句,不过李商隐是借鲛人泣泪写自己的绸缪感伤,宋祁则直接把人登之诗面,说浪游的人回归故里,见百花凋残,不由得不泪下如雨,正犹如当年韩翃归来,见到心爱的人已杳然不见一样,无限凄凉。在这联中,诗仍然把花与美人融成一体,把惜花与惜人的情感互为交替,使人读后,既觉得诗人是在以花落喻人生中的缺陷不幸,又通过人的缺陷不幸,悲悼花的早逝。"骨遗香"三字,形容了花矢志不渝的坚贞,从而逼出最后的赞叹:落花不能忘怀在枝上绽放时彩蝶萦绕的繁盛时期,如今它落了,却也不悔,因为它已经用自己的花粉,供蜜蜂酿成了蜜。这样一赞,把花的高贵品质和盘托出,收起了原先的凄伤,代之以无比的崇敬。当然,这也是诗人在自白,他绝不想哗众取宠,能够对世间有所贡献,虽然骨销香灭,也毫不后悔。

诗咏落花,但通首不见花字,只是通过花色、形状及伴随落花的景色,使人觉得落花无所不在。在赋物时,着重点在绘情,使诗笼罩在凄清而又不苦寂的氛围中。结句下词新警,令人玩味无穷,由落花进一步体味人生,表达献身的壮志。诗为人传颂,正在于此。

曾公亮

曾公亮(999—1078),字明仲,晋江(今属福建)人。天圣二年(1024)进士,历官至中书门下平章事、昭文馆大学士,封鲁国公。卒赠太师,谥宣靖。所作诗多已散佚。

宿甘露僧舍①

枕中云气千峰近,床底松声万壑哀。
要看银山拍天浪②,开窗放入大江来。

【注释】

① 甘露:甘露寺,在江苏镇江北固山上。寺建于唐文宗大和年间,宋真宗大中祥符年间重建。北固山下临长江,当时江阔十余里。 ② 银山:指高涌的浪。

【语译】

床枕上弥漫着云气,使我恍若睡在千峰之上;阵阵松涛从万壑传来,似乎就在我床底下轰响。我忍不住想去看那如山般高高涌过的波浪,一打开窗户,滚滚长江仿佛扑进了我的窗栏。

【赏析】

甘露寺在镇江北固山巅,濒临大江,因此这首诗着力描绘地势给人的感受,在构思时,不用实笔,全通过想象,把山景的奇特、长江的伟观描写得淋漓尽致,使人有置身其中的强烈感受。

诗题是"宿甘露僧舍",所以围绕"宿"字展开。睡在寺里,由于地势高,山中水汽滋润,因而感到自己处在云雾缭绕之中,仿佛置身千峰之上,那阵阵松涛,又似乎在万壑中轰鸣,发之于床下。这起二句是睡在床上的感受与幻想,是通过感官来证实它存在,虽然没有具体的肯定,仍给人以逼真感,尽管北固山没有千山万壑存在。云气、松声,一在枕上,一在床下,都反映了所处地很高;而感觉到云气,凝听到松涛,也反映了诗人心底的宁静;这份宁静,又与寺庙、与静夜相统一。

因了心神的宁静,禅房外的景观——在幻象中呈现,而松涛的低啸,自然又提醒了诗人他是处在长江边上,因而又使他想到了长江的波涛,引起他忍不住要去眺望长江的冲动。三、四句于是转笔描写江水。"银山拍天浪",很具体地写出长江的宽广浩荡与滔天白浪,但前面加上"要看"二字,就知道仍然不是实写,毕竟晚上在甘露寺眺望是无法见到白天所见的那种壮阔景象的,这一壮景,是诗人脑海中的浮现。脑中浮现这么幅壮景,迫使他忍不住打开了窗户,向长江望去。末句构思很奇特,仍用幻笔,不说开窗看如雪白浪,而说奔腾翻滚的长江被"放"进窗来,把长江的气势写透写活,人们眼前似乎看到浪花要扑进窗来的奇观,深深地被长江的伟观所震撼。这一写作及炼字方法,与杜甫《绝句》"窗含西岭千秋雪"相仿,但杜诗写的是静态,曾诗写的是动态,更具魄力,只有稍后的王安石绝句"两山排闼送青来"可与媲美。

梅尧臣

梅尧臣(1002—1060),字圣俞,宣城(今属安徽)人。皇祐三年(1051)赐进士出身,官至尚书都官员外郎,故世称"梅都官",又尊称宛陵先生。诗与苏舜钦齐名,主张诗要"因事激风",提倡平淡质朴,在诗坛影响很大,被刘克庄推为宋诗的"开山祖师"。著有《宛陵先生集》。

范饶州坐中客语食河豚鱼①

春洲生荻芽②,春岸飞杨花③。
河豚当是时,贵不数鱼虾④。
其状已可怪,其毒亦莫加。
忿腹若封豕⑤,怒目犹吴蛙⑥。
庖煎苟失所⑦,入喉为镆铘⑧。
若此丧躯体,何须资齿牙?
持问南方人,党护复矜夸。
皆言美无度,谁谓死如麻。
我语不能屈,自思空咄嗟。
退之来潮阳,始惮飡笼蛇⑨。
子厚居柳州,而甘食虾蟆⑩。
二物虽可憎,性命无舛差⑪。

斯味曾不比⑫,中藏祸无涯。
甚美恶亦称⑬,此言诚可嘉。

【注释】

① 范饶州:范仲淹,字希文,吴县人。祥符年间进士,官至参知政事。时范仲淹知饶州(今江西鄱阳县)。　② 荻芽:荻草的嫩芽,又名荻笋,南方人用荻芽与河豚同煮作羹。　③ 杨花:即柳絮。　④ 不数:即位居其上。　⑤ 封豕:大猪。　⑥ 怒目:瞪着眼睛。吴蛙:吴地青蛙。《韩非子·内储说上》记有越王勾践伐吴,见怒蛙而行礼事。　⑦ "庖煎"句:说如果烹调得不得法。⑧ 镆铘:古代宝剑名。　⑨ "退之"二句:退之即韩愈。韩愈贬官潮阳,有《初南食贻元十八协律》诗云:"唯蛇旧所识,实惮口眼狞。开笼听其去,郁屈尚不平。"⑩ "子厚"二句:子厚,柳宗元。柳宗元谪柳州,韩愈有《答柳柳州食虾蟆》诗,中有"而君复何为,甘食比豢豹"句。　⑪ 舛差:差错,危害。　⑫ 曾:岂,难道。⑬ "甚美"句:语本《左传》昭公二十八年"甚美必有甚恶",意谓美与恶往往互相依附。称,相当。

【语译】

春天,水边的小洲生出了嫩嫩的荻芽,岸上的杨柳吐絮,满天飞花。河豚鱼在这时候上市,价格昂贵,超过了所有的鱼虾。河豚的样子已足以让人觉得奇怪,毒性也没什么食物能比上它。鼓动了大腹好像一头大猪,突出双眼,又如同吴地鼓腹的青蛙。烧煮如果不慎重不得法,吃下去马上丧命,就像遭到利剑的宰杀。像这样给人生命带来伤害的生物,人们又为什么要去吃它?我把这问题请教南方人,他们却对河豚赞不绝口,夸了又夸。都说这鱼实在是味道鲜美,闭口不谈毒死的人多得如麻。我没办法驳倒他们,反复思想,空自嗟讶。韩愈来到潮阳,开始时也怕吃蛇。柳宗元到了柳州,没多久就坦然地吃起了虾蟆。蛇和虾蟆形状虽然古怪,令人厌恶,但对人的性命没什么妨害,不用担惊受怕。河豚鱼的味道虽然超过它们,但隐藏的祸患无边无涯。太美的东西一定也很恶,古人这句话可讲的一点也不差。

【赏析】

这首诗作于景祐五年(1038),是在范仲淹府上即席而作。一般当场作的诗,除了因为应酬客套,无所见长外,如有一二警句,通常都会被好事者记下来,为后世所津津乐道,相应地也会引起一些笔墨官司。欧阳修《六一诗话》载,梅尧臣当时离建德知县任,范仲淹当时任饶州刺史,约他同游庐山。梅尧臣至范府,有次碰到有人谈起河豚鱼,梅尧臣有所感慨,马上作了这首诗,受到大家的称赏。欧阳修说:"诗作于樽俎之间,笔力雄赡,顷刻而成,遂为绝唱。"《历代诗话》卷五十六载,刘原父因梅尧臣作这首诗,认为可称他为"梅河豚"。

诗虽然是率然成章,不像梅尧臣大多数作品经过苦吟雕琢,但诗风仍以闲远洗练为特色,尤多波折。首四句直写河豚鱼,即一般咏物诗的着题。诗说当春天小洲上生出荻芽,两岸柳树飘飞着柳絮时,河豚上市了,十分名贵。这四句诗,一向被人称道。一是由于起二句写景很得神似,而又以物候暗示河豚上市的时间;二是接二句明写,而以鱼虾为衬,说出河豚的价值。这样开篇,四平八稳,面面俱到。欧阳修分析说:"河豚常出于春末,群游而上,食絮而肥,南人多与荻芽为羹,云最美。故知诗者谓只破题两句,已道尽河豚好处。"陈衍《宋诗精华录》也说这四句极佳。不过,也有人指出,河豚上市在早春,二月以后就贱了,"至柳絮时,鱼已过矣"(宋孔毅父《杂记》)。宋叶梦得《石林诗话》对此又反驳说,待柳絮飞时江西人才吃河豚,梅诗并不错。略去事实不谈,可见这首诗在当时及后世影响都很大。

自"其状已可怪"句起,诗一下急转,不说河豚味美,却对河豚的坏处作大段铺叙。先说了河豚形状奇怪,本身含有剧毒。接下,一联说河豚如封豕、吴蛙,落实其怪;一联说河豚如利剑入腹,杀人不见血,落实其毒。从而诗作出河豚不应当食用这一结论。这一段,用了几个奇特的比喻,下语也很精到别致。如因为河豚鱼腹大,有气囊,双目凸出,生于头顶,梅尧臣便由此而想到大猪及怒蛙,比喻切当又带有夸张的成分。把河豚的毒与利剑的快相比,也很生新。

"持问南方人"以下,写自己与客人的辩驳。河豚既然这么毒,不应该去吃,可是问南方人,却说它的味道鲜美,闭口不谈它能毒死人的事。对此,作者发出了感叹。诗先引了韩愈在潮州见人吃蛇及柳宗元在柳州吃虾蟆的事作一跌,说似乎任何可怕的东西,习惯了也不可怕。在举了蛇及虾蟆,呼应了前面的"怪"字后,诗进一步呼应"毒"字,说蛇及虾蟆虽怪,但吃了对人没有妨害,而河豚则不然,"中藏祸无涯"。最后,作者得出结论:河豚鱼味很美,正如《左传》所说"甚美必有甚恶",人们难道能不警惕吗?这样评论,表面上是揭示人们为求味道的适口而视生命不顾,取小失大;如果联系现实生活的各方面来看,何尝又不是在讽刺人世间为了名利而不顾生命与气节的人呢?

梅尧臣的诗力求风格平淡,状物鲜明,含意深远。欧阳修在《书梅圣俞稿后》说他"长于体人情,状风物,英华雅正,变态百出",这首诗正符合这一评价。梅尧臣处在西昆体诗统治诗坛的年代,他反对堆砌词藻典故,主张学习风雅,提倡诗歌将下情上达、美刺时政,写了不少反映下层生活的诗。这首写河豚的诗,也是通过咏河豚,隐讽社会,所以被当作梅尧臣的代表作之一。欧阳修是梅尧臣的知己,清代姚莹《论诗绝句》有"宛陵知己有庐陵"句。欧阳修作诗学韩愈,喜发议论,杂以散文笔法,梅尧臣这首诗也带有这些特点,所以被欧阳修推为"绝唱"。欧阳修还在《书梅圣俞河豚诗后》说:"余每体中不康,诵之数过,辄佳。"还多次亲笔抄写这首诗送给别人。

田　家　语

谁道田家乐?春税秋未足。
里胥扣我门①,日夕苦煎促。
盛夏流潦多②,白水高于屋。

水既害我菽③,蝗又食我粟④。

前月诏书来,生齿复板录⑤。

三丁籍一壮,恶使操弓韣⑥。

州符今又严⑦,老吏持鞭朴。

搜索稚与艾,唯存跛无目。

田间敢怨嗟?父子各悲哭。

南亩焉可事⑧?买箭卖牛犊⑨。

愁气变久雨,铛缶空无粥⑩。

盲跛不能耕,死亡在迟速。

我闻诚所惭,徒尔叨君禄。

却咏《归去来》⑪,刈薪向深谷。

【注释】

①里胥:乡里的小吏。扣:敲打。 ②流潦:大水。 ③菽:豆类。 ④粟:小米。 ⑤生齿:人口。板录:登记。 ⑥恶:凶狠。弓韣(dú):弓套。此指弓。 ⑦州符:州中的命令。 ⑧南亩:田地。 ⑨"买箭"句:《汉书·龚遂传》载龚遂官渤海太守,劝民务农桑,卖刀剑买牛犊,州郡大治。此处反用其事。 ⑩铛:锅子。缶:瓦罐。 ⑪"却咏"句:表示要弃官回乡。陶渊明辞官时,曾赋《归去来兮辞》以明志。

【语译】

谁说我们种田人快乐?春天欠下的赋税,秋天还没交足。乡中的小吏敲打着我的大门,没早没晚狠狠逼迫催促。今年盛夏雨水如注,大水涨得高过房屋。水已经淹没冲走了稻菽,蝗虫又吃光了粱粟。前些时诏书下达,挨家挨户把户口登录,三个中间要抽一个,凶狠地赶去做弓手编入军伍。州里的命令十分严厉,老吏拿着鞭子不断催着上路。只剩下跛子与盲人,老人与小孩也不放过。村里人谁敢叹气抱怨?父子各自悲伤痛哭。田里的活怎么去干?为了买箭早就卖了牛犊。怨愁之气化作连绵秋雨,锅子瓦罐空空吃不上一顿粥。盲人跛子如何耕种?死亡只在迟速。我听老农的话十分惭愧,白白地拿着朝廷的俸禄。还不如弃官回乡,打柴种田在深山大谷。

【赏析】

这首诗前原有一篇序,说宋仁宗康定元年(1040),下诏百姓三丁抽一,编成队伍,称弓箭手,用以备战。各路主管官员,为迎合上旨,征集得十分紧迫,层层下压,百姓中连老人及未成年人也免不了。人民怨声冲天,天因此而久雨不停。梅尧臣于是记录下田家之言编成这首诗,等待有关心人民疾苦的朝臣来询问,也就是要以此诗反映民间疾苦,为民请命。

诗因为是继承古代采风遗意而作,所以采用古乐府体,直接通过田家言语,反映血泪事实。诗写点弓兵给百姓造成的危害,先从农家在未点弓兵以前的苦楚写起,说明点弓兵一事是雪上加霜,加深农家难以生存的程度。诗首句以"谁道田家乐"反诘起,为全诗定音,然后将苦处倾泻出来:县胥敲门,催逼赋税;今年遭到洪水,淹没了庄稼,又遇蝗灾;在这样的情况下,朝廷又点弓兵,挨家挨户地登记,三丁抽一,州里的命令急切下达,百姓遭鞭打,一直搜逼到只剩残缺的人,百姓抱头痛哭,卖牛买箭,满腔愁怨,化作滂沱大雨,家中断炊,只能眼睁睁地等死。对此,诗人感慨万分,深深为朝廷不能恤民、官府只知迎合上司而感到不平,又因为自己也是朝廷官员,对此无能为力而感到内疚,因此萌生回乡打柴的念头。

田家的语言,浅显通俗,共二十四句,每四句写一件事,层层进逼,所述被逼租、遭水蝗灾害、征为弓兵、遭鞭扑、卖牛、饥饿等,都饱含血泪,令人惨不忍睹。这样的构思和立意,都直接继承了杜甫的"三吏""三别",焕发着现实主义的光芒。

梅尧臣作这首诗时官襄城县令,他满怀着救民焚溺的精神,写下了这首充满不平与愤疾的诗,以表示对百姓的同情及对贪官污吏的鞭箠,其批判现实的程度及写作目的,完全可与唐元结的《舂陵行》并驾齐驱,共垂不朽。同一件事,梅尧臣还作了《汝坟贫女》一诗,用妇女口气陈述,写点弓手时死亡蔽道,可与本诗同参。

悼 亡

结发为夫妇①,于今十七年。
相看犹不足②,何况是长捐③。
我鬓已多白,此身宁久全?
终当与同穴④,未死泪涟涟⑤。

【注释】

① 结发:古代成婚时,男左女右共髻束发。后因称结婚为"结发"。② 相看:犹相对。　③ 长捐:永远弃捐,即永别。　④ 同穴:指合葬。《诗经》言夫妇"穀则异室,死则同穴"。　⑤ 涟涟:垂泪貌。

【语译】

我与你结婚,到如今已是十七个年头。我们恩恩爱爱,天天在一起尚且看不够,你如今竟然撇下我,埋骨山丘！我的双鬓都已花白,在这世上又能够活多久？虽说最终必然会与你葬在一起,可如今日日以眼泪洗面,怎能放下这满怀的痛苦愁忧？

【赏析】

梅尧臣的夫人谢氏,天圣五年(1027)嫁给梅尧臣,伴随他度过了十七年贫苦的生活。庆历四年(1044),梅尧臣与妻子乘舟回汴京,七月七日至高邮,谢氏死于舟中。这首诗即作于庆历四年,原诗共二首,这是第一首。

诗首联便说明所悼的是与自己朝夕相伴了十七年的妻子,为全诗悲伤气氛定调。次联吐诉心迹,说与妻子天天在一起的时候,尚且不能满足,更何况妻子如今与世长辞了。以生时的情况,衬死后的凄凉,是加一倍写法。以下就放笔写自己活着的难堪:双鬓花白,日益衰老,恐怕活不长久了。年老力衰本是人之常情,但在这里写出来,等于是表白自己由于哀悼而身体迅速变坏,既说出自己的实况,又隐约表述了情感。最后,由上联"宁久全"逼出结尾:尽管活不长了,死后可与妻子相会于九泉,可现在活着时怎么过?这一收煞,很稳很重,伤心之处,令人不忍再读。

哀挽诗要求率直,于平淡中见真情。梅尧臣的诗以质朴见长,所以他的这首悼亡诗,曲折而凄婉地表达了自己的情感,毫不辞费,把内容与形式完美地统一起来,富有很强的感染力。陈衍很推重这首诗,认为古诗写夫妇之情的很少,古时推为绝唱的是晋潘岳的《悼亡诗》;但潘岳的诗还有卖弄之处,不像梅尧臣全是心中真情流露,当推为千古第一。

鲁山山行①

适与野情惬②,千山高复低。
好峰随处改,幽径独行迷。
霜落熊升树,林空鹿饮溪。
人家在何许③?云外一声鸡。

【注释】

① 鲁山:一名露山,在河南鲁山县东北,接近襄城县境。 ② 野情:爱好山野景物的情趣。惬:相合。 ③ 何许:何处。

【语译】

这一派景象正与我爱好山野风光的情趣相合,你看,那一座座山峰,高高低低,是那么的使人入迷。山中的景色随着行进的脚步不住地转换,独个进入幽深的小路,迷失了南北东西。严霜摧折了草木,熊在树上欢闹,空空的林子里,可见到小鹿在溪边饮水嬉戏。什么地方住着人家?从云外飘来了一声悠扬的鸡啼。

【赏析】

梅尧臣诗风质朴,喜爱大自然,因此作了很多写景诗,往往观察细微、设譬新趣,《鲁山山行》是他的代表作。诗作于康定元年(1040),时梅尧臣知襄城县。

诗写游山,题又是"山行",所以全诗围绕山写,而又处处兼顾到在行进中看山的特点。首句写自己来到鲁山的欢快心理,说自己热爱山林富有野趣,这鲁山的风景正合口味,所以心情很振奋。很多久仰名山,乍到山脚的人,常常会产生这样的振奋,因此这句诗看似为游山所作的引子,实际上也是诗人的经验之谈。接着,诗在以"千山高复低"总写一句,补足为什么"适与野情惬"后,结合行进中的感觉,转入局部描写。山景随着诗人不断前行,视角不断改变而改变,千姿百态,他独自沿着小路走,往往不知不觉迷失了方向。"幽径独行迷"一句,描绘得很细致。一是表现诗人爱山爱得入了迷,贪婪地左顾右盼,品味欣赏,自然而然地忘记了路径方向,与首句"适与野情惬"相呼应;二是因了迷,更显出山的深、路的幽。在这千变万化的山景及幽深的小路上,诗人见到了什么呢?于是诗随手摄入所见,说由于深秋霜降,木叶尽脱,熊爬上了树干,林子里空荡荡的,小鹿在溪边饮水。这一派大自然和谐景象,使诗人深深地陶醉。同时,野兽不惊,自由自在,又呼应了自己独行与山径的幽深。

在这样静寂的世界里,诗人与大自然合为一体,品味着大自然的深趣,正在此时,传来一声鸡鸣,打破了山林的静谧。在这番强烈的静与响的比较中,诗也就戛然而止了,给人以无尽的回味。宋胡仔《苕溪渔隐丛话后集》评梅尧臣诗说"圣俞诗工于平淡,自成一家",并举本诗尾联,认为"此等句,须细细味之,方见其用意也"。

全诗状景写情,都自然而有生趣。欧阳修《六一诗话》记梅尧臣语说:"诗家虽主意,而造语亦难。若意新语工,得前人所未道者,斯为善也。必然状难状之景如在目前,含不尽之意见于言外,然后为至矣。"这首《鲁山山行》可称得上是他诗歌理论的实践与范例。

梦后寄欧阳永叔[①]

不趁常参久[②],安眠向旧溪[③]。
五更千里梦,残月一城鸡。
适往言犹在,浮生理可齐[④]。
山王今已贵[⑤],肯听竹禽啼[⑥]?

【注释】

① 永叔:欧阳修的字。 ② 趁:跟随。常参:宋制,文官五品以上及两省供奉官、监察御史、员外郎、太常博士每天参加朝见,称常参官。梅尧臣回乡前官太常博士,得与常参。 ③ 旧溪:指家乡宣城。宣城有东西二溪。 ④ 浮

生:人生。　⑤山王:山指山涛,王指王戎,均为竹林七贤之一。山涛后官吏部尚书,王戎官司徒、尚书令。　⑥竹禽:即竹鸡,善啼,栖竹林内。

【语译】

我已经离开朝廷很久,安心地居住在故乡。晚上忽然做了个梦,梦中又回到了千里外的京城,与你相会;梦醒时已是五更,鸡鸣阵阵,落月照着屋梁。回味梦中,欢叙友情的话还在耳边回响,想到这人生,不也和一场梦一样?老朋友啊,你如今已登显贵,是不是还肯像过去同游时,再听那竹禽啼唱?

【赏析】

至和二年(1055),梅尧臣已经居丧住故乡宣城三年了。这天晚上,他做了个梦,梦见与好朋友欧阳修在京城欢聚。梦醒后,天还没亮,残月斜照,鸡鸣声不绝于耳。他感慨不已,写下了这首情意深长的五律。

诗题是"梦后",诗的重点也是抒发梦后感怀,但诗先从未入梦时写,交代自己的情况,作为梦的背景。首联实写,随手而出,说自己离开朝廷已经很久,安居在故乡。这联很质朴,实话实说,但对后面写梦起了重要作用。唯有"不趁常参久",与友人离别多日,所以思之切,形诸梦寐;唯有"安眠向旧溪",满足于现状,才会有下文感叹人生如梦,唯适为安,希望欧阳修富贵不忘贫贱之交的想法。

三、四句是名句,涵意深广。诗人梦醒,已是五更,仿佛还沉浸在方才梦境之中,而梦境是千里外的京城,与首联"不趁常参久"呼应。残月斜照,满城鸡鸣,又把他拉到现实之中,使他不胜唏嘘。杜甫《梦李白》有"落月满屋梁,犹疑照颜色"句,写梦醒后对梦境的回味及惝恍。梅尧臣在这里写五更、残月,与杜诗有相通处。诗不直说梦醒,而以五更、残月暗示梦醒;不写梦醒后的感叹,而以景语作点缀,使人纵意想象。于是,在曙光熹微、残月西照、满耳鸡鸣中,诗人梦觉后的神态,宛在目前,所以方回在《瀛奎律髓》中大为赞赏。不过纪昀对此有微词,说:"三、四嫌太现成。右丞(王维)'五湖三亩宅,万里一归人'、顾非熊'一家千里外,残月五更头',皆非高境也。"纪昀论诗反对过于工整,所以对此不满。

五、六句又作拗折,先翻回梦境,说刚才梦中,自己又到了京城,与欧阳修相会,但诗立刻打住,以"言犹在"一笔带过,且回照"梦后"。梦后是残月鸡鸣,回思梦境,恍在眼前,再想到现实生活,不由人又产生了人生亦如一梦的感觉,这样就自然引出了下句,生活中的得失,仕途中的坎坷,都用不着过分地放在心上。如此写梦,就使诗意进一步拓深,富有哲理。

最后两句,由梦中与欧阳修相会,想到了现实中的交往。诗用竹林七贤中山涛、王戎来比欧阳修,因为欧阳修当时已擢官翰林学士,因此梅尧臣希望他虽然已处高位,但不要忘记当年朋友之间的交往。诗以听竹禽啼鸣为往日萧散自在、相互脱略形骸的生活的代表,以问句出之,正是深切希望欧阳修莫改初衷,与诗人保持友情,珍惜过去。方回认为末联是说欧阳修已登显贵,要忙于朝政,已经无法享受高眠之适,也是一种合理的解释。

诗写得质朴自然、兴味深长。欧阳修《六一诗话》说梅尧臣诗"覃思精微,以深淡闲远为意",正是指本诗一类作品。

东　溪①

行到东溪看水时,坐临孤屿发船迟。
野凫眠岸有闲意②,老树着花无丑枝。
短短蒲茸齐似剪③,平平沙石净于筛。
情虽不厌住不得④,薄暮归来车马疲⑤。

【注释】

① 东溪:在作者家乡安徽宣城。溪发源于天目山,溪中多石,水波翻涌,奇变可玩。　② 野凫:野鸭。　③ 蒲茸:初生的菖蒲。　④ 住不得:再不能停留下去了。　⑤ 薄暮:黄昏。

【语译】

我来到东溪边观赏溪景,面对着水中的孤石迟迟舍不得上船离开。野鸭在岸边睡着,充满闲情逸趣;老树伸展着秀丽的枝干,繁花似锦,惹人喜爱。溪旁短短的蒲草整齐得似乎经过修剪,平坦的沙岸,洁白的沙石仿佛多次被粗选细筛。我虽然迷上了这里但不得不回去,傍晚到家马儿已累得精疲力衰。

【赏析】

皇祐五年(1053),梅尧臣居母丧回到家乡。他徜徉于家乡秀丽的景色中，写了不少诗，寄托对山水及人生的情趣。这首诗作于至和二年(1055)乡居时。

诗写得很平淡，是梅尧臣诗一贯的风格。因为是写闲居，所处又是故乡熟悉的山水，所以诗人信手而起，说自己来到了东溪，欣赏着清澈的溪水，面对着水中突兀的奇石坐着，不忍上船离开。这两句铺设东溪水中景致，写出自己依依不舍的心情，为下文着力写东溪张本。在结构上，又学王维《终南别业》"行到水穷处，坐看云起时"那份闲适与淡然。

次联把目光转到岸上：岸边有几只野鸭子，恬静地睡着，一棵老树，繁花盛开，伸出了婆娑优美的枝条。这两句是名句，被方回、胡仔、陈衍等人交口称赞。出句写鸭子，显然受到杜甫《漫兴》诗"沙上凫雏傍母眠"的启发，但加入了"有闲意"三字，就既刻画出禽鸟的特征，又移入了诗人自己的主观。梅尧臣此番回到故乡，追求的就是"闲意"，他这次出游东溪，也是闲意的表现。在这句诗中，物我得到了统一，进入了相对两忘的境界，因而诗人不愿意早早归去。对句写老树，虽然也不是梅尧臣的发明，李白《长歌行》就有"枯枝无丑叶"句，刘禹锡《酬乐天扬州初逢席上见赠》也有"病树枝头万木春"句，都以不堪之处表现生机。但梅尧臣不选取溪边的红花绿柳，而特别看中老树，歌颂老树的繁茂多姿，也与他当时的心情密切相关。梅尧臣这时已五十多岁，他生平仕途坎坷，但气节不改，写老树正是自我表白。这两句诗在取景上很独特，描写上又很细腻，且密合自身，所以取得成功。

五、六句由局部推向全面,目光还留注溪边,但写成片的蒲草与平坦洁净的沙滩,反映了溪水清澈与平静的特点,与起首所描绘的气氛相呼应。这一景象,梅尧臣在《夏日晚晴登许昌西湖》中也曾写到,诗说:"烟蒲匀若剪,沙岸净无泥。"可见是他的得意之句,他作诗刻意求工,于此也得到体现。尾联仍写眷恋之情,通过欲留不得,终须回家的心情,照应首联看水时"坐临孤屿发船迟"句,但稍嫌刻露,一览无遗,没有给人以回味的余地,与全诗不称。

全诗围绕看水,写出了水乡的秀丽风光与自己的闲情逸趣,造语平淡,描绘缜密。尤其是二、三两联,意新语工,都是前四字写景,后三字写意,边叙边议,有浓郁的情趣。

陶 者①

陶尽门前土②,屋上无片瓦。
十指不霑泥③,鳞鳞居大厦。

【注释】

① 陶者:烧制陶器的人。这里指烧瓦工人。 ② 陶:同"掏",指挖土烧瓦。 ③ 霑:同"沾"。

【语译】

烧瓦工人成天挖呀挖,门前的土都挖光了,可自家的屋上却没有一片瓦。那些富贵人家,十指连泥也不碰一下,却住在铺满瓦片的高楼大厦。

【赏析】

宋初有些诗,用质朴的语言讽刺时事,控诉与指斥社会中不平等现象,梅尧臣这首诗是其中很著名的一首。

诗不进行铺叙,只是通过对比,直接表现不合理处。两句写烧瓦工人,两句写达官富人,烧瓦工人辛勤劳动却住草房,达官富人十指不沾泥,却住高楼大厦。这样写,集中了矛盾,强烈地表现了两者的差别,作者不加议论而结论已经明白彻底了。

在梅尧臣以前,唐代人已经写了大量反映社会不平等的诗,大都写耕织的农民,梅尧臣这首诗换了个角度,写手工业者,可以说是对自己做诗目标"意新语工"的实践。诗在写作上,打破了绝句声律的格局限制,句法散文化,近似古代的风谣,这正是梅诗古朴淡泊的特色。后来有位并不出名的诗人张俞,作了一首《蚕妇》诗说:"昨日入城市,归来泪满巾。遍身罗绮者,不是养蚕人。"主题与梅诗相同,不知是否受到过梅诗的启发。近代有很多风谣,往往通过对比显示不合理,则受梅诗影响是很明显的。

欧阳修

欧阳修(1007—1072),字永叔,号醉翁,又号六一居士,庐陵(今江西吉安)人。天圣八年(1030)进士,官知谏院、知制诰。因拥护范仲淹新政,贬知滁州。后官至枢密副使、参知政事,因反对王安石新法,贬官,以太子少师致仕,卒谥文忠。他是北宋诗文革新运动的领袖,被推为一代文宗,诗词成就也很高。诗继承韩愈,古体高秀,平易流畅,近体典雅,开宋诗议论化、散文化诗风。著有《欧阳文忠公文集》。

夜夜曲①

浮云吐明月,流影玉阶阴②。
千里虽共照,安知夜夜心?

【注释】

① 夜夜曲:属乐府杂曲歌辞,多描写思妇怨女的情怀。　② 流影:形容月光清柔流动。

【语译】

薄薄的云彩,飘浮在星空,把月亮遮住,又吐了出来;月光流动着,在我洁净的阶前,投下了一片阴影。我与你分隔千里,明月照着我,也照着你,明月啊,你又怎知道,我每夜思恋的心情?

【赏析】

独处深闺的女子,每当静夜,明月灿烂,总会由月光引起思念远方的丈夫或恋人的情思,欧阳修的这首小诗,写的就是这种心情。

夜色沉沉,明月皎皎,透进了窗户,女子满腹牢愁,无法排遣,只好把目光投向空中的月亮。她看的时间很长,品味得很细,只见到一片浮云遮没了月亮,云飘过去了,月亮又露了出来;月光的影子,洒在窗前阶上,移动着。这两句是借月写人。中国古代的宫怨、闺思诗总喜欢写月亮,似乎唯有月亮,才能理解与陪伴孤凄的女子,才能衬托女子思夫的苦思,如李白的《长门怨》说:"夜悬明镜秋天上,独照长门宫里人。"这首诗也信手拈出望月,来写女子心理。诗在写月时,又把笔墨凝聚在写云上。一个"吐"字用得很形象,杜甫诗有"四更山吐月"(《月》)句,写月亮从山后出现,欧阳修演化成从云中穿出,更使人感到新鲜,下句写月影也恰到好处。这就是传统的"烘云托月"法,云写得越好,月亮也就越有神采。

三、四句具体写怀人。自谢庄《月赋》写出"隔千里兮共明月"这一名句后,用望月写怀人的作品大致都写人虽然分隔千里万里,但同在这明月照耀下,彼此思念的心意相同。如唐钱起《裴迪书斋望月》:"今夕遥天末,清辉几处愁。"白居易《八月十五夜禁中寓直寄元四稹》:"三五夜中新月色,二千里外故人心。"这些,也就是后来苏轼《水调歌头》中"但愿人长久,千里共婵娟"的意思。欧阳修这首诗在写月后,故作转折,翻过一层,说这明月虽然照着相隔千里的我们,可你又何曾知道我每夜思念恋人的心;所思念的人,虽然同在月光照耀之下,又是否知道我的心呢?于是把思念之情更加深了一层,由一夜扩展到夜夜,同时把所思之人别离长久、没有音信的事也隐括其中,由爱、由思又透出了几分怨来。

秋 怀

节物岂不好,秋怀何黯然?
西风酒旗市,细雨菊花天。
感事悲双鬓,包羞食万钱①。
鹿车何日驾②,归去颍东田③。

【注释】

① 包羞:对所做事感到耻辱不安。 ② 鹿车:用人力推挽的小车。《风俗通》说因其窄小,仅载得下一鹿,故名。 ③ 颍东:指颍州(今安徽阜阳)。欧阳修在皇祐元年(1049)知颍州,乐西湖之胜,将卜居,不久内迁。翌年,约梅圣俞买田于颍。

【语译】

这节令风物有哪一点使人不称心?可不知怎的,我面对这满眼秋色,却禁不住黯然神伤。西风猎猎,市上的酒旗迎风招展;细雨蒙蒙,到处有金色的菊花怒放。想到国事家事,愁得我双鬓灰白;白白地耗费朝廷俸禄,我心中感到羞耻难当。什么时候能满足我的愿望——挽着鹿车,回到颍东,耕田植桑。

【赏析】

在《世说新语》中有这么个故事:吴人张季鹰在外做官,有一年秋天,他听到秋风飒起,不禁想起了家乡的鲈鱼脍与莼菜羹,于是连官也不要做了,立刻动身回家。由此可见,萧瑟的秋风对旅居在外的文人仕子的情感产生的影响是多么巨大。欧阳修这首《秋怀》诗,也是抒发因秋天而产生的乡园之思,但写时打破了大部分悲秋诗单调地抒发惆怅悲伤的惯例,颇有张季鹰思归的意趣。

诗以反问起,起得很突兀。历来写秋思,总是在起首强调秋风萧瑟、草木摇落,一片悲凉肃杀,从而接写心中的悲怆,如杜甫《秋兴》"玉露凋伤枫树林,巫山巫峡气萧森",《登高》"风急天高猿啸哀,渚清沙白鸟飞回。无边落木萧萧下,不尽长江滚滚来",均是如此。欧阳修这首诗却劈头一句,说谁说秋天的节令风物不好?又接问一句,节令风物没什么不好,可为什么我会感到无限的悲伤沮丧呢?这样设问,一下子引起读者注意,使人猜测,秋景无限好,诗人黯然销魂些什么?使诗充满悬念。照理,诗接着应该回答上面的问题,写自己黯然情怀,但第二联却忽然避开,转而化重笔来写节物之好。这种遵循思想的跳跃进行谋篇,后来成为江西诗派诗风的一大特点。诗把秋景写得很美:猎猎秋风,吹动着酒旗,蒙蒙细雨,滋润着黄菊。这十个字,清通深婉,情韵幽折,把秋天迷人的景色形象地展示在人们面前,使人神往。欧阳修诗以学韩愈出名,这两句却直逼南朝二谢山水诗韵,缘情体物,天然神妙,无一字虚设;在诗律的精细上又步趋杜甫,酷肖杜诗"细雨鱼儿出,微风燕子斜"(《水槛遣心》)等句。宋人《雪浪斋日记》说:"或疑六一诗,以为未尽妙,以质于子和。子和曰:'六一诗只欲平易耳。如"西风酒旗市,细雨菊花天"岂不佳?'"深赞此联的平易。所谓平易,即洗尽铅华,不事雕饰,这确实是欧阳修大部分诗的特色。

诗第三联终于上接首联,回答何以黯然。原来诗人不是悲秋,而是对国家大事充满忧虑;又因为自己尽管作了努力,朝廷却不肯采纳他的建议,便觉得自己尸位素餐,白白耗费了国家的俸禄。"包羞食万钱",在这里与唐诗"邑有流亡愧俸钱"意思相同。因此,诗人最终发出了向往归隐的感叹,既然于世无补,还不如赋遂初,去颍东耕田的好。

全诗结构灵活,情景均佳。诗越是赞赏秋景,越显出他的愁思,这一对矛盾,在诗中和谐地统一在一起。诗人的思归,本与秋景的如何无关,因此,他的悲秋,是表达对官场的厌弃。张季鹰的回乡,早有人指出是为避祸而故作豁达;欧阳修曾与范仲淹、余靖等人推行庆历新政,遭到打击,贬官滁州,后来虽然起复,但作此诗时,仍未忘怀,他的求归,似乎也与张季鹰一样,有避祸的意思。

戏答元珍①

春风疑不到天涯,二月山城未见花②。
残雪压枝犹有橘,冻雷惊笋欲抽芽。

夜闻归雁生乡思,病入新年感物华③。

曾是洛阳花下客④,野芳虽晚不须嗟⑤。

【注释】

① 元珍:丁宝臣,字元珍,宋仁宗景祐元年进士,时官峡州判官。　② 山城:指欧阳修当时任县令的峡州夷陵县(今湖北宜昌)。夷陵面江背山,故称山城。　③ 物华:美好的事物。　④ 洛阳:今河南洛阳市,宋为西京。欧阳修曾官西京留守推官,洛阳是著名的牡丹花产地,所以他在这里自称"洛阳花下客"。⑤ 嗟:叹息。

【语译】

我真怀疑春风吹不到这边远的山城,已是二月,居然还见不到一朵花。有的是未融尽的积雪压弯了树枝,枝上还挂着去年的橘子;寒冷的天气,春雷震动,似乎在催促着竹笋赶快抽芽。夜间难以入睡,阵阵北归的雁鸣惹起我无穷的乡思;病久了又逢新春,眼前所有景色,都触动我思绪如麻。我曾在洛阳见够了千姿百态的牡丹花,这里的野花开得虽晚,又有什么可以感伤,可以嗟讶?

【赏析】

诗作于宋仁宗景祐四年(1037),欧阳修当时任峡州夷陵县令。诗写夷陵的节令,借以遣发贬官远谪的牢骚。

诗是戏答,便以轻松的带有调侃的笔调开始,说心中怀疑春风吹不到这边远山城,犹如唐人所说"春风不度玉门关"一样,因而到了百花齐放的春天,眼前仍未见有花朵开放。这两句起得很巧,一问一答,用倒装法。欧阳修自己认为是得意之笔,有了下句,上句才显得工稳(见《笔说·峡州诗说》)。方回在《瀛奎律髓》中也说有了这两句,"以后句句有味"。

接着,诗乘势写山城早春风景。不见花,见什么呢?只有还未融尽的积雪压低了橘树的枝条,上面残存着没摘尽的橘,沉闷的雷声催促着竹笋快抽芽。诗写了残雪、冻雷,说明节气来得晚,使上文仲春二月不见花的事得到了解释,"疑不到天涯"也方疑得突兀中有道理。同时,夷陵盛产橘笋,诗人将本地特产引入诗中,更显得功夫老到。

诗上半写了夷陵春景,下半转入春思。夜间不寐,听见北归的大雁,自然感发了思乡的情思,更何况自己自去年冬天就生病,到了年初还没好,当时光偷换、万象更新之时,怎能令人不感伤呢?至此,"戏"的成分完全脱尽了,直接流露感情,诗调沉重凄怆。在这样的情感下,诗人本应对自己的处境表示不满,但却不直说,又翻过一层,回到"戏"字上,说自己见惯了洛阳牡丹盛开的局面,并不因为这里的野花迟迟不开而伤心叹息。这样,不写伤愁,而更让人体会到伤愁的分量。欧阳修诗的结句很喜欢用这种写法,如《黄溪夜泊》就是如此:"行见江山入吟咏,不因迁谪岂能来?"明明对被迁谪不满,却说因了迁谪方有幸能见到眼前美好的江山。这样写,比直抒胸臆多了一层含蓄,于寂寞愁苦中添加了一线向上的希望,诗就不显出沉闷低落。

欧阳修的这首诗写得抑扬顿挫,将景色与情感互相交错,有景语,有情语,也有议论,而布局自然绵密,是欧阳修的代表作,对扭转当时西昆体作家浮靡堆砌的诗风有很大的影响。清陆贻典评论说:"句法相生,对偶流动,欧公得意作也。"

丰乐亭游春^①

绿树交加山鸟啼,晴风荡漾落花飞。

鸟歌花舞太守醉^②,明日酒醒春已归。

【注释】

① 丰乐亭:庆历六年(1046)欧阳修任滁州知州时所建。亭在州西南琅玡山幽谷泉上。欧阳修还作有《丰乐亭记》记建亭事。　② 太守:欧阳修自指。

【语译】

绿树茂盛的枝干互相交叉,山鸟在欢快地啼鸣;晴天和暖的微风吹拂着,落花瓣瓣飘坠。鸟儿歌唱,花儿飞舞,我却已经喝醉;到明天酒醒,美丽的春天已经回归。

【赏析】

这首诗作于宋仁宗庆历七年(1047),共三首,这是第一首。

诗层层递进。入山后,首先映入眼中的是枝条婆娑交翳的绿树,耳中听到隐藏在树叶中的山鸟清脆悦耳的鸣声,风儿吹拂,落花齐飞。这两句写出了山中热闹的晚春景色,从视觉及听觉两个角度写,扩大了表现的范围,反映出诗人在游春时的欢快心理。在状景上也很细微,树则"交加",写出了它的枝繁叶茂;风则"荡漾",限定了是春天和煦的微风。这一派自然界的热闹,又反衬出山中人迹不到的幽静。

三、四句先以"鸟飞花舞"总承上二句的景色,说在这春景熏沐下,人不知不觉地有些懒洋洋的。对景开怀,更加容易产生醉意,于是诗人说自己醉了。可即使醉了,又怎会忘记这样美好的春景呢?"明日酒醒春已归",并不是说明天春天真的过去了,而是说时已暮春,真怕春天在瞬间过去,是抒发惜春的情感。春景如此好,又如此短暂,诗人即使醉了还要在丰乐亭上多坐一会儿,再喝上几杯酒。

这首诗,景句与情句都写得很到位,给人以回味。读了它,又很容易想起作者同时作于滁州的《醉翁亭记》,文中那"苍颜白发,颓然乎其间"的太守,与山中"树林阴翳,鸣声上下"的场面,正和诗如出一辙。从此推测,诗在寄意春景外,一定也包含了对官场与人生的极为复杂的情感在内。

宜 远 桥[①]

朱栏明绿水,古柳照斜阳。

何处偏宜望?清涟对女郎[②]。

【注释】

① 宜远桥:在颍州颍水上,是欧阳修皇祐元年(1049)为颍州太守时建。

② 清涟:清涟阁,晏殊所建。女郎:女郎台,在颍州西湖边。传春秋时胡子国君为其女所筑。

【语译】

红色的栏杆在绿水的衬托下,格外地鲜明;岸边的古柳,沐浴着夕阳的余光。什么景色最使人爱怜频频凝望?是清涟和与之相对的女郎。

【赏析】

这是首写景诗,也是咏物。诗人恰到好处地利用在桥上所见的景物,勾织出了一幅情趣横生的小景。

诗前两句全方位地写景。"朱栏"是写桥上,"绿水"是桥下,"古柳"是水边岸上,"斜阳"既在柳上,也在空中、地上、水面。这十个字,把桥周围的所见全部摄入,同时巧妙地利用现成的色彩,构成鲜明的对比度,使景色呈现出一派活泼气象。朱栏对绿水,一红一绿,相映成趣;古柳在傍晚是暗绿色,斜阳是金黄色,柳烟在斜阳的照耀下,浑如镀上一层金色,柔和静谧。诗人以桥为中心编排景色,利用动词"明""照"二字把景串合在一起。"朱栏明绿水",刻绘出绿水把红色的栏杆衬托得十分鲜明的景象,栏杆的倒影清晰地现在水中,格外亮丽。"古柳照斜阳",通过残照,使柳色更为朦胧。两句并列,又使人想到,朱栏映水中,古柳的奇姿也同样在水中映现;柳树沐浴着斜阳,斜阳也同样照着桥上,把光抛洒在湛绿的水中。整个景物便和谐地组合在一起,让人觉得美不胜收。

三、四句以议论出，是绝句常用的格式。前两句已将美景写全，这里偏要再问一句，什么景色最美。然后，诗撇开上文所说的近景，推出远处的清涟阁和女郎台。第三句的"宜望"二字，扣紧所题桥名"宜远"，便把前两句所绘景物轻易地拉到陪衬地位，让视线向纵深发展，造意深邃工致。第四句承上作答，如直说便无味，好在欧阳修既说破又不说破，把"阁""台"二字隐去，化实成虚，在阁名台名上做文章。于是，人们便自然地由诗面想到了碧水涟漪，想到了亭亭玉立的女郎；再发挥想象，清涟与绿水合为一气，女郎与朱栏合成一景，令人目摇神移，从景中生出无限的趣来。后来苏轼《李思训画长江绝岛图》诗，在小孤山、澎浪矶等地名上做文章，最后以"舟中贾客莫漫狂，小姑前年嫁彭郎"作调侃，与欧阳修这首诗的末句同出一径。

梦 中 作

夜凉吹笛千山月，路暗迷人百种花。

棋罢不知人换世，酒阑无奈客思家①。

【注释】

① 酒阑：酒尽。

【语译】

夜深沉，凉气袭人，冷冷的月光，笼罩着千山万壑，我坐在山头，吹起了玉笛，声声呜咽。一条小路，幽深昏暗，路两边开满了各种各样的花儿,我站在路上,迷惑不前。不知道和谁下棋,下了好久好久,一局终了,没想到人间已过了几朝几世。一会儿,我又喝醉了酒,歪斜着,可思家的愁绪却又清晰地闯入心田。

【赏析】

明杨慎《升庵诗话》对欧阳修这首诗专门作了分析。杨慎指出,绝句一句一绝,每句写一个场面、一层意思,起于《四时咏》:"春水满四泽,夏云多奇峰。秋月扬明辉,冬岭秀孤松。"杜甫《绝句》也是如此:"两个黄鹂鸣翠柳,一行白鹭上青天。窗含西岭千秋雪,门泊东吴万里船。"又如王维《戏题辋川别业》:"柳条拂地不忍听,松树梢云从更长。藤花欲暗藏猱子,柏叶初齐养麝香。"欧阳修这首诗就是借鉴了这种写法。此外,这首诗全首皆用工对,明显又是学了上列杜甫的《绝句》。

陈衍《宋诗精华录》说:"此诗当真是梦中作,如有神助。"意思说这首诗突破了时空概念,自由放逸,四个片段,虽然跳跃变幻,扑朔迷离,但又浑然一气,神足意完。俗话说"日有所思,夜有所梦",欧阳修是怎样通过梦境的纪录,来反映他当时复杂的心理的呢?

第一个梦境是写自己置身在冷月照耀下的千山之中,他觉得凉气袭人,于是拿起笛子,吹了起来。夜,寒,杳无人烟的千山,孤月,凄凉的如泣如诉的笛声,构成了一片迷离的梦境,我们从中可以体会到,诗人的心情是那么的孤独、伤心——这时候欧阳修正谪官颍州,这一梦境不正是他仕途失意的写照么?

第二个梦境,说他自己忽然置身在百花盛开之中,眼前是一条小路,光线很暗,他觉得很迷惘。赏花本是欧阳修的爱好,他面对百花,本来应该高兴;逢到春日,百花盛开,应该是阳光明媚,可他觉得幽暗,觉得凄迷,原因何在?恐怕是那条小路,阴暗地,不知通向何方,正是他人生道路的象征——未来的路,通向何方?前程如何?

第三个梦境,诗人忽然在与人下棋,一局终了,竟然不知道换了人间。诗虽然是如实写梦,但又暗用了王质观仙人下棋,一局终了,斧柄已烂,回到村中,已经过了几百年的典故,喻世事变迁如梦,表现他超脱尘寰的冷漠。由于经历了多种磨难,他对世事的苦闷与失意,导致他梦中与人下棋,把多变的世事当作一盘棋,转眼百年过去。他的这个梦,包含了无可奈何的消沉。

最后,诗人又梦见自己喝醉了酒,苦苦思念家乡。诗人自号醉翁,常常借酒浇愁,这一白天做的事,又一次在梦中展现,可是连醉酒也无法排遣思乡的牢愁。这最后一个梦境,是前几个梦境的总结,他对前途的忧虑,希望脱离官场回到家乡的思想也充分表现了出来。

这四句诗,体趣高妙,确实是梦的组合,东鳞西爪,变幻莫测,但合拢起来看,又有一条情感的带子把它们维系着。中国诗歌中有不少记梦诗,往往把梦说得十分完整,有条有理,如同白天的经历一样,这样的诗只能说是对梦境的创造,而欧阳修这首诗才是梦境的纪实。

张方平

张方平(1007—1091),字安道,号乐全居士,南京(今河南商丘)人。官至参知政事,加太子少保。诗多应酬之作。有《乐全先生集》。

题歌风台①

落魄刘郎作帝归②,樽前感慨大风诗。
淮阴反接英彭族③,更欲多求猛士为④?

【注释】

① 歌风台:在刘邦的故乡江苏沛县,为后人所建。《汉书·高帝纪》载,高帝十二年,刘邦过沛,置酒沛宫,悉召故人父老子弟佐酒,征集了小儿百余人,教之歌。酒酣,击筑自歌:"大风起兮云飞扬,威加海内兮归故乡,安得猛士兮守四方!"乃起舞,慷慨伤怀,泣数行下。　② 落魄:指刘邦早年穷困潦倒。　③ 淮阴:淮阴侯韩信。他随高祖建大功,后被人告发谋反,吕后将其斩于长乐宫。反接:反绑双手。英彭:英布与彭越,二人都是开国功臣,一封淮南王,一封梁王,先后被刘邦杀死,灭三族。　④ 为:即何为的意思。

【语译】

当年穷困失意的刘郎今日做了皇帝,回到家乡;喝醉了酒,唱起了大风歌慷慨激昂。淮阴侯已被杀死,英布、彭越也已灭族,刘邦啊,你何必再要访求猛士守卫四方?

【赏析】

不管是成功的英雄还是失败的英雄,到了后世文人的作品中,总不免遭到褒贬或者揶揄,即使是位尊九五的皇帝也不能免。身前的功业,往往成为死后的罪孽;身前的罪孽,往往成为死后的功业:谁能说得准?秦始皇驱民筑长城,尸骨成山,长城在今天成为中华民族的象征,汉武帝安邦定边,民得乐居,后世斥之为穷兵黩武。虽然这样说,人心总有几分公道,对那些坏皇帝、大奸大猾,骂的人总是多一些。如汉高祖,因为他诛戮功臣、太不讲情理,人们大多对他诛伐鞭挞。

刘邦的对头项羽有一句名言,说是富贵了如果不还故乡,就像穿着锦绣衣服在晚上走路。刘邦由昔日一个微不足道的亭长,成了主宰天下的皇帝,回到故乡,他当时志得意满、歌舞酣饮,快意与骄逸,自然可以想象出来。张方平的这首《题歌风台》诗,就是紧紧扣住了汉高祖刘邦还乡这段事,痛下针砭。诗首句以"落魄"与"作帝"作一鲜明的悬殊的比较,写出了刘邦的畅心惬意,但不实写,第二句马上转入他感慨的不正常、不应该上。三、四句机杼别运,抓住刘邦《大风歌》中"安得猛士兮守四方"句,加以发挥。诗说刘邦君临天下的目的已经达到,原先为他血战打天下的猛士韩信、英布、彭越都被他杀了,眼前他正应该庆贺再也没有猛士动摇他的江山才是,还要求索猛士干什么呢?这样一挖苦,诛心挞肺,淋漓尽致。

这首诗以议论见长,妙在即事生发,以其矛攻其盾,读后使人觉得痛快畅心。元代张昱也有首著名的《过歌风台》七古,中有句云:"酒酣起舞和儿歌,眼中尽是汉山河。韩彭受诛黥布戮,且喜壮士今无多。"与张方平诗三、四句诗意相同,但张方平诗末句以疑问反诘,更具力量,这是因为绝句与古风在艺术手法上要求不同的缘故。

苏舜钦

苏舜钦(1008—1049),字子美,梓州铜山(今四川中江县广福镇)人。景祐元年(1034)进士,官太理评事、集贤校理。被劾罢官,退居苏州。他反对西昆体,所作雄放劲健,超迈横绝,与梅尧臣齐名。著有《苏学士集》。

大 雾

欲晓霜气重不收,余阴乘势相淹留①。
化为大雾塞白昼,咫尺不辨人与牛②。
群鸟啁啾满庭树③,欲飞恐遭罗网囚。
四檐晻蔼下重幕④,微风吹过冷自流。
窃思朝廷政无滥,未尝一日封五侯⑤。
何为终朝不肯散⑥,焉知其下无蚩尤⑦?
思得壮士翻白日⑧,光照万里销我之沉忧!

【注释】

① 余阴:指前夜夜间的阴湿之气。　② 咫尺:很近的距离。八寸为咫。　③ 啁啾:鸟鸣声。　④ 晻蔼:昏暗的样子。　⑤ 一日封五侯:指滥封官爵。汉代曾多次一日封皇戚、宦者五人为侯。　⑥ 终朝:整天。　⑦ 蚩尤:古代传说中的部落酋长,曾与黄帝交战。蚩尤布大雾,使黄帝迷失方向,黄帝造指南车脱困,杀蚩尤。　⑧ 翻白日:把白日翻出来。指驱散迷雾,重见天日。

【语译】

天快亮了,浓重的霜气还没有收去,阴霾之气乘机在世上滞留。化作漫天大雾,使得大白天咫尺间也难分辨是人还是牛。成群的鸟儿在庭院的树上叽叽喳喳地乱叫,它们想要飞去,可又怕陷身罗网,难逃虎口。四面屋檐下昏昏沉沉,像是挂上了重重帷幕,微风吹过,冷气自流。我心中暗想朝廷的政策并没有什么过分的地方,也没有滥赏官爵,一日间分封五侯。为什么整天迷雾不散,怎能肯定臣子中没有恶人蚩尤?我盼望有人驱散迷雾推出白日,让阳光普照万里,消除我心中沉埋的忧愁。

【赏析】

庆历三年(1043),范仲淹出任参知政事,推行新政。苏舜钦被范仲淹推荐,担任集贤校理。当时朝中保守派势力强大,新政无法顺利进行。次年,苏舜钦按惯例将所拆奏封的废纸换钱办酒庆赛神会,邀请好友十余人参加。保守派乘机攻击他偷盗奏封纸,他因此被除名为民,同席的人都被免官。接着,他的岳父宰相杜衍、好友范仲淹都被罢官,新政失败。对此,苏舜钦一直抑郁难平,国家的前途、个人的命运时刻萦绕心头。这天,天降大雾,整天不散,苏舜钦便作了这首咏雾诗,借咏雾发泄胸中的愤慨,渴望雾开见日,重遇清明。

诗前八句咏雾。先描述雾起的原因是早晨霜气太重,阴气笼罩,以至于大雾弥漫。次写雾气中即使很近的地方也无法分辨很大的形体,只听见群鸟在树上喳喳地叫,不敢飞动。屋檐下昏暗不清,犹如挂上了层层帷幕,风儿吹过,雾气流动。这八句很形象地写出雾气浓重的情况,"咫尺不辨人与牛"通过视觉写,"群鸟啁啾满庭树"通过听觉写,"微风吹过冷自流"通过感觉写,把一场大雾写深写透,使人如亲临其境。诗人描绘的雾景,又是他自己对政局感受的写照。"霜气""余阴"均影射朝廷的政治气氛。"塞白昼""咫尺不辨人与牛"对写雾来说是很平常的句子,诗人在这里用于隐喻奸臣掌权、贤人与不肖难辨,赋予深刻的意义。"群鸟啁啾满庭树,欲飞恐遭罗网囚",是写实,开辟了写雾的新意,同时又是以群鸟比拟自己所属的改革集团,说好人遭受禁锢,不敢有所作为,稍微一动,便遭打击,生动地反映了朝中贤臣的处境。

后六句转写感慨,表面上仍凭借大雾。漫天大雾,遮蔽天日,在古时是作为一种灾异现象,古人往往将它与朝廷失政相联系,诗人通过写雾来寄托不满,也许就是受这传统观念的启发,认为是天变垂戒。但诗在写时却有意否认这点,说朝廷政令没有什么地方不符合天意的,天子也没有滥用奸臣,于是唯一的结论就是有人蒙蔽圣聪,一手遮天,这雾不是上天不满而降,而是有像蚩尤这样的坏人在作怪。因此,诗人疾呼,要想有澄清天下的壮士,来驱散迷雾,让太阳照射万里,消除自己心中的忧患。这一段写得很巧妙,诗人明明对朝廷不满,却利用蚩尤布雾的典故,突出权奸作乱,为皇帝开脱,既集中了批判的火力,又保持了为尊者讳这一诗家温柔敦厚的宗旨,得讽谕诗的正体。

全诗语句朴实,表面上是咏物,实质是寓言式的讽谕。前半段在咏雾上着意渲染,写得低沉惨淡,后半段纵横议论,语句雄健奔放。诗处处关合现实,抒发愤慨,但又不显得刻露叫嚣,所以被认为是政治诗中的上品。

中秋夜吴江亭上对月怀前宰张子野及寄君谟蔡大[①]

独坐对月心悠悠,故人不见使我愁[②]。
古今共传惜今夕,况在松江亭上头。
可怜节物会人意[③],十日阴雨此夜收。
不唯人间惜此月,天亦有意于中秋。
长空无瑕露表里,拂拂渐上寒光流[④]。
江平万顷正碧色,上下清澈双璧浮。
自视直欲见筋脉,无所逃遁鱼龙忧。
不疑身世在地上,只恐槎去触斗牛[⑤]。
景清境胜返不足,叹息此际无交游。
心魂冷烈晓不寐[⑥],勉为笔此传中州[⑦]。

【注释】

① 吴江亭:一名松江亭,在江苏省苏州市吴江区东吴淞江口。宋康定元年(1040),张先任吴江知县,重修此亭,蔡襄题壁作记。张子野:张先(990—

1078),字子野,湖州乌程人。天圣八年(1030)进士,官吴江知县,历京兆通判、尚书都官郎中。著名词人,亦擅诗。君谟蔡大:蔡襄(1012—1067),字君谟,仙游人。天圣八年进士,官至端明殿学士。著名书法家。　②故人:指张先。时已离吴江县令任,在都城开封。　③可怜:可爱、可喜。节物:节令景物。④寒光:月光。流:照射。　⑤"只恐"句:《博物志》载,海与天河通,有个住在海边的人,见每年八月有木槎经过。一次,他乘上木槎,到了天河,见到牛郎织女。槎,木筏。斗牛,都为星辰名。这句借乘槎典,说自己怀疑置身天上。⑥冷烈:快速地战栗颤动。　⑦中州:河南一带,古为豫州,处九州之中,因名。这里指北宋京城开封。

【语译】

我孤独地看着那冷清清的月色,心潮起伏。老朋友,你在哪里?见不到你,我忧愁满腹。从古到今,谁不珍爱中秋佳节?更何况这松江亭,是你修造,又在你曾做县令的区域。天时景色顺从人意令我欣喜,你瞧,下了十来天雨,今天阴云霎时退去。看来不仅是人间看重中秋的月亮,上苍也同样富有雅趣。万里长空澄澈如洗,一轮明月渐渐升上天际,把似水的光华洒满大地。江面上静悄悄碧波万顷,清澈的江水,水中的月亮与天上的月亮两两相对。月光洒在我身上,纤毫毕现,江底的鱼龙无法潜形,深深地担忧。我不疑惑是否身在人间,只恐怕飞上天空的木槎,把我带到银河去遨游。面对这美妙的情景我反而难以满足,只因为没有朋友与我共享分忧。想到这我心灵颤抖难以入睡,强打精神,写了这首诗寄往中州。

【赏析】

这是一首中秋怀人诗。庆历年间,苏舜钦受诬陷削职为民,避居苏州。时逢中秋,他一个人坐在吴江亭上赏月,由于这亭是友人张先所修,又有友人蔡襄的题字,触发了他对二人的思念,因而借咏月景表达自己孤寂无聊及对友人的渴慕。

诗用赋体,平铺直叙。第一层八句,写对月思友。前四句交代时地,丝丝入扣,由独坐而思,由良辰美景在前而增加思的浓度,出齐题面。同时又以松江亭这一特定环境,自然地引出所思对象是张先及蔡襄。下四句写得很满,说老天照顾到人们赏月的爱好,久阴变晴,特地让月亮出现。这四句是正写,但又含有另外一层意思,是说中秋无月令人扫兴,中秋有月也同样令人扫兴,其原因就是首句所点出的"独坐"。

第二层八句,全力写月,细致地把月的形态、清光及月景娓娓写来,使人如同置身其中,恍如仙境。这样,把月色写得越美,就越显出末层四句怀人的伤感来。

这首诗工整贴切,平淡中见波折,看似自然,实寓奇巧。写月的数句,也避熟就生,自走偏锋,道人所未道。同时,诗夹叙夹议,把抒情与写景相互插在一起,已带有宋诗擅长说理的特点。

淮中晚泊犊头①

春阴垂野草青青②,时有幽花一树明③。
晚泊孤舟古祠下,满川风雨看潮生④。

【注释】

① 淮:淮河。源出河南桐柏山,流经安徽、江苏,入洪泽湖。犊头:淮河边的小镇。　② 春阴:春天的阴云。　③ 明:鲜艳夺目。　④ 生:此指潮水上涨。

【语译】

春天的阴云低低地悬挂在天穹,笼罩着四野,无边春草青青;两岸边,不时可见到一两棵树,树上繁花似锦。我的小船,傍晚独个儿依傍着古祠停泊,眺望河中,满耳是风声雨声,伴随着潮水上涨的哗哗声。

【赏析】

诗写春晚泊船犊头所见,但妙就妙在不直接写晚泊,而先写乘船行来,一路景色。江南的春天多雨,这时雨还没下,是阴天,所以眼前是一片灰蒙蒙的。从船上平视两岸,阴云垂挂在一望无际的原野上。原野上长着春草,在暗淡的背景下,显得格外的苍翠。随着船行,不时可以见到一两株盛开的花树,格外的醒目。"春阴垂野"句是大画面,写得很壮阔,可能受到杜甫《旅夜书怀》"星垂平野阔"的启发;"时有幽花"句是局部特写,在大画面中显得很跳。这样,通过灰云、绿草、红花,勾勒了一幅完整的行春图。

诗的下半归题写泊舟。诗说到了傍晚,把船停靠在一座古老的祠庙下,回望淮河,风起雨下,河水高涨,极其雄壮。末句看上去得来很容易，实际上费尽斟酌。因为是独泊古祠下，周围显然没有其他船，就只能看潮；而句中的风雨潮水，早就在首句"春阴"上作了伏笔。因此，这一句得到了历来评论家的赞赏，认为可与唐韦应物《滁州西涧》中的名句"春潮带雨晚来急"相媲美。

初晴游沧浪亭①

夜雨连明春水生，娇云浓暖弄微晴。

帘虚日薄花竹静②，时有乳鸠相对鸣③。

【注释】

① 沧浪亭：在江苏苏州市南。原为吴越广陵王钱元璙旧园，苏舜钦购得后，加以整治，傍水筑亭，取名沧浪。　② 日薄：日光柔和。　③ 乳鸠：出壳不久的斑鸠。

【语译】

下了一夜的春雨，天亮时停了，亭边的池水涨高了许多；阴云方散，带着浓厚的暖意，在天空中游弋，时阴时晴。和煦的阳光透过了稀疏的帘子，亭外的花木翠竹格外幽静；绿荫深处，不时有乳鸠喁喁地低鸣。

【赏析】

苏舜钦被谪废后，在苏州用四万钱购得旧园，建沧浪亭，从此他力求摆脱世事，隐居自乐，正如他在《沧浪亭》诗中所说："吾甘老此境,无暇事机关。"欧阳修写沧浪亭的名句"清风明月本无价,可惜只卖四万钱",既是记实,也反映苏舜钦甘老江湖、远离祸患的心愿。这首游沧浪亭的小诗,就是通过山水的描写,表达内心的闲适与恬静。

诗前两句写远景,重点表现"初晴"。下了一夜的雨,天亮时停了,春水高涨。深沉的乌云散了,尚在天上东一块西一块飘浮着,不时地遮住太阳,使大地时阴时晴。这两句虽然写的是大景,但用笔很巧,全学晚唐。第一句的"春水生",说明晚来雨下得很大;第二句着意刻绘,云是"娇云",暖是"浓暖",渗入自己的感情,透出了对新晴的喜悦。"微晴"前着一"弄"字,境界全出,形象地表达新晴时和风吹拂、云朵密布,太阳时隐时现的情景,已开宋诗纤巧秾丽风气。后两句写近景,描摹沧浪亭景色。一句写视觉,说透过挂着的帘子,日光和煦,亭外花竹静悄悄地。一句写听觉,说亭外绿荫深处,传来乳鸠的对鸣,以有声衬无声,使人感到如临其境。

四句诗全是景句,场面十分丰富多彩,生机勃勃,同时又非常静谧安宁。诗中没有一句情语,甚至没有一个抒情的语词,我们仍然可以强烈地感受到诗人对这和平幽静的自然景色的喜爱。回顾诗人以前的坎坷经历,不难体会,他对自然景色的赞赏,正是出于脱离官场险恶后的一种满足,与陶渊明"久在樊笼里,复得返自然"(《移居》)心情相同。

夏　意

别院深深夏席清①,石榴开遍透帘明。

树阴满地日当午,梦觉流莺时一声。

【注释】

① 别院:正院旁的小院。

【语译】

小院幽深寂静,我躺在竹席上,浑身清凉;窗外的石榴花盛开,透过垂挂的竹帘,映红了虚堂。浓密的树阴隔断了暑气,正是中午时分,我一觉醒来,耳边传来黄莺儿断续的啼唱。

【赏析】

夏季的白昼是漫长的,夏季的中午又是那么炎热。在夏季,午睡成为一种享受,诗人们也津津乐道午睡的舒适及醒来时的惬意。夏日的午睡,在诗人的笔下似乎是一种充满魅力的题材,自从陶渊明的"五六月中,北窗下卧,遇凉风暂至,自谓是羲皇上人"(《与子俨等疏》)这名言传世后,午睡的各种情趣不断出现在诗中。如唐柳宗元《夏昼闲作》:"南州溽暑醉如酒,隐几熟眠开北牖。日午独觉无余声,山童隔竹敲茶臼。"宋张宛丘《夏日》:"黄帘绿幕断飞蝇,午影当轩睡未兴。枕稳海鱼镌紫石,扇凉山雪画青缯。"宋杨万里《闲居初夏午睡起》:"日长睡起无情思,闲看儿童捉柳花。"这些轻松的诗句,与炎炎赤日、蒸人暑气成为截然不同的概念,体现出积极向上的热爱生活的情趣。苏舜钦这首《夏意》诗所表现的也是这一主题。

诗的前三句着力在炎热的夏天描绘出一派清幽的世界,以衬托午睡的舒适。第一句写午睡的场所,"深深"说明别院深幽寂静,因为寂静,而感到了"清",体现出物我之间的通感,使人直观地感觉到在这里午睡的宜人。第二句写院外的环境。院内屋中是一味清凉,窗外榴花盛开,透过窗帘,仍能感觉到它艳丽的色彩。可以想象,诗人躺在席子上,榴花映照屋内,颜色柔和,带有催眠的作用。第三句把上两句所说加以综合,点出中午这个时间,说庭院深深,午时也绿阴遍地,凉意沁人。通过上面三句,午睡的各项条件都已具备,可接手写午睡了,诗却一下跳开,直接写梦醒,用笔灵活。梦醒后宁谧,又通过不时传来断续的莺声来反衬。睡醒后恬静舒适,睡觉时恬静舒适也就可想而知了,这就是诗人想表现的"夏意"。

全诗四句,围绕午睡写。前三句是午睡前,末句是午睡后,不直接写午睡,而午睡已包含在其中,用笔活泼跳脱。诗又句句切合夏日,不断利用色彩来表现景物,表达诗人满足的心情,与夏午本应给人的炎热与压抑成鲜明的对比。

苏舜钦对午睡有自己独特的美感,经常在诗中予以描绘。他还有首有名的《暑中闲咏》,也写这一主题,有陶渊明仿佛羲皇上人的风致。诗云:"嘉果浮沉酒半醺,床头书册乱纷纷。北轩凉吹开疏竹,卧看青天行白云。"可与这首《夏意》同参。

赵 抃

赵抃(1008—1084),字阅道,衢州西安(今浙江衢州)人。景祐元年(1034)进士,历官侍御史、参知政事,因与王安石不合,出知成都。卒谥清献。他的诗风格多样,或苍古,或婉约。著有《清献集》。

和宿硖石寺下①

淮岸浮图半倚天②,山僧应已离尘缘③。
松关暮锁无人迹④,唯放钟声入画船。

【注释】

① 硖石寺:依诗中"淮岸"当在淮河边,具体地点不详。 ② 浮图:塔。 ③ 离尘缘:谓与世隔绝,不管人间事,修为达到很高的境界。 ④ 松关:以松木做的门栓,此指寺门。

【语译】

淮河边上,山上矗立的宝塔高与天齐;硖石寺的僧人,应当早已把世事抛弃。天刚晚,山门已经紧紧地关闭;只有钟声悠扬,传进河边停泊的画船里。

【赏析】

这首小诗,写的是旅途的寂寞,全用景语表达,这是绝句常用的手法。

诗人是泊舟山寺之下,却不写山下,而以从山下望山上起笔。佛寺依山傍水,从下仰视,便显得格外的高峻。然后,由寺想到僧:在这幽僻高迥的山寺中修行的僧人,自必早已绝情断欲,看破了红尘。两句互为补充,虽分述寺与僧,意思则为一层。

三、四句进逼。山寺如此吸引人,山僧如此令人仰慕,自然该登山去随喜一番才是。现实呢? 天已垂暮,寺门早已关上,门前杳无一人,幸亏寺门锁不住响亮的钟声,在画船上仍能清晰地听见,慰人寂寥。这两句写得很凄清,令人仿佛身临其境,恍如隔世,心潮随着不绝的钟声,飞翔在想象的巨大空间中。

这四句诗,在地理位置的处理下,先由下而上,又由上而下,境界开朗;在景物与感官的搭配上,又有动有静,有视觉又有听觉的感受,从而使读者细密地品味出作者当时的心情。唐张继《枫桥夜泊》有"姑苏城外寒山寺,夜半钟声到客船"句,写红尘扰乱中的寺庙钟声。本诗写人烟稀少处的寺庙钟声,各自意境不同,都令人神往。

李　觏

李觏(1009—1059),字泰伯,南城(今属江西)人。以范仲淹荐,试太学助教。他是一位学者,斥佛老,非孟子,以文名天下。诗古风雄劲,近体清丽。有《旴江文集》。

读长恨辞①

蜀道如天夜雨淫,乱铃声里倍沾襟②。
当时更有军中死③,自是君王不动心。

【注释】

① 长恨辞:唐白居易所作《长恨歌》,吟咏唐明皇与杨贵妃的爱情经过。② "蜀道"二句:安史乱起,唐明皇匆忙奔蜀,至马嵬坡,六军不发,请杀杨贵妃,明皇只好令人将其缢死。明皇至四川,入斜谷,霖雨不止,在栈道中闻铃音,悼念杨贵妃,采铃声为《雨淋铃》曲以寄恨。《长恨歌》有"夜雨闻铃肠断声"句。淫,久雨不止。　③ 军中死:指战死。

【语译】

蜀地的栈道高得与天相连,晚上,连绵的大雨下个不停。风儿吹来了阵阵零乱的铃声,在雨声中回荡,是那样地凄清;它勾起了君王对贵妃的哀悼,泪下如雨,沾湿了衣襟。君王啊,当时有多少兵士在战斗中死亡,你怎毫不挂怀,漠不关心?

【赏析】

　　这是读白居易《长恨歌》的随感。《长恨歌》所写的唐明皇与杨贵妃的爱情悲剧,一直为后世所津津乐道,但大多数是对唐明皇与杨贵妃的爱情表示同情与惋惜。李觏的这首绝句一反常情,对唐明皇进行尖锐的讽刺。诗前两句即取材于白居易的《长恨歌》,呼应诗题;但诗的中心是"读"字,后两句便抒发感慨,用军中战士战死与杨贵妃在马嵬坡被缢死作对比,又以"倍沾襟"与"不动心"形成强烈的反差,深刻地谴责了唐明皇不重江山重美人,对战士百姓漠不关心,旗帜鲜明地表达了自己的立场。

　　一般来说,咏古诗未经前人阐发的,宜据本事,见微阐幽;已被人多次吟咏的熟事,就不能人云亦云,当别寓新意,力图出新,以避雷同剿袭之病。中国诗歌到唐代发展到极致,所以后人有好诗都被唐人做尽的说法。在这种情况下,宋代的诗人只好别走偏锋,在做翻案文章上下功夫,李觏这首诗就是成功的尝试。清代的袁枚也作过一首《马嵬》诗,谴责唐明皇只重私情,不关民瘼,与李觏诗立意相仿,可合在一起参看。袁枚诗云:"莫唱当年《长恨歌》,人间亦自有银河。石壕村里夫妻别,泪比长生殿上多。"

乡　思

人言落日是天涯,望极天涯不见家①。
已恨碧山相阻隔②,碧山还被暮云遮。

【注释】

① 望极:望尽,极目远望。　②碧山:青山。

【语译】

人们说,那太阳落山的地方就是天涯,我竭力朝天涯眺望,也没法看到我的家。正在恼恨眼前的青山遮断了我的视线,重重暮云,又把青山密遮。

【赏析】

独自在外,自然充满了对家人的怀念。古诗中表现乡思,除了听风听雨外,最多的是通过登临送目,寄托悲伤。如唐韦应物的《西楼》云:"高阁一怅望,故园何日归?"白居易《江南送北客因凭寄徐州兄弟书》云:"故园望断欲何如?楚水吴山万里余。"李觏这首绝句,也是通过远望,抒发自己思归的牢愁。

诗前两句写望,但从望的感受上落笔,不具体写望见些什么。诗人远望时正当黄昏,夕阳西坠,他遥望故乡,故乡不见,远在天涯。这时候,他看到了落日,又想到落日之处就是天涯,然而明明白白地看得见落日,却仍然望不到故乡。这两句,把思家的愁苦表现得很深刻。诗先以落日处即天涯作衬,使后句望不见故乡的失望更重更深,在表现时却不直说,而是通过两个"天涯"的反复吟咏比较,让人从中体会出来。以落日喻天涯,是从《世说新语·夙惠》中得到启发。《世说新语》载:晋元帝曾问明帝:"长安与太阳谁远?"明帝起先回答太阳远,因为没见过有人从太阳那儿来。后来又改口说太阳近,因为"举目见日,不见长安"。后来人们常用这典故,以天涯太阳比喻远。如唐岑参《忆长安曲》云:"东望望长安,正值日初出。长安不可见,喜见长安日。"就是在所忆之处与太阳上做文章。

三、四句承上两句,直接写离愁别恨,仍通过比较来层层深入。诗人凝望很久,暮色越来越浓,视线便逐渐受到限制,于是天涯已不可望见,只望见稍近的青山。"已恨"二字承上启下,既说明前两句的不见家,又由前两句强调的"远"字转移到下文要强调的"阻隔"上来。诗说家乡遥远已足以令人悲伤,更何况还有重重碧山将视线阻隔;碧山阻隔还犹可,那碧山又渐渐被暮云给遮住。这两句章法虽然与前两句相同,但表现时作了变化,在写景时直接说出了恨,侧重不同,抒发的情感是一致的。

全诗四句,分四层意思,层层深入,不断推进,把思想感情发挥到极致。中国古代诗词作法,有透过一层、加一倍写法。这种写法,有用在一联中的,如杜甫《夜闻觱篥》云:"君知天地干戈满,不见江湖行路难。"本意写行路难,再加写遍地战争,行路就更难了。又如李商隐《无题》:"刘郎已恨蓬山远,更隔蓬山一万重。"也是如此。更多的是用若干句透过一层,如宋徽宗《宴山亭·北行见杏花》词:"天遥地远,万水千山,知他故宫何处。怎不思量,除梦里有时曾去。无据,和梦也新来不做。"写思念故宫,故宫不见,转而梦见,最后连梦中也见不到,把感情的波浪重重推向高涨。李觏的这首诗,也是采用了这一手法。

这首诗的风格比较凄苦，所以宋吴处厚《青箱杂记》说："识者谓此诗，意有重重障碍，李君其不偶乎！后果如其言。"把诗的风格内容与他的生平联系在一起看。以诗为谶，历代都有，如《南史·侯景传》载梁简文帝曾作《寒夕》诗，有"雪花无有蒂，冰镜不安台"句，人们认为"无蒂"即"无帝"，"不安台"即"不安于台城"，诗是台城失守、简文帝被杀的预兆。又，唐崔曙作名句"夜来双月满，曙后一星孤"，第二年崔曙就死了，只留下个孤女名星星，因此人们也认为崔诗是不吉利的谶语。这类历史上的巧合，常常被人们津津乐道，是有理还是无理，很难一概论之。

黄 庶

黄庶,字亚夫,号青社,分宁(今江西修水)人。庆历二年(1042)进士,历州郡从事,摄康州。他是黄庭坚之父,已开江西诗派之风。著有《伐檀集》。

探 春

雪里犹能醉落梅,好营杯具待春来①。
东风便试新刀尺②,万叶千花一手裁。

【注释】

① 杯具:指饮酒的用具。　② 刀尺:裁剪衣服的工具。

【语译】

我对着纷飞的雪花,举杯一醉,眼见得梅花也似雪飘坠。从此后,整顿好杯盘器具,等待春天来归。啊,快了,东风就要手持着刀儿尺儿,熟练地裁剪出万丝翠柳,千树红花,让你陶醉。

【赏析】

这首诗的题目是"探春",即寻找春天的踪迹。梅花是腊月开的,古人一直把梅花作为春的先导,所以诗就从梅花入笔。然而一味写梅,便是写冬天,不是写早春了,诗人便在落梅上做文章。先写对着飞雪落梅饮酒,接写整顿好饮酒器具等春来。梅花落了,春自然不远,饮了这回酒,下回喝酒就是春天了。这样一兜转,把将春未春的节令表现了出来,"探"字就得到了落实。

春要去探,不言而喻,春的踪迹,春的征象还没显示,因而下二句便转笔在"待春来"三字上发挥想象。春天的代表是柳丝与花朵。唐贺知章有首著名的《咏柳》诗说:"碧玉妆成一树高,万条垂下绿丝绦。不知细叶谁裁出,二月春风似剪刀。"把春风看作有生命力的东西,拿着剪刀,裁出了柳树的细叶。这首诗后二句就借用这一拟人化的比喻,干脆说东风拿起刀尺,裁剪出万叶千花。诗承上半的探春行动,铺写出探春的心理,又用一"新"字,说明初试,扣紧了早春。

宋人绝句常常纤巧有余,意趣不足,黄庶这首诗意新语工,传达了作者欢畅的、欣欣向上的情绪,与晚唐的一些绝句相仿。

怪　石①

山鬼水怪著薜荔②,天禄辟邪眠莓苔③。

钩帘坐对心语口,曾见汉唐池馆来。

【注释】

① 这首诗一作:"山阿有人著薜荔,廷下缚虎眠莓苔。手摩心语知许事,曾见汉唐池馆来。"　② 薜荔:蔓生植物。　③ 天禄辟邪:传说中的两种兽,似鹿,长尾,一角者为天禄,二角者为辟邪。古代常雕石为之,置墓道上。莓苔:

青苔。

【语译】

它像山鬼,像水怪,浑身披着长长的薜荔;它像天禄,像辟邪,躺卧在翠绿的青苔。我挂起了帘子坐在窗口细细忖度,它曾经亲眼目击汉唐池馆的沧桑兴衰。

【赏析】

诗为《和柳子玉官舍》十首之七,咏的是柳子玉花园中的怪石。首二句写石头的怪,设想奇特。第一句化用《楚辞·九歌·山鬼》中"若有人兮山之阿,被薜荔兮带女萝"句,形容直立的怪石如传说中的山精水怪,石上长满薜荔藤蔓。第二句写躺卧的怪石犹如猛兽一般,处身在绿苔上。诗在造语上奇警生新,石上长满藤萝,庭院布满青苔,诗中分别以"著""眠"二字形容,描写逼真。"山鬼水怪""天禄辟邪",写怪石形态之怪,直接设譬;"著薜荔""眠莓苔",写怪石的外表环境,间接烘托,表现出凄凉而又带有神秘感的氛围,所以陈衍赞说"落想不凡,突过卢仝、李贺"。

三、四句由怪石生发议论。诗写自己坐在窗口面对怪石,见到它苍翠碧剥之状,推想到它一定经历了数千年沧桑,曾经见到过汉唐时代的池馆。言下之意,这怪石是历史的见证,曾经目击历史上的兴废。历来诗人都喜欢以不变的自然景观作为怀古的参照物,抒发伤今悼古的感慨。如唐胡曾《金谷园》:"唯余金谷园中柳,残日蝉声医客愁。"李白《苏台览古》:"只今唯有西江月,曾照吴王宫里人。"宋陆游《楚城》："一千五百年间事,只有滩声似旧时。"黄庶这首诗采用的也是这一方法,由于他注意的是园中的几块石头,更显得立意新警。

　　黄庶是黄庭坚的父亲,他的诗已经开始追求奇崛生新,为江西诗派诗风的形成做了准备,所以这首诗又被人当作黄庭坚所作。诗传世后,深受欢迎,明杨慎《升庵诗话》说"人士脍炙,以为奇作",认为可与唐张碧《题祖山人池上怪石》追攀媲美。

文 同

文同(1018—1079),字与可,自号笑笑居士,人称石室先生,梓州永泰(今属四川盐亭)人。皇祐进士,官集贤校理、知湖州。擅诗画,以墨竹闻名,诗质朴而有画意。有《丹渊集》。

新晴山月

高松漏疏月①,落影如画地。
徘徊爱其下,夜久不能寐。
怯风池荷卷,病雨山果坠。
谁伴余苦吟?满林啼络纬②。

【注释】

① 疏月:稀疏的月光。 ② 络纬:一种草虫,又名纺织娘。

【语译】

稀疏的月光透进了高耸的松林,松影投在地面,宛如一幅水墨画。我在林中月光下徘徊,被这夜景深深地迷住了,夜深了,还丝毫没有睡意。小池塘的荷花似乎对风感到害怕,卷起了肥大的绿叶;山果遭受雨的摧残,不时地摇落在地上。有谁陪伴我苦苦地吟诗?只有满林的络纬,不住地啼唱。

【赏析】

文同是北宋著名画家,擅长画竹,画中充满清气。他的诗与画风格相同,质朴多趣,处处体现出画家对景物的独特的感受。这首诗写天刚放晴,山林月晚的景色,纯用白描手法,观察细致,表现入微,把寂静的夜色与自己淡泊的心理都恰到好处地呈现在读者面前。

诗从题中"月"入笔,说高大的青松的枝叶中,漏下了稀疏的月光,月光洒在林中,与松树的影子交织成一幅黑白相间的画,诗人在林中欣赏夜景,留恋徘徊,不肯离去,毫无睡意。这四句,形象地写出了林中月景,表现了诗人对月景的赏鉴。"高松漏疏月,落影如画地",宛如一幅素描,有立体形象,有平面图案,再现了山林中特有的夜色。一个"漏"字,将月色透过浓密的树阴的状况描写得活灵活现。"画地"二字,将林间月影刻绘得入木三分,使人很容易想起诗人的表弟苏轼的名作《记承天寺夜游》中"庭下如积水空明,水中藻荇交横,盖竹柏影也"一段话,我们可以沿着苏轼的描写思路,想象文同诗中松影"画地"的种种图案。月、影、人通过这四句二十字,有机地结合在一起,组成了如此清幽绝俗,空明澄净的世界,与王维《竹里馆》"深林人不知,明月来相照"的意境有不少共同之处。

五、六句写徘徊林中月下所见,关合到诗题"新晴"。松林边有个荷花池,由于连日风雨,荷叶卷着;山果因为受到雨的腐蚀,果蒂朽烂,在微风中时时坠落。这两句是即目所见,但诗人徘徊已久,整个身心已经与自然界融成一片,所以用自己的情感来体会自然界的草木,池荷叶卷,便被认作是对风的怯怕,山果坠落,便被当作由于下雨而害病。无情的草木,与诗人在情感上作了纵深的交流,从而也带有了人性。山果的坠落,时时发出啪啪的响声,与历来诗人们专意所写的静夜中偶然的一声鸟鸣、滴答的露珠一样,都起了寓无声于有声的作用,更加突出了夜的静谧与迷人。处在这样的境界,诗接着更进一步,表现诗人自己的情趣,在末两句说自己在夜色中苦吟诗句,伴随着自己的是林中不断啼鸣着的纺织娘。这样结尾,把纺织娘不停地鸣叫与自己的低吟相映照,写得十分和谐,诗又因了吟诗声与虫鸣声的增入,平添了几分热闹,与上半四句的一味冷寂成为鲜明的对比。

  全诗二句写景,二句写情,景情相间,融和自然。写景时用极细微的笔墨,包融丰富的内容,使人如身临目睹;写情时用疏笔直写,不加任何藻饰,自然逼真。通过这一手法,使月夜清幽的景色与诗人醉心山水的幽旷淡泊的情怀交织在一起,酷肖王维、孟浩然的山水诗风格。文彦博说文同的诗与画如其人,"襟韵洒落,如晴云秋月,尘埃不到",可谓的评。

刘 敞

刘敞(1019—1068),字原父,号公是,新喻(今江西新余)人。庆历六年(1046)进士,历官翰林学士、集贤院学士,判南京御史台。他是著名学者,尤长《春秋》。有《公是集》。

微雨登城

雨映寒空半有无,重楼闲上倚城隅①。
浅深山色高低树,一片江南水墨图。

【注释】

① 城隅:城角。

【语译】

寒空中飘洒着丝丝细雨,若有若无;我闲着无事,登上高高的城楼,斜靠着城墙远望纵目。远近的群山或深或浅,树木高低参差;我忽然发现,这一派景色,多像一幅江南水墨图。

【赏析】

这首小诗写江南风景,起句便擒题,写出微雨情况:飘飘洒洒的小雨,在寒冷阴沉的天空中,时下时停,似有似无。这种雨,即是江南俗称的毛毛雨,"半有无"三字很形象地概括了这种雨的特色。

一般情况下,毛毛雨出现在连日阴雨时,也许是久困于雨,诗人在屋里耐不住了,便冒雨出门,登上高高的城楼,斜靠在城楼一角,眺望远方的景色,以抒郁怀。第二句写登城,由于是接首句微雨而来,所以富有非同一般的情趣。

三、四句写登城所见。在阴沉沉的天空下,在微雨中,景色一片茫然。远远的山,灰蒙蒙的,在灰色的天空的衬托下,如隐如现;近处的山,深浓得像一重阴影。远远近近的树木,从城上望下去,高低不齐。诗人因此发出感叹,这眼前所见,不就是一幅现成的江南水墨风景画吗?看了后句,方明白前句为什么只用了浅深这样蒙浑的色彩,用了高低这样笼统的叙述,正是为"水墨图"作点缀。通过"一片江南水墨图"这样的概括,读者自然能想象出雨中的景色,所以陈衍《宋诗精华录》评说"第三句的是江南风景"。

诗人在题画时,总爱把画说成是真实的风景,而在写景时,又往往喜欢说风景如画,两者看上去似乎有矛盾,实际上是统一的,只是各自强调的侧重面有不同。说画如景,是为了肯定画艺的高超,体现了生活的自然的真实;说景如画,是为了肯定自然界把美好的景物集中地呈现,体现了艺术的提炼过的真实。这是我们在读诗时应当仔细品味的。

曾 巩

曾巩(1019—1083),字子固,南丰(今属江西)人。嘉祐进士,历官集贤校理、史馆修撰、中书舍人。以古文名,为唐宋八大家之一。诗平实清健。有《元丰类稿》。

西 楼

海浪如云去却回,北风吹起数声雷。
朱楼四面钩疏箔①,卧看千山急雨来。

【注释】

① 疏箔:稀疏的竹帘。

【语译】

海上滔天的巨浪,像云彩般高涨,涌过去了,又急急退了回来;强劲的北风刮着,夹杂着数声轰雷。我站在楼上把四面的帘子高高挂起,然后静静地躺下,欣赏着暴雨,欣赏着雨中重峦叠岫的风采。

【赏析】

这首诗写在海边的高楼上欣赏暴风雨的状况。前两句为后两句蓄势,照例描写暴风雨到来前的风云雷电,因为在海边,便加上了浪,更显得气派场面的宏大。第一句把云与浪混写,说海浪像云一样,滚滚而去,又逆涌而回,暗藏了下句的风。"浪如云"是说浪大,而暴风雨前的乌云低垂海面,与浪相接,因此写了浪"去却回",也就等于写了云"去却回"。第二句着意在风,带出了雷,便把暴风雨前应有的景况都写全了。诗写这派景象,仅淡笔以"如云"二字轻点浪,没有作过多的铺排,但自然能让人感受到雨前风吼、浪涌、云压、电闪、雷鸣等雄伟场面。比曾巩稍后的苏轼,写过很多首暴雨诗,名句如"黑云翻墨未遮山,白雨跳珠乱入船""天外黑风吹海立,浙东飞雨过江来",都以奇特的语句具体描写暴风雨飘骤迅猛的场面,令人震撼。曾巩这首诗虽然没用什么气势雄壮的语言来造成直观的形象,同样表现了暴风雨的壮观,也有很好的艺术效果。

第三句是全诗的过渡与衬垫。"朱楼四面钩疏箔",先以"朱楼"二字补足上文观海是站在楼上;"四面钩疏箔",是说楼四面有窗,仅一面临海,为下文写"千山急雨"做好准备。而暴风雨将来,诗人应该急忙关窗才是,为什么不但开窗,还要挂起窗帘来呢?这就自然地逼出了末句——"卧看千山急雨来"。末句是全诗的主句,"千山急雨"是景况上的主角。写海浪、北风、雷声,都是为写"急雨",好在诗人故作周折,不承前观海去写海上的雨,却转而写山中的雨,扩大了全诗的境界,展现了暴雨洗刷眼前千岩万峰的壮观,使陆上的山与广阔的海连成一片。"卧看"二字是抒情的中心。面对这大自然的伟观,诗人是坦然处之,自在欣赏,体现了他不为风云变幻而惊骇的雍容气度。卧看暴风雨固然可理解为诗人对自然的超常反映,也表达他遇变不惊、心胸开阔的处世观,富有哲理。北宋诗到欧阳修时,已带有散文化的倾向,喜欢说理,也往往将哲理融隐在写景之中,曾巩的诗就常带有明显的这类特点。如他的另一首《城南》绝句,有句云"一番桃李花开尽,唯有青青草色齐",就以桃李虽然艳丽而不长久,青草虽朴素而常青,来暗示生活中过于美好、过于顺利,往往难以维持,经受不住考验。

曾巩是著名散文家,"唐宋八大家"之一,不以诗名,宋惠洪《冷斋夜话》曾记有彭渊材说"恨曾子固不能作诗"的话,陈师道《后山诗话》也说他"短于韵语"。但平心而论,这首小诗置于宋诗佳作之中,是毫不比其他人的上乘之作逊色的。

司马光

司马光(1019—1086),字君实,夏县(今属山西)人,居涑水乡,世称涑水先生。宝元进士,历官翰林学士、参知政事。因反对王安石新法,退居洛阳,著《资治通鉴》。哲宗时拜尚书左仆射兼门下侍郎。卒赠太师、温国公,谥文正。以文名,诗平实而有兴寄,绝句富有理趣。有《司马文正公集》。

别 长 安①

暂来还复去,梦里到长安。

可惜终南色②,临行子细看③。

【注释】

① 长安:今陕西西安市。　② 终南:终南山,在长安南。　③ 子细:同"仔细"。

【语译】

偶然来到这里,马上又要离开;这里是我的梦魂几回到过的长安。最使我迷恋的是终南山色,因此我临别时仔仔细细看了又看。

【赏析】

这首小诗,写离开长安时惜别心情。首句说自己到长安来是偶然的机会,来得匆忙,停留很短暂,离别又很仓促。照理,这么短暂的停留,不可能对长安有太多的依恋惜别,更不会产生"却望并州是故乡"那种亲切感,于是第二句加重、补足,说自己常常梦见长安。把梦境与现实相勾连,说明自己向往到长安来已经很久、很迫切,这次能到长安,是实现了自己的梦想,因而对未能在长安多住几天而产生的留连惜别就是很合理的事了。

后二句不写别长安的心理,只是通过别时的一件事,来加深上两句的意思,说自己爱好终南山景色,临别时还仔细地看了又看,仿佛要把它深深地印入脑海,永世不忘。诗造语很平淡,似乎与人拉家常,达到了古人所说将激切之情磨炼得归为平淡的境界,活画出诗人对长安的依恋。

唐元稹五绝《行宫》,写行宫寥落,白头宫女闲谈玄宗,不胜抚今感昔,被人赞为"只四语已抵一篇《长恨歌》"。司马光这首绝句,也用最短的篇幅表达了很深的感情,足抵一首长篇写别离的诗歌。

晓 霁①

梦觉繁声绝②,林光透隙来。
开门惊乌鸟③,余滴坠苍苔。

【注释】

① 霁:雨或雪停止。　② 繁声:此指不间断的雨声。　③ 乌鸟:乌鸦。

【语译】

我从梦中醒来,张开惺忪的睡眼;什么时候,哗哗的雨声已经悄悄地停歇。一束束晨光射进了门外的树林,又透进了窗隙。多迷人的清晨!我连忙起床,推开了房门,"吱呀"一声,惊起了树上栖息的乌鸦。树枝摇动,残存的雨珠纷纷坠落,打在青苔上,声声清晰。

【赏析】

这首写景诗,表现的是清晨起床时恬静的心情。

"梦觉"是说一觉醒来,应题中的"晓"字;"繁声绝"是写雨停了,应题中的"霁"字。"梦觉繁声绝",写的是清晨的感觉,又补充了昨晚临睡时不绝的雨声,及一夜温馨的好梦——晚上睡得很熟,没醒过,所以什么时候雨停了都不知道。好梦醒来,先是听觉上的反映,雨声停了,一片寂静。既而是视觉上的反映,林中透进了一束束初阳,从门缝窗隙中射进寝室。"林光透隙来",只有清晨的初日及傍晚的斜阳才会如此,应题中"晓"字;林光,指日光,又应题中"霁"字。

三、四句是前两句的延续。没听到雨声,见到了缝中透进的阳光,诗人顿然明白今天是个好天,于是迫不及待地起床,赶快去开门看外面;门一打开,吱呀声惊起了树上的乌鸟,它们扑楞楞地飞起,摇落了树上残余的水珠,滴到了满是青苔的地上。这宛如一幅生动的图画,把雨后清晨的景色写得很深很透,富有韵味。"开门惊乌鸟",说明门外寂静无声,鸟儿尚在栖息,从侧面说明了"晓"。既然开门声能惊起这些鸟,说明鸟就停栖在离门很近的树林子里,呼应上句的"林光"。余滴紧扣昨夜的繁声,点明是残余枝头的雨滴,不是露水,照应了"霁"字。特意写青苔,是因为雨后的青苔特别的苍翠。

四句诗,一句一景,句句扣题,回环照应,清幽绝俗,把雨后初晴的早晨很细腻地表现出来,在景色的描写中,我们自然又能感受到,诗人在睡足后,碰到天气转晴,心情一定是十分舒畅,诗人笔下这番宁谧的晨景,正是他恬静的心情的自然流露。这样融情入景的艺术手法,在唐王维的绝句中经常能见到,如《鹿柴》"返景入深林,复照青苔上",《鸟鸣涧》"月出惊山鸟,时鸣春涧中",都是通过景色表现情感。司马光这首诗与王维诗有不少共同之处。

闲 居

故人通贵绝相过①,门外真堪置雀罗②。

我已幽慵僮更懒③,雨来春草一番多。

【注释】

① 通贵:达官贵人。　② "门外"句:谓门庭冷落,可安放捕鸟的罗网。《史记·汲郑列传》载,翟公官廷尉,宾客盈门,后罢官,门可罗雀。这里用此典,说明人情冷暖。　③ 幽慵:闲散疏懒。

【语译】

老朋友和达官贵人们不再和我往来,我门庭冷落,真的可安放捕鸟的网罗。我已懒散无聊,什么都不做,家中的仆人更是懒过我。你看,一阵春雨刚过,门外的青草又长了许多。

【赏析】

熙宁三年(1070),王安石变法达到高潮,司马光不满新法,于熙宁四年退居洛阳,经营小筑,专意著书。这首诗即归田后作。

在中国古代诗歌中,咏闲居是重要主题之一,也称为闲适诗。对诗人们来说,所谓闲,不仅仅是没事做或不做事,而是相对出仕忙于公务而言,所以闲居诗往往成了隐居诗的代名词。司马光退居后,不能忘怀于朝廷政治,所以这首《闲居诗》写闲而实不闲,至少是身闲心不闲,因而格调与传统的闲居诗不同。

诗前两句说自己的老朋友及昔日的同僚们纷纷倒戈,支持新法,与自己断绝来往,家里安静得门可罗雀。第二句用汉翟公典故,讽刺人情冷暖,世风不古,表示自己胸中的不平。下半由此发挥。众叛亲离,他自然郁郁寡欢,对任何事都漠不关心,无精打采。连仆人也改变了以往惯有的勤俭,乘机偷懒,一场春雨过了,庭前杂草丛生,也没人去管。"僮更懒"三字,道出无限辛酸,大有"运衰奴欺主"的味道。

从表面上看,这首诗句句写闲,门庭冷落,无人过访,就少了许多应酬,可以空闲;自己慵懒,无所事事,也是闲,但在写闲的同时又句句表现抑郁不平,这就是本诗的成功之处。

司马光还有首有名的《闲居》诗,写的是真实的闲居生活,可以与本诗参看。诗云:"闲居虽懒放,未得便无营。伐木添山色,穿渠擘水声。经霜收芋美,带雨接花成。前日邻翁至,柴门扫叶迎。"很有些陶诗的风味。

王安石

王安石(1021—1086),字介甫,号半山,临川(今属江西)人。庆历二年(1042)进士。神宗时由翰林学士任参知政事,推行新法。后多次罢相起复,晚年退居江宁半山。封荆国公。卒谥文。他是学者,又是文学家。文雄健峭拔,为唐宋八大家之一。诗前期所作多古体,清朗刚劲,有散文化倾向;后期多近体,清丽深婉,工稳清新,尤以绝句闻名,被推为宋代第一。有《临川先生文集》。

秃 山

吏役沧海上①,瞻山一停舟。
怪此秃谁使,乡人语其由。
一狙山上鸣②,一狙从之游。
相匹乃生子,子众孙还稠。
山中草木盛,根实始易求。
攀挽上极高,屈曲亦穷幽。
众狙各丰肥,山乃尽侵牟③。
攘争取一饱,岂暇议藏收?
大狙尚自苦,小狙亦已愁。
稍稍受咋啮④,一毛不得留。

狙虽巧过人,不善操锄耰⁵。

所嗜在果谷,得之常以偷⑥。

嗟此海山中,四顾无所投。

生生未云已⁷,岁晚将安谋?

【注释】

①吏役:因公出外。沧海:大海。 ②狙:猴子。 ③侵牟:侵夺。 ④稍稍:渐渐。咋啮:啃嚼。 ⑤锄耰:农具。 ⑥偷:苟且。 ⑦生生:繁殖不停。

【语译】

我公出航行在大海,望见海中有座小山,就暂时抛锚停舟。我真弄不明白是什么人把山弄得如此光秃,本地人详细告诉我其中根由。当年有只雄猴在山上鸣叫,又有只雌猴跟随它嬉游。二猴交合生子,子多孙辈更稠。山中草木繁盛,吃的不用发愁。群猴攀登拉扯,直上山顶,也曾曲折出入于山林深幽。个个吃得肥胖,山却被侵夺摧残不休。它们你争我抢以求一饱,哪里顾得上收藏保留!大猴子已感到难过,小猴子也已发愁。山渐渐被啃嚼一尽,光秃秃一毛不留。猴子虽然机巧过人,却不会手持农具耕田种收。它们喜欢吃的是果实谷类,只知把现成的东西享受。可叹这山处在茫茫大海,四面是水,无处可投。猴子们生殖没个穷尽,将来怎么善后?

【赏析】

这是一首寓言诗。唐柳宗元曾作过一篇《憎王孙文》,对别名王孙的猴子大加挞伐,说它们"窃取人食,皆知自实其嗛。山之小草木,必凌挫折挽,使之瘁然后已。故王孙之居山恒蒿然"。王安石这首诗,很可能是受了柳宗元的启发。

诗写得明白如话,说自己在海上看见一座光秃秃的山,一打听,原来山上住着一大群猴子,只知摧残,不知爱惜,更不知收藏播种,却越生越多,以致山上草木都被吃光弄死,生活没有了着落。

是寓言诗,自然有它的寓意。王安石没有像白居易写新乐府那样,直接说明自己作诗意图、所讽刺的对象,后世便自己去寻求解释。金性尧先生《宋诗三百首》解释说:"这是一首寓言诗,从首句吏役说开,讽谕大小官吏不顾公家的积累,巧取豪夺,终于使国库一毛不留,成为秃山。"这是从传统的讽刺统治阶级荒淫无耻论上展开,不失为一种合理的解释。今天我们读这首诗,至少还可以从中悟出两点启发与教训:

其一,人们必须爱护自然资源,注意培育与发展,不能任意摧残,如同诗里的猴子一样,攀援穷幽,日益侵牟,最终弄得山上一毛不长,受害的还是自己;

其二,人们必须控制人口的增长,自然资源有限,而"生生未云已""子众孙还稠",终将坐吃山空,到后来噬脐莫及。

从艺术上来说,这首诗在王安石的作品中算不上好诗;从思想上来说,它能引起人们在多方面儆戒,是很可贵的。

纯甫出释惠崇画要予作诗①

画史纷纷何足数②？惠崇晚出吾最许③。
旱云六月涨林莽④,移我翛然堕洲渚⑤。
黄芦低摧雪翳土,凫雁静立将俦侣。
往时所历今在眼,沙平水淡西江浦⑥。
暮气沉舟暗鱼罟⑦,敲眠呕轧如鸣橹⑧。
颇疑道人三昧力⑨,异域山川能断取。
方诸承水调幻药⑩,洒落生绡变寒暑⑪。
金坡巨然山数堵⑫,粉墨空多真漫与⑬。
濠梁崔白亦善画⑭,曾见桃花净初吐。
酒酣弄笔起春风,便恐飘零作红雨⑮。
流莺探枝婉欲语,蜜蜂掇蕊随翅股。
一时二子皆绝艺⑯,裘马穿羸久羁旅⑰。
华堂岂惜万黄金？苦道今人不如古⑱。

【注释】

① 纯甫:王安石的小弟弟,名安上。惠崇:宋初僧人,能诗善画。画工鹅雁鹭鸶,尤工小景,状寒江远渚、潇洒虚旷之象,人所难到。 ② 画史:画家。 ③ 许:推崇。 ④ 涨:升起,弥漫。 ⑤ 翛然:无拘无束,自由自在。 ⑥ 西江浦:指作者自己的家乡江西。 ⑦ 鱼罟:渔网。 ⑧ 呕轧:橹声。此指渔民

的鼾声。　⑨ 道人：有道之人。此指僧人，即惠崇。三昧力：指神奇的法力。　⑩ 方诸：在月下盛露水的容器。　⑪ 生绡：未经漂煮的绢，古人用以绘画。　⑫ 金坡：指翰林院。巨然：五代时南唐画家，尤工秋岚远景，适宜远观，景物粲然。　⑬ 漫与：随意。巨然作画下笔多草草，故云。　⑭ 崔白：字子西，濠梁（今安徽凤阳）人。善画花竹翎毛，体制清赡，熙宁时曾受命画垂拱殿御扆。　⑮ 红雨：落花。李贺《将进酒》："桃花乱落如红雨。"　⑯ 二子：指惠崇与崔白。　⑰ 裘马穿羸：衣服破旧，马匹瘦弱。　⑱ 苦道：硬说。

【语译】

　　古往今来，画家多得数也数不清，惠崇虽然晚出，可最使我倾心。六月里树林子里蒸腾起重重雾气，猛见到他的画，仿佛把我带到了水边小洲，暑气顿清。黄芦低垂，白色的芦花洒满了滩地，野鸭和大雁携带着伴侣，安闲可亲。往年所历忽然呈现在眼前，这平沙，这清水，不正是我家乡江西的水滨？也是这样，沉沉夜气笼罩着渔舟，隐约见到张挂的渔网，渔民们斜躺着发出鼾声，宛如柔橹轻鸣。我真怀疑惠崇施展了无边法力，能把别处的山水轻易地截取进画屏。他用方诸承来露水调和了幻药，洒向生绡，作出这绝妙的画图，能改变炎热寒冷。翰林画师巨然所画的数座远山，空有粉墨藻绘，太过随便，怎比得惠崇精妙堪夸？濠梁人崔白也善绘画，我曾见过他所绘的满幅初开的桃花。他喝够了酒随笔挥去，笔下生机盎然，我真担心忽然间花被微风吹落，如红雨飘洒。黄莺儿在树林间穿行，似乎婉转欲语；蜜蜂在花间采蜜，振动着翅膀和小脚，飞上飞下。惠崇和崔白当时都驰名艺坛，可都衣服破烂，骑着瘦马,流浪天涯。富贵人家难道吝惜万两黄金?为什么硬说今人不如古人,谁也不肯青眼相加。

【赏析】

中国的长篇题画诗,以杜甫为圣手。王安石七古学杜甫,一些题画诗,在谋篇布局及用语上,都以杜甫为模范,取得了很高的成就,这首题惠崇画的诗,是其中佼佼者。

诗分为四段,第一段六句,写画面。起首两句,正面点出惠崇的地位,说惠崇的成就在众多的画家中十分突出。在正点中诗又不忘旁引,用"吾最许"三字作衬语,转入"旱云"句,开始描写所题画的画面,具体写时,又欲擒故纵,仍把"旱云"句作引,说六月里天气炎热,但看到这画,使人仿佛站在水边,顿生凉意。"黄芦"二句具体写画面上是一片黄芦摇曳,白色的芦花覆盖在沙滩上,一对对凫雁静静地依偎着。诗在写画时,时刻不离观画的人,写得盘桓曲折,色彩层次都很鲜明。"移我翛然堕洲渚"一句,既写画技又带画面,同时指出画中景色能使人深深投入,移人性情,这也就是杜甫《奉先刘少府新画山水障歌》"堂上不合生枫树,怪底江山起烟雾"的意思。

"往时所历今在眼"起八句为第二段,写观画的感受。先由上面画中的水边景象,唤起诗人对昔日游历的回忆,过渡得十分自然。诗说,画使他想起这么个场景:水边沙平,在沉沉暮霭中,渔船停泊着,依稀可见船上挂着渔网,渔民们斜靠着进入梦乡,舻声宛如咿轧的橹声。诗通过作者的回忆,以自己的理解阐述了画家的笔情墨意。这样一转折,由画面似真,延伸到真实如画,换了个角度来把画面写深写透。此下,诗又倒回,接第一段,直接作评论。这样安排,出人意表,所以清方东树《昭昧詹言》评说:"'颇疑'二句逆卷,笔力何等高险!"诗说惠崇深深渗透了画中三昧,有如此高超的手段,把这一派景色摄入画中,真怀疑他是用方诸承水调和了幻药,才创造了这么逼真的景物,赞叹了惠崇取景与着色的本领。"变寒暑"三字是对画的高度概括,说他能使看画人全身心投入画境,在暑天能因见到冷景而生寒意,呼应前"移我倏然堕洲渚"句。

诗写到这里,既有正面的描写,又有自己的感受及对画的评论,似乎话已说完,但诗人意犹未尽,又接"金坡巨然山数堵"八句,转向旁写。诗说巨然的山仅仅是粉墨藻绘,比上不惠崇,这两句是一衬;又描绘崔白所画的花卉虫鸟,栩栩如生,六句作一衬。难得的是诗用了大量传神笔墨,突出崔白的技艺,尤以"流莺探枝婉欲语,蜜蜂掇蕊随翅股"二句,细微生动,为世所称。诗是写惠崇画,这样花力气赞赏崔白,是有意相犯,没有大魄力的人是不敢这样措笔的。王安石这诗故设难局,然后以"一时二子"四句作双收,力挽千钧。诗点明写崔白正是写惠崇,感叹二人同时,又都身世飘零,不为世人所重,对此表示不平。这样收煞,前后兼顾,严密遒劲。

这首题画诗,无论从境到意,从谋篇布局到遣词造句,都有很高的造诣。诗转折多变,层次分明,是宋人七古中少见的佳章。方东树赞说:"通篇用全力,千锤百炼,无一字一笔懈,如挽百钧之弩。

此可药世之粗才。"

明 妃 曲①

明妃初出汉宫时,泪湿春风鬓脚垂②。

低回顾影无颜色③,尚得君王不自持。

归来却怪丹青手④,入眼平生几曾有?

意态由来画不成,当时枉杀毛延寿。

一去心知更不归,可怜着尽汉宫衣。

寄声欲问塞南事⑤,只有年年鸿雁飞。

家人万里传消息,好在毡城莫相忆⑥。

君不见咫尺长门闭阿娇⑦,人生失意无南北。

【注释】

① 明妃曲:汉乐府旧题,咏明妃事。明妃,即王昭君,名嫱。据《后汉书》等载,汉元帝按图召幸宫女,派画师为宫女画像。昭君有姿色,由于不肯贿赂画工毛延寿,埋没深宫。匈奴呼韩邪单于求美人为阏氏,汉元帝以昭君与之。辞行时,汉元帝惊其美,欲不遣,恐失信,归而杀毛延寿。传昭君戎服骑马,提琵琶出塞,北入匈奴。死后葬今呼和浩特市南,坟上草四季常青,号青冢。 ② 春风:指脸。杜甫咏王昭君有"画图省识春风面"句。 ③ 低回:依依不舍。无颜色:指脸色惨淡。 ④ 丹青手:画家。 ⑤ 塞南:对北方而言,指中原。 ⑥ 好:安好,安心。毡城:匈奴人住的帐篷。这儿即代指匈奴所居之地。 ⑦ 咫尺:八寸为咫。形容很近。阿娇:汉武帝陈皇后,被汉武帝遗弃,贬居长

门宫。

【语译】

明妃刚离开汉宫的时候,伤心地哭泣着,满脸是泪,鬓发蓬松。她对祖国充满了留恋,顾影自怜,伤心得脸色苍白。可就是这样,她的天姿国色,还使得君王感叹惊诧。送走单于,君王回到宫中,忍不住对着画工大声怒吼:这样美的人我生平从来没见过,你们怎么把她画得如此丑?唉,昭君的神情姿态是这么美,谁能画得出?君王你真是错杀了毛延寿。渐行渐远,昭君知道回国无望;日月如梭,带去的衣服都已破旧。想捎个信儿问问家事国事,年年只有大雁往南方纷飞。家人从万里外传来了消息,请你安心地居住在匈奴不要思归。你没见到么?陈阿娇被关在近在咫尺的长门宫里;一个人失意,在什么地方都一样,没有南北的区别。

【赏析】

这首诗作于嘉祐四年(1059),当时梅尧臣、欧阳修、司马光等名人都有和作,因而脍炙一时。

王昭君的故事,经过历代传颂,内容越来越丰富,成为历代诗人吟咏、怀古的重要题材。现在能找到的吟咏王昭君的诗,最早的也许要算那位富甲天下、以宠爱美女绿珠而杀身的西晋石崇,他的诗说:"我本汉家子,将适单于庭。昔为匣中玉,今为粪上英。"末句大概就是"一朵鲜花插在牛粪上"俗语的出典。这种比喻,也只有粗俗如石崇这样的人才会写入诗中。到了唐代,吟咏昭君的诗极多,最出名的要数杜甫的《咏怀古迹》之三,其下半首云:"画图省识春风面,环佩空归月夜魂。千载琵琶作胡语,分明怨恨曲中论。"抒发了昭君身世的凄凉委屈,写得沉痛感人,成为绝唱。后来吟咏昭君,都以此为格调,很少有突破的。到王安石这首《明妃曲》,方才百尺竿头,更进一步。

王安石这首歌行,上半着重刻绘了昭君离宫时的情形,既从正面渲染她的绝世容貌与依依惜别的心态,又从君王眼中作更深一层的描绘,从而使人对她的北入匈奴产生同情与不平。下半写昭君入匈奴后的孤寂哀伤,及对故国的思念。最末却大力倒挽,以略带愤疾的言语,反劝昭君不必思家,人生失意,没有区域的因素在内,点出造成悲剧的根源是君王的心。

"意态由来画不成,当时枉杀毛延寿"是历来评论者最赏识的两句。诗别开生面,改写了历来诗歌怨恨毛延寿因索贿不得而有意歪曲昭君形象的传统写法,更深一层地说昭君的美貌本来就是画笔难以描摹的,从另一角度来证实她的美。末尾也翻出新意,说人生失意,并不受时间地点的支配,而是取决于君王是否有恩有情,把历来将汉帝歌颂成重情感的好君王,只是受画工愚弄这一旋律改了过来,被宋李壁赞为"出前人所未道"。王昭君在匈奴曾经写过信给汉帝,这封信现在收在《历代名媛尺牍》中,可能是伪造的。不过从此可以看出,人们对昭君在匈奴的情况十分关注。不少诗也咏到昭君寄书事,如白居易《王昭君》就有"汉使却回凭寄语,黄金何日赎蛾眉"句。王安石的诗中,反写昭君无法寄书,家人的书却传到塞北,内容是叫她安心待在匈奴,构思也一反常情。

王安石的诗虽以近体闻名,但古诗也有很高的造诣。这首《明妃曲》在谋篇布局上圆转自如,诗四句一转韵,每韵一层意思,增加了波折;首总冒,中八句分写南北,末又合写南北,使全篇整饬而又富于变化。当然,诗的最成功处不在于形式,而在于其命意新警。《红楼梦》第六十四回,薛宝钗论诗一段,对本诗作了很好的评解,云:"做诗不论何题,只要善翻古人之意。若要随人脚踪走去,纵使字句精工,已落第二义,究竟算不得好诗。即如前人所咏昭君之诗甚多,有悲挽昭君的,有怨恨延寿的,又有讥汉帝不能使画工图貌贤臣而画美人的,纷纷不一。后来王荆公复有'意态由来画不成,当时枉杀毛延寿',永叔有'耳目所见尚如此,万里安能制夷狄',二诗俱能各出己见,不袭前人。"

自从王安石把文章做到杀毛延寿上后,后世咏王昭君的诗又跟着这一思路进行翻新。如清赵翼说:"远嫁呼韩岂素期,请行似怨不逢时。出宫始觉君恩重,临去犹为斩画师。"刘献庭说:"汉主曾闻杀画师,画师何足定妍媸。宫中多少如花女,不嫁单于君不知。"一正说,一反说,都没有超过王安石诗的高度与力度。

后元丰行[①]

歌元丰,十日五日一雨风[②]。

麦行千里不见土,连山没云皆种黍。

水秧绵绵复多稌③,龙骨长干挂梁梠④。

鲥鱼出网蔽洲渚⑤,荻笋肥甘胜牛乳⑥。

百钱可得酒斗许,虽非社日长闻鼓⑦。

吴儿蹋歌女起舞⑧,但道快乐无所苦。

老翁堑水西南流⑨,杨柳中间杙小舟⑩。

乘兴敧眠过白下⑪,逢人欢笑得无愁。

【注释】

① 元丰:宋神宗年号,凡八年(1078—1085)。　② "十日"句:王充《论衡·是应篇》说太平时代,祥瑞感应,"五日一风,十日一雨"。后因以指风调雨顺。　③ 稌:水稻。　④ 龙骨:水车。梁梠,屋梁屋檐。　⑤ 鲥鱼:一种名贵的鱼,味鲜美。洲渚:水中沙洲。此指水边。　⑥ 荻笋:荻的嫩芽。　⑦ 社日:古代祭祀社神的日子,有春秋二社。这天,百姓聚集,敲鼓赌赛,上演戏曲。　⑧ 蹋歌:歌唱时以足踏地为节拍。　⑨ 堑水:护城河。　⑩ 杙小舟:把小船拴在小木桩上。杙,小木桩。　⑪ 敧眠:斜躺。白下:南京。

【语译】

我放声歌唱,元丰年真是个好时光。十日下阵雨,五日刮阵风,事事顺当。连绵千里的麦子覆盖了原野,翻腾着金浪;满山的谷子与云彩相连,散发着芳香。水田里稻子青青,雨水充足,水车被闲置在檐下派不了用处。撒下渔网,网上的鲥鱼堆满了水中的沙洲;水边的荻芽又肥又甜,味道超过了牛乳。花上百十个小钱就能沽到斗酒,虽然不是社日,可处处听到庆丰收的喧天锣鼓。吴地的少年打着拍子唱起歌,姑娘们高兴地翩翩起舞;都异口同声地说我们真快乐,再也没愁苦。我老翁乘着只小船沿着护城河向西南漂流,有时在杨柳间系上小舟。满目美景看不够,又乘兴斜躺着漂过金陵石头。见到的人都是那么的欢乐,个个红光满面,喜上眉头。

【赏析】

一个人能赶上太平盛世,心中自然很高兴。元丰初,风调雨顺,农丰物贱,百姓安居乐业,作者见到这一欢乐场面,十分高兴,在元丰四年作了两首诗进行讴歌,这是第二首。

诗先从气候说起。气候融畅,所以庄稼长得好,旱田里麦子、谷类都很茂密;水田里的稻子,由于雨水充足,长势喜人。各类物产,也都丰收,物价低贱,人民欢天喜地,歌舞丰年。最后,作者又直接抒发了自己喜悦的心情。全诗格调轻松畅快,如珠走玉盘,圆滑流转,与作者的心情完美地保持了一致。

王安石为什么对元丰年间的丰收景象表现如此的热忱呢?这要结合他的经历,才能明白。王安石入相后,推行新法,不久就碰上干旱,又出现了古人认为是不祥之兆的彗星,从而受到旧党的攻击,被免去相位。至熙宁八年(1075)复相,翌年又外任江宁通判,元丰三年,退职闲居金陵钟山。在这些年中,新法仍在施行,而天下太平,时和年丰,王安石感慨万千,所以专门作了两首诗,称颂时事状况。这两首诗中,多次提到下雨事,就是针对人们攻击他实施新法引起天旱示变的回答。这首诗"十日五日一雨风"句,也是用政治清明而导致风调雨顺,天示祥瑞的典故,为自己辩驳。因此,王安石放声歌颂元丰时政,正是歌颂自己推行的新法的胜利,所以诗中不断流露志得意满的欢乐情绪。

王安石这首诗的格调,与杜甫《忆昔》诗相仿。杜诗有句云:"忆昔开元全盛时,小邑犹藏万家室。稻米流脂粟米白,公私仓廪俱丰实。九州道路无豺虎,远行不劳吉日出。齐纨鲁缟车班班,男耕女桑不相失。"虽则王诗是写实,杜诗是忆旧,主题不同,但从构句铸词、谋篇立意上来看,王安石显然是借鉴了杜甫。

王安石还作有《歌元丰》绝句五首,其第五首云:"豚栅鸡埘晻霭间,暮林摇落献南山。丰年处处人家好,随意飘然得往还。"绝句所咏与歌行完全相同,但由于体裁不同,选材与表达方式也就不一样,细细品味,可解作诗三昧。

葛溪驿①

缺月昏昏漏未央②,一灯明灭照秋床。
病身最觉风霜早,归梦不知山水长。
坐感岁时歌慷慨,起看天地色凄凉。
鸣蝉更乱行人耳③,正抱疏桐叶半黄。

【注释】

① 葛溪驿:在江西弋阳县南。　② 漏未央:漏声未尽。意为黑夜还长。
③ 行人:作者自指。

【语译】

一钩残月挂在天空,月色昏昏,漏声滴答,黑夜正长;一盏油灯,忽明忽暗,寂寂地照着我的床。多病的身子,最早感觉到风霜的寒意;做梦回到家乡,梦中不知道远隔千山万水,道路漫漫。披衣而坐,纷扰的世事乱人心胸,禁不住慷慨高歌;起床徘徊,俯仰天地,只见到一片孤寂凄凉。那凄切的鸣蝉声传入耳中,使我的心更乱;它紧抱着萧疏的梧桐树,树上的叶子已经半黄。

【赏析】

这首诗作于皇祐二年(1050)。当时王安石从临川去钱塘,途经弋阳,宿驿站中,秋声扰攘,悲从中来,作了这首诗。

诗以景语起,但将情移入景中,所以极力敷染幽闃孤峭的场景。诗人独居驿店,一钩残月悬挂星空,投下了暗淡的光芒,漏声不断地响着,打破了夜的岑寂,一盏油灯半昏半明地照着床头。首联铺设的是一个很能引起悲伤情绪的环境,昏黄的月色、不绝的更漏、幽暗欲灭的灯火,都是足以使人不寐思乡的诱导物;诗人又把景物根据心情作了点睛,使它们都带有明显的残缺不足,由此,诗人心情烦乱、辗转反侧的情况,都通过景物得到了反衬。

上联采用景物构成凄凉环境,次联便直接写人的凄凉。"病身"二字与上联气氛呼应,"归梦不知山水长"点出何以倍感凄凉,指出梦中曾还家乡,梦醒后更加怅惘。从时序上来说,这联与上联是倒装,上联的凄凉景物,正是梦醒后拖着多病的身子所产生的感伤心情时对外物的反映,经诗人有意颠倒,更鲜明地突出了诗的中心所在。

半夜梦醒,无法入睡,感到昏月、漏声、灯火格外地烦人,越想睡越睡不着,诗人干脆坐了起来,想起生平怀有大志,但如今年已三十,功名渺茫,不禁感慨万分,以至于慷慨起歌,抑郁难平,下床来,徘徊窗下,窗外的景色仍是凄凉不堪。他就如此在感情的煎熬下,等到天亮,上马起程,路旁的梧桐树黄叶纷披,阵阵蝉唱,撩人心绪。第三联抒情,让各种思念纷至沓来,与上两联联成一体,包裹融浑,在似诉未诉、似露未露中表达自己复杂的情感,很委婉含蓄。尾联写景色撩人,似与前无关,却恰恰表达出夜来的思绪仍然缭绕心头,在取景的动机及景色的色块上与首联呼应,以乱蝉、黄叶,衬点凄凉心境。

整首诗写得很深沉,顿挫曲折,悲怆老到,是王安石学杜甫的代表作,所以清纪昀称赞此诗"老健深稳,意境殊自不凡","三、四细腻,后四句神力圆足"。清许印芳在《瀛奎律髓》评中也指出:"诗律精细如此,而气脉贯注,无隔塞之病。加以风格高老,意境深沉。半山学杜,此真得其神骨矣。"代表了历代诗人对本诗的评价。

王安石以善于炼字著称,这首诗也是炼字的典范。全诗几乎没有一个闲字,状月光为"昏昏",灯火为"明灭",室内室外就构成同一世界;因鸣蝉声"乱"人耳,蝉老欲死则著一"抱"字,更得秋蝉之貌,这些都不是俗手所能办到的。

思王逢原①

蓬蒿今日想纷披②,冢上秋风又一吹。

妙质不为平世得③,微言唯有故人知④。

庐山南堕当书案⑤,溢水东来入酒卮⑥。

陈迹可怜随手尽⑦,欲欢无复似当时。

【注释】

① 王逢原:王令,广陵(今江苏扬州)人。他与王安石为文字交,以高尚的节操与出众的才华闻名于世,王安石对他十分赏识,揄扬不已,并将妻妹嫁给他。王令卒于嘉祐四年(1059)秋,年仅二十八岁。 ② 蓬蒿:蓬草和蒿草。纷披:杂乱貌。 ③ 妙质:能够互相切磋的知心伙伴。《庄子·徐无鬼》载匠石与郢人配合神契,挥斧可砍去郢人鼻端上如蝇翼大小的白垩,对方一动也不动。后来宋元君再让他表演,匠石说自己技艺还在,但"臣之质死久矣"。质,砧板,转指作用的对象。平世:此指当世。 ④ 微言:精微的言论。 ⑤ 庐山:在江西九江市南。当:对着。 ⑥ 溢水:源出江西省瑞昌市西清溢山,东流经过九江。 ⑦ 陈迹:往事。可怜:犹可叹。

【语译】

我遥想你的坟头,一定是野草迷乱,在秋风中又度过了凄凉的一年。世上的人有谁能真正对你理解?只有我,深切地知道你的妙质微言。想当初一起读书,高耸的庐山正对着我们的书案,东来的溢水,像是流进了我们的酒杯。唉,都过去了,一切都随着你的逝去而烟消云散,昔日欢会怎能够再次展现?

【赏析】

嘉祐五年(1060)秋,王安石的好朋友王令去世一周年。王安石追思往事,悲从中来,写下了三首极其伤感的哀挽诗,这里选的是其中最著名的一首。

诗题是"思",思的是去世的好友,所以诗直接从坟墓写起。诗说王令的坟墓,由于身世萧条,死后无子,没有人祭扫,一定是长满了野草,在肃杀的秋风中,乱纷纷的。王安石当时在汴京,王令墓在常州,因此诗用了一个"想"字,既表示悼念,又说明自己在远方,不能亲自去祭祀坟墓,有以诗代祭的意思。诗把王令墓写得十分荒凉不堪,正是对王令凄凉一生的深切同情,由此来寄托悲伤。诗接着以凝练的语言写王令的才能与不为世知的落魄,反证他死后的凄凉不是偶然。心中表示的是不平与愤疾,写出来却很平和,表白世上的人不能像匠石深知郢人那样理解王令,他的才能得不到发挥。王令为人傲岸不羁,不愿交接俗士恶客,诗写他不为人知,正是为他占身份,如此引出下句"微言唯有故人知"就下得很自然,表白了自己与王令之间感情很深厚。这两句是以议论而出,意思与"世人皆欲杀,吾意独怜才"(杜甫《不见》)同调,把情感渗透在议论之中,不见累赘拖沓,是宋人诗中议论下得好的实例。后来陈师道在《何郎中出示黄公草书》中曾化用此赞美黄庭坚云:"妙手不为平世用,高怀犹有故人知。"可见其为名士看重的程度。

由上联的"相知",诗转入对往事的回忆。王安石择取了往日在江西与王令相会的一段日子作为代表,说二人读书饮酒,面对庐山,那高耸的山峰仿佛压向书桌,滔滔不绝的溢水,似乎流进了酒杯。二人相聚谈书饮酒是实事,但诗写时偏不用实写,一味夸张,渗透着豪情逸兴,气魄宏壮,语语精炼。出句以一"堕"字、一"当"字写出山势,对句又用"入"字形容水流与饮酒的豪情,把自然景物与人的性格融合成一体,后人常常摘出,叹羡不已。

胜事不再,故人已矣,诗人的思绪再次拉回,面对现实。他想到自己到目前还是一事无成,前两年特地草就洋洋万言的《上皇帝言事书》,未被采纳,心中很烦闷,再想找寻像王令一样的知心朋友,开怀痛饮,脱略形骸,以销牢愁,是绝对不可能了。从更深一层次,表达了对王令的怀念。

整首诗写得感情真挚,有感叹,有议论,有回忆,层次分明,张弛有道,显示了王安石高超的写作技巧。

示长安君[①]

少年离别意非轻,老去相逢亦怆情[②]。
草草杯盘供笑语[③],昏昏灯火话平生。
自怜湖海三年隔,又作尘沙万里行。
欲问后期何日是[④]?寄书应见雁南征[⑤]。

【注释】

① 长安君:作者的大妹王文淑,工部侍郎张奎之妻,封长安县君。 ② 怆情:悲伤。 ③ 杯盘:此指酒菜。 ④ 后期:今后相会的日子。 ⑤ 南征:南飞。《汉书·苏武传》载汉使教人诡言鸿雁传书,后因把雁与书信相联系。

【语译】

年轻时别离,我的心已经很不平静;如今老了,连相见也使我感到伤心。随意准备些酒菜,为的是边吃边聊;灯火昏暗,我们把别后所见所思,互相倾吐,直到夜深。我正在感慨分隔两地已有三年之久,却又要离开你去万里外的辽国,冒着风沙旅行。要问我何日相会,怎说得准?你等着,见到鸿雁南飞,我会请人捎来平安的家信。

【赏析】

诗作于嘉祐五年(1060),当时王安石将出使辽国。王安石与他的大妹王文淑感情很深,这次隔了三年再见面,见面后马上又要分别,想起年龄老大,会少别多,无限伤怀,所以写了这首诗。

诗以议论起,用递进法展开。先说自己是个很重感情的人,在年轻时就对离别看得很重,到了年老,即使是会面,也引起心中的伤悲。对句有两层意思:一是说年老了,会一次少一次,所以相见时对未来充满感伤;一是有会必有别,因为对离别的感伤,就连对会面也感到心情沉重起来。

毕竟，与别相比，会还是快乐的。第二联写会面时的亲情。兄妹俩随意准备了些酒菜，只是为了把酒谈话，话很多，一直到夜间，还在昏暗的灯光下说着。这两句，很形象地刻绘了兄妹俩的感情，都是就眼前实事组织进诗，显得十分亲切，比那些着意雕镂、粉饰拔高的话自然得多。正因为如此，这联成为传诵的名句。宋吴可《藏海诗话》云："七言律一篇中必有剩语，一句中必有剩字，如'草草杯盘供笑语，昏昏灯火话平生'，如此句无剩字。"赞赏了句中用语稳妥，浑成一气。同时，王安石的诗以善用叠字闻名，这联中两个叠字也用得很成功。"草草"二字，说出了兄妹俩的感情至深，用不着世俗的客套，能够相会已是最大的满足，描绘了和睦温暖的家庭气氛。"昏昏"二字，写两人说了又说，灯油已快干，灯火已昏暗，仍顾不上休息。

下半四句写别，呼应首联。刚刚在叹息已经三年没有见面，知心话说不完，眼下自己马上又要到万里外的辽国去，诗便自然而然地转入惆怅，话题也就引入别后。于是，妹妹挂念地问：后会在什么日子？兄长只能含糊地回答：见到大雁南飞，我就会从北国带回消息了。其实，诗人自己又怎能逆料会面的日子呢？诗就在无可奈何的气氛中结束，留下了一丝安慰，一个悬念。

这首诗没有用一个典故，把人所习见的家庭生活细节捡选入诗，而以传神的语言表达出来，是那么地质朴自然，因而成为王安石七律中的名作。

题齐安驿①

日净山如染,风暄草欲薰②。

梅残数点雪,麦涨一川云。

【注释】

① 齐安:在湖北麻城西南。　② 暄:暖和。薰:草木发出的香气。

【语译】

　　日光明净,照着远处的山峦,仿佛是谁用画笔作了晕染;春风暖洋洋地吹着,草木蒸腾,发出阵阵清香。路边的梅花,正把残存的几片雪白花朵摇落;一垅垅麦子,蓬勃地生长,好像是一片绿色的云不断上涨。

【赏析】

　　宋魏庆之《诗人玉屑》引黄庭坚语说:"荆公暮年作小诗,雅丽精绝,脱去流俗,每讽味之,便觉沉潴生牙颊间。"这首小诗,正是王安石晚年所作,写得工整精严,意与言会,言随意遣,浑然天成,极具特色,被宋胡仔《苕溪渔隐丛话》赞为"真可使人一唱而三叹也"。

　　诗由四幅独立的画面来组合成一幅完整的山川风物图,含有浓厚的生活意趣。这种四合一式的绝句写作法,已见唐杜甫《绝句》("两个黄鹂鸣翠柳"),到宋代方才被普遍运用。

　　第一句写晴山,日光明净,山色好像是画家用画笔晕染出来一样。日净,是写太阳,也是写天空。天上没有云,所以日光明净,蓝天便成为诗人特地给山配上的广阔背景。因为是春天,山上草木茂盛,在阳光的照耀下,又缭绕着薄薄的烟雾,便显得深浅浓淡不匀,仿佛是画笔涂抹而成。"山如染"三字,十分形象地概括了这一生机勃勃的状况。第二句写草木。给大地带来春色的,除了春日,便是春风。上句写春日的作用是通过视觉来表现,而春风因为是难以捉摸的,无形的,所以换用感觉来描绘。春风给人的感觉是暖洋洋的,于是草木受到暖风的吹拂,蒸腾出阵阵香气,扑向人们。这两句,写日丽风和的醉人景况,显示了春天蓬勃生机及诗人对春天的赞赏。

后两句,各捕捉眼前景致,进行描绘。第三句述残梅,诗人对梅花冲雪冒霜的精神已多次赞扬,目前春已到来,梅花便早早凋谢,只剩下数瓣花片,在春风中似雪般飘落。这句是以梅衰衬托春色的秾丽。第四句写麦,是众口交誉的神来之笔。写麦子在春天长得快,本不足奇,奇在诗人以"一川云"三字来形容,以"涨"字作呼应。对这句诗的理解,大多数人认为是说麦子迅速上长,使得溪畔麦垅之上的白云也为之上浮;又有人说是麦子与天上的云一起倒映在涨潮的春水里。这些解释都没有真正领略到这句的意思,原因是解诗者没有农村生活的经历,所以对"川"字黏得太死。实际上,这里的川,是指长条的麦垅。"云"在这里也不是实指,与上句"雪"字用法相同,诗首句已说"日净",怎么会有上涨的"云"呢?这句是说,春天时,麦子拔节,一天之内,可长数寸,蓬勃之势,犹如一川绿云,腾腾上涨。

诗全首用对,工巧别致,每句又都用实词开头,对第二字及第五字精心锤炼,使画面流动优美。四句诗,均即目所见,各以最为简练的语言组织很丰富的景物,构成一个整体,意境浑融,兴寄高远。

梅 花

墙角数枝梅,凌寒独自开。
遥知不是雪,为有暗香来。

【语译】

墙角边有几枝腊梅,冒着严寒独自盛开。远远望去好似一堆白雪,但我知道那不是雪,因为迎面有一阵阵暗香扑来。

【赏析】

这是一首咏物诗。首句着题,说墙角上有数枝梅花。把梅花安排在墙角,人们自然浮现出整个画面是以庭院为背景,留有大量的空间,衬托出了梅花铁干横斜的丰姿。次句写梅花凌寒独自开,点出花开的节令气候,把梅花傲雪凌霜不与凡卉争奇斗妍的高洁表现无遗。三、四句以议论寄意,使用因果倒装法,说自己远远看去,盛开的梅花犹如一片白雪,但自己知道这不是白雪,因为先嗅到了阵阵花香。这两句写得很浅,读来却很亲切。言梅花似雪,是写梅的熟语,王安石自己在《题齐安壁》中就有"梅残数点雪"句。

但这里王安石直接说出不是雪,便一反常调,反见新意,更加突出了梅花的香气。

全诗寥寥数语,写出了梅花不畏寒冷的高尚品格及花色白、暗香的特色,神韵天然。宋惠洪《冷斋夜话》载,王安石去拜访一位高人,正碰上那人不在,王安石就在墙壁上题下了这首诗。由此可知,王安石这首诗表面上是咏梅,实际上又借题梅表达对高士的赞赏,说他如同梅花,独处隅角,不与世人争竞,如同梅花洁白暗香一样品德傲岸高洁。当然,这里面也有诗人自己的影子在内,诗人同样也通过咏梅表达自己的处世观。

南朝诗人苏子卿作有《梅花落》一首云:"中庭一树梅,寒多叶未开。只言花是雪,不悟有香来。"前人指出,王安石这首咏梅诗,就是变化苏子卿诗而成。不过,王诗在布景寄情上,比苏诗大大进了一步,因此苏诗后世不为人知,王诗却不胫而走。

题西太一宫壁①

柳叶鸣蜩绿暗②,荷花落日红酣③。
三十六陂烟水④,白头想见江南。

【注释】

① 西太一宫:宋仁宗时建,在今河南开封西八角镇。　② 蜩:蝉。
③ 这两句一作"草色浮云漠漠,树阴落日潭潭",少韵味。　④ 烟水:一作"春水"。诗写夏景,自当作"烟水"。又,一作"流水",与写陂塘不相符合。

【语译】

浓郁的柳叶,深绿如烟,传来了阵阵知了的鸣叫。落日照射着荷花,增添了几分红晕,一段柔娇。这三十六陂无尽的绿水,笼罩着淡淡的烟雾,使我这个白发人,不由得想起了江南的风貌。

【赏析】

六言诗起于汉魏,盛于宋朝。宋六言诗作者,首推王安石,而王安石的六言诗又以这首最为著名,陈衍《宋诗精华录》甚至于认为是王安石诗的压卷之作。原诗共二首,这里选的是第一首。诗约作于熙宁初年。

首二句写景,二字一顿,合成整个夏日的画图:知了在绿柳中起劲地叫着,夕阳西下,照在池水中盛开的荷花瓣上,花显得分外地红。这两句在雕琢色彩上极下功夫。第一句写绿色,用了个"暗"字,一是说柳叶很密集,颜色很浓,呼应夏景;一是呼应下句的落日,说自己游玩时已是黄昏,光线黯淡,远远望去,柳树如烟。诗又写到在浓密的柳叶中,传来阵阵蝉唱,场面声色俱到,闹中见寂。前面写了岸上,第二句写到水中,写红色,用了个"酣"字,说金色的夕阳给原本红艳的荷花又镀上了一层红色,使花犹如醉酒美人,泛起重重红晕。诗将绿与红作鲜明对照,又各自配合相应的景物,十分和谐自然。在对偶上也很工整,柳叶对荷花,绿暗对红酣,音节重沓又不失流丽自然。后来杨万里有一首《晓出净慈寺送林子方》,写夏天初升的太阳照在荷花上的情景,有句云:"接天莲叶无穷碧,映日荷花别样红。"诗所述场景与修辞手法与王安石诗接近,也许正是受王诗启发而作。

后二句由景抒情,先在地名上做文章。汴京有三十六陂,江南扬州也有三十六陂,地名偶然相同,已足以引起联想;而眼前柳绿蝉唱、落日荷花,又与江南如此相似。诗人面对这派景色,深深地陶醉在其中,自然而然地想起了江南,想起了家。诗以"三十六陂"承应上句,把"荷花落日红酣"的场面扩大,也以江南的美衬托出眼前景色的美。"白头想见江南",固是触景生情,又间杂着对往事的回顾及年华流逝、异地漂泊的悲伤。这种情感,诗人在第二首中专门抒发,诗写道:"三十年前此地,父兄持我东西。今日重来白首,欲寻陈迹都迷。"

诗写得韵味天成、自然流畅。据宋蔡絛《西清诗话》,后来苏轼见了这诗,"注目久之,曰:'此老野狐精也。'"赞叹之余,提笔属和。黄庭坚见了这诗,也有和作。诗为一时名流如此折服,可见诗的成就十分巨大。

夜 直[①]

金炉香炉漏声残[②],翦翦轻风阵阵寒[③]。
春色恼人眠不得[④],月移花影上栏杆。

【注释】

① 夜直:值宿。宋代制度,翰林学士每夜轮流一人在学士院值宿。这首

诗《千家诗》选入,改名"春暮"。　②金炉:铜制香炉。漏声:古代用来计时的漏壶中滴水的声响。漏声残,指水将滴完,即天快亮。　③翦翦:风轻微而有寒意。　④恼人:引逗、挑动人。

【语译】

铜制的香炉中香已燃成了灰烬,叮叮咚咚的夜漏也将近尾声。阵阵清风吹进窗户,带来了丝丝侵人的寒冷。明媚的春光挑逗着我,使我整夜难以入睡;明月渐渐西下,照着窗外的花枝,在栏杆上投下了浓郁的花影。

【赏析】

这首绝句,通过景色的描写,表现自己春夜在翰林院值宿时的复杂心情。

前两句写夜直入题。金炉中的香已经烧完,漏壶滴水也差不多滴完,一阵阵风吹来,使人感到寒冷。这两句很形象地交代了时间与地点。金炉、漏声,说明是在宫中;香销、漏残,说明天快亮了;轻风带来寒意,说明是春天。诗结集了各种带有显著特点的事物,表现出诗人在写景上精湛的技巧。

知香销漏残,感受到天快亮时的寒冷,诗人自然没有睡着,第三、四句就改变前两句以景来作暗示的手法,直接说出自己因为春色的引逗而睡不着,痴痴地看着月光照耀着,花的影子在移动,渐渐投上了栏杆。第三句总结前两句,第四句补足第三句,说自己一夜未眠,所以能注意到月光花影的移动。花本身不高,只有月亮西坠时的斜照,才能使花丛的影子投上小轩的栏杆,又暗点出天已经快亮。

诗人的"眠不得"固然如自己所说,是"春色恼人"。中秋赏月,浮想联翩,使人对月而眠不得的情况经常发生,春雨淅沥,惹人乡思,由听雨而眠不得的情况也很普遍;这时诗人是在值宿,在屋内,房外的春色在夜晚只是朦胧一片,他也没去欣赏,为什么会感到恼人,因而眠不得呢?只有一个解释,他当时心情很振奋,很激动,所以睡不着。熙宁元年(1068),王安石被召至京,官翰林学士,倡行新法。这首诗作于熙宁二年春,正当神宗决定采纳新法,将付诸实施时。王安石向往多年的政治抱负终于将要实现,他对未来充满着信心,处于紧张而又兴奋的等待中,因此无法入睡。对他来说,未来正如春色,"恼人眠不得",所以他就把这心情隐晦地推到了春色身上,而"春色"一词,在诗人笔下本来就经常隐含有政治意义。

这首诗,刻绘春夜景色很独到,描摹感情也很细腻曲折,所以被历来选家所看重。

元 日

爆竹声中一岁除①,春风送暖入屠苏②。
千门万户曈曈日③,总把新桃换旧符④。

【注释】

① 除:逝去。　② 屠苏:用屠苏、肉桂、山椒、白术等药浸泡的酒。古人在

正月初一饮屠苏酒,传说可以预防瘟疫。　③曈曈:形容太阳初升,由暗转明的样子。　④"总把"句:诗中"新桃""旧符"是桃符的互文省略。桃符是古代悬挂在门两旁的桃木板,上画有神荼、郁垒二神,用以驱邪,一年一换。

【语译】

阵阵轰鸣的爆竹声中,旧的一年已经过去;和暖的春风吹来了新年,人们欢乐地畅饮着新酿的屠苏酒。初升的太阳照耀着千家万户,他们都忙着把旧的桃符取下,换上新的桃符。

【赏析】

诗写的是过年时常见的情景:人们辞旧迎新,忙忙碌碌。诗人捕捉到这一热闹场面,倾注入自己的感情,处处把新的事物引入诗中,于是爆竹是迎新,风是新春的风,酒是新酒,连太阳也是初升的,人们忙着换新的桃符,到处洋溢着喜庆的气氛。古人说欢乐之辞难工,这首诗恰恰把欢乐的场面很形象地描绘了出来,所以特别难能可贵,几乎受到了所有选家的青睐。

诗是人们的心声。不少论诗者注意到,王安石这首诗充满欢快及积极向上的奋发精神,是因为他当时正出任宰相,推行新法。他正如眼前人们把新的桃符代替旧的一样,革除旧政,施行新政。王安石对新政充满信心,所以反映到诗中就分外开朗。从这意义上说,这首写新年的诗就不单单是写新年,诗虽然用的是白描手法,极力渲染喜气洋洋的节日气氛,同时又通过元日更新的习俗来寄托自己的思想,表现得含而不露,给人以回味。

泊船瓜洲①

京口瓜洲一水间②,钟山只隔数重山③。
春风又绿江南岸,明月何时照我还?

【注释】

① 瓜洲:长江北岸有名的渡口,在今江苏扬州市南。 ② 京口:今江苏镇江市,在长江南岸,隔江与瓜洲相对。 ③ 钟山:一名紫金山,在江苏南京市北。

【语译】

京口和瓜洲中间只横亘着一条大江,遥望钟山也仅相隔了几重山嶂。明媚的春风吹绿了大江两岸,什么时候,这似水的月光照着我回到钟山下的草堂?

【赏析】

熙宁八年(1075)二月,王安石第二次拜相,奉诏从南京入京,经过扬州,泊船瓜洲渡,遥望金陵,写出了这首脍炙人口的小诗。

唐朝的诗人大多数在谋篇上下工夫,所以人们常说好诗被唐人写尽。到了宋朝,开始在一字一句上雕琢,继承晚唐贾岛等人"吟安一个字,捻断数茎须"的精神,最爱推敲。王安石写这首诗的经过,就是人们常常引来证实宋人推敲字句的例子。据宋洪迈《容斋续笔》记载,王安石写这首诗时,"又绿江南岸","绿"原作"到",圈去后改为"过",又改为"入""满",换了十多字,才改定为"绿"。

确实,这一"绿"字,把春风的作用形象化地展示,呈现了一个视觉鲜明的画面——春风吹起,万象更新,千里江岸,一片翠绿。而绿色所表现的是生机盎然、积极向上的气氛,也密合王安石当时再次被召用的欣喜心情。

"绿"字在诗中下得好固然是本诗成功的关键,但诗的布局也体现了王安石艺术上的高深技巧。诗写泊舟,先从渡江写起。"京口瓜洲一水间",写距离近,也写船走得快,笔调欢畅。因了瓜洲离自己的家南京很近,不免远望钟山,反映出行时对家的依恋。钟山虽近,毕竟隔了数重山,望而不见,所以下文自然将视线转向江岸,描写春草。春草在诗词中是思归的象征,如《招隐士》"王孙游兮不归,春草生兮萋萋",所以又连带引出了末句"何时还"的想法,回照"望钟山"一句。这样,诗萦环映带,意境深远,再加上字句稳妥新异,使本诗成为传世名作,被宋许彦周赞为"超然迈伦,能追逐李、杜、陶、谢"(《彦周诗话》)。

书湖阴先生壁①

茅檐长扫净无苔②,花木成畦手自栽。

一水护田将绿绕,两山排闼送青来③。

【注释】

① 湖阴先生:杨德逢,是王安石住在金陵钟山下时的邻居。　② 长:常常。　③ 排闼(tà):推门闯入。

【语译】

茅屋的檐下经常打扫,干净得没有一点绿苔杂草。小园里的花木,整整齐齐的,是先生他亲手栽培灌浇。门外,一湾碧水维护着农田,将绿色的庄稼环绕。那两座青山,似乎推门直入,把苍翠送进你的怀抱。

【赏析】

这首诗是诗人题在好朋友杨德逢的墙壁上的。题人壁,一般有两个主题,一是写景寓情,一是表示对主人的敬佩仰慕。这首诗写的是前一主题。

诗写湖阴先生家的景色。前两句是近看,是内景。茅檐代指庭院,谓小院子里因为经常打扫,没有一丝绿苔杂草,栽上了许多花木。后两句是远看,是外景。写湖阴先生家所在村子,一湾碧水护着农田,两座青山送上青翠。诗描写了初夏山村的秀丽图画,画面以茅舍为中心,绿田青山,碧水红花,内容很丰富,设色很鲜明,充满了农村生活的情趣。

最被人称道的是,诗中用了"护田""排闼"两词,把自然风景人格化。河水绕田,说成是有意保护农田;青山对门,说成是青翠的山色排门闯入。通过拟人化手法,把不动的景变成了富有感情的动的形象,诗便富有勃勃生气,带有浓重的主观性。

宋吴曾《能改斋漫录》说"一水"二句本五代沈彬"地隈一水巡城转,天约群山附郭来",又本许浑"山形朝阙去,河势抱关来"句意。实际上,王安石未必有意承袭模仿别人。这两句诗好就好在密切贴合眼前景色,毫无生造硬扯的痕迹。至于有人因为王安石学问渊博,诗中"护田"二字见《汉书·西域传》校尉领护营田,"排闼"二字见《史记·樊郦滕灌列传》,遂指实这是以汉人语对汉人语,是王安石用典用事高妙的例子。这就太过执着,近于生吞硬剥了。

王安石对自己这首诗很看重,尤其是对后两句,颇为自得。黄庭坚到钟山去拜访他,问他有什么佳作,王安石就举了这首诗相答。作了这样的好诗,确实值得自负一番。

钟山即事①

涧水无声绕竹流,竹西花草弄春柔。
茅檐相对坐终日,一鸟不鸣山更幽。

【注释】

① 钟山:一名紫金山,在今江苏南京市北。

【语译】

山涧中的流水,静悄悄的,绕着竹林流淌。竹林西畔,那繁花绿草,柔软的枝条在春风中摇晃。我坐在茅屋檐下,整天看着这明媚的春光;夕阳西下,耳边听不到一声鸟鸣,山中显得格外的静寂幽旷。

【赏析】

这是一首饶有风味的小诗。诗人坐在家门口,对着涧水、绿竹、花草,兴趣盎然。不知不觉地,白天过去,夕阳下山,山中十分幽静,连鸟都不叫一声。

诗着意写静。先是作者自己心静,心静便把自己融进了大自然,与大自然浑成一体,便有极大的兴趣来观察、欣赏大自然,毫无倦意,于是,他品味出,大自然虽然充满生机,却是那么的宁静,连流水都悄无声息,更没有饶舌的鸟儿烦人。这样的环境,正是脱离了扰扰红尘,避居山野的王安石所追求的,所感到惬意的,所以诗中流露出对环境的欣赏与满足。

末句是改用南朝梁王籍《入若耶溪》句:"蝉噪林逾静,鸟鸣山更幽。"王安石翻过一层,变成"一鸟不鸣山更幽"。对这样的改写,前人多有讥刺,认为一鸟不鸣,山自然更幽,用不着多说,所以王安石这么一改,是点金成铁。王安石的诗与王籍的诗实际上代表了两种修辞手法。王籍是用反衬。山中鸟雀齐鸣,声音扑耳,是因为山里已没有人,成了鸟的世界,鸟才会如此啼鸣,就像欧阳修《醉翁亭记》所说,是"树林阴翳,鸣声上下,游人去而群鸟乐也"。这样写,寓静于闹,更富有情理韵味,经常被诗家所采用,如杜甫《题张氏隐居》:"春山无伴独相求,伐木丁丁山更幽。"就是用此手法。王安石的诗是直写,从正面渲染静态,显得平淡自然,直截明快。从诗歌的底蕴来说,王籍的诗更耐读一些。

王安石善于融合前人诗句入诗,有很多成功的例子。这首诗从这一点上来说,改得似乎太不高明,与他的学养不称。从这一反常来考虑,古人常以鼠雀喻谗佞的人攻击别人,王安石推行新法,受到很多人反对,在诗中是否即以"一鸟不鸣"表示自己退居后再也听不到这些攻讦声因此而很高兴呢?

江 上

江北秋阴一半开,晚云含雨却低徊①。
青山缭绕疑无路,忽见千帆隐映来。

【注释】

① 低徊:这里指浓厚的乌云缓慢移动。

【语译】

大江北面,秋天浓重的云幕一半已被秋风撕开;雨后的乌云,沉重地、缓慢地在斜阳中移动徘徊。远处,重重叠叠的青山似乎阻住了江水的去路,船转了个弯,眼前又见到无尽的江水,江上成片的白帆正渐渐逼近过来。

【赏析】

王安石的诗以绝句见长。宋严羽说:"荆公绝句最高,得意处高出苏、黄。"杨万里也说:"五、七字绝句难工,唯晚唐与介甫最工于此。"这首绝句是王安石绝句中较有成就的一首。

诗写乘舟江上所见,犹如一幅层次分明的水墨画:阴云半开,一抹蓝天在阴云中显露,而云又是那么的低沉;四围青山缭绕,远处千帆时隐时现。诗写的都是远景,云是远处的晚云,山是远处的群山,船仅见远远的白帆。而所有的景色,都犹如电影的慢镜头,在远方缓缓地移动。阴云半开,晚云低徊,是缓慢的;青山缭绕,山不动,但船在动,远处景物的移动也是缓慢的;千帆隐映,虽加上"忽"字,只是由于江转山回,过程仍是缓慢,所见的船帆,也是缓慢靠近。在这样宏大空阔的背景中,配上缓慢的节拍,组成了一组半明半暗、似动非动的画面,令人叹为观止。

苏轼评王维的诗画,有"诗中有画,画中有诗"的讲法,把诗境与画意结合在一起谈。诗与画的紧密结合,在唐朝的山水诗、画中得到完美的结合。王维、孟浩然等人的山水田园诗,都带有画的气质与风韵。唐人的山水诗画重点突出自然的美。宋人的山水画强调质,通过时序节令和布局,表现真实的生活,山水诗也提倡清新蕴藉,要求把真情实感通过客观描写表达出来。王安石的山水诗,就很好地把握了这一点。这首写江行的诗,在灰暗的底色上布置了一幕开阔的画图,辅以幽深的笔调,与米芾山水画笔法相吻合,表现一种含蓄朦胧的美。同时,诗人又经过对景物的描写,表示出对路途遥远、风云变幻的惆怅,把主观思想加入了山水诗中,丰富了诗的主题。同样的手法,还可举王安石《题西太一宫壁二首》中的"柳叶鸣蜩绿暗,荷花落日红酣",诗写的是景,却用"绿暗""红酣"把自己的感受强烈地表现出来。

另外,"青山缭绕疑无路,忽见千帆隐映来"二句,有的研究者认为对陆游"山重水复疑无路,柳暗花明又一村"有启迪作用,含有丰富的哲理。

北　山[①]

北山输绿涨横陂,直堑回塘滟滟时[②]。

细数落花因坐久,缓寻芳草得归迟。

【注释】

① 北山:钟山。　② 堑:沟。塘:方形水池。滟滟:水光闪烁貌。

【语译】

北山把浓郁的绿色映照在水塘,春水悄悄地上涨;直的堑沟,曲折的池塘,都泛起粼粼波光。我在郊野坐得很久,心情悠闲,细细地数着飘落的花瓣;回去时,慢慢地披寻芳草,到家已是很晚。

【赏析】

王安石的绝句,最喜欢将自然界景物拟人化,让万物都赋有生机活力,带有感情色彩,这首作于晚年写钟山的诗前两句也是如此。诗中的北山本是无情之物,但春天到来,万物萌生,山上一片浓绿,映现在满陂春水中也是一片绿色,似乎是山主动地把自己的绿色输送给水塘,又随着春水上涨,仿佛要把绿色满溢出来;水呢,也很多情,或直,或迂回弯曲,以种种秀姿,带着粼粼波光,迎接着山的绿色。这联诗,把绿色写活,特别引人注目。王安石擅长写绿,除"春风又绿江南岸""两山排闼送青来"这类脍炙人口的句子外,又如"坐看青苔色,欲上人衣来",也状出颜色的流动,与本诗创意仿佛。

山有情,水有情,人岂能无情?诗人面对着这诱人的山水,留连忘返。因为心情悠闲,坐了很久,以至于仔细地观察着花朵飘落,默数着一朵,二朵……坐够了,回途饶有兴趣地寻觅着芳草,滞留了多时,回家已经很晚。这两句,通过数花、寻草两个动作,很形象地反映了自己淡寂安闲的心理。

诗前两句纯是景语,写得细腻工巧;后两句纯是情语,写得纡徐平缓。写景时,注意了色彩的渲染,把静态写得仿佛飞动起来;写情时,通过客观叙述,刻画主观情绪,境界全出,把动态写得平静之至。诗全首用对,在整齐中同时富于变化。如三、四句,出句先写结果,后写原因,坐久了,心情很闲适,所以数起了落花;对句先写因后写果,因为寻芳草,所以回去晚了。内容与艺术在这里得到了完美的结合,诗便以其鲜明的特色为广大诗家所喜爱。

"细数落花因坐久,缓寻芳草得归迟"这一名句历来被评家关注。宋吴幵《优古堂诗话》说:"前辈读诗与作诗既多,则遣词措意,皆相缘以起,有不自知其然者。荆公晚年闲居诗云'细数'云云,盖本于王摩诘'兴阑啼鸟唤,坐久落花多',而其辞意益工也。"吴幵并指出,徐俯诗"细数李花那可数,偶行芳草步因迟"有窃取王安石诗的嫌疑。这联诗的好处,宋吴可《藏海诗话》如此评论:"'细数落花'、'缓寻芳草',其语轻清;'因坐久'、'得归迟',则其语典重。以轻清配典重,所以不堕唐末人句法中,盖唐末人诗轻佻耳。"宋胡仔《苕溪渔隐丛话》前集卷二十三说王安石此诗以闲适为胜。这些评论,都有助于我们认识与鉴赏本诗。

北陂杏花①

一陂春水绕花身,花影妖娆各占春。
纵被东风吹作雪②,绝胜南陌碾成尘③。

【注释】

① 陂:池塘。　② 纵:即使。　③ 南陌:指道路边上。

【语译】

围绕着杏花的是满塘的春水,岸上的花,水中的花影,都是那么地鲜艳动人。即使被无情的东风吹落,飘飘似雪,也应飞入清澈的水中,胜过那路旁的花,落了,还被车马碾作灰尘。

【赏析】

这首咏杏花的诗,首句点题,既然是在陂边,自然是临水杏花,这是环境上的定格。诗用了一个"绕"字,轻柔婉转,写了水,也反衬了杏花,是王安石诗善于炼字的实例。临水的杏花何以可爱呢?诗又下了"妖娆"二字,来形容花影,说了花,又说了影;花是岸上的杏花,影是水中的花影,二者都妖娆动人,就说出了临水杏花与众不同的可爱处。因了影的动人,水的清澈就不言而喻了,这就带出了三、四句的议论,把临水的特征更推进一层,但却别出机杼,说由于临着清水,即使花瓣飘落,也落在干净的水里,"质本洁来还洁去"(《红楼梦》第二十七回),比路旁的花朵落在路上遭车碾人踏化为尘土要好得多。

绝句由于篇幅短小,很忌一气直下,没有波折。这首诗句句写临水杏花,第二句承第一句;第三、四句承第二句,却宕开一层,以"纵被"领句,用"绝胜"作呼应,便使全诗跌宕有致,富于曲折变化。这样布局,有直写,有侧写,有描绘,有议论,诗人自己爱好高洁的品格也就贯注到中间去了。所以《宋诗精华录》评说:"末二句恰是自己身分。"陈衍《石遗室诗话》又在肯定末二句后,说:"皆山林气重而时觉黯然销魂者。所以虽宰相,终为诗人也。"

花落了,被践踏成泥土,本来是很平常的事,然而经王安石拈出来与飘落水面的花作对照后,因诗句出名,遂被后世诗人作为诗料。如陆游《卜算子·咏梅》就有"零落成泥碾作尘,只有香如故"句,即由王诗作生发。清代的龚自珍《己亥杂诗》之五更进一步发挥,说:"落红不是无情物,化作春泥更护花。"干脆在落花被碾作泥土上做文章。

州　桥①

州桥踏月想山椒②,回首哀湍未觉遥③。
今夜重闻旧呜咽,却看山月话州桥。

【注释】

① 州桥:也叫天汉桥,在汴梁(今河南开封市)宣德门与朱雀门之间,横跨

汴水。　②山椒：山顶。这里指王安石在金陵的住宅不远的钟山。　③哀湍：指山间发出凄切声音流得很快的溪流。

【语译】

当年我在州桥上散步赏月，遥想金陵的钟山；山中凄切急速的泉水声，似乎近在耳畔。今天我在金陵，听着呜咽的泉水潺潺；看着明月，又想起在州桥赏月的那晚。

【赏析】

怀古诗与游览诗，大多数是在时空概念上做文章。或者通过同一地点的今昔对比，寄托胜事不常、沧海桑田的感慨；或者通过同一时间两地的不同，抒发由此而产生的喜怒哀乐。在绝句中，由于篇幅的限制，便把时空概念浓缩交织，给人以咀嚼品味的余地。王安石的这首《州桥》诗就是运用了这一手法。

这首诗是王安石晚年退居金陵时，回想旧游汴京所作。前两句是写当年在州桥踏月，想念自己在金陵的家；后两句写在金陵赏月，又因听到当年想象中的凄切而急速的溪声，忆及汴京。前者的州桥是实写，溪流是虚写；后者的州桥是虚写，溪流是实写。所写的虚实的不同，也就是时空的不同，如此交叉渲染，人事的变迁，情感的变化也就都包含融会了进去。

读《州桥》诗，很容易使人想起李商隐的《夜雨寄北》："君问归期未有期，巴山夜雨涨秋池。何当更剪西窗烛，却话巴山夜雨时。"诗立足于今，想象未来，所写的是一个地方，但时间的不同，情感也将不同。通过时空变化,展示悲欢离合的演变,自己的相思之情得到了体现。王安石的《州桥》诗与李商隐诗一样,都是以景设情。但王诗是由现在的金陵想到过去的汴京,李诗是由现在的巴山想到将来会面的长安。一是回忆,一是展望。所以李诗格调轻快婉转,王诗就显得沉重压抑。

刘 攽

刘攽(1022—1089),字贡父,号公非,新喻(今江西新余)人。刘敞之弟,与兄同中进士,官至中书舍人。所作诗平稳翔实,声情并茂。有《彭城集》。

新 晴

青苔满地初晴后,绿树无人昼梦余。
唯有南风旧相识,偷开门户又翻书。

【语译】

久雨初晴,门外长满了青苔;庭院里的树格外苍翠,我美美地睡了个午觉,没个人到来。只有南风,似乎走惯了这条路,偷偷地打开房门,又悄悄地把我的书翻开。

【赏析】

这首绝句写夏日闲适的生活。落笔便信手点缀,写天气刚放晴,门外青苔满地,日长无人到来,院中绿树婆娑,自己美美地睡了个午觉。两句诗看上去只是把眼前的景与事随手挥洒,寄托自己的悠闲自得的心思,但细细咀嚼,因果很明确,层次很多。因为下雨,而且是久雨,门外长满了绿苔;经了雨的树,在阳光照耀下,枝叶肥嫩,格外苍翠;久雨初晴,便少客人,诗人得以白天酣睡。"昼梦余"三字也看似闲笔,实际上点出了诗人当时的心情,日长无事,睡够了,心中很舒畅,更何况碰上了使人开朗的新晴,这样写,诗就流露出平淡轻松的意趣。

三、四句用拟人化手法。睡够了,没有什么俗事的打扰,只有南风,偷偷地吹开了门户,又掀动着书页。诗写得诙谐而带有几分高兴,且用"偷"字及"翻"字,都很形象地描绘出夏日微风吹进屋内的状况,也衬托了诗人自己的情操,与南风为"旧相识",就是与自然为友。诗中的"偷开"一作"径开",也下得很神。用"偷"字,写风不知不觉地吹入,带有调侃意味,与下"翻书"呼应;用"径"字,说风径自直入,不待商量,与上写南风是旧相识相映合。

把风用拟人化手法写,在刘攽前有许多人作过,如李白《春思》"春风不相识,何事入罗帏"。刘攽这首诗写得更深更活,所以成为传世名句。清人导致杀头的诗句"清风不识字,何故乱翻书",也许就从本诗化出。

雨后池上

一雨池塘水面平,淡磨明镜照檐楹①。

东风忽起垂杨舞,更作荷心万点声。

【注释】

① 檐楹:屋檐及檐下的堂柱。

【语译】

骤雨刚刚过去,池塘里的水蓄满了,仿佛要溢出来;清澈的池水犹如一面明镜,映照出屋角檐楹。忽然吹来了一阵东风,池边的杨柳一齐把垂下的枝条舞动;水珠洒向池中的荷叶,发出一片清脆悦耳的沙沙声。

【赏析】

这首小诗,写雨后池塘景色。诗人犹如高明的摄影师,把镜头对准了池塘这个背景:一阵大雨刚过,水涨满了,池塘宛如一面明镜,照出了房屋的倒影,池塘边长着几株柳树,长条葱翠,池塘中长了很多荷花,荷叶田田高举。然后,诗人抓住忽然吹来一阵风,杨柳飞舞,把水珠甩向荷叶上之际,按下了快门,完成了他的这幅杰作。

诗前两句用淡笔写池塘。池塘里长着许多荷花,但在这里先不写令人注目的荷花,只写水。首句的"平"字,似乎不经意而出,但正是这个很普通的字,伏下方才过去的不是小雨,因而使池塘水上涨,为三、四句铺垫,同时又以"平"字说明没有风,所以才有第二句的水面如镜,第三句的"东风忽起"。第二句写池塘似镜,本来也是十分平常的形容词,但加了"淡磨"二字,就使池塘带有感情色彩,让人由此体会雨后的寂静迷人的状态。前两句语气平缓迂徐,呈现出的是轻松与恬淡的感觉。后两句就全写动,凑巧而来的东风,舞动的杨柳,飞溅而下的水珠沙沙地打在荷叶上,一环扣一环,节奏很急促,与前两句成为鲜明的对比。诗也同时配上跳荡欢跃的语句,垂杨舞动用"忽起"二字,动态盎然。"更作"二字尤是点睛之笔,使人由眼前的杨柳舞动,耳中的荷心万点声而回想到先前下大雨时的同样情况,扩大了诗的描写范围。

三、四句因善于捕捉偶然现象,表现得清新活泼而被人赞赏,已开杨万里诗讲究活趣的风气,写得有声有色,令人神往。这景象,司马光的《晓霁》也曾写到,不过写的是残雨被鸟飞而摇落,诗云:"开门惊乌鸟,余滴堕苍苔。"刘攽诗很热闹,司马光诗很沉寂,各有其趣。

徐 积

徐积(1028—1103),字仲车,楚州山阳(今江苏淮安)人。治平进士,晚年方出仕,任楚州教授。诗雄放多变。有《节孝先生文集》。

莫饮吴江水寄陈莹中①

莫饮吴江水,胸中恐有波涛起;
莫食湘江鱼②,令人冤愤成悲呼。
湘江之竹可为箭,吴江之水好淬剑③。
箭射谗夫心④,剑斫谗夫面。
谗夫心虽破,胸中胆犹大;
谗夫面虽破,口中舌犹在。
生能为人患,死能为鬼害。
患兮害兮将奈何? 两卮薄酒一长歌。
洒向风烟付水波,遣吊胥山共汨罗⑤。

【注释】

① 吴江:一名胥江,在今江苏省苏州市。陈莹中:名瓘,号了翁,沙县人。元丰进士,官右司谏,权给事中。崇宁中除名,编隶台州,移楚州卒。　② 湘江:在今湖南省。　③ 淬剑:炼剑时将剑烧红后浸入水中,使之坚硬。　④ 谗夫:以恶话中伤别人的奸邪小人。　⑤ 胥山:在苏州西南,吴人为纪念伍子胥

而命名。汨罗:汨罗江,在湖南北部,即屈原投水处。

【语译】

不要去饮用吴江中的水,喝了它,您的胸中恐怕也会有滔天的波浪掀起。不要去吃湘江的鱼,吃了它,会使你满腔的冤愤,化作凄厉的悲呼。湘江的竹子可以制成锐箭,吴江的水可以淬磨出宝剑。我要用箭射穿奸邪小人的心,我要用剑劈破奸邪小人的面。奸邪小人的心虽然破了,可他胸中害人的胆还是很大;奸邪小人的面虽然破了,可他口中谄佞的舌头还在。他们活着时带给人们祸害,死了变鬼,还是一大害。对这样的祸害我又能如何?只好把酒斟满了杯子,放声高歌。迎风把酒洒向奔流的水波,请它替我去凭吊胥山与汨罗的英魂忠魄。

【赏析】

宋胡仔《苕溪渔隐丛话》前集卷五十二引苏轼语,说徐积诗文怪而放,如玉川子(唐卢仝)。不过,这里选的这首诗,"放"是一点不错,却没有一丝诡谲险怪之气。全诗冲沛跌宕,喷薄而出,有唐李白豪放之风,只是略带些直露。

诗题是"莫饮吴江水",这是截取首句作题。起四句,两两相比,如果要出全诗题的话,应该是"莫饮吴江水""莫食湘江鱼"二句。照诗面上说法,不要饮吴江水,是因为怕吴江的水到胸中仍然起伏奔涌;不要吃湘江鱼,是因为怕吃了后使人感到冤屈难申。诗在这儿用了两个典故。吴江又名胥江,传春秋时伍子胥被吴王夫差杀害,把他的尸体装在皮袋里浮在江中,吴人为立祠于江边山上,名其山为胥山。伍子胥死后成为潮神,常乘素车白马,往来于江潮中,并助越兵灭吴。湘江则用屈原事。屈原遭谗被放,流浪于湘水一带,后自投汨罗江而死。陈莹中当时因为名列元祐党人而被除名,编隶台州(今浙江台州市)。徐积正是以伍子胥、屈原蒙冤遭屈,比拟陈莹中受到的不公正待遇,表达自己胸中的愤怒不平。诗起得音调激越,与诗意密切配合,可从此想见作者当时慷慨激昂、怒发冲冠的情状。

"湘江之竹可为箭"以下十句,为诗的第二段,直接抒发对权奸的愤恨,不啻是一纸讨伐书。诗承上文"湘江""吴江"两处地名,进一步发挥。湘江产竹,即著名的湘妃竹,竹子可以做箭;吴地是盛产宝剑的地方,历史上的名剑干将、莫邪、鱼肠等都是吴王令人所造,诗人因而想到这些名剑都是用吴江之水来淬火。于是,诗人要拿湘竹做的箭,吴江水淬的利剑,来杀伐这些奸邪小人的心与面。这四句将前面的意思更深入一层,表示了与奸邪势不两立的立场,表达诛尽奸邪的豪气。以下六句跌一层,说奸邪小人的心、面虽破,但他们的胆、舌还在,仍然能够为非作歹、残害忠良,活着是人要害人,死了做鬼还要害人。这六句,在责骂时已带有一丝无可奈何、自叹力微不能根绝奸邪的意思在内,也是诗人愤怨不平、抑郁否塞的原因。这一段,势如破竹,痛快淋漓。清潘德舆《养一斋诗话》评说:"数语雄快痛切,与《小雅·巷伯》同风,昌黎《利剑》诗剧有劲骨,犹当逊此。此正治心直养气之效也。"他并认为苏轼说徐积诗风"怪放"是不正确的。《小雅·巷伯》是寺人孟子因被谗害后写的泄放怨愤的诗,诗中说要把奸妄小人投去喂虎狼,可虎狼也不要吃,只好送他们去见阎王。潘德舆把这首诗等同于《巷伯》,就是指二诗不但怨愤的心情相同,在措词的激烈上也完全一样。

"患兮害兮将奈何"至末尾四句为结煞。那些奸邪小人劣性不改,而诗人又没有能力诛尽杀绝他们,所以诗人只能长叹,喝着闷酒,引吭高歌。此外,还能做的,就是把酒酹风,祭祀受冤屈的英烈们。这四句随着心情的变化,改用平声韵,在自我悲伤中又包含着对陈莹中的勉励。作者是以伍子胥、屈原比作受迫害的忠臣义士,表示人们对他们的崇敬与怀念。在结构上,诗又用胥山、汨罗作结,呼应首段。

全诗写得气旺神足,随感情的流走而变化,前两段很雄壮,末段改为悲壮,畅快地抒发自己的情感。诗虽然以气为主,但在思路上很绵密,层层相扣,步步进逼,回环呼应,不同于一般以豪放著名的古风那么跳跃,这也是宋人以文为诗后的特点。

爱 爱 歌

吴越佳人古云好①,破家亡国可胜道②。
昨日闲观爱爱歌③,坐中叹息无如何④。
爱爱本是娼家女,浑金璞玉埋尘土⑤。
歌舞吴中第一人⑥,绿发双鬟才十五。

耳闻目见是何事？不谓其人乃如许⑦！
操心危兮励志深⑧，半夜窗前泪如雨。
假饶一笑得千金⑨，何如嫁作良人妇⑩。
桃李不为当路花，芙蓉开向秋风渚。
忽然一日逢张氏⑪，便约终身不相弃。
山可磨兮海可枯，生唯一兮死无二。
有如樗栎丛中木⑫，忽然化作潇湘竹⑬。
又如黄鸟春风时，迁乔林兮出幽谷⑭。
文君走马来成都⑮，弄玉吹箫才几曲⑯？
不闻马上琵琶声⑰，忽作山头望夫哭⑱！
去年春风还满房，昨夜明月还满床。
行人一去不复返，不是关山歧路长。
前年犹惜金缕衣⑲，去年不画深胭脂。
今年今日万事已，鲛绡翡翠看如泥⑳。
一女二夫兮妾之所羞，不忠于所事兮其将何求？
蛾眉皓齿兮妾之所忧㉑，不如无生兮庶几无尤㉒。
喓喓草虫兮趯趯阜螽㉓，靡不有初兮鲜克有终㉔。
鸳鸯于飞兮毕之罗之㉕，人间此恨兮何休时？
深山人迹不到处，病鸾敛翅巢空枝㉖。

【注释】

①吴越:苏州、杭州一带。 ②可胜道:无法一一指陈。 ③爱爱歌:指苏舜钦所作《爱爱歌》。 ④无如何:不可终止。 ⑤浑金璞玉:未炼的金子、未琢的美玉。 ⑥吴中:苏州。这里作为吴越的省语。 ⑦乃如许:竟能这样。 ⑧"操心"句:《孟子·尽心上》:"独孤臣孽子,其操心也危,其虑患也深,故达。"意为只有孤独的臣子及庶出的儿子,他们时刻提高警惕,预防祸害,因此通达事理。这里指爱爱因地位卑下,所以终日思索要脱离火坑。 ⑨假饶:即使。 ⑩良人:良家子弟,平民。 ⑪张氏:指张逞。 ⑫樗栎:臭椿与麻栎,木质松散,《庄子》中说这是两种无用的木材。 ⑬潇湘竹:《述异记》说,舜南巡死,葬苍梧九嶷山,他的两位妃子娥皇、女英悲痛不已,泪洒竹上,形成斑痕,人称湘妃竹,一名斑竹。潇湘,水名,泛指湖南一带。 ⑭"又如"二句:《诗·小雅·伐木》:"伐木丁丁,鸟鸣嘤嘤。出自幽谷,迁于乔木。"喻人搬往好地方。这里指爱爱随张逞搬往京城。 ⑮"文君"句:卓文君为临邛富户女,寡居在家。司马相如爱之,挑以琴,二人私奔成都。 ⑯弄玉吹箫:弄玉为秦穆公女,与善吹箫的萧史成婚。二人婚后常一起吹箫,后萧史乘龙,弄玉跨凤,同日仙去。见《列仙传》。 ⑰马上琵琶声:用王昭君出塞弹琵琶事。参见王安石《明妃曲》注。 ⑱山头望夫哭:用古代女子望夫哭泣化石典。 ⑲金缕衣:用金线装饰的衣服。唐杜秋娘《金缕衣》诗有"劝君莫惜金缕衣,劝君惜取少年时"句,此借以指注重装饰打扮。 ⑳鲛绡:传说中海底鲛人所织的细绢。㉑蛾眉皓齿:弯曲如蚕蛾触须般的眉毛,洁白的牙齿。这句化用《诗·卫风·硕人》"齿如瓠犀,螓首蛾眉。巧笑倩兮,美目盼兮"句,说自己早就厌恶卖笑生涯。 ㉒无尤:没有怨尤。 ㉓"嘤嘤"句:嘤嘤为虫鸣声。趯趯,跳跃的样子。阜螽,蝗的幼虫。这句用《诗·召南·草虫》成句,朱熹说这首诗是写妻子独居感时物

之变而想念远离的丈夫。　㉔ "靡不"句:语出《诗·大雅·荡》,意为凡事都有个较好的开端,却很少能有好结果。　㉕ 于飞:比翼双飞。毕:长柄小网。这句用《诗·小雅·鸳鸯》"鸳鸯于飞,毕之罗之"句,指姻缘被拆散。　㉖ 鸾:雌凤。

【语译】

　　吴越之间的美女,自古以来人人夸好;为了她们破国亡家的,又岂能一一遍道?昨晚我有空闲读了《爱爱歌》,激动得长叹不已,心如波涛。爱爱本是个娼家女子,犹如没有锻炼的精金、没有雕琢的美玉,沉埋在尘土。她轻歌曼舞在吴中被推为第一,那时候,她梳着双鬟,头发乌黑,年龄不过十四五。人们耳闻目见过多少美女,不得不感叹爱爱的姿色伎艺,居然达到如此的程度!爱爱身在风尘,终日思虑早日脱离火坑,常常半夜里坐在孤灯前伤心,眼泪纷纷如雨。即使开口一笑能得到千金缠头,又怎能比得上清清白白做个平民的媳妇?她不愿做一株路旁任人采摘的桃花李花,宁可做一枝芙蓉,出污泥而不染,在秋风中默默忍受秋霜秋露。忽然有一天她遇上了张逞,两情相悦,海盟山誓,约定终身相伴,永不离弃。"高山可磨,大海可以干枯,我们活着时相亲相爱,死了也绝不背离。"爱爱犹如无用的樗栎树,忽然化成了多情的潇湘竹;又如春风中的黄鸟,找到了归宿,迁居到高高的树木,搬出了幽深的山谷。她随着张逞潜居京城,就如同卓文君跟着司马相如来到成都。夫妇俩如弄玉萧史,琴瑟调和。没想到欢乐时短,还来不及奏出别离的琵琶曲,张逞已被迫离开,只留下她孤单一人,哀哀啼哭,犹如山头望夫化石的村妇。去年此时,春风仍然吹着房中;昨夜此时,明月还照着我俩的床铺。如今丈夫却一去不返,这也怪不了他,不是他怕山高水远,歧路太多,而是他身不由己。前年我还无忧无虑,穿上金缕衣精心打扮;去年我已无心再调胭脂化妆;今年今日一切都已没有意义,我把鲛绡翡翠都看成一钱不值的泥土。一个女子嫁两个丈夫我一向看成是女子的耻辱,不对丈夫忠诚,我还能走什么路?蛾眉皓齿,追欢卖笑,我早已经厌恶,还不如去死吧,这样才能毫无怨尤,自得其所。耳听着草丛中小虫鸣叫,眼见着小蝗虫跳跃,思妇们总是苦苦地把远出的丈夫怀念思慕。世界上的事常常有好的开端,可好的结束实在不多。鸳鸯比翼双飞最后遭到网罗的摧残,人世间像这样的苦恨什么时候才能结束?深山中人迹不到的地方,有一只生病的雌凤,萎缩着栖息在树上,树枝光秃秃。

【赏析】

这首长篇叙事诗,写钱塘名妓爱爱的爱情悲剧,原诗前有小序,今未录。据《丽情集》等书载,爱爱姓杨,钱塘妓女,擅歌舞弹琴。七月七日泛舟西湖,碰上金陵少年张逞,两人一见钟情,海盟山誓,私奔京城。过了一年,张逞的父亲知道了此事,将张逞押回家乡。爱爱留在京中,矢志自守,甘于贫贱,"好事者百计图之不可得"。后爱爱因相思成病而去世。这件事发生在仁宗朝,当时著名诗人苏舜钦曾作《爱爱歌》褒美,徐积读苏作,有感于所作"其辞淫漫而与事不得爱爱本心",于是作此诗,"意有详略,事有取舍,文皆主于爱爱"(原序)。

全诗依内容可分为四段。第一段四句,介绍作诗缘起。先以吴越多美女起兴,说明自己所写的也是绝色女子。然后,以"破国亡家可胜道"来说明自古红颜多祸水的道理,从而引出看《爱爱歌》后"叹息无如何",表白爱爱与众不同,不是"破国亡家"的美女一类,为全诗定调。诗还没接触到爱爱,已经开始倾注入自己的感情,格调凄婉。

"爱爱本是娼家女"到"芙蓉开向秋风渚"十二句为第二段,介绍爱爱的身世及未遇张逞前的心理动态及爱情观。诗先肯定爱爱的本质,说她犹如浑金璞玉埋没尘土,对她流落平康表示同情;接着描绘她能歌善舞,伎压同类,却日夜思念脱离风尘,想嫁个良家子,抛弃一笑得千金的奢侈生活,不做桃李卖笑,要做芙蓉高洁。这样描写,使人们对爱爱的品德有了一个清晰的认识,为下文她遇到张逞后即以身相托、双双私奔做了铺垫,也为她日后的不幸预留伏笔。

"忽然一日逢张氏"至"不如无生兮庶几无尤"二十四句为第三段,写爱爱与张生的婚姻悲剧。诗介绍了二人相遇,信誓旦旦的情况,以黄鸟出幽谷、文君与司马相如事,比喻二人相爱私奔时的喜悦,又以弄玉、萧史的传说,暗示他们生活的和美。可惜好景不长,瞬间鸳鸯被拆散,爱爱只好独守空房。短暂的欢乐,忽然接着是望夫的痛苦。以下诗一连用十二句写爱爱的心理,通过前后对比,展示了张逞去后,她从满怀希望地等待到最终绝望的过程,表现了她难以忍受的悲痛。最后,她终于下定决心,以死殉情。这段描写,无疑是受了李白《长干行》的影响,以时光流逝、景物暗换与人物刻骨的愁思,表现爱人离去后孤独凄伤的心情。她的心情,如同流水,直从胸臆间淌出,萦回曲折,一往无间。通过这段介绍,诗人把爱爱的悲剧性遭际及其心理世界展现得淋漓尽致,把她的形象也塑造得极其丰满传神,令人震撼感动。

自"喓喓草虫兮趯趯阜螽"至结尾六句,是诗人对爱爱的悲剧产生的感慨,与第一段"坐中叹息无如何"相呼应。诗首先接连用《诗经》成句,加深表现的程度,展现普遍性规律,叹息爱爱欢乐的短暂及最终令人伤感的结局,同时进而发出"人间此恨兮何休时"这样的感叹。最后,诗通过深山中一只衰病的鸾鸟孤独地守着空枝的场面,象征爱爱的结局,也表现她死后精诚不泯,继承了古乐府《孔雀东南飞》的结局,展示了一幅令人怵目惊心的画面。诗人是一位正统文人,他如此全心全意地同情一个妓女的遭遇,歌颂她为爱情与人私奔又为爱情献身的精神,这是极其难能可贵的。

这首歌行,用古乐府纪事体,在语句音调上又模仿白居易的《长恨歌》与《琵琶行》,叙事详赡,抒情气息也很浓厚。诗在描写上有三个很突出的艺术特点。其一,诗采用了强烈的对比手法,表现爱爱的一生遭遇。诗本身在叙事上分两大块,先写爱爱为娼时名压吴中、一笑千金的生活,接写她与张逞的恩爱,逐渐推向高潮,笔墨畅达;后写张逞离开后她独守空房,备受相思熬煎,忍受贫穷,最终为情殉身,笔墨抑郁惨怛。在细节的描写上,也不断运用对比,刻绘人物心理。其二,诗善于通过场景的烘托渲染,表现女主人的处境与心情。如爱爱在张逞离开后,诗一连用"去年""昨夜""前年""去年""今年"等情况,细致地表达爱爱的凄凉与缠绵不尽的伤感。其三,诗善于用比喻来表现主题。如爱爱在未遇张逞前希望脱离风尘,诗便以桃李及芙蓉来象征两种不同的生活;既遇张逞,又以"樗栎"比以往生活,以"潇湘竹"比喻对爱情的坚贞,而出谷黄鸟、文君相如、弄玉吹箫等典事的运用,无不比喻贴切;尤其是结尾,以病鸾的形象作比,使故事的悲剧色彩发挥到了极点。

王 令

王令(1032—1059),字逢原,广陵(今江苏扬州)人。以教书为生,王安石对他极为赏识。诗气象宏大,豪迈疏旷,造语奇崛,为时所重。有《广陵先生文集》。

暑旱苦热

清风无力屠得热①,落日着翅飞上山②。
人固已惧江海竭,天岂不惜河汉干③?
昆仑之高有积雪④,蓬莱之远常遗寒⑤。
不能手提天下往,何忍身去游其间。

【注释】

①屠:屠杀。这里意为止住、驱除。 ②着翅:装上翅膀。这里形容太阳腾空,久久不肯下山。 ③河汉:银河。 ④昆仑:昆仑山,我国西部高山,传说为擎天柱,是神仙东王公、西王母居住的地方。 ⑤蓬莱:传说中海中三仙岛之一。

【语译】

清风没有力量驱赶暑天的炎热,那西坠的太阳仿佛生了翅膀,飞旋在山头,不肯下降。人们个个担心这样干旱江湖大海都要枯竭,难道老天就不怕耿耿银河被晒干?高高的昆仑山有常年不化的积雪,遥远的蓬莱岛有永不消失的清凉。我不能够携带天下人一起去避暑,又怎能忍心独自一个,到那儿去逍遥徜徉?

【赏析】

王令是北宋才华横溢的诗人,深受王安石赞赏。这首《暑旱苦热》是他的代表作。诗驰骋想象,戛戛生造,硬峭孤拔,得唐李贺诗神髓。也许是苦思容易伤神,他与李贺死时年龄差不多,都只活了二十七八岁。

诗围绕暑热写。暑天的清风是最受人喜爱欢迎的,但诗说清风本来能送凉,现在却无力驱除热浪,表示对清风的失望,加深暑热给人的难受。诗用了一个"屠"字,令人叹为观止。诗人在用这字时,不言而喻是把风当作了刀。古人把风比作刀,都是说寒风;贺知章"二月春风似剪刀",歌颂的是风的巧,与说风的凛冽属不同的范畴。王令在这里把风比作刀,是寄希望于风,表示对热的强烈憎恶。次句与首句一样,也是故作拗折。日落后天就会凉快一些,可太阳偏偏仿佛胶住了,动也不动,犹如生了翅膀,飞上了山。"着翅"二字,固然是由神话传说日中有三足乌而后世往往以"金乌"称太阳联想而来,但王令首次运用,充满生新感。落日飞上天当然是假象,却很深刻地表现了盼望太阳赶快坠落、凉爽快些到来的心理,大似后来《西厢记》中张生盼日落,说太阳黏在天上,"捱一刻似一夏"的迫切难忍的心情。

第二联转入议论,还是表现"苦热",又照应"暑旱"。三伏干旱,其热尤盛,天旱得久了,眼前的小河小沟便都干涸,但干旱似乎没有尽头,使人们不禁担心连江海也将枯竭。暑天正是庄稼生长最需要水的时候,如此干旱,收成即将无望,生计将出现危机,于是诗人由担心变成对上天的责问:天难道不怕银河也会因此而干枯吗?这联虽是议论,但由地上的江海而想到天上的银河,思路广阔奇特,仍使人瞠目结舌。

第三联宕开一层,由热想到避热。现实中既然没有可以躲避的清凉世界,诗人的思绪便飞向了虚幻的神仙世界。他想到神仙居住的昆仑山顶常年有雪,那海上仙山蓬莱岛,四季阴凉。对热想冷,由暑思冰雪,是诗人常用的构思,如杜甫《早秋苦热堆案相仍》:"南望青松架短壑,安得赤脚履层冰。"王令由冰雪而进一步扩展到神仙所居地的高寒,更为奇特。人间苦热,属意仙境,诗意到此似乎已尽,王令却又把思路猛地拉回,说即使有神山仙岛、清凉世界,但不能与普天下人一起享受,自己决不会独个前往。这尾联直接展示诗人广大的胸怀,与范仲淹"先天下之忧而忧,后天下之乐而乐"的思想完全一致,也是他"可以任世之重而有助于天下"(王安石语)的品质的表现。同时,"手提天下",又展现了诗人勃勃壮志,及睥睨天下的豪情。

王令这首诗力求生硬,想象奇特而不怪谲,在宋人诗中比较少见,所以陈衍认为读此诗"觉长吉(李贺)犹未免侧艳"。诗既有丰富的浪漫主义色彩,又有强烈的现实主义济世拯民的思想,被宋刘克庄《后村诗话》评为"骨气老苍,识度高远"。

渰 渰^①

渰渰轻云弄落晖,坏檐巢满燕来归。
小园桃李东风后,却看杨花自在飞。

【注释】

① 渰渰:云起貌。

【语译】

淡淡的云彩,舒卷轻飏,伴随着落日的余晖,在天空中飘荡。破败的屋檐下,燕巢中小燕已经挤满,老燕正在回巢,上下翩翻。春风已经吹尽,小园中的桃李纷纷凋谢;眼前只有杨花似雪,漫天飞扬。

【赏析】

这首绝句,写春天傍晚的喧闹。诗人通过各方面的景象,表现大自然的节物,流露对春天逝去的惆怅。诗是写暮春,却截取首句"渰渰"二字作题,虽是无题诗的传统做法,但由于"渰渰"二字形象地表现了春云纡徐兴灭的状况,增添了诗的韵味。

首句是远望,写晴天、落日。从云起笔,说春云轻飏自在,在天空中缓缓飘荡,使落日的余晖时隐时现,变幻多采。以"弄"字来表现活泼的兴致与情态,是古代诗人常用的手法,如李白《别山僧》"乘舟弄月宿泾溪",于良史《春山夜月》"弄花香满衣"。宋人把这一用法扩展,从写人的动作移到写自然,赋予本来没有情感的景物以情感,表现动态,抒发自己轻松愉快的心情。如苏舜钦《初晴游沧浪亭》"娇云浓暖弄阴晴",与王令这首诗一样,以云的变化来点化阳光的变化。同一用法,在词中更多,如张先《天仙子》"云破月来花弄影",柳永《望海潮》"羌管弄晴,菱歌泛夜,嬉嬉钓叟莲娃",都寄情于景,工致绵密。

次句写眼前,写破屋檐下,燕巢里已住满了孵出的小燕,老燕也正在回窝。这句在时序上承上句,写春景,再由落日斜晖来回味,人们自然可以想象出燕子归巢,在斜阳中上下翻飞的情景。再进而想象,时当暮春,乳燕已经孵出,这些小燕见到老燕回巢时,定然是昂首跳跃,欢快地鸣叫,何等热闹。"坏檐"二字,洗练而出,从现实上来说,反映了诗人居处的简陋,诗人的安贫乐道;在造景上来说,坏檐与燕巢,更见和谐,更富情思。

后二句改为浑写,具体说暮春景色。东风亦即春风。东风吹尽,即已是暮春时分,因而桃李已经凋谢,只有杨花漫天飞舞。古代诗人总是以桃李凋谢、杨花飞舞的景象,叹息春天即将逝去,表达自己的惆怅寂寥。如唐李益《汴河曲》:"行人莫上长堤望,风起杨花愁杀人。"郑谷《淮上与友人别》:"扬子江头杨柳春,杨花愁杀渡江人。"韩愈《晚春》:"杨花榆荚无才思,唯解漫天作雪飞。"薛涛《柳絮咏》:"他家本是无情物,一向南飞又北飞。"王令在这里,借用这一写法,但只是淡淡说去,不加议论,暗合惜春愁思,简淡中透出无穷的兴味。

王令一生不得意,因此对暮春景色特别容易引起伤感。如他的《春游》诗云:"春城儿女纵春游,醉倚层台笑上楼。满眼落花多少意,若何无个解春愁?"表示自己与众不同的愁思,有"众人皆醉我独醒"的意味。又如《春晚》诗云:"春来还自有游人,常是春归独念春。落后见花尤更惜,不知谁忍扫花尘。"直接说惜春。这些诗,虽然表现手法不同,但主题都与《湁湁》诗相类似,可以合在一起参看。

张舜民

张舜民(约 1034—1100),字芸叟,号浮休居士、矴斋,邠州(今陕西彬州)人。治平进士,官襄乐令,进监察御史,徽宗时以龙图阁待制知同州,坐元祐党,贬商州。诗笔意豪健,与苏轼相近。有《画墁集》。

打 麦

打麦打麦,彭彭魄魄①,声在山南应山北②。
四月太阳出东北,才离海峤麦尚青③,转到天心麦已熟。
鹎旦催人夜不眠④,竹鸡叫雨云如墨。
大妇腰镰出⑤,小妇具筐逐。
上垅先捋青⑥,下垅已成束。
田家以苦乃为乐,敢惮头枯面焦黑!
贵人荐庙已尝新⑦,酒醴雍容会所亲。
曲终厌饫劳童仆⑧,岂信田家未入唇。
尽将精好输公赋⑨,次把升斗求市人⑩。
麦秋正急又秧禾⑪,丰岁自少凶岁多,田家辛苦可奈何!
将此打麦词,兼作插禾歌。

【注释】

①彭彭魄魄:打麦的声音。 ②应:回声。 ③海峤:海中高山。此指太阳升起的地方。 ④鹖旦:一名曷旦,一种天没亮就叫的鸟。 ⑤腰:插在腰间。 ⑥捋:采摘。 ⑦荐庙:古人新麦登场,先用以祭祀祖庙,然后尝新。 ⑧厌饫:吃饱喝够。劳:赏赐。 ⑨输:交纳。 ⑩市:卖。 ⑪秋:收获。秧禾:插稻秧。

【语译】

打麦打麦,彭彭魄魄,声音发在山南,回声响在山北。四月里太阳从东北升起,刚爬上山尖,麦儿还青,转到中天,麦穗已黄熟。鹖旦不停地叫着,催着农民们早早起床;竹鸡又鸣起,报告大雨将来,乌云如墨。大妇带着镰刀出门,小妇背上筐子跟着。上田垅先捋取青穗,下田垅麦已捆成束。田家以苦为乐,怕什么头发枯黄面容焦黑?达官贵人们祭祖后已经尝新,喝着酒大宴宾客。一曲奏罢吃饱喝足犒赏奴仆,怎能想到农民们一口也没吃着?他们把好麦都交了租赋,又把剩下的上市场去出售。正忙着收麦又要赶着插秧,毕竟丰年太少凶年太多,田家辛苦是无可奈何!献上我的打麦词,又当作一首插秧歌。

【赏析】

这首打麦歌,是借打麦为题,写麦收前后发生的事,感叹农民的疾苦。

诗以打麦开始以应题,语句短促,夹以象声词,立刻把打麦场上的一片喧闹和紧张的气氛送到读者面前,使人犹如置身其间,耳闻其声,心随打麦的节奏而激烈地跳动,产生奋发感。正在人们以为诗要像通常一样写丰收的喜悦时,诗却一下煞住,写到打麦以前的事,出人意表。麦熟登场在五月初,诗从四月开始写,用夸张的手法,说四月的太阳暖烘烘的,片刻之间,就把麦子给催熟了。天气又瞬息多变,鹍旦急促地鸣叫,似乎催着人们快抢收,使人彻夜难眠;竹鸡因雨将来而不停地鸣叫,也使人感到收割的急迫。通过两种禽鸟的叫声,增加了麦收的紧迫,于是在这样的气氛的熏染下,麦收匆匆开始了。诗又用了几个短句,简练地写出收割时的场面,充满了紧张,表面上只写妇女的劳碌,而男子的辛勤就可想而知了。最后,诗以"田家以苦乃为乐",即使是面焦头发枯黄也丝毫不计,作为上半段的结束,不深入写劳累苦楚,而自然使人对劳累苦楚有了很实在的体会。

农家虽苦犹乐,是什么原因呢?道理很简单,就是眼见辛勤劳动终于有了结果,麦收了,可以免于饥饿。这是下层受苦百姓唯一的慰藉,作为诗人当然不是这样看问题,他由此而想到了一系列的不合理现象,于是诗转而围绕打麦以后写,抒发自己的不平与感慨。诗说农民打好麦先把好的献给官家,让那些达官贵人们祭庙、尝新,喝酒听音乐,甚至赏赐奴仆;剩下稍好的又去卖几个钱,自己一口还没吃。通过达官贵人与农民作鲜明的对比,揭发社会的不公平。然后,诗进一步写农家苦,说他们辛苦没个结束,麦收刚忙完,又要忙插秧,连喘气的机会也没有。而像这样的丰年只是少数,尚且如此,碰到灾年,又怎么过呢?末句"将此打麦词,兼作插禾歌",意隽味永,与起首呼应,又对这没完没了的劳苦作一总结。

这首七古,体制用古乐府,平平而述,不用一个典故,形式与内容完美地统一。在谋篇布局上,以打麦为中心,自成段落,挥洒自如,虚实结合。同时,诗以长短句穿插运用,灵活多变,各自与相应的内容密切结合,十分生动。

村 居

水绕陂田竹绕篱①,榆钱落尽槿花稀②。

夕阳牛背无人卧,带得寒鸦两两归③。

【注释】

① 陂田:水田。　② 榆钱:榆荚,形如钱,色白成串,故俗称榆钱。
③ 两两:成双成对。

【语译】

流水环绕着水田,篱笆外种满了绿竹;榆钱已经落尽,槿花也变得稀疏。夕阳西下,牛背上没有牧童骑卧,只带着成对的乌鸦,漫步在回村的小路。

【赏析】

这首诗写的是农村秋日黄昏的小景,前两句是具体描写村居,后两句是从村居以外来描写村居,意象非常丰富。

农家的情况,见诸诗的已经不计其数,很难写出新意来。这首诗采用远近交替的写法,重在对场景气象的渲染烘托,以大特写的手法,提供带有暗示性的画面,所以后来者居上,取得了很大的成功。

诗前两句采用当句对,以便于把很广泛的题材浓缩成集中的平面。诗说水田环绕的人家,篱笆外种满了竹子,院落里的榆树钱已经落尽,槿花也都稀疏了。写出晚秋季节里斜阳照耀着的农舍,水竹清华,落木萧萧的景色,充满了和平静穆的气氛。诗仅写了村居外围,而村居本身即可由此想象,成功地避开了熟见的茅檐、白门、蓬窗、桑圃等词,收到了很好的艺术效果。同样,诗没有写人,而通过环境,人们也可依想象来揣测住在村居里的人的品藻趣味。

三、四句是传颂的名句。诗将薄暮景色作了高度浓缩。夕阳西下,照着原野,也照着上面所说的村居、水田,诗在这儿仅以"夕阳"二字,回照上文,增加前两句的形象。而在整个村野中,诗只捕捉住回村的老牛这一中心写,说牛背上没有牧童,牛儿在夕阳中不慌不忙地自己沿着归路,往村里走来;在牛背上,双双乌鸦伫立着,悠闲自在,仿佛是老牛正把它们带回村庄。整个画面没有一个人,虽然是写动,但节奏很缓慢,表现出大自然宁静和平的气氛,给人以恬淡温馨的享受,充分体现了作者的审美观。读着这诗,很自然地令人想到《诗经》所写的"日既夕矣,羊牛下来"那幅原始的自然美的风光来。

全诗虽然写的是一组小景,由于诗人本身是个画家,所以很具有画意。诗所选的景物,都有典型性,描绘了村居的特征及季节的特点,用的都是深色调,与夕阳暮霭相统一。在写作手法上,前两句直接写静,后两句是动中显静,在同一画面上配合得很和谐。牛背上站着乌鸦的情况,钱锺书《宋诗选注》指出同时人诗中也有,如苏迈诗"叶随流水归何处,牛带寒鸦过别村",贺铸诗"水牯负鸲鹆"。由于张舜民把这一景象与整诗所表现的境界融成一片,所以更为成功。

苏 轼

苏轼(1037—1101),字子瞻,号东坡,眉山(今属四川)人。嘉祐二年(1057)进士,历官大理评事,知湖州时被告发讪谤朝廷,入狱,贬黄州。历知杭州、颍州。官至礼部尚书,贬惠州、儋州。他与父洵、弟辙合称"三苏"。文汪洋恣肆,为唐宋八大家之一。诗豪放雄健,难以名状。词为豪放派代表,与辛弃疾齐名。又工书画。有《东坡七集》。

寒 食 雨①

春江欲入户,雨势来不已。

小屋如渔舟,蒙蒙水云里。

空庖煮寒菜②,破灶烧湿苇。

那知是寒食?但见乌衔纸。

君门深九重③,坟墓在万里。

也拟哭途穷④,死灰吹不起⑤!

【注释】

① 寒食:在清明前一日或二日。旧俗在这天禁烟,人们出外踏青上坟。② 寒菜:此泛指蔬菜。　③ 君门:皇帝所居之地。　④ 哭途穷:用阮籍事。据载,阮籍常常驾着车子漫无目地乱走,前面没有路了,就恸哭而返。　⑤ "死灰"句:《史记·韩长孺列传》载,韩安国被关在牢里,狱吏污辱他,他说:"死灰独

不复然(通"燃")乎?"狱吏说:"然即溺之。"

【语译】

春天,江水上涨,几乎要冲进我的家里;哗哗的大雨,整天整夜,下个不止。我的小屋像是条渔船,四周是一片汪洋,笼罩着蒙蒙的水汽。厨下早已空空,只好煮些蔬菜佐饭;干柴也已用尽,破灶里烧的是带水的芦苇。我本不知今天是寒食节,只因为见那乌鸦衔着纸钱飞过,才唤起我的记忆。唉,皇上的宫门深达九重,怎能知道我的境地?家乡远隔万里,想要祭扫又怎能如意?我犹如死灰,再也燃不起星星火花;只好学阮籍,面对穷途洒泪哭泣。

【赏析】

苏轼生平豁达大度,虽然仕途多舛,屡遭打击,但大多数都能坦然处之。这首诗是元丰五年(1082)所作。当时他由于反对新法,被贬官到黄州已是过第三个寒食了。一片凄苦的景色,使他想到朝廷寡恩,家乡万里,有国难报,有家难归,只有这清贫的生活与冷雨寒风相对,于是他忍不住把压抑在心头的苦闷吐露了出来。诗写得语语沉痛,代表了苏诗豪放以外的另一种风格。

诗前四句写自己的住所。当时春雨连绵,已经接连下了两个月,到处涨水,所以诗说自己的屋子也将淹没,可大雨还是下个不停,四周一片汪洋;水汽蒙蒙,屋子仿佛成了只小船。这段话是据实而说,但以这样的小屋作自己的官舍,诗人的失落感就不言而喻了。

住在这样的环境中,他的生活如何?诗人继续描绘他的不堪:厨房里空空的,只有点蔬菜;破旧的灶前,堆放的是些湿的芦苇。这两句是写清贫俭朴,也归结到下雨涨水。通过以上描写,诗人的心自然很压抑沉重,便记不清时节,然而偶然瞥见乌鸦衔着人家上坟所烧的纸钱,才想起已经是寒食。这两句还是写眼前事,但又与下雨相关。因了下雨,不能出门,便不知时节;因了下雨,上坟人焚烧的纸钱才没烧透,被乌鸦衔着玩弄。由此可见诗人组织景物的功力。下面,由寒食激起了诗人的心事:想到自己受文字狱迫害,来到这卑湿的黄州,过着这样令人难以忍受的生活,皇帝高高在上,又怎能了解自己的苦衷呢?独自一人,远离家乡,别人都在祭祖,自己又怎能上祖坟烧一陌纸钱呢?如今只能学阮籍,对穷途哭泣,自己的现状,如同死灰,再也不能复燃。结末两句,表面上是安心认命的话,实际上凝结着苏轼心头无数辛酸泪;在用语上,一方面摭取现成典故,以切合现状,同时又密合上文"乌衔纸",说自己的现状不止是死灰,而且正如被大雨浇湿了的死灰,没有出头日子。

这首诗,就眼前事历历道来,在最后抒发情感,精绝感人。清汪师韩《苏诗选评笺释》说:"结四句固是长歌之悲,起四句乃是极荒凉之境。"清贺裳《载酒园诗话》评说:"黄州诗尤多不羁,'小屋如渔舟,蒙蒙水云里'一篇,最为沉痛。"

辛丑十一月十九日既与子由别于郑州西门之外马上赋诗一篇寄之①

不饮胡为醉兀兀②,此心已逐归鞍发。
归人犹自念庭闱③,今我何以慰寂寞。
登高回首坡陇隔④,惟见乌帽出复没。
苦寒念尔衣裘薄,独骑瘦马踏残月。
路人行歌居人乐,僮仆怪我苦凄恻。
亦知人生要有别,但恐岁月去飘忽⑤。
寒灯相对记畴昔,夜雨何时听萧瑟。
君知此意不可忘,慎勿苦爱高官职⑥。

【注释】

① 辛丑:宋仁宗嘉祐六年(1061)。子由:苏轼的弟弟苏辙。郑州:今河南郑州市。一说此郑州西门即指汴京城郑门。　② 醉兀兀:昏沉状。　③ 念庭闱:思念堂上的父亲。　④ 坡陇:山坡丘陇。　⑤ 飘忽:指流逝得很快。　⑥ "寒灯"四句:苏轼自注:"尝有夜雨对床之言,故云尔。"王十朋注说:唐韦应物《示全真元常》诗云:"宁知风雪夜,复此对床眠?"诗人兄弟早年读韦应物此诗,"恻然感之,乃相约早退为闲居之乐"。萧瑟,风雨声。

【语译】

我没有喝酒,可怎么这样昏昏沉沉?哦,是了,是因了我的心,早已跟随着弟弟的马儿,走上了归程。他,一个回家的人,尚且念念不忘老父;我,一个离家的人,又怎么去慰藉老父寂寞的心情? 远去了,远去了,我急忙登上高坡,追索着你的身影;那不作美的山丘挡住了视线,只见到你的乌帽在山间时现时隐。天是这么冷,弟弟啊,你衣服单薄可能忍受? 更何况你孤单一人,骑着瘦马,踏碎了清晨残留的月影。行路人唱着歌儿,居民们安居乐业,连僮仆也怪我,何苦这样地悲伤凄恻。唉,我也知道人生到处有离别,只是怕岁月流逝,无多来日。想当年我与你对着寒灯,倾听着萧萧夜雨,互诉着衷肠;早早隐退的话犹在耳边,你千万不要遗忘,让高官厚禄紧紧地把自己纠缠。

【赏析】

嘉祐六年,苏轼出任签书凤翔府判官。时弟弟苏辙被任商州判官,因父亲苏洵在京编《礼书》,苏辙留京侍奉,送苏轼至郑州后回京。兄弟俩告别后,苏轼目送着弟弟远去,心潮翻滚,作了这首诗。

诗首句用问句,是感叹:我并没有喝酒,为什么像喝醉了一样,浑浑噩噩? 下接着是答句,说自己的一颗心已经随着弟弟的归马而去。诗起得突兀而有意味,飘忽之极,为下面叙事抒情作了铺垫。次句也很有兴味,心情本是虚空的东西,苏轼把它作为实物,成为能支使的可以捉摸的东西,跟随着征鞍远去。这样表达,与李白《闻王昌龄左迁龙标遥有此寄》诗"我寄愁心与明月,随风直到夜郎西"有异曲同工之妙。接首二句,诗说明此心为何逐征鞍的原因,是回到父亲身边去的弟弟尚且非常想念父亲,而我这个离家的人,能以什么办法来安慰父亲的寂寥呢?这两句不直接写自己思亲,却从弟弟一面写,加重了对亲人的思念,这就是诗家常用的加一倍写。

以上四句是第一层,写别离思父。以下四句是第二层,转到写自己与弟弟的感情,仍接与弟别离而来。诗说别后,自己赶忙登上高坡,目送弟弟远去,但前面有山坡阻隔,只见到弟弟戴的乌帽时隐时现。他不禁想到,天冷了,弟弟穿着单薄的衣服,独自披星戴月回汴京,心中浮起了阵阵不安。这四句写得很深沉,惜别的情感十分浓郁。"登高"二句,把很复杂的心情很巧妙地表现出来,历来受到称赞。《诗经·邶风·燕燕》有句说:"之子于归,远送于野。瞻望弗及,泣涕如雨。"写送人时一直看到看不见,心中十分感伤。苏轼这诗就是从此化出,但增加了登高眺望的细节,更为感人。宋陈肖岩《庚溪诗话》卷下说:"昔人临歧送别,回首引望,恋恋不忍遽去,而形于诗者,如王摩诘云:'车徒望不见,时见起行尘。'欧阳詹云:'高城已不见,况复城中人。'东坡与其弟子由别云:'登高回首坡陇隔,但见乌帽出复没。'咸纪行人已远而故人不复可见,语虽不同,其惜别之意则同也。"宋吴师道《吴礼部诗话》也竭力赞扬这两句"模写甚工"。

"路人行歌"句起四句为第三层,转到自己,写自己闷闷不乐,总结前两层别离之苦,并发泄对岁月不居的悲伤,从而引出末层四句,想起当年与弟弟在一起,夜雨对床,情真意切,如今分别,更感到欢聚难得,自然而然地归到结末早日辞官归隐上去。"寒灯"二句是忆旧,也是苏轼经常用来代表兄弟感情的典型实例,苏轼每当思念弟弟,总要提到这段经历。如《初秋寄子由》"雪堂风雨夜,还作对床声",《东府雨中别子由》"对床定悠悠,夜雨空萧瑟"。苏辙也是如此,如《逍遥堂会宿》"逍遥堂后千寻木,长送中宵风雨声。误喜对床寻旧约,不知飘泊在彭城",《神水馆寄子瞻兄》"夜雨从来相对眠,兹行万里隔胡天"。明白了兄弟俩深厚的感情,对他们惜别心情就不难理解了。末层以"亦知"出句,作一顿挫,诗便有波折;结束又绕出一层,富有韵味。

汪师韩《苏诗选评笺释》卷一总结这首诗说:"起句突兀有意味。前叙既别之深情,后忆昔年之旧约。'亦知人生要有别',转进一层,曲折遒宕。轼是年甫二十六,而诗格老成如是。"

泗州僧伽塔①

我昔南行舟系汴②,逆风三日沙吹面。
舟人共劝祷灵寺,香火未收旗脚转③。
回头顷刻失长桥④,却到龟山未朝饭⑤。
至人无心何厚薄⑥,我自怀私欣所便。
耕田欲雨刈欲晴,去得顺风来者怨。
若使人人祷辄遂,造物应须日千变。

今我身世两悠悠,去无所逐来无恋。

得行固愿留不恶,每到有求神亦倦。

退之旧云三百尺,澄观所营今已换⑦。

不嫌尘土污丹梯,一看群山绕淮甸⑧。

【注释】

① 泗州:今江苏盱眙东北。僧伽:唐高僧,西域何国人,俗姓何。龙朔初入中原,卒葬泗州,建塔供养,即僧伽塔。　② 汴:汴河,在徐州合泗水东流入淮。　③ 旗脚转:指改变了风向。　④ 长桥:在泗州城东。　⑤ 龟山:在泗州东北的洪泽湖中。传大禹治水获无支祁,镇于此。　⑥ 至人:道德修养达到最高境界的人。这里指僧伽。　⑦ "退之"二句:指韩愈《送僧澄观》诗。僧伽塔遭水漂火焚,贞元十五年由僧澄观重修,为著名建筑师喻浩所设计。韩愈诗纪建塔始末,中云:"清淮无波平如席,栏柱倾抉半天赤。火烧水转扫地空,突兀便高三百尺。影沉潭底龙惊遁,当昼无云跨虚碧。借问经营本何人,道人澄观名藉藉。"　⑧ 甸:城外名郊,郊外名甸。淮甸,指淮河一带地区。

【语译】

往年,我乘船南下,停泊在汴水边,逆风刮了三天,黄沙阵阵扑面。船上的舟子都劝我去向僧伽寺祈祷,果然,一炷香还未烧尽,旗子已哗哗向南舒卷。船走得快如飞箭,转眼间长桥失去了踪影,到龟山还不到吃早饭的时间。最高尚的人从不厚此薄彼,我呢,满足了自己的私心,为得到顺风而欢欣。耕田的人要下雨,收割的人要晴天;离去的人要顺风,来的人又对逆风抱怨。如要让人人祈祷都如愿,老天爷岂不是一天要万化千变?我如今自身与世俗两不相关,去没有什么追求,来也没什么留恋。能走得快些固然很好,走不了也无所谓不便。每次到这里都去求神,神一定也感到厌倦。往昔韩愈诗所说拔地三百尺的高塔,如今见到的已不是澄观苦心经营所建。僧伽塔啊,你若不嫌我带来的俗尘玷污了你的丹梯,请让我登上你,饱览群山环绕下的淮河两边。

【赏析】

熙宁四年(1071),苏轼赴杭州通判任,路过泗州僧伽塔,作了这首诗。

苏轼工于七古,汪洋恣肆,妙设譬喻,直逼唐代李、杜,同时又在记事写景中恰到好处地穿插说理,倾诉心情,语词往往诙谐风趣,形成了自己独特的风格,被公认为宋代第一作手。这首《泗州僧伽塔》诗,很能代表苏轼七古的风格。

苏轼经过僧伽塔已经是第二回了,所以诗以忆昔与记今自然形成两段。

僧伽塔传说是个很有灵验的神塔,舟人经过,常常赴塔祈祷顺风。诗开头六句即写自己在治平三年(1066)护送父亲苏洵的灵柩回四川,经过泗州时的情况。诗说自己的船在这里受阻,听从舟子的劝说,去向僧伽塔祈祷,果然"香火未收旗脚转",变了顺风,得以顺利前进。苏轼是否因此而对神感激呢?诗接着陈述自己的见解,不因祈得顺风而称颂神道的灵验,而举了一个十分简单的事实来进行说明：神道是从不考虑自己的。我今天虽然得了好处，然而对别人又怎么样呢？譬如眼下，耕田的人想要雨，割麦的想要晴天；我顺流而下要南风，而逆流而上的人要北风，满足了这一部分人，就无法满足那一部分人。人们的地位处境不同，愿望自然不同。如果每个祈祷的人的愿望都得到满足，老天爷岂不要一天变上一千次吗？通过耕者、刈者、来者、去者的对立、冲突，明明白白告诉人们，神虽"无己"，但不可能同时满足所有人，求神拜佛，不是太愚蠢了么？这样，诗通过日常事理，把一向无法摇撼的祈神祷佛说得毫无道理，指出神道的虚妄；又把一个很深奥的道理说得很浅显，具有很强的说服力。

"今我身世两悠悠"起，写自己这次经过泗州塔。五六年过去了，苏轼经过了宦海风波，当时正因"言事大不协"而放外任，对世态人生有了更深刻的认识，处世也变得更加顺应自然。因此，诗说自己已超然物外，毫不把得失放在心上，以至于"每到有求神亦倦"。这时候，塔的功能对他来说不是供祈祷，而成为登高远眺山水的场所了。这几句，既写人生，又阐明观点，语调仍然很诙谐。诗最终以登塔作结，与首祷塔作呼应，中间层层波澜，也使人回味无穷。这一手法，清纪昀认为"简便之至"。

这首诗，说理的一段，发人所未发，纪昀以为"极力作摆脱语，纯涉理路而仍清空如话"。宋吴曾《能改斋漫录》卷七，记张文潜（耒）曾化用苏诗另作一诗云："南风霏霏麦花落，豆田漠漠初垂角。山边半夜一犁雨，田父高歌待收获。雨多潇潇蚕簇寒，蚕妇低眉忧茧单。人生多求复多怨,天公供尔良独难。"可见苏诗影响之大。至今流传江南的民谚"做天难做四月天:秧要日头麻要雨,采桑娘子要半晴天",是否与苏诗也有关呢?

游金山寺①

我家江水初发源②,宦游直送江入海③。
闻道潮头一丈高,天寒尚有沙痕在。
中泠南畔石盘陀④,古来出没随涛波。
试登绝顶望乡国⑤,江南江北青山多。
羁愁畏晚寻归楫,山僧苦留看落日。
微风万顷靴文细,断霞半空鱼尾赤。
是时江月初生魄⑥,二更月落天深黑。
江心似有炬火明,飞焰照山栖乌惊⑦。
怅然归卧心莫识,非鬼非人竟何物。
江山如此不归山,江神见怪惊我顽。
我谢江神岂得已⑧,有田不归如江水⑨!

【注释】

① 金山寺:在今江苏镇江市金山上,旧名泽心寺,又名龙游寺、江天寺,俗称金山寺。金山原在长江中,后与陆地相连。 ②"我家"句:旧时说长江发源于四川岷山。苏轼为四川人,故云。 ③ 宦游:在外地做官。江入海:镇江处

长江下游,往东便为长江入海处。　④ 中泠:泉名,在金山西北。盘陀:山石高大堆积状。　⑤ 乡国:即家乡。　⑥ 初生魄:《礼记》有"月之三日而成魄"句。魄是月缺时边上圆形的阴影。苏轼游金山寺在十一月初三,故云"初生魄"。⑦ "江心"二句:苏轼自注:"是夜所见如此。"古人称山林水面自发的火光为"阴火",色青,会四面飘散。　⑧ 谢:告诉。　⑨ 如江水:"有如江水"。这是对江神发誓的话。

【语译】

　　我的家乡在江水发源的地方,我做官在外,来到镇江,仿佛专程送江水流入海洋。我听说这里潮汛季节潮头高有一丈,天冷水枯,浪涛的痕迹还留在岸边的沙滩上。中泠泉南大石磊磊,自古以来,随着水波出没激荡。我登上山顶眺望故乡,只见到江南江北,满眼是青山郁郁苍苍。作客在外,心情惆怅;天还未晚,便急急呼船,欲回镇江。山中的僧人苦苦挽留,邀我观赏太阳西落的奇景异况。微风吹拂着江面,万顷碧波泛起靴纹般粼粼细浪;晚霞映照着水面,宛如鲤鱼尾巴,通红透亮。这天正是初三,二更就没了月亮,江面上漆黑无光。江心中似乎有谁点燃了火炬,焰火腾飞,照着山崖,栖息的乌鸦被惊醒了,扑腾着翅膀。我心事重重,回寺休息,可怎么也想不通那是什么火:不是鬼不是人,究竟是谁把它点燃?是不是如此美好的江山我却不知爱惜,宦游四方,因此江神特地显灵,警告我莫要痴昧愚顽。我恭敬地向江神禀告起誓:我实在是不得已,请江水为我作证,哪一天我有钱买了田,我一定弃官,回到家乡。

【赏析】

熙宁四年(1071)十一月,苏轼赴杭州通判任,途经镇江,访金山寺僧宝觉、圆通。是日宿金山寺,作此诗。诗没有写金山佛刹的雄伟壮丽,而是通过眺望长江景色,抒发无限乡思。

苏轼的家在长江上游,他离家多年,在宦海中浮沉,对家乡的思念一直萦绕胸怀,所以一见到这阔别多时的江水,思乡浓情顿时激荡澎湃。诗起首就在维系思乡的锁链江水上做文章,说自己家在长江源头,引出自己宦游到此的感慨。古人强调诗要工于发端,起首要气派大,突兀而起,出人意表。这首诗起二句境界就很阔大,一下子笼罩住全篇,既配合了长江万里滔滔的气势,又密合苏轼自己的身份。汪师韩说:"一往作缥缈之音,觉自来赋金山者,极意著题,正无从得此远韵。起二句将万里程、半生事一笔道尽,恰好由岷山导江至此处海门归宿为入题之语。"陈衍也说:"一起高屋建瓴,为蜀人独足夸口处。"这样的起句,后人常常模仿,如元吴莱《风雨渡扬子江》:"大江西来自巴蜀,直下万里浇吴楚。"

接着,诗由"直送江入海"而写到江涛,进一步把诗境阔大,然后写眼前江景:金山屹立江中,随波出没激荡。这时候,诗人已完全沉浸在自然景色的美感中,便犹如《庄子·秋水》,以水而起兴,作望乡思归想,用"试登绝顶望乡国"起领,呼应首句,引出下句。

自"山僧苦留看落日"起为第二层,写在金山看日落。"微风"二句,描述了空旷幽静的江面,忽接入"是时江月"一段,随手拈拾眼前景物入诗,由此发挥想象,猜测江上这奇异的现象,是否是江神在见怪呢?于是心中忽忽,反复辗转,逼出了末层感叹身在官场不自由,渴望回乡的决心,又与首句及第一层末尾相关联。收煞"江山如此"四句,大跌大落,尤见功力。清纪昀评说:"将无作有,两层搭为一片。归结完密之极,亦巧便之极。设非如此挽合,中一段如何消纳。"

苏轼这首诗是他的七古名篇。全诗写得首尾谨严,笔笔矫健,不断利用音韵的转换制造波澜。诗移情换景,而又句句不离长江,反复用了十个"江"字,牢牢扣题,回环照应,在结构布局上,诗从实境入虚境,由奇景入幻景,最后又归到实境,勾勒了一派瑰丽的景象,倾诉了自己沉重的心理负担。苏轼曾经说过:"求物之妙,如捕风系影。"意思是说诗人要善于捕捉物象以外的东西。这首诗可以说是做到了善于捕捉事物的表面与内涵。

腊日游孤山访惠勤惠思二僧①

天欲雪,云满湖,楼台明灭山有无。
水清出石鱼可数,林深无人鸟相呼②。
腊日不归寻妻孥,名寻道人实自娱③。
道人之居在何许?宝云山前路盘纡④。
孤山孤绝谁肯庐,道人有道山不孤。
纸窗竹屋深自暖,拥褐坐睡依团蒲⑤。
天寒路远愁仆夫,整驾催归及未晡⑥。

出山回望云木合，但见野鹘盘浮图⑦。

兹游淡薄欢有余，到家恍如梦遽遽⑧。

作诗火急追亡逋⑨，清景一失后难摹。

【注释】

①腊日：说法不一，有的说是十二月一日，有的说是十二月八日。孤山：在杭州西湖。惠勤、惠思：均为余杭人，善诗。 ②鸟相呼：一作"鸟自呼"，言鸟相和而鸣，如自呼名字。 ③道人：有道之人，此指和尚。 ④宝云山：在西湖北面，有宝云寺。 ⑤团蒲：蒲团，和尚坐禅的用具。 ⑥晡：申时，黄昏之前。 ⑦野鹘：属鸷鸟类，飞翔迅疾。浮图：佛塔。 ⑧遽遽：惊动貌。 ⑨亡逋：逃亡者。

【语译】

天空将降瑞雪，湖面上阴云密布；层叠的楼台与青山，隐隐约约，若有若无。我漫步山中，溪水清清，直见水底的石块，游鱼来往，历历可数；幽深的树林没个人迹，只听到鸟儿喧闹相呼。今天是腊日，我不在家陪着妻子儿女，说是去寻访僧人，其实也为的是自乐自娱。僧人的禅房坐落何处？喏，就在那宝云山前，小道狭窄，弯弯曲曲。孤山独自耸立，有谁肯在这里结庐？只有僧人，道行深厚，与山相傍护。到了，那纸窗，那竹屋，幽深而又暖和，惠勤与惠思，裹着僧衣，正在蒲团上打坐。天寒路远，仆夫催着回家，告别时，还未到黄昏日暮。出山回望山中景色，树木都笼罩着烟云，一片模糊；有一只野鹘，在佛塔上空盘旋回互。这次出游虽然淡薄，但我心中充溢着快乐。回到家中，神思恍惚，真像是刚从梦中醒来,那山中状况还历历在目。我急忙提笔写下了这首诗歌,恐怕稍有延迟,那清丽的景色便从脑海中消失,再也难以描摹。

【赏析】

这首诗写于熙宁四年(1071)十二月,当时苏轼到杭州任通判不久。诗分入山和出山两个片断来写,而以访惠勤、惠思贯穿连缀。

首起点出时间地点。二僧结庐孤山,孤山在西湖边,所以诗从西湖展开,说自己在一个昏沉欲雪的日子出行,见到西湖上空满积着阴云,低低地压着湖面,西湖边上的楼台与重重叠叠的青山,笼罩在烟雾之中,若有若无。这样,抓住气候特点,略加点染,展现了一幅光线黯淡的水墨图,朦朦胧胧。接着,诗人眼光从远处拉回,写近处山中,水流清浅,人迹不到,只有鸟儿嘲哳宛啭。虽是近景,因为极静,又显出了山的幽深。同时水清、无人,又与节令、气候相关。

以下诗入题,写访僧。先写未见僧人所居时,说明自己腊日不和妻子儿女团聚,特地入山访僧,是为了陶冶性情,自我娱乐。僧人住在山中,山路盘曲纡回,正是自己想去的地方。"纸窗"二句,写见到僧人所居后。僧人所居只是纸窗竹屋,僧人则拥褐而坐。轻轻点染,写出景物的幽旷与僧人淡泊的生活,揭示了僧人高尚的品藻;诗人访僧的经过,与僧人的交谈,就隐藏在会心之处,不写而写了出来;同时,自己此行的目的已经达到也是不言而喻的了。

"天寒"句起写回程。天寒路远,所以天未晚就回家。不说是自己要回去,而说是由于僮仆相催,又点出自己与二僧谈得很投机,依依不舍。出山一看,只见云木回合,野鹘盘旋在佛塔之上。云木合,说雪意更浓,垂暮光线更昏暗,树木隐在迷雾之中;野鹘盘空,又在迷离之中点染一二清晰之景,使画面饶有深趣。这一景色,与起首四句相呼应而不重复。

结末四句,写到家后的感受。"欢有余"应接前"实自娱"而来,说明不虚此行,游之乐及游之情都表达了出来,自己的人生观及僧人的清净无为也得到了再次肯定。而火急作诗,更加深了自己的欢快感。"作诗火急追亡逋,清景一失后难摹",不仅写了自己的心情,也是苏轼文学创作观形象的表达。苏轼作诗强调敏捷的观察力及翔实的表达能力,善于捕捉一瞬间的情感与景物,这首诗也正体现出他的创作特色,从各个角度描绘出景与情所具有的独特的诗情画意。

本诗的用韵也显示了苏轼诗娴熟的技巧。诗除了少数几句隔句用韵外,通首一韵到底,音节畅美自然。清纪昀批说:"忽叠韵,忽隔句韵,音节之妙,动合天然,不容凑拍,其源出于古乐府。"其中"拏""遽"等字都是险韵,尤为难得。

法惠寺横翠阁①

朝见吴山横②,暮见吴山纵。

吴山故多态,转折为君容。

幽人起朱阁,空洞更无物。

惟有千步冈③,东西作帘额④。

春来故国归无期⑤,人言秋悲春更悲。

已泛平湖思濯锦⑥,更见横翠忆峨眉⑦。

雕栏能得几时好?不独凭栏人易老。

百年兴废更堪哀,悬知草莽化池台⑧。

游人寻我旧游处,但觅吴山横翠来。

【注释】

① 法惠寺:在杭州清波门外,吴越王钱镠所建,本名兴庆寺。 ② 吴山:一名胥山、城隍山。 ③ 千步冈:指吴山。 ④ 帘额:门帘上部附的余幅,又名帘旌。 ⑤ 故国:故乡。 ⑥ 平湖:指西湖。濯锦:濯锦江,又名锦江,岷江支流,在今四川成都附近。传说古人在此濯锦,较他水鲜明,故名。 ⑦ 峨眉:峨眉山,在四川。 ⑧ 悬知:料想。草莽化池台:"池台化草莽"的倒装句。

【语译】

清晨,我见到吴山,像展开的一条绿带;傍晚,我见到吴山,它又仿佛聚合在一块。吴山是那么地多姿多态,似乎把自己美丽的身形呈现,供人赏玩抒怀。是谁建造了这座高阁,空空旷旷,什么也没有,只有这绵亘的吴山,从东到西,像是一道帘旌,在我面前展开。春色满眼,我却滞留他乡,不知何时回归;人们说秋天使人悲伤,谁知道春天给人的伤感更加难遣难排。我已游览过波平水静的西湖,却更令我想念家乡的濯锦江水;再看见这横翠阁前的山色,不由得又思念起秀丽的峨眉。哎,这雕栏又能经几番风雨?不单是我这凭栏登眺的人儿,倏忽便会龙钟老态。百年兴废,转眼即过,更使我无限伤悲。我知道,这华美的楼台,也很快会成为荒草污莱。可是,那时定然有游人寻觅我的游踪,在这吴山横翠之处,留连忘返,观望徘徊。

【赏析】

诗作于熙宁六年(1073)正月。

这是首典型的登临诗,与历来登临诗一样,分为二层,即登临所见、由登临而产生的感慨。具体写时,又同中有异,富于变化。

横翠阁位于吴山之侧,所以诗开篇所写,即描绘吴山非凡的气势,说早晨及晚上见到的吴山的情形。横是说山清晰如带,纵是说山隐约高耸如堆。因了光线照射的不同,能见度起了变化,山也就显出不同的形状。这又与苏轼写庐山"横看成岭侧成峰",因所站位置的不同山形起变化的描写手法同中有异。因此,诗接着总结以上所见,但不从自己一面说,却讲山本来就多姿多态,有意变化,给游人增添乐趣,这就把死事写活。苏轼对山水充满感情,常将自己的情感移入大自然,除这首外,如《次韵答马忠玉》诗,也有"只有西湖似西子,故应宛转为君容"句,均从对面写起。第五句转到横翠阁,说朱红色的高阁造在山边,阁中空无一物,只有吴山,多姿多态,给朱阁平添了"横翠"的帘额。这两句写阁呼应题目,说阁中空虚,看似赘笔,实际上是以阁之虚与景之实对比,这样,站在空阁内,各种美景便有扑入阁内填补空虚的感觉。以上八句,极力刻画吴山的美与横翠阁前胜景,相互映带,生动活泼。且直入观眺,省略了入寺、登阁等铺叙,直截明快,使吴山的美更加增加了撼人心旌的魅力。

由于春色无边,诗人自然而然地从登临转入思乡。羁旅在外,官职缠身,归期渺茫,苏轼不由得产生了悲春比悲秋更厉害的想法。眼前的西湖,又使他想起了成都的濯锦江;空翠的吴山,又使他想起了家乡的峨眉山。登临思乡是诗中常套,妙在诗人在这里不作平常脱空语,而是紧紧联系眼前景,道出心中事,关联比照,密切自然,这就非一般俗手所能做到。所以宋葛立方《韵语阳秋》说:"白乐天《九江春望游》云'炉烟岂异终南色,溢草宁殊渭北春',盖不忘蔡渡旧居也。老杜《偶题》云'故山迷白阁,秋水忆黄陂',盖不忘秦中旧居也。东坡《横翠阁》诗云'已见西湖怀濯锦,更看横翠忆峨眉',殆亦此意。"

由景物度入乡思,由乡思想到百年易尽、欲归无期,所以诗接下去又进一步写物、写人。今日的雕栏,又能存得几日?今日登临的我,又能活多久?这样的想法,是诗人们对着永恒的自然常常萌发的,但苏轼所述的沧桑之感油然而出,自然真率。最后,诗又转深一层,想到雕栏虽然易朽,但胜地长存;我虽不在世,而后人会在这里寻觅我的游踪。这样一开释,凄怆的情调顿时消散,旷达洒脱的情绪充沛洋溢。末句"但觅吴山横翠来",又归结到了阁名"横翠",饶有余韵。

这首诗无论是写景还是抒情,都波折多变,笔法灵活,用语清丽。同时,诗以五言写景,七言抒情,起首四句又杂以民歌体,活泼跳荡,用韵平仄交合,寓以变化,因而清纪昀评说"短峭杂以曼声,使人怆然而感"。

书韩幹牧马图①

南山之下②,汧渭之间③,想见开元天宝年④。
八坊分屯隘秦川⑤,四十万匹如云烟⑥。
骓駓骃骆骊骝䯄,白鱼赤兔骍騜騝⑦。
龙颅凤颈狞且妍,奇姿逸态隐驽顽。
碧眼胡儿手足鲜,岁时翦刷供帝闲⑧。
柘袍临池侍三千⑨,红妆照日光流渊。
楼下玉螭吐清寒⑩,往来蹙踏生飞湍。
众工舐笔和朱铅⑪,先生曹霸弟子韩⑫。
厩马多肉尻脽圆,肉中画骨夸尤难⑬。
金羁玉勒绣罗鞍,鞭箠刻烙伤天全,不如此图近自然。
平沙细草荒芊绵,惊鸿脱兔争后先⑭。
王良挟策飞上天⑮,何必俯首服短辕?

【注释】

① 韩幹:唐大梁人,官太府寺丞。善画人物,尤工鞍马。初师曹霸。天宝中召入供奉,悉图宫中名马。 ② 南山:指秦岭,在陕西陇县南。 ③ 汧渭:汧水及渭水,均在陕西。 ④ 开元天宝:唐玄宗年号。 ⑤ 八坊:唐时置八坊于岐、豳、泾、宁间,管理马匹,地广千里。秦川:指陕西、甘肃东部一带。 ⑥ 四十万匹:开元时令王毛仲管马政,至十三年,马有四十三万。杜甫《天育骠骑图歌》有"当时四十万匹马"句。 ⑦ "骓駓"二句:指形形色色的马。骓,毛色苍白相杂的马。駓(pī),毛色黄白相杂的马。骃(yīn),浅黑间白的马。骆,黑鬣的白马。骊,纯黑的马。骝,黑鬣的红马。騵(yuán),白腹的红马。白鱼,两目似鱼目的马。赤兔,红马。骍(xīng),红黄色的马。騜(huáng),毛色黄白相杂的马。騜(hán),长毛马。 ⑧ 帝闲:皇帝内廷的马厩。古天子有十二闲。 ⑨ 柘袍:黄袍。此代指皇帝。三千:指众多宫女。 ⑩ 螭:传说中无角的龙。古代常雕刻其作为器物装饰。此指池边吐水的螭首。 ⑪ 朱铅:指绘画的颜料。 ⑫ 曹霸:唐著名画家,魏曹髦之后。天宝末曾奉诏画御马及功臣,官至左武卫将军。 ⑬ "厩马"二句:说内厩马肥胖,难以画出骨相。尻脽,臀部。韩幹画马善于表现骨相,故云。 ⑭ 惊鸿脱兔:均形容马跑得快。 ⑮ 王良:春秋时赵简子的驾车人,以善御马出名。后世称天上代表天子奉车御官的星为王良,所以诗说"飞上天"。

【语译】

南山之下,汧水渭水之间,我可以想象出开元天宝那些年。朝廷建立八坊养马,连秦川都觉得太狭隘,四十万匹骏马奔驰,似阵阵云烟。马儿毛色各异,五花八门,应有尽有;头似龙,颈似凤,有狞恶有俊妍。奇姿逸态,令人叹为观止,也有些劣性马,跳踉嘶叫,混杂其间。绿眼睛的胡人以善养马出名,每年剪毛刷马,精心挑选,供给天子的御马监。天子临池观马,左右侍从美女三千,红妆在日光的照耀下分外光鲜。楼下的玉螭口中吐出不绝的寒水,马群在水波中奔跑溅起水花似箭。画工们把笔舐满了颜料临摹,曹霸和弟子韩幹的画技压倒群贤。内厩的马多肉臀部肥圆,能在画肉时画出骨相,真是难上加难。马匹戴着黄金羁白玉勒,马鞍子是罗绫绣成,它们遭到鞭打火烙已伤天全,怎比得韩幹画上的马,神骏天然。你看,一望无际的平沙上,细草蒙蒙似绵,马儿轻逸快捷,恐后争先。这些马真该让王良挟着鞭子赶上青天,为什么要俯首拉车,留在人间?

【赏析】

题画马的诗,自从杜甫写了《韦讽录事宅观曹将军画马图》等名作后,数百年间,几成绝响,到了苏轼,才继武杜甫,作了本诗及《韩幹马十四匹》等杰作。

苏轼这首古风,题的是《牧马图》,起首便擒题,从韩幹所处的时代及地点写起,说见了这幅图,仿佛见到了关中南山下、汧渭二水间开元、天宝年间养马的盛况。诗没有直接从图入手,故意示以迂回,便给人以突如其来的感觉。词句又有意长短参差,中间以排比,跳荡突兀。清方东树感叹说"如生龙活虎",纪昀对这句式也很赞赏,说:"若第二句去一'之'字作一句,神味便减。"古人论诗,认为贵在工于发端,清沈德潜《说诗晬语》卷上说:"起手贵突兀。"并举王维"风劲角弓鸣",杜甫"莽莽万重山""带甲满天地",岑参"送客飞鸟外"等篇,认为"直疑高山坠石,不知其来,令人惊绝"。苏轼这首诗的开端也是如此,明明是题画,却对画不着一字,旁出奇兵,令人瞠目,为下吟咏铺设了广阔的余地。

由时间、地点,诗接着咏马,仍不写画而述实事。诗写道,唐玄宗时,设置八坊,养有四十万匹马,各种毛色的马都很齐全,而皇帝御厩中的马,气概更是不凡。从"八坊分屯"句至"往来蹴踏"句十二句,诗用绚丽的词藻,铺排马的神态毛色,使人应接不暇。在形容时又各有侧重,二句写颜色,二句写神态,二句写牧马人应题;余下数句,又旁及宫廷盛况,带写到马,才思横溢,喷薄而出。在句格上富有变化,写毛色的句子,《御选唐宋诗醇》指出是本韩愈《陆浑山火》诗"鸦鸥雕鹰雉鹄鵁"句,清王士禛又提出是学《急就篇》句法,"由其气大,故不见其累重之迹"。这首诗全篇学杜甫,插入这两句学韩愈的诗,便在雄浑肆荡中带有了奇崛生新、硬语盘空之态。

诗写到这里,已经神旺气足,把唐玄宗时有关养马的事作了详尽的介绍,以下才开始入题,但仍用"众工舐笔和朱铅"作衬,引入绘画;接句写到了韩幹,但前四字"先生曹霸"还是衬,真正入题只有"弟子韩"三字而已。能在大段描写后入题,已打破了题画诗的常规;入题后仍然不急于着题,更属不易。出人意料的是,诗在匆匆轻点题后,忽然又远荡开去,转写画马之难。诗说天子马厩中的马肥而多肉,不易表现骨相,韩幹却能"肉中画骨",更见工力。同时,又用厩马装饰华美、加鞍着辔、烙上火印,失却马的神韵作反衬,正式赞叹韩幹所画"近自然",笔力奇横。诗中真正花在写画上的只有这几句,因为衬跌得很足,所以表现得十分饱满,回观前面大段描写,又似乎句句写的是画面。因此,下文便立即进入收煞。收煞时,诗仍不肯平平,又别出一意,说画中马的神骏,应当与天马相并共提。这样一结,陡起波澜,被纪昀赞为:"到末又拖一意,变化不测。"诗的结句,又是苏轼借马陈述胸中的抱负,抒发不平。《东坡乌台诗案》载,熙宁十年(1077)二月,苏轼到京。三月,王诜以韩幹画马请苏轼跋尾,"不合作诗云'王良挟矢飞上天,何必俯首求短辕',意以骐骥自比,讥讽执政大臣无能尽我之才,如王良之能驭者,何必折节干求进用也"。这意思,也与苏轼在同年所作《韩幹马十四匹》诗的结句"世无伯乐亦无韩,此诗此画谁当看"相同。

苏诗多奇句奇篇,这首诗尤为突出。诗是题画,但全诗真正涉及画的只有数句,所以纪昀说:"通首旁衬,只结处一着本位,章法奇绝。"这批语正点出了苏诗恣肆不常的本色。《御选唐宋诗醇》对本诗评价也很高,说:"马诗有杜甫诸作,后人无从着笔矣。千载独有轼诗数篇能别出一奇于浣花(杜甫)之外,骨干气象,实相等埒。"

百 步 洪①

长洪斗落生跳波②,轻舟南下如投梭。
水师绝叫凫雁起③,乱石一线争磋磨④。
有如兔走鹰隼落,骏马下注千丈坡。

断弦离柱箭脱手,飞电过隙珠翻荷。

四山眩转风掠耳,但见流沫生千涡。

崄中得乐虽一快⑤,何异水伯夸秋河⑥。

我生乘化日夜逝⑦,坐觉一念逾新罗⑧。

纷纷争夺醉梦里,岂信荆棘埋铜驼⑨。

觉来俯仰失千劫⑩,回视此水殊委蛇⑪。

君看岸边苍石上,古来篙眼如蜂窠。

但应此心无所住,造物虽驶如吾何!

回船上马各归去,多言谹谹师所呵⑫。

【注释】

① 百步洪:在江苏徐州市东南,一名徐州洪。泗水流经此处,两岸乱石峭立,水流迅急,凡百余步。　② 斗落:同"陡落"。　③ 水师:驾船的水手。绝叫:大叫。　④ 磋磨:波涛撞击。　⑤ 崄:同"险"。　⑥ 水伯夸秋河:《庄子·秋水》中说,秋水上涨,百川灌河,泾水宽广得看不清对岸。河伯沾沾自喜,以为天下之美,尽在于己。　⑦ 乘化:顺从生命的自然变化。　⑧ 新罗:即今朝鲜的一部分。《景德传灯录》载有人问从禅师:"怎么样的事是面对面见到的事?"祥师回答说:"到新罗国去了。"意思是人的意念可以跨越千万里。　⑨ 荆棘埋铜驼:《晋书·索靖传》载,索靖有远见,知道天下将大乱,指洛阳宫门外的铜驼叹道:"将见到你被荆棘所掩埋。"后因以此比喻世事变幻。　⑩ 劫:佛家说世界经过千万年毁灭一次,然后重新开始,称一劫。　⑪ 委蛇:悠然自得貌。　⑫ 谹谹:争辩不休。呵:责怒。

【语译】

　　长长的洪流陡然向低处倾泻,激起了高高的浪花;我乘着一只小船,快得如投掷梭子一样,顺水南下。船工们高声呼叫,惊起了一群觅食的野鸭;小船在狭如一线的水道中穿过,船舷似乎与乱石相摩擦。你看,船走得多快,好比野兔逃窜,鹰隼降落,骏马迅疾地驰下千丈高坡;又好比琴弦迸断飞离了琴柱,羽箭脱手射出,电光从缝隙中闪过,水珠从荷叶上滚堕。四周的青山飞快地掠去,令人眼花缭乱,耳边风声不绝;只见到千百个漩涡泛起无尽的泡沫。经过了这险境我的心虽然一时痛快,但因此而得意,与河伯自夸秋天的河水最为壮观同样眼界太低。人生在世,生命随着时光的流转不断地消逝,因此而感到只有思维不受限制,转念可达万里。人们纷纷在醉梦中争权夺利,有谁相信世事沧桑,官门口的铜驼会埋没在荒草荆棘?待到大梦醒来,才发现岁月已白白抛掷,回头再看这流水,仍旧悠然自得地东逝。不信请看岸边青青的岩石,上面从古到今留下多少被船篙刺出的洞眼,如同蜂窠密密排比。只要自己的心不被外物所拘系,那么,天地万物变化再快也不放在心里。大家还是回船登岸,骑马回去,再多说话,定要被参寥师唾骂呵叱。

【赏析】

　　这首古风作于元丰元年(1078),苏轼当时官知徐州军事。原诗共二首,前有序,说自己与参寥子放舟游百步洪,追怀昔年所游,已成陈迹,感慨不已,作了两首诗。这首是送给参寥的。

诗上半首赋百步洪,下半首即景感叹,发挥对人生的见解。首四句写百步洪的险,说水势湍急,乱石罗列,船行其中,惊险万状。接着又一口气用了七个比喻,在激流与船的快速行走上做文章,而以自身的感受:四面青山眩转,疾风掠耳,但见千百漩涡喷激着白沫作收束,由险中得乐及《庄子》典启发下文对人生的理解。下半首一开始便直入人生随大自然消逝而消逝,一念之间便换了天地,从而感叹世事变幻,用不着争名夺利,而要置身物外,与天地同化。

赋百步洪的部分是历来最为人所称赞的。诗在起首用了"轻舟南下如投梭"这个比喻后,在接下来的四句中,接连用了七个比喻,把长洪斗落,奔流直下的声势、速度不断地以新的面目提供给读者,使人目不暇接;面对着这一连串生动贴切的比喻,读者仿佛自己也置身在那汹涌的急流中,品味着冒险的乐趣。这样设譬,宋陈骙《文则》称之为博喻。博喻是散文修辞概念,因为文章中不避"若""像"一类字,而诗中往往忌讳用词与句式的雷同。在宋朝,苏轼在很大程度上打破了诗与文的界限,以散文笔法作诗,使人耳目一新,这首诗是公认的成功的例子。陈衍《宋诗精华录》以为可以比美韩愈著名的散文《送石处士序》中形容石洪论事必中的一段:"若河决下流东注,若驷马驾轻车就熟路,而王良、造父为之先后也,若烛照数计而龟卜也。"把苏诗与韩文比,苏诗显得更为娴熟,且一句中设二譬,也为创格,足见才力。

苏轼善于设譬,不仅从这首诗得以体现,他的很多诗都以比喻精切而令人刮目。如《石鼓歌》中,他这样写石鼓:"模糊半已隐瘢胝,诘曲犹能辨跟肘。娟娟缺月隐云雾,濯濯嘉禾秀稂莠。"以四个比喻,写石鼓文奇特形状的字体。又如《读孟郊诗》:"孤芳擢荒秽,苦语余诗骚。水清石凿凿,湍激不受篙。初如食小鱼,所得不偿劳。又似煮彭蟛,竟日持空螯。"集中表现了孟郊诗"寒"的特征。这些比喻,都从各个方面描写,没有重叠繁琐的弊病。

诗的后半段说理,在艺术上虽然比不上前半段,但从研究苏轼的思想上来说,却很有参考价值。苏轼精研佛理,诗又是写给参寥这位高僧的,因此诗充满禅味,从眼前景悟出人生理,所述与他在《赤壁赋》中所阐发的人生哲理有相通处。

苏轼对庄子的散文十分服膺,早年读《庄子》,曾感叹说:"吾昔有见,口未能言,今见是书,得吾心矣。"这首诗放笔纵横,取譬生动,一波三折,自然雄浑,正得力于《庄子》。所以清姚鼐评说:"此诗之妙,诗人无及之者也,唯有庄子耳。"汪师韩《苏诗选评笺释》全面评价这首诗云:"用譬喻入文,是轼所长。此篇摹写急浪轻舟,奇势迭出,笔力无余地,亦真是险中得乐也。后幅养其气以安舒,犹时见警策,收煞得住。"

舟中夜起

微风萧萧吹菰蒲①,开门看雨月满湖。
舟人水鸟两同梦,大鱼惊窜如奔狐。
夜深人物不相管,我独形影相嬉娱。

暗潮生渚吊寒蚓,落月挂柳看悬蛛。

此生忽忽忧患里^②,清境过眼能须臾?

鸡鸣钟动百鸟散,船头击鼓还相呼^③。

【注释】

① 菰蒲:都是水生植物。　② 忽忽:失意恍惚状。　③ 击鼓:开船时打鼓招呼。

【语译】

微风吹拂着湖中的菰蒲,沙沙作响;我还以为是下雨呢,打开舱门一望,却见到湖中洒满了银色的月光。水鸟都栖息了,舟子也进入了梦乡,忽然听到泼剌水响,原来是一尾大鱼在水里游窜,仿佛是野狐奔走在丛莽。夜深了,人与物都静悄悄地,只剩下我,站在船头,欣赏着这夜景,与身影相伴。潮水悄悄地上涨,那低咽的声息,恍如蚯蚓蠕动;一轮明月西坠,悬挂在岸边的柳条上,犹如蜘蛛悬挂在交织的蛛网。哎,我的一生老是忧愁不安,这清丽的境界,也只能是转眼过去,留作他年回想。你看,一会儿,鸡叫了,寺庙的钟声在湖面回荡,鸟儿惊起,散向四方。我的船,也在鼓声中,呼叫声中,解缆起航。

【赏析】

苏轼的诗,豪放处一泻千里,要一气读尽,与诗俱化;细腻处一波三折,要细细品味,境移情换。这首诗的风格属于后者。

元丰二年(1079),苏轼改任湖州知州,由徐州赴任。他乘着船南行,一天,停泊在湖中。夜风吹拂着菰蒲,沙沙作响,他疑是雨声,便起床,推开舱门一望,月色满湖,原来是错把风声当作雨声了。这起首两句,入题"舟中夜起",与唐诗僧无可《秋寄从兄岛》"听雨寒更尽,开门落叶深",误把落叶声当作雨声的情况相似,都是利用错觉作文章。

开门见月,夜静如斯,而舟子与水鸟都已栖息入梦,只有大鱼被月光所惊,在水里游窜。这联写湖面的静,以鱼跃声作为反衬。以下便刻画静境中微小的声响。因为夜深,人与物都没有干扰,自己独自一人,顾影自娱,心态十分平静,大脑非常清醒,因而感觉异常地灵敏。于是他听到了潮水渐渐上涨,浸蚀着水边的沙滩,低低的声音,细听如蚯蚓蠕动;西落的月亮挂在细密的柳条上,仿佛是悬在蛛网上的蜘蛛。这两句比喻十分新奇,既有实景,又充满了月光迷蒙下的幻觉。于是,诗人在这样的景色中感到了空虚与怅惘,不觉又回思人生的忧患,叹惜美好景色,过眼须臾。最后,以鸡鸣钟响、击鼓开船作结,以白天的热闹,进一步反衬夜间的幽静;同时也留下了一种朦胧的启示:黑夜总会过去,人生的一切不如意也终有个尽期。

全诗写得空旷奇逸,不染一点世俗烟火气,细微地写了夜宿湖中的景况。在描写中,尤其突出了一个"静"字,无论是有声还是无声,动态还是静态,大景还是局部,都紧紧为写静夜服务。所以清查慎行《初白庵诗评》云:"极奇极幻、极远极近境界,俱从静写出。"

荔 支 叹

十里一置飞尘灰①,五里一堠兵火催②。

颠坑仆谷相枕藉③,知是荔支龙眼来④。

飞车跨山鹘横海⑤,风枝露叶如新采⑥。

宫中美人一破颜,惊尘溅血流千载。

永元荔支来交州,天宝岁贡取之涪。

至今欲食林甫肉,无人举觞酹伯游⑦。

我愿天公怜赤子⑧,莫生尤物为疮痍⑨。

雨顺风调百谷登⑩,民不饥寒为上瑞。

君不见武夷溪边粟粒芽⑪,前丁后蔡相笼加⑫。

争新买宠各出意,今年斗品充官茶⑬。

吾君所乏岂此物?致养口体何陋耶⑭!

洛阳相君忠孝家,可怜亦进姚黄花⑮!

【注释】

① 置:古代的驿站。　② 堠:驿道上记里程的土堆。这里也是驿站的意思。　③ 枕藉:形容尸体交杂纵横。　④ 龙眼:桂圆。　⑤ 鹘:隼鸟。全句说车子像隼鸟飞过大海般迅疾无阻挡。　⑥ "风枝"句:言荔枝送到长安,枝上犹带风露。《新唐书·后妃传·杨贵妃》言杨贵妃必欲吃新鲜荔枝,乃置骑传送数千里,至长安味不变。　⑦ "永元"四句:苏轼自注说:"汉永元中,交州进荔支、

龙眼,十里一置,五里一堠,奔腾死亡,罹猛兽毒虫之害者无数。唐羌字伯游,为临武长,上书言状,和帝罢之。唐天宝中,盖取涪州荔支,自子午谷路进入。"永元:汉和帝年号(89—105)。唐羌有《上书陈交阯献龙眼荔支事状》,见《后汉书·和帝纪》注引谢承《后汉书》。交州:今两广南部。天宝:唐玄宗年号(742—756)。涪:今重庆市涪陵区。林甫:李林甫,唐玄宗时有名的奸相。　⑧ 赤子:百姓。　⑨ 尤物:珍贵之物。疮痏:疮疤。代指祸害。　⑩ 登:登场,丰收。　⑪ 武夷:福建武夷山。武夷山以产茶闻名,粟粒芽是武夷茶中珍品,以芽嫩小出名。　⑫ "前丁"句:苏轼自注,"大小龙茶,始于丁晋公,而成于蔡君谟。欧阳永叔闻君谟进小龙团,惊叹曰:'君谟士人也,何至作此事耶?'"丁,丁谓,字谓之,官宰相,封晋国公。蔡,蔡襄,字君谟,官至端明殿学士,著有《茶录》。欧阳修《归田录》卷二:"茶之品莫贵于龙凤,谓之团茶。凡八饼重一斤。庆历中,蔡君谟为福建路转运使,始造小片龙茶以进。其品绝精,谓之小团。凡二十饼重一斤,其价值金二两。"笼加:笼装加封。　⑬ "今年"句:苏轼自注:"今年闽中监司乞进斗茶,许之。"斗品,参加斗茶的上品茶。斗茶是当时风俗,新茶上市,各出名品比较,即"茗战"。　⑭ 致养口体:《孟子·离娄上》说事亲应轻"养口体",重"养志"。这里即用其意。　⑮ "洛阳"二句:苏轼自注,"洛下贡花,自钱惟演始"。钱惟演为吴越王钱俶之子。钱俶降宋,太宗许为"以忠孝而保社稷"。钱惟演后以同中书门下平章事留守西京,故苏轼称其为"相君""忠孝家"。姚黄花,牡丹名种,千叶黄花,出民姚氏家。《牡丹谱》云钱惟演称姚黄为花王。

【语译】

　　五里路、十里路设一驿站,运送荔枝的马匹,扬起满天灰尘,急如星火;路旁坑谷中摔死的人交杂重叠,百姓都知道,这是荔枝龙眼经过。飞快的车儿越过了重重高山,似隼鸟疾飞过海;到长安时,青枝绿叶,仿佛刚从树上摘采。官中美人高兴地咧嘴一笑,那扬起的尘土,那飞溅的鲜血,千载后仍令人难以忘怀。永元年的荔枝来自交州,天宝年的荔枝来自涪州,人们到今天还恨不得生吃李林甫的肉,有谁把酒去祭奠唐伯游?我只希望天公可怜可怜小百姓,不要生这样的尤物,成为人民的祸害。只愿风调雨顺百谷丰收,人民免受饥寒就是最好的祥瑞。你没见到武夷溪边名茶粟粒芽,前有丁谓,后有蔡襄,装笼加封进贡给官家?争新买宠各出巧意,弄得今年斗品也成了贡茶。我们的君主难道缺少这些东西?只知满足皇上口体欲望,是多么卑鄙恶劣!可惜洛阳留守钱惟演是忠孝世家,也为邀宠进贡牡丹花!

【赏析】

诗作于绍圣二年(1095),当时苏轼贬谪广东惠州,惠州盛产荔枝,苏轼写了多首荔枝诗,往往结合朝政身世,抒发自己的感慨。如《四月十一日初食荔支》云:"我生涉世本为口,一官久已轻莼鲈。"又如《食荔支》云:"日啖荔支三百颗,不辞长作岭南人。"这首古风,带有新乐府的性质,借荔枝生发开去,纵横古今,淋漓痛快,一向为选家所称道。

诗分三段,每段八句。第一段写古时进贡荔枝事。历史上把荔枝作为贡品,最著名的是汉和帝永元年间及唐玄宗天宝年间。"十里"四句,写汉和帝时,朝廷令交州进献荔枝,在短途内置驿站以便飞快地运送,使送荔枝的人累死摔死在路上的不计其数。"飞车"四句,写唐玄宗时令四川进献荔枝,派飞骑送来,到长安时,还是新鲜得如刚采下来一样,朝廷为了博杨贵妃开口一笑,不顾为此而死去多少人。这一段,抓住荔枝一日色变,二日香变,三日味变的特点,在运输要求快捷上做文章,指出朝廷为饱口福而草菅人命。这一点,杜牧《过华清宫绝句》"一骑红尘妃子笑,无人知是荔枝来"已作了描写,苏诗中"知是荔支龙眼来""宫中美人一破颜"句就是从杜牧诗中化出。但杜牧诗精警,苏诗用赋体,坐实了说,博大雄深,二者各有不同。

"永元"起八句是第二段,转入议论感慨。诗人以无比愤慨的心情,批判统治者的荒淫无耻,诛伐李林甫之类,媚上取宠,百姓恨之入骨,愿生吃其肉;感叹朝廷中少了像唐羌那样敢于直谏的名臣。于是,他想到,宁愿上天不要生出这类可口的珍品,使得百姓不堪负担,只要风调雨顺,人们能吃饱穿暖就行了。这段布局很巧,"永元"句总结第一段前四句汉贡荔枝事,"天宝"句总结后四句唐贡荔枝事,"至今"句就唐事发议论,"无人"句就汉事发议论,互为交叉,错合参差,然后用"我愿"四句作总束,承前启后。

"君不见"起八句是第三段,写近时事。由古时的奸臣,诗人想到了近时的奸臣;由古时戕害百姓的荔枝,诗人想到了近时戕害百姓的各种贡品。诗便进一步引申上述的感叹,举现实来证明,先说了武夷茶,又说了洛阳牡丹花。这段对统治者的鞭挞与第一、二段意旨相同,但由于说的是眼前事,所以批判得很有分寸。诗指责奸臣而不指责皇帝,是诗家为尊者讳的传统。就像杜甫《北征》"不闻夏殷衰,中自诛褒妲",写安史之乱而为玄宗开释;李白《巴陵送贾舍人》"圣主恩深汉文帝,怜君不遣到长沙",写才士被贬,反说皇帝大度。苏轼在这里用的也是这种"春秋笔法",很显然,他不仅反对佞臣媚上,对皇帝接受佞臣的进贡,开上行下效之风,使百姓蒙受苦难,他也是十分不满的。这一段,如奇军突起,忽然完全撇开诗所吟咏的荔枝,杂取眼前事,随手挥洒,开拓广泛,且写得波折分明;令人应接不暇。而诗人胸中郁勃之气,一泻而出,出没开阖,极似杜诗。

全诗有叙有议,不为题囿,带有诗史的性质,因此清方东树《昭昧詹言》评说:"章法变化,笔势腾掷,波澜壮阔,真太史公之文。"

和子由渑池怀旧①

人生到处知何似?应似飞鸿踏雪泥。
泥上偶然留指爪,鸿飞那复计东西!
老僧已死成新塔,坏壁无由见旧题②。
往日崎岖还记否?路长人困蹇驴嘶③。

【注释】

① 子由:苏轼的弟弟苏辙,字子由。渑池:今河南渑池县。 ②"老僧"二句:据苏辙《怀渑池寄子瞻兄》诗注,苏轼兄弟往年应举,宿县中僧舍,题诗寺老僧奉闲之壁。这时候,苏轼赴凤翔,过渑池,奉闲已死,僧舍壁坏,旧题无存。新塔,僧人死后建塔以安放遗体。 ③"往日"二句:作者有自注,说上次在路上

马死了,骑驴到渑池。蹇驴,跛足的驴子。后多以代指劣等驴子。

【语译】

人在生命的旅途中所留下的,有什么可作譬喻?哦,对了,就像那天边飞来的大雁,停落在雪地。雪地上偶然留下了大雁的脚迹,而大雁,拍拍翅膀,继续向前,或东或西。我们当年经过这里,碰上的老僧已安眠在塔里;那塌坏的墙壁上,我曾题过诗句,如今已无法寻觅。只有一件事你是否牢记?在那崎岖的山路上,我神情困倦,骑着的蹇驴还阵阵地悲嘶。

【赏析】

名家的诗句,往往成为成语典故。苏轼这首诗的前四句,写人在一生中碰到了许多事,某一件事,某个经历,就好比鸿雁飞来,偶然在雪地里停了一下,留下了一个指爪印,然后又飞走了。这个比喻,把人生的一切事,都看作是一种偶然性,像大雁降落某地一样;那留下的印痕,就成为后来可资回忆的东西。这样形象化地解释人生,比以前把人生比作飘飞的蓬草、漂流的浮萍更加贴切,所以后人因把"雪泥鸿爪"作为成语,比喻往事所留的痕迹,象征虚飘不定的人生。

对苏轼来说,雪泥鸿爪是什么呢?老僧已死,他的尸体已经安放进了砖塔;旧日在僧房壁上所题的诗句,现在已荡然无存。这些就是过去留下的"鸿爪",只是往事的斑驳,人生的偶然,用不着当回事。只有共同的、兄弟之间的爱,如一起走在崎岖山路上互相勉励的那一段往事,这类"鸿爪",却深深地记在心中。

雪泥鸿爪,很明白地存在着虚无缥缈的意思,似乎应当出在"翻过筋斗来的人"口中,表示看破红尘的豁达。但是苏轼这首诗作于嘉祐六年(1061),他还很年轻,不知他看破了些什么?还是"为赋新诗强说愁"故作老成语?我们难以明白。但从末句,似乎也包含着积极向上的意义:一切都会过去,那崎岖山路上的艰辛既然已成记忆,眼前兄弟分别的伤感也很快可以平息,成为"鸿爪"而已。

新城道中①

东风知我欲山行,吹断檐间积雨声②。

岭上晴云披絮帽,树头初日挂铜钲③。

野桃含笑竹篱短,溪柳自摇沙水清。

西崦人家应最乐④,煮芹烧笋饷春耕⑤。

【注释】

① 新城:杭州属县,今属富阳。 ② 积雨:久雨。 ③ 铜钲:古代打击乐器,形如盘子。 ④ 西崦:西山。 ⑤ 饷:送东西给人吃。

【语译】

和暖的东风知道我将要到山乡去旅行,特地把乌云吹散,停歇了那檐间响了多日的雨声。清晨我行进在去新城的路上,远近的山岫,飘浮着白云,似乎戴上了一顶顶白色的絮帽,衔在树梢上的初升的太阳,犹如挂着面铜钲。乡村人家短短的竹篱笆里,桃花含笑怒放;小溪边杨柳飘扬,倒影在水波中荡漾,是那么轻盈。那西山住着的农民想来今天最为高兴,天晴了,赶快为春耕的家人备饭,烧煮些芹菜竹笋。

【赏析】

这首七律作于熙宁六年(1073)二月,当时苏轼任杭州通判,视察各属县,经过新城。

诗人要出门公干,可是连天阴雨,心中自然感到烦闷;到了出门这天,天忽然放晴了。老天爷如此垂青,他心中非常高兴,所以诗首联就赞美久雨初晴,说东风有意作美,为全诗定调。由于心情好,兴致高,眼中所见便分外亲切,分外觉得赏心悦目。于是他见到那山岭上缭绕峰尖的云彩,便童真地把它想象为山戴上了顶白絮帽;见到早晨初升的太阳挂在树梢,他又把它想象为一面铜钲。这两句形容别致,想象奇特。韩愈诗有"晴云如擘絮"句,说晴天的云彩像扯散了的棉絮,而苏轼见云朵凝结在山峰,便进一步说它如同棉絮帽;又因为古人有把太阳比作盘子的,苏轼便由初升的太阳的颜色与光度,认为像只发光的铜钲。这一比,便使诗充满新鲜感。这联诗虽然曾被人认为用字过俗,说得过实,实际上这正体现了苏诗随意挥洒的特点,同时与全诗风格吻合。诗中以"晴"字关联上联,"树头"句写早行也很得神采。

五、六句承接上联,由远景、大景改为近景、小景,拈出野桃、竹篱、溪柳、沙水,描摹农村景色,工巧新鲜,得自然的妙趣。清汪师韩评云:"铸语神来,常人得之便足以名世。"诗结尾写农人饷耕,表明了是春耕时,与自己巡察各地,关心民间疾苦的职责联系起来。而农家之乐,也就是作者自己的乐,又呼应了首句的喜晴。

全诗写的是一个早晨的事,四联又分写日出前、日出及日出后的事,次序井然,依行程循循展开。又充分利用拟人化手法,写东风理解人,野桃、溪柳也具备人的特性,把景色与理趣融为一体。

有美堂暴雨①

游人脚底一声雷,满座顽云拨不开②。
天外黑风吹海立,浙东飞雨过江来。
十分潋滟金樽凸③,千杖敲铿羯鼓催④。
唤起谪仙泉洒面⑤,倒倾鲛室泻琼瑰⑥。

【注释】

① 有美堂:在浙江杭州吴山顶上,宋嘉祐间梅挚建。　② 顽云:指云层很厚。　③ 潋滟:水盈满的样子。　④ 敲铿:铿锵声。羯鼓:一种打击乐,声音激烈。　⑤ 谪仙:指李白。李白曾喝醉酒,唐玄宗召见,令以水洒面,秉笔作诗。⑥ 鲛室:指水底鲛人居住的宫室。张华《博物志》载,南海水底有鲛人,水居如鱼,不废织绩,哭时眼泪能成珍珠。琼瑰:美玉、珍珠。

【语译】

一声响亮的雷声宛如从游人的脚底下震起,有美堂上,浓厚的云雾缭绕,挥散不开。远远的天边,疾风挟带着乌云,把海水吹得如山般直立;一阵暴雨,从浙东渡过钱塘江,向杭州城袭来。西湖犹如金樽,盛满了雨水,几乎要满溢而出;雨点敲打湖面山林,如羯鼓般激切,令人开怀。我真想唤起沉醉的李白,用这满山的飞泉洗脸,让他看看,这眼前的奇景,如倾倒了鲛人的宫室,把珠玉洒遍人寰。

【赏析】

诗作于熙宁六年(1073),苏轼时官杭州通判。暴风雨是大自然中最能震慑人心的壮观之一。苏轼生性豁达爽朗,对暴风雨特别欣赏,写了多首诗进行描摹赞叹。这首诗由于是在吴山顶上的有美堂中所写,气势更为雄伟壮大。

诗的起首很突兀,直接入题写暴风雨来时,闷雷起自脚下,云雾绕座不散。突出了所处的地势很高,因而所见的暴雨,与平地所见不同,为下文铺垫。接下就别出蹊径,描绘了一幅壮阔异常的场面。风是看不见的,苏轼却给它着色,说是黑风,以视觉代替感觉,很形象地表现了暴雨来时疾风挟着尘灰乌云的情况。"吹海立"是形容风的强烈。宋蔡絛《西清诗话》以为是学杜甫文中"九天之云下垂,四海之水皆立"句,尽管不一定对,但两者的气势很接近。有美堂虽然很高,但不可能见到大海,"吹海立"是想象之词,下句写风带着暴雨从东面渐渐而来,便是实指。夏天的暴雨,区域很小,来势迅猛,通过"飞雨过江来"五字,将这一情况囊括殆尽。这句诗虽然搬用了唐殷尧藩《喜雨》诗句,但妙合时地,密切无缝。《御选唐宋诗醇》卷三十四评此联说:"写暴雨非此杰句不称……且亦必有'浙东'句作对,情景乃合。"并说只有唐骆宾王的"楼观沧海日,门对浙江潮"方能与此方驾。

五、六二句具体写暴雨。雨落在西湖里,水汽蒸腾,西湖像一只盛满水的金樽,几乎要满溢出来;雨声急促激切,又如羯鼓声,敲打着这世界。这两句从高处着眼,气势充沛,绘声状形,写景与写意交相并用。而用夸张的手法,把巨大的西湖比作小小的金樽,把急雨比作羯鼓声,想象都很奇特。

煞尾转入观感。这样磅礴的雨景,令诗人震动不已,于是想让这满山飞漱的泉水沃醒沉醉的李白,让他看看如同倒倾鲛人宫室、洒下满天珍珠的奇景;同时,又等于在说要唤醒李白,请他写出美妙杰出如同珠玉般的诗篇来。这两层意思,看似不连,实际上是用了诗家惯用的"雨催诗"的典故。如杜甫《陪诸贵公子丈八沟携妓纳凉晚际过雨》云:"片云头上黑,应是雨催诗。"苏轼很喜欢用这典,如"雨已倾盆落,诗仍翻水成"(《次韵江晦叔》),"飒飒催诗白雨来"(《游张山人园》)。

儋耳山[①]

突兀隘空虚,他山总不如。
君看道旁石,尽是补天余[②]。

【注释】

① 儋耳山:在儋州(今海南儋州市),一名藤山,一名松林山。 ② 补天:

《列子·汤问》及《淮南子·览冥训》载,往古之时,天柱折断,九州崩裂,大火、洪水不息。女娲炼五色石以补苍天,断鳌足以立四极。

【语译】

儋耳山高高耸立,俯视着四周;有哪座山,能与它一较雌雄?请君看道旁一块块奇石,全都是女娲炼来补天,因为多余而没用。

【赏析】

绍圣四年(1097),苏轼被贬官海南。很快,他便以独有的豁达,冲淡了贬谪的不快,对海南的山山水水、世情民俗产生了浓厚的兴趣,写了不少诗。然而,他以诗讥刺时政的习惯却从来没有抛开,对个人的前途命运,他可以看得很开,对国家的前途却时刻萦挂心怀。这首小诗,借咏儋耳山,表达自己对时事的感慨。

诗首先写儋耳山的形势。因为儋耳山是当地最高的山,形势很险峻,所以用"突兀"表明其高,以占地位,"隘空虚"则补足"突兀"二字。次句"他山总不如"还是就儋耳山与周围众山的比较而言,直接说出。两句一句峭拔,一句平易,承应得很自然,这是苏轼晚年诗不事雕镂、随意而出、情随境换的表现,显示他的诗已进入圆熟自然的境界。

三、四句写山下,说山下路旁的奇石,都是女娲补天所用剩的。这两句承上写山高而来,使诗境扩大,有尺幅千里之势。诗用女娲补天典,说明道旁大石的奇巧,整座山的奇也就不在话下了。而"补天"正是文人用来匡扶时政、辅佐君王的常用典;补天之余,等于说是受到朝廷的遗弃,没有派用处。当时刘安世等贤臣受排挤正被贬岭南,苏轼用这典,妙在双关,为刘安世等人抱不平,当然也包含了为自己鸣不平的意思在内。

这首诗短短二十个字,既写了山,又呼应了人事,内容很丰富。不过,宋张邦基《墨庄漫录》记苏过的话,说诗中"道旁石"的"石"字当作"者"字,是传写之误,"一字不工,遂使全篇俱病"。确实,如改"石"为"者",诗就显得更加含蓄。

六月二十七日望湖楼醉书①

黑云翻墨未遮山,白雨跳珠乱入船。
卷地风来忽吹散,望湖楼下水如天。

【注释】

① 望湖楼:在杭州西湖边昭庆寺前,五代时吴越王建。一名看经楼、先德楼。

【语译】

乌黑的云块,像打翻了的墨汁,还没把山峰遮满;白色的雨点就像珍珠般飞落,迸跳着,钻进了船舱。一阵大风卷地而起,把乌云吹散;我站在望湖楼上眺望,平静的湖面像天空一样,是那样地湛蓝。

【赏析】

一刹那,乌云翻滚,还没将山峰遮住,雨点就像珍珠般地打了下来;一霎间,风又把乌云刮走,水与天重新变得宁静蔚蓝。这种现象,在六月里的西湖边经常碰到,但经苏轼随笔点染,自然流畅,饱满酣肆,充满了诗情画意。

诗描写暴雨特别能撼动人心。首句以黑云对白雨,在字面上对得很工,在选词上又很巧。如墨的黑云,沉重地低低压下;雨点很粗大,被阳光照着,反射出耀眼的白光,这些都形象地写出了暴风雨的特有现象。而来得快,去得快,云未遮山,卷地风吹,也都是夏日暴风雨所特有的。末句写"望湖楼下水如天",看似闲闲,也围绕了中心,反映雨势很大,湖水上涨;且以静态衬托了前面的动态,有有余不尽的趣味。四句诗,分写云起、雨下、风吹、天晴,集中反映了暴风雨的全过程;而诗风也犹如暴风雨,忽然而起,戛然而止,斩截明快。

苏轼作这首诗时,是在神宗熙宁五年(1072),当时任杭州通判。原诗共五首,这是第一首。这首诗反映的是苏轼豪迈不羁的品格,通过它还能品味出苏诗艺术风格的精髓。如这诗是"醉书",因为醉,所以写出的诗特别符合他的性格,神旺气足。在包揽一切的胸怀感染下,时间概念缩短了,暴风雨的来去更为飘骤;地方观念淡薄了,忽而写船上,忽然又到了望湖楼上。他利用了"醉",从艺术的真实中再现了生活的真实,使豪迈的诗风给人以极大的震撼。

饮湖上初晴后雨

水光潋滟晴方好①,山色空蒙雨亦奇②。

欲把西湖比西子③,淡妆浓抹总相宜。

【注释】

① 潋滟(liàn yàn):水光闪动貌。 ② 空蒙:形容雨中雾气迷蒙。 ③ 西子:西施,春秋时越国美女。

【语译】

晴天,阳光在水面上跳跃闪烁,是多么迷人;雨天,朦胧的雾气在山峦间回旋,又是那么奇妙。我禁不住把西湖与西施作一番比较:它同西施一样,不管是淡妆还是浓抹,都是那样婀娜,那样多娇。

【赏析】

这是一首写游览西湖时的感受的小诗。诗人抛开了种种俗念,沉浸在大自然的无尽的美中,心地澄明,所以感受到的一切,都觉得无比的亲切。你看,阳光普照着西湖的水面,波光粼粼,有一种静态的、开朗的美;而风片雨丝,雾气缭绕着远远近近的山峦,又是一派动态的、朦胧的美。这两句分写晴与雨的西湖景色,把西湖最有特色的现象摄入了诗中,所以清查慎行《初白庵诗评》说:"多少西湖诗被二语扫尽,何处着一毫脂粉颜色。"苏轼自己也很欣赏用这样两个镜头来概括西湖的美景,所以在后来所作《次韵仲殊雪中游西湖》中又一次使用,云:"水光潋滟犹浮碧,山色空蒙已敛昏。"

上两句是写景,但加上了"方好""亦奇"两个词,已经融进了情,下两句就放开来谈感受。由山光湖色的美,诗人想到了人的美,于是他忽发奇想:这奇妙的西湖,不就同古代绝色美人西施一样,不管是浓抹,还是淡妆,都是那么迷人。出句看是一句,却有两个思维片段。把山水比美人,是一个片段,由美人想到西施,是一个片段。西施虽然是绍兴人,与杭州同属古代越国,而两者都冠以"西"名,所以诗人取以为譬,这就是评论家们所说的用典用事切合本地风光,是用典的高级手法。结句的"淡妆"与"浓抹",用拟人化手法,比喻很贴切,同时又和起首两句呼应:水光潋滟的晴是淡妆,形象鲜明;山色空蒙的雨是浓抹,形象朦胧。这样,写情的两句又与写景的两句穿成一气,滴水不漏。

以前的诗人,常常用山水花草比喻美人,如《西京杂记》说卓文君眉如远山,白居易《长恨歌》说杨贵妃"芙蓉如面柳如眉""梨花一枝春带雨"。苏轼在这里反用,说西湖景致如同美人,翻出了新意。这个譬喻,使人觉得很亲切,既能意会,又能言传。由西施不论淡妆浓抹,乱头粗服,都显出她自然的丰姿,人们可以想象到西湖无论晴雨朝暮、春夏秋冬,都有无尽的神韵。苏轼自己也很喜欢这一譬喻,如《次韵刘景文登介亭》云:"西湖真西子,烟树点眉目。"《次韵答马忠玉》云:"只有西湖似西子,故应宛转为君容。"宋刘过、武衍等人则对苏轼这一比喻激赏不已,如武衍《正月二日泛舟湖上》云:"除却淡妆浓抹句,更将何语比西湖?"

因为苏轼这首诗,杭州西湖从此多了个响亮的名称——西子湖,这首诗也成了西湖的总概括;就像安徽九子山经李白诗说如九朵芙蓉,遂将山称九华山一样。诗的魅力是不可估量的。

东栏梨花①

梨花淡白柳深青,柳絮飞时花满城。
惆怅东栏一株雪,人生看得几清明?

【注释】

① 东栏梨花:这是《和孔密州五绝》中的第二首。孔密州,即孔宗翰,字周翰,时接苏轼任为密州知州。

【语译】

梨花是淡白的,柳树呢,一派葱茏郁青;柳絮满天飞舞时,梨花也开遍了全城。东栏边,那孤独的梨树也开了,犹如缀满了白雪,却引起我无穷的惆怅;可不是,春将过,花将落,我短暂的一生,能遇上几次赏花的清明?

【赏析】

唐代的丘为有一首《左掖梨花》诗,前两句说:"冷艳全欺雪,余香乍入衣。"传神地写出了梨花的白与香,成为传世的名句。但是有心挑刺的话,如果不看诗题,很容易使人想到这是在咏梅花,这里的关键是诗人没把梨花特定的环境描写出来,在咏物诗里,有时只描写主体是不够的。

现在我们来看苏轼这首咏梨花的诗。诗作于熙宁十年(1077)。首句入题,从形体上进行描绘,这是咏物诗的惯例。也许是苏轼看到了前人孤立地咏花的不足之处,特地为梨花寻找了一个特定的参照物,以柳树作为陪衬。诗说梨花淡白,柳叶深青,柳絮飞,梨花开,通过回复的句式,揭示了繁闹的春景,且是晚春节令,移不到别处去。三、四句由咏物转入抒情,说对着那树堆雪似的梨花使人感到无比惆怅,想到了人生的短暂。第三句是全诗的关键,不这样写,前两句就过于平均用力,使人猜测究竟是咏梨花还是咏柳树。同时花开如雪是盛开,点明晚春,与上呼应,又引出下文"清明",而正因为特写了东栏"一株",由树的孤独暗示人的孤独,这才有了"惆怅",没有这惆怅,就不能有下文的感叹人生。诗人在这里由赏花人这个客体变成了叹人生的主体,咏物诗的因物及人的功用便显示了出来。

三、四句是名句,宋诗人张耒经常吟哦,感叹自己比不上。但陆游《老学庵笔记》指出是重复了杜牧"砌下梨花一堆雪,明年谁此凭栏杆"句。然而,苏轼全篇浑成,没有模仿拼凑的痕迹,很难说苏轼是参考了杜牧。正如《御选唐宋诗醇》所评,苏轼此诗"浓至之情,偶于所见发露,绝句中几与刘梦得(禹锡)争衡"。

诗出名了,就引来评论家们的品评,其中也不乏苛求。明代的郎瑛曾对苏轼这首诗进行挑剔,说上句既然说是"淡白",下面又说是"一株雪",重言相犯,想改"梨花淡白"为"桃花烂漫"。殊不知这样一改,第二句的"花满城"就是桃花满城了,与下文毫不相干,且诗也变成咏桃花了。写诗固然要考虑周到,但也不能过于拘泥,更不要怕人批评,否则就会过于谨慎,掩没了应有的灵气与才气。

陈季常所蓄朱陈村嫁娶图①

我是朱陈旧使君②,劝农曾入杏花村③。

而今风物那堪画,县吏催钱夜打门④。

【注释】

① 陈季常:名慥,号方山子,四川青神县人。与苏轼是好朋友。朱陈村:在江苏徐州萧县东百里,村民风俗淳朴,仅朱、陈二姓,世为婚姻。白居易曾作《朱陈村》诗进行赞美。这幅《朱陈村嫁娶图》就是根据白居易诗境而绘。② 使君:旧时对州郡长官的称呼。苏轼在熙宁十年(1077)至元丰二年(1079)曾任徐州刺史。　③ 劝农:鼓励农民耕种。旧时地方官在春天照例要巡视所辖区,进行劝农。杏花村:指春天风景秀丽的农村。此即指朱陈村。　④ 催钱:一本作"催租"。

【语译】

我当年是朱陈村所在地的长官,为了劝农,曾到过那所风光美丽民风淳朴的村庄。可叹如今那里的情景再也无法入画,催钱的县吏半夜里把门敲响。

【赏析】

　　这首题画诗布局打破常规,不写画,而从自己入笔,说自己是朱陈村的旧长官,为了劝农,曾经到过那个美丽的村庄。这两句,如果独立出来看,似乎与画不相干,然而细细分析,就使人感觉到句句扣紧画,而且十分贴切画意。"朱陈"二字,既呼应所题的"朱陈嫁娶图",又与"旧使君""曾入"字结合,切合诗人自己的履历,说明往事;以"杏花村"赞美朱陈村的景色,进一步说明自己对朱陈村的印象。通过这样着笔,诗人把自己引入画境,回忆当年朱陈村人民的恬静安定的生活,说明了当时的朱陈村,与画中的景色状况很相符,如同白居易诗所写的一样:"桑麻青氛氲……机梭声轧轧,牛驴走纷纷。女汲涧中水,男采山中薪。县远官事少,山深人俗淳。"这样措笔,把画中的景色与自己美好的回忆结合起来,更富有真实感,画的魅力得到了充分肯定,起了一石二鸟的作用。

　　三、四句,诗猛然从回忆中拉回,转入现在。以前的风物,确实如画中一样,十分美好;可是现在却是"那堪画"。这是为什么呢?因为朱陈村的安定已经被打破,如今是"县吏催钱夜打门"这样令人愤慨伤心的场面。"那堪画"的"画"字,不仅呼应了是在咏画,也呼应了当年自己所见的"堪画"的种种风物。"夜打门"三字,深刻地反映了农民受到骚扰的情况。打门是在夜里,农民不分日夜地受到逼迫,县吏的凶狠,都可想而知了。

　　诗的前后风格迥异,前两句纡徐清畅,令人神往;后两句激切愤慨,令人扼腕。从鲜明的对比中,作者的爱憎得到了强烈的表现。

诗写于元丰三年(1080),原诗共二首,这是第二首。在写这诗的前一年,权监察御史舒亶、权御史中丞李定弹劾苏轼讥谤朝政,攻击新法,苏轼被逮入京,关了一百三十天,这就是有名的"乌台诗案"。狱平后,被贬黄州团练本州安置,这首诗就作于他刚到黄州时。可见,诗人关心民瘼,批评朝政立场并没因差点丢命而改变,反而更加激烈了。

题西林壁①

横看成岭侧成峰,远近高低各不同②。
不识庐山真面目,只缘身在此山中。

【注释】

① 西林:西林寺,一名乾明寺,在今江西省九江市南庐山上。 ② 高低:一作"看山"。

【语译】

横看是逶迤的山岭,侧看就成了陡峭的山峰;远看近看,山的高低都不相同。我不识庐山真正的面目,只因为自己置身在这座山中。

【赏析】

元丰七年(1084),苏轼游庐山,过西林寺,在寺壁上题了这首诗。

诗就眼前所见,即时所思,信口成章:那重重叠叠的群山,从各个角度去看,都不相同;由于远近关系,高低也发生变化,诗人不禁想到,庐山究竟是什么模样,再也无法说清楚,其原因是自己身处山中,未能脱离山体,进行全面考察的缘故。由看山,苏轼提出了这个千年以后仍然为人们叹服的哲理——当局者迷,旁观者清;"不识庐山真面目,只缘身在此山中"也就成了流布人口的格言。

宋人所写的诗往往富于哲理,所以后世常常说宋人有以理为诗的弊病。诗中说理,实际上正是诗歌的表现手法之一,不一定是诗病,关键是怎样来说理。像苏轼这首诗,通过了现实中的体会,写景与说理相结合,把理通过艺术形象衬托出来,就不能说是恶诗。另外,宋人诗中所说的理,往往是理学家的理,拘泥局促;而苏轼精通佛学,他在这里所表达的是一种带有禅味的理,所以更富有理趣。当然,这样的理趣必须带有经验的想象,方能纵深地品味,如果像施元之旧注从《华严经》中寻绎出典坐实了来解说,理固然有了依傍,趣却一点也没有了。

话又说回来,身在其中,也是一种趣,具有朦胧的,变幻而不可捉摸的美。苏轼诗说人要置身事外,才能清楚事物的整体,而他的诗表现的恰是身在其中的趣。历代诗人常常尽力追求的也不是脱身其外的旁观,而是置身其中的寻觅,如清代蒋士铨《题王石谷画册》就公然说:"人间万象模糊好,风马云车便往还。"只有朦胧,才有想象的余地。

惠崇春江晚景①

竹外桃花三两枝,春江水暖鸭先知。

蒌蒿满地芦芽短②,正是河豚欲上时③。

【注释】

① 惠崇:北宋僧人,能诗善画,尤擅绘水禽。　② 蒌蒿:长在初春的一种野菜。芦芽:芦苇的嫩芽,即芦笋,是烹调河豚鱼羹的佐料。　③ 河豚:一种味道很鲜美的鱼,但有毒。上:上市。

【语译】

葱翠欲滴的竹林外,点缀着桃花三两枝。春天降临,江水变暖,那在水中嬉戏的鸭子定然最早感知。遍地是鲜嫩的蒌蒿与短短的芦笋,这季节,正是河豚肥美,将要上市之时。

【赏析】

这是首题画诗,诗题一作"惠崇春江晓景",共两首,这是第一首,题鸭戏水图。这幅图画面是江边有一丛绿竹,竹外露出几枝桃花,几只鸭子在水中游,江边长着成片的蒌蒿与刚抽条的芦笋。

诗的前两句,先写竹子与桃花,点出春天,接写鸭子戏水,出齐题面。写春江水暖鸭先知,是由客观加入主观,因为是春天,鸭子游得很欢快,自然地联想到江水变暖。下两句,诗笔转折变化,又从画面的蒌蒿,想起蒌蒿的嫩芽是春天的时令蔬菜,而芦笋是烧河豚鱼的佐料，进一步想到春天是河豚鱼上市的季节。这样由实入虚，把观赏的趣味深入到画外的境界，使画的内涵无限止地扩大了。

这首诗之所以脍炙人口，是把画面作了意象的处理，把主观锲入了客观。同时，诗注意再现了画的色彩。绿竹外点缀数点桃红，春波中几只江南的绿头鸭在游动，深淡之间的过渡色是黄色的蒌蒿、芦笋。在这着色极其爽丽而又幽静的画中，又重点突出鸭子，把动态融合进去，春天的勃勃生机便呼之欲出了。

清纪昀很赞赏这首诗，称它"兴象实为深妙"，"春江水暖鸭先知"也成为人们经常引用的熟语。有趣的是，对这句诗，爱挑刺的清代文人争论不休，成为诗家一大公案。问题是毛奇龄在《西河诗话》中提出的。毛奇龄有次与汪懋麟论诗，汪举出"春江水暖鸭先知"句，十分推许。毛奇龄却认为这句诗是仿效唐人"花间觅路鸟先知"句，而唐诗觅路在人，先知在鸟，鸟所知的对象是人；苏诗鸭先知，没有具体对象，且"水中之物，皆知冷暖，必先及鸭，妄矣"。王士禛在《渔洋诗话》中发挥毛奇龄的话，改成"鹅也先知，怎只说鸭"。真令人哭笑不得。因此，后世许多人对此表示不满，如袁枚《随园诗话》说："若持此论诗，则'三百篇'句句不是。"确实，把艺术的真实等同于生活的真实，在典型的塑造上挑刺，是没法评论与欣赏诗歌的，更无法体会诗的魅力。

书李世南所画秋景①

野水参差落涨痕,疏林欹倒出霜根。

扁舟一棹归何处,家在江南黄叶村。

【注释】

① 李世南:字唐臣,安肃(今河北保定徐水区)人。官至大理寺丞。工画山水。宋邓椿《画继》说,苏轼所题图本寒林障,分作两轴,前三幅尽寒林,后三幅尽平远。

【语译】

辽阔的水面,岸边呈露出水涨时留下的痕迹,高低不齐,浅浅深深。稀疏的林木,倾斜向水边,露出了经霜的老根。一叶扁舟漂行在水中,不知道要驶向何处;我想,船上人的家一定就在附近,那江南黄叶飘坠的小村。

【赏析】

这首题画诗作于元祐三年(1088)前后,采用绝句的传统写法,前两句写景,后两句在写景中参入议论,扩大诗的表现范围。

诗前两句以工整的对偶描绘画面,写画上是郊野中的水边,秋水退落,岸边露出参差不齐的涨水时留下的痕迹,稀疏的林木歪斜着,露出粗壮的经霜后的老根。这两句紧扣画面写秋景,描摹熨帖细腻,层次也很分明。岸边留下涨水时的痕迹,说明是秋天,正当"潦水尽而寒潭清"的时候,疏林及霜根,也呼应节令。水边老树,露出盘围的树根,以"出霜根"之"出"照应上"落涨痕"之"落",全面展示秋水退去后岸边特有景象。诗仅用了寥寥十四字,就把画中景物大致上展现,写得空旷疏淡,无论是大片的寒水,奇崛的树木这样位置占得较大的景物,还是参差的涨痕、劲朴的树根这样局部景物,都写得很具体逼真。

题画诗如果拘泥于画面,就不能充分阐发画的底蕴,失去了题画诗大部分功能。苏轼这首诗从第三句便开始转向画面以外,转得很巧妙,富有神韵。诗开始仍落眼在画上,写画上的那叶扁舟,飘荡在苍凉幽寂的秋水之中,对此,诗人从自己的理解出发,提出问题:这人划着小船要到哪里去呢?诗通过"归何处"三字设问,引起下句;同时用"归"不用"去",正面体现了诗人自己披图思归的情思。随着这一问,读者会不由自主地顺着这根导线去思考,驰骋入丰富的想象中,画幅的容量与意境也就随着各种猜想而变化、扩大。对这一问,诗人自己怎么认为呢?也许他见到这只小船不是远航之船,于是得出结论,小舟的主人的家,正是在这江南黄叶飘飞的小村。黄叶村这一画外之景,与图中所绘江南秋景紧密结合,融成一片,又加深了画面隐含的情趣,表现了苏诗善于想象、翻空出奇的特点。

纵　笔

寂寂东坡一病翁,白须萧散满霜风[①]。

小儿误喜朱颜在[②],一笑那知是酒红!

【注释】

① 萧散:稀疏。　② 小儿:时苏轼的儿子苏过陪父亲在海南。

【语译】

我苏东坡这么个多病的老翁,在寂寥中打发时光,白须稀疏,面对着冷漠的秋风。小儿搞错了,庆贺我脸色红润康健;我不禁莞然一笑:你知道么,这是因为喝了点酒,才有点微红。

【赏析】

这首诗作于元符二年(1099)。原诗共三首,这是第一首。

生老病死,是人生的规律,量窄的,叹老悲病,豁达的,坦然处之。苏轼对人生的坎坷一向不放在心上,因而这首诗写老病而不给人以压抑感。

诗前两句写自己被放逐到海南,拖着病体,对着萧瑟秋风,胡须都已发白了。这两句平平而叙,却有很深的内涵。表面上是写老病,骨子里是在抒发对当权执政者的不满。首句"寂寂"二字,就点明了自己的处境。感到处境的寂寞,也是衰病的反映。次句以风吹白须写老,"霜"字既说天气,又点染白须。除此外,诗还有它的背景。两年前,苏轼还在惠州,也作过一首《纵笔》诗云:"白头萧散满霜风,小阁藤床寄病容。报道先生春睡美,道人轻打五更钟。"说自己虽然老病,但把一切都置之度外,毫不以放逐为怀。据宋曾季狸《艇斋诗话》,朝中排挤苏轼的章惇见了诗,认为他是有意向朝廷示威,把他再远贬到海南儋耳。可是苏轼在这首海南所作的《纵笔》诗中,又用了当年引起祸端的诗句,充分显示出他不肯屈服于权贵的倔强性格。

三、四是名句,写的是一种带有喜剧味的悲剧:自己明明老了,可喝了点酒,小儿却认为自己的脸色是健康的红润。诗用笔多折,苏轼的儿子苏过这年已二十八岁,自不会真的把酒红当真红,但表现出当儿子的一种心情,所以急遽之间而"误喜",因误而引出了下面的笑,遂而归结到中心"老"上。这样利用误会,巧妙风趣地道出自己衰老,构思出人意表。

宋惠洪《冷斋夜话》卷一引黄庭坚论夺胎法,称赞苏轼这首诗三、四句是由白居易诗"临风杪秋树,对酒长年身。醉貌如霜叶,虽红不是春"演变过来,但更进了一层。宋魏庆之《诗人玉屑》引《王直方诗话》,说苏轼这联,与郑谷"衰鬓霜供白,愁颜酒借红"、杜甫"发少何劳白,颜衰肯更红"、陈师道"发短愁催白,颜衰酒借红"都相仿佛。可见,好的意境是不怕重复的。此外,诗的布局,又与贺知章《回乡偶书》"少小离家老大归,乡音未改鬓毛衰。儿童相见不相识,笑问客从何处来"相同,都巧妙地利用误解,冲淡了伤感的成分。

澄迈驿通潮阁①

余生欲老海南村,帝遣巫阳招我魂②。
杳杳天低鹘没处③,青山一发是中原。

【注释】

① 澄迈驿:在今海南海口市西。通潮阁:一名通明阁。　② 巫阳:天神名。《楚辞·招魂》说天帝对巫阳说:"有人在下,我欲辅之,魂魄离散,汝筮予之。"于是巫阳便下界招魂。这里代指自己被皇帝从海南召回。　③ 杳杳:深远幽暗貌。

【语译】

我料想剩下的时间不多了,就这样在海南度过余生;可没想到,皇帝又下诏,令我内迁,踏上了到廉州的路程。登上了海边的通潮阁远眺,无尽的天边有只鹘鸟出没,隐隐约约,青山如发,那是我日夜想念的中原。

【赏析】

元符三年(1100),哲宗去世,徽宗继位,元祐党人得到平反,苏轼于是年五月内迁廉州(治所在今广西合浦)。这首诗是他离开儋州赴廉州,路过澄迈,登通潮阁所作。原诗共二首,这是第二首。

在第一首中,诗人写在通潮阁所见景色,"贪看白鹭横秋浦,不觉青林没晚潮",说自己凝立在通潮阁上,被眼前的景色所陶醉,心潮起伏,浮现一片寂寞与惆怅,所以第二首专门抒情。

贬谪到南方已经六七年了,先在惠州,又远放海南,他多少次遥望北天,欲归无期,双鬓如雪,到这时已六十五岁了,人生又有几何呢?因此,苏轼自陈自己在"余生欲老海南村"的怅惘中度过,看来这地角天涯,定是自己葬身之地了。然而诗用"欲老"二字,从悲伤中不可抑制地透出了多少的不甘心:他又何时何刻不在思念盼望能回到故乡,回到中原呢?这样,就引出了第二句,终于等到了朝廷让自己内迁。诗用巫阳招魂事,写得十分凄苦,等于是在说自己已经如同孤苦飘荡的孤魂,等待着上帝招还。这两句写得很沉闷,是第一首的延续。

三、四句写思乡,通过景色来表现。这次虽说是内迁,还是在南方,离家乡,离中原何止万里?因而他极目北望,那无穷无尽的青天,有一只鹘鸟遥飞渐没,远到望不见的地方,有青山的影子,犹如一丝细发,他想象,这就是中原的山。上句写鹘鸟,体现自己向往自由,安得化黄鹄回故乡的心愿。下句则以实景带虚景,化大景为小景。远处青山如发,是实见,但以之代指中原,就成了虚幻的了。而把本应是绵亘起伏的青山,描写如细发,又是以小概大,寄托自己思乡的情感。由此可见,这隐约可见的青山是多么深刻地撼动他的心旌!就在苏轼作此诗的第二年,他终于实现了返回中原的愿望,但行到常州就与世长辞了。

"青山一发是中原"以其神妙的比喻被后世所赞赏,纪昀评为"神来之笔"。后来宋林景熙《题陆放翁诗卷后》有"青山一发愁蒙蒙"句,全用苏诗,元虞集题画诗也有"青山一发是中原"句。

清施补华《岘佣说诗》云:"东坡七绝亦可爱,然趣多致多,而神韵却少。'水枕能令山俯仰,风船解与月徘徊',致也。'小儿误喜朱颜在,一笑那知是酒红',趣也。独'余生欲老海南村……',则气韵两到,语带沉雄,不可及也。"可为本诗定评。

郭祥正

郭祥正,字功父,自号漳南浪士,当涂(今属安徽)人。熙宁中官武冈知县,历知端州。少有诗名,风格豪壮,为梅尧臣、王安石推赏。有《青山集》。

访 隐 者

一径沿崖踏苍壁,半坞寒云抱泉石①。
山翁酒熟不出门②,残花满地无人迹。

【注释】

① 坞:山坳。　② 山翁:此指隐居山中的隐士。

【语译】

一条小路沿着山崖,曲曲弯弯,我顺着小路而上,依傍着苍翠的岩壁。山中的景象令我心旷神怡:山坳中白云缭绕着山泉奇石,寒气习习。山翁自酿的美酒已经熟了,用不着出门沽取;颓然醉去,门外落花满地,悄无人迹。

【赏析】

这首小诗,前两句写"访"。诗说一条小路,沿着山崖,靠着青翠的山壁,直通向山的深处,山中寒云缭绕着山泉危石。诗极力铺写了隐者所居之地的环境,通过这幽深静阒的环境,突出隐居在这里的人的避世脱俗、高蹈绝尘的襟怀,未写人而人已呼之欲出。第一句的诗眼"踏"字下得很切,呼应诗题"访"字,使山景是作为诗人在来访途中所见,山路与山坳的两组景色也分出了先后层次,益显得山高幽深。如改成"近""贴"等类词,便成了单纯写景,跌入下乘。第二句的"抱"字,形象地刻绘出泉水蜿蜒、山石清秀、云气缭绕的景况,很见锤炼之工。

三、四句写隐者喝着自酿的酒,颓然醉倒,足不出户,门外落红满地,无人洒扫。这两句不直说隐者之高,只是通过他疏懒闲适、脱略形骸的生活,表现他与世无争、万事不关心的淡泊情怀,与宋邵雍《安乐窝》绝句中的后两句"拥衾侧卧未欲起,帘外落花撩乱飞"极为相近。诗即事达情,与上两句的景物描写合成一个整体,由此表达自己对隐者的崇敬。

在中国古代的诗歌中,出仕与归隐是一对矛盾。由于自身的抱负与向往在现实中得不到满足,便促使诗人们转而赞美自然,赞美返回自然的隐士。自从陶渊明热衷于"方宅十余亩,草屋八九间,榆柳荫后檐,桃李罗堂前"(《归园田居》)的生活以来,不少诗人讴歌无忧无虑、沉湎自然的生活,要"独无外物牵,道此幽居情"(韦应物《幽居》)。发展到最后,把疲倦于现实生活的观念进一步变化成疲倦于一切,连日常的应酬、洒扫,朋友间的来往也不放在心上,以门外青苔、落花不扫、人迹不到为高,如贾岛诗所述"自从居此地,少有事相关。积雨荒邻圃,秋池照远山。砚中枯叶落,枕上断云闲",就是这种心情的反映。郭祥正这首诗的三、四句,赞赏隐士闭门饮酒,门无人迹,落花狼藉,也是这种思想的延伸,可视作中国写隐士的诗的共同点。

苏　辙

苏辙(1039—1112),字子由,晚号颍滨遗老,眉山人。苏轼弟。嘉祐二年(1057)进士,官至尚书右丞、门下侍郎。以文名,诗平稳凝重。有《栾城集》。

遗老斋①

久无叩门声,啄啄问何故②?
田中有人至,昨夜盈尺雨③。

【注释】

① 遗老斋:诗人的斋名。　② 啄啄:敲门声。　③ 盈一尺:一尺多,形容雨下得很大。

【语译】

我早已与人们断绝来往,没有人再来敲门;可今天是谁把门敲个不停?到底有什么事发生?僮儿向我报告:乡下有人来说,昨晚下了一场大雨,用不着再为旱情担心。

【赏析】

苏辙晚年由于蔡京当权,便辞官退居,隐居在许州(今河南许昌),自号"颍滨遗老",并以"遗老"作为自己的斋名,表示坚决不闻政事,他在家,"不复与人相见,终日默坐"(《宋史》),直到去世。这首歌咏斋居的小诗,就是写自己的隐居生活的一个片段。

一般的隐居诗,多表示淡泊的情怀及沉浸在大自然中的欢娱,苏辙因为是在官场翻过斤斗来的人,对政事产生厌恶,进而不屑于和一切人打交道,所以他的隐居诗,往往表现离群索居时的矛盾心理。这首诗写斋中一件小事,写得很简洁。前两句说自己隐居后,很久没有人来敲门,可今天响起了一阵敲门声,所以不禁问僮仆,什么人来敲门。后两句是僮仆的回答,乡下有人来报告,昨晚下了一场大雨,旱情解除,丰收在望了。诗依事件发生的顺序展开。"久无叩门声",是诗人自述隐居的寂静。没人敲门,是诗人所希望的,也是他自己促成的。他的隐居,与陶渊明与朋友、农民相往还,乐于躬耕,"邻曲时时来,抗言谈在昔"(《移居》)不同,因此这次他对人敲门感到突然,"问何故"三字,甚至有责备的意思:明知我不愿与任何人往来,为什么还要来敲门?这就引出了三、四句,直述敲门的目的,诗便告终,没有说自己听了这消息的反映,直捷中显得含蓄深长。

乡下来人敲门这件小事,作者特地形诸笔墨,至少说明两点。其一,乡下人未必知道诗人谢客,即使知道,也未必放在心上,碰到下了大雨这样的高兴事,他便敲门告诉别人,让人分享喜悦,这就突出了乡村农民的淳朴,与诗人在官场见到的尔虞我诈是鲜明的对照。其二,诗人对乡下人敲门没有指责,也不嫌其唐突,从他作了这首诗来看,他对乡下人来报告的消息还是很高兴的,他毕竟还没有对世事完全摒弃麻木,所以整首诗读来仍使人感到新鲜,富有生气。

孔平仲

孔平仲,字毅父,新淦(今江西新干)人。治平二年(1065)进士,历官集贤校理、户部员外郎、金部郎中,帅鄜延、环庆。以文名,与兄文仲、武仲合称"清江三孔"。诗以清畅明快为主。作品收《清江三孔集》中。

禾 熟

百里西风禾黍香,鸣泉落窦谷登场①。
老牛粗了耕耘债②,啮草坡头卧夕阳③。

【注释】

① 窦:此指水沟。 ② 了:了却。 ③ 啮:同"嚼"。

【语译】

阵阵西风,吹过平原,带来了禾黍的芳香;溅溅流泉,泻入沟渠,打谷场上一片繁忙。只有它——经过了一年辛勤耕耘的老牛,闲适地躺在山坡上,嚼着草,沐浴着金色的夕阳。

【赏析】

唐代诗人王驾有一首著名的《社日》诗,写道:"鹅湖山下稻粱肥,豚栅鸡栖半掩扉。桑柘影斜春社散,家家扶得醉人归。"写碰上了丰收年,农民高高兴兴地庆祝节日。诗的作者虽然不很出名,所作的这首诗代表了当时田园诗中颂扬田家乐的普遍视角。孔平仲这首《禾熟》诗,另辟蹊径,把历来写人的笔墨移到写牛身上,使人感到格外的新奇。

诗前两句切题,写禾熟。西风频吹,秋收的季节已经到来,禾黍飘香,秋水清澈,淙淙地泻入沟渠中,稻谷已收割,打谷场上一派繁忙景象。这两句是记时,写了农民,也写了景,用笔很紧凑,为下写老牛做铺垫。第三句直写老牛,以"粗了耕耘债",与上禾熟相呼应,表示不忘老牛辛勤耕耘的劳苦,有称赞老牛的意思;而"粗了"即暂时的完成,又存有悯惜老牛的意思。末句写老牛的闲适,正是归纳全诗,扣紧"禾熟"。诗从极热闹的打谷场上,一下子转到极安逸的老牛身上,对比鲜明;而通过这一闹一静,浮现了一派丰收的喜悦气氛。

整诗有景有趣,又有很深刻的思想内涵。诗写的牛,有赞意,有怜惜,是否也有自譬的意思在内呢?很可以揣测一番。一个人在人生的道路上,不论做了些什么,取得了相应的成就,回过头来看看,不正如粗了耕耘债的老牛,那时是多么向往能过上"啮草坡头卧夕阳"的生活啊!

末句活脱是一幅深有韵味的小景:夕阳西下,照着青草坡,坡上卧着一头老牛,悠闲地嚼着草。无限的静谧从中透出,令人叹为观止,因而清初画家恽格曾据此诗意画成《村乐图》。

道 潜

道潜(1043—1102),字参寥,俗姓何,於潜(今浙江杭州临安区)人。他是宋代著名诗僧,与苏轼等人唱和。诗风格清新,无逼仄穷蹙之气。有《参寥集》。

临平道中①

风蒲猎猎弄轻柔②,欲立蜻蜓不自由。
五月临平山下路,藕花无数满汀洲③。

【注释】

① 临平:临平山,在今浙江杭州市东北。　② 蒲:一种生长在水边的草。猎猎:此指风吹动蒲叶发出的声音。　③ 汀洲:水边平地。此即指水面。

【语译】

风儿吹动着蒲草轻柔的细叶,发出沙沙的声响;蜻蜓飞来了,瞅着摆动的蒲叶,怎么也停不稳当。五月里我走在临平山下,这满塘盛开的荷花,送上了阵阵清香。

【赏析】

这首小诗写五月行走在临平山下所见。风儿习习,蒲叶沙沙,蜻蜓欲停未停,满塘荷花盛开;诗人向人们展示的景观犹如一幅花虫小品,充满了自然的情趣。

道潜这首诗的风格,与后来的杨万里的诗风有很大的共同点,他们都善于捕捉眼前细微的景物入诗,使诗富有生机,给人以新鲜感。如"欲立蜻蜓不自由"一句,很形象地描绘了蜻蜓想停立在蒲草叶上,但微风把蒲叶吹得不住地摇晃,蜻蜓停下又飞起的情况。这类事,在人们的身边经常发生,但要作具体的描写,却很难恰到好处。清代的袁枚有首《遣兴》诗说:"但肯寻诗便有诗,灵犀一点是吾师。夕阳芳草无情物,解用多为绝妙词。"说诗人有了真性情,真感受后,就会有创作的灵感,见到自然界的任何寻常事物,都能体察出它的情趣,融入诗境。道潜这首诗,就是抓住偶然的情景,道出了人人能道而未道的寻常事物,注入了自己的感情,体现了袁枚所说的创作意境。这样的创作方法,不仅是杨万里加以光大,成为"诚斋体",代表宋诗的一个特点,也被明代公安派及清代袁枚性灵派诗人所借鉴。

　　道潜这诗纯是写景,缩放很自由,小到蜻蜓欲停在草叶尖上,大到满眼无尽的荷花,由这一大一小两组特写,构成了"五月临平山下路"的江南水乡的夏日风光图。苏轼读了后非常推赏,把诗刻在石碑上;并有人依此诗境绘《临平藕花图》,临平这个小镇,因了这诗大大提高了知名度。

秋　江

赤叶枫林落酒旗,白沙洲渚夕阳微。
数声柔橹苍茫外,何处江村人夜归?

【语译】

在火红的枫树林边,那小小的乡村酒家已收起了酒旗;夕阳照着白沙洲,一片熹微。夜幕悄悄降临,忽然在苍茫中传来了几声悠扬的橹鸣,是何处江村游子,夜里回归?

【赏析】

道潜是著名的诗僧,曾与苏轼等人唱和,这首写秋江晚景的小诗,平淡蕴藉,令人神往。

诗人驻足江边,为江边的美景所陶醉。身后,是一个小小的村庄,一家乡村小酒店隐在火红的枫树林边,天已经晚了,酒店的酒旗已经降了下来。面前,是一抹夕阳照在江上,照着江边洁白的沙洲。这两句分写两个场面,以暮色夕阳作关联。"落酒旗"是表明天晚,与"夕阳微"相呼应。因为是夕阳,日光红艳,照在村边的枫树林,使原本红色的枫叶格外地红,很容易使人想起杜牧"停车坐爱枫林晚,霜叶红于二月花"(《山行》)那派迷人的景色。而岸上的一片赤红,水面上的粼粼波光与岸边的白沙被夕阳镀上的一片微红,又构成了一幅完整的色彩鲜明的夕照图。可以想象,诗人此刻也正沐浴着红色的夕阳,融化在整个画面中。

三、四句承"夕阳微"而来。夕阳已微,红色迅速收尽,暮色便笼罩着江面,眼前就变成苍茫朦胧,方才的景色全都被遮盖了起来,只有感觉还在起作用。这时候,忽然传来数声悠扬的橹声,诗人因此觉察到有船在行近,于是他猜想,这大概是附近江村的人晚上赶着回家吧！这两句，由感觉产生联想，在沉寂中加入动感与声音，把夜的朦胧衬托得有声有色。这一手法，与王维的《鹿柴》"空山不见人，但闻人语响"及王昌龄《采莲曲》"乱入池中看不见，闻歌始觉有人来"一样，都是借声传影，但王维与王昌龄是写白天的景色，道潜这首诗写晚上，更加扩大了诗的意境，化虚为实。同时，闻橹声而知船到，顺理成章，但进而推断是夜归人而不是夜出或路过，这就是诗人在以己度人，他伫立江边，心潮起伏，不也是闻秋声见秋景油然而生思归之念吗？

　　道潜的绝句，大多数带有画意，透着清新，酷似唐人。人们评宋诗以为绝句最胜，就是因为宋代有不少像道潜这样的诗人及好诗。

黄庭坚

黄庭坚(1045—1105),字鲁直,号山谷道人、涪翁,洪州分宁(今江西修水)人。治平四年(1067)进士,官校书郎、著作佐郎,贬官广西。早年受知于苏轼,与张耒、晁补之、秦观称"苏门四学士"。诗与苏轼齐名,开江西诗派,主张变俗为雅,避熟就生,注意使事用典,奇崛生硬,影响很大。又能词,擅书法。有《山谷集》。

题竹石牧牛 并引

子瞻画丛竹怪石①,伯时增前坡牧儿骑牛②,甚有意态,戏咏。

野次小峥嵘③,幽篁相倚绿④。
阿童三尺箠⑤,御此老觳觫⑥。
石吾甚爱之,勿遣牛砺角⑦。
牛砺角犹可,牛斗残我竹⑧。

【注释】

① 子瞻:苏轼。苏轼工画竹石枯木。　② 伯时:李公麟,号龙眠居士,善绘人物与马,兼工山水。　③ 野次:野外。峥嵘:山高峻貌。这里代指形态峻奇的怪石。　④ 幽篁:深邃茂密的竹林。语出屈原《九歌》:"余处幽篁兮终不见天。"这里代指竹子。　⑤ 阿童:小童儿。语出《晋书·羊祜传》中吴童谣"阿

童复阿童"句。这里代指小牧童。箠:竹鞭。 ⑥御:驾驭。觳觫(hú sù):恐惧害怕得发抖状。语出《孟子·梁惠王上》。这里以动词作名词,代指牛。⑦砺角:磨角。 ⑧残:损害。

【语译】

郊野里有块小小的怪石,怪石边长着丛竹子,挺拔碧绿。有个小牧童持着三尺长的鞭子,骑在一头老牛背上,怡然自乐。我很爱这怪石,小牧童你别让牛在它上面磨角;磨角我还能忍受,可千万别让牛争斗,弄坏了那丛绿竹。

【赏析】

元祐三年(1088),黄庭坚与苏轼、李公麟同在京。苏轼与李公麟多次作画,黄庭坚题了好几首诗,这首是最出名的一首。

黄庭坚的诗喜欢拗折,化用典故。这首诗的特点也是如此。

前四句写画面,分述石、竹、牧童与牛,但不是把石、竹、牧童与牛直接出之于句中,是分别以"峥嵘"代石、"幽篁"代竹、"阿童"代牧童、"觳觫"代牛。在具体描写时,紧密结合画面,把怪石置身于郊野,以"小峥嵘"三字,使怪石的形状呼之欲出。幽篁则互相倚伏,显出是丛竹。写牧童以童谣中语称呼,符合牧童身份,带有亲切感。觳觫前冠以"老"字,使牛的龙钟蹒跚跃出。四句各用代名,含而不露,概括尽画面,简捷新颖,神态皆见,富有浓厚而宁静和谐的田园生活的气息。

后四句是写意,主体是牛,眼光落在牛好磨角、争斗的特点,再关合画面的竹石,于是使静的画面变得活泼生动,同时表白了自己爱竹爱石的心情,而爱竹石,正是当时文人对自己超尘脱俗的情操的寄托。这四句又出新意,不唯不用一个代词,却连出三个"牛"字,逼肖古歌谣,语句朴质无华中带有诙谐跳跃。在创意时诗人暗中吸取了前人成句,如牛砺角事,见唐韩愈《石鼓歌》"牧童敲火牛砺角",牛食竹事,见唐李涉《山中》"无奈牧童何,放牛吃我竹",经黄庭坚点化,推出新意,风趣自然。在句法上,诗效仿李白《独漉篇》"独漉水中泥,水浊不见月;不见月尚可,水深行人没"格,却又间用散文句式。意境、事实与句法密切组合,诗便以全新的形式呈现在人们面前,"以俗为雅,以故为新",这就是江西诗派所称的"点铁成金"。

黄庭坚对自己的后四句诗十分自负,多次在人们面前夸示(见《东莱吕紫微诗话》)。但陈衍《石遗室诗话》有意挑刺说:"若其石既为吾所甚爱,唯恐牛之砺角,损坏吾石矣,乃以较牛斗之伤竹,而曰砺角尚可,何其厚于竹而薄于石耶!于理似说不过去。"这样落实了讲,便忽视与曲解黄庭坚有意拗折、出奇制胜、故作痴语的一番苦心了。

送 王 郎①

酌君以蒲城桑落之酒②,泛君以湘累秋菊之英③,
赠君以黔川点漆之墨④,送君以阳关堕泪之声⑤。
酒浇胸次之磊块⑥,菊制短世之颓龄⑦,

墨以传万古文章之印⑧,歌以写一家兄弟之情。

江山千里俱头白,骨肉十年终眼青⑨。

连床夜语鸡戒晓⑩,书囊无底谈未了。

有功翰墨乃如此,何恨远别音书少?

炒沙作糜终不饱⑪,镂冰文章费工巧⑫。

要须心地收汗马⑬,孔孟行世日杲杲⑭。

有弟有弟力持家,妇能养姑供珍鲑⑮。

儿大诗书女丝麻,公但读书煮春茶。

【注释】

① 王郎:黄庭坚的妹夫王纯亮,字世弼。　② 蒲城:蒲坂,今山西永济市。桑落之酒:蒲城所产的名酒。《水经注·河水四》说蒲城民刘白堕,擅酿酒,在桑落时酒开始酿。后世因以其时酿的酒名桑落。　③ 湘累:屈原自沉于湘地之水,非罪而死称累,后世因称屈原为湘累。秋菊之英:菊花。《离骚》有"夕餐秋菊之落英"句。　④ 黟川:汉县名,即今安徽歙县,以产墨出名。点漆:指上等好墨。萧子良《答王僧虔书》:"仲将之墨,一点如漆。"　⑤ 阳关:指王维所作《阳关曲》,一名《送元二使安西》,后人谱以乐,用作送别曲。　⑥ 磊块:胸中郁结与不平。《世说新语·任诞》有"阮籍胸中磊块,故须酒浇之"语。　⑦ 短世:短暂的人生。颓龄:衰老之年。陶渊明《九日闲居》:"酒能祛百虑,菊为制颓龄。"制,制止、延缓。　⑧ 印:痕迹。　⑨ 眼青:青眼,有好感,相契合。《晋书·阮籍传》云,阮籍不拘礼法,凡俗士来访,以白眼对之,嵇康来,大悦,乃对以青眼。　⑩ 连床夜语:状亲密相处情景。　⑪ 炒沙作糜:炒沙成粥,比喻不可

能的事。《楞严经》：" 若不断淫修禅定者，如蒸砂石，欲成其饭，经百千劫，只名热砂。何以故？此非饭，本砂石故。" ⑫ 镂冰文章：在冰上雕镂，喻劳而无功。语出《盐铁论·殊路》："内无其质而外学其文，虽有贤师良友，若画脂镂冰，费日损功。" ⑬ 心地收汗马：指内心有实在的收获。黄庭坚在《与王子予书》中曾说："想以道义敌纷华之兵，战胜久矣。古人云：并敌一向，千里杀将。要须心地收汗马之功，读书乃有味。" ⑭ 日杲杲：如红日一般光亮。 ⑮ 珍鲑：对鱼菜美称。

【语译】

请你喝蒲城产的桑落美酒，再在酒杯里浮上几片屈原曾经吃过的菊花；送给你黟川出产的亮黑如漆的名墨，又送上曲凄凉动情的阳关曲催人泪下。美酒使你胸中郁塞的磊块尽化，秋菊使你停止衰老寿数无涯，名墨让你写下流传万古的佳作，歌曲使你感受到兄弟间情义无价。我们都已头发斑白流落天涯，十年来骨肉情谊，青眼相加。今天我们睡在一起彻夜长谈，不觉鸡已报晓；你满腹诗书，口若悬河，说个不了。学问精进到了这个地步，怎能为远别后音书难通抱恨怨恼？把沙石炒热终究不能当饭谋求一饱，在冰块上雕花只是白白地追求工巧。请你收敛心神沉潜道义，定能体会出孔孟学术的精要。你有弟弟能够勤俭持家，妻子又贤惠孝敬婆婆从不怠懈。儿子长大了能读诗书，女儿能干勤纺丝麻。你呢，只要安心地享乐，读书之余，品味新茶。

【赏析】

元丰七年（1084），黄庭坚调任德州德平镇税监，他的妹夫王纯亮去德州看望他,二人纵论平生,临别时黄庭坚作了这首奇崛奔放、感情诚挚的送行诗。

诗前十句为一段。开始八句,用了两组排比句,如江河万里,一泻而下。诗所选的送给王郎的酒、菊、墨、歌,无一不切合王郎的身份与爱好,同时诗把这些东西的功用——陈述出来,表达自己的祝愿,反映了自己与王郎之间诚挚深厚的感情,于是所赠的物品,不再只是因其难得而珍贵,同时赋予象征性意义。由此而知,王郎一定是个豪放不羁、精通翰墨的文坛奇才,诗人与他有共同的生活方式与爱好,所以感情十分亲密融洽。末两句仍用前韵作一收束,用律诗的对句入歌行,写两人均千里奔波,鬓发斑白,十年来,交情深笃。这两句化用了杜甫诗"别来头并白,相对眼终青"句而不见痕迹;在句势上奇崛老健,因此能顿时挽住前八句的冲势,把多年的感情与分别的依恋熔铸在一起,表现了作者非凡的功力。

中间八句是临别赠言,转为仄声韵,抒发离情,句调趋于平稳。诗谆谆寄语,说王郎文才出众,要求他不要追求表面的东西,要以修身养道为本;表达时又不直说,而是用了两个典故进行比喻,益显得精深而富有理趣。

末四句收束,一反送别诗挥泪互道珍重的俗套,转述家事,说王郎家中弟勤妻贤,儿女克绍家业,他正能够享受清福,逍遥读书。这样写,就使诗带有了一定的欢快,既表达了自己的祝福劝慰,又减轻了离别的哀苦,出人意表。起句又袭用了杜甫《乾元中寓居同谷县作》七首之三"有弟有弟在远方"句格,以作波折。

作为江西诗派的创始人,黄庭坚这首诗具有典型的江西诗派风格。首先,诗在谋篇上及句格上对前人作了模仿,同时结合自己的感情加以变化,不是一成不变的蹈袭。如诗前八句的排比手法,宋赵与旹《宾退录》卷四就指出仿自南朝鲍照的《行路难》:"奉君金卮之美酒,玳瑁玉匣之瑶琴,七彩芙蓉之羽帐,九华蒲萄之锦衾。"宋胡仔《苕溪渔隐丛话》前集卷二十九等,又指出唐顾况的《金珰玉佩歌》也用这一句法:"赠君金珰太霄之玉佩,金锁禹步之流珠,五岳真君之秘箓,九天丈人之宝书。"欧阳修的《送原甫出守永兴》也有类似的句子。但是黄庭坚在前四句用了这一句法后,接着来了相应的四句,就是独出奇兵,一扫凡篇,变陈为新了。再说前人的诗,都是一种句式到底,有气势而少波折,黄庭坚八句诗用了三种句式,使诗如九曲黄河,盘空硬旋,将这种句法琢磨得更臻完美。其次,这首诗又充分体现了江西诗派善于融化典故、点铁成金的手段。诗中用典,有直用,如"湘累""阳关"等;有活用,如"沙麋""镂冰"等,看似漫不经意,用得都恰到好处,把学问与作诗紧密结合了起来。

戏呈孔毅父[①]

管城子无食肉相[②],孔方兄有绝交书[③]。
文章功用不经世[④],何异丝窠缀露珠[⑤]?
校书著作频诏除[⑥],犹能上车问何如[⑦]!
忽忆僧床同野饭,梦随秋雁到东湖[⑧]。

【注释】

① 孔毅父：孔平仲，字毅父，临江新淦(今江西新干)人。治平二年进士。黄庭坚好友。　② 管城子：毛笔。韩愈《毛颖传》说毛笔："秦皇帝使蒙恬赐之汤沐，而封诸管城，号管城子。"食肉相：封侯之相。《后汉书·班超传》载：看相的人说班超"燕颔虎颈，飞而食肉，此万里侯相也"。班超曾愤然投笔从戎，后立功异域，所以这里说笔无用，也即叹自己靠用笔写文章无用。　③ 孔方兄：钱。鲁褒《钱神论》因钱有方孔，因云："亲之如兄，字曰孔方。"绝交书：嵇康有《与山巨源绝交书》。这里借用，指自己贫困，与钱财无缘。　④ 经世：治理社会。　⑤ 丝窠：蜘蛛网。　⑥ 校书：校书郎，掌校勘书籍。著作：著作郎，掌编纂国史。与校书郎均属秘书省官。诏除：朝廷下令拜官授职。　⑦ "犹能"句：语本《通典·职官八》："秘书郎自齐梁之末，多以贵游子弟为之，无其才实。当时谚曰：'上车不落则著作，体中何如即秘书。'"问何如，即问"体中何如"，近来身体怎么样。　⑧ 东湖：在江西南昌市东南。这里代指黄庭坚自己的家乡，因孔毅父与黄庭坚都是江西人。

【语译】

你看，这位管城子根本就没有封侯的相貌，那位孔方兄又早就对我发出了绝交的文书。文章既然没有经世的作用，也就完全等同那张挂的蛛网上点缀着露珠。校书郎、著作郎之类的官朝廷随口封我一个，幸亏我还能登上车子不掉下，也能够开口问候别人近来身体何如。忽然想到当年与你在僧床共饭，梦中便随着那南飞的秋雁，回到了东湖。

【赏析】

自从东方朔《答客难》、扬雄《解嘲》等文章，以诙谐犀利的语言,通过自我嘲讽,吐露胸中郁积的不平后,不断有人起而效仿。到了唐宋二代,不少诗人以诗歌这一体裁来表现这一主题,黄庭坚这首诗被公认为压卷之作。诗作于元祐二年(1087),时黄庭坚在京官著作佐郎。

黄庭坚是个文人,也和大多数沉沦下僚的文人一样,壮志难酬、生活贫困,因而充满不平与牢骚。这首诗第一联就为自己写照,说自己以笔墨谋生,可是仕途淹蹇,没有立功封侯的机会,也过不上宽裕的日子,得不到钱财。这意思,如果直说,就不符合诗题"戏呈"的要求,成为刻露地发泄怨愤。黄庭坚在这里奇军突出,随手拈来了两个出自游戏文章的典故称谓——管城子与孔方兄,把原本虚拟的名字坐实了讲,使之成为与自己对等的人,又搭配上两个出自正史的典故——食肉相与绝交书,造出了这联生新奇崛而又十分风趣的诗句。于是,已经在韩愈文中被封为侯的管城子,却反而没有封侯相,不能出头;被鲁褒文中呼为兄的孔方,本应照顾亲情,却不讲情面,与自己绝交。这样奇异的比喻与有意造出的违背常情的事实,便与诗人的处境贴切吻合,在诙谐生辣中,表达了自己的不平。《许彦周诗话》说这联"精妙明密,不可加矣。当以此语反三隅也",概括了诗从造语到立意的神妙之处。

中间四句承首二句生发。第三、四句提出,既然自己孜孜兀兀、钻研不息的文章没有什么作用,那与蜘蛛网上缀着晶莹的露珠又有什么区别呢?这两句的联想与比喻更令人击节叹绝。蜘蛛网的丝,一直被人视作无用,因为它不能像蚕丝一样,织成绸缎,给人御寒,这是旧典;文章一直被认为是具有治世功用,古人总是以"经天纬地"形容出众的才华,诗人由"经世"之"经",想到织布的经与纬与丝,因了文章的无用,从而把两件事牵合在一起,翻出新意。而蜘蛛网上缀着晶莹的露珠,又可比拟华而无实的文章,用以承接上面所说的文章无用,看似自我嘲弄,实是牢骚。第五、六句又引用《通典》中有关批评著作、秘书郎的现成语,结合自己的仕途,作自我解嘲,说自己尸位素餐。黄庭坚自从元丰八年(1085)招入京任秘书省校书郎,不久又改为著作佐郎,虽在清要,但官位低下,他对此不满,因而从文章无用,转而感叹自己怀才不遇,不过在表现时仍与前一致,毫无锋铓,通过调侃来发泄,真所谓"嬉笑怒骂,皆成文章"。

结尾二句是对前六句的总结,又归结到诗题"呈孔毅夫"上。一个人活在世上,既碌碌无为,满腹经纶,无人赏识,沉沦下僚,百无聊赖,又贫穷清寒,这样做官,还不如归隐的好。诗在尾联便带出这样的心意,但在写时,又故起曲折,不肯明说,仅仅通过往日与孔毅夫同在僧寺食宿的回忆,勾起梦魂飞回故乡的情思。这样一收,前六句的跳脱滑稽都已摒尽,展现出自己深远高广的思绪,突出全诗的中心。

清方东树评黄庭坚这首诗的特色说:"起雄整,接跌宕,俱入妙;收远韵。"这首诗确如所说,起采用对偶,十分工整,有意以律诗的变格来作古诗;中间四句用散文笔法,自起波磔;末转入抒情,含有深情远意。由此可见,黄庭坚诗不肯下一平易语,一篇之中,变化多端。诗在细微处尤见精神,尽量拗折奇崛,如首联的对句就打破了一般对偶节奏句法,用三、一、三的句格,平生波澜。至于典故的化用,更是妙笔生花。诗不是像西昆体诗人一样单一地堆垛典故,直接运用原典原义,而是熔铸汇合,虚实变化,令人应接不暇,正如宋葛立方《韵语阳秋》所称赞的那样:"如李光弼将郭子仪之军,一经号令,精彩数倍。"

书摩崖碑后①

春风吹船着浯溪②,扶藜上读中兴碑③。
平生半世看墨本④,摩挲石刻鬓成丝⑤。
明皇不作包桑计,颠倒四海由禄儿⑥。
九庙不守乘舆西⑦,万官已作鸟择栖⑧。
抚军监国太子事,何乃趣取大物为⑨?
事有至难天幸尔,上皇蹭蹬还京师⑩。
内间张后色可否⑪,外间李父颐指挥⑫。
南内凄凉几苟活⑬,高将军去事尤危⑭。
臣结舂陵二三策⑮,臣甫杜鹃再拜诗⑯。
安知忠臣痛至骨,世上但赏琼琚词⑰。
同来野僧六七辈,亦有文士相追随⑱。
断崖苍藓对立久,冻雨为洗前朝悲⑲。

【注释】

①摩崖:亦作"磨崖",在山崖峭壁上磨平石面,刻碑文或题字,称"摩崖石刻"。摩崖碑,此指《大唐中兴颂》,由元结撰文,颜真卿书写。内容写安史之乱,唐肃宗平乱,使唐室中兴。此碑文辞古雅,笔法苍劲有力。 ②浯溪:在今湖南祁阳市西南五里。 ③藜:藜杖。 ④墨本:拓本。 ⑤摩挲:抚摸。 ⑥"明皇"二句:包桑,语出《易·否》:"其亡其亡,系于包桑。"意为怕失去,就把东西牢牢系在桑树干上。这二句说明皇(玄宗)不考虑安邦定国的计划,结果国家被安禄山搞得几乎颠覆。唐明皇晚年昏庸,重用奸臣杨国忠等,又把军事大权交给胡人安禄山,终酿成安史之乱,明皇仓皇入蜀,路上发生马嵬兵变,杨国忠被杀,杨贵妃被缢死。禄儿,即安禄山,时任平卢、范阳、河东三镇节度使,是杨贵妃的干儿子。 ⑦九庙:指太庙,古天子庙九室。此代指京城。 ⑧乌择栖:指朝臣们另找靠山。一说指宰相陈希烈等投降安禄山,一说指部分官员追随太子李亨到灵武。 ⑨"抚军"二句:指天宝十四载(755)安禄山起兵攻陷长安,翌年,太子李亨在灵武自立,尊玄宗为上皇天帝。抚军监国,统率军队,守卫国家。语出《左传》闵公二年:"冢子君行则守,有守则从。从曰抚军,守曰监国。"趣,急忙。大物,国家。 ⑩踢蹐:无法舒展的样子。此指玄宗回国都后,受肃宗所制,无法舒展。 ⑪张后:肃宗皇后张良娣,与李辅国勾结,干预朝政,牵制玄宗。后被废。 ⑫李父:李辅国。肃宗以李辅国为殿中监兼太仆卿,判元帅府行军司马。李专权揽政,连宰相李揆也执弟子礼,称"五父"。他屡进谗言,迫害玄宗。颐指挥:用脸部表情来示意指挥。 ⑬南内:玄宗自蜀回,住南内兴庆宫,后迁西内软禁。 ⑭高将军:高力士。他是玄宗心腹,曾封骠骑大将军。后遭李辅国诬陷,流放巫州。 ⑮臣结:指元结。元结曾任道州刺史,多次上表言事,并作有《春陵行》诗,反映民间疾苦。此句一作"臣结

春秋二三策",说元结所作《中兴颂》中含《春秋》笔法,寓有褒贬。　⑯ 臣甫:杜甫。杜甫《杜鹃行》曾以杜鹃比玄宗失位。他的《杜鹃诗》又有"我见常再拜,重是古帝魂"句。　⑰ 琼琚:华美的佩玉。此指文辞华丽。　⑱ "同来"二句:据《山谷先生年谱》,这次同游的有进士陶豫、李格,僧伯新、道遵等人。　⑲ 冻雨:暴雨。

【语译】

春风把我的船吹到了浯溪岸边,我拄着拐杖上山,细细地读着崖上刻的《中兴碑》。我一生中有半世都只见到这碑的拓本,今天终于能亲手抚摸着石刻,可怜我双鬓已雪白如丝。唐明皇没有安定国家的深谋远虑,任由着安禄山,把天下搅得一塌糊涂,无法收拾。宗庙宫廷都沦陷敌手,明皇凄凉地逃往川西;百官们犹如乌鹊选择良木,纷纷投降伪朝,低声下气。统率军队,守护国家,这是太子的本分,肃宗匆匆地登上皇帝的宝座,难道不显得过分心急?平定祸乱本来是很困难的事,能够取得胜利,真是徼天之幸,太上皇终于能踽踽不安地返回了京师。从此后他失去了自由,在宫中要看张后的脸色行事,在宫外又要听从李辅国的颐指气使。他在南内偷安苟活,高力士去后,事势便更加危急。臣子元结在舂陵上书献策,臣子杜甫在四川,见到杜鹃再次下拜和泪作诗。可怜世人有谁知道忠臣刻骨的悲痛,只是争相欣赏诗文中优美的文词。一起看碑的有六七个和尚,还有几位文士相随。我站在断崖边青苔上,一阵暴雨打来,仿佛要洗去前朝无尽的悲思。

【赏析】

黄庭坚七古,起首一般采取两种手法:一是突兀而起,高屋建瓴,倾泻而下;一是平平而起,语迟意缓,遒劲老苍。这首诗的起首,用的是后一种手法。诗用叙事语气展开,很自然地入题,说自己来到了浯溪,拄着拐杖上山,细读《中兴碑》,想到生平见过许多此碑的拓本,今天真正见到原碑,却已年龄老了。这四句是开端,也是第一段,看上去很平淡,细细琢磨,却有很深的意味。前两句写见碑,是直写;后两句写见碑的感慨,用旁衬。因了平生看见碑的许多墨本,对碑的内容必然很熟悉,对原碑定然很向往,极欲一见;今天见到了,一定很高兴;然而诗说自己已经苍老,到现在才见到原碑,流露出相见恨晚的感慨。

黄庭坚是著名的书法家,对《中兴颂》素有研究,且上文已明陈"半世看墨本",于是下文不再具体写碑,不说碑文经风沥雨所留下的沧桑痕迹,也不评颜真卿字体如何苍劲有力,却一连用十六句,倾吐由碑文内容而引起的怀古之思与感慨。《中兴碑》是记平定安史之乱,唐肃宗收拾残局,使唐中兴事,所以诗以唐明皇为中心。前四句写安史之乱的缘起是由于明皇失政,宠用安禄山,终于酿成国变,自己逃入西蜀,大臣们纷纷投靠新主。次四句写唐肃宗恢复事,说他匆忙即位,徼天之幸,得以战胜,明皇成了太上皇,局促不安地回到京城。又次四句,写唐明皇在南内苟活,内被张后欺负,外受李辅国颐指,日子十分难过,自高力士被赶走后,处境更加困难。末四句,写臣子元结、杜甫等忠君报国,但世人都不理解,只欣赏他们优美的文辞。这十六句,是本诗的主体,写尽了玄宗、肃宗二朝的史事。从所举史实及所作评论来看,黄庭坚既对唐明皇荒淫失国表示批判,又对他晚年的不幸遭遇表示同情。对唐肃宗,黄庭坚以"何乃趣取大物为"一句作诛心之论,说他急于登上皇帝的宝座,逾越了本分;又举元结文及杜甫诗来说明当时社会并不安定,人民仍然生活在水深火热之中,肃宗也不是个好皇帝。言下之意,对"中兴"二字持否定态度。黄庭坚对肃宗的看法,在当时及后世都引起过争论,元刘壎《隐居通议》称赞这论点说得好,全诗"精深有议论,严整有格律"。宋范成大《骖鸾录》批评说诗"不复问歌颂中兴,但以诋骂肃宗为谈柄",使后来不少人跟着他走入歧途。陈衍《宋诗精华录》也认为诗"议论未是"。

"同来野僧六七辈"至末四句是一段,也是诗的煞尾。这段犹如古代游记笔法,在最后交代同游人,在风格上与首段遥相呼应。诗收得很平稳,说自己与同行人一起看碑,在断崖前经受着风雨的袭击,思念着唐朝这一段不堪回首的悲凉故事。"前朝悲"三字,总结了前面一大段怀古的内容。当时,宋徽宗重用蔡京等奸臣,民间怨声载道,国家日益混乱,金人在北方又虎视眈眈。诗人敏锐地感受到,宋徽宗正在步唐明皇的后尘,这前朝悲很可能就会演变成今朝悲。所以诗的末段看似写景叙事,却使人感受到诗中笼罩着一股悲凉之气。

这首诗作于崇宁三年(1104),是黄庭坚晚年的作品。诗人这时驾驭语言的艺术已达到了炉火纯青的程度。全诗洗尽铅华,归于自然,结构严谨,章法井然,叙事与议论相结合,概括了安史之乱前后的史实。宋曾季狸《艇斋诗话》说:"山谷浯溪碑诗有史法,古今诗人不至此也。"称赞诗叙事简捷,又带有史论的性质,识见与叙事都达到了空前的高度。宋胡仔《苕溪渔隐丛话》评说:"杰句伟论,殆为绝唱,后来难复措词矣。"意思与曾季狸一样。又由于本诗笔调雄健,音节高畅,宋张戒《岁寒堂诗话》评说"可谓入子美之室",给予很高的褒奖。

过平舆怀李子先时在并州①

前日幽人佐吏曹②,我行堤草认青袍。
心随汝水春波动③,兴与并门夜月高。
世上岂无千里马?人中难得九方皋④!
酒船鱼网归来是,花落故溪深一篙。

【注释】

① 平舆:故城在今河南汝南县东六十里。李子先:黄庭坚的同乡好友,时在并州(山西太原)任小官。 ② 幽人:隐士。此指品行高洁的人。 ③ 汝水:源出河南嵩县,东流注入淮河。 ④ 九方皋:春秋时善于相马的人。他曾为秦穆公求得千里马。

【语译】

当年,你这个品行高洁的人出任小小的吏曹,我送你,行走在长堤上,看见碧绿的春草,想到自己也穿着青袍,位居下僚。今天,我的心情随着汝水的春波而晃动;你的兴致,想来一定是跟随着并州城门上的月亮,渐渐升高。哎,这世上难道会没有千里马?不,只不过是人群中找不到善于相马的九方皋。家乡有船可载酒,有网可捕鱼,还是回去吧,我们过去游玩的溪水中眼前正漂浮着落花,水深恰好一篙。

【赏析】

黄庭坚在熙宁元年(1068)被任命为叶县县尉。在任期间,他一直觉得很不顺心。这首诗作于熙宁四年离任时,所抒发的是闷闷不乐的牢骚及准备回乡的心情。这一心情,在他同年所作的不少诗中都有表现,如"用舍由人不由己,乃是伏辕驹犊耳","折腰尘土解哀怜"等。

诗是怀李子先的,因为诗人与李子先的境遇相同,所以首联主客并提。第一句说当年李子先被委任吏曹的小官,以"幽人"二字为李子先占身份,也是为李子先高才而屈居下僚抱不平,归根结底,也为自己抱不平。次句说自己也被任为小官。"青袍"是点睛之笔,与"吏曹"同义,但用得很活,就不显得重复。青袍是旧时低级官员的服色,古人常以青草之色喻青袍,如庾信《哀江南赋》云:"青草如袍。"杜甫诗也有"汀草乱青袍"句。黄庭坚将草色与青袍联在一起,是承袭前人;然而在"青袍"前加个"认"字,既在炼字上与杜诗"乱"字同样工巧,又很自然地说明自己是从堤草的青上认出自己的袍色,翻出了新意。

颔联承首联，仍分写主客，次序改变为先主后客。出句说自己的心随着眼前汝水的春波而动荡，对句说李子先的兴致意念一定会跟随并州城楼上升的月亮而增高。诗以"春水""夜月"这两个历来作为思友象征的景色来表达自己对对方的怀念，味醇趣永，在写时一句用实，一句用虚，把自己的感情与对方的感情完全融合，共同通过景色来体现，显得情真意切，又照应了题目中的"怀"字。

颈联转入议论感慨，直与首联相接。因为二人都怀才不遇，不被世所用，所以诗浑写，言世界上不是没有千里马，只是没有九方皋那样的人去识别。这一联写得很愤疾，感叹没人赏识。诗用流水对，自问自答，连成一气，锤炼工整而不露痕迹，所以成为公认的名句。黄庭坚对此联也很自负，认为"可为律诗之法"（《潜夫诗话》）。宋吴聿《观林诗话》评说："杜牧之云：'杜若芳洲翠，严光钓濑喧。'此以杜与严为人姓相对也。又有'当时物议朱云小，后代声名白日悬'，此乃以朱云对白日，皆为假对，虽以人姓名偶物，不为偏枯，反为工也。如涪翁'世上岂无千里马，人中难待（得）九方皋'，尤为工致。"从对偶上肯定这联的成功。黄庭坚精研杜诗，在对偶上又有学李商隐的地方，这联假对，直可上追李商隐《马嵬》诗名对"此日三军同驻马，当时七夕笑牵牛"。在诗所写的内容上，《苕溪渔隐丛话》认为与他另一首名作《题徐孺子祠堂》"白屋可能无孺子，黄堂不是欠陈蕃"命意绝相似，"盖叹知音者难得耳"。

尾联以劝勉结。诗说家乡有酒有鱼，落花在溪水上漂流，正好驾船出游，意在请李子先与自己一起，丢下这窝囊的官职，回故乡去过隐居生活。这两句,写景十分优美,以对景色的向往突出归隐的决心。"归来是"三字下得很有力,且杂厕于景色中,更见说服力。在写景时,诗又不直接出酒、鱼,而代以酒船、渔网,又以落花妆点时令,诗的美感便加深了。

黄庭坚作诗,讲究谋篇结构的法度,重视炼字与对偶,这一特点,在本诗中表现得很突出。如本诗四联,层次很分明,各写一景或一情,仿佛各不相属,但绳之以情,又自然连贯,就是黄诗的一大特点。黄庭坚又提倡求生创新,形式上务求完美,以达到高峭精深的程度,所以往往峭刻生僻,成为诗病。这首诗虽然也讲究罗列典故与锤炼词句,但注重情在景中的作用,所以被清赵翼《瓯北诗话》称为山谷诗中"独辟蹊径"之作。由此,赵翼认为:"诗果意思沉着,气力健举,则虽和谐圆美,何尝不沛然有余;若徒以生僻争奇,究非大方家耳。"赵翼诗步趋性灵,自然反对江西诗派过分追求用典炼句而造成的矫揉造作,但对江西诗派的弊端,还是批评得非常公允。

次元明韵寄子由①

半世交亲随逝水②,几人图画入凌烟③?
春风春雨花经眼,江北江南水拍天。
欲解铜章行问道④,定知石友许忘年⑤。
脊令各有思归恨⑥,日月相催雪满颠⑦。

【注释】

①元明:名大临,黄庭坚的哥哥。子由:苏轼的弟弟苏辙。据史容注,黄大临寄苏辙诗,首联为"钟鼎功名淹莞库,朝廷翰墨写风烟"。 ②逝水:流水。这里暗用《论语·子罕》:"子在川上曰:'逝者如斯夫,不舍昼夜。'" ③凌烟:凌烟阁,唐太宗建,画功臣二十四人图像于其上。 ④铜章:铜铸官印,县令所用。行:将要。 ⑤石友:金石交,喻友情坚实。忘年:忘年交。黄庭坚比苏辙小八岁,又是苏轼的门人,所以如此说。 ⑥脊令:鸟名。《诗·小雅·常棣》:"脊令在原,兄弟急难。"后因以比喻兄弟间关系密切。 ⑦颠:头顶。

【语译】

半世交往,亲密的情谊像流水般地过去,有几人能建立功名,绘像在凌烟?又是春风,又是春雨,又是番春花过眼;我怅望着江南,怅望着江北,只见到波浪拍天。我想解下铜印辞去官职前去寻求人生的真谛,知道你这位金石之友一定不会嫌弃,彼此忘掉年龄辈分的界限。我们都深深地思念着自己的兄长,但欲归不得,日月相催,都已是白发苍颜。

【赏析】

这首诗是元丰四年(1081)黄庭坚官太和(今江西泰和)知县时所作。当时苏辙贬官监筠州(今江西高安)盐酒税,黄庭坚的哥哥黄大临作诗寄给苏辙,黄庭坚见诗后和了这首诗。

诗首联就对,突破律诗常格,是学杜甫《登高》一类诗的痕迹。首句平平而起,感慨年华犹如逝水,笔势很坦荡。次句提出问题,指出朋友中这么多人,有谁能够建功立业图形凌烟阁呢?问得很自然,稍见有一丝不平之气透出,但不是剑拔弩张式的直露刻薄语。诗虽然用对偶,因为用的是流水对,语气直贯,既均齐又不呆板,这样作对是黄庭坚的拿手好戏。

"春风春雨"二句是名联,在对偶上又改用当句对,语句跳荡轻快。在诗意上,由上联半世交亲,几人得遂功名的感慨而联想到朋友间聚散无端,相会无期。在表现上只是具体说春天到来,满眼春雨春花,怅望江北江南,春水生波,浪花拍天。诗全用景语,无一字涉情,但自然令人感到兴象高妙,情深无边。黄庭坚诗很喜欢故作奇语,像这样清通秀丽、融情入景的语句不很多,看似自然,实际上费尽炉锤而复归于自然,代表了江西诗派熔词铸句的最高成就。杨万里说:"春风春雨,江北江南,诗家常用。杜云'且看欲尽花经眼',退之云'海水昏昏水拍天'。此以四字合三字,人口便成诗句,不至生梗。要诵诗之多,择字之精,始乎摘用,久而自出肺腑,纵横出波,用亦可,不用亦可。"很精辟地点出了这联的好处。

五、六句转入议论,以虚词领句,以作转折。诗说自己要解下官印,寻求人生的真谛,想来对方这样的金石交,一定会忘掉年龄的差异,共同研道。这两句得赠答诗正体,一方面表示自己对苏辙的人品仰慕,并恰到好处地进行颂扬,一方面又表明自己的心意志向。因为诗中加入了自己,便不显得空洞,不单是应酬,这样写就使被赠者觉得自然,也容易引起读者的共鸣。

末二句又转笔,说自己与苏辙都在怀念自己的兄长,但欲归不得,空自惆怅,时光飞度,日月催人,二人都是满头白发了。黄庭坚与哥哥元明、苏辙与哥哥苏轼,兄弟间感情都很好,诗所以作双收,把共同的感情铸合在一起。诗又通过《诗经》典,写兄弟之情,与题目所说自己是和哥哥原韵相结合。这样收,含蓄不露,又具有独特性,所以方东树称赞说:"收别有情事,亲切。"

黄庭坚喜欢步韵以显露才气,同一韵,他往往赓和四五次之多。他曾经自夸说:"见子瞻粲字韵诗和答,三入四返,不困而愈崛奇,辄次韵。"在黄庭坚诗集中,次韵诗占了很大比例,如《戏呈孔毅夫》诗,用的是书、珠等窄韵,叠和了多首,都自然而富有变化,很见工力。但也有不少诗片面追求新巧,卖弄才气,成为后世口实。这首《次元明韵寄子由》是他叠韵诗中的佳篇,全诗四首,都用同一韵,虽是和作,但丝毫不见局促,为人称道。

其次,黄庭坚这首诗中间两联,一写景,一议论,写景时流丽绵密,议论时疏朗有致,轻重虚实,对比分明,一直被人当作律诗的样板。方东树《昭昧詹言》续卷七说"此诗足供揣模取法",但也被后人攻评为形式主义。

登 快 阁①

痴儿了却公家事②,快阁东西倚晚晴。
落木千山天远大,澄江一道月分明③。
朱弦已为佳人绝④,青眼聊因美酒横⑤。

万里归船弄长笛,此心吾与白鸥盟⑥。

【注释】

① 快阁:在今江西泰和县。 ② 痴儿:《晋书·傅咸传》载杨济与傅咸书,中有"生子痴,了官事"语,意思是只会了官事的是痴子。作者在这里用以自称,有自我解嘲的意思。 ③ 澄江:指赣江。 ④ 佳人:知心朋友。 ⑤ 青眼:表示好感的眼色。 ⑥ 白鸥盟:与白鸥交朋友。

【语译】

我这个痴儿办完了公事,自由自在地靠在快阁的栏杆旁,目送着雨后的夕阳。远远近近的高山,树叶已经落尽,天空显得格外高远空旷;月亮升起,银光下一道清澈的赣江,分外明朗。知心朋友都飘零四方,我的琴早已不弹;只有见到了美酒,才使我喜悦若狂。什么时候,让我乘上小船,吹着笛子,返回故乡?从此后,隐居烟水,只有那毫无机心的白鸥,与我作伴相傍。

【赏析】

这首诗作于元丰五年(1082),当时黄庭坚任江西太和知县。

在中国历史上,隐居逃名的人往往获得当时及后世的褒赏,被称作高士;而仕宦被称为入尘,出仕的人就在心理上自以为低了隐士一等。一般的读书人,在没出仕时,拼命寻求功名富贵,一旦得到了,又常常说做官是不得已,自己要回归大自然去做隐士。这是文人的通病,谁真的信了他,就被他蒙了。黄庭坚这首诗写的也是出仕后想归隐的心理,也是老生常谈。

不过,这首诗受人称赞的不是思想,而是在写作技巧上。诗先以了却了繁忙的公事入笔,说自己一天来忙碌窝囊,由于登快阁,观风景,澄清了胸襟,被眼前的景色所陶醉。通过一个"倚"字,表达了留连忘返的心情。三、四句纵写阁上所见。"落木千山天远大",说由于秋天,树叶尽脱,天地更加高旷;"澄江一道月分明",写月光照着江水,清澄宁静。诗绘出一派高洁幽旷的境界,表达自己闲远绝俗的心情,很容易使人想到杜甫的名句"无边落木萧萧下,不尽长江滚滚来",及谢朓的名句"馀霞散成绮,澄江静如练",但黄庭坚诗用其字词而不袭其意,境界别开,这就是江西诗派的"夺胎换骨"。

下半首写由于登临而产生的孤寂之感及思归情绪。由登临,由江山之美,进而叹身世飘零,知音不在,从而希望能回到自己家乡,过隐居的生活。这是一般登临诗的公式,没有什么新意,好处还是在下语的技巧。如"青眼"用一"横"字,活画出眼光流转的状况;而"已为""聊因"等虚词的使用,也恰到好处,烘托了作者心中的波澜。论诗者常指出实词用得好容易,虚词用得好困难。这首诗的虚词就是用得好的例子,使全诗进退婉转,加深了感染力。

《登快阁》一向被认为是黄庭坚中年时代的代表作。在这首诗中,作者虽然在字句的锤炼上花了很大功夫,但表现得很自然,没有他晚年被称作江西诗派诗风的盘空硬崛、生吞活剥的风格,更没有求奇求生的弊端。正因为如此,很多人反对江西诗派的诗风,却对黄庭坚的许多诗很赞赏,"论诗宁下涪翁拜,不作江西社里人"

(金元好问《论诗绝句》)。此外,这首诗一气贯下,痛快淋漓,以歌行体写律诗,也是独创,得到了清姚鼐、方东树等人的好评。

寄黄幾复①

我居北海君南海②,寄雁传书谢不能③。

桃李春风一杯酒,江湖夜雨十年灯。

持家但有四立壁④,治病不蕲三折肱⑤。

想得读书头已白,隔溪猿哭瘴溪藤⑥。

【注释】

① 原诗有题注:"乙丑年德平镇作。"乙丑是宋神宗元丰八年(1085),时黄庭坚监山东德州德平镇。黄幾复:名介,南昌人,时知广东四会县。 ② "我居"句:用《左传》僖公四年"君处北海,寡人处南海"句。说自己在山东,黄幾复在广东,均靠海,南北相隔。 ③ "寄雁"句:鸿雁传书,用《汉书·苏武传》,使者诡言天子射上林苑得雁,足有帛书,言苏武在某地事。谢不能,语出《汉书·项籍传》。 ④ "持家"句:说黄幾复贫穷。《史记·司马相如列传》言司马相如穷困,"家居徒四壁立"。意为家中除四壁外什么也没有。 ⑤ "治病"句:《左传》定公十三年:"三折肱,知为良医。"意思是一个人断了三次手臂,他就成了治骨折方面的高明的医生。蕲,祈求。这句意为黄幾复不去钻求官场升官发财的诀窍。 ⑥ 瘴溪:南方带有瘴气的溪水。

【语译】

我住在北海,你在遥远的南海;想捎个信又找不到信使,托那惯替人寄书的鸿雁,鸿雁谢绝说你那儿太远。想当年,我们在桃李烂漫的春风中欢乐地聚会,喝了一杯又一杯酒;到如今,散处江湖,在夜雨中对着孤灯把对方思念,已经苦熬了十年。我知道,家徒四壁不足以形容你的贫困,你又怎肯浮沉官场变得圆滑俗贱?想来此时,你正在苦读诗书,带着满头白发;伴随你的,只有那瘴溪边攀藤上下的猿猴,发出阵阵啼叫,无比哀怨。

【赏析】

　　这首诗作于宋神宗元丰八年(1085),是黄庭坚的代表作。诗是写给黄幾复的,首联便入题,说自己与黄幾复远隔南北,音信难通,想托大雁寄信,可传说雁到了湖南衡山回雁峰就不朝南飞了,怎么寄得到呢?诗看上去很平淡,通过远隔万里,难以相会,连寄信也很困难,加剧自己的思念之情,从字面上就能理解,而实际上却杂用了《左传》及《汉书》中的典故。这样,通过以经史中的散文引入诗中,使近体诗由整变散,诗便带上了三分古朴,是黄庭坚作诗避熟就生、脱弃凡近的法门之一。用典用到看不出用典,这才是用典的圣手,所谓"如盐入水",就是指这一境界。同时,这两句虽说一层意思,即表达暌违两地,音书难达,上句是自述,飘然而起,下句化常为奇,通过雁"谢不能"反述,虽然用的是熟典,却与平常的用典不同,于是句法就格外灵动,表现出今天终于能寄一诗的快乐。

　　颔联是名句。诗采取一般寄人诗的写法,一句说过去,一句表现在。说过去则着意于旧日游宴欢会的乐趣,表现在则强调寄身江湖、十年听雨、孤灯思念的苦凄。唯有有了上句,方显出下句怀人的凄楚;唯有有了下句,方衬出上句相聚的快乐。在造句上,黄庭坚又别出奇兵,不用一个动词,全用名词构成诗境。桃李春风,何等的热闹欢畅;夜雨孤灯,又何等的孤寂伤感。通过对比,把自己与黄幾复的友情、别恨都浓缩了进去,所以《王直方诗话》说张文潜极口称赞这二句为"奇语"。

颈联两句,转用拗律。一句说黄幾复十分贫穷,一句说他安贫乐道,不肯随波逐流。"但有四立壁",连用五个仄声字,下句也不补救,"治病"句也带拗,使诗显得古拙。黄庭坚作诗反对圆熟,所以力求瘦硬奇崛,在这里充分表现了出来。且诗以此句格,配黄幾复刚正不阿的性格,也完全和谐一致。这两句也用典,出句是直用,以司马相如的贫,说明黄幾复的贫;对句是借用,以医道喻世道,歌颂黄幾复的品行。

结尾诗作想象句,承上贫与刚正而来。诗说黄幾复此时定在瘴溪边的哀猿声中读诗书,头发已斑白。通过环境的描写,对黄幾复的处境表示不满与怜惜。诗人自己这时候也屈在下僚,以洁身自好自励,所以诗也渗入了自哀的成分。

全诗从立意到造句,都力戒圆熟平淡,刻意在拗、拙上下功夫,同时又善用典故,涵意丰富,情辞两到,所以历来被称赞,学江西诗派诗的人都以之为楷模。

春　近

亭台经雨压尘沙,春近登临意气佳。

更喜轻寒勒成雪,未春先放一城花。

【语译】

蒙蒙细雨冲洗了亭台楼阁,压实了原先飞扬的尘沙。春天的脚步已渐渐走近,我登上高台远眺,意气倍佳。更使人高兴的是还没到春天,这阵阵轻寒终于酿成漫天飞雪,仿佛把洁白的花朵向满城飘洒。

【赏析】

原诗题《春近四绝句》,这里选的是第二首,作于熙宁二年(1069),时黄庭坚官汝州叶县尉。从第一首所写,我们知道这一年闰十一月,所以十二月天气已经带有暖意,连日下着蒙蒙小雨。

春天是万物滋生的季节,给人带来蓬勃向上的感觉,当春天即将到来时,人们常会充满着喜悦来迎春,这首诗写的就是这一心情。诗抒发的是登临时的感受。首句便从登临的亭台写起,以作衬垫,说连日下雨,亭台附近,尘沙不飞。"压尘沙"的"压"字下得很生新。灰沙经雨的情况,前人描写很多,成功的如王维诗"渭城朝雨浥轻尘"、韩愈诗"天街小雨润如酥",分别用"浥""润"字,形容小雨,表现雨水滋润尘沙,使之不扬的情况。黄庭坚在这里用"压"字,是因为不是春雨,带有寒意,经雨的泥沙冻得很实,犹如被压过一样。如此用字,直可与王维、韩愈平分秋色。第二句接写登临。冬天本来不是登临的季节,由于诗人登临时是冬末腊尽,是去迎春,所以心情很好。"春近"二字,以时序带动意趣,使诗的境界顿时开朗。

　　三、四两句承接上句"意气佳"而来。春天将要到来,使人很兴奋,在这兴奋的等待中,天又下起大雪来,仿佛满天飞花,装点了整个城市。这两句构造很独到,"更喜"二字,既作转折,又承上文;"轻寒"二字,说明节令近春,已经不是十分寒冷。最形象的是"勒成雪"的"勒"字,出人意表,因为是残冬,又是轻寒,雪不容易下,用了"勒"字,告诉人们这雪似乎是经过再三的逼迫才下的,由此可见诗人铸词造意的高明手段。诗家一直强调,诗要讲究句中的谓语动词,这字犹如诗中的眼,关系十分重大,动词用的好就能确切地表达情景,反映非同寻常的独特的感受。黄庭坚这句诗中的"勒"字,就是锤炼得好的例子。结句写满天飞雪似花,在比喻上虽然没有什么新意,"雪花"二字在此之前早已成了固定的词语,岑参《白雪歌送武判官归京》就赞过飞雪如"千树万树梨花开"。但这诗以"未春"二字领句,呼应前三句,使全诗融浑无阻,加深了诗人见雪时的喜悦心情;再说,这时还没立春,下的仍是腊雪,腊雪是丰年的预兆,称为瑞雪,作为关心百姓疾苦的一县的长官,诗人见到这样的祥瑞,怎能不更增添几分快乐呢?

　　全诗以情贯穿,把情寄景内,通过景事表达自己的"意气佳",在造语炼字上又很见功力,尤其是"压尘沙""勒成雪"都出自诗人的独造,因此很能代表江西诗派诗风的特色。

夜发分宁寄杜涧叟①

阳关一曲水东流②,灯火旌阳一钓舟③。
我自只如常日醉,满川风月替人愁。

【注释】

① 分宁:今属江西修水,是黄庭坚的家乡。杜涧叟:名槃,黄庭坚的朋友。② 阳关:即王维所作《送元二使安西》诗,后谱入乐府作为送别曲,因末句"西出阳关无故人"反复叠唱,因名《阳关三叠》。 ③ 旌阳:山名,在原分宁县城东一里。钓舟:此指小船。

【语译】

一支送别的《阳关》曲奏起,眼前是滚滚江水,无语东流。旌阳山灯火明灭,我登上了一叶扁舟。我呢,把离别看得很淡很淡,和平常一样,喝醉了酒;那多情的风、多情的月,吹着小船,照着江水,仿佛替人深深地发愁。

【赏析】

元丰六年(1083),黄庭坚由太和知县移监德平镇,便道回乡。这首诗是离家时所作。

诗前两句承题写离家。晚上,诗人出行,亲友们聚集江边相送,唱着离别的曲子;诗人登上一叶小舟,顺流东下。诗组合了各种离别的意象,深沉地表达离别时的情感。"水东流"是写他乘舟出行,引出下句"一钓舟",但因它紧接"阳关一曲"送别歌后,就暗示是以东流水表达深长的离情别绪。对句中的"旌阳"是指明离别场所,"灯火"是从水中看岸上,暗示船已离岸渐渐远去。"灯火旌阳一钓舟",使人仿佛见到沉沉夜幕中,一只小船驶离了岸边,在众人的唏嘘中渐渐远去,渲染出浓重的伤感氛围。

乘夜离乡别土,情景如此,人的思想又是如何呢? 三、四句因而转到言情上。诗人在诗中一反常态,故作轻松语,说自己也不过是和平常一样,喝酒喝醉了,没有别离应有的伤悲,倒是满川的风月在替自己愁。这两句很别致,说自己不愁是假的,诗人离家次数多了,是不是"如今识尽愁滋味",不想做出愁态来呢?"我自只如常日醉",多多品味,不难发现其中含有许多苦涩味。末句的风月替自己愁,这愁就无限扩大,漫延到整个自然界,比写人的愁怨范围和深度增展许多;把多情的风月与浑然沉醉的自身作对比,更为曲折地反映了自己复杂的心理。

金代王若虚《滹南遗老诗话》对这首诗的后两句很不满意。他认为诗只有写"人有意而物无情"才是,像黄庭坚另一首《题阳关图》"渭城柳色关何事,自是行人作许悲"这样写就很好;这首离别家乡的诗把人写成无情而物有情,就不合情理,"此复何理也"。王若虚所说的"人有意而物无情",是大多数诗歌表现的手法,如岑参《山房春事》:"庭树不知人去尽,春来还发旧时花。"韦庄《台城》:"无情最是台城柳,依旧烟笼十里堤。"黄庭坚作诗,喜欢翻过一层,"化臭腐为神奇";宋张戒《岁寒堂诗话》说他"只知奇语之为诗"。因为他不肯作寻常语,所以在这首诗中,有意不把"满川风月"写成无情的东西来衬托自己的离情别愁,偏说自己无情而"满川风月替人愁"。如此措笔,加深了层次,把无情物说成有情,是把自己的感情移入物中;而自己"只如常日醉"貌以无情,实质上成为有意的掩饰,是情到深处反无情的表现,比直接说有情要深沉含蓄得多。这样的表现手法,前人也多次用过,如刘禹锡《杨柳枝词》:"长安陌上无穷树,唯有垂杨管别离。"杜牧《赠别》:"蜡烛有心还惜别,替人垂泪到天明。"张泌《寄人》:"多情只有春庭月,犹为离人照落花。"只是前人总是说了人有情而次及景物亦有情,黄庭坚再作变化,说成人无情而物有情而已。

黄庭坚这首诗意新语工,但也有迹可寻。在此前欧阳修曾有首《别滁》诗云:"花光浓烂柳阴明,酌酒花前送我行。我亦且如常日醉,莫教弦管作离声。"黄诗也许参考过欧诗。

六月十七日昼寝

红尘席帽乌靴里①,想见沧洲白鸟双。
马龁枯萁喧午枕②,梦成风雨浪翻江。

【注释】

① 席帽乌靴:指官服。席帽,以藤为架编成的帽子,宋时士子出外都戴席帽。乌靴,即朝靴。　② 龁:咬,咀嚼。枯萁:干草。

【语译】

我戴着席帽穿着朝靴混迹在京城,一心只向往回到家乡的渺渺水滨,伴随着白鸟双双。午间就枕,倾听着户外马儿咀嚼干草的声响;到了梦中,却置身在风雨吹打着的江边,欣赏着滔天巨浪。

【赏析】

诗约作于元祐四年(1089)至六年间,当时黄庭坚在史馆任职,苏轼因与当朝政见不合,出守杭州,黄庭坚失去吟伴,自感官场风云多变,于是产生了归隐山林的念头。这首诗表现的正是他当时的心情。

诗一、二句写现实生活,说自己穿着朝服在京城度日,感到局促不安,因而向往昔日乡村生活的自由自在。诗平平而叙,把现状作了客观的描述,以"想见"二字表明自己对生活的态度,对比很鲜明。席帽乌靴,在诗人的作品中往往是作为羁绊自由生活的象征,沧洲白鸟也一直是作为隐逸生活的代表。诗特地把这两个生活画面拈出来进行对比,以"想见"二字作为感情的维系线,强烈地反映诗人渴望脱离官场回归自然的心情。

三、四句,写由马龁干草的声音引发出梦境。黄庭坚精于佛典,《楞严经》说:"如重睡人眠熟床枕,其家人于彼睡时捣练舂米,其人梦中闻舂捣声,别作他物,或为击鼓,或为撞钟。"诗在这里就是化用了这个典故,说睡午觉时,听到马咬干草声,在睡梦中仿佛处身在江边,耳中是风雨浪涛声。梦境是人思想的反映,梦中在江边听风听雨,正反映诗人对隐逸生活的热爱与向往,是以实例对前两句作延伸与证明。宋叶梦得《石林诗话》说,晁君诚有"小雨愔愔人不寐,卧听嬴马龁残萁"句,黄庭坚见了很赞赏。后来黄庭坚作了"马龁枯萁"二句,非常高兴,认为很工整,举以示人。由此推论,黄庭坚这二句诗是有所本、有所意而作,未必真的有"梦成风雨浪翻江"事,黄庭坚也许是以梦说真,呼应第二句"想见沧江白鸟双",寄托归隐的心情。然而,诗无达诂,细读此诗,又会使人产生怀疑,黄庭坚向往回到"沧江白鸟双"的恬静世界中去,何以会梦见风雨大浪呢?因此,末句又可理解为诗人以风雨急浪喻官场的险恶,与首句遥相呼应。

黄庭坚的诗喜欢拗折出奇,因此清方东树《昭昧詹言》说他的诗常有"矜持虚恄"的弊病。这首诗虽然也有追求奇峭的倾向,因为与自己的心情密相吻合,有丰富的内涵,所以虽奇而切,不觉得生造凑韵。

和陈君仪读太真外传①

扶风乔木夏阴合②,斜谷铃声秋夜深③。
人到愁来无处会④,不关情处总伤心。

【注释】

① 陈君仪:作者的朋友。《太真外传》:宋初乐史所作,叙杨贵妃与唐玄宗故事。　② 扶风:唐右扶风郡,今陕西凤翔。　③ 斜谷:陕西至四川的通道,在终南山中,北口名褒,南口名斜,全长一百七十里。　④ 会:理会。

【语译】

夏天,扶风道上高大的树木,绿阴交合;秋夜,斜谷道中的雨声铃声,凄绝伤情。人当愁时,触处是愁,谁也无法理会排解;那与情无关的万物,却总是引起人们无限的伤心。

【赏析】

这首诗是通过咏史,阐述生活中的哲理。《太真外传》写杨贵妃故事,十分哀婉感人。据《外传》,唐玄宗不得已让人缢死杨贵妃后,匆忙向蜀中进发,一路上神销魄散,对贵妃思念不止。经过扶风,见有石楠树,高大扶疏,就用贵妃在华清池梳头处端正楼的名字,呼之为端正树,用以寄托哀思。入斜谷,霖雨不止,雨声与车马的铃声相应,引起他无限感慨,遂作《雨霖铃》曲,抒发心中的痛苦。黄庭坚这首诗就是咏上述一段情事。原组诗共五首,这是第二首。

诗前两句写实事,记玄宗入蜀途中对贵妃的深切哀悼。诗以"扶风""斜谷"两个地名,说明路途的遥远;以"夏"与"秋"两个季节,说明在路上时间的绵长。在这漫漫长途、绵绵时日中,玄宗是如何思念贵妃的呢?诗不从正面描述,而通过景物时令来烘托。"乔木夏阴合",是以夏天所见高大的树木的茂盛的枝叶互相交萦在一起,似乎相亲相爱,来衬托人的分离孤寂,大有"树犹如此,人何以堪"的意味。"铃声秋夜凉",是以单调的铃声伴随着绵绵秋雨这一凄清冷漠的环境,表现人的哀思永慕,伤心肠断。这样写,玄宗哀哀欲绝、为情憔悴的悲剧形象便很生动地呈现出来。

三、四句阐发道理。上两句已经通过景色的渲染,把玄宗的情写深写透,如同白居易《长恨歌》所说"行宫见月伤心色,夜雨闻铃肠断声",都把玄宗的情移入了景与境中,虽是写景,突出的是情,强调了景是由于受玄宗的情的支配,所以变得凄凉。后两句由此往纵深去想,翻过一层来。扶风乔木、斜谷铃声,岂不是常常见到、频现生活之中的事吗?它们为什么在玄宗眼中、耳中、心中显得那么令人伤感?这是因为情在驱使。诗人因而总结说,自然界的万物,本身不带有任何情感,当人心中忧愁而无处发泄时,眼前一切事物便都蒙上了愁的色彩,任何事都足以激发他的愁思。

这首诗围绕环境描写,突出玄宗的伤感,表现得十分深沉。又通过史实,进一步发挥,陈述生活中的哲理,披露人生的经验,形象深刻,因此受到普遍赞颂,"人到愁来无处会,不关情处总伤心"也被后人当作格言引用。

题伯时画严子陵钓滩①

平生久要刘文叔②,不肯为渠作三公③。
能令汉家重九鼎④,桐江波上一丝风⑤。

【注释】

① 伯时:李公麟字伯时,北宋画家,善画山水佛像。晚年居龙眠山庄,自号龙眠居士。严子陵:严光,字子陵,一名遵,余姚人。少有高名,与光武帝同游学。光武即位,严光变姓名逃泽中。后征至朝,不受官而去,隐于富春山。后人

名其垂钓处为严陵濑。今浙江桐庐富春江边尚存严子陵钓台遗迹。　②久要:旧日所约。刘文叔:光武帝刘秀,字文叔。　③渠:他。三公:东汉时以太尉、司徒、司空为三公,是朝中最高级官员。　④九鼎:传夏禹铸九鼎以代表九州。后多以九鼎形容不可动摇。　⑤桐江:在浙江桐庐县,即富春江。丝:钓丝。

【语译】

生平早就与光武帝有约:你发迹了,我一定不会为你担任三公。能够使汉家山河像九鼎那么稳重,都是因为桐江上这一根钓丝,一点微风。

【赏析】

这首题画诗并不从画的角度出发,而是咏画中的人,成了一首咏史诗,读了使人感到意外。江西诗派的诗就常常这样自觉地打破约定俗成的藩篱,给人以新鲜感。

诗前两句写严子陵的人品,说他与光武帝刘秀是好朋友,可是就是不肯为他去做三公这样的高官,从正面称赞严子陵的高洁。诗不称光武帝,而称他的字文叔,就是有意把严子陵与光武帝摆在同等地位,为他占身份。后两句转入议论,说能够使汉朝天下像九鼎那样不可移动,就靠了在桐江上被风吹动的一根钓丝。这两句持论很特别,由图画所绘,想到严子陵垂钓的史事,顺手就在这事上做文章,说明汉代之所以政权稳固,就是因为有严子陵带头,士子们讲究节操,维持了国体。有趣的是,诗把九鼎之重与一丝之轻并举,形成鲜明的对比,给人以很深的印象。

黄庭坚这首诗,通过咏严子陵,赞赏了汉代士子讲究名节,应当是有感而发。黄庭坚身罹党祸,眼见不少败行丧节之人,心中愤愤不平,他正是借古讽今,抒发不满。陈衍《宋诗精华录》评说这首诗是"兴到语",恐未必正确。

金代的王若虚大概是攻击黄庭坚最厉害的人,他在《滹南遗老诗话》中专挑黄庭坚的刺。如黄庭坚《题郑防画夹》有句说:"惠崇烟雨归雁,坐我潇湘洞庭。欲唤扁舟归去,故人言是丹青。"王若虚就攻击说:"诗人之语,诡谲寄意,固无不可,然至于太过,亦甚病也。山谷《题惠崇画图》云:'欲放扁舟归去,主人云是丹青。'使主人不告,当遂不知?"对这首题严子陵的诗,《归潜志》载王若虚也认为"穿凿,太好异","若道汉家二百年自严陵钓竿上来且道得,然关风甚事?"王若虚的攻击,胶柱鼓瑟,视文学创作中的艺术手法如同儿戏,实在大煞风景。照他的说法,笑话中所说偏要人家把"一轮明月照姑苏"改为"一轮明月照姑苏等处"的人真是一点不错了。

病起荆江亭即事①

翰墨场中老伏波②,菩提坊里病维摩③。

近人积水无鸥鹭,时有归牛浮鼻过。

【注释】

① 荆江亭:在今湖北荆州市。　② 翰墨场:文章汇集之地,即文坛。伏

波:汉伏波将军马援。马援六十二岁时尚请出征,在帝前飞身上马,据鞍顾盼。
③ 菩提坊:菩提道场。传佛祖释迦牟尼在菩提树下得证果成佛,因以菩提坊指佛教场所。维摩:维摩诘,与释迦牟尼同时人。能言善辩,相传他生了病,佛祖要弟子去问候他,谁都不敢去,怕遭折难。

【语译】

我是驰骋文坛的老将马伏波,我是菩提场中有病的维摩。老病对我算得了什么?眼前是一汪积水,临近民居,不见鸥鹭;只有回家的老牛,露出鼻孔,时时浮水而过。

【赏析】

这首诗作于建中靖国元年(1101),当时黄庭坚在湖北沙市,病愈后游览江陵荆江亭,将所见所思引以入诗,共成十首,或写景或怀人,或议论朝政得失,这里选的是第一首。

即事诗和咏怀、遣兴一类杂诗相同,是诗人的一时兴之所到,脱口而出,在体制上比较自由,所以往往体现了诗人的真情实感。这首诗前两句抒写自己的怀抱,妙在不直接说出来,却用了"伏波"与"维摩"两个典故,而"老""病"两字,则扣合了"病起"的题面。从律绝联句的下字常法来说,"老""病"当视作动词,代表了趋向已然的过程,固不乏感慨的意味;然而,伏波之"老",维摩之"病"又恰恰是两人神髓风采之所在,自足以睥睨一世。所以这两个典故,一是说自己像马援年老了尚且精神抖擞、驰骋疆场一样,可在文坛上鏖战,一是说自己虽然像维摩诘那样病了,仍有高超的辩才。通过用典,自我评价,有不甘老病,仍想干一番事业的雄心。这两句因为是说自己的,如果不是用典,就会给人以过分自大的感觉,诗也就显得刻露。

后两句是名句,写眼前景,切诗题游览登眺。诗说眼前一潭积水,由于靠近民居,所以没有鸥鹭飞来,只见到老牛时时浮水而过,在水面上露出鼻孔透气。这两句看上去与前两句不黏不连,忽然跳跃,细细品味,却又融合无间。因为诗中所写情况十分普通,在农村随处可见,但诗人仍然兴致勃勃地写入诗中,且观察得那么细致,岂不是因为病起无聊,从而凝目观景,些微事物,也不放过?一位文坛宿将,却闲得看起这不起眼的风景,不正是心中不平的反映吗?诗给人留下了诗以外的遐想,这就是诗的成功之处。

末句很有名,但是化用了唐人陈咏诗"隔岸水牛浮鼻渡,傍溪沙鸟点头行"句。原句不怎么样,但黄庭坚用在这里,却很自然,所以任渊注说:"一经妙手,神彩顿异。"

次韵中玉水仙花①

借水开花自一奇,水沉为骨玉为肌②。
暗香已压酴醾倒③,只比寒梅无好枝。

【注释】

① 中玉:马瑊,字中玉,合肥人,历官太子中舍,江西、荆湖转运官。
② 水沉:沉香木。　③ 酴醾:花名,亦称荼蘼、佛见笑,落叶灌木,春末夏初开

花,花白色。

【语译】

只凭借一盘清水就能开花,这实在是一大奇事;水仙花,你以沉香为骨,以美玉为肌。幽幽暗香压倒了盛开的酴醾;要与寒梅比,不过少了些铁干横枝。

【赏析】

黄庭坚酷爱水仙,也是咏水仙的圣手。这首诗虽然是和作,但完全没有步趋痕迹,宛如自倡。诗作于建中靖国元年(1101),当时黄庭坚结束了贬谪四川六年的生活,住荆州。

水仙花是长在水中的,诗便借水生发,先赞叹花开在水中,为一奇迹,点出花的特点。因花名带有"仙"字,诗人马上把它与曹植《洛神赋》中"凌波微步,罗袜生尘"的美丽的仙女联系在一起,连用了两个比喻,说它骨如沉香,肌如白玉。这样一比,上文的"奇"字就又增添了不少内容,不单单是不长在泥土中,同时奇在冰肌玉骨,高洁清冷,脱却凡俗,具有入仙之姿。黄庭坚还有一首名作《王充道送水仙花五十枝欣然会心为之作咏》也有"凌波仙子生尘袜,水上轻盈步微月"及"含香体素欲倾城"句,可与这首诗互参。

第三句紧承上句,围绕水仙花的气质来写,说它香气清雅,压倒酴醾。酴醾花是春末所开的花,花瓣很大,气味芳馥。说水仙花香超过酴醾,它的香味就不用再加一词了。这样一比,上句"水沉为骨"也得到了落实。水仙花既是暗香,而暗香已成了梅花香气的代称,所以末句又以水仙花与梅花对比,句法又变,说水仙比寒梅少了些疏枝铁干,不仅说明了水仙与梅都是开在冬天的花卉,又再次落实了它的香气,写它比梅花少了枝干,反衬了它的妩媚柔美。

诗仅四句,句句围绕水仙写,但句句又不实写,通过水仙所处的环境,辅以用水沉、玉作比喻,以酴醿、梅花作参照,说明它的香气与外貌,着重描写了水仙的神韵,走出了一般咏物诗注重形貌具体描写的惯套。

雨中登岳阳楼望君山①

投荒万死鬓毛斑②,生出瞿塘滟滪关③。

未到江南先一笑,岳阳楼上对君山。

【注释】

① 岳阳楼:在湖南岳阳城西门,面临洞庭湖。唐张说谪岳州时所建,宋庆历五年(1045)滕宗谅重修,范仲淹为撰《岳阳楼记》。君山:在洞庭湖中。② 投荒:被流放到荒远边地。　③ 瞿塘:瞿塘峡,在重庆奉节县东,长江三峡之首。滟滪:滟滪堆,在瞿塘峡口,突兀江心,形势险峻。

【语译】

我被放逐到荒远的边疆,经历了多少危险艰难,你看,到如今已是两鬓斑斑;没想到,今天竟能活着出了瞿塘峡,过了滟滪堆这险恶的鬼门关。是的,我还没能回到江南,可已忍不住欣然舒眉一笑,伫立在岳阳楼,眺望着眼前的君山。

【赏析】

绍圣二年(1095),黄庭坚被谪官涪州别驾黔州(今重庆彭水)安置,进入了一向被称为难于上青天的蜀地。到了元符元年(1098),再徙戎州(今四川宜宾)。在被流放的六年中,他处逆境而不屈,安然度之。元符三年,被放还。崇宁元年(1102),他赴家乡分宁(今江西修水),途经岳阳,登岳阳楼,作了一组诗,这是第一首。

人生的经历往往如此,当你处于逆境,常常能安贫乐道,牢牢控制住自己的感情,不把自己的忧愁哀怒表达流露出来;可一旦有幸脱离困境,便会抑制不住内心的兴奋,一下陷入无法管束的奔放的感情之中。黄庭坚在四川吃了六年苦,一旦离开蜀地,出了三峡,眼前不再是崎岖蜀道,而是碧波浩荡的洞庭湖,青翠似髻的君山,他终于感到梦想成真,自己从万死中熬了过来,于是从内心深处发出了欣然一笑。这一笑,是因为经历了"投荒""万死",如今人已鬓发斑白,是对过去苦难的总结而生出的慰藉,所以尽管笑得很真,但也笑得很含蓄。心中有很多话要说,但不知从何处说,有的更是无法说,就通过末尾望君山来体现。

清吴乔《围炉诗话》说:"诗贵有含蓄不尽之意,尤以不着意见、声色、故事、议论者为上。"黄庭坚这首诗的结尾正符合了吴乔所列举的条件。诗以望君山一个动作,让读者自己去猜测揣摸,去体会。这样的结尾,与王维《酬张少府》结句"君问穷通理,渔歌入浦深"及杜甫《缚鸡行》结句"鸡虫得失无了时,注目寒江倚山阁"相同,都是不写之写,有有余不尽之意。

鄂州南楼书事①

四顾山光接水光,凭栏十里芰荷香②。

清风明月无人管,并作南楼一味凉。

【注释】

① 鄂州:今湖北武昌。南楼:在武昌南,晋庾亮曾在此赏月。 ② 芰荷:已出水之荷花。

【语译】

我登上南楼向四面瞭望,眼前是一派朦胧,山光连接着水光;我悄悄地凭倚着栏杆,晚风吹来一阵又一阵荷花的清香。这清风、这明月更没个人儿去拘管,一起来到南楼,化作了一味清凉。

【赏析】

崇宁二年(1103),黄庭坚被贬官到鄂州,登南楼,作诗四首,这是第一首。

南楼在武昌黄鹄山(即蛇山)顶,可远眺大江及东湖,是登临的胜地,由于庾亮在此赏月的缘故,诗人们尤其喜欢晚上到南楼凭栏远眺。这首诗首句直接入题,写自己在南楼上四面环顾,只见到山光接着水光。诗将所见景象作一浑写,布局十分宏大广阔。他登临在晚上,在明月的照耀下,远远近近的山岭河流、农田湖泊一片迷蒙,分不清楚,只是在月光下,由于反射的强弱不同,依稀能辨出是山是水,所以诗以"山光""水光"予以概括,而加上一个"接"字,便把景观无限地扩大。至于在月色朦胧中,河山的壮丽秀美,诗虽然没有说,我们自能在诗外领略到。因为朦胧的东西本身具有不可推测的底蕴,人们自可因其朦胧,按照自己的想象改易物体原有的本性,把山川风景依照主观作最大的发挥。所以,黄庭坚在这里把夜间所见浑写,比具体地写出景物更令人神往。

首句写南楼所见,对句便写在南楼的感受,由视觉转到嗅觉,也是浑写,说嗅到晚风吹来的荷花香气。"十里"是夸大之词,说香气散布得很广。这样,花香与山水的清晖,加上月光,组成了一个优美静谧的世界,诗人便深深地被大自然所陶醉,一切红尘的扰乱、人间的名利得失便都抛到脑后去了。

下半首转入议论。因景物的迷人,诗人从心底里发出感叹:只有清风明月,没有人管辖,让我恣意自在地享受,是它们构成了这美妙的清凉世界。诗虽然是顺口而出,但又与上面的景色密切相关。清风是呼应了上句吹来的苤荷香,明月承接首句"山光接水光"。宋惠洪《冷斋夜话》曾引黄庭坚的一段话,大意是:"天下的景色,本意并不选择贤人或愚人予以展现,但是我常常怀疑正是为我们一类人所安排的。"这段话正可作为"无人管"的注解。唯有自己心地澄明,才能体会到大自然的美,才能因了大自然的纯洁而忘怀自己个人的得失。这种思想,与苏轼《赤壁赋》中"天地之间,物各有主,苟非吾之所有,虽一毫而莫取。唯江上之清风,与山间之明月,耳得之而为声,目遇之而成色;取之无禁,用之不竭,是造物者之无尽藏也"旨趣完全相同。从这旨趣出发,诗中的"一味凉"的"凉"字,固然是清风明月给人造成的直感,也是诗人抛弃烦恼、无憎无欲的心境的反映。有的论者以为黄庭坚在这里又接受了佛家以清凉指摆脱俗事缠绕而进入无烦恼的境界的意趣,也有一定道理。

　　黄庭坚的诗以杜甫为标的,但这首诗全用散句,平铺直下,同时又回环照应,风格与李白很接近,这在他的绝句中是很少见的。

秦 观

秦观(1049—1100),字太虚,改字少游,号淮海居士,高邮(今属江苏)人。元丰八年(1085)进士,官蔡州教授、国史编修官,贬处州、雷州。"苏门四学士"之一,词清新婉丽,诗风格隽秀。有《淮海集》。

春日杂兴

飘忽星气徂①,青阳迫迟暮②。

鸣飞各有适③,赤白纷无数④。

雨砌堕危芳,风轩纳飞絮。

褰帏香雾横⑤,岸帻云峰度⑥。

林影舞窗扉,池光染衣屦。

参差花鸟期⑦,蹭蹬琴觞趣⑧。

抚事动幽寻⑨,感时遗远慕。

秣马膏余车⑩,行行不周路⑪。

【注释】

① 飘忽:时间过得很快。星气徂:岁月流逝。 ② 青阳:春天。 ③ 鸣飞:鸣虫与飞鸟。 ④ 赤白:红与白,此指花。 ⑤ 褰帏:撩起帏幔。 ⑥ 岸帻:推起头巾。此指抬头。 ⑦ 参差:错过。 ⑧ 蹭蹬:虚度,错过。琴觞趣:指弹琴饮酒赏春。 ⑨ 抚事:感事。 ⑩ 秣马:喂马。膏:给车加油。 ⑪ 不

周路:不依循道路。即随意行走。

【语译】

时光过得飞快,转眼已经是春暮。飞鸟与鸣虫都自在地啼叫飞翔,红红白白的花儿开了无数。雨后落花飘满了阶砌,微风把柳絮送进了窗户。卷起了帘子,满眼是一片迷蒙;抬头远望,白云在山峰间穿度。绿树的影子在我窗前摇曳,池水荡漾,绿光映照着我的衣履。我总是虚度了这花飞鸟鸣的季节,没能充分把弹琴饮酒的乐趣领略。想起这些我不由得兴起访幽探胜的念头,心儿已飞向了远方的旅途。喂饱了我的马儿,给车加足了油,我走啊走啊,走在幽僻的小路。

【赏析】

秦观的诗,王安石在《与苏子瞻简》中评定说是"清新妩媚",后人评论多以"婉丽"二字来概括,说他"如时女步春";到了元好问,在《论诗绝句》中干脆称之为"女郎诗"。如果说一个人的诗风是他性格的必然反映,与秦观诗风相符合的是他特别喜爱春天,喜欢歌唱春景的艳丽。在秦观的诗集中,有许多写春天的诗,如《春日》五首、《春日杂兴》十首等。这里选的是《春日杂兴》十首中的第一首。

这首诗写对春天的感受,在首两句点明时令后,就对暮春景色作了大段描写。在诗人的笔下,景物得到全方位的展现。先是鸣飞——鸟儿与昆虫飞翔鸣叫,次是赤白——花儿五彩缤纷。接着,又写春雨把花打落,风吹起柳絮漫天飘飞。这几句,抓住了暮春的特色,写得很凝练。下文换个角度,由花雨、风絮,结合雨砌、风轩,进一步涂抹出迷离的春景:诗人撩开窗帏,外面雾气弥漫;抬头远望,云绕山峰。绿树的影子在窗纱上摇曳,小池中碧水荡漾,映照衣衫。这一派浓郁的景色,使诗人感到迷恋,又体会出春光易过,自己已错过了无限春景,再不抓住这春尾,就来不及了。于是他萌发了出外寻幽探胜的心念,放下一切萦人的俗事,走进了大自然。

诗在格调及造句上学六朝人,写得绮缛而富有情趣。诗人在写景时不是以把静态的景物描绘出来为满足,而是尽力捕捉住自然界的动态与声响,于是鸟儿飞,虫儿叫,花儿飘,柳絮舞,雾气漫,云光绕,树影摇,池光耀,一切都是活泼泼的,令人感到兴奋。诗人在景物中注入了自己对自然界的强烈感受与解悟,把情与景高度融合在一起;同时在写景中又融入自己的动作,如"褰帏香雾横,岸帻云峰度"一联,细微地表现自己的神态,将景物点缀得更加鲜明,又把景和人合在了一起。

由于本诗具有很高超的艺术境界,一向被人所称誉。宋吴曾《能改斋漫录》说李公择叹赏"雨砌堕危芳"一联说"虽谢家兄弟得意诗,只如此也"。谢家兄弟指六朝著名山水诗人谢灵运及谢惠连。二谢的诗与秦观这首诗一样,常在景色中嵌入动词,以动带景,以景显情。如谢灵运的名句"池塘生春草,园柳变鸣禽"(《登池上楼》)、"白云抱幽石,绿筱媚清涟"(《过始宁墅》),谢惠连的名句"白露滋园菊,秋风落庭槐"(《捣衣》),都是如此。宋人诗学六朝的不多,而且大多数学陶渊明,像秦观这首学山水诗派作家而又如此神似的,可以说是凤毛麟角。

秋　日

霜落邗沟积水清①,寒星无数傍船明②。
菰蒲深处疑无地③,忽有人家笑语声。

【注释】

① 邗沟:在今江苏境内,为自扬州经高邮至淮安的一段运河。　② 傍:靠近。　③ 菰蒲:菰即茭白,蒲即蒲草,都是长在浅水中的植物。

【语译】

秋霜降落,邗沟的水变得分外澄清;我的小船停泊着,只有满天的繁星相邻。两岸的菰蒲一望无垠,我真怀疑四周没有陆地;忽然传来阵阵笑语,才知道人家离得很近很近。

【赏析】

这首诗,写的是江南水乡的夜景。秋天到了,流水澄碧,诗人乘着一叶小舟,停泊在运河边。四周没有其他船只,只有秋夜的寒星,映照在水中,仿佛依傍着小船。两岸长满了菰蒲,在菰蒲深处,突然传来了人家的笑语。诗只用四句话,绘声绘色地写出了江南特有风光。前三句着意刻画静。秋夜霜落,万物萧瑟,流水静悄悄,而陪伴着孤舟的只有寒星菰蒲,显露了一个与世隔绝的境地。末句巧妙地利用夜色作掩护,在先写了由于夜色朦胧,四野幽阒,菰蒲更似深旷后,再突出听见水边人家笑语声的突然与惊喜。

"菰蒲深处疑无地,忽有人家笑语声",从无声中透出有声,不仅构思奇巧,也扩展了诗所描写的画面。宋陈肖岩《庚溪诗话》认为是学晋代帛道猷《陵峰采药触兴为诗》中"茅茨隐不见,鸡鸣知有人"句的意境。确实,通过声音表达画面以外的东西,使诗的韵味悠长,是古代诗人常常采取的艺术手法。如王昌龄《采莲曲》:"乱入池中看不见,闻歌始觉有人来。"又如梅尧臣《鲁山山行》:"人家在何许,云外一声鸡。"都以听觉作为视觉的延伸。这些诗,对秦观这首诗不无影响。宋释道潜《东园》"隔林仿佛闻机杼,知有人家在翠微"、陈与义《出山》"山空樵斧响,隔岭有人家",采取的也是这一手法。

春　日

一夕轻雷落万丝①,霁光浮瓦碧参差②。

有情芍药含春泪,无力蔷薇卧晓枝。

【注释】

　　① 轻雷:轻微的雷声。万丝:雨。　② 霁光:雨后的阳光。参差:指瓦片的层叠。

【语译】

　　绵绵春雨,伴着轻微的雷声,飘洒了一夜,到清晨却已停息;一轮红日升起在东方,把柔和的光辉,投射在房顶层层苍翠欲滴的琉璃瓦上。小园里,芍药花含情脉脉,花瓣上饱噙着隔夜的雨珠儿;蔷薇花斜躺着身子,伸出了嫩枝,是那么的娇慵无力。

【赏析】

这首动人的小诗描写的是春天雨后初晴的庭院。诗先从晚上的雨写起。有了晚雨,放晴后的清晨便不同于一般的清晨,诗人的心情也就因之而格外开朗,对景物便充满了爱护与欣赏。这时候,呈现眼前的是经过雨洗的碧瓦,格外苍翠,闪动着湿润的光芒。更可爱的是花:芍药花残留着雨珠,蔷薇花娇柔地斜倚着。诗随着诗人的心情用上了拟人化手法,于是花草也显得多情善感,表现得十分细腻。

秦观的诗以纤巧见长,这首诗是他的代表作。因为诗带有女性化的纤柔敏感,当时就有人说"如时女游春,终伤婉弱"(敖陶孙语)。后来金人元好问《论诗绝句》就以本诗第三、四句概括秦观的诗境风格,评论说:"拈出退之山石句,始知渠是女郎诗。"把秦诗与韩愈《山石》诗中的"升堂坐阶新雨足,芭蕉叶大栀子肥"等句的雄健阔大相比较,认为秦诗伤于婉弱纤细,犹如女子作诗。

元好问论诗喜欢雄浑刚劲的诗风,对柔弱的诗便加以讥刺。其实,诗的风格应该多样,境界也允许有高有低。尤其该强调的是诗的风格应当与所表现的时、地、趣相结合,秦观以纤巧靡丽的诗句表现雨后庭院的宁静华美,可以说是恰到好处。所以后来诗家对元好问的看法多加以辩驳,如清薛雪诗云:"先生休讪女郎诗,山石拈来压晚枝。千古杜陵佳句在,云鬟玉臂也堪持。"(《一瓢诗话》)说大家的诗风应该多种多样,不能拘泥于一格,即使是杜甫,也有婉约如"香雾云鬟湿,清辉玉臂寒"(《月夜》)这样的诗句。清王敬之《爱日堂诗读秦太虚淮海集》干脆责怪元好问说:"异代雌黄借退之,偏拈芍药女郎诗。诗心花样殊今古,前有香奁知不知?"

泗州东城晚望[①]

渺渺孤城白水环,舳舻人语夕霏间[②]。
林梢一抹青如画,应是淮流转处山。

【注释】

① 泗州:故城在今江苏盱眙东北,当汴水入淮之处,清康熙时陷入洪泽湖中。 ② 舳舻:船舵及船头。此代指船。夕霏:黄昏的云气。

【语译】

白色的河水环绕着的泗州城,孤零零地,显得那样邈远。黄昏迷蒙的轻雾下,船儿静静地停泊着,不时地传来舟人的语谈。成片的树林上空浮现着一抹黛影,青翠如画;我想,它一定就是那座淮水转折处的青山。

【赏析】

在一个美丽的黄昏,诗人登上了泗州东城楼,一派美丽的风景扑入了他的眼中,于是他信笔写下了这首同样美丽的小诗。

黄昏,夕光黯淡,照射着这座水边的城市,河水受到阳光的斜照,折映着白色的光芒。"渺渺"二字,写出一种淡然朦胧的景象,城墙、建筑,在黄昏中都渺茫不清,绕着孤城的汴水和淮河,更是白茫茫的。这首句写的是近景,已使人感到浩荡广阔。面对着这样的景象,自然令人产生出尘超凡的遐思,久久地沉醉忘返。因此,以下的描写,便都带有虚无飘逸的韵味。首句写了水,次句接着引出船来。傍晚是船停泊过夜的时候,作者见到城外水边停满了船,传来了阵阵人语声。船在夕阳的余晖中,在渺茫的水里,也应该是灰蒙蒙的;传来的人声,也应该是模糊隐约的。在这样的景色中,人语产生的非但不会是嘈杂的感觉,反而增添了几分亲切与寂静。这样的描写,不由得使人想起王维"空山不见人,但闻人语响"(《鹿柴》)这样空灵的句子来。诗随着登临的感受展开,整个境界是清幽静谧的,冷灰色的;又增添了声响,耐人寻味。

前两句写近景,偏重写水,后两句转向远景,侧重写山。远远望去,树梢上那沐浴着最后一丝阳光的远山,仍显出青色,犹如画笔涂抹,推想起来,该是淮河转折处的山峰。这两句写远山很神似,因为远望,山的底部便见不到,只见到林木;那抹青山就显得缥缈虚浮、轻盈剔透。又由于是黄昏,山峰尚留残照。林木已是渐落暗中,山就更加跳显。诗在写山时,又带写了林木与远处的淮河,使远景与近景接连,融成一片。

好的景观单用眼睛来体会是不够的,必须同时用耳朵甚至于用嗅觉、感觉,直到用全副身心来品味,这时候景观才能从各个角度给你以感受,你自己方能获得充分享受自然美的乐趣。这首诗就很注意通感。白水、青山,色调很鲜,但加上"渺渺""一抹"的限制,便带有朦胧,这是视觉感受;船上的人声是听觉;"淮流转处山"就全是直觉上的猜测。由此而构成了一派美妙而和谐世界,诗人的心便深深地沉浸在其中了。

三月晦日偶题①

节物相催各自新,痴心儿女挽留春。
芳菲歇去何须恨②,夏木阴阴正可人③。

【注释】

① 晦日:农历三十日。 ② 芳菲:花草。 ③ 可人:合人心意。

【语译】

节令风物不断递换,变化常新;痴心儿女,你们为什么要苦苦地挽留春天?那五彩缤纷的花朵凋谢又有什么可恨?夏天的树木,浓密葱绿,不也一样使你合意欢心!

【赏析】

文人伤春,似乎是永恒的主题,春风春雨,落花垂柳,引起过多少诗人感叹。三月晦日,是春天的最后一天,更难免激起诗人无计留春住的愁思。唐诗人贾岛有首著名的《三月晦日赠刘评事》诗云:"三月正当三十日,风光别我苦吟身。共君今夜不须睡,未到晓钟犹是春。"表现的就是浓重的惜春情绪。秦观这首绝句,与贾岛诗一样,也是通过议论,表达春将逝去时的感想。但秦诗一反旧例,没有悲伤的情调,却是顺其自然,豁达通变。

诗首先从节令上着手,说自然界的风物,随着季节的转换而不断更新,这是一成不变、难以改观的规律,既然旧的要去,新的自然地产生,痴心儿女何苦要对春天苦苦留恋呢?这两句虽然是说理,但说得很实在,观点提得很鲜明。由此,三、四句就从反对痴心儿女对春天的逝去而伤心遗憾上着手,指出对繁花的凋谢不需要抱恨,接下来的夏天,树木荫浓,同样令人高兴。

诗是说理,指出了对春天的逝去的两种不同看法,强调应该顺其自然。推而广之,诗人也是在阐述自己的处世观:人生是处在不断地转换之中,好的可以变坏,祸福相倚。因此,当你失去了什么时,不要过分抱憾,要正视现实,知足常乐。春天有春天令人留恋的地方,夏天也有夏天使人合意的所在;顺境有顺境的快乐,逆境何尝不可磨炼人,使人步入顺境。通过这诗,我们充分理解到诗人宽广的胸怀,并从中得到勉励。宋人的说理诗,虽然常常有陈腐惹人生厌的地方,但也不乏像这首诗一样有积极意义的作品。

还自广陵[①]

天寒水鸟自相依,十百为群戏落晖。
过尽行人都不起,忽闻冰响一齐飞[②]。

【注释】

① 广陵:今江苏扬州市。　② 冰响:指冰开裂时发出的响声。

【语译】

天气寒冷,水鸟在江边相亲相依;它们十百成群,在落日的余晖中快乐地嬉戏。行人在它们身边来来往往,它们一点也不当一回事;忽然听到水中冰响,一齐起飞,扑腾着双翅。

【赏析】

这首诗是秦观从广陵回家乡高邮时所作。诗以极其轻松活泼的笔调,写途中所见之景。引起诗人感触的是江边常见的小事,但他写得非常细腻委婉,因此而脍炙人口。

诗前两句写得自然传神。第一句说因为天寒,所以水鸟依偎在一起;第二句写在斜阳的照耀下,水鸟们一群群地在江边嬉闹。两句各写一个现象,前者是静态,后者是动态,合在一起,全面地概括了江边鸟儿的状况,既说出它们相亲相爱,又说出它们悠然自得,充满祥和安逸。诗以"依""戏"二字强调了水鸟的千姿百态,倾注了自己的羡慕之情。

三、四句承上而来。"过尽行人都不起"是为第四句蓄势,"不起"是为下起作准备。鸟儿不怕人,所以有上两句所写的那番自在快乐。"冰响"二字呼应首句的天寒。冰响来得突然,因而鸟儿一齐惊飞,既合情理,又很壮观。第四句是全诗的高潮,诗人有意安排鸟儿从"相依"的静,到"戏落晖"的微动,最后形成"一齐飞"的喧闹,加大了高潮的效果,诗便在声态并茂、格外精彩的画面下结束,令人神往。

中国古代有"鸥鸟忘机"的典故,以鸥鸟与人亲近,人与鸟同样毫无机心,作为隐逸生活的象征。所以古代诗人往往通过写人鸟和睦共处,来表示大自然的和谐与自己怡然淡泊的胸怀。秦观这首诗极力写鸟的快乐与"过尽行人都不起"的现象,也是从赞赏物我相忘的角度出发,不管他是否像有人指出的那样,是参考了唐方干《睦州吕郎中郡中环溪亭》诗"闲花半落犹迷蝶,白鸟双飞不避人"句。值得一说的是,在秦观以后,戴复古的《江村晚眺》诗写道"白鸟一双临水立,见人惊起入芦花",反写鸟怕人,从而感叹鸟与人失去了互相的信任,抒发自己寂寥迷惘的心情。鸟不避人与见人而惊,都是正常的自然现象,由于诗人内心的不同,诗的主题就发生了变化,在这一点上,说诗是心声是完全正确的。

米 芾

米芾(1051—1107),一名黻,字元章,号鹿门居士、襄阳漫士、海岳外史等,祖籍太原,迁襄阳,后定居润州(今江苏镇江)。历官太学博士、礼部员外郎,出知淮阳军。是著名书画家,诗雄健奔放。有《山林集》。

望 海 楼①

云间铁瓮近青天②,缥缈飞楼百尺连③。
三峡江声流笔底④,六朝帆影落樽前⑤。
几番画角催红日⑥,无事沧洲起白烟⑦。
忽忆赏心何处是?春风秋月两茫然。

【注释】

① 望海楼:在镇江城内,登楼可眺长江、金山,后改连沧观。今已不存。② 铁瓮:铁瓮城,镇江子城。相传吴孙权建,内外皆甓以甃,坚固如金城,因号铁瓮。一说指城形状如瓮。　③ 百尺:形容其高。李商隐《安定城楼》:"迢递高城百尺楼。"　④ 三峡:指长江流经的重庆奉节到湖北宜昌一带的巫峡、巴峡、明月峡。这一带江水急湍,两岸重岩叠嶂,形势险恶。　⑤ 六朝:建都南京的吴、东晋、宋、齐、梁、陈六个朝代。　⑥ 画角:彩绘的号角。　⑦ 沧洲:水边绿洲。

【语译】

镇江城高高上接青天,望海楼云雾缭绕百尺相连。江水从三峡冲下,声响如雷,进入我的笔底;帆影带着六朝繁华,映落我的樽前。一遍遍画角凄凉,似乎催着红日西坠;太平年代,水边的绿洲渺无人迹,弥漫着雾气白烟。我忽然想到,有什么事能令我舒心开怀?春风秋月都让我感到乏味茫然。

【赏析】

这首律诗,是米芾晚年寓居镇江时所作。米芾早年诗,常常率意而作,称其为人;晚年习气渐改,趋于工整,这首诗格律精细,景胜情胜,为其代表作。

米芾是著名的山水画家,他的画以善于渲染远景,创造朦胧深幽的画面出名。这首诗的布局,也体现了他在画上的造诣。诗要写望海楼,起首先把目光注定在楼的位置上,如同绘画先谋定中心一样,先从远方看城看楼,写镇江城墙之高,望海楼形势之险,为下登临纵目作铺垫。次联进入眺望,同时抒发自己在楼上的感受。望海楼因为高,所以能极目远望,见到长江之水滚滚而来,江上白帆片片。这两句写得雄壮开阔,有孟浩然写洞庭湖"气蒸云梦泽,波撼岳阳城"的气派。诗在组句上有意参差,把水与船分写,再加入自己的情感。出句说三峡奔流而来的江水,引起了自己提笔赋诗的雅兴,暗用杜甫诗"词源倒翻三峡水"句意切景。对句说点点白帆,又激发了对景举杯的豪气。"三峡"写所见之地遥远,"六朝"表示所思时代遥远,二者看似不相关,经诗人发挥想象,作了创造组合,把景观本身的意象大大拓展了。

在诗人尽情观赏、思绪悠然的时候,天渐渐晚了,红日西坠,画角频吹,江边江中,烟雾缭绕,一片迷蒙。于是诗人由景而动情,想到自己的身世,不禁问:什么是我赏心的地方呢?是春风,还是秋月能令我开怀?似乎二者都不是。尾联由颈联的气氛延宕,江上的红日西坠,引起诗人迟暮之感;晚上江面,烟雾弥漫,又引起诗人由怀古之幽思转入对现实的迷惘,于是自己身世之感,郁积在胸中的不快就悄然流露出来。但诗人笔下把握得很好,写得很含蓄。

这首诗,明显学杜甫《白帝城最高楼》,杜诗云:"城尖径仄旌旆愁,独立缥缈之飞楼。峡坼云霾龙虎卧,江清日抱鼋鼍游。扶桑西枝对断石,弱水东影随长流。杖藜叹世者谁子,泣血迸空回白头。"杜诗也是先写高楼地势,次写楼上所见江水,从而引起怀古,最后结合自己,抒发感叹。由于米芾在学杜甫时注入了自己的真情实感,在句法上又多为新创,所以在形神上没有丝毫牵强模拟的痕迹,受到后人的赞赏,并非偶然。

贺　铸

贺铸(1052—1125),字方回,号庆湖遗老,卫州(治所在今河南卫辉)人。以恩授职,通判泗州、太平州。他是著名词人,所作字锤句炼,突兀多变。诗多清稳之句。有《庆湖遗老集》。

野　步[①]

津头微径望城斜[②],水落孤村格嫩沙[③]。

黄草庵中疏雨湿,白头翁妪坐看瓜[④]。

【注释】

① 野步:在郊野散步。　② 津头:渡口。斜:形容城高,是由下往上看时的感受。　③ 格:阻隔。　④ 看瓜:看守瓜园。

【语译】

渡口边,一条小路曲曲弯弯,远远望去,高高的城楼似乎向你倾斜。河水旁,有座小小的村庄,中间隔阻着一片湿润的沙滩。村外有间黄草盖的小棚,稀疏的小雨把它淋湿;棚下,一对白发老人安详地坐着,看守那一块瓜田。

【赏析】

诗写的是自己在郊外信步行走时所见,注意了各个景面之间的联系,带有浓厚深醇的乡村气息。贺铸是著名词人,他的名作

《横塘路》有云"一川烟草,满城风絮,梅子黄时雨",通过三个景象,描写闲愁,寄抽象于实体,风格缠绵悱恻,一时轰动,被人称为"贺梅子"。这首诗的写作方法与《横塘路》相似,也是摄取了几个典型的乡村景色,寄托自己对农民淳朴克俭的生活的向往,赞赏田园乡村宁静的环境。诗全是景语,写得很浅很淡也很俗,但充满了韵味,浮现出无尽的深情。

这首诗,随着目光的转移而铺开,自然分隔成一幅幅单独的画面,犹如近代电影的分镜头。第一个镜头是大景,沿着渡口,顺小路向前延伸,然后自下而上,摇向高高的城楼。"斜"字点出景与视线的角度,显出城的高耸。整个画面高远幽深,宽阔广大。第二个镜头是近景,由渡口转向水,再向岸,水边有个村庄,村庄与水中间,被一片沙滩所阻隔。"嫩沙"是说沙滩很湿润,也许是水落不久,又呼应下面的疏雨。村庄被水与沙所包围,所以说是"孤村"。第三个镜头,由孤村移到村外的田地,然后向近处收束,集中到一个黄草盖的小棚子,这时候,下着稀疏的细雨,茅草棚被雨气笼罩着,棚檐上滴着水。这个画面很简陋朴实,放在前面所写的大背景中,使人感受到一股浓重的乡土味。第四个镜头,进一步拉近,作特写,茅草棚下,有一对白发老人正坐着,看守棚外的瓜田。画面用写意,浑说一句,没说老人的神态装束,但自然地使人浮现农村老人饱经风霜的脸与朴素的衣着。

四个镜头,既是相互独立,又是互相依傍,构思很奇巧,结构也很奇特。宋代绝句往往如此:初一读去,便很快使你陶醉,不像唐人绝句,常常要反复品味,才能进入诗境。

陈师道

陈师道(1053—1101),字履常,一字无己,号后山居士,彭城(今江苏徐州)人。家贫,苏轼荐为徐州教授,历太常博士、秘书省正字。诗与黄庭坚齐名,同列江西诗派"三宗"内。提倡宁拙毋巧、宁朴毋华,在句律上力求简古,所作平淡质朴,情感深厚。有《后山先生集》。

妾薄命① 二首

主家十二楼②,一身当三千③。
古来妾薄命,事主不尽年④。
起舞为主寿⑤,相送南阳阡⑥。
忍著主衣裳,为人作春妍⑦?
有声当彻天⑧,有泪当彻泉⑨。
死者恐无知,妾身长自怜⑩。

【注释】

① 妾薄命:乐府旧题,多写欢聚不久,良人远别不返等。原诗有题注云:"为曾南丰作。"曾南丰,诗人的老师曾巩。　② 十二楼:指宅第豪华,楼台高峻。　③ 一身当三千:谓美貌而受宠爱,一人抵当所有人。　④ 不尽年:不能到生命的尽头。《庄子·养生主》:"可以养亲,可以尽年。"　⑤ 为主寿:为夫君祝福。　⑥ 南阳阡:《汉书·游侠传》:原涉父为南阳太守,父死,原涉大起冢

舍,买地开道,立表署曰"南阳阡"。此代指墓地。 ⑦ 春妍:即打扮。 ⑧ 彻天:响彻云天。 ⑨ 彻泉:下达黄泉。 ⑩ 长自怜:惆怅悲伤无休止。

【语译】

我夫主家富贵豪华,高楼连云;我受到夫主的看重,宠爱集于一身。自古以来女子薄命的不知有多少,如今轮到我,侍奉夫主,不能尽自己的天年。正在轻歌曼舞为夫主祝寿,忽然间送殡南阳雨泪涟涟。我怎忍心穿着夫主为我做的衣裳,为别人歌舞打扮强作欢颜?我悲痛呼叫,声彻云天;我泪如雨下,洒到黄泉。死去的人恐怕不会知道,我是这样地日日夜夜惆怅自怜。

【赏析】

《妾薄命》二首是为悼念曾巩而作。曾巩是陈师道的老师,曾推荐他参与修史,平时对他也尽力吹嘘援引。曾巩死后,陈师道很伤心,所以作这两首诗,寄托心中的哀思。诗通过女子悼念死去的夫主,表达自己对老师的热爱及对老师去世的悲痛,感情哀婉深挚,读来催人泪下。

第一首从正面写对夫主逝去的哀伤,以忠贞自矢,表示绝不再事他人。起二句写自己得到夫主无比的宠爱,平平叙来,言简意赅。"主家十二楼"句,化用鲍照《代陈思王京洛篇》"凤楼十二重,四户八绮窗"句;"一身当三千"句,化用白居易《长恨歌》"后宫佳丽三千人,三千宠爱在一身"句。以浓缩的语言表现丰富的内容,是陈师道诗歌的特色,所以元刘壎《隐居通议》说陈师道"得费长房缩地之法,虽寻丈之间,固自有万里山河之势"。而更重要的是,陈师道在浓缩古诗后不见局促,语语简朴,浑如生成,这就不是一般人能办到的了。

次二句由极满意处一下跌入极不满意,说繁华虽久,宠爱不长,倏忽之间,夫主撒手西归,明点题"妾薄命"。"不尽年"三字是诗中主脑,一切悲苦都由此产生,以下的伤感也围绕这三字倾吐。"起舞为主寿,相送南阳阡"总括以上四句。"起舞"句承起首二句,写繁华时节;"相送"句承次二句,写夫主去世。这样并列,突出欢乐未尽而哀苦顿生,加深了女子的悲凄。刘禹锡《代靖安佳人怨》云:"向来行哭里门道,昨夜画堂歌舞人。"陈师道这二句诗正承继了刘禹锡诗意,但造句更加简朴,形象地表现痛苦来得迅速,难以让人接受,诗意跳跃,对比鲜明。所以陈模《怀古录》评说:"盖言初起舞为寿,岂期今乃相送南阳阡,乃不假干淡字而意自转者。"

"忍着主衣裳,为人作春妍",表示夫主去世后的感慨。任渊注说陈师道是用了白居易《燕子楼》诗"钿晕罗衫色如烟,一回看着一潸然。自从不舞霓裳曲,叠在空箱得几年"句意,"而语尤为高古"。确实,白居易诗从正面叙述不忍穿着旧时衣为他人歌舞,陈师道以反问出之,表白自己贞心如铁,不再为他人强颜欢笑,更显得痛苦。当时政局风云变幻,新旧党派竞争激烈,二党叠掌朝政,许多人讳言师门,每当一派失势,便纷纷表态,不承认失势者是自己老师,以免受到牵连。陈师道这两句诗是有感而发,借诗中侍妾之口,对社会上趋炎附势之徒痛下针砭,表示自己坚定的立场及人格。正如任渊所说:"皆以自表,见其不忍更名他师也。"

最后四句,直抒胸臆,说自己对主人一往情深,呼天抢地,哀哀欲绝。四句一气相贯,悲伤之情,难以名状,看似平淡如话,实际上句句有出处。据任渊注,"有声"二句,是用《史通》中温子升"怨痛之响,上彻青天"句及韩愈诗"上呼无时闻,滴地泪到泉"句。"死者恐无知"是出《孔子家语》:"子贡问孔子曰:'死者有知乎?将无知乎?'""妾身长自怜"本李白《去妇词》:"孤妾常自怜。"陈师道将这些句子经过锤炼,合在一起,含蕴十分丰富。因此任渊说:"或苦后山之诗非一过可了,迫于枯淡,彼其用意,直追《骚》《雅》,不求合于世俗。"可谓精解。

> 叶落风不起,山空花自红。
> 捐世不待老①,惠妾无其终。
> 一死尚可忍②,百岁何当穷③。
> 天地岂不宽?妾身自不容。
> 死者如有知,杀身以相从④。
> 向来歌舞地,夜雨鸣寒蛩⑤。

【注释】

① 捐世:犹弃世。 ② 一死尚可忍:《三国志·魏书·明帝纪》注引《魏氏春秋》:魏明帝临死执司马懿手目太子曰:"死乃复可忍,朕忍死待君。" ③ 百岁:指活着的人剩下的岁月。何当穷:怎么打发。 ④ 杀身以相从:谓自杀后

得以在阴世相从。　　⑤ 寒蛩:秋天的蟋蟀。

【语译】

　　残叶落地,秋风再也不能把它吹回故枝;空旷的山野中,花儿寂寞地开放,一片惨红。你撒手西归还不待年老,我受到你的恩惠,却已是无尽无穷。死亡的痛苦还能够忍受,苟活世上的惨味,何时能够告终? 谁说天不高地不广? 只不过我自己不能与世相容。死去的人如果有知觉,我一定会杀身到地下相从。先前歌舞繁华之地,如今是一派荒凉,只有潇潇夜雨,把凄凉的蟋蟀鸣声伴送。

【赏析】

　　第二首是第一首的继续,纯是抒情,表达夫主去世后女子感到极端地孤寂惨痛,誓愿杀身相报。

　　前两句写墓地的荒凉景象,残叶满地,风吹不起,山野中红花空自开放。诗以景寄情,写得凄迷惨淡。在内容上承第一首"相送南阳阡"而来,所描绘的画面与潘岳的《悼亡》诗"落叶委埏侧,枯荄带坟隅"相仿佛。这两句所用的比兴手法,一向为评家推重。诗以叶落不起、空山花红,比拟烘托女子心中的感叹悲伤,落叶飘败是比已死的夫主,红花独放是比存世的自己。叶已落,花无处依托,也是陈师道通过写女子来表达曾巩已死,自己没有了依附的愁苦;逝者长往,存者偷生,今后如何过活? 诗人的悲情通过这两句景语含蓄地囊括了。所以陈模《怀古录》说:"陈后山'叶落风不起,山空花自红',兴中寓比而不觉,此真得诗人之兴而比者也。"

在此景起兴后,诗一泻而下,沉痛之极。"捐世不待老,惠妾无其终",说夫主不待年老,便弃世而去,而对自己的恩惠,无穷无尽,无法报答,又遗憾恩惠中断,没能有始有终。《诗林广记》引谢枋得语说:"二句无限意味。后山亦自叹南丰(曾巩)引虽力而未遂,不期南丰死之速也。""一死尚可忍,百岁何当穷",承上两句,说一死还可以忍受,但苟活在世,这无穷无尽的痛苦,又如何能了结呢?由此,她感叹"天地岂不宽,妾身自不容",表示无处立足,比孟郊"出门即有碍,谁谓天地宽"句更加沉痛。诗中的女子上下求索着,最终,她下定了决心,发出了铿锵的誓言,愿意杀身相从于地下。这几句,层层推进,步步深入,正如清范大士《历代诗发》所说:"琵琶不可别抱,而天地不可容身,虽欲不死何为?"而必死的信念,又与上一首"死者恐无知,妾身长自怜"遥遥呼应,表达自己知恩必报。当然,诗的主题仍然是通过对侍妾的忠贞的赞扬表达诗人自己对老师的感激之情,所以任渊说:"'杀身'一语,未知有几人道得。"并认为"师死而遂背之,读此诗亦少知愧矣"。

在一番慷慨的表白后,诗以缠绵凄婉的情调作结。诗写道,当年歌声喧闹的地方,如今已是一派惨淡荒凉,只有夜雨淅沥,蟋蟀悲鸣。诗通过胜地难再,繁华顿歇,十二楼中,风流云散的情况,表现对往事深沉的悲恸,使诗有有余不尽之意,同时又与第一首"主家十二楼,一身当三千"句相呼应。

这两首古诗,是陈师道代表作。诗采用古乐府形式,继承《楚辞》等以香花、女子来比喻君臣、师生关系的传统,表现得哀婉动人,得到了历代评家的赞赏。宋洪迈《容斋随笔》说这首诗:"薄命拟况,盖不忍师死而遂背之,忠厚之至也。"明郎瑛《七修类稿》也说:"二篇曲尽相知不倍之义,形于言外,诚《骚》《雅》意也。故诗话中多以二首为首唱。"在写作方法上,这两首诗也集中体现了陈师道作品的风格。首先,诗写得淡泊简洁,古朴高雅,大量融合了古人诗句,却能含融消化,不露痕迹,达到了精锤细炼而复归平淡的诗艺最高境界。其次,诗采用比兴手法,怨而不露,感人肺腑,被陈衍评为"沉痛语可以上接顾长康之于桓宣武"。

寄外舅郭大夫①

巴蜀通归使②,妻孥且旧居③。

深知报消息,不忍问何如。

身健何妨远,情亲未肯疏。

功名欺老病,泪尽数行书。

【注释】

① 外舅:岳父。郭大夫:郭概。 ② 巴蜀,今四川盆地及其附近地区。 ③ 妻孥:妻子儿女。

【语译】

有人从巴蜀带来口信,说我的妻子儿女仍然像过去一样,安心在外家居住。我深知他是来报消息的,可心中忐忑,难以开口请他把详细的情况缕诉。只要身体康健,用不着因远隔千山万水而忧虑;亲人之间的骨肉情谊,更不会因分别而有所远疏。可叹我年龄既老又多病,功名未立;流着凄伤的眼泪,写下了这几行回书。

【赏析】

陈师道家境贫苦,无力养活妻儿。元丰七年(1084),他的岳父郭概任成都府路提刑,陈师道便把妻小托付给岳父带往成都。郭概到任后,派人传信给陈师道,陈师道收到信,心中感慨万千,写下了这首诗。大丈夫俯仰天地间,功名无望,贫困潦倒,连妻儿都无法养活,他心中的悲伤可想而知,因此全诗格调怨幽凄楚,催人泪下。

诗首联从岳父寄信来报知消息入手,说接到蜀地来信,知道妻儿都平安地住在岳父家中。这联平平而起,直述其事,首以"巴蜀"二字领句,说明其远;次以"通归使"三字,说远方的消息终于传来。这样写,把自己对妻儿的关心,等这消息已多日的焦急状况,都透露了出来。归使带来什么消息,诗只浑说一句"且旧居",也就是说信的内容很简单,这显然是诗人不能满足的,次联就承着这意思写。消息不够具体,诗人想详细地知道情况,可是想到蜀道艰难,行程万里,祸福难料,平时一方面盼望消息,一方面又会产生一种怕知道消息的心理。宋之问《渡汉江》诗云:"岭外音书绝,经冬复历春。近乡情更切,不敢问来人。"就是写急于知道又怕知道家人情况的心情。陈师道这两句诗更深入一层,平时盼知道又怕知道,现在已经知道平安了,可又见消息过于简单,唯恐有什么隐瞒,有什么不如意处不便说,所以对着来人吞吞吐吐地不敢问。这样写,把诗人关心妻儿的心情曲折深入地表现了出来。前四句,形象地写出了得家书的心理反响,完全切合自己的思想,但在语句感情的描写上,都有出处。首联是学杜甫《得家书》:"今日得消息,他乡且旧居。"次联是学杜甫《述怀》:"自寄一封书,今已十月后。反畏消息来,寸心亦何有。"由此可见陈师道熔铸杜诗为己用的高超技艺。

尽管诗说自己"不忍问",最终还是会问,问了后,知道一切都很好,他心头的挂念与紧张一下子放松了,于是第三联转到安慰对方,也是自我安慰。大家身体都很好,平平安安,就是大好事,即使远隔千山万水,亲人的情谊永远不会疏远。诗前几句都是写自己,到这联才入题,扣题"寄外舅",但仍然把自己与对方同写,过渡得很自然。最后,诗在尽情倾诉了对亲人的关心后,转到自己身上作结,说自己年老多病,一事无成,边写回信,边流着泪。这一结结得很深沉。妻子分离,自己贫病,都是因为功名不遂,回视自己过去,看看现在,诗人怎么能不伤心流泪呢?

陈师道是江西诗派的主将,被称为"三宗"之一。他作诗提倡"宁拙无巧""宁朴无华",在句律上力求简古,要"语简而益工";所以他的诗平淡质朴,与黄庭坚的诗风有较大的区别。这首诗是陈师道的代表作,被一致公认为学杜甫的杰作。宋赵蕃《石屏诗集序》说"全篇似杜",元方回《瀛奎律髓》评说:"后山学杜,此其逼真者。枯淡瘦劲,情味深幽。"的确,本诗不仅是学了杜甫诗句法格调的古朴简易,同时也学杜甫感情上自然淳真,诗一气浑成,情真格老,真正得到杜诗的精髓。

示 三 子

去远即相忘,归近不可忍。
儿女已在眼,眉目略不省①。
喜极不得语,泪尽方一哂②。
了知不是梦,忽忽心未稳③。

【注释】

① 省:读"醒",认识。　② 哂:笑。　③ 忽忽:心神不定的样子。

【语译】

你们在远方,我知道无法相见,有时还能暂时把思念搁在一旁;听到你们快到了,我的心就再也按捺不住,朝思暮想。你们站在我面前,我反而认不出来,——都不再是小时的模样。我高兴得说不出话来,眼泪流尽了,才挤出一丝笑意,一分欢畅。我清清楚楚地知道这不是梦乡,可不知怎么,心中仍然如小鹿般乱撞。

【赏析】

陈师道家境贫寒,无法维护生计。元丰七年(1084),他的岳父郭概到四川去做官,把他妻子及一个女儿两个儿子带往任上,他写了《送内》《别三子》等诗,深表悲伤。四年后,儿女们回到家中,诗人见到阔别多日的孩子,抑制不住心中的激情,写下了这首诗。

诗从儿女尚未到家写起,说孩子们在远方他心中倒也死心,到了快来了,想念的心情反而按捺不住。这种情感,是许多人所共有的,不仅是对亲人,对朋友也往往如此。陈师道在这里写出了感情的微妙变化,毫无做作之处。接着,诗写与孩子们相见的情况。说儿女都到了面前,因为长大了,反而有些认不得了,高兴得说不出话来,泪流尽了,才笑了出来。这一感人场面,描写十分逼真,很容易使人想起唐李益的《喜见外弟又言别》:"十年离乱后,长大一相逢。问姓惊初见,称名忆旧容。"二者虽然所遇对象不同,但都把相逢时的复杂心情写得淋漓尽致。

末尾写见面以后。诗说自己知道不是在梦里,可心情还是安定不下来。古人写相见,常用怕是在梦中以衬实相思的深度。如杜甫《羌村》"夜阑更秉烛,相对如梦寐",司空曙《云阳馆与韩绅宿别》"乍见翻疑梦,相悲各问年",晏几道的《鹧鸪天》词也有"今宵剩把银釭照,犹恐相逢是梦中"句。陈师道在这里更深一层,说知道不是梦,但还是不平静,就写出了平生多少次梦。这是加一倍写法,结得很有力。

陈师道做诗追求古朴,讲究锤炼,自称"此生精力尽于诗"(《绝句》),黄庭坚《病起荆江亭即事》也有"闭门觅句陈无己"句,因此,他的诗往往枯涩生硬。这首诗纯是写情,凝练精到,表现了骨肉至情,是他诗中上乘之作。

除夜对酒赠少章[1]

岁晚身何托?灯前客未空。
半生忧患里,一梦有无中。
发短愁催白,颜衰酒借红。
我歌君起舞,潦倒略相同[2]。

【注释】

① 少章:秦觏,字少章,高邮人。秦观之弟,元祐六年(1091)进士,官仁和主簿。 ② 潦倒:蹉跎,失意。

【语译】

一年已尽,我孤身一人,滞留京城,无所依托;幸亏有好朋友到来,一起举杯痛饮,对着荧荧银灯,情意深浓。回首往事,多年来我都是在忧患中挨过,这一切,都像一场梦,依稀朦胧。稀疏的鬓发,被愁苦催白,衰颓的容颜,借了酒力才显得微红。我唱起歌请你跳起舞,我们俩潦倒穷困,竟然是如此的相同。

【赏析】

诗当作于元祐元年(1086),诗人独自一人,居住京师,正逢除夕,他思念在家的妻子,回思半生走过的坎坷路程,无限唏嘘。正好,还有个与他遭际相同的秦觏来访,两人便一起饮酒,度过除夕。"酒入愁肠人更愁",半酣之际,陈师道即兴写了这首诗赠给秦觏。

诗首联写明当时的情况。"岁晚身何托",勾画了自己逢到过年倍感孤独的心情。别人都热热闹闹地阖家欢聚,自己却如浮萍无根,漂泊在外,一事无成,举目无亲,胸中孤寂而抑郁不平之气,从这句诗中勃然透出。次句"灯前客未空",将凄凉低沉的气氛略加缓和减轻。一个人有苦楚与心事,最难受处是没地方陈说发泄,幸而今天有朋友秦觏陪伴,正好互倾衷肠。陈师道在此之前,屡次被荐,但朝廷没有用他;秦觏当时也是个布衣,他们虽然都有诗文名,却落魄颠沛,所以凑在一起,感情相同,正可聊慰寂寥。诗人在此,正是在无可奈何中,表现出一丝慰藉。

在首联破题后,第二联承上,开始述身世,发牢骚。诗以精炼的语句,涵盖总括自己半生的蹉跎不幸。这一年,诗人三十四岁,可是前途渺茫,功名尘土,总是在忧患中度日,他怎能不抱怨叹息?他觉得,过去的生活,就犹如一场梦,似有还无,都是一场虚空。"有无中"三字,下得很沉痛,也描绘得很形象。王维《汉江临泛》诗"江流天地外,山色有无中",说岸上的远山,似有若无;陈师道用来形容梦境,表现逝去的年华,指出命运的不可捉摸,更使诗凄楚哀怨,令人不堪卒读。

五、六句继续抒发感慨,回照目前。梦既迷惘,止剩忧患,因而如今双鬓被愁苦所催白,衰颜靠喝了几杯酒才带有一抹红色。这联对仗工稳,锤炼精致,被宋胡仔《苕溪渔隐丛话》称为"以一联名世者"之类。用这样夸张的手法描写岁月催人老去,愁心萦绕,胸中充满不平与无可奈何,在陈师道之前,也有不少诗人作了尝试。

《王直方诗话》曾经加以发明说:"乐天(白居易)有诗云:'醉貌如霜叶,虽红不是春。'东坡(苏轼)有诗云:'衰鬓霜供白,愁颜酒借红。'老杜(杜甫)有诗云:'发少何劳白,颜衰肯更红。'无己诗云:'发短愁催白,颜衰酒借红'。皆相类也。"可贵的是,陈师道虽然吸取了前人成果,但作了发展,使诗更为工整;"催"字、"借"字都下得很稳,密合自己当时情景及心情,所以为人津津乐道,《王直方诗话》说"无己初出此一联,大为诸公所称赏",不为无因。

最后,诗又回照题目"对酒赠少章"。牢骚已发,往事难挽,因此诗人只好请与自己同病相怜的秦觏,一起歌舞,放眼未来。这样一结,表达了自己与秦觏的深厚感情,也使诗从低沉中增加了几分希望。

整诗表现了诗人对身世的不满,诗不用一典,一气浑成,风格沉郁,酷似杜甫,读后使人为之激动。清范大士《历代诗发》评云"悲歌慷慨,怆然激楚之声",纪昀评云"神力完足,斐然高唱",都很准确地概括了本诗的风格。

雪后黄楼寄负山居士[①]

林庐烟不起[②],城郭岁将穷[③]。
云日明松雪,溪山进晚风。
人行图画里,鸟度醉吟中。
不尽山阴兴[④],天留忆戴公。

【注释】

①黄楼:在徐州城东门。负山居士:张仲连,彭城(今徐州)人。　②林庐:建在林中的茅屋。　③穷:尽。　④山阴兴:《世说新语·任诞》载,一天下大雪,王子猷偶忆戴逵,便乘舟去访。舟行一晚,至戴家,王子猷不进门,呼船回去。人们问他原因,他说:"我本是乘兴而来,如今兴尽而返,何必见戴?"

【语译】

树林中的茅屋露出了一角,还没有升起袅袅的炊烟;城内外满是白雪,不由得使人想到,马上就要过年。斜日穿透薄薄的云彩,把松树上的积雪照映;晚风习习,吹进了寂静的溪山。远近的行人,仿佛穿行在图画里;我喝醉了酒,吟着诗句,几只小鸟掠过了眼前。我想念您的心情永远不会消逝,这是因为,我并没有像王子猷一样,乘上小船,赶往您的身边。

【赏析】

诗作于元祐三年(1088),当时陈师道任徐州教授。黄楼是苏轼十年前所建,是当时文士觞咏胜地。陈师道登楼时是一场大雪过后,又逢岁暮,因此想起了王子猷雪夜访戴逵,怀念起友人张仲连来,便作了这首诗相寄。

诗前六句写登高所见。首联描绘雪后黄昏时纯净明丽的景色:远处的茅屋,隐现在树林中,这时候农民还没点火做饭;大地白茫茫一片,令人想起了是一年将尽的时刻。这两句是典型的江西诗派造句法。就首句来说,树林中的茅屋,不一定要与炊烟作搭配,"烟不起"三字似乎下得无谓;实际上诗人正着重点出无烟,表现雪后景物的澄澈,视线之清晰。第一句林间茅屋与"城郭岁将穷"看上去也没有关联,一是景,一是节令,但参照题目"雪后",透过一层去想,大雪初霁,乾坤清朗,树林城郭,历历在目,寒意袭人,便不由人不想到节令,想到一年将尽。陈师道的诗就是这样,往往凭空拿入,透过数层,从深处拗折,给人以思考。

次联放笔写景,是陈师道炼句的著名典例。诗就黄楼上所见,刻意雕琢。出句写斜阳透过薄云辉映着松枝上的积雪,对句写晚风频频地吹着寂静的溪山。这两句,字字有意,气象丰富。日是"云日",显示出日光透过云层的景象;雪是"松雪",具有立体感,使人马上想到那枝头积满白雪的青松;山也不是孤立的山,而有溪流陪伴,可以想见此时溪水已经冰冻,洒满白雪,与山高低相间,起伏分明;风又是"晚风",自然使人感到阵阵寒意。诗组织了云日、松雪、溪山、晚风这四景,两两相对,然后以诗眼"明""进"二字维系,整个画面便活动了起来。"溪山进晚风"句,虽然是从杜甫《台上》"山谷进风凉"句化出,但不著"凉"字,更显出森森凉意。《诗林广记》引谢枋得的话说:"二句绝妙。余尝独步山巅水涯,积雪初霁,云敛日明,遥望松林,徘徊溪桥,踏月而归,始知此两句如善画。作诗之妙,至此神矣!"

颈联同样是写楼上所见,但手法变化,在写景中插入自己,使物我交汇,景情合流。出句说人们处在这样的景色中,仿佛进入一幅图画。这是从大范围进行概括,将上联具体的描写作含浑的包揽。"人行图画里",是从视觉角度谈感受,"人"指行人;又是在纯粹抒发感受,"人"指自己。一句之中,妙趣无穷。对句说自己喝了酒,带醉吟诗,一群飞鸟从眼前飞过。这句是寄情于景,醉酒吟诗,是诗人对景的最深入的反映,也逗起结尾的怀人;鸟儿飞过,又使人触起诗兴,使静态中增加动态,流活轻灵。这两句,用李白《清溪行》"人行明镜中,鸟度屏风里"句式造意,不像上联那么字烹句炼,而是齐中见散,明白如话,表现诗人闲散飘逸的情韵。

在写完了登黄楼所见景及所产生的情感后,诗进入结尾,转注到"寄负山居士"上。诗人告诉负山居士,自己没法像当年王子猷雪夜访戴那样马上启程去当面造访,但思念友人的心情久久不断。"雪夜访戴"是诗家常用熟典,所以纪昀在《瀛奎律髓》评中说:"结亦太熟。"但纪昀没有注意到,江西诗派诗的特点就是避熟就生,绝不肯直意使用熟典。这联诗是就"雪夜访戴"事翻出新意。当年王子猷见大雪思念戴安道,于是连夜赶去,到了戴家门口,又改了主意,掉转船头,说自己"乘兴而来,兴尽而返,何必见戴"。陈师道用这典,是因为也是面对大雪,兴起思友的念头,但在"兴"上做文章,把原典的结果翻过来说,表示自己因为没有去访,所以不会像王子猷那样"兴尽",思念朋友的心情也就长存不衰了。

全诗写景则精微细腻,写情则深远绵邈。前六句的景带有情,从而使后两句怀人之情更显得冲淡闲远。清代王士禛论诗标举神韵,所以不喜欢江西诗派的诗,但唯独对此诗赞不绝口,这是因为本诗虽然在艺术手法上是典型的江西诗派家数,但在感情的流露及景观的表现上却神韵天然,清新淡泊。

登快哉亭①

城与清江曲,泉流乱石间。
夕阳初隐地,暮霭已依山。
度鸟欲何向②?奔云亦自闲。
登临兴不尽,稚子故须还。

【注释】

① 快哉亭:在江苏徐州城南。本唐人薛能阳春亭故址,宋李邦直构亭城隅上,苏轼取名为"快哉"。　② 度鸟:飞鸟。

【语译】

一条蜿蜒曲折的江水,绕着城墙缓缓地流淌;泉水穿过乱石,溅起阵阵水花,发出哗哗的声响。远处,西下的太阳刚刚隐入地平线,层层暮霭就遮住了重重山冈。那空中的鸟儿急忙地飞翔,不知道它要飞向何方;天上飘浮流动的白云,是那么的悠闲,和我的心情一样。我站在快哉亭上游兴正浓,留连忘返;忽然想到家中的小孩子正在等我,才依依不舍地离开这迷人的地方。

【赏析】

这首诗作于元符元年(1098),时陈师道居徐州。

诗直写登临所见。首联写近景,描绘城下,见到一条盘旋曲折的江水绕城而流，泉水冲激乱石，发出哗哗的响声。这联是景句，有意创造幽寂静阒的环境，起句与杜甫《江村》"清江一曲抱村流"境地相仿，密合徐州城依汴水、泗水而筑的特点。又以流动的江、泉，在静止的城、石中流淌，加以诗人的视线是从高向下，既有大境，又有小景，突出了江水的曲折与泉水飞溅的美感。

次联远望，写山。他登临是在黄昏，因此在写山时便通过夕阳来衬托，说夕阳已渐渐下山隐没，沉沉暮霭笼罩了远处的群山。这两句写黄昏山峦如画，诗用流水对，上下呼应，词意流动；动词"隐""依"二字也用得很切，使客观景物带有主动性。两句所写，实际上是一个场面，这样分写密合的手法，是江西诗派看家本领之一，后来的曾幾专学此种，为人称道。

第三联是传颂的名联。诗由黄昏景色，远山暮霭，又捕捉到远处的飞鸟与云朵，说鸟儿急急飞翔，云儿自在飘浮。陈师道学杜甫诗炼字，在虚词上极费工夫。这两句中的"欲"字及"亦"字，极得神韵。"欲何向"以问语出之，给人以想象；"亦自闲"用肯定句，说云闲，也说自己闲，语意双关，表达诗人悠闲自乐的胸襟与意趣。诗取境高远，与陶渊明《归去来兮辞》中"云无心以出岫，鸟倦飞而知还"的容与淡泊的境地相同，也与杜甫《江亭》诗"水流心不竞，云在意俱迟"相仿佛，被元方回评为"有无穷之味"，清纪昀也称赞说："五、六挺拔，此后山神力大处，晚唐人到此，平平拖下矣。"

前三联都写亭上所见，分别描绘水、山、天，次序由低及高，层层展开，见得诗人观察得很仔细，领略得很完美。到结尾，诗才点出"登临",以"兴不尽"概括前面三联,而以家中稚子等自己回去,自己不得不走,表示兴犹未尽,依依不舍。这样写,打破了历来登临诗的布局;最后以情收煞,也反照景的可爱,以不是自己要回去,是因为稚子等着自己才回去,特地加重离开时的情感,被方回称赞说:"尾句尤幽邃,此其所以逼老杜也。"这种结法,正是宋诗有意加重尾句分量,为情造境的写法,方回对宋诗极其推崇,自己作诗也步趋江西诗派,所以这样称赞;对此,纪昀就持不同意见,说:"尾句却有做作态,是宋派,绝非老杜。"

陈师道的许多写景诗,写得孤拔遒劲,情致深远,在推敲词句的同时,更注意表现自己对景色的悟性,苦思冥想以发掘自然界独特的美,所以常常能把自己的情感深沉地注入景物中,领略体味出别人没有领略体味到的真趣。这首写景诗,前三联景句就全方位地描摹出野外黄昏的景色,意味无穷,被纪昀赞为"刻意陶洗,气格老健"。

春怀示邻里

断墙着雨蜗成字①,老屋无僧燕作家。

剩欲出门追语笑②,却嫌归鬓逐尘沙。

风翻蛛网开三面③,雷动蜂窠趁两衙④。

屡失南邻春事约,只今容有未开花⑤。

【注释】

① 蜗成字:蜗牛爬过,银色的黏液弯弯曲曲,犹如篆文。　② 剩欲:犹更

欲。③"风翻"句:用《吕氏春秋·异宝》商汤见捕兽人张四面网,遂令其开三面典。这里只是从字面上借用,形容风吹断蛛网,只有一面还挂着。④雷动:形容蜜蜂鸣声。趁:追逐。两衙:传蜂早晚聚集,有如官府排班一样参见蜂王。⑤容有:或许有。一般都作肯定的意思。

【语译】

一道断墙,经受了风雨的冲洗,湿湿的,蜗牛爬过,留下银色的黏痕,宛如篆字;一幢老屋,经受了岁月的磨折,空关着,原先暂住的僧人也走了,只有燕子,在这里筑巢安家。我有些耐不住,想出门去,领略些春光,与邻里们谈笑;可心中又迟疑不定,那阵阵寒风,阵阵灰沙,怎不令人担心害怕?忽然,见到檐下飘垂一缕蛛丝,是风儿把它吹断;嗡嗡地,一群蜜蜂,在窠前盘旋,排着队儿,进进出出,上上下下。哎,春光多美,已有多少次了,答应了人家去游春都成了空话;这次,我一定做到,幸亏还有未开的春花。

【赏析】

春怀是中国诗歌的大节目,在每个诗人的诗集中都占有很大的比重。要而言之,写春天的诗,或者是伤春,即抒发羁旅乡思,感叹壮志未遂、岁月蹉跎,哀老怨贫;或者抒发田园隐趣,闲适容与。这首诗表现的是后一种情趣。

诗作于元符三年(1100),时陈师道居徐州,生活很贫困,但诗表现的仍是积极与安详的心境。

写田园的春天,一般诗总是着眼于春风春日,写山花鸟鸣,陈师道在这里一反常态,把注意力转换,刻意描绘几种小动物在春天的表现。诗说,在断墙残壁上,蜗牛爬过,留下了弯弯曲曲的痕迹,无人居住的老屋,迎来了筑巢的燕子。风吹着蛛网,使它东断西裂,蜜蜂嗡嗡成群结队地忙忙碌碌,从蜂巢中飞进飞出。这些景象,除了燕子外,都是人们不大注意的小动物,虫蚁一类,但诗人把它们组织入诗,反映了大环境中的小环境,不言春天的煦暖,万物的向荣,自然使人由蜗牛而想到蛰居的百虫都已经复苏;由蛛网想到春暖,昆虫们到处飞集;由蜜蜂的繁忙想到百花都已盛开。诗通过这些极细微处体现了极热闹的春景,这就是历来论诗者所褒赏的"即小见大"的艺术手法。同时,作者善于观察,又善于描绘,也都通过这些手法得到了充分表现。所以方回赞说"淡中藏美丽,虚处着工夫",纪昀则评道:"刻意劖削,脱尽甜熟之气。"

既然是写春怀,便不能一味写景。本诗的结构,又不同于一般诗先写景,后写情;也不拘泥于景情相合,而是把情语穿插进诗中,一联写景,一联写情。前说自己想出门去看看,但讨厌风沙太大;后说自己终于忍不住,要去邻家看花。这样,写情句与写景句看上去不甚相关,但在因果上是不即不离,不是春光明媚,诗人决不会最终出门去;写情句本身虽被隔开,却紧密地呼应,后来的出门,正对着前面不愿出门而写。因此,陈衍《宋诗精华录》评说:"此诗另是一种结构,似两绝句结成一律。"从这里可以品味到,江西诗派诗人变革诗风的着重点,不仅表现在内容上,也不仅仅在句法、字法上,同样包括了诗的谋篇技巧。

前人评诗,说唐人着重于气象,追求宽阔博肆;宋人着眼于理趣,力求工巧细微。陈师道这首诗很能代表宋人的风格。元代不少诗人学宋诗,就从这类诗入手。

十七日观潮

漫漫平沙走白虹①,瑶台失手玉杯空②。
晴天摇动清江底,晚日浮沉急浪中。

【注释】

① 漫漫:广阔无边。 ② 瑶台:传说中神仙居住的地方。

【语译】

一望无垠的沙滩上,潮水涌上来了,像一道白色的长虹;我猜想,是不是瑶台仙人,失手把玉杯中的琼浆泼向了人间,如此奔腾汹涌。澎湃的潮水中,蓝天的倒影在水里颠簸摇动;夕阳西坠,浮沉出没在湍急的洪波巨浪中。

【赏析】

浙江钱塘江潮水是我国著名的自然奇观,每年农历八月十五至十八日,潮水上涨时,势如奔马,铺天盖地,观潮的人挤满海塘。历代文人留下了许多描写江潮的诗文,陈师道也作了近十首观潮诗,这首是最著名的一首。

诗起笔就描摹了一派极其雄壮的场面。首句写潮水方起,仅如银线,被江岸约束,渐渐隆起,中高边低的情况。形容潮头似白虹,形象地道出了外观、颜色与气势,已道人所未道;又用了"走"字,描绘远处潮水逼近的情况,不是身临其境,感受不出它的妙处。第二句写潮水涌到面前,人间的物象已不足以形容,所以改用神话想象,说天神倾翻了玉杯,所以造成了这样气势浩大的潮水。这一手法,与李白咏庐山瀑布"飞流直下三千尺,疑是银河落九天"极为相似。

三、四句,写潮头过后的情况。诗写江面汹涌的波涛,却不直接写水怎么样,而说天空在水中的倒影颠簸起伏,西落的太阳忽上忽下,进一步渲染了水势、浪头的巨大。两个动词"摇动""沉浮",都有震动人心的作用。

四句诗,分潮前潮后两层。前两句用夸张笔法,结合浪漫的想象,把潮水的气势写足,运笔也如江潮,一泻而下,令人心动神摇;后两句用铺张手法,写实景,雄壮中带有几分绮丽。四句诗又各自选取了一幅特写,连在一起,便展现了观潮的全过程,表达了作者自己对这大自然的伟观的赞叹。

绝 句

书当快意读易尽[①],客有可人期不来[②]。

世事相违每如此,好怀百岁几回开?

【注释】

① 快意:称心满意。 ② 可人:合心意的人,品行可取的人。

【语译】

读到一本好书,心中十分高兴,可惜没多久就读完了;与知心朋友亲切交谈,心中十分高兴,可惜朋友不能常常到来。世界上的事往往是这样美中不足与意愿相乖,人生百年,有多少次能够欢笑开怀?

【赏析】

这是首说理诗,吴曾《能改斋漫录》说陈师道认为这首诗是自己最得意的作品。诗中所说的,是很多人有会于胸中而没有表达出来的话,忽然被作者以浅显的语言形象地展现,使人击节称绝。这样的好诗,确实值得作者大大得意一番。

陈师道这首诗说的道理其实很简单,不过是讲人生中碰到很多事,都不能够十全十美,凡是美好的东西,带给人愉快,同时也带给人遗憾。这一道理,一经说出后,似乎人人都知道,都能说,关键是怎么说,如何恰到好处地说。陈师道是个诗人,他用了自己最有感触的两件事来加以说明,一是读书,一是交友。读到一本好书,心中十分欣喜,如饥似渴地读,没多久就读完了,一时难以觅到同样的好书来读。与知己好友促膝交谈,脱略形骸,相会于心,可是这样的客人,却不是常常上门的。因此,他指出,世间的事往往与愿望相反,人生百年,真正开怀畅笑的又有几回呢?陈师道用自己切身体会来说明道理,所以格外地深刻,令人分外感到亲切。

诗中说的对读书的体会,是诗人自己生活的积累,但并不是诗人的发明。陈师道诗集任渊注说,典出嵇生说:"每读二陆之文,未尝不废书而叹,恐其卷之竟也。"次句对交友的感慨,在陈师道集中常见,如《寄黄充》云:"俗子推不去,可人费招呼。世事每如此,我生亦何娱。"可见是陈师道素日耿耿于怀的憾事。后来陈与义《书怀示友》专门袭用此意说:"俗子令我病,纷然来座隅。贤士费怀思,不受折简呼。"至于诗末句,也有所本,《诗林广记》引谢枋得云:"其化事甚巧。盖是用《庄子·盗跖》之言曰:'人上寿百岁,中寿八十,下寿六十。除病疾死丧忧患,其中开口而笑者,一月之中不过四五日而已。'不用其语,而用其意,谓之化。"从这些,都可见陈师道苦吟觅句的功夫,这首诗可说真正达到了王安石所说的"看似寻常最奇崛,成如容易却艰辛"的境界。

[典藏版]

宋诗三百首全解

下

李梦生 解

复旦大学出版社

晁补之

晁补之(1053—1110),字无咎,号归来子,巨野(今属山东)人。元丰进士,历官太学正、吏部员外郎、知湖州。年十七,以文受知苏轼,为"苏门四学士"之一。散文流畅,诗风高骞。有《鸡肋集》。

流 民①

生涯不复旧桑田②,瓦釜荆篮止道边③。
日暮榆园拾青荚,可怜无数沈郎钱④。

【注释】

① 流民:离乡背井、逃荒在外的人。 ② 生涯:生活、生计。桑田:种桑耕田,指农业生产。 ③ 瓦釜:陶制的锅。荆篮:荆条编的篮子。 ④ 沈郎钱:晋人沈充铸造的一种铜钱,轻而小。

【语译】

流民们谋生无法再依靠植桑种田,他们带着瓦釜荆篮,流离失所,栖息在路边。天晚了,只好到榆园中去拾取青荚充饥,可怜这些榆荚又小又轻,难以果腹,就像晋朝的沈郎钱。

【赏析】

不管是升平盛世,还是乱世战争,下层农民总是最苦的一部分人。中国的疆土辽阔,每年总有一部分地区受到水旱蝗灾,使百姓流离失所，于是各朝各代，富有同情心的诗人都写下了大量的悯农诗，上自先秦的《诗经》，下至清末，悯农一直是诗歌的主题之一。晁补之这首绝句，也是对农民离乡背井的惨状进行描绘，与众不同的是，他抓住了一个典型的镜头予以披露，更具有说服力。

诗前两句采用渐进式。"生涯不复旧桑田"，破题"流民"二字。植桑种田，是农民的本分，是他们赖以谋生的基础。因为"不复旧桑田"，生涯就没有了着落，只能流亡到外乡，谋求一点糊口的粮食，苟延残生。诗没有写"不复旧桑田"的原因，但这个原因是众所周知的，用不着直接写出来。次句便写流亡者的现状，也是"生涯不复旧桑田"的结果——提着瓦釜荆篮，栖息道边，成了流民。这句刻画很形象。"瓦釜荆篮"，说他们带着的器具很简陋，由此可以想到他们拖儿带女、面黄肌瘦、衣衫褴褛，已是"诛求穷到骨"的状态；"止道边"，则表现了他们无家可归的惨状。

上两句写流民，但没有出现"人"，只是通过写瓦釜和荆篮，以物代人，更显出人的不堪。流民最大的问题是吃与住，"止道边"写了宿，下文便写他们怎么解决吃。诗以"日暮"二字领句，勾出郊野路边的景象，空间很大，色调很灰暗，已使人产生了压抑和凄凉感。日暮，流民在做什么呢？原来他们拿着简陋的器具，到榆园里去捡青荚来充饥。这是一幅多么悲惨的流民图啊！为此，诗人发出了沉重的感叹，说这些小小的榆钱怎么吃得饱呢？诗妙在不直接写他们挨饿，也不写榆钱难以代替食物，却从榆钱的小上来做文章。沈郎钱是种很小很轻的钱，榆荚也一直被人称为榆钱，二者在诗人笔下常常连属作比，如姚合《题梁国公主亭池》"素柰花开西子面，绿榆枝种沈郎钱"，李商隐《江东》"今日春光太飘荡，谢家轻絮沈郎钱"。晁补之在这里把历来被用得带有诗意的称谓，扣紧眼前被流民当食物的情况，力写榆荚的小，用意显得格外的深沉。

张 耒

张耒(1054—1114),字文潜,号柯山,淮阴(今属江苏)人。熙宁进士,历官秘书省正字、起居舍人,以直龙图阁学士知润州,坐党籍被谪。徽宗时历知颍州、汝州,谪官。晚年居宛丘,人称宛丘先生。以文名,为"苏门四学士"之一。诗学白居易、张籍,所作平易如话。有《柯山集》。

绝 句

亭亭画舸系春潭①,直待行人酒半酣②。

不管烟波与风雨,载将离恨过江南。

【注释】

① 亭亭:耸立。画舸:画船。装饰美丽的船。 ② 半酣:半醉。

【语译】

那高高的画船,系在春水边,一动不动。它在等谁?哦,是出外的游子,喝着别离的酒,情意正浓。游子惜别,画船可不管;无论是烟波浩荡,无论是风吹雨打,它总是带着满船的离愁别恨,驶向江南。

【赏析】

这首诗一作宋初郑文宝作,诗题作《柳枝词》,写的是春天离别的场面。首句写画船维系在春水涨满的潭边,表现的是一个"等"字,故次句以"直待"接续。等什么呢?等行人,也就是将要离开家乡的人,等他们喝够了依依惜别的饯行酒。上句以"亭亭画舸"停在春水中作一特写,创立的似乎是游春的场面,下句转入离别,便出现心理上的反差,离别的黯然销魂的意况就隐现在句中。三、四句便直写离别,在首句点染的画船上做文章,说不管烟波浩渺,不管风风雨雨,行人终要别去,这画船带走的只是离愁别恨。末句构思很巧。不写船带走行人,也不写行人的离恨,而说船带走的是离恨,多了一层转折,加深了意境。同时把离愁别恨这一抽象的情态想象成实在的物质,可以放在船上运走,就更为奇妙。

唐诗在意境上花工夫,宋诗在新巧上做文章,各有长处。把离愁别恨变成有分量的东西,可用船来载,在张耒以前,已有人用过。如苏轼与秦观在扬州会面,饮酒告别后所作的《虞美人》词,就有"无情汴水自东流,只载一船离恨向西州"句。张耒把这意境用在诗里,仍使人拍案叫绝。后来李清照的《武陵春》词说:"闻说双溪春尚好,也拟泛轻舟。只恐双溪舴艋舟,载不动许多愁。"更进一步在愁的分量上做文章,表现了心中的凄苦,为人所称道。张元幹《谒金门》词也有句云:"艇子相呼相语,载取暮愁归去。寒食烟村芳草路,愁来无着处。"可见,好的比喻,好的意境,是不怕重复的。

这首诗的结构与一般绝句也不相同,诗首句是一个场景,以下三句则一气而下,是一个场景。陈衍《宋诗精华录》说,这样布局的作品,只有李白《越中览古》"越王句践破吴归"一首,"前三句一气连说,末句一扫而空之。此诗异曲同工,善于变化"。宋何汶《竹庄诗话》引《诗事》云:"古今柳词,唯郑文宝一篇有余意也。……终篇不道着柳,唯一'系'字是工夫,学者思之。"则从构思上给予极高的评价。由于诗传诵很广,后来周邦彦将其衍化入《尉迟杯》词中,周词云:"无情画舸,都不管,烟波隔南浦。等行人醉拥重衾,载得离恨归去。"

初见嵩山①

年来鞍马困尘埃,赖有青山豁我怀。

日暮北风吹雨去,数峰清瘦出云来。

【注释】

① 嵩山:在今河南登封市北,为五岳之一。

【语译】

一年来,我奔走道路,受尽了鞍马的劳顿,尘埃的困扰;幸亏走到哪里,都有美丽的青山让我寄情开怀。今天天公特别作美,黄昏时北风劲吹,雨停了,数座清瘦的山峰,钻出了云层,显露着风采。

【赏析】

这是一首写嵩山的诗,但写得与众不同,不是具体地写山,而是通过看山的过程表现自己见到山的喜悦心情,从而烘托出山的迷人魅力。

诗前三句全是为见到嵩山蓄势,这种三、一的句式,是宋人绝句与唐人绝句不同之处。诗题是"初见",先从未见写起,说自己近年来奔走道路,劳累不堪,能够慰藉自己的,是到处都有青山,使自己开怀忘忧。这样,诗人渴望见到嵩山的心情便呼之欲出。第三句仍不写山,而说"日暮北风吹雨去",转到气候上。这句内涵很丰富,说自己靠近嵩山时,因为下雨,路途更加劳累,呼应前两句,加深对能"豁我怀"的青山的向往;同时因为天不好,见不到青山,更何况是著名的嵩山,自然充满遗憾。于是,诗用"吹雨去"三字急转,承上启下,天放晴了,雨后的青山突然显露出来,在暮色中挺拔青秀。前三句为见嵩山设置了重重障碍,所以第四句写青山就格外引人注目,诗境也就分外豁朗。

"数峰清瘦出云来",全诗只有这一句写嵩山,但写得形象感人。"出云来"三字,抓住了嵩山刚从云端中现出的一刹那,表现自己的渴望得到满足时的无比喜悦,紧紧擒题"初见"二字。初见以后,嵩山的奇异景色,诗人便不再细说,留给人们去体会想象。

一个人的爱好,表现了他的道德情操,所谓"贤者爱山,智者乐水"就是这个道理。张耒这首诗,说自己在车马劳累中,能够使自己高兴的是见到重重青山,因此,我们从他见到嵩山的喜悦中,不难揣测出他宽广的胸怀。

蔡 肇

蔡肇(？—1119)，字天启，丹阳(今属江苏)人。元丰二年(1079)进士，历官吏部员外郎、中书舍人。以文名，诗高出时辈，又工画山水人物。有《丹阳集》。

题李世南画扇①

野水潺潺平落涧②，秋风瑟瑟细吹林。

逢人抱瓮知村近，隔坞闻钟觉寺深。

【注释】

① 李世南：字唐臣，以明经及第，官大理寺丞。北宋著名画家，尤工山水寒林。　② 潺潺：水流声。

【语译】

郊外，一条溪流缓缓地流入山涧，发出潺潺的响声；秋风瑟瑟，轻轻地拂动着树林，落叶纷纷。那儿有个人抱瓮汲水，我因而知道村庄离溪水很近；那佛寺定然建在人迹不到的地方，隔着山坞，隐约飘来了阵阵钟声。

【赏析】

中国的山水画到了宋代开始强调气韵，表现真实的生活，题画诗围绕画的主旨，注意阐发画面以外的意趣，于是题画诗也就逐渐演变为画的一部分。蔡肇这首题李世南山水画的诗,立意把静态的画面写深写活,深刻地揭示了画的内涵,使诗与画相映成趣、相得益彰,所以很有感染力。

　　李世南的画,通过这首诗可以知道,画面上是一条溪水平平地流入山涧,林中黄叶飘飞,呈现一派秋景,一个人抱着瓮在溪边汲水,远处的小山后,露出了寺庙的一角。画面呈现的是乡村野外的恬静与安详的气氛。蔡肇这首诗,好在不单单写出了画面的景象,还进一步发挥想象,探索画家的心理,联系实际生活,揭示了画外的景与趣。他这样构思:画面上有水泻入山涧,诗便使水发出潺潺的声响;画面上林木纷披、黄叶旋落,诗便添入了西风瑟瑟的声音;画中有人抱瓮汲水,诗人马上想到这应该是附近村庄的居民;远远的佛寺,又使诗人想到了富有韵味的钟声。这样一写,一方面给画增加了不能表现的声响,真正符合了古人所说"诗是有声画"这一特点,并通过这些声响反衬环境的幽静,让画面上静止的东西都活动起来,赋予生气;另一方面,诗通过想象,加深了画的意境,拓展了画面,如诗中的村庄、寺庙的钟声,都属于画以外的东西,诗人通过自己的体验,予以加入,使场面更显得丰富多彩。

林　积

林积,字丹山,长洲(今江苏苏州)人。熙宁九年(1076)进士。生平仕履不详。

冷　泉　亭[①]

一泓清可沁诗脾[②],冷暖年来只自知[③]。
流向西湖载歌舞,回头不似在山时。

【注释】

① 冷泉亭:在杭州西湖灵隐寺飞来峰下,亭前有冷泉,通西湖。"冷泉"二字为白居易书,"亭"字为苏轼书。　② 诗脾:等于"诗肠",指诗思、诗兴。　③ 只自知:用佛家语"如鱼欲水,冷暖自知"(《景德传灯录》),表示别人无法理解。

【语译】

一泓清澄的泉水,沁人心脾,引起无尽的诗思;年复一年,泉的冷暖,又有谁能够理解知晓?它流呀,流呀,流入了西湖,浮载着歌舞画舫,那时候,与在山时的清澈,已不是同一面貌。

【赏析】

这首题冷泉亭的绝句,是在"冷"字上做文章,发表心中的感慨。前两句赞扬泉的清澈,说清泉引起诗人们无边诗兴,写下了众多的诗句,但诗人们有谁能真正理解泉水本身的心意呢?冷暖只自知,固是从泉水的温度而言,更多的是发挥到世情的冷热上。后两句先说泉的热,即世情的热,以西湖上的歌舞繁华作代表,次以"在山时"的冷与出山的热作对比,表示惋惜。

杭州西湖的繁华为东南首屈一指,王安石《杭州呈胜之》诗云:"彩舫笙箫吹落日,画楼灯烛映残霞。"柳永的《望海潮》词更是极力铺陈了杭州盛况,以致于金主完颜亮见了有投鞭南下之志。林稹在这里正是有感于当时富户官僚的穷奢极侈,借言泉的冷热,对"暖风吹得游人醉"的现象表示不满,表示担忧。同时,诗又通过冷泉在山与入湖的对比,揭示处世的准则,劝勉人们要慎始慎终、洁身自好。诗沿用杜甫《佳人》诗"在山泉水清,出山泉水浊"的意思,说冷泉一旦与西湖水同流合污,便失去了本来面目,再也无法恢复原来的清澄;同样,人一旦失足,也无法保持原来的令誉美名了。在题写山水名胜时,不忘警醒世人,把说理与写景结合,这是宋人绝句经常采用的手法。

元韦居安《梅磵诗话》对这首诗很赞赏。韦居安还引了临川陈藏一的一首绝句,认为与林诗成就仿佛。陈诗云:"岩里空寒玉有声,亭前渊静镜生明。从他流入香尘去,不碍源头彻底清。"同样题冷泉亭,陈诗的意旨理趣显然无法与林诗比肩。唐白居易有首《白云泉》诗云:"天平山上白云泉,云自无心水自闲。何必奔冲山下去,更添波浪向人间。"赞叹泉水在山时的悠闲,以出山之水喻世路坎坷,用意与林稹诗差不多。

王寀

王寀（？—约1122），字辅道，一字道辅，德安（今属江西）人。举进士，历官校书郎、翰林学士、兵部侍郎。宣和中被陷弃市。

浪 花

一江秋水浸寒空，渔笛无端弄晚风。

万里波心谁折得？夕阳影里碎残红。

【语译】

秋天，一江蔚蓝的江水，连接着蔚蓝的天空；傍晚，江面上吹过了阵阵微风，悠扬的笛声，回荡在晚风中。碧波万里，那朵朵浪花，有谁能够采摘？夕阳把浪花染红，起伏的江水，波光跳跃，又揉碎了花瓣重重。

【赏析】

宋洪迈《夷坚志》载，有个诗人叫曹道冲，在京城卖诗，凡有命题，挥笔立成。有人特意给他出难题，请他写首描写浪花的绝句，限用"红"字韵。曹道冲作不出，请来人去找学士王寀。结果王寀欣然捉笔，一挥而就。确实，平常写浪，总说白浪滔天，要用"红"字来形容，很难措笔。王寀的诗借重外物，避开直写，所以取得了成功，令人赞赏不已。

诗的起首两句,描写环境,说一江秋水,万里晴空,为浪花铺设了一个广阔的背景。因为是秋水,"潦水尽而寒潭清",所以是蔚蓝的;因为是秋天,秋高气爽,晴空万里,天也是蔚蓝的。天光水色,交相互染,连成一气,所以诗用了个"浸"字,仿佛水浸入寒空;同样,也是说天浸入秋水,下文夕阳染红秋水也就顺理成章。次句为这静谧广阔的背景增添情趣,说渔舟上一曲悠扬的笛声,在晚风中传扬。这样一写,为整个画面加入了声响,使人感受到浓重的秋晚中美妙的意境,又以"晚风"若不经意地带出时间,为下两句预设地步,勾引出下面的夕阳、浪花来。

　　上两句,已经为正面写浪花做好了一切准备,很得咏物诗烘托渲染的意趣,到这时,浪花已经呼之欲出了。可是诗人为了更加突出浪花,仍然欲擒故纵,再作一宕,用问句出现,故意提出"万里波心谁折得"。这一问,先使人回味上面所写美丽的秋江景色,想象到诗人站在江边,遥望江心时的心情;其次将虚事实写,增添了诗的层次。"万里"应上两句广阔的背景。"谁折得",折什么?当然是折浪花。浪花不是花,如何去折?怎么会使人想到要去折?这样就逼出了全诗的主句——"夕阳影里碎残红"。原来诗人站在江边,见到夕阳西下,染红了江水,风儿吹过江面,江水变幻多端,不由得诗人把虚拟的浪花看成了真正的花。这一朵朵浪花,在水面上跳跃着,折射出迷人的光芒,仿佛在争奇斗妍;浪沫四溅,又犹如万瓣花片,洒满江面。这样的场面,能不令人感叹"谁折得"么?

　　诗写得十分形象,尽管真正写浪花的只有结尾一句,但全诗句句可见浪花的影子。一般的咏物诗,在末句总要言在物外,将所咏的对象与诗人的思想或社会现象相联系,使诗的涵义有所扩大。这首诗只是停留在主体的吟咏上,但由于全诗充溢着抒情的语调,让人体会出咏物之外的情趣,起到了"不写之写"的作用。末句巧妙地借助夕阳,完成"红"字韵,是他的匠心独运,所以当时"读者无不嗟服"。后来有人咏柳絮以"夕阳西照桃花坞"与"柳絮飞来片片红"相呼应,也许就是受了这首诗的启发。

潘大临

潘大临(约1057—1106),字邠老,黄州(今湖北黄冈)人。诗以苦吟出名,风格类黄庭坚。作品多散佚。

江上晚步

西山通虎穴①,赤壁隐龙宫②。
形胜三分国③,波流万世功。
沙明拳宿鹭④,天阔退飞鸿。
最羡渔竿客,归船雨打篷。

【注释】

① 西山:樊山,在湖北鄂城西三里。山幽僻深邃,故下云"通虎穴"。 ② 赤壁:赤鼻矶,在今湖北黄冈市城西。赤壁大战遗址不在此地,一般认为今蒲圻赤壁是当年激战之所。 ③ 三分国:魏、蜀、吴三国。 ④ 拳:指白鹭睡眠时一脚拳缩之状。

【语译】

西山巉岩幽僻,山中有猛虎深藏;赤壁峭然屹立江边,底下与龙宫相通。长江形胜,犹如天然屏障,是三国时鏖兵之地;这滚滚江水,淘尽了万古英雄。沙滩映着波光格外明亮,有一群白鹭在栖息;鸿鸟蓦地冲上广阔的天空,一刹那人们错觉为倒着飞翔。我最羡慕那渔舟上垂钓的隐士,摇着小船归去,静聆着沙沙雨声,敲打着篷窗。

【赏析】

潘大临是江西诗派诗人,他的诗风与黄庭坚相近,以精苦著称,陆游赞他"诗妙绝世"。《江上晚步》诗共四首,这里选的是第三首,约作于绍圣四年(1097)。

诗写武昌(今鄂州)一带江面的景色。首联拈出最有代表性的两地,一是西山,一是赤壁,各以"通虎穴""隐龙宫"描写它们的幽僻险峻,造语奇特,意境宽阔。次联由险峻的形势,转入对往事的浮想。赤壁是传说中曹操与周瑜大战的地方,苏轼曾在这里写过著名的《赤壁怀古》词及前、后《赤壁赋》。潘大临曾追随苏轼在赤壁游览,对着眼前江山,他自然地又想起了那段历史,从而感叹,当年三国鼎立,龙争虎斗,俱成往事,如今只有滔滔长江,无语东流。"波流万世功"一句,语言与苏轼词"大江东去,浪淘尽、千古风流人物"完全相同;也与潘大临自己这组诗中第一首"日月悬终古,乾坤别悲川"感情相仿,都是由景物而怀古,从而感叹人事不常。

第三联,诗从怀古中拉回,写眼前景色,说白鹭在沙上栖息,鸿雁在天空飞翔。这联分写沙岸、天空,仍与心中眼前的江水配合,构成一幅宽广的画面,体现出诗人在怀古后,余情未尽,极目远眺,满怀感叹的心灵世界。诗在炼字上尤见功力。出句"沙明"的"明"字,写出沙滩在日光、波光的照映下的场面;对句"退飞鸿"的"退"

字,取自《春秋》"六鹢退飞"句,用在这里写飞鸿,形象地说飞鸿在广阔无垠的水天之际翱翔,由于背景十分辽阔,觉察不到它在飞,甚至误认为它在朝后退。这样,把上下结合,广泛地描写了自己晚步在江边所见,把景色表现得十分细腻熨帖。最后,诗在前面的景色与感叹古今及赞叹白鹭、鸿雁的闲适自由的心情驱使下,定格在江面上渔翁的扁舟上,说自己最羡慕江上的垂钓者,驾着一叶小船,在烟雨朦胧中归去,自在地听着雨水敲打篷窗的声音,表示对隐逸生活的无比向往。

这首诗写得感性深挚,在结构上回环照应,由山水的险峻想到古代在此发生的战斗,由怀古而产生岁月易逝的感慨,因此转而注目宿鹭飞鸿,羡慕渔翁归棹,在平淡中蕴涵有很深的思想,使诗风沉郁深邃,是学杜甫的典型作品。姚埙《宋诗略》评这组诗"大气鼓荡,笔力健举。王直方所云'使老杜复生,须共潘十厮炒',不得以有空意无实力少之"。意思就是说潘大临在模拟杜甫上很得神似,几达乱真的程度。

谢　逸

谢逸(约1064—1113),字无逸,号溪堂,临川(今属江西)人。曾作《咏蝶诗》三百首,人称"谢蝴蝶"。诗思深境远,有陶、谢之趣。有《溪堂集》。

送董元达①

读书不作儒生酸②,跃马西入金城关③。
塞垣苦寒风气恶④,归来面皱须眉斑。
先皇召见延和殿⑤,议论慷慨天开颜。
谤书盈箧不复辩⑥,脱身来看江南山。
长江滚滚蛟龙怒,扁舟此去何当还?
大梁城里定相见⑦,玉川破屋应数间⑧。

【注释】

① 董元达:不详。从诗中看,是位立功边疆的将领。《漫叟诗话》说他"老死布衣"。　② 酸:寒酸、迂腐。　③ 金城关:在今甘肃兰州西北,是宋与西夏交界处重要关口。　④ 塞垣:边塞城墙。此代指边境地带。　⑤ 先皇:指宋神宗。延和殿:汴京宫内殿名。　⑥ 谤书盈箧:《战国策·秦策二》:"魏文侯令乐羊将攻中山,三年而拔之。乐羊反而语功,文侯示之谤书一箧。"谤书,诽谤他人的奏章。　⑦ 大梁:汴京,今开封。　⑧ 玉川:唐卢仝,号玉川子。家中贫穷。韩愈《寄卢仝》:"玉川先生洛城里,破屋数间而已矣。"

【语译】

读尽了诗书,你毫无腐儒的酸气;投笔从戎,跃马在西北边关。边塞的气候恶劣,寒风凛冽,你回来时,满面皱纹,须眉已斑。先皇帝在延和殿召见,你慷慨激昂,纵横议论,得到了皇上的激赏。可惜诽谤你的人太多,难以置辩,有功难封,你流落到江南,来赏玩这里的青山。长江滚滚东去,下有蛟龙发怒,掀起波浪;你这次乘着扁舟离去,何时才能回还?日后我们在大梁城中定能再见,那时你必然还是牢守节操,家中只有破屋数间。

【赏析】

这首诗是送董元达所作。董元达是一位立功边陲的儒将,胸怀韬略,志气昂扬,由于被人弹劾,解职归田。谢逸这首诗,对董元达的遭遇表示深切的同情,并且勉励他永葆高尚节操,表现了儒家穷则独善其身的思想。

整诗一气呵成,每两句一层意思,环环相扣。起首两句,点明董元达身份,说他不是个迂腐的读书人,而是胸有大志、投笔从戎、为国立功的英雄,为下文在天子面前慷慨议论作了伏笔。次两句写他在边境的战斗经历,以"寒""风"两者总括边疆恶劣气候,以"面皱须眉斑"总括他长期出生入死、沐雨栉风的战斗生活,用语简捷,内容丰富。"先皇召见延和殿"二句,写董元达立功归来,在天子面前,指陈边疆战守大略,写得神采飞扬,令人想见其为人。诗到这里,已把董元达的形象写得饱满,格调雄壮,笔力扛鼎,下文却在董元达生平的巅峰期一下打住，猛然下跌，转写他的不幸，说他遭到朝中佞臣的诽谤，无法辩解，结果有功不赏，反而流落，来到江南。这样的大起大落，使诗歌的气势得到加强，也更加激起读者对董元达的遭遇产生不平与同情。"长江滚滚"以下，转入题目"送"字，流露对分别的留恋，同时以长江波涛，暗寓人世间的风波与艰难。最后对他再次表示同情与敬佩，渴望再见。

诗是送董元达的，同一般送别诗一样，由别离而兼及所送人的身世。由于董元达的非凡经历与所遭到的不公正待遇，诗便把重点放在写他的身世上，同情他，也对朝政的腐败深深不满，因此全诗在雄壮中带有悲凉，唯一不足的是末两句气格稍弱，与总体不称，压不住全诗。

一员转战沙场的老将，受谤而贫困流落，是历来诗人感叹的题材。王维有一篇著名的《老将行》，写一个屡立战功的老将，遭际不偶，蹉跎度日，"路傍时卖故侯瓜，门前学种先生柳"，可他还是时刻希望报效国家，"愿得燕弓射大将，耻令越甲鸣吾君"。诗写得气势奔放、激情澎湃，可与谢逸这首诗同读。元稹的《智度师》也描写了一员战将的落魄："三陷思明三突围，铁衣抛尽衲禅衣。天津桥上无人识，闲凭栏杆望落晖。"说一员勇将英勇战斗，没得到朝廷授官行赏，落得出家做和尚的下场。异代同悲，很值得思考。谢逸诗喜欢拟古，宋佚名《漫叟诗话》云："谢无逸学古高法，文词锻炼，篇篇有古意。"又举出这首《送董元达》诗，认为是学古意的佳作。由此可见，谢逸写这首诗时，很可能受王维等人诗的启发。

饶 节

饶节(1065—1129),字德操,一字次守,临川(今属江西)人。中年出家,法名如璧,自号倚松道人。诗风瘦硬,但时有平易之作。有《倚松老人诗集》。

息虑轩诗①

雨暗藤经屋,春深草到门。
客来非问字②,鹤老不乘轩③。
花气翻诗思,松声撼醉魂。
呼儿换香鼎,跌坐竟黄昏④。

【注释】

① 息虑轩:饶节住所中的轩名。　② 问字:《汉书·扬雄传》载,扬雄多识奇字,刘棻曾向他学奇字。后因以从人受学或向人请教为"问字"。这里反用其意。　③ "鹤老"句:《左传》闵公二年载,卫懿公好鹤,鹤多有乘轩者。轩,有曲辕有镭的车,古时大夫所乘。　④ 跌坐:双足交叠而坐。

【语译】

屋子外盘绕着藤萝,逢上雨天,分外的阴沉;春已深,院内的青草格外茂盛,一直长到我的房门。客人到来,只是闲谈神聊,不是探讨学问;那几只老鹤,也用不着特别地照看,自由自在,逍遥晨昏。繁花的香气,引动我荡漾的诗意;松涛阵阵,摇撼我沉沉的醉魂。叫来了小僮儿换上一炉好香,盘上腿坐着,打发走整个黄昏。

【赏析】

　　这首五律,写自己的居处。饶节把居处取名"息虑",义出《云笈七签》中"游心虚静,息虑无为"句,意思是使自己进入宁静淡泊的境界,不为外物而操心,做到清静无为。这首诗就是通过景物的描写及对日常生活的态度,表现自己的"息虑"。

　　诗首联描写息虑轩的环境,说轩四周长满了藤萝,在雨中更加显得幽暗,春天,青草直长到门口。上句是写屋子,下句是写院子,构成整个清旷幽静的环境。"暗"字及"深"字,上下相关。因下雨而天暗,同时又因为藤萝爬满屋墙而使屋内光线暗;"深"是指春深,也是说草长得很茂盛,很深。门外草深,又表现作者自己不大出门,懒于应酬,草长满道路;他对生活取无所谓态度,所以对门前的草懒得芟除;草深又与上句的雨暗相关联,因为春雨,草长得很快,所以遮满了道路。平平两句,含有丰富的意象,情景与司马光《闲居》"我已幽慵僮更懒,雨来春草一番高"有相同之处,又与陶渊明"结庐在人境,而无车马喧。问君何能尔,心远地自偏"的心理相通。通过这两句,诗人恬淡虚静的精神面貌,给人以极深的印象。

　　依律诗常格,起联写了景,次联该写人。上面写景是写自己的居处,写人便该写自己与景相配的淡然容与的心情行止。诗人在这里也接写人,好在不直写,通过侧写以作映衬。"客来非问字",反用扬雄典,说明上门来的人个个悠闲自得,早已不斤斤于研习学问;"鹤老不乘轩",又反用卫懿公爱鹤典,说园中的鹤无拘无束,毫无机心。来的朋友是如此,豢养的白鹤是如此,诗人自己的气格品味就不言而喻了。饶节诗学黄庭坚、陈师道,力求瘦硬,这联诗就是如此,盘折精警,翻新出奇。

第三、四联正面描述自己的生活,也从正面表现自己的"息虑"。诗人如何度日呢?原来也与历来避世逃名的隐士一样,纵意于诗酒。陶渊明《移居》诗这样概括自己自由自在的隐逸生活:"春秋多佳人,登高赋新诗。过门更相呼,有酒斟酌之。"饶节更进一层,是独乐,自己作诗饮酒,打发时间。在表现时又写得很巧,不直截说诗兴酒意,而以景带出,说春花的香气带动了诗兴,松涛的响声摇撼着醉魂。如此写,人们便感觉到诗人不单单是息去了种种机心尘虑,简直是与大自然融合为一了。尽管如此,他还觉得不够,在洋溢着自然美,充满欢快畅意后,又转以冷隽语作结,说自己面对好香,盘腿度过美好的黄昏。这时候,诗人几乎是停止了思想,超然物外,什么虑也没有了。

全诗写得思致深苦,千锤百炼。在写景时,不光是着眼于自然的描写,同时把自己的思想和精神完全融会进去。从这首诗所表现的人生观,我们不难理解,诗人到了中年以后为什么会大彻大悟,出家做了名僧人。

眠 石

静中与世不相关,草木无情亦自闲①。

挽石枕头眠落叶,更无魂梦到人间。

【注释】

① 草木无情:诗人是个和尚,所以这里用佛家语。佛教以人和一些有情识的生物称为"有情众生",而把草木、山川、土石等称为"无情"。

【语译】

我心如止水,与尘世间的一切都不相关;门外的草木虽然无情,也都自在悠闲。我拉了块石头做枕,躺在落叶上;睡着了,做梦也不会梦到人间。

【赏析】

这首诗是饶节自我生活的写照。他避世隐居,远离尘寰,与大自然相融合,所以在诗中充满着恬静与满足,带有一种普通人没法达到的清气。

诗题是眠石,写时先不写眠,先写眠前的心情,说自己心如止水,对万事漠不关心,把自己先置入一个脱尘出俗的精神境界中。次句接着把自己的心情推广到自然界,说草木无情,自在地处在逍遥闲适之中。这句接得很好,有丰富的内涵。草木无情,这是草木本来的性质,但是在诗人的笔下,总是赋予草木以与人相同的情感。如唐刘禹锡《杨柳枝词》:"长安陌上无穷树,唯有垂杨管别离。"宋秦观《春日》:"有情芍药含春泪,无力蔷薇卧晓枝。"有的诗则对草木无情表示不满,认为它应该有情,如唐韦庄《台城》:"无情最是台城柳,依旧烟笼十里堤。"饶节这首诗,先还草木的本来面貌,肯定它无情;接着又说草木"亦自闲",这样草木的无情又变成了有情,这就是诗家所说的加一倍写法。"亦自闲"三字用得很微妙。草木的闲,固然是接上文诗人的闲而来;诗人不闲,不会觉得草木闲。但诗却说草木是"自闲",特地撇清,把草木的闲与自己的闲说成互不相关,各闲各的,诗人的闲便更加突出了。

三、四句切题写眠石。因了自己很闲,所以随时可以睡下。好就好在诗人不写在屋里、床上睡,而说拉了块石头做枕头,躺在落叶上睡,可以想见,诗人漫无目的地随意行走,走累了,困了,随便找了个地方就躺了下来。他的脱略形骸,与大自然融为一体的心情由此而表现得淋漓尽致,我们仿佛又见到了魏晋竹林七贤等名士高蹈绝尘的风采。但诗人还不满足于此,末句更进一层,说自己睡下了,做梦也与尘世事不相关,彻底把自己与蒙浑污秽的人世隔断,回照首句"与世不相关"。

饶节作这首诗时,已经出家做了和尚。前人论和尚诗,总喜欢说他们的诗有"蔬笋气",即未免寒酸作态。这首小诗,句句清新,语淡情浓,不仅没有蔬笋气,反而不带一丝人间烟火气,热衷于名利的人是绝对作不出来的。

江端友

江端友(？—1134),字子我,陈留(今河南开封)人。靖康初赐进士出身,官王宫教授。南渡后,官太常少卿。作品久佚,仅见于选本,存四首。

牛 酥 行①

有客有客官长安②,牛酥百斤亲自煎。

倍道奔驰少师府③,望尘且欲迎归轩④。

守阍呼语不必出⑤,已有人居第一先。

其多乃复倍于此,台颜顾视初怡然⑥。

昨朝所献虽第二,桶以纯漆丽且坚。

今君来迟数又少,青纸题封难胜前⑦。

持归空惭辽东豕⑧,努力明年趁头市⑨。

【注释】

① 牛酥:从牛奶中提炼出的奶油。　② 长安:唐之西京。这里代指宋西京洛阳。　③ 倍道:兼程,一天走两天的路。少师府:梁师成府。梁时官少师。　④ "望尘"句:《晋书·潘岳传》:潘岳性轻躁趋势利,"与石崇等谄事贾谧,每候其出,辄望尘而拜"。轩,古代供大夫所坐的轻便马车。　⑤ 守阍:看门人。　⑥ 台颜:指梁师成的面色。台是对人的尊称,在此犹说"大人"。　⑦ 题封:题款包装。　⑧ 辽东豕:汉人朱浮《为幽州牧与彭宠书》说,有个辽东人,家里的

猪生了只白头小猪,他觉得少见,就把猪带上进京城献给皇上。走到河东,见所有的猪都是白头,他觉得很惭愧,就回去了。　⑨趁头市:做开市的第一笔买卖。

【语译】

有个人在西京做官,亲自煎熬了上百斤牛酥。他骑上了快马,日夜赶路,送到了京城少师府。少师正好外出,他兴致勃勃地等着。只待少师回来,车尘扬起,就去迎接跪拜在路途。守门人见了开言劝阻:"你这牛酥大可不必拿出,在你之前早有人献过。他送的牛酥比你多了一倍,大人见了,起初心中也还快乐。昨天又有人来奉献,虽落后一步,但用美丽的漆桶包裹得十分华美坚固。现在你来的又晚送的这么少,还是用青纸包裹,怎能与前人较一胜负?"听了门子的话他十分惭愧,拿起牛酥匆匆登上了归途。"今年我的出手太平常,明年我一定考虑周到,早早送来,让少师格外注目。"

【赏析】

江端友被后人列入江西诗派,他的诗集早已佚失,从现存的几首诗来看,诗风平率直易,与江西诗派有本质上的不同。这首诗收入宋吴曾《能改斋漫录》卷十一,写的是个真实故事。据《能改斋漫录》,宋徽宗宣和初年,洛阳留守邓某,向太监梁师成贡献牛酥百斤。梁师成是当时朝中炙手可热的权贵,与蔡京、童贯等被人们称为"六贼"。由于他善于逢迎,很得徽宗宠爱,常代写御旨,卖官鬻爵,京师人称之为隐相。江端友这首诗就是有感于当时官场贿赂公行,官僚无耻,抓住这个典型事例,进行讽刺。诗学新乐府体制风格,直书其事,客观地反映现实,不加议论而公道自在,有很好的讽刺效果。

诗前四句写邓某献媚行贿的丑恶嘴脸。邓某身为西京长官,却亲手煎熬梁师成喜欢吃的酥油,亲自骑着马赶到东京梁府,等在门口,想在梁师成回府的时候当面献上。诗写了邓某一系列动作,活画出邓某卑鄙的心理。如煎酥油是件很繁琐费时的工作,邓某却放下国家大事不去处理,"亲自煎"以表示对梁师成的恭敬;送东西派个人去未尝不可,邓某非但亲自去,还要兼程奔驰;到了梁府,梁师成不在,留下牛酥请门子转交也完全可以,但邓某却亲自站在门口,等梁师成回家。这样层层写来,把邓某奴颜婢膝、急切邀宠的丑态入木三分地勾画出来。在用语上,诗化用了潘岳、石崇谄事贾谧的典故,密切符合邓某、梁师成身份、行事,用得也不露痕迹。

以上四句是第一段,写邓某兴致勃勃地煎了牛酥送到梁府,等候梁师成归来,把邓某急切与兴奋的心情写得很高涨。"守阍呼语"以下八句为第二段,通过守门人的话,作一大跌。邓某这副洋洋自得的嘴脸,守门人自然是司空见惯,于是冷语旁劝:你这礼品不必拿出来了,早有人拔了头筹了。前两天,有人送了牛酥来,数量是你的一倍,大人很高兴;可昨天又有人送来,包装很华美,大人更高兴,把第一个人的礼就看作很平常了。现在你在数量及包装上都比不上人家,还拿出来干什么呢?这一段纯用守门人道白,是依循乐府惯例。诗不作评论,在挖苦邓某时,展现了一个更广泛深入的问题,单单送牛酥,就有人如此争奇斗胜,其他贡品,就不在话下了。这样一写,梁师成府第送礼人接踵而至的情况就可想而知,整个官场的丑恶风气也不言而喻了。诗人正是擒住一点,以局部反映普遍,加深了诗讽刺的力度与广度。

末两句是收煞,收得出人意外。邓某受了守门人的当头一棒后,原先的兴致迅速降温,但他并不是想到自己送牛酥的行为有什么不对,而是后悔自己来晚了,暗暗下决心,明年一定要走在别人前面。诗用了"辽东豕"的典故作调侃,点出邓某的无耻,诗就在这"且听下回分解"般的余味中结束了。

这首讽刺诗的最大特点是平平而叙,没有剑拔弩张、刻露直截的火药味,只是抓住社会上一个典型事例实事求是地进行揭发。行文中不加入自己的观点,而对现实的批判无所不在,效果反而比直接加以批判来得好。就诗所涉及的内容来说,也是以往诗人很少注意到的,这无疑给讽谕诗的内容增加了新鲜的血液。

唐 庚

唐庚(1070—1120),字子西,丹棱(今属四川)人。绍圣进士,官提举京畿常平。诗工于炼句属对,多出新意,为时人所称。有《唐子西集》。

春日郊外

城中未省有春光①,城外榆槐已半黄。
山好更宜余积雪,水生看欲倒垂杨②。
莺边日暖如人语,草际风来作药香。
疑此江头有佳句,为君寻取却茫茫。

【注释】

① 未省:不觉得,还没感受到。　② 倒垂杨:映入水中的垂杨倒影。

【语译】

住在城里,还丝毫没能感受到春光;今天漫步郊外,惊喜地发现,原来榆树槐树早已抽芽,半绿半黄。远处的青山婀娜多姿,我更喜爱它那峰顶还留存着皑皑白雪;池塘的水渐渐上涨,倒映出岸边的垂杨。暖和的日光照着,黄莺儿啼唠,似人在对谈;一阵风从草地吹来,夹杂着芬芳的药香。我怀疑这景中藏有美妙的诗句,刚想为你们拈出,忽然又感到迷蒙茫然。

【赏析】

这首七律,首联点题,二、三联写景,尾联抒情,是律诗常用格式。

首联说城内领略不到春光,城外却春光明媚,两者作一鲜明对比,诗人出游寻春的目的便顺带道出,见到郊外春景的快乐惊喜的心情也呼之欲出。写城内外春景的不同,在唐宋人诗词中经常见到,如宋辛弃疾《鹧鸪天》词云:"城中桃李愁风雨,春在溪头荠菜花。"就把城内外景色作对比,体现野趣。

首联的榆槐半黄,对春光略作点染,以下二联就专门写春光。前一联写大景,注目山水,描摹青山顶峰残余着积雪,春水已生,池塘上涨,杨柳萌发嫩条,映现水中。后一联着眼于小景,用倒装句,说天气回暖,鸟儿啼鸣,风儿拂面,夹杂着阵阵药香。两联同是写景,各因景的不同而采用不同手法来刻绘。前者是纵目所见,后者是行春时所嗅到听到。写大景时很宽阔,注意色彩的比较及远近的区分,如描绘远山,着力于青山顶上的积雪,自生层次;稍近的水,在白茫茫中衬以绿柳的倒影,都很鲜明。写小景时重在感受。写莺啼、草长,加上暖日、和风,又承以"如人语""作药香",不仅表现得很细腻,而且不言"日边莺暖"而言"莺边日暖",不言"风来草际",而言"草际风来",都化熟为生,情随境转。同时,所有的景物都密切早春时令,山存积雪、水中垂杨、莺唱日暖等,都是早春的象征,回照了首联城里体念不到春已来临这一事实。

尾联转而以情作结,但不直接写郊外游春的惬意、风景给人的满足,却荡开一层,说景色中蕴涵着好诗,却一下寻不出来,也就是说妙景难言,显得含蓄不尽。唐庚作诗喜欢推敲苦吟,这两句既是写春游的心得,也可视作他作诗的体会。

整首诗格律谨严,简淡而富有风致。在句法上,有平叙,有拗折,充分显示了作者锤炼布局之工。元吴师道《吴礼部诗话》以诗中"水生看欲倒垂杨"与"疑此江头有佳句",与陈与义的《暝色》"水光忽倒树"及《春日》"忽有好诗生眼底,安排句法已难寻"相对照,说:"非袭用其语,则亦暗合欤?"

栖禅暮归书所见①

春着湖烟腻②,晴摇野水光。
草青仍过雨③,山紫更斜阳。

【注释】

① 栖禅:栖禅山,在惠州(今属广东)。　② 着:着落。这里指春天来到。湖:丰湖,在惠州城西,栖禅山即在丰湖边。　③ 仍:又,还。

【语译】

春天来了,湖上缭绕着烟霭,带有浓重的湿意;晴光照耀,野外的河流池塘,波光粼粼,摇荡不已。绿草刚经过一番春雨的冲洗,更显得青翠欲滴;烟光凝聚的山头,一派紫色,斜阳返照,增添了几分色泽。

【赏析】

　　这首五绝是唐庚贬官惠州时所作,写傍晚从栖禅山回家时所见的清新明丽的景色。

　　诗每句写一景。第一句写湖,着眼于笼罩在湖上的烟云,带出节令——春天。因为是春天,气候湿润,水气蒸腾,所以湖上凝聚着浓浓的、潮湿的雾气。第二句写水,但又不与上句湖重,写旷野中的水,带出气候——晴天。因为天晴,日光照在水上,从高处远远望去,浮光跃金,闪烁不定。第三句写草,极力写其青。春天草本是青的,再加上一场雨的冲洗,益发鲜丽葱嫩。第四句写山,用斜阳作衬托,增加了色彩的变化。

　　这四句诗,每句如一幅独立的图画,合在一起,就是一幅完整的栖禅暮景图。诗人巧妙地把实景湖、水、草、山与季节、天气、时间结合在一起,主体与背景安排得分外和谐。在具体写景时,不是就景写景,而是尽力通过客观景物与感觉相结合来描述,烟雾湿腻,水光闪耀,草色青翠如滴,暮山紫色浓厚,山中的景观与诗人浏览时的情趣一起展现,引发读者去感受,去想象。

　　诗全首用对,工稳自然。前两句,使用动词"着"与"摇"字,使景物与节令、天气关联,让无情的景物带有主动的情感。后两句使用"仍""更"两个副词,作进一层描写,使形象更为鲜明。对实词的锤炼也同样令人瞩目。首句的"腻"字,写出南方春天雨后,日光照耀下烟雾迷蒙的情况,给人以化不开的黏腻潮湿的感觉。末句的"紫"字也很见观察得细致。傍晚时烟气凝聚,远山在斜阳照射下,呈现出青紫色,这一形象,与唐王勃《滕王阁序》"烟光凝而暮山紫"几乎相同。

色彩和谐也是本诗一大特色。诗不仅在后两句用了"青""紫"两个颜色字,前两句的"湖烟""野水"也隐含色彩。这样,既有大块的颜色,又有小块的颜色,层次分明,深浅相间,与诗所写的春、晴、暮三点丝丝入扣,妙手绘出山野的独特景色。

惠 洪

惠洪(1071—1128),字觉范,俗姓彭,新昌(今江西宜丰)人。工诗文,张商英请住持峡州天宁寺。商英去位,窜海南。诗入江西诗派,有《石门文字禅》。

登控鲤亭望孤山[①]

大江自吞空,中流涌孤山。
欲取藏袖中,归置几案间。

【注释】

① 控鲤亭:当在离孤山不远的长江边。孤山:指小孤山,在江西彭泽北,安徽宿松东南,屹立江中。

【语译】

万里长江奔流直下,气势腾空;孤山屹立在中流,岿然不动。我真想把它轻轻摘取,藏入袖笼;拿回家放在几案上欣赏,意味无穷。

【赏析】

这首绝句写登高所见,眺望的中心是小孤山。小孤山屹立在长江中流,冲涛激浪,极为伟观,所以诗描绘了一幅雄伟壮阔的图画,说长江奔流直下,气吞万象,孤山在涛浪中耸立。一个"自"字,写出了大江的气势,一个"涌"字,写尽了孤山的形势。写大江的壮丽,正是衬托孤山的险要。通过这两句,把孤山下的激流、浪拍山垠的壮观,都包揽殆尽了。面对这幅景象,诗人自然惊心骇目,流连忘返,欲归不能,于是他忽发奇想,说要将孤山携带回去,放在几案间把玩。一下子把现实中的山水浓缩起来,给人以咫尺千里的感觉,同时作者也就把自己登高远眺与热爱山水的情感浓缩在一起了。

古人论画,有尺幅千里的说法,诗与画在艺术原理上有相通之处。这首小诗,是以小写大。本来是远眺,以天空与大江为背景,以小孤山为焦点,已形成了一幅动态的画面;于是诗人进一步把它缩小,把突兀江中的孤山变成一座盆景,可供人把玩。这样的写法,不仅思路上有独特性,也显示出诗人宽阔的胸襟与气度。

惠洪是个和尚,佛家经义有"纳须弥于芥子"的说法,因此,本诗又很富有禅理。

陆游有一首《过灵石三峰》诗云:"奇峰迎马骇衰翁,蜀岭吴山一洗空。拔地青苍五千仞,劳渠蟠屈小诗中。"也是先极力渲染山的雄伟,后收束到极小,产生强烈的对比感,与惠洪这首诗有共同之处。

晁冲之

晁冲之(约1072—?),字用道,又字叔用,号具茨先生,巨野(今属山东)人。晁补之从弟。授承务郎,坐党籍谪逐,遂隐居不起。曾师从陈师道,诗效法杜甫,意度沉阔,气力宽余。有《晁具茨先生诗集》。

感梅忆王立之①

王子已仙去②,梅花空自新。
江山余此物③,海岱失斯人④。
宾客他乡老,园林几度春。
城南载酒地⑤,生死一沾巾。

【注释】

① 王立之:王直方(1069—1109),字立之,号归叟,汴京人。曾监怀州酒税。著有《归叟集》,今存有《王直方诗话》。 ② 仙去:去世。 ③ 此物:指梅花。 ④ 海岱:东海及泰山间,此代指天下。 ⑤ 载酒:携酒。

【语译】

王直方已经回归仙班,他园中的梅花,再次开放,可又有谁来观赏!江山之中,空存留这寂寞的梅花;天底下却失去了一位杰出的人才,使我悲伤。当年在这里饮酒赏花的宾客们,或已去世,或老他乡;只有这园林,年复一年,花开花落,无限春光。我再次来到这城南相聚之地,想到阴阳路隔,止不住泪下千行。

【赏析】

这首诗在境地、情感上下功夫,不斤斤于字句的雕琢与声律的拗折,在江西诗派的诗作中为出类拔萃的一首。

王立之即王直方,与苏轼、黄庭坚、晁冲之等人都是好朋友。他家住京城之南,园中以梅花闻名,诸名士常去其园赏梅赋诗。晁冲之写这首诗时,王直方已经去世,他来到王家,见到梅花,想起了王直方,回忆起当年欢聚的日子,悲从中来,写下了这首感情诚挚的诗作。

诗顺着对王直方怀悼的思路铺开,说王直方已去世,梅花空自开放。诗以"空自"二字,将物的无情来衬托人的有情,以"新"字表示对旧的怀悼。这样,通过写梅花,寄托了诗人感叹人生不常,"年年岁岁花相似,岁岁年年人不同",诗人对王直方的悼念就含蓄地包罗在景中了。读了首联,我们可以想见诗人徘徊梅花下,嘘唏流泪的状况,因此次联直抒胸臆,说梅花常留世间,而朋友却从世上消失了。这两句指实了说,与首联意思相同,仍然以有情的人与无情的花对举,只是在顺序上改为先说花后说人,显得错落有致。通过反复吟咏,题目中"感梅""忆王立之"两项主题都突出了。

颈联拓开,转入回忆当年,感叹现在。当年,自己与苏轼、黄庭坚等人客居京师,在这里度过了许多欢乐的春日,而如今这些人死的死,流落的流落,只留下这园林,花开一年又一年。据晁冲之为王直方所作《墓志铭》,王直方"每有宾客至,则必命酒剧饮,抵谈终日,无不倾尽"。而这时,朋友们大多去世,不死的多因党祸,流落他乡。诗如此一写,便由悼王直方,推广到对当年同游之人的哀悼惋惜,不胜岁月如水、人世沧桑之感。于是,诗在尾联中直叙自己在园内,见着梅花,感叹自己与王直方生死异途,不由得流下伤心的眼泪。尾联方点明怀悼之地,逆挽全篇,更增加了人去园空的伤感。

诗写的自然流转,中两联对偶匀称工致,所以清纪昀评云:"似平易而极深稳,斯为老笔。"在感情的流露上,前三联有意将梅花、园林与人作对比,寄托伤悼,格调凄怆深沉,元方回认为"有老杜遗风"。

夜 行

老去功名意转疏①,独骑瘦马取长途②。
孤村到晓犹灯火,知有人家夜读书。

【注释】

① 老去:犹言年老。　② 取:犹言在、着。

【语译】

我已年龄老大,对功名利禄看得越来越淡薄;独自一个,骑着匹瘦马,奔波在漫漫长途。天快亮了,路边孤独的小村还有人家亮着灯火,我知道,是有人彻夜未眠,苦读诗书。

【赏析】

一个老人,独自骑着匹瘦马,穿透浓重的夜幕,不紧不慢地走着。诗这起首两句,就给人以无限的孤凄与失落感。"老去功名意转疏",饱含血泪,等于在说自己年轻时热衷于功名,但驰骋文场,岁月消磨,一事无成,随着年龄的增长,终于把名利心逐渐淡薄下来。这不是豁达话,而是无可奈何的呻吟,是郁积不平的哭诉。下句的"瘦马",配合"老去"而设,衬托出自己的孤单与迟暮感。瘦马走长途,增加了凄凉。晁冲之诗在哀老叹病时,常以瘦马与自己搭配在一起,如《道中》"羸病人骑瘦马行",就是如此。

下半段捕捉行路时偶然所见,发表议论。诗说自己黑夜中踽踽凉凉地走着,天渐向晓,路旁孤村的一户人家,仍然点着灯,在黑夜中格外醒目。于是诗人猜测,这一定是读书人焚膏继晷,彻夜未眠,苦读诗书。五更灯火,也可能是村人早起,将有事于西畴,或束装于远道,诗人却以"知有"二字领句,断定是人在读书,这是他以己度人,直接照应首句。诗人年轻时,不也是为功名如此用功读书吗?可如今年已垂老,功名无缘,落得骑匹瘦马连夜赶路,他此时心中的感慨是不言而喻的了。如果说他真的如首句所言,对功名"意转疏",他定会以自己翻过筋斗来的经验,对那读书人表示同情,今日的我,不就是明天的他么?如果诗人对功名的忘情只是愤疾的托词,此时那读书人就更加激起他的伤感。诗好在并没有说出自己的感慨,而是剩下一大块想象的空间,让读者自己去揣测品味。

徐　俯

徐俯(？—1140)，字师川，号东湖居士，分宁(今江西修水)人。官司门郎。南渡后官中书舍人，赐进士出身，官至端明殿学士兼权参知政事。诗受舅黄庭坚影响，但能自成一家。有《东湖居士诗集》，已佚。

再次韵题于生画雁

彭蠡何限秋雁①，此君胸次为家②。
醉里举群飞出，着行排立平沙。

【注释】

① 彭蠡：湖名，即鄱阳湖，在今江西省北部。　② 胸次：胸中。

【语译】

彭蠡湖边栖息着无数的秋雁，它们都在于生的胸中落户安家。如今，在他醉后成群地飞出，一行行排立在广袤平坦的沙滩。

【赏析】

苏轼《筼筜谷偃竹记》说文与可画竹，"先得成竹于胸中，执笔熟视，乃见其所欲画者，急起从之，振笔直遂，以追其所见，如兔起鹘落，少纵则逝矣"。晁补之亦有诗云："与可画竹时，胸中有成竹。"这就是成语"胸有成竹"的由来。徐俯这首诗，正是运用"胸有成竹"典意,加以变化,来称赞于生所画雁图的精致,说雁在于生的胸中安家,他醉中挥毫,雁都从他胸中飞出,一行行排立在沙滩上。显然,这个比喻比胸有成竹来得更为形象,令人拍案叫绝。

　　江西诗派诗人讲究活法,不肯就事论事,也不肯生搬旧典,这首小诗是个很好的例子。诗不像一般题画诗,直接介绍画面,称赞画家的技巧,也不直接用典,而是把现实与想象混合在一起,使读者自己去感受画的魅力。诗用"胸有成竹"典意,但竹是不能动的,完全靠画家来表现,徐俯用其意题画雁,让雁成为主动者,在画家胸中安家,又自己飞出,就扩大原典的意象,灵活跳脱,难以名状。这就是江西诗派的"点铁成金"。又譬如诗所题的画是"平沙落雁",北宋宋迪绘有《潇湘八景图》,一时盛传,八景中第一景就是"平沙落雁"。于生大概是江西人,徐俯也是江西人,所以他不说"潇湘",而说画中的雁是彭蠡湖边的雁,强调了于生所绘来源于自己实际生活中的感受,使画中的雁与真实的雁等同;又强调了自己对雁的熟悉,把称赞于生的画技落到了实处。这就是江西诗派的"避熟就生"。三、四句也很能体现江西诗派创新及简练的特点,着重写于生挥笔时的神态,是想象之笔,回照第二句,把苏轼赞文与可挥笔时"急起从之,振笔直遂,以追其所见,如兔起鹘落"的情况用平淡自然的笔墨形容出来,自然使人感受到画上的雁的栩栩如生。

　　题画诗要求不就画论画,笼统地概括画面,而应该从小见大,阐发画外的道理,讲究气象,使读者由诗及画,进而引起丰富的联想。徐俯这首小诗,采用比喻,勾勒了一种蒙浑的画境,使画意、画技、画家绘画时的过程都得到活生生的展现,有尺幅千里之势。

春日游湖上[①]

双飞燕子几时回? 夹岸桃花蘸水开。

春雨断桥人不度[②],小舟撑出柳阴来。

【注释】

① 湖:指杭州西湖。　② 断桥:指湖水漫过桥面。

【语译】

那成双成对的呢喃春燕哟,你们是什么时候,悄悄地,悄悄地飞了回来? 两岸的桃花,也迎着春风,低垂着枝干,拂着水面盛开。春雨淅沥淅沥地下个不住,湖水漫过了小桥,想走又怎走得过? 哦,好了,那浓郁的柳阴中,撑出一只小船,剌开了绿波。

【赏析】

南宋末年著名词人张炎作了一首《南浦·春水》词,被邓牧赞为"绝妙千古"。词的上半阕是这样写的:"波暖绿粼粼,燕飞来,好是苏堤才晓。鱼没泪痕圆,流红去、翻笑东风难扫。荒桥断浦,柳阴撑出扁舟小。回首池塘青欲遍,绝似梦中芳草。"词写景如画,体物工细,将溶溶春水,逗人春光,尽呈人前,因而传诵一时。细读这首词,与徐俯的这首《春日游湖上》除感情不同外,构思用词都十分接近,其中"荒桥断浦,柳阴撑出扁舟小"明显袭用了徐诗的下半首。由此可见,徐俯这首诗是如何得人青睐,怪不得赵鼎臣赞说:"解道春江断桥句,旧时闻说徐师川。"(《和默庵喜雨述怀》)。

徐俯这首诗,好在越读越耐读,犹如倒吃甘蔗,渐入佳境。起首两句,点出春光,双燕飞回,桃花盛开,显得很平常,在许多写春天的诗中都能读到,除了"蘸水开"一个"蘸"字,颇为工巧。但由第三、四句"春雨断桥人不度,小舟撑出柳阴来"这联一出,诗马上活了起来。第三句是全诗关键,收束在此,放开由此。湖面上飘洒着绵绵春雨,写明了节令,呼应了双燕回来;双燕是在雨中归来,人们自然没能注意到,因而有"几时回"这一设问,充满着惊喜,燕来了,春也来了,怎不令人高兴?由雨,人们又想到成双的燕子在雨幕中翻飞的情景,平添了许多春天的活力。春雨不断地下,打湿了湖堤两边的桃花,桃花含水,桃枝带雨,沉甸甸地向下弯着;而湖水呢,因了春雨,涨高了许多,于是红艳的桃花,半蘸着满湖的绿水怒放——红花绿水,春意又是多么的诱人!这时候,诗人把自己加入了诗中:雨下久了,湖水漫过了小桥,叫我怎么渡过?在迷惘中,诗却一下折回——忽然,从浓郁的柳阴中,撑出了一叶扁舟,于是前三句的寂静场面马上被打破,由"人不度"而产生的些微惆怅之感,也欻然间荡然无存了。"柳阴"二字,仍承春雨而来,因了春雨,柳树更绿更茂;而前三句都写湖岸,第四句转到湖里,在构图上也有独到之处:背景是极为广阔的湖面,主体却是微小的扁舟,对此,人们思路又随着小舟的前行,回味起雨中宁静的湖水,湖岸的杨柳、桃花,还有双飞的燕子。

韩 驹

韩驹(？—1135)，字子苍，仙井监(今四川仁寿)人。政和初赐进士出身，官秘书省正字，后迁中书舍人兼修国史。南渡后知江州。诗源出苏轼，受黄庭坚影响很大，但能自具特色。有《陵阳先生诗集》。

题李伯时画太乙真人图①

太一真人莲叶舟②，脱巾露发寒飕飕。
轻风为帆浪为楫，卧看玉宇浮中流③。
中流荡漾翠绡舞，稳如龙骧万斛举④。
不是峰头十丈花⑤，世间那得叶如许。
龙眠画手老入神，尺素幻出真天人⑥。
恍然坐我水仙府，苍烟万顷波粼粼。
玉堂学士今刘向⑦，禁直岧峣九天上⑧。
不须对此融心神，会植青藜夜相访⑨。

【注释】

① 李伯时：李公麟，号龙眠，舒城人，北宋著名画家。太乙真人：古仙人，传说居住在玉清境，号令群真，黄帝曾向他问道。 ② 太一：同诗题中的"太乙"。 ③ 玉宇：天空。 ④ 龙骧：晋龙骧将军王濬伐吴前制作大船，可容两千多人，后因以龙骧称大船。斛：十斗为一斛。 ⑤ 峰头十丈花：指华山上的玉

井莲花。韩愈《古意》："太华峰头玉井莲,花开十丈藕如船。" ⑥ 天人:神仙。 ⑦ 玉堂:翰林院。刘向:西汉人,官光禄大夫。曾在天禄阁校阅群书,撰《别录》等。《三辅黄图》载:"刘向于成帝之末,校书天禄阁,专精覃思。夜有老人着黄衣,植青藜杖,叩阁而进见。向暗中独坐诵书,老父乃吹杖端烟然,因以见向,授五行洪范之文。" ⑧ 禁直:在禁中值夜。岩峣:山高峻貌。此形容宫殿高大森严。 ⑨ 植青藜:拄着青藜拐杖。

【语译】

太乙真人乘坐在莲叶做成的小舟上,脱去了头巾,露出长发,在飕飕寒风中徜徉。莲舟以轻风做帆,以白浪做楫,真人卧在舟中,仰面向天,在中流飘荡。莲舟荡漾在中流,好像绿色的绸绡上下飞舞;船儿稳妥得像龙骧巨舟,能把万斛重物担当。我想只有太华山顶花开十丈的玉井莲,才有这么大的莲叶,人世间绝找不出一片与它相仿。李伯时画技高明,晚年更加出神入化,在小小素绢上画出了神仙妙像。我对着画恍惚进入了水神的府第,眼前是苍烟迷蒙,碧波万顷,粼粼细浪。玉堂学士是当今的刘向,在高大华丽的皇宫中值夜,陪侍皇上。你不须对着这画过分费神感叹,不久就会有神仙拄着藜杖前来相访。

【赏析】

《太乙真人图》藏在王黼家,韩驹这首诗就是为王黼所作。画面上所绘,据宋胡仔《苕溪渔隐丛话》载:"李伯时画太一真人,卧一大莲叶中,手执书卷仰读,萧然有物外思。"诗写得逸兴遄飞,神思妙绝,一时哄传,宋徽宗读到这诗,大喜,马上赐韩驹进士及第,官秘书省正字,为诗坛添了一段佳话。

诗前八句为一段,写画面。诗人注目在太乙真人所乘的罕见的大莲叶上,左右盘旋,显示画中人非凡的地位与仙风道气。前两句写真人的奇。他作为仙人出现在画面上,一奇是奇在他不是坐在船上漂浮于水面,而是坐在一张特大的莲叶上,二奇是他相貌清癯,脱帽露顶,不受人世间礼法的拘束。诗仅轻轻一点,就道尽了太乙真人的神态。三、四句进深一层。上文有"寒飕飕"三字,描写风吹发散的情况,这里便进一步发挥,说莲叶以风为帆,以浪为楫,在中流稳稳地向前,同时兼及人,说太乙真人躺在叶上,仰观天空。诗把莲叶在风浪中安稳航行,与太乙真人脱略形骸、自由自在地出没险境的情况和谐地组合在一起,且一以虚拟,一以实写,互相辉映。以下四句又接应首句,在莲舟上做文章。上面写莲舟不同于其他船,没有帆楫,航行安稳,这儿更进一步说莲舟泛行中流,犹如一片翠绿的丝绸,上下飘舞,但它的稳妥与载重量却不亚于万斛大船。因此,诗人发出奇想:仙人莫不是采来了太华山上的玉井莲的叶子,不然人间哪有这么大的莲叶呢?从颜色与大小上写了莲舟,同时写出了莲舟本身也带有仙气。以上一段,把画面写足,有素描,有议论,有想象,把太乙真人与莲舟互相衬托,取得了很好的艺术效果。

下半段八句,全为议论。前段在叙事中间杂的议论,仅仅瞄准画的中心点而发,这段重在表彰画的成就,兼及藏画的人,这是一般题画诗的规则。前两句总赞,说李伯时的画技超群,在画上把神仙的音容神态惟妙惟肖地表现了出来。次两句写观画的感受,说自己面对着画,仿佛进入水仙的府第,亲身感受到烟雾迷茫、碧波万顷的场面。这两句,换了个角度赞画,颇有杜甫《奉先刘少府新画山水障歌》"堂上不合生枫树,怪底江山起烟雾"那般以假作真的突兀起势。以下四句,转写藏画之人王黼,说王黼入值禁中,就像当年在天禄阁校书的刘向一样,胸中满藏珠玑,所以用不着对画中的人与景过分歆羡,太乙真人一定会拄着拐杖夜里来看望他。这四句是寻常应酬语,带有歌功颂德的意思,但写得很巧妙。因王黼当时官宣和殿学士,入值皇宫,韩驹便因画中太乙真人是神仙而想起了神仙夜访刘向的典故,于是以刘向拟王黼,既与藏画人、画的内容密切关联,又在用典的内涵上十分妥帖,同时照应了题画,收得不落寻常窠臼。

　　韩驹这首诗,构思奇特,用典灵活,《苕溪渔隐丛话》评说:"子苍此诗,语意妙绝,真能咏尽此画也。"评得很公允。清范大士《历代诗发》说这首诗"因叶及花,因人及杖,总是无端幻想",道出了这首诗的特色。韩驹虽属江西诗派,但这首诗没有江西诗派故立崖岸、生峭瘦硬的风格,在江西诗派诗中别树一帜。宋王十朋说韩驹"非坡(苏轼)非谷(黄庭坚)自一家",就是指这类诗而言;他自己说自己"学古人尚恐不至,况学今人哉"(宋曾季狸《艇斋诗话》),也不无道理。

和李上舍冬日书事①

朔风吹雪昼多阴,日暮拥阶黄叶深。

倦鹊绕枝翻冻影②,飞鸿摩月堕孤音。

推愁不去如相觅,与老无期稍见侵。

游宦衣冠少时事③,病来无复一分心。

【注释】

① 李上舍:不详。宋太学分三等,即外舍、内舍、上舍,此"上舍"即指太学上舍生。 ② 倦鹊绕枝:用曹操《短歌行》"月明星稀,乌鹊南飞。绕树三匝,无枝可依"句意。 ③ 游宦:到他乡做官。

【语译】

北风呼啸,吹走雪花,白天也是阴沉沉;傍晚了,阶前吹拥的黄叶,又堆高了几分。那乌鹊也疲倦了,冒着寒冷,绕着树飞着,它的影子在空中翻腾;飞往他乡的大雁,高高地几乎要碰到月亮,不时传来几声凄凉的鸣声。我想排解紧紧缠绕的愁怨,可它总是自己寻觅到我心上;原本与老年没有约定,它却不知不觉地向我入侵。做官啊,立功建勋啊,这些都是少年时的梦想;如今又老又病,再也没有一分利欲名心。

【赏析】

这首诗是政和年间韩驹任秘书省正字时作。诗传世后,深为时人推重,后来李彭有建除体诗赠韩驹,有句说:"满朝以诗鸣,何独遗大雅。平生黄叶句,摸索便知价。"(《能改斋漫录》卷十一)"黄叶句"即指本诗"日暮拥阶黄叶深"句。

诗人不因为诗是和作而勉强从事,而如他的其他诗一样,以全力出之,磨淬剪裁,均臻妙境。首联切题,写出冬天的景色,说北风呼啸,吹走了飞雪,但天色仍然是阴沉晦暗,黄昏时,阶前堆积的黄叶越来越深。这两句开宗明义,似乎直写所见,细细品味,仍可见烹炼之工。诗写的是初冬,所以枝上仍有黄叶,这些残存的黄叶,经受北风的劲吹,终于纷纷坠下,又被风吹得集中在阶下。这是人们习见而不注意的现象,被诗人拈出,就觉得分外传神。一个"拥"字,把黄叶堆积的情景写得很形象。用好"拥"字是韩驹的看家本领,宋陆游《老学庵笔记》说:"韩子苍诗喜用'拥'字,如'车骑拥西畴','船拥清溪尚一樽'之类,出于唐诗人钱起'城隅拥归骑'。"虽然点出韩驹诗的祖述关系,但也由此可见,韩驹善于琢磨字义,能把同一个字用在不同场合,都非常熨帖。

颔联写景,几乎句锤字炼,戛戛独造。写倦鹊绕枝,是承上面朔风吹雪而来,所以说它们"翻冻影";由于天气骤寒,所以大雁纷纷南飞,在夜空中不时传来几声哀鸣。这两句布局仍然同前一联一样,每句各写一景,因为诗写冬日,所以不同于一般的即目诗拘泥于一时一刻,因而上面写阴天,这里仍然可以写夜月,不是诗病。诗的第五字即所谓的诗眼,所用动词都很生动。以一个"翻"字,状出乌鹊绕枝翩翩飞舞的情况,以一个"堕"字,描摹高空雁鸣传到地面的状况,都道人所未道。而以"倦"字形容绕枝欲栖的乌鹊,也很工致。因此,宋张邦基《墨庄漫录》说:"诚佳句也,但太工耳。"认为诗锻炼得有些过分,正点出了韩驹诗的特点,不过,工总比圆熟滑俚要好,正如清许印芳评说:"此诗字字锤炼,可药油滑率易之病。"清潘德舆《养一斋诗话》说这联"纯是筋骨,然皆语尽意中,唐人不肯为者"。唐诗讲究意象,宋诗讲究工巧,唐人不为正是宋人所乐为,从这里可以见得韩驹这首诗代表了典型的宋诗风格。

  诗的前半全是写景,满目凄其肃穆、哀凉孤苦的现象,已或多或少透露了诗人的心境。诗下半转入抒情。上半写得很绵密,下半风格随内容而变,转而虚疏。颈联叹愁哀老,说愁苦缠身,推也推不掉;与老无约,老却悄悄来临。诗将愁与老用拟人化的手法写出,在调侃中带有无可奈何之意,写得很活,把寻常叹老诉愁语全都抹绝,有强烈的新鲜感,所以方回评说:"五、六前辈有此语,但锻得又佳耳。"尾联由哀愁叹老,进而想到功名富贵,说自己少年时对功名一味争取,如今老病,把这些都看得很淡薄了。诗结尾情调很低落,正是诗人处在新旧党争的漩涡中心的心理反映。果然没多久,他便因"为苏氏学"(《宋史》)而遭贬。清贺裳《载酒园诗话》也专门就诗的结尾发表议论说:"词气似随句而降,渐就衰飒,然恬让之致可掬。呜呼,独不可向伏枥者言耳!"

夜泊宁陵①

汴水日驰三百里②,扁舟东下更开帆。
旦辞杞国风微北③,夜泊宁陵月正南。
老树挟霜鸣窣窣,寒花垂露落毵毵④。
茫然不悟身何处,水色天光共蔚蓝。

【注释】

① 宁陵:今河南宁陵县。　② 汴水:汴河,在今河南境内,流入黄河。
③ 杞国:古国名,今河南杞县。　④ 毵毵(sān sān):细长貌。

【语译】

汴水奔流,日驰三百里,我的船儿向东顺流而下,还张起了白帆。清晨时离开杞国,刮着微微的北风;晚上泊舟宁陵,月亮正照着南边的舷窗。一棵老树满带着清霜,凉风吹来,窣窣作响;花儿上凝聚着寒露,慢慢滴落,连绵不断。我只觉得心中一片茫然,不知道身在何处,眼前的水色与天光都是蔚蓝。

【赏析】

韩驹是江西诗派中的一员干将。江西诗派诗以布局严谨著称,这首诗是《陵阳集》中的名作,被宋吕居仁等人作为样板,认为"可作学诗之法"(《诗林广记》引《小园解后录》)。因此,我们在这里不妨多注意一下这首诗是如何布局的。

诗题写夜泊，便以夜泊为中心，这就是所谓擒题。但如果一味扣住诗题，诗便会死板呆滞，必须不即不离，眼睛觑定中心，然而不直接接触中心，在旁衬上做文章。这首诗前两联便不写夜泊，先写夜泊以前，船走得飞快，衬映出诗人的心情，以动、行来为下面的静、泊作陪。第三联写夜泊，以景为主，第四联转而写情，使诗有余味。在搭配上，前两联尽量蓄势，苍劲快捷，自然流畅，景色变化幅度很大，把动态写足；后两联转入凝重平缓，情致悠然，景色固定不动，把静态写足。写动态时，又配合其快，写流水、北风、明月等粗线条的大环境中的景物，间以地名，形成跳跃；写静态时，写老树、寒花、微小的声音与下垂的露水等小景。这样，全诗以意相贯，以气相接，浑然精到，把自己夜泊前后的景物、心情都反映了出来。宋魏庆之《诗人玉屑》卷二评这诗的章法说："如梨园按乐，排比得伦。"很形象地作了总结。清代王士禛、纪昀等人也对这首诗交口称赞。

除布局外，这首诗在描写场景及遣词造句上也很得熔炼之功。如第一句"汴水日驰三百里"，气势很磅礴，可与李白"千里江陵一日还""飞流直下三千尺"一类诗比靠。次句"扁舟东下更开帆"，加一倍写快，方回评说："此是诗家合当下的句，只一句中有进步，犹云'同是行人更分首'也。""旦辞杞国"一联则写得很圆活，似山谷诗法。

值得一赞的是，诗尾联融情于景，由苍茫的夜色产生迷惘沉醉的感觉，遂以"水光山色"寄托难以表达的情思，得含蓄不尽之意。

但是宋曾季狸《艇斋诗话》挑剔说结处"汴水黄浊,安得蔚蓝也?"落实了说,就失去了诗的趣味了。再说,夜间船泊水上,月光明照,蓝天映入水中,自可蔚蓝;这时要分辨汴水是否黄浊,倒反而不是件容易的事。

为葛亚卿作①

君住江滨起画楼,妾居海角送潮头②。
潮中有妾相思泪,流到楼前更不流。

【注释】

① 葛亚卿:葛次仲,字亚卿,阳羡人。官海陵尉。有《集句诗》三卷。
② 海角:指江流入海处。

【语译】

你走了,从此后,我们天涯海角,各居一方。你住在那江边高耸的画楼,我呢,还留在这海边,天天目送着涌入江口的潮水,落了又涨。心上的人啊,你可知道,这潮水中有多少我的相思泪?它随着上涨的潮水,流啊,流啊,一直流到你的楼旁,就再也不肯往前淌。

【赏析】

本诗原题《十绝为葛亚卿作》,这里选的是第五首。有关作诗缘起,宋胡仔《苕溪渔隐丛话》卷三十四说:"余以《陵阳集》阅之,子苍《十绝为葛亚卿作》，皆别离之词，必亚卿与妓别，子苍代赋此诗。其诗云'妾愿为云逐画檐，君言十日看归航'，以此可知也。"可见，本诗的女主人公是个妓女。

诗是代葛亚卿所作，全用女主人公的口气说出，这是继承了《诗经》以及汉魏乐府的风格，在唐诗中也经常能见到。这类民歌体的诗，本来都是可以唱的，所以被称作"情歌"。到了宋代，出现了可唱的词曲，大量爱情诗都通过词曲来表现，所以有关爱情的诗作很少，像韩驹这首写得如此好的诗，更是凤毛麟角。

组诗的前几首，诗人或以譬抒情，或写分手时的依恋，宛转缠绵地表达女主人公对离别的黯然伤魂，描摹了女主人公复杂细腻的心理动态。这首诗换个角度，直抒胸臆，通过对别离后的想象，发出痴情的盟誓。她见情郎挽留不住，离别已成定局，于是相告说：从此后，你我远离天涯，我要天天站在海边，目送着潮水逆江而上。当你站在江楼上观潮时，你要知道，潮水中有我相思泪，它流到你楼前就不再流了。诗前两句写分别，以分别后所居不同地点作点缀，说一在江边，一在海边，为下文预留地步。后两句因前所住地，巧妙地把海潮写成捎带泪水、传递感情的媒介，构思奇特，可与李白诗"我寄愁心与明月，随君直到夜郎西"媲美。对于爱之深，思之切，诗却不写心情，只用"相思泪"这一有形的物质来体现，同时还赋予泪以情感，让它流到情人楼前止住，就更出人意表。

这首情歌，风格爽朗大胆，淋漓尽致地表达了女子炽烈的爱情与难分难舍的离情别愁。宋吴曾《能改斋漫录》卷八说诗后两句吸取了前人的成句。一是唐孙叔向《经昭应温泉》:"一道泉流绕御沟,先皇曾向此中游。虽然水是无情物,也到宫前咽不流。"一是宋晁元忠《西归》:"安得龙山潮,驾回安河水?水从楼前来,中有美人泪。"实际上,凭借水带去多情的泪这一构思,还可以往前推,如岑参《见渭水思秦川》:"渭水东流去,何时到雍州?凭添两行泪,寄向故园流。"然而韩驹这首诗好在全首浑然一体,没有前两句,不见后两句之妙。即便韩驹诗是从前人作品中演化过来,也不着痕迹,用江西诗派的话来说,是"脱胎换骨,点铁成金"。正如清潘德舆《养一斋诗话》所评:"与唐人声情气息不隔累黍……即以诗论,亦明珠美玉,千人皆见。"

谢人送凤团及建茶①

白发前朝旧史官,风炉煮茗暮江寒②。
苍龙不复从天下③,拭泪看君小凤团。

【注释】

① 凤团:印有凤纹的茶饼。是当时的贡茶。建茶:福建建州所产茶,为当时名茶,凤团及印有龙纹的龙团都是建茶中的上品。 ② 风炉:煮茶的炊具,以铜铁浇铸,形状如鼎。 ③ 苍龙:龙团。原诗自注:"史官月赐龙团。"这里语意双关,又以龙代指天子。

【语译】

我这个前朝的史官,如今已白发斑斑;独自对着风炉,煮着茶叶,黄昏江畔的秋风,使人感到阵阵凄寒。再也得不到皇帝赐赏的龙团茶,想到这,我不禁擦着悲伤的眼泪,对着您送给我的小凤团。

【赏析】

这首诗作于靖康之变以后,借友人送茶叶,抒发家国之忧,大有"前度刘郎"之意。

凤团及建茶,在宋朝时都是贡茶,因此诗人见到友人所送的茶叶,便止不住回想起自己当年在朝中任职的情况。韩驹在徽宗宣和六年(1124)迁中书舍人兼修国史。朝制,凡史官每月赐龙团。所以,诗首句出"史官"一词,自明身份,但加上"白发",叹自己年高衰老;加"前朝"二字,叹时异事异,使自己处在与"史官"不和谐的地位,表示伤今怀旧之情。次句,落实如今的不堪,说自己目前独自一人,在江边寓宅,黄昏时煮茶品茗。写得很凄清,着力表达自己孤寂之情。诗人在南渡后,高宗即位,命知江州,这首诗有"暮江"字,或即作于江州任上。他所写的凄凉情况,不是一般的叹老哀贫,也不同于游子落魄江湖、隐居深山的寂寞,而是将国事与家事紧紧连在一起,从而产生浓重的愁思。诗人在南渡后,这份愁思就一直伴随着他,也不断形诸吟咏,如《次韵钱逊叔侍郎见简》云:"白头逢世难,无地可推愁。晓日瞻天阙,春风忆御沟。"《次韵耿龙图秣陵书事》云:"乱离只有穷途泪,勋业都无过去心。"都是怀念往事,面对现实,悲从中来,有泪如雨。

三、四句抒发感慨。友人送的是凤团,由凤团,诗人想到了往日赐予史官的龙团。于是诗从"龙"字上设意,由龙团茶延伸到真龙天子。"苍龙"二字双关,是指茶,也指天子;"不复从天下",指天子不再颁赐龙团茶,也指徽宗当时已被金人俘押,不再君临天下了。诗看似就事论事,平铺直叙,其意含蓄深重。最后,诗便把这份思君之心落实到末句的流着眼泪看着凤团茶上,写得沉痛欲绝。

全诗借凤团发端,在应酬咏物诗中,寓家国沧桑之感,语言诚挚悲怆。王十朋说韩驹的诗"非坡非谷",但这首绝句全是山谷家法,字字沉劲,语浅意长。宋吴曾《能改斋漫录》盛赞其"语工",清王士禛《池北偶谈》也认为"可追踪唐贤"。

洪 朋

洪朋(1072—1109),字龟父,南昌(今属江西)人。终身未仕。黄庭坚甥,与弟刍、炎合称"三洪"。诗深得山谷句法,笔力雄肆,多警句。有《洪龟父集》。

宿范氏水阁

枕水凿疏棂①,云扉夜不扃②。
滩声连地籁③,林影乱天星。
人静鱼频跃,秋高露欲零④。
何妨呼我友,乘月与扬舲⑤。

【注释】

① 疏棂:栏杆上雕花的格子。 ② 扃:关锁。 ③ 地籁:地上发出的各种声响。 ④ 零:滴落。《诗·鄘风·定之方中》:"灵雨既零。" ⑤ 扬舲:驾船。舲,有窗的船。

【语译】

装饰华美的水阁,仿佛枕在水面上;阁门带着云烟水气,到晚上还是虚敞不关。滩头的浪声伴随着大自然的各种声响;透过稀疏的林木,可见到隐约的星光。夜深人静,水中的鱼儿频频跳跃;秋高气寒,露水凝结,渐渐滴淌。我真想找上几个知心朋友,驾上一条小船,在月光下,尽情把这迷人的景色玩赏。

【赏析】

洪朋是黄庭坚的外甥,自幼受黄庭坚的教诲,深得江西诗派炼句精髓,刘克庄赞他"警句往往前人所未道"。这首夜宿水阁诗,清静幽窈,描神绘影,是江西诗派诗中少见的佳作。

诗的首联点题,说水阁建立在水上,在烟云缭绕中,夜间用不着关锁阁门。两句把水阁的情况很形象地描绘出来,用字很灵活。"枕水"二字,概括了水阁的特点。"凿疏榥"即建水阁的意思,在词面上加以变化,避免了直截叙述,也增加了诗意。"云扉"二字,写阁门临水,处在烟云水气之中,很凝练。"夜不扃",既说其幽僻,远离尘嚣,也含有欢迎人来此住的意思,关联到水阁的主人范氏的好客。

二、三联写水阁深夜景色。水阁最大特点是临水,所以先从水滩写起,说滩头的浪声哗哗不停,与自然界发出的各种秋声连成一片。阁又背林,秋天树叶稀疏,透过树林可见到天上的星光。上句从听觉写,用一"连"字,说明繁响不绝,包蕴很广;下句从视觉写,用了个"乱"字,写树林在风中不停地摇晃,星光时隐时现,都写得富有神韵。接着,诗由环境连类写节令,写人。人已躺下欲睡,只听见窗外鱼频频跃水,发出扑剌声;夜深了,寒气凝露,将要下滴。这两联写的很热闹,主旨却是说明夜的静寂与人的静寂。

由环境的寂静,夜色的迷人,诗人的清兴被勾动了,他很想呼上三朋四友,驾着扁舟,去领略这秋夜无尽的美色。这联结束得很有意味,一方面概括了上面景色的清丽美妙;另一方面,由景色而抒发自己的幽情,表示静极欲动,急于完全沉浸到大自然中去的冲动。

全诗注意境界的和谐完美,系情于景,这就摆脱了江西诗派仅在炼句炼字上花工夫、追求奇崛生新所产生的弊病,已经开了江湖诗派野逸清瘦的诗风。王直方、潘大临、黄庭坚、徐俯等人众口同声称赞洪朋的《题胡潜风雨山水图》:"胡生好山水,烟雨山更好。鸿雁书远空,马牛风塞草。"实际上这首诗只是脱胎旧词,充满江西诗派诗味,成就远远比不上《宿范氏水阁》一首。

王庭珪

王庭珪(1079—1171),字民瞻,自号卢溪真逸,安福(今属江西)人。政和进士,历官茶陵丞、国子监主簿,直敷文阁。诗劲健畅达。有《卢溪集》。

送胡邦衡赴新州贬所①

囊封初上九重关②,是日清都虎豹闲③。

百辟动容观奏牍④,几人回首愧朝班⑤?

名高北斗星辰上,身堕南州瘴海间⑥。

不待他年公议出⑦,汉廷行召贾生还⑧。

【注释】

① 胡邦衡:胡铨,字邦衡,号澹庵,庐陵(今江西吉安)人。建炎进士,官枢密院编修。以上书反对议和,请斩秦桧等,除名,编管新州(今广东新兴),移吉阳军(今海南三亚)。孝宗时官至端明殿学士。　② 囊封:密封的奏章。九重关:帝王所居。旧制,天子之居九门。　③ 清都:上帝所居。此即指皇宫。虎豹:传天帝的宫阙有虎豹把守。此指朝中权臣。旧制,凡言官上疏弹劾执政官员,该官员例要待罪退避等候皇帝处分。所以说胡铨奏章上而虎豹无事空闲。　④ 百辟:此指朝中百官。　⑤ 朝班:朝廷中官员排列位次。愧朝班即无颜立于百官之中。　⑥ 瘴海:指沿海瘴气弥漫的区域。　⑦ 公议:公正的舆论。　⑧ "汉廷"句:据《史记·屈原贾生列传》,贾谊见国事多敝,上疏汉文帝请"改正朔,易服色,法制度,定官名,兴礼乐"。后被攻讦,贬官长沙王太傅,四年后被召回。

【语译】

当你把奏章封好献给了帝王,这天皇宫中的虎豹们待罪空闲。百官看着奏章个个容颜改变,有几人回首三思,羞愧难言?你的名声高高远在北斗星辰之上,而你却被远远地贬谪到南国瘴海之间。你放心,用不着等待今后公议论定,没多久,皇上就会把你召回身边。

【赏析】

绍兴八年(1138),爱国志士胡铨慷慨上书,痛斥和议,乞斩王伦、秦桧、孙近之首以谢天下,扣押金国议和使臣,兴兵北伐。书上后,被罢官,绍兴十一年,谪居新州。王庭珪不顾个人安危,作了两首诗为胡铨送行,这里选的是第一首。诗作后不久,就有人告发他,并指实他所作第二首中"痴儿不了公家事"句诽谤朝廷大臣,秦桧大怒,将他收入监狱,除名,贬辰州编管。当时王庭珪已经七十岁,"于是先生诗名一日满天下"(杨万里《卢溪文集序》)。

诗首联直从胡铨上奏章被祸开始写,说胡铨写好奏章送达帝前,因此这天看守天门的虎豹们变得顿时空闲起来。这两句,勃勃生气腾出纸面,表示对朝廷上奸臣充斥、把持朝政表示愤慨,赞赏胡铨的胆大勇为。屈原《招魂》"魂兮归来!君无上天些。虎豹九关,啄害下人些",宋玉《九辩》"岂不郁陶而思君兮,君之门以九重。猛犬狺狺而吠兮,关梁闭而不通",都是说天子居住的地方被虎豹恶犬所把持,使贤人不能接近皇帝。王庭珪因为胡铨的奏章送达了帝前,奸佞依例待罪候议,空闲下来,所以用以上典,密合眼前,而重点则在"虎豹"二字上。诗的起句与韩愈《左迁至蓝关示侄孙湘》"一封朝奏上九天"句很相近,起得突兀有神。有的本子作"一封朝上九重关",与韩诗太过接近,恐是传抄之误。

三、四句写胡铨奏章上达后,引起了百官的震动,但是又有几个人因此而回顾反思,为自己尸位素餐而感到惭愧呢?上章言事本来是大臣及谏官的事,但这些人都闭口不言,反而是官居编修的胡铨挺身而出,仗义执言,因此王庭珪在此表示愤怒。宋岳珂《桯史》卷十二记这件事说:"胡忠简铨既以乞斩秦桧掇新州之祸,直声振天壤,一时士大夫畏罪钳舌,莫敢与立谈,独王卢溪(庭珪)诗而送之。"可见当时朝臣软弱无能、明哲保身的情况,也充分反映了胡铨及王庭珪的刚直正义。通过诗中所写官员们的表现,我们仿佛见到胡铨奏章中慷慨激昂、淋漓犀利地指责奸佞的言辞;仿佛听到胡铨的誓词:请杀死这班误国奸臣,传首示众,兴师北伐,"不然,臣有赴东海而死,宁能处小朝廷求活耶!"

五、六句转写胡铨,一扬一抑。出句对他忠肝义胆、敢于直言进行称颂,说他的精神可与日月争辉,高过北斗星辰;对句一落千丈,说他的处境却是被放逐到南海瘴疠之地。名高北斗与身堕南州,对比十分强烈,表现了诗人胸中无限郁勃不平之气。"堕"字炼得很工,与上句的"高"字及"北斗星辰"相呼应,突出了胡铨所受的不公正待遇。"身堕南州瘴海间"句与韩愈诗"夕贬潮阳路八千"意义又很接近。

最后,诗人对胡铨进行安慰,说用不着等到今后公议,皇上不久就会把你召回朝廷。以慰问勉励语作结,是送人贬谪诗的惯例。如高适《送王李二少府贬潭峡》云:"圣代只今多雨露,暂时分手莫踌躇。"但王庭珪经过精心构思,使常用的安慰话充满感情,含意也十分丰富。"不待他年公议出"句,表面上是说胡铨贬谪南国的时间不会太久,实际上是以奸臣掌权的时间不会太久来勉励胡铨。"汉廷行召贾生还",是以贾谊比胡铨,说他忠而获罪,对他再次颂扬,也间接达到批判奸臣而为帝王尊者讳的目的。

全诗一气运转,如金石掷地,铿然有声。诗人对忠臣义士的赞赏,对奸臣的诛挞,千载之下,读来仍觉凛凛有生气。胡铨的奏章,杨万里《胡忠简公文集序》说"金虏闻之,募其书千金,三日得之,君臣夺气"。王庭珪这首诗则足令投降派夺气。

赵 佶

赵佶(1082—1135),宋徽宗,在位二十六年。金兵南下,禅位钦宗,旋被掳,死于五国城。擅诗词,精书画,是历史上著名的多才皇帝。

在北题壁

彻夜西风撼破扉①,萧条孤馆一灯微。
家山回首三千里②,目断天南无雁飞。

【注释】

① 扉:门。 ② 家山:故乡、故国。

【语译】

西北风呼呼地刮了一夜,把那扇破门摇动得不停地响;残旧简陋的旅馆里,我独自一人,对着微弱的灯光。回首故国,相隔千山万水;我放眼南望,一直看到云天尽处,也见不到一只大雁在飞翔。

【赏析】

这首诗是宋徽宗赵佶被俘后,题写在被囚禁的馆舍墙上的一首绝句。他作为一位天子而成为阶下囚,昔日的荣华富贵,转眼烟云,心中自然充满了感伤。这天,他听着萧瑟秋风吹打着简陋的破门,面对着昏黄的灯火,度过了不眠的寒夜。想起自己的国家、臣子,音讯全无,踱出门外,遥望南天,可是天上连大雁也看不到一只。

这首诗写得凄切哀苦。从诗中"破扉""萧条孤馆一灯微"这样破败不堪的场面,我们很容易理解他会回忆起千门万户,美轮美奂的皇宫,一呼百应,炊金馔玉的生活,眼前境地越是恶劣,越能令人体会到他的苦闷。后两句回首故国,恨无寄书人,包括了无数的对往事的困惑、迷恋及深切的悲慨。"三千里"极言其远,"目断天南"很具体地刻绘出自己满怀的愁怨。他想捎信说些什么呢?是希望故臣来解救,是向亲属们诉苦,还是对自己在位时荒淫无道酿成国变而忏悔?诗中没有明说,读者可以自己去揣测。

读赵佶这首绝句,很容易使人想到南唐后主李煜的两首词,都是皇帝被俘的悲叹。一首是《虞美人》,写于被俘后,寄托亡国之痛,今昔之悲,上片云:"春花秋月何时了,往事知多少?小楼昨夜又东风,故国不堪回首月明中。"也是见景起兴,思念故国,与赵佶诗内容景物不同,中心意思完全一样。另一首是《浪淘沙》,写亡国后一夜听雨睡不着,愁思纷至沓来,因以词表示哀怨。词云:"帘外雨潺潺,春意阑珊。罗衾不耐五更寒。梦里不知身是客,一晌贪欢。　独自莫凭栏,无限江山。别时容易见时难。流水落花春去也,天上人间。"词以曲折的笔墨表达自己的痛苦,正可用来注释赵佶写这首绝句时的种种感受。

宋徽宗是著名的书画家,诗词也写得不错,可惜他治国的本领远远比不上他文学艺术的素养,在位时任用奸邪,坐失江山。这首诗写得低沉凄迷，令人感动，但他的处境实在是咎由自取，不值得人同情。无独有偶，大约过了一百五十年左右，赵佶的后代南宋恭帝赵㬎也步上了他的祖宗的老路，被元人俘到大都；他也作了一首诗，怀念故国，悲伤凄黯，诗说："寄语林和靖，梅花几度开？黄金台下客，应是不归来。"借梅花写失国之恨。历史的巧合令人沉思，正合了杜牧《阿房宫赋》中的一句话："后人哀之而不鉴之，亦使后人而复哀后人也。"

吕本中

吕本中(1084—1145),字居仁,号紫微,学者称东莱先生,寿州(今安徽寿县)人。绍兴六年(1136)赐进士出身,历官中书舍人兼直学士院,因得罪秦桧罢官。他的诗学江西诗派,著《江西诗社宗派图》。所作立足以故为新的诗法,但又讲究活,对杨万里、陆游等人有较大影响。有《东莱先生诗集》。

兵乱后杂诗

晚逢戎马际①,处处聚兵时。
后死翻为累②,偷生未有期。
积忧全少睡,经劫抱长饥。
欲逐范仔辈③,同盟起义师。

【注释】

① 戎马:兵马,指战争。 ② 翻:同"反"。 ③ 范仔:河北抗金义军首领。此句下有原注:"近闻河北布衣范仔起义师。"

【语译】

真没想到,我临老还碰上了兵荒马乱,到处是军队在打仗。虽然苟且残生,反觉得活着是受罪磨难;忍辱偷生,痛苦的日子无边无岸。心中郁结着重重忧愁,长夜漫漫,我怎能睡得稳安?多年来忍饥挨饿,度过了一道道难关。我真想追随范仔的部队,一起抗金,驰骋沙场。

【赏析】

靖康元年(1126)冬,金兵攻陷北宋都城汴京(今河南开封)。第二年,将徽宗、钦宗父子掳去。金兵退尽后,吕本中回到汴京,不胜嘘唏,写下了《兵乱后杂诗》五首,这里选的是第一首。

诗写自身感受,先从身遭离乱写起,但不具体铺开,与题目"兵乱后"保持一致。诗写自己已近晚年,却过不了太平日子,战争四起。两句平平而叙,语气沉痛,读者自然能从中品味出在战争中作者和广大百姓一样,受尽了颠沛流离,九死一生。以下六句全写乱后。经受了百般磨折,留得残生,本该庆幸,但诗人反觉得"后死翻为累",不说幸而不死,反言不如早死,是加一倍写法。当时汴京遭乱后,生计艰难,确实有生不如死的状况,所以也是实写。正因为生不如死,活着痛苦没个完,因而诗接写苟且生存的苦处,说忧患太多,粮食紧缺,补足上联。据《三朝北盟会编》卷三十载,金兵围攻都城,"围闭旬日,城中食物贵倍,平时穷民,无所得食,冻饿死者藉于道路"。当时金兵虽退,汴京劫后粮食仍然没有,所以这两句不仅写自己,也写出全体百姓的情况。以上种种不堪,终于逼出末联,把满腔愤恨,向侵略者金人发泄,要投奔义师,抗击金兵。诗写要追随义师而不及朝廷,对朝廷的失望与谴责也就包括在里边了。

吕本中的乱后所写的几首律诗全学杜甫反映安史之乱的一些五律,语气沉痛,但因其才力不及,稍落下乘,所以纪昀在《瀛奎律髓》中批说:"五首全摹老杜,形模亦略似之,而神采终不及也。"同时,诗的煞尾两句,在今天来说,是慷慨激昂的号角,但从艺术角度上看,结得过于率易,压不住全诗。

春日即事

病起多情白日迟①,强来庭下探花期②。
雪消池馆初春后,人倚阑干欲暮时。
乱蝶狂蜂俱有意,兔葵燕麦自无知③。
池边垂柳腰支活④,折尽长条为寄谁?

【注释】

① 白日迟:用《诗·豳风·七月》"春日迟迟"句,谓春日过得缓慢。② 强:勉强。 ③ 兔葵:葵菜,俗名木耳菜。 ④ 腰支:同"腰肢"。

【语译】

我病体初愈,带着极大的兴趣,勉强漫步庭院,探寻春天的消息;院中阳光明媚,日影缓缓西移。池边的亭台楼阁积雪已经消融,透满了初春的活力;我留连忘返,倚着栏杆,一直到夕阳西下,暮云低迷。那上下翻飞的蝴蝶,那嗡嗡盘旋的蜜蜂,似乎都充满了情意;满地的兔葵,丛生的燕麦,一个劲地长着,怎知我满腹的心思？池塘边的垂柳在风中摇动着它婀娜的腰肢,我想把它折下送人,可心中的人啊,你此时又在何地?

【赏析】

这首诗是吕本中的代表作,无论是抒情还是写景,都写得流转自然,为历来选家所重。

首句的"病起多情"是全诗的主脑,"病起"是身体状况,"多情"是因为病,因为春怀,还有门外的春景。一个人缠绵病榻多日,今天身体好些,能够出外走走,而外面是足以感人、使人留恋的初春美景,诗人自然多情。在这样的心情指导下,见到的景色也变得多情起来。院中的白日似乎迟迟不坠,将温暖的阳光洒满大地,让诗人尽情领略眼前的春光。首句写春日,照应节候,也是在室内很久的病人乍一出门的最直截的反应,写得很自然。次句"强来庭下探花期"是承首句说,"强来"是"病起"的进一步说明;"探花期"又是"多情"的表现。

次联依"庭下探花期"展开。诗人漫步庭院,欣赏着早春景色,只见病前所见的积雪都已消融,和暖的春风吹满大地,使人懒洋洋地,他便倚着栏杆,久久不想离去,一直到黄昏,太阳即将下山。前面已有"白日迟"句,此联又重说赏景到日暮还不走,他站的时间之久,对景色的多情就得到了深刻的描绘。诗在写景时不仅仅是注目风景,而是把自己嵌入景中,与景物融合成一片。因此宋张九成在《横浦日新录》中称赞说:"此自可入画。人之情意,物之容态,二句尽之。"诗也成为众口称赞的名联。

下一联又接上"人倚阑干"写。诗人倚栏杆这么久,看得这么细,他见到了什么呢?想些什么呢?诗交代说眼前蜂蝶忙忙碌碌地飞来飞去,遍地长着兔葵、燕麦。诗在这里特地把"有意"与"无知"对举,蜂蝶是有意,为春色而繁忙,兔葵、燕麦是无知,默默地生长。诗人把自己的感情移入物中,使自然界的动植物都带有感情,衬托出自己的主观思想。钱锺书在《宋诗选注》中指出,这二句都有出处。出句是化用了李商隐《二月二日》"花须柳眼各无赖,紫蝶黄蜂俱有情"句,也参考了杜甫《风雨看舟前落花戏为新句》中的"蜜蜂蝴蝶生情性"句。吕本中在这里借用,显然不单单是描写小昆虫的热闹,赞赏春天的蓬勃生气,而是由它们所交织成的气氛中,感叹自己的孤寂。对句是用刘禹锡《再游玄都观》诗序中的话:"重游玄都观,荡然无复一树,唯兔葵、燕麦动摇于春风耳。"也是借此含蓄地寄托自己凄然的神思。

上联通过景色,加以主观情感,使诗进入一种幽独伤感的氛围,诗人伤春的情调已经流露出来,尾联就以情语作结,将前三联作一大收煞。诗说小池边的垂柳在春风中飘荡多姿,可我即使要去折它,折了又送给谁呢?古人有折柳送别的习惯,如唐王之涣《送别》云:"杨柳东门树,青青夹御河。近来攀折苦,应为别离多。"乐府有《折杨柳》专咏送别。这首诗由眼前的杨柳想到送别,而所送之人早已走了,如今不知流落在何方,于是又产生怀念,应接得很自然。更见功力的是,这样一结,成为全诗的点睛,原来诗人病起看花,倚栏留恋,感蜂蝶有情,叹葵麦无知,种种"多情"举动,都是因了怀人。心中所怀,不惟不见,连所怀之人在何处都不知道,他能不迷惘感伤、凄然泪下吗?

全诗将情融景中,处处关合,将心中的忧郁逐次展开,又表达得含蓄有味。诗笔调清新凝练,是吕本中诗的一贯风格。吕本中论诗讲究活法,标举谢玄晖"好诗流转圆美如弹丸"的理论,追摹江西诗派,注重形式上的老到。如被人们普遍称赞的《西归舟中怀通泰诸君》中的二、三联"乱叶入船侵破衲,疾风吹水拥枯萍。山林何谢难方驾,诗语曹刘可乞灵",被元方回评为"诗格峥嵘,非晚学可及也"。但他诗的成就,实际上表现在流转清新上。如这首诗的"雪消池馆"一联,宛如清水芙蓉,屏除雕饰。同样的句子,如《春晚郊居》"低迷帘幕家家雨,淡荡园林处处花",《柳州开元寺夏雨》"云深不见千岩秀,水涨初闻万壑流",《试院中作》"树移午影垂帘静,门闭春风十日开",都得晚唐律诗三昧。方回说吕本中在江西诗派中"最为流动而不滞者,故其诗多活",洵为定评。

柳州开元寺夏雨①

风雨翛翛似晚秋②,鸦归门掩伴僧幽。
云深不见千岩秀,水涨初闻万壑流。
钟唤梦回空怅望,人传书至竟沉浮③。
面如田字非吾相④,莫羡班超封列侯⑤。

【注释】

① 柳州:今广西柳州市。 ② 翛翛:象声词,同"萧萧"。 ③ "人传书"句:暗用《世说新语·任诞》中典:殷洪乔出为豫章太守,京中人士托其传书,殷皆投之水中,曰:"沉者自沉,浮者自浮,殷洪乔不能作致书邮!" ④ 面如田字:《南齐书·李安民传》载,宋明帝目安民曰:"卿面方如田,封侯状也。"后李安民在齐高帝时封康乐侯。 ⑤ 班超:东汉名将。《后汉书·班超传》载,有相者说他"燕颔虎颈,飞而食肉,此万里侯相也"。后班超投笔从戎,立功西域,封定远侯。

【语译】

风雨萧萧,虽然是夏天,可眼前的景象,多么像是晚秋;乌鸦早已归巢,寺门也已紧闭,我只有僧人相伴,庙里无比清幽。浓重的云雾弥漫了整个世界,见不到秀丽的山岩;溪水上涨,耳边的哗哗声响,是千涧万壑泉水争流。声声钟鸣,惊回了思乡的美梦,我空自惆怅迷惘;亲友的书信一封也没有收到,使我加倍地忧愁。我的长相非常平常,并不是面方如田;因此上,不羡慕班超,飞而食肉,万里封侯。

【赏析】

吕本中在宋高宗建炎年间,避地柳州。当时时局不宁,山河破碎,他感叹国家多故,身世飘零,不禁悲从中来,遂借眼前风雨,将满腔心事,倾诉而出。

诗首联写景,点题"开元寺夏雨"五字。夏天的一场大雨,驱走了暑热,寺中本来清凉,这时更添上了丝丝寒意。于是,诗人听着风声雨声,心潮澎湃,虽是夏季,却产生了无尽的悲秋般的萧瑟之感。诗写的景色,极其清幽,无论是"风雨翛翛"还是"鸦归门"的黄昏景象、僧寺的空旷寂寥,都与自己流落他乡、忧国忧身的心情浑融交合在一起,写得很深沉。"似晚秋"三字是主题,是结合了气候与心情的感受。

次联扣紧夏雨,写山中景色:暮云高涨,遮住了秀丽的山峰,耳中是涧壑中哗哗的流水声。这两句,一句通过视觉写,一句通过听觉写。视而不见转而听,承接得很自然。云雾蓊翳,水声喧豗,形象地表现山中下大雨的情况,移不到平地上去。诗从表面上是化用了顾恺之形容会稽山川之美的赞语"千岩竞秀,万壑争流"(见《世说新语·言语》),但写得一气流转,浑厚清致。方回说"居仁在江西诗派中最为流动不滞者,故其诗多活",就是指这样的句子。

颈联转入写情,是吕本中诗中的秀句。诗写钟声唤醒了思乡的美梦,回到了现实中,人便感到更加惆怅;惆怅的中心是什么呢?是连家乡亲友的消息一点也没有,所以心潮激荡,回照首联听风听雨的心情。这两句,以梦中及现实的反差,细致入微地表现出游子思乡的深情。诗虽然写得空灵剔透,被清纪昀评为"深致,不似江西派语",但细细推敲,仍不离江西诗派家法,只是不显得硬峭而已。如"钟唤梦回",紧扣题宿山寺;"空怅望"的"空"字,琢磨醒后的无可奈何、空虚怅惘的心情逼真,得炼字之工;"竟沉浮"则化用殷洪乔寄书的典故而不露痕迹:这些,都与江西诗派诗同调。唯其能作变化,味隽意长,所以被方回认为"绝佳",清查慎行《初白庵诗评》也推许它"题外见作意"。

尾联由思乡转入对国事家事的感叹。诗借用了李安民与班超典,且将二典糅合在一起,说自己不是封侯的料,一方面表达自己对功名富贵的鄙视,一方面又对报国无门表示伤感。方回说:"末句乃避地岭外,闻将相骤贵者,亦老杜秦蜀湖湘之意也。"应该说,他对作者的用心只看出了一半,尤其是诗人特举班超立功异域封侯事表达自己驱除胡虏的心思,方回没有看出来。

全诗以景起,以议论结,且结得生峭奇崛,注意用典而又融化贯通;用江西诗派法,而又不为其法所囿,所以得到了派内外以至后世攻讦江西诗派的人的一致称赞。

连州阳山归路①

稍离烟瘴近湘潭②,疾病衰颓已不堪。
儿女不知来避地③,强言风物胜江南④。

【注释】

① 连州:今广东连州市。阳山:今广东阳山县。 ② 烟瘴:瘴气。此代指多瘴气的岭南地区。湘潭:今湖南湘潭。 ③ 避地:因逃避战争祸乱而移居他地。 ④ 强言:坚持说。

【语译】

渐渐远离了岭南瘴气蒸郁的地方,前面不远就是湘潭;身体多病,衰弱疲惫,内心痛苦不堪。小儿女不知道自己是在逃难,硬是坚持说:眼前的风光景物,胜过江南。

【赏析】

建炎四年(1130),吕本中避乱南行,至连州。这首诗是他离开连州北归时作,抒发的是流亡途中的愁苦心情。

首句点题,说明自己行程。"烟瘴"二字,切岭南气候,暗示自己因为避乱到连州,过着很艰苦的生活。次句具体写流亡生活对自己身体的摧残,连用"疾病""衰颓""不堪"三词,突出环境的恶劣,也隐隐将自己对国事的忧愁略加表露,语意低沉深挚。历来诗人都喜欢把情感寄托在对风物的吟咏之中,这两句诗切定"烟瘴",从而直述种种不堪,也是采用这一手法。

三、四句笔锋忽转,不再写自己,转说小儿女不知道是逃难,坚持说眼前的景物比江南还好。这两句看似平常,实际上颇见构思之苦。诗以"避地"二字为主脑。眼前的风光,未必不如江南,关键是诗人此番是逃难而来,他又是江南人,见惯江南景色,如今颠沛流离,心情不佳,遥望故乡,战火不息,他怎会对眼前的景色赞赏呢?他又怎么会有心情欣赏眼前的秀丽景色呢?反过来,儿女年幼,没有大人那样的忧愁,自然感觉不同,说眼前的景色胜过江南。诗人这样写,正是通过小儿女的不解事,反衬自己的忧思,所以用"强言"二字为小儿女定位,道出心中无限凄楚。苏轼《纵笔》"小儿误喜朱颜在,一笑那知是酒红",将心中的感慨借小儿的误会诉出,寓庄于谐,兴味无穷;杜甫《月夜》"遥怜小儿女,未解忆长安",直接说小儿女无知,表示自己悲伤。吕本中这首诗也通过小儿女的不懂事来表达自己的感情,尽管取径不同,仍然很有可能是受了前人的启发。

诗前两句从正面直说,写得很凝重压抑;后两句从侧面衬托,表面上作轻描淡写,实际上将原本的痛苦渲染得更加深沉。吕本中诗自附于江西诗派,讲究"悟入""活法",这首诗写得沉浑老成,就是从杜甫诗入径,而加上了自己的变化。

李清照

李清照(1084—约1151),自号易安居士,章丘(今属山东)人。赵明诚妻。著名词人,所作清丽婉约,南渡后词缠绵凄伤,诗非所长,存世亦极少。有词集《漱玉集》。

乌 江①

生当作人杰,死亦为鬼雄。

至今思项羽②,不肯过江东③。

【注释】

① 乌江:今安徽和县乌江浦。诗题一作"夏日绝句"。 ② 项羽:名籍,字羽,下相(今江苏宿迁)人。秦末起兵,号西楚霸王。后被刘邦部队击败,逃至乌江边自刎。 ③ 江东:今长江下游地区。

【语译】

活,要活得有意义,要做人中的豪杰;死,要死得壮烈,要做鬼中的英雄。我现在才深深地明白,当年项羽为什么宁可自杀也不肯逃回江东。

【赏析】

楚霸王项羽当年率领八千江东子弟兵渡江逐鹿中原,大小七十二战,战无不利,结果受挫于韩信,被围垓下,楚歌一曲,兵士星散。项羽率残部突围至乌江,乌江亭长劝他渡江,他说无脸见江东父老,遂自杀。项羽这段壮烈的经历,一直是文人骚客津津乐道的话题。唐杜牧《题乌江亭》诗云:"胜败兵家事不期,包羞忍耻是男儿。江东子弟多才俊,卷土重来未可知。"认为项羽应该听从乌江亭长的建议,忍得一时之耻,重整旗鼓,卷土重来。宋王安石也有首《乌江亭》诗,对杜牧的观点持否定态度,诗说:"百战疲劳壮士哀,中原一败势难回。江东子弟今虽在,肯为君王卷土来?"认为项羽在军事上、政治上的失策已使民心丧失,即使渡江,也没有人再听从他,为他卖命,他不可能再有成功的希望。

李清照这首绝句,与杜牧、王安石诗的出发点不同。杜牧、王安石是在项羽是否能反败为胜上立论,从而认定他是否应该听从亭长的话渡江逃命;李清照是从一个人的品德上立论,因此称赞项羽不肯过江,勇于赴义的精神。诗前两句直述自己对死生的看法,认为活要活得有意义,要有作为,死要死得其所,死得壮烈。后两句便由此认定,项羽不肯过江东,正是依循了上述原则,所以值得后人钦佩。诗把"人杰"与"鬼雄"对比,表现出诗人豪放高亮的胸怀与气节。李清照这首诗作于宋室南渡之后,当时宋政权面对金兵的追击溃不成军,仓皇南逃,弃社稷与人民不顾。李清照身罹国难,家破人亡,这首诗正是通过项羽的事迹,批判统治集团贪生怕死,逃跑投降的卑劣行为,一个"思"字,凝聚了诗人无限的血泪。

全诗喷薄而出,铿锵有力,很难使人相信出自著名婉约派女词人李清照之手。可见,国家灭亡、人民蒙难对诗人诗风影响是何等巨大,李清照这二十字豪言壮语,一直激励着历代爱国者的斗志。

曾 幾

曾幾(1084—1166),字吉甫,号茶山居士,赣州(今属江西)人,徙居河南。徽宗时官校书郎,南渡后历任江西、浙西提刑,官至敷文阁待制。卒谥文清。他的诗句格学江西诗派,格高韵远,又多平易浅显之作,类白居易,对杨万里、陆游等人影响较大。有《茶山集》。

寓居吴兴①

相对真成泣楚囚②,遂无末策到神州③。
但知绕树如飞鹊,不解营巢似拙鸠④。
江北江南犹断绝,秋风秋雨敢淹留?
低回又作荆州梦⑤,落日孤云始欲愁。

【注释】

① 吴兴:今浙江湖州市。 ② 楚囚:用《左传》成公九年楚人钟仪被俘事,后世以之代指囚犯或处境窘迫的人。《世说新语·言语》载:晋室南渡后,士大夫多在好天聚会新亭,周顗叹息说:"风景不殊,正自有山河之异!"大家相视流泪。只有王导说:"当共戮力王室,克复神州,何至作楚囚相对!" ③ 末策:下策。 ④ 拙鸠:《禽经》:"鸠拙而安。"张华注说鸠即鸤鸠,四川称为拙鸟,不善营巢。 ⑤ 荆州:在今湖北。这里当用汉末王粲见天下大乱,遂去荆州依托刘表事。

【语译】

与朋友们相会,我伤心地发现,我们真的成了当年的过江诸人,以泪洗面,一个个忧心忡忡,可又想不出救国的良策。我就像那绕树飞鸣的乌鹊,找不到个栖息的地方;又如同无能的鸤鸠,没法谋造个安定的巢穴。江北江南,相望不远,也已音讯断绝;在这秋风秋雨中,我又怎能在吴兴滞留岁月?伤心流连,我想找个有力的朋友避乱托身,却只是梦想;抬起头,眼见那天边夕阳西坠,孤云飘浮,禁不住忧愁悱恻。

【赏析】

曾幾是大诗人陆游的老师,他不仅写了许多带有江西诗派诗风特点而又清通新巧的小诗,也写了不少感情深沉、忧国伤时的爱国诗篇,这些都给陆游以很大的启迪。这首诗是曾幾住在吴兴时所写,是他爱国诗篇中很有代表性的篇章。

诗首联用《世说新语》中过江诸人的典故,说自己今天再也没想到会和当年过江诸人一样,作楚囚相对,为国家沦丧而伤心,但对挽救国家命运却拿不出什么办法来。诗既表现自己对现状及前景的哀怨愤慨,也因己及人,感叹朝中大臣也都个个束手无策。诗用"真成""遂无"加重语气,流露出极大的无奈。

次联由国事的伤感转到自己的处境,在格调上与前保持一致。诗用了两个比喻,一说自己像盘旋绕枝的乌鹊,用曹操《短歌行》"月明星稀,乌鹊南飞。绕树三匝,无枝可依"句意,写自己颠沛流离,无处栖托,表示惆怅与不平。一说自己像不会筑巢的鸟儿,用鸠不会营巢的典故,自叹无能,没法为自己谋个安乐窝,对中原沦陷后,由于自己不善逢迎,没人援引,从而生活困难表示不满。两句都用鸟的典故,为诗家忌讳,但曾几因为用得很活,密切自己"寓居吴兴"的感受,所以没有粗疏谫劣之病。

第三联直承首联,写忧国之情。过江诸人对泣新亭,叹神州陆沉,是往事,也是眼前的实事。第一联写了无力挽回国家倾覆的命运,这联直写国家沦亡后的状况。如今江北江南,音讯断绝,成了两个世界,眼前的秋风秋雨,是何等的凄清,自己又怎能长久淹留这里呢?秋风秋雨,既可看作实事,表现自己悲秋的愁闷,也可看作国家的象征,这番萧杀的状况,正同眼前国家面临的局势,怎能不使人忧虑万分、感慨系之呢?这一联格调轻快,在流动婉转中包含沉重的感伤。这样造语,显得情深意长,是曾几诗的特长,也是他最喜欢用的句型,如他在《发宜兴》的第三联也这样写:"观山观水都废食,听风听雨不妨眠。"直接学黄庭坚名句"春风春雨花经眼,江北江南水拍天"(《次元明韵寄子由》)。由此可见曾几对江西诗派的继承关系。

尾联宕开一层。国事如此,家事如此,自己又漂泊落魄如此,诗人不由得徘徊低迷,心怀郁郁。想要依靠某个有权势的人,如王粲投靠刘表一样,获得暂时的安定,却只是梦想。他放眼遥天,只见到夕阳西下,孤云飘浮,不觉油然而生愁意。"落日孤云"在这里是写景,也是诗人的自我写照,他感到自己正像黄昏中飘浮的一朵云彩,不知何处是归宿。这样一结语意双关,余情不尽。

苏秀道中自七月二十五日夜大雨三日秋苗以苏喜而有作①

一夕骄阳转作霖,梦回凉冷润衣襟。
不愁屋漏床床湿,且喜溪流岸岸深。
千里稻花应秀色,五更桐叶最佳音。
无田似我犹欣舞,何况田间望岁心②!

【注释】

① 苏秀:今江苏苏州与浙江嘉兴。　② 望岁:盼望好年成。语出《左传》昭公三十二年:"闵闵然如农夫之望岁。"

【语译】

一夜之间,炎炎烈日的晴空,忽然降下了渴望已久的甘霖;我在睡梦中惊醒,只觉得浑身舒适,凉气沁人。我不愁屋子会漏雨,淋湿我的床;只是欣喜溪流中涨满了雨水,不用再为干旱担心。我想,那千里平野上,喝够了水的稻子一定是葱绿一片;于是觉得,这五更天雨水敲打着梧桐,是那么的动听。像我这没有田地的人尚且欢欣鼓舞,更何况田间的农夫,祈望着丰年,该是多么的高兴。

【赏析】

这年夏秋之交,天大旱,庄稼枯萎。诗人由苏州去嘉兴途中,自七月二十五日起接连下了三天大雨,水稻复苏,旱情解除。诗人怀着欣喜的心情,写下了这首七律。

首联写喜雨,从晚上下雨写起。"一夕骄阳"与"梦回凉冷"是鲜明的对比。诗人在闷热的天气中入睡,一觉醒来,白天烈日的余威已被全部扫除,代之以清凉舒适的夜风,原来天下起了大雨。这两句虽然是实事实写,但由原先对气候的不满忽地改变成很满意,细微地反映了诗人心中的喜悦。诗人同时又选了"梦回"这一时刻,来表达自己这份心情,更加显出意外地惊喜——这场雨,诗人已经盼望很久了。

次联写对雨的感受,用江西诗派诗人的惯技,融化前人诗句为己用。出句"不愁屋漏床床湿",用杜甫《茅屋为秋风所破歌》"床头屋漏无干处"句;对句"且喜溪流岸岸深",用杜甫《春日江村》"春流岸岸深"句。诗虽用前人成句,但贴切眼前景事,与首联一意相贯,在原句基础上加了"不愁""且喜"二语,在旧句上翻出了新意,达到了能生能活而自成佳句的要求。诗是写听雨,又形象地道出了盼雨的心情,也隐隐表示自己的喜雨不单单是因为大雨赶走了炎热,带来了凉爽,这就引伏第三联的情感,也为尾联预留地步,所以元方回评说这联写得流动便利。

第三联仍写喜雨。一句是想象之辞,说明自己喜雨,是因为这场及时雨,使庄稼能喝个饱,秋收有望;一句是以听雨打桐叶,寄托自己欣喜的心情。江西诗派学杜,在炼字上花工夫,尤注重虚字的锤炼。这联中的"应"字、"最"字,都下得很有精神,加深了句意。

不过,出句的"千里稻花应秀色",也见唐殷尧藩《喜雨》诗,不知是偶同还是有意袭用。钱锺书《宋诗选注》对这联的对句有独到的评价:"在古代诗歌里,秋夜听雨打梧桐照例是个教人失眠添闷的境界,像唐人刘媛的《长门怨》说:'雨滴梧桐秋夜长,愁心和雨断昭阳。泪痕不学君恩断,拭却千行更万行。'又如温庭筠《更漏子》词说:'梧桐树,三更雨,不道离情正苦。一叶叶,一声声,空阶滴到明。'……曾幾这里来了个旧调翻新,听见梧桐上的潇潇冷雨,就想象庄稼的欣欣生意,假使他睡不着,那也是'喜而不寐'。"这段话,对我们理解这句诗很有帮助。当然,说到底,这样的写法就是将旧事翻新,打破常规,也就是江西诗派要求的"以俗为雅,以故为新"及"夺胎换骨"。

尾联纯抒情,把原来的情感更转高一层,说遇到了这样的好雨,像我这没有田地的人尚且如此高兴,更何况那些盼望丰收、渴求雨水的农夫们呢?诗用"犹""何况"数字承先启后,是故意通过自抑而达到高涨。正因为诗人没田,他的欢欣鼓舞才有更深的意义,他与民同乐的心意也完全表达了出来,所以清纪昀评说:"精神饱满,一结尤完足酣畅。"

这首诗从谋篇到句法,都是典型的江西诗派风格。但诗写得情真意切,所以不觉得峭硬。尤其可贵的是,江西诗派学杜,常常表现在技巧上;这首诗学杜,除技巧外,还学习了杜诗关心民瘼,注意在诗歌中树立自我形象,讲究诗格,所以更为成功。

三衢道中①

梅子黄时日日晴,小溪泛尽却山行②。
绿阴不减来时路,添得黄鹂四五声③。

【注释】

① 三衢:三衢山,在今浙江省衢县。 ② 却:又。 ③ 黄鹂:黄莺。

【语译】

满树的杨梅已经泛黄,正该是阴雨绵绵,我却意外地碰上连日天晴。乘着小舟走完了水路,我又行走在山间的小径。路旁的绿阴没有减少,还和来时一样,浓郁喜人;只多了,婉转的莺啼,一声又是一声。

【赏析】

黄梅天是多雨的日子,赵师秀《约客》诗云:"黄梅时节家家雨,青草池塘处处蛙。"很形象地描写了梅雨天的特征。在曾几前,贺铸的《青玉案》词,因了"一川烟草,满城风絮,梅子黄时雨",传布人口,被称为"贺梅子"。曾几这首诗,起句以"梅子黄时"领,或许受了贺铸词影响。而"梅子黄时"该是雨,曾几却碰上了难得的连日晴好的天气,更何况是在旅途中,因此他接着下了"日日晴"三字,欢快的心情便跃出纸面了。

在愉快的心情中,诗人走完了水路,又踏上了山道。在山路上,他发现风景依然,来时的绿树,还是十分浓郁,遮蔽着太阳,只是树丛中增加了几声黄鹂的啼鸣。诗中的"来时路"的"来"字是诗眼,因了这"来"字,我们知道作者此刻在回家途中。由此,首句诗人为什么碰上晴天、便于走路会异常高兴也有了着落,对黄鹂的啼鸣会产生兴趣也就容易理解了。

诗还有个特点,就是通过对比融入感情。诗将往年阴雨连绵的黄梅天与眼下的晴朗对比;将来时的绿树及山林的幽静与眼前的绿树与黄莺叫声对比,于是产生了起伏,引出了新意。全诗又全用景语,浑然天成,描绘了浙西山区初夏的秀丽景色;虽然没有铺写自己的感情,却在景物的描绘中锲入了自己愉快欢悦的心情。

曾幾虽然是江西诗派的一员,但这首绝句写得清新流畅,没有江西诗派生吞活剥、拗折诘屈的弊病。他的学生陆游就专学这种,蔚成大家。

李弥逊

李弥逊(1085—1153),字似之,自号筠溪翁,吴县(今江苏苏州)人。大观三年(1109)进士,历官中书舍人、户部侍郎。诗清奇磊落,近李贺。有《筠溪集》。

春日即事

小雨丝丝欲网春,落花狼藉近黄昏①。
车尘不到张罗地②,宿鸟声中自掩门③。

【注释】

① 狼藉:乱七八糟的样子。 ② 张罗地:门可罗雀,十分冷落。《史记·汲郑列传》说,汉翟公官廷尉,宾客阗门,后来失势废官,门外可安置捕鸟的网罗。 ③ 宿鸟:天黑归巢的鸟。

【语译】

细细的雨丝,在空中交织成一张大网,似乎要把即将逝去的春天网住;天色已近黄昏,地上洒满了落花无数。我住的地方十分冷落,没一辆车经过;在阵阵归鸟声中,关上了柴门,怆然忍受着孤独。

【赏析】

李弥逊是一位正直的爱国人士,曾因竭力反对秦桧的投降政策而被免职。这首诗通过自己门可罗雀的冷落景象,寄托对世态冷暖、人心不古的感叹,应当作在免职以后。

  诗的前两句写眼前的春景。时当晚春,细雨廉纤,像织就了一张丝网,想要网住春光。这句是宋人以文为诗的典例,短短七个字,却有多层意思:小雨丝丝,描绘小雨飘飘洒洒,绵密轻飏,是一层意思;由雨丝的状貌,想到了真正的蚕丝,又是一层意思;由雨丝交织的状况,想到由丝织成的细网,是一层意思;由暮春时令及网,想到眼前的雨似乎想把春网住,即把春留住,又是一层意思。这样写,层层递进,设想及比喻都十分新颖。尤其是"网春"二字,道人所未道,令人拍案叫绝。就这么一句话,便将诗人感叹春日易过、逝水难回的心情表达得淋漓尽致。然而春天毕竟是留不住的,所以第二句放手写残春。眼前是落花狼藉满地,天色黯淡,已近黄昏。这句是景语,也是情语。上句的小雨,这句的落花、黄昏,这清冷凄凉的境地,正如李清照词所表达的:"梧桐更兼细雨,到黄昏、点点滴滴。这次第,怎一个愁字了得!"(《声声慢》)诗人正是借景吐露自己寂寞难忍的情愁。

  上两句是借景抒情,后两句便因情写景。首先用翟公罢官后门可罗雀的典故,说自己罢官后门前冷落的情况;然后写自己在归巢的鸟儿的鸣叫声中,关上了家门。上句感叹世情冷暖,下句写寂寞无聊的哀伤。"宿鸟"应上半的黄昏,以鸟声衬托前句门前的冷落,"自掩门"的"自"字,充满了落魄的感叹。既然门可罗雀,没人来访,门自然用不着开,可他的门居然开了一天,到这时候,暮色沉沉中，他才去关门。这举动等于告诉人们，他是多么希望有人来，黄昏关门是何等无可奈何，他关的不单单是一扇门，又关闭了一整天的等待与期望。这样一折，上句"车尘不到张罗地"的愤疾更为加深，诗人不甘寂寞的心情也暴露无遗了。

李弥逊被罢官后，心情不佳，所以反映到笔下的春景也是如此低沉，可见他胸中渟蓄着无数的不平。在官场时，感于官场的复杂与黑暗，想要挂冠归隐，与麋鹿为友；一旦真正被排挤，回到家中，无所作为，又会因报国无门而感叹寂寞，愤愤不平，大多数正直而有志向的文人，几乎都碰到过这类矛盾。李弥逊是如此，被人们普遍称赞的司马光也是如此。司马光罢官后也作过一首与李弥逊类似的诗，中有句云："故人通贵绝相过，门外真堪置雀罗。"愤疾之情，溢于言表。

诗以春暮黄昏，落花狼藉寄托政治上的失意，很容易使人想起欧阳修《蝶恋花》词下半阕，云："雨横风狂三月暮，门掩黄昏，无计留春住。泪眼问花花不语，乱红飞过秋千去。"二者非常相似。

陈与义

陈与义(1090—1138),字去非,号简斋居士,洛阳(今属河南)人。政和三年(1113)登上舍甲第,历官太学博士、著作佐郎。南渡后官至参知政事。他是江西诗派"三宗"之一,造句力求熟练,用字力求生新,音节响亮,意境深阔;南渡后追踪杜甫,反映时事,气势雄浑。有《简斋诗集》。

夏日集葆真池上以绿阴昼生静赋诗得静字①

清池不受暑②,幽讨起予病③。
长安车辙边④,有此荷万柄。
是身惟可懒,共寄无尽兴。
鱼游水底凉,鸟语林间静。
谈余日亭午⑤,树影一时正。
清风不负客,意重百金赠。
聊将两鬓蓬,起照千丈镜⑥。
微波喜摇人,小立待其定。
梁王今何许⑦?柳色几衰盛。
人生行乐耳⑧,诗律已其剩⑨。
邂逅一樽酒,它年五君咏⑩。

重期踏月来,夜半啸烟艇。

【注释】

① 葆真池:在开封城葆真宫内。《诗说隽永》载,宫"垂杨映沼,有山林趣"。绿阴昼生静:韦应物《游开元精舍》诗句。　② 不受暑:暑热所不到。杜甫《宴历下亭》:"修竹不受暑。"　③ 幽讨:寻幽探胜。杜甫《赠李白》:"脱身事幽讨。"　④ 长安:指北宋京城汴京,即今开封。　⑤ 亭午:中午。　⑥ 千丈镜:喻池水深邃。　⑦ 梁王:战国时梁惠王,都大梁,即宋汴京。传葆真宫即梁王故沼。　⑧ "人生"句:杨恽《报孙会宗书》:"人生行乐耳,须富贵何时。"　⑨ 诗律:诗的格律。此指诗歌创作。　⑩ 五君咏:南朝宋颜延之所作诗,分咏竹林七贤中的嵇康、向秀、刘伶、阮籍、阮咸。此以五君指同游的五人。

【语译】

一汪清泓的池水,驱走了闷热的暑气。寻幽探胜的兴致,使我的疾病有了起色。我没想到,都城繁华的路边,竟然有这万枝荷花的清池。我偷闲到此一游,寄托无尽的幽思。小鱼儿在凉水底下游来游去,鸟儿安静地在树林中栖息。我们兴高采烈地交谈,不觉得已到了中午时分,那大树的阴影,已端正地投在地面。清风不辜负游人的期望,轻轻拂来,抵得过百金重礼。我悠闲地整理松乱的双鬓,对着深邃的池水,照个不止。微波特意前来撩拨,摇荡个不住,我静静地等着它慢慢地平息。当年居住在这里的梁王现在归于何方?这池边的青青杨柳,不知道经受了几度盛衰,几度风霜。人生在世贵在及时行乐,吟诗作赋,不过是次要的小事一桩。我们今天偶然聚合在一起喝上一杯酒,他年正好作为回忆,写入吟咏篇章。什么时候,我们再一起乘着月色来游,半夜里驾着只小船,吟啸在池上。

【赏析】

这首诗作于宣和五年(1123)夏,时陈与义任太常博士。有关这首诗写作情况,宋洪迈《容斋四笔》卷十四《陈简斋葆真诗》条载得很详细。洪迈说,陈与义在夏天集同舍五人同游京城葆真宫,在池水边聚谈,取"绿阴昼生静"分韵赋诗,陈与义得"静"字。诗作成后,出示坐上,众人都很佩服,推为第一。朱翌当时亲眼目睹,说京城中没有人不传写的。宋自崇宁年间来,不许士大夫读史作诗,而陈与义先以《墨梅》诗受皇上赏识,拔置馆阁,又作此诗,风传都下,所以一时称为佳话。

诗以叙事起,是一般山水游记诗的惯例。这首诗起得平稳,但稳中见奇,平中有拗。前四句交代游葆真宫缘起。首句点时间"夏日",第二句说明出游原因是为探幽访胜。三、四句写到达宫前的第一眼印象,说自己没料到热闹的长安,居然有这么一大片长满荷花的水池,表现出惊喜,这就为下面放手描摹葆真宫景色预设地步。这一段四句,点明诗题,交代了时间、地点、所游之处的特征,内涵很丰富。

"是身惟可懒"以下十二句具体写景,抒发游兴。开头以偷闲来游,与朋友们一起寄托无尽的幽情为总括,以下便展开,先言及环境的幽静、清凉,水中有鱼儿在自由自在地游,林间有鸟儿栖息,非常安静。"鸟语林间静"一句虽然是从王籍"鸟鸣山更幽"诗脱化,但叙得简捷,仍给人以安详静谧的感觉,衬托出诗人自己心境的安宁。以下四句,写如何尽幽兴。诗说他们聚在一起谈论,不知不觉已是正午时分,清风徐来,令人心旷神怡。这四句重点在题目中的"集"字上,写得很疏朗。"树影一时正"用的是刘禹锡《池亭》诗"日午树阴正"句,"意重百金赠"用的是李白《古风》"意轻千金赠"句,各加点化,不脱江西诗派化用前人成句的惯习。"聊将双鬓蓬"四句,写自己发如飞蓬,临池照影,而微波起伏不定,诗人耐心地等着,注视着水面。诗表现得韵厚情至,细微入化,历来为人称赏。吴师道《吴礼部诗话》说"微波"二句与柳宗元"微风一披拂,林影久参差"之语,"语有所见,而意不同"。宋佚名《诗说隽永》则认为"盖有深意寓也"。诗人正以水波喻人生,寄托自己坚定不移、静等风波平息的精神。元吴澄说陈与义诗"古体自东坡氏来",推此四句诗意,实承袭苏轼《子由生日》诗"上天不难知,好恶与我一。方其未定时,人力破阴翳。小忍待其定,报应真可必"。因而清潘德舆《养一斋诗话》对之击节称赏,说:"词意新峭可喜,虽江西风格,而能药俗。"

"梁王今何许"以下八句,感叹人生,收煞全诗。上面以水喻人生,也许就是他在观看水波不定时,突发了人生不常的感慨。他由葆真池想到这里原本是梁王的故居,但昔日煊赫一时的梁王,如今安在?池边的柳树,也历尽了沧桑。人生贵在行乐,即使作诗也只不过是次要的事罢了。诗到这里,已低沉幽深之至,以下便一下收回,说今日欢会毕竟是很有意义的事,正可留作他年吟咏的资料,并希望能重来此地,夜半在池上泛舟吟啸。这样大起大落,且平稳清秀,又遥与首联相接,味隽意永,景意俱到,非大手笔不能办到。

宋代的五言诗是薄弱环节,五古学六朝及韦应物、柳宗元的更少。这首诗境味峻洁,语言清澄,上继谢灵运山水佳作,旁参韦、柳,又揽入江西诗派家数,既注意炼字炼句,又注重诗境章法,尤其在景色的描写上深邃隽永,精细入微。陈衍《石遗室诗话》推本诗为压卷之作,并指出清代宋诗派大家厉鹗"平生所心摹力追者,全在此种"。

雨

潇潇十日雨①,稳送祝融归②。
燕子经年梦,梧桐昨暮非。
一凉恩到骨,四壁事多违③。
衮衮繁华地④,西风吹客衣。

【注释】

① 潇潇:风雨声。《诗·郑风·风雨》:"风雨潇潇。" ② 祝融:火神,主夏季。 ③ 四壁:用司马相如"家徒四壁"事,形容贫穷困厄。 ④ 衮衮:众多,不绝貌。杜甫《醉时歌》:"诸公衮衮登台省,广文先生官独冷。"繁华地:京城。韦应物《拟古》:"京城繁华地。"

【语译】

一连下了十天雨,带走了暑热,也送走了夏天。很快,燕子就要南飞,它一去就要半年,梦中一定会思想着故居;窗外的梧桐,经受风吹雨打,叶片就要飘坠,每天都会变得不同。雨后的凉意是多么地舒适,真使人感到恩深入骨;家徒四壁,眼前的每件事都令人颓丧,使人悲伤。繁华热闹的京城里,有多少人意气扬扬;只有我,独立在西风中,黯然销魂,任凭风儿吹拂着沾满尘土的衣衫。

【赏析】

这首诗作于政和八年(1118),时诗人闲居京师等候除官,心情十分抑郁,所以借对雨的吟咏,抒发失意的牢愁。

诗首联著题,写接连十天的风雨,送走了炎热的夏天。江西诗派的诗,精警灵动,不肯以平常语出之,看似平淡,实为老劲。这首诗的起句就很平稳老健。表面是写雨,而以"潇潇"形容,隐带风在内,因而趋走酷暑就成为必然;同时又以"祝融"代指夏季,活而不板。次联照理应该承上写风雨如何,却撇开一层,偏不写风雨,但又与风雨丝缕相关。穿雨双燕,雨打梧桐,是历来诗歌常常描写的题材,陈与义在这里也写燕与梧桐,不过避开了一般诗歌从正面写它们形态的手法,着重表达雨后两者给人产生的联想。诗说在风雨中,秋季来临,燕子将要南飞,一别经年,将对旧居形诸梦寐,雨滴梧桐,片片飞坠,一日之间将有不同。诗人借燕与梧桐,写出自己的失落感,带出迟暮的感伤,因而他把自己与物相融合起来:燕梦旧巢,纯是虚语,实是诗人思燕;梧桐早暮不同,正是诗人情感在波动。这样,诗与上看似不接,实是情意的延续,分外凄凉感人。

五、六句回缴首联,直写感受。说阵阵凉意使自己感恩不尽,家中贫穷,万事与心相违。在这里,境与情又混和在一起,突出自己穷愁与牢骚。雨带来凉意,本是自然现象,居然令诗人感恩入骨;家徒四壁,却无人关怀,怎不令人感伤?这两句,在造语上一直被作为江西诗派诗风的代表,写得意新语工,戛戛生造,看似对偶不工,但层层推进,无一陈言。所以宋刘辰翁评说:"此今人所谓偏枯失对者,安知妙意正在阿堵中。"在这失意的气氛下,诗推出尾联,却又宕开一层,说在繁华的京城中,诸公意气飞扬,各得其所,只有自己孤单无援,在西风的吹拂下,无限伤心。诗吸取了杜甫"冠盖满京华,斯人独憔悴"句意,但写得更加深沉含蓄。

诗是咏雨的,但舍弃了一般诗人咏雨的常规,没有一句正面写雨势雨景,而是集中写人在雨中的感受。即使用了燕子、梧桐二景物作点缀,也是为了衬托感情而设。所以清纪昀评说"其妙在即离之间",认为可以匡治低手俗诗。诗在布局上也很有特点,每联中多成对比,盘旋深入,孤峭奇绝。

陈与义对雨有独特的感受,元方回《瀛奎律髓》选写雨五律,陈与义的作品就有十九首之多。这些写雨诗,手法各不相同,或深稳清切,或趣味浓郁,都受到后人的称赞,这里选的更为其中翘楚。

试院书怀

细读平安字①,愁边失岁华②。

疏疏一帘雨,淡淡数枝花。

投老诗成癖③,经春梦到家。

茫茫十年事,倚杖数栖鸦。

【注释】

① 平安字:指家信。　② 愁边:愁中。　③ 投老:将老。

【语译】

我把家中平安的书信读了一遍又一遍,心中愁思如涌,早就忘却了春天的繁华。帘外飘洒着稀疏的春雨,雨幕中可见几株淡淡的春花。我已年龄老大,只有作诗成癖;总是逢到春天,便做梦回到了自己的家。回想起十年来的踪迹,心中茫然,拄着竹杖,细数着树上栖息的乌鸦。

【赏析】

这首诗作于宣和六年(1124),当时陈与义官司勋员外郎,任省试考官。

省试在春天举行,所谓"菜花黄,举子忙"就是针对考试时间而言。春天带给大地的是勃勃的生机,带给游子的却是浓郁的思乡之念。《楚辞·招隐士》说"王孙游兮不归,春草生兮萋萋",写家人思念游子,游子又何曾不是这样苦苦思家呢?诗人这时独居京师,百无聊赖,忽然得到家中报平安的家信,因而分外激动,浮想联翩。家书当然有许多内容,除平安外,有家中琐事,有家人劝在外的亲人珍重自摄、努力加餐,但诗都略去,只以"平安"二字概括,以"细读"二字表白自己对家书的看重与对家人的深厚感情。第二句写时光飞度,春天匆匆将去,自己块然独处,感到无限凄苦愁闷。在时序上,"愁边失岁华"应在接家书之前,诗人有意上下其句,突出下文的一系列愁思是因为接了家书而引起,为全诗定调。

领联是万口传颂的名联,撇开情而谈景。诗承上句的"失岁华"而来,说伴随着自己的是一帘疏雨,数枝淡淡的花。这是写暮春景色,抓住送春的细雨,与被雨水冲刷后稀疏的将落的花,表现一派萧瑟的场景。诗落笔很疏淡,从景中透出强烈的哀愁,以环境的寂寥,衬托自己心灵的感受,这就是通常人们所说的移情入景的艺术手法。宋胡仔《苕溪渔隐丛话》卷五十三称赞这联"平淡有工",称得上是点睛之评。

颈联又转入抒情,由景物的寂寥,诗人直接倾诉心中的寂寥,说自己年龄将老,写诗成了唯一的爱好,每逢春天,分外想家。这两句不加雕饰,使人倍感亲切。然而诗人在外漂泊十年,有许多心中话要想对亲人说,可又不知从何处说起,于是在尾联只好浑写一句,说细数着归巢的乌鸦,无限感叹。这句是以实写虚,留给人们很大的想象空间,更显得情感无穷。所以清纪昀评说:"通体清老,结亦有味。"

江西诗派诗人学杜甫,讲究律诗的章法,起、承、转、合都十分清楚。陈与义这首诗,首联写情,次联写景,第三联又写情,末以情景双收,正是江西诗派律诗创作的不二法门。

对 酒

新诗满眼不能裁,鸟度云移落酒杯。
官里簿书无日了①,楼头风雨见秋来。
是非衮衮书生老②,岁月匆匆燕子回。
笑抚江南竹根枕,一樽呼起鼻中雷③。

【注释】

① 簿书:官府的文书。 ② 衮衮:相继不绝。 ③ "一樽"句:化用韩愈《石鼎联句》:"道士倚墙睡,鼻息如雷鸣。"

【语译】

眼前都是新诗的材料,可我一时无法表达;鸟儿从眼前飞掠,云儿在天上飘浮,都倒映进我的酒杯。做着小官,文书堆案没完没了,使人厌倦;猛抬头,楼前又是一番风雨,秋天已经到来。是是非非,接踵不绝,书生渐渐老去;岁月匆匆,翩翩燕子,已仓促回归。我把一切烦恼都抛到脑后,含笑抚摸着用江南竹根做的枕头,喝醉了酒,美美地睡上一觉,鼾声如雷。

【赏析】

据陈与义集前后诗作年,这首诗当作于宣和六年(1124)秋。

诗首联切题,但以倒装出之。诗人对着酒杯,只见飞鸟掠过,浮云缓移,这一切都倒映在杯中,于是心中若有触动,觉得这是极好的诗料,想写出来,又似乎找不到适当的诗句来表达。江西诗派的诗喜欢拗折,这样起句,将因果倒置,诗便显得突兀而有波折。同时人葛胜仲在评论陈与义诗时,曾指出他的诗"务一洗旧常畦径,意不拔俗,语不惊人,不轻出也",这联诗便是很好的例子。诗写的情况,是每个诗人都遇到过的。这样的感触,就是陶渊明《饮酒》诗所说"此中有真意,欲辨已忘言",也即李商隐《锦瑟》诗所云"此情可待成追忆,只是当时已惘然",明明是极好的景情,诗似乎就在口边,却一下子说不出来。陈与义对这种境界体会很深,多次拈出,如《春日》云:"忽有好诗生眼底,安排句法已难寻。"又如《题酒务壁》云:"佳句忽堕前,追摹已难真。"

第二、三联写现实生活,抒发感慨。两联都一句说情,一句写景作陪衬,进一步阐发情。诗人当时官符宝郎,到这年冬天,即以王黼事罢,出监陈留酒税。这时候,他或许已对官场的倾轧感到了厌恶,而自己已是三十五岁,官低位贱,展望未来,前程似漆,于是在这两联诗的出句中感叹自己整天忙忙碌碌,周旋于案牍文书之中,没有出头的日子;没完没了的是非恩怨,又缠绕着自己,伴随着自己渐渐老去。与所抒发的心理动态相呼应,两联的对句便写相应的景物,自成连续,说眼见到楼头阵阵风雨,秋天已经来到,满目苍凉萧瑟,使人感伤;燕子已经离开,飞往南方的故巢,令人感到岁月在匆匆地流逝。这两联是名句,方回对此极为赞赏,在《瀛奎律髓》中评说:"此诗中两联俱用变体,各以一句说情,一句说景,奇矣。"宋吴开《优古堂诗话》说:"近时称陈去非诗'案上簿书何时了,楼头风月又秋来'之句。或者曰:此东坡'官事无穷何日了,菊花有信不吾欺'耳。予以为本唐人罗邺《仆射陂晚望》诗'身事未知何日了,马蹄唯觉到秋忙'。"方回则以为本苏轼词"官事何时毕,风雨外,无多日",第三联则与陈与义自己的《寓居刘仓廨中晚步过郑仓台上》的"世事纷纷人老易,春阴漠漠絮飞迟"同意,"是为变体"。吴开及方回都遵循江西诗派宗旨,在"无一字无来历"上下功夫,实际上,不论陈与义是否袭用前人,诗都写得意深情深,格调高迥;其中以"书生"对"燕子"、"簿书"对"风雨"、"是非"对"岁月",都很灵动,非俗手所能做到。

在发了一通感慨后,诗进入尾声,回应题目,说自己含笑把这些人世间的烦恼都远远地抛开,痛快地喝上一通酒,醉后往床上一躺,进入梦乡。这联虽然是故作达语,力求轩豁,但气势与上不称。陈与义曾经提出作诗要达到两个标准,一是"忌俗",一是"不可有意用事",这联却写得很俗气,违背了自己的标准,所以清纪昀、许印芳都曾予以指摘。

这首诗属于拗体,采用了特殊的结构形式,显得兀傲奇崛,是陈与义学黄山谷诗的结果,因此被极力鼓吹江西诗派诗的方回赞为"学许浑诗者能之乎?此非深透老杜、山谷、后山三关不能也"。

伤 春

庙堂无策可平戎①,坐使甘泉照夕烽②。

初怪上都闻战马③,岂知穷海看飞龙④。

孤臣霜发三千丈,每岁烟花一万重。

稍喜长沙向延阁⑤,疲兵敢犯犬羊锋⑥。

【注释】

①庙堂:指朝廷。 ②甘泉:甘泉宫,为汉行宫,在陕西三原县甘泉山上。地接匈奴边境,置有烽火台。夕烽:晚上点燃的告急的烽火。 ③上都:京城。宋高宗时尚未定都,建炎三年在扬州,移临安,又移建康,复还临安。因此有人认为这里的上都仍指汴京。 ④穷海:大海。飞龙:指皇帝。语出《易·乾》"飞龙在天"。 ⑤向延阁:向子諲,字伯恭,时知潭州(今湖南长沙)。向官龙图阁直学士,所以用汉代史官名"延阁"称之。 ⑥"疲兵"句:建炎四年二月,金兵入湖南,向子諲率军民守城,金兵围城八日,城陷,向子諲督兵巷战,突围而出。犯:抵御。犬羊:指金兵。

【语译】

朝廷软弱无能,拿不出战胜敌人的良策,致使报告敌情的烽火,照耀着夜幕下的皇宫。我刚在惊诧,都城竟然遭受敌骑的蹂躏;没想到,转眼间皇上的大驾已经进入茫茫大海之中。回看自己,愁苦把头发染得雪白;放眼自然,还和往年一样,春光明媚,柳绿花红。只有一件事稍可告慰:长沙太守向子諲,尚敢率领疲惫的兵士,抵御敌军的进攻。

【赏析】

靖康二年(1127),金兵攻下了北宋都城汴京,掳徽钦二帝北上,北宋沦亡。经历了国破家亡的诗人们纷纷提笔抒写对时事的忧虑与报国的昂扬斗志。作为江西诗派三宗之一的陈与义正生活在这段动荡的日子里,写下了不少慷慨激昂的爱国诗篇,尽管在技巧上仍然奉行江西诗派的准则,但由于内容广泛,情感真实,为江西诗派注入了新的生命力。

陈与义这首诗作于建炎四年(1130),当时他在湖南邵阳。建炎三年,金兵渡江,攻破建康(今南京),十二月,入临安(今杭州),高宗逃走,由明州(今浙江宁波)入海。建炎四年春,金兵攻破明州,入海追高宗。陈与义听到这些消息后,心中十分愤疾,所以写了这首诗。

江西诗派的作家们步趋杜甫。杜甫作过《伤春》诗五首,写广德二年(764)吐蕃攻陷长安,代宗出走事。陈与义见目前形势与杜甫所处相同,因而用杜甫诗旧题,寄托自己的感情。

诗前四句表达对时局的痛惜,对国家前途充满忧患。首句说"庙堂无策",就表示了痛心与指责。当时金兵长驱直下,几乎没受到抵抗,高宗只知退却投降,因此造成了不可收拾的局面——宫殿遭到战火的侵扰,皇帝自己也逃进了大海躲避。五、六句写自己的心情,说自己忧心忡忡,连头发都急白了,而春光无赖,不知人们心情悲痛,仍然万紫千红。这两句写得很沉重,以秀丽的景色衬托自己孤寂沉痛的心情,虚实相间,时我相浑,同时照明题目"伤春"。因了国事如此不堪收拾,所以末联对向子諲敢于抵抗金兵,表示赞赏与欣慰。这本算不上什么,也不是打了胜仗,诗人却特地拈出,当时宋兵的无能也就得到了表现。

陈与义这首诗,感情沉挚,格调雄劲,得杜甫律诗的精髓。值得一提的是,诗化用前人成句,模仿前人句格,也都恰到好处,不见牵合率意的痕迹。如历来被赞为名句的第三联,上句用李白《秋浦歌》"白发三千丈,缘愁似个长",下句用杜甫《伤春》"关塞三千里,烟花一万重",都能切合目前。尾联句法,也套用杜甫《诸将》"稍喜临边王相国,肯销金甲事春农",同样能转折自然。后来明代前后七子,专学此种,就纯是模仿了。

襄邑道中①

飞花两岸照船红,百里榆堤半日风②。
卧看满天云不动,不知云与我俱东。

【注释】

① 襄邑:宋县名。故城在今河南睢县。　② 榆堤:此当指汴堤。

【语译】

两岸飘飞着乱纷纷的落花,把我的小船映照得微红;船儿飞快地顺风行驶,半天工夫,百里榆堤已在船后相送。躺在船头上仰望着满天的云彩,那云一动也不动;原来是云和我一起乘风向东。

【赏析】

这首诗是诗人南渡以前的作品,据白敦仁《陈与义集校笺》考证,作于政和八年(1118)。诗写旅途中的感受,语调轻快欢畅。

"卧看满天云不动,不知云与我俱东"——诗人躺在船上,仰望天上的云彩,那云仿佛停留在天空不动,因为云与船都乘风向东。诗人在此有意说"不知",实际上是深知船在动,云也在动,用今天的科学术语来说,是相对静止。这样的境况,我们在生活中经常会碰到,一经诗人写出,就觉是格外形象,充满了理趣。

读了这两句诗,很容易使人联想到唐代无名氏的一首《摊破浣溪沙》词,词的下半阕这样写道:"满眼风波多闪灼,看山恰似走来迎。子细看山山不动,——是船行。"词写自己坐在船上,船往前走,渐渐接近山,山仿佛是迎面走来;实际上呢? 山并没有动,是船在行走。这是写处在动的船上,看静止的山所产生的感觉,是以动看静,与陈与义诗以动看动同样很有趣味。

躺在船上看云,云一动不动,如果云本身因为没有风而停留空中不动的话,诗人产生的就将是动的感觉;如果云飘得很慢,诗人也不会对云不动表示惊讶。唯一的解释,是云飘得原本很快,也就是说船也走得很快。船走得快,第一联已经说了,是"百里榆堤半日风",船在顺风中疾驶,百里水路,半天就走完了。这速度,虽然不及李白诗所说的"朝辞白帝彩云间,千里江陵一日还。两岸猿声啼不住,轻舟已过万重山"那样飞快,但已很够刺激了;而且伴随行程的是"飞花两岸照船红",一片落英缤纷的热闹景况,远胜李白诗中的山影与凄厉的猿啼。在如此风景中,船走的如此快,诗人心中一定很舒畅,因而会躺在船板上,仰望着浮云。

这首诗写得活泼有趣,流动自然。前两句写景时,把船行与岸景结合,渗入自己的感情;后两句写船行,以静来突出动,把自己的心境一并写出,给人以回味。宋楼钥说陈与义"少在洛下,已称诗俊",盛名之下,确实无虚。

秋 夜

中庭淡月照三更,白露洗空河汉明①。
莫遣西风吹叶尽,却愁无处著秋声②。

【注释】

① 河汉:银河。　② 著:附着,承受。

【语译】

夜深了,淡淡的月光洒满了中庭;露水下降,乾坤清澄,银河耿耿。请不要让西风吹尽了沙沙作响的树叶,我恐怕没了它们,到哪里去聆听阵阵秋声?

【赏析】

凡是写秋夜的诗,都是在月,在露,在星空上作文章,创造一个幽清寂静的世界。如唐顾非熊《月夜登王屋仙台》："月临峰顶坛，气爽觉天宽。身去银河近，衣沾玉露寒。"就是如此。陈与义这首《秋夜》诗的前两句，也是把几般景色组合在一起，在内容上没有创新，在造句上很见工巧。如"白露洗空"著一"洗"字，把秋夜天空的爽朗形象地描绘出来，道前人所未道。同时，露在半夜后始降，降露的天必定是晴天，又与"三更""河汉明"的背景相吻合，足见诗人观察得很细致。

秋天是肃杀的季节，宋玉的《九辩》在"悲哉秋之为气也，萧瑟兮草木摇落而变衰"后，列举了种种秋天带给人的悲伤。从此，悲秋成为文人诗文创作的永恒主题之一，而萧瑟秋声，就成为悲秋的媒介。陈与义这首诗，前两句虽然纯粹是写景，但首句说"中庭淡月照三更"，表明了他半夜三更还在庭院中徘徊不睡，预伏下诗人是因秋而有感，难以入寐，三、四句就理应写情，表示悲秋情怀。然而诗人又偏作拗折，不但不写悲秋，反说请凌厉的秋风不要把树叶都吹尽，使得耳中缺少了沙沙的秋声。这样写，表面上是说自己不会发愁，有意寻觅秋声，唯恐缺少了引起愁思的秋声，是豁达语，实际上是作者在故作旷放，借以抒发牢愁。

中国古代诗歌，常常通过故意违反常情的豁达语来达到更深层次抒情的目的，如这首诗，明明是悲秋，阵阵凄凉秋声扰得他不能入睡，却正话反说，把不堪写成有趣，更突出了愁的深度。这样写法，常见不鲜，如李商隐《宿骆氏亭寄怀崔雍崔衮》诗云："秋阴不散霜飞晚，留得枯荷听雨声。"也是有意斡旋，寄托秋思。被称为薄命诗人的清人黄仲则,尤多此类语。如古诗有"白杨多悲风,萧萧愁杀人"句,黄仲则偏说"愁多思买白杨栽",又如重阳风雨,添人愁思,他偏说:"有花有酒翻寂寞,无风无雨倍凄凉",都翻进一层,令人感慨。

中牟道中①

杨柳招人不待媒,蜻蜓近马忽相猜。

如何得与凉风约,不共尘沙一并来②。

【注释】

① 中牟:今河南中牟县。 ② 不共:不同,不与。

【语译】

杨柳在阵风中摇动着丝丝长条,像是在对人招手,不必等谁来作介绍。低飞的蜻蜓飞近了我的马儿,蓦地又闪开了,仿佛对我戒备疑猜。我不禁想和扑面凉风订个约定,凉风啊,愿你不要把漫天的尘沙一起带来。

【赏析】

宣和四年(1122)夏,陈与义被任命为太学博士,由洛阳赴汴京,途经中牟,就眼前所见,作了两首诗,这是第二首。两首诗各写一个侧面,构成全景。从第一首,我们知道,诗人经过中牟时正当黄昏,天上积满了乌云,快要下雨了。第二首接前,全写雨前景色。

诗描绘风吹杨柳,杨柳弯下了柔软的枝条,仿佛向行人打招呼,蜻蜓低飞,在马前盘旋,忽然又飞了开去。凉风消尽了暑热,也带起了漫天尘沙。诗人因而想道:如果凉风不带有令人讨厌的尘沙该有多好!

诗写雨前的各种特征,从杨柳、蜻蜓及风沙上作细致的渲染,写得纡徐从容,清新真切,充满幽默感。诗人又采取了一连串拟人化手法,加强效果。如杨柳摇荡,便说它是在招人,把诗家笔下一直写成无情的杨柳变成了多情;再加以"不待媒"三字,趣味盎然。在写蜻蜓时,又用了"忽相猜"三字解释蜻蜓飞近马头又飞走的情状,把自己的想法强加到蜻蜓身上。通过这样描写,诗人与景物在感情上进行了交流,自然逼出后二句,把大自然看成与自己相同对等的有感情的东西,径直与凉风商量起来了。

以上是从字面上作解释,从中可见诗人路途劳累,忽遇凉风,消暑解倦,心里很轻松愉快。白敦仁先生则从诗后两句读出了诗人的忧患心情,他说:"是时蔡京、王黼之流把持政柄,结党相倾,'以众寡为胜负',朝士多受其牢笼,蒙其污染。一朝罢去,则连坐而去者常数十百人;及其复用,则又源源而来……此诗寄兴深微,把当时中央王朝党派倾轧的黑暗现实,诗人洁身自好、畏谗畏祸的矛盾心理,曲折地表现出来。"(《古诗观止》六四〇页)这些,我们从诗表面是无论如何看不出来的。诗无达诂,由此可见。

牡 丹

一自胡尘入汉关①,十年伊洛路漫漫②。

青墩溪畔龙钟客③,独立东风看牡丹。

【注释】

①"一自"句:指靖康元年(1126),金兵攻克汴京,翌年掳走徽、钦二帝,北宋灭亡。 ②伊洛:伊水、洛水,都流经洛阳。这里代指洛阳。 ③青墩溪:在浙江桐乡北。龙钟:形容老态。

【语译】

自从金人的铁蹄踏碎了祖国的河山,十年了,回望故乡洛阳,路是那么的漫长。岁月使我变得衰老不堪,今天,我独自一个,流落在青墩溪畔,在煦煦春风中,欣赏着盛开的牡丹。

【赏析】

这首诗作于绍兴六年(1136),当时陈与义以病告退,除显谟阁直学士,提举江州太平观,寓居浙江桐乡。他虽身离官场,但心系魏阙,对国事非常关心。陈与义是洛阳人,洛阳以牡丹闻名天下,因此他见到眼前牡丹盛开,勾起了伤时忧国的情感,写下了这首传布人口的佳作。

诗题是咏物,诗的内容实际上是借物抒怀,所以不用咏物诗格,一开始就以回叙当年寄情。诗写道,金兵入汴,已经十年,自己流离失所,漂泊无依。"路漫漫"三字,表现了诗人很复杂的心理。既是说国运不昌,中原沦陷,无由再游故地,再赏洛阳牡丹,也是痛惜家国,不能回乡;又有感叹前途渺茫的意思。由国事、家事、自身事,逼出下句,说自己老态龙钟,独自在桐乡青墩溪边,默默地对着牡丹。末句有有余不尽之意,非常含蓄。独立花前,不忍离去,显然不单独是赏花,更主要的是怀旧。所怀内容,就是上文感叹"路漫漫"的无限心事。这样收煞,诗便充彻着凄凉悲伤,于平淡处涵有浓郁的情感。诗到末二字方才点题"牡丹",使前面所流露的感情,有了合理的解释,是点睛之处;到这句,读者才领会到,诗中的怀旧,都由独立看牡丹而生发,末句的次序应是第一句。

短短四句诗,使人仿佛见到诗人独自一人在牡丹花前怆然伤怀,悲苦欲泪,给人以强烈的感受。读这首诗,很容易使人想到唐岑参的《逢入京使》诗:"故园东望路漫漫,双袖龙钟泪不干。马上相逢无纸笔,凭君传语报平安。"陈与义这首诗很明显受到岑参诗前两句的影响,但岑诗是怀乡,陈诗却凝聚着国恨家仇,感情更加沉痛深刻。诗末句以花前独立蒙浑而出,包涵无限,这样写法,又很容易使人联想到唐元稹《智度师》诗:"三陷思明三突围,铁衣抛尽衲僧衣。天津桥上无人识,闲凭栏杆望落晖。"诗写一位在战场上立功的老将,晚年出家为僧,站在天津桥上,没人知道他往日的英雄业绩,只好目送夕阳西下。末句勾勒出智度师无限心事。陈与义的诗手法与元稹相同,一是写己,一是写人,都表现得很蕴藉深至。

早 行

露侵驼褐晓寒轻①,星斗阑干分外明②。
寂寞小桥和梦过,稻田深处草虫鸣。

【注释】

① 驼褐:用驼毛做的外衣。　② 阑干:横斜貌。

【语译】

露水降落,我穿着厚厚的毛衣还感到丝丝的寒意;仰望天空,北斗星横斜着分外光明。孤单单地,我半醒半睡地过了座小桥,耳边传来稻田深处唧唧虫鸣。

【赏析】

这首早行诗,写的是诗人在天还没亮时孤身一人在道上行走的感受。一般诗,只要诗题带有"早"字,譬如"早行""早衰""早梅""早春",无不在"早"字上灌注笔墨,这首诗也是如此。从第一句起,"露侵"是早,天亮以前,气温最低,正是露水凝结的时候。"露侵驼褐晓寒轻",全句也是表现早行的感觉。因为早行,穿上了厚厚的毛衣,有了厚毛衣,仍感到冷,一是露侵,二是在风露中已经行走了多时。第二句写星光灿烂,是因为黎明前天格外暗,地面一片漆黑,所以天上的星光特别显得明亮。第三句写寂寞是说明因为时间早,路上没有行人,更觉孤单;"和梦过"说自己还沉酣在昨晚的睡境中,因为起得早,还没睡够,所以还在马上边走边打瞌睡,懵懵懂懂地前行。第四句描摹稻田虫鸣,是黑暗中应有的情景,又以声音衬托寂静,突出时间还早。诗人就是如此从视觉、听觉,乃至感觉,全方位地写出早行的种种情况,给人以回味。唐代温庭筠的《商山早行》以"鸡声茅店月,人迹板桥霜"句为后世称道,陈与义这首诗,在状情绘物上很具特色,可追攀温诗。

钱锺书《宋诗选注》说《南宋群贤小集》收有张良臣的《晓行》诗云:"千山万山星斗落,一声两声钟磬清。路入小桥和梦过,豆花深处草虫鸣。"二者不知是否有祖述关系。

朱淑真

朱淑真,号幽栖居士,钱塘(今浙江杭州)人。她是与李清照齐名的女诗人。亦工词。诗词均多写个人愁苦,凄凉感人。有《断肠集》。

元 夜

压尘小雨润生寒,云影澄鲜月正圆。

十里绮罗春富贵①,千门灯火夜婵娟②。

香街宝马嘶琼辔③,辇路轻舆响翠轩④。

高挂危帘凝望处,分明星斗下晴天。

【注释】

① 绮罗:绫罗绸缎。此指华美的节日服装。 ② 婵娟:美好的意思。
③ 香街:与下"辇路"都指街道宽广美丽。宝马:高大丰满、装饰华丽的骏马。
④ 轻舆:轻便小车,为妇女所乘坐。翠轩:青色的有篷的车,也是妇女专用车。

【语译】

一阵小雨滋润了街上的微尘,空气中丝丝寒意袭人。天上的云彩格外绚丽,簇拥着团团明月似轮。十里长街挤满了盛装的男女,春色无限;千门万户灯火辉煌,歌舞喧阗。宽广的道路上装饰华美的骏马发出嘶鸣,又夹杂着富贵女子的车声辚辚。我在高楼上挂起帘儿凝望,这灯火一片,分明是满天星斗降临在人间。

【赏析】

　　元夜是灯节,街市上十分热闹,一般写元夜的诗,都从热闹处入题。朱淑真这首诗先退一步,写天气与月光,为放灯的顺利进行提供先决条件。你看,一场小雨,沾润了街市上的尘土,空气清新,微带有初春的凉意,月亮升上了天空,澄明透亮,是那么的圆。这样的好天气,这样的好月色,又逢上元宵,外面华灯齐放,人怎能憋得住不出去游玩呢?这么一跌,诗就自然展开,写繁华的夜景。二、三联写放灯与看灯的人。十里长街挤满了人,都穿上了节日的服装,五彩绚丽,千家万户都高挂彩灯,把夜色装点得无比耀目。这两句,就是白居易《正月十五夜月》中所写的"灯火家家市,笙歌处处楼"那样的热闹景色。可诗人觉得还不够,又加入了平时难得出门的妇女的队伍,写香车宝马,给观灯的队伍增加了浪漫感,使人犹如置身其中,闻着香气,听着笑语,看着千变万化的彩灯,涌现出欢快的情感。尾联总括一句,写观灯回来,独上高楼,挂上帘子,凝望街上,只见到灯火罗列,恍如满天星斗降落人间。以星喻灯,是古人常用的手法,最出名的是唐苏味道《正月十五日》"火树银花合,星桥铁锁开"一联。但苏味道是写自身在灯海中的感受,朱淑真是写登高俯视所见,且在极热闹后下此冷峻语,涵有一种惘然若失的心理,蒙上了一丝淡淡的寂寞感。

　　朱淑真这天共作了三首《元夜》诗,这是第二首。第三首中有"新欢入手愁忙里,旧事惊心忆梦中""但愿暂成人缱绻,不妨常任月朦胧"句,就全是对欢会的短暂及离别的匆促流露忧伤与惋叹了。读了第三首,第二首末尾的惆怅,才得到了解释。

在那个讲究道学的时代,女子能作出这样的诗,确实是够大胆的。

中秋闻笛

谁家横笛弄轻清①?唤起离人枕上情。
自是断肠听不得,非干吹出断肠声。

【注释】

① 弄:吹奏。

【语译】

是谁在吹着横笛,传来了阵阵轻快的乐声。我躺在床上凝听着,触动了离情别绪,心潮难平。我的愁肠早已断了,再也听不得乐曲;不是因为那笛儿吹奏出断肠的旋律,令人伤心。

【赏析】

中秋对月,引起人无限怀思,诗人因为经历了种种不幸,在这该团圆的日子里,饱受着孤独的煎熬,在枕上翻来覆去,难以入睡。这时候,一阵悠扬的笛声传入了她的耳中,不啻在波动的心潮中又加入了阵阵激荡,她感叹着,这笛声是美妙的,但是我这个断肠人怎能再受到这笛声的折磨呢?三、四两句写得很伤感,"听不得"三字,承"断肠"而来,就用不着一一解释何以听不得,感事、怀人,种种不堪的断肠事，都包括在里面了。

诗人由于思人怀旧而难以入睡，因了笛声而更加伤悲，却有意拓开，说自己的断肠与笛声无关，就使伤心的程度更为加深，蕴含着无尽的辛酸之泪。"断肠"二字在这里凡两见，互相呼应，正是朱淑真生平的概括，所以后人把她的诗结集取名为《断肠集》。朱淑真确实常在诗中使用"断肠"二字，如《闷怀》："芭蕉叶上梧桐里，点点声声有断肠。"《长宵》："魂飞何处临风笛，肠断谁家捣夜砧？"《恨春》："梨花细雨黄昏后，不是愁人也断肠。"大自然一切景物、声响，都足以引起她的伤心，导致断肠，读了这些诗，就更能体会出本诗中"自是断肠听不得"一句深刻涵义，对作者产生同情之心来。

朱淑真在爱情与婚姻上受尽了挫折，她本身又不是个服从命运安排的女子，所以写了许多悲怨感伤的作品。她专门写了"闺怨诗"一卷，描摹抒发心中难以排解的愁苦，其中哀怨之句，中人肺腑。如《无寐》云："背弹珠泪暗伤神，挑尽寒灯睡不成。卸却凤钗寻睡去，上床开眼到天明。"又如《新凉》云："一夜凉风动扇愁，背时容易入新秋。桃花脸上汪汪泪，忍到更深枕上流。"中国古代的闺怨诗，绝大多数是男子代言，读朱淑真诗，至少可以让人感受到女子在诗中抒发自己的感情是何等的细微。

曹 勋

曹勋(1098—1174),字公显,号松隐,颖昌阳翟(今河南禹州)人。宣和中赐进士甲科,绍兴中,官昭信军节度使,孝宗朝加太尉。卒赠少保,谥忠靖。有《松隐文集》。

入 塞

妾在靖康初①,胡尘蒙京师②。

城陷撞军入,掠去随胡儿。

忽闻南使过,羞顶羖羊皮③。

立向最高处,图见汉官仪④。

数日望回骑,荐致临风悲⑤。

【注释】

① 靖康:宋钦宗年号(1126—1127)。 ② 胡尘:指金国军队。 ③ 羖羊皮:此指羊皮帽。羖,黑色公羊。据洪皓《松漠纪闻》,金国"妇人以羔皮帽为饰"。 ④ 汉官仪:此指南宋官员的仪仗。《后汉书·光武本纪》载,刘秀为更始帝司隶校尉,率部队入长安,三辅父老吏士见了,流着泪说:"不图今日复见汉官威仪!" ⑤ 荐:再次。

【语译】

我的一生是多么不幸:靖康初,金房包围了京城,城被攻破后,金兵蜂拥而入,把我掳到了这北国。今天忽然听说宋朝的使节要从这里经过,看看这身胡人打扮,心中羞惭难遏。没奈何,我爬上最高的山坡,尽力想看清楚宋使的仪仗面目。宋使过去了,我又悄悄地计算着他回程的时间,想再次看到他,在西风中满怀伤心,涕下滂沱。

【赏析】

绍兴十二年(1142)岁末,曹勋奉命出使金国,见宋朝遗民听到南宋使臣经过,都聚在一起观看,呜咽流泪,他心中十分感慨伤心,作了《出入塞》诗,"用示有志节、悯国难者"(原诗序),这是其中一首。

诗用乐府体,用第一人称写,选取了陷身金虏的一位妇女的经历及行事,表现广大金统治区宋遗民不屈服金人统治,渴望能得到解放、脱离苦海的心情。诗前四句写这位女子失陷敌国的经过,追述她原本是京师良家女子,靖康初金人攻陷汴京,把她掳到北地的辛酸遭遇。四句写得平平,但其中强烈压抑住的悲痛,仍可体会出来。接下四句写女子见到南方来的使节的反应,说她听到宋使经过,由于自己穿戴着金人装束,心中深以为耻,不敢挤过去看,可对故国的眷恋,对故国来人的亲切感,又驱使她不能不去看,所以她远离人群,爬上最高处,去瞻望使者的队伍。这四句刻画心态妙到毫末,"立向最高处"极其形象地反映了她羞惭、悲愤的复杂矛盾的心理。"图见汉官仪"一句,涵意也十分丰富:一是要见见故国的使节仪仗,抒发自己对宋朝的热爱,寄托思归情绪;一是暗用刘秀典,希望能早日获得解放,重见大宋军队收复国土。末两句是使者过后,诗说那女子仍然计算着日子,盼着使者回程从这里过,得以再次一洒伤心泪。这两句把前四句的心情更加推进了一步,写得意味很浓,感人肺腑。

　　清代赵翼题元好问《遗山集》有"国家不幸诗家幸"句,说国家沦陷,蒙受不幸,即因此而造就了一大批诗人,用自己的真情实感,写出了忧国忧民的杰出篇章,取得了很大的成就。曹勋就是如此。他本来是个平庸的诗人,因为见到家国沦陷,人民受难,心中愤愤难安,所以能把亲身经历提炼出这样一首好诗来。全诗写的充满着抑郁,凄凉感人,可以与后来人们交口称赞的范成大出使金国所写的《州桥》等诗媲美,也是以这类内容为主题的爱国诗篇中较早的一首。

刘子翚

刘子翚(1101—1147),字彦冲,自号病翁,崇安(今属福建)人。曾官兴化军通判。后退居武夷山讲学,人称屏山先生,朱熹为其弟子。理学家,但诗无道学气,多记国家动乱史实,悲愤沉郁。有《屏山集》。

绝句送巨山①

二年寄迹闽山寺②,一笑翻然向浙江③。
明月不知君已去,夜深还照读书窗。

【注释】

① 巨山:诗人的朋友张嵲,襄阳人。　② 寄迹:寄托踪迹,即暂时居住。③ 翻然:高飞远飏。此指旅行、迁移。

【语译】

两年来,您托身借居在这福建山中的庙里,如今忽然转念,要离开这儿,前往浙江。明月不知您已经离去,深夜还是悄悄地照进您书房的小窗。

【赏析】

张巨山是刘子翚的好朋友,这首绝句是送别张巨山所作,对朋友的离去,流露出浓重的悲伤。

前两句直写,说张巨山在福建住了两年,如今要离开福建,前往浙江。"二年寄迹闽山寺",表面全写张巨山,实际上带出自己与张巨山在这两年中过往密切,引出对分别的依依不舍。次句写张巨山离开,用了"一笑翻然"四字,看上去很洒脱,其实是故作达语。张巨山离开福建去浙江,既非回乡,又不是仕宦升迁,此次离别,肯定愁多欢少,因此诗人写他洒脱,正带有不得已处,加强自己对离别的不快。

三、四句转换角度,以虚拟笔法,想象张巨山走后,人去楼空的情景,寄托自己对他的深情与怀念。书房依旧,但是人走了,如果是直写,便索然无味。历来诗人都喜欢通过明月来寄寓自己的情思,如李白"只今唯有西江月,曾照吴王宫里人"(《苏台览古》)、"我寄愁心与明月,随风直到夜郎西"(《闻王昌龄左迁龙标遥有此寄》),刘禹锡"淮水东边旧时月,夜深还过女墙来"(《石头城》),都是如此。刘子翚这首诗也借明月来说,强调明月仍然照进书窗,增加冷漠的气氛,同时通过无情的明月表现多情的举止,衬出人的多情,等于说自己日后见到空空的书房,将更加为眼前的别离而惆怅。这样一转折,加深了诗的底蕴,把情感也表现得更为丰富。

自然界的风物,谁都知道是无情的,但由于诗人的观感心情不同,便有意对它们进行人格化,刘子翚这首诗就是如此,把明月拟人化,说它不知人已去,仍然多情地照着读书窗。这样的构思,在古代被普遍运用。著名的如唐崔护《题都城南庄》:"去年今日此门中,人面桃花相映红。人面只今何处去,桃花依旧笑春风。"以桃花依旧,表现人事变化所产生的伤感。又如岑参《山房春事》云:"梁园日暮乱飞鸦,极目萧条三两家。庭树不知人去尽,春来还发旧时花。"把庭树拟人化,说它没体察到人已离去。其他如张泌《寄人》"多情只有春庭月,犹为离人照落花",杜牧《赠别》"蜡烛有心还惜别,替人垂泪到天明",都是如此,刘子翚这首诗,正是继承了这一传统的表现手法。

汴京纪事

辇毂繁华事可伤②,师师垂老过湖湘③。
缕衣檀板无颜色④,一曲当时动帝王。

【注释】

① 汴京:今河南开封,是北宋都城。 ② 辇毂:皇帝的车驾。古以"辇毂下"指京城,这里的辇毂即指汴京。 ③ 师师:李师师,汴京人。传幼年为尼,后为妓,色艺动京师。徽宗常微行临幸其家。后入宫,封瀛国夫人。汴京破,有的记载说她自杀,大多数典籍都说她流落南方。《青泥莲花记》说,"有人遇之于湖湘间,衰老憔悴,无复向时风态",与本诗描写吻合。湖湘,洞庭湖、湘江一带。 ④ 缕衣:金缕衣,用金线盘绣的舞衣。檀板:唱歌时用来打拍子的檀木拍板。

【语译】

帝京当年是多么繁华热闹,回想起来,使人无限地伤感;李师师也老了,漂泊流落在湖湘的民间。旧时的舞衣与檀板都黯然失色,饱受了风蚀尘染;有谁相信,她当年轻歌一曲,能使君王倾倒迷乱?

【赏析】

靖康二年(1127)，金兵攻占了北宋都城汴京，掳走了徽、钦二帝。诗人满怀悲怆的心情，挥笔记下了汴京失守前后的一段史事，成《汴京纪事》诗二十首，痛感山川破碎，国家受辱，表达自己的忧伤与愤慨。这里选的是最后一首。

李师师是北宋末年汴京著名妓女，以美貌及伎艺红极一时，宋徽宗赵佶曾便服去她家嫖宿，《水浒传》第七十二回"李逵元夜闹东京"、第八十一回"燕青月夜遇道君"就是写这段故事。刘子翚写汴京的组诗，大多数通过今昔对比，列举大家熟知的事与物来抒发兴亡之感，所以在这首诗中举李师师的遭遇以表现汴京昔日的繁华已烟消云散。诗从李师师目前情况写起，说艳名压倒平康的李师师，在乱后流落湖湘，久经磨难后，颜色憔悴，歌喉也非复当年。诗感叹，李师师往时歌舞时所穿的金缕衣、所用的檀板现在仍在用，但都已经陈旧了，谁能相信她当年曾以美貌与伎艺使君王倾倒呢？诗写的虽然是人，主题却是从人的经历上反映国家遭受的不幸，达到了以李师师为典型反映社会动乱的目的。

通过描写往昔闻名的歌手妓女寄托盛衰之感的七绝，在唐代就有不少出类拔萃的作品，最出名的是杜甫的《江南逢李龟年》，诗云："岐王宅里寻常见，崔九堂前几度闻。正是江南好风景，落花时节又逢君。"写安史乱后，名歌手李龟年流落江南，杜甫与他相会，回想起开元盛世，不胜唏嘘。诗将今昔盛衰之感，隐藏在字里行间，使人黯然欲泪，如以"江南好风景""落花时节"反衬相遇的难堪,以"又逢君"点出今昔,烘托出感伤,都很见锤炼。刘子翚这首诗在主题上承继前人,但一开始就直述"辇毂繁华事可伤",虽简捷明快,与杜诗比,就少了含蓄。刘子翚这首诗在写作手法上则与温庭筠《赠弹筝人》更接近,温诗云:"天宝年中事玉皇,曾将新曲教宁王。钿蝉金雁皆零落,一曲伊州泪万行。"在结构、布局及内容命意上,二诗都有相同之处。

岳 飞

岳飞(1103—1142),字鹏举,汤阴(今属河南)人。著名抗金英雄,官少保、枢密副使,大败金兵,后被秦桧害死。孝宗时追谥武穆。宁宗时追封鄂王。有《岳武穆遗文》。

池州翠微亭①

经年尘土满征衣②,特特寻芳上翠微③。
好水好山看不足,马蹄催趁月明归。

【注释】

① 池州:今安徽贵池。翠微亭:在贵池东南齐山,唐人建。　② 经年:经过一年或若干年。　③ 特特:马蹄声。

【语译】

年复一年,我驰骋疆场,战袍上洒满了灰尘;今天,在"得得"的马蹄声中,缓缓登上齐山,浏览翠微亭的美景。好山好水,我怎么也看不够,可已是明月当空,马蹄声又催着我踏上了归程。

【赏析】

绍兴五年(1135)春,岳飞率兵驻防池州,游城东南齐山翠微亭,作此诗。齐山是池州有名的风景区,历代诗人都有题咏,最出名的是唐杜牧的《九日齐山登高》一首,诗云:"江涵秋影雁初飞,与客携壶上翠微。尘世难逢开口笑,菊花须插满头归。但将酩酊酬佳节,不用登临叹落晖。古往今来只如此,牛山何必独沾衣?"岳飞这首绝句,就是步杜牧诗前四句诗韵而作,不过,同是游山,岳飞的心境与杜牧完全不同。

诗从自己的经历起笔。"经年尘土满征衣",说出近年来自己驰骋沙场,度过了紧张岁月,为下写游山作铺垫。"经年"说明其长;"满"反映了辗转道路的紧张与劳累。第二句写游山,以"特特"的马蹄声代指骑马,"寻芳"点出时间,"上翠微"说明此行的目的。通过前两句,我们已经可以想见一位身经百战的将军,风尘仆仆地骑马上山的情景,为下写与众不同的游山心得作了伏笔。

诗人当时刚率兵在庐州击溃刘豫的伪齐军队回池州休整,游山是忙里偷闲,同时,前线各处的战事仍然很吃紧。因此,他在游山时仍然充满着对国事的忧患,在"特特"的马蹄声中,既为齐山的风景所陶醉,又带有一些不安。因此,三、四句强调对祖国河山的热爱,而不对齐山作细微的描写。"好水好山看不足",把诗人对自己为之战斗的祖国山河的强烈感情表现出来。山水如此多娇,好到无法形容,诗人干脆不作具体描写,只是浑说一句,却使眼前的景观予以扩大,体现出诗人宽广恢宏的气度,密合自己的身份。"马蹄催趁月明归",呼应了"特特寻芳",以骑马始,以骑马终,又承接了"看不足",表达对山水的流连忘返。

诗写得明白如话,处处洋溢着灼热的情感。尽管诗在技巧上没有什么突出的成就,因为它反映的是一位爱国战士对祖国的赤诚热爱,所以受到后世普遍喜欢。

吴芾

吴芾(1104—1186),字明可,号湖山居士,台州仙居(今属浙江)人。绍兴十二年(1142)进士,官礼部尚书、龙图阁学士。诗尚质朴。有《湖山集》。

北 望

漠漠黄云塞草稀,年年空说翠华归①。
孤臣泪尽仍尝胆②,白首江湖雁北飞。

【注释】

① 翠华:皇帝仪仗中用翠羽装饰旗杆顶端的旌旗。此代指皇帝,即被金人掳去囚禁的徽宗、钦宗。　② 孤臣:失势的臣子。尝胆:越王勾践被吴王夫差所败,他卧薪尝胆,不忘耻辱,后终于消灭吴国。

【语译】

塞外层层黄云密布,草儿稀稀拉拉;朝中的人们年年空说不久就会迎回二帝的车驾。我这个失势的臣子流尽了眼泪仍然卧薪尝胆;流落江湖,注目着北飞的大雁,白了鬓发。

【赏析】

这首绝句,表现的是诗人渴望接回徽、钦二帝,誓雪国耻的心情。

诗与许多南宋初年的爱国志士的诗一样，以远望北方兴起自己亡国的伤痛，不过，吴芾诗作了些变化，他虽写远望，却拓开一层，不写眼前所见，而是因为想到徽宗、钦宗被金人囚禁在塞外五国城，从而把思绪展向塞外，描写视线所不及的景物。诗说塞外黄云层层密布及草儿稀疏，把景写得很凄凉萧瑟，以此衬托二帝所在环境的恶劣，表示对二帝的怀念及自己的痛心。第二句由塞上，由二帝目前的情况，想到朝中大臣及高宗本人，无意收复失土，迎回二帝，所以"年年空说翠华归"，表达心中的愤慨，把矛头直接对准最高统治者。三、四句，写自己这个孤臣与当朝截然不同的态度，说自己流尽了伤心的泪，仍然卧薪尝胆，志图恢复；尽管如今已经年老，处江湖之远，仍然忧心忡忡，远望着北飞的大雁伤愁。"雁北飞"三字，既用鸿雁传书典，表示想托大雁给二帝捎去自己做臣子的一片忠心及思念，又借大雁自比表示不忘北方沦陷的国土。

全诗写得格调深沉悲切，婉转地道出了抑郁的愤懑不平。吴芾对二帝被掳不回一直耿耿于怀，如他在《暮春感怀》诗中也有"野人无适运，愁梦亦随銮"句。是不是吴芾特别受到二帝的优赏，故而如此感恩思念呢？并非如此。吴芾是借渴望二帝回来一事，隐曲地对朝廷的投降政策进行讥刺。宋高宗南渡登基后，无力恢复中原，但为了面子，又不得不把接二帝回归挂在口头。实际上，高宗正是害怕二帝回朝，帝位不保。秦桧等一班投降派，也正是利用高宗这一心理，鼓吹及实施投降政策。吴芾有见于此，以"年年空说翠华归"一句，对高宗及投降派做诛心之论，一针见血，识见非凡。后来明朝文徵明的《满江红》词评论高宗说:"岂不念,中原蹙?岂不恤,徽钦辱?但徽钦既反,此身何属?千古休谈南渡错,当时自怕中原复。笑区区一桧亦何能,逢其欲。"正是吴芾这句诗意的扩充。

萧德藻

萧德藻,字东夫,号千岩居士,闽清(今属福建)人。绍兴进士,曾官乌程令。诗与陆游、范成大、杨万里等齐名,又是姜夔的老师。杨万里称其诗工致,姜夔称其高古。一些小诗清新奇巧,令人赏爱。著有《千岩择稿》,已佚。

登岳阳楼①

不作苍茫去,真成浪荡游②。
三年夜郎客③,一柂洞庭秋④。
得句鹭飞处,看山天尽头。
犹嫌未奇绝,更上岳阳楼。

【注释】

① 岳阳楼:在湖南岳阳城西门,高三层,下临洞庭湖,唐张说建。 ② 浪荡:放浪、漫不经心。 ③ 夜郎:古国名,地当今贵州西北一带。 ④ 一柂:指乘船。

【语译】

我不在这旷远无边的洞庭湖尽情游览,岂不是白白到这里一番?三年来我滞居在夜郎国里,今日如愿,乘着一叶扁舟,出没在万顷碧浪之间。一行白鹭悠闲地飞起,逗起了我吟诗的灵感;我极目远眺,欣赏着天边的青山。这样的美景在船上怎能看个够?我兴致勃勃地登上了岳阳楼,再次放眼纵观。

【赏析】

　　岳阳楼是洞庭湖边著名的登临胜地,它面临万顷碧波,远眺君山,风景秀丽,许多诗人在这里留下了不朽的篇章。一般写登临的诗,总是以登临为起首,以便展开登临所见,抒发登临的感受。如杜甫的《登岳阳楼》诗,首联即云:"昔闻洞庭水,今上岳阳楼。"接着两联,言景抒情。萧德藻这首诗,避熟就生,换了个角度,把大部笔墨花在未登楼时,取径别致。

　　范仲淹《岳阳楼记》形容眼前的洞庭湖说:"予观乎巴陵胜状,在洞庭一湖。衔远山,吞长江,浩浩汤汤,横无际涯,朝晖夕阴,气象万千。"诗人乘只小船,来到这样的景色中,在环境的感染下,不由地产生了无穷的感慨。所以诗由情起,说我不在这浩瀚无垠的洞庭湖中好好地玩赏个痛快,真成了放荡江湖的浪游了。这样一赞,没有直接说洞庭湖的好处,而好处自现。

　　首联发出的感慨,是诗人对美好湖山的由衷赞美,照理诗第二联应该承上写洞庭湖的景色如何;孰料诗人仍然远离景色,再跌一步,写自己身世。诗交代,自己已经在夜郎国里滞留三年,今天终于乘着一条小船,来领略这洞庭秋色。这两句暗藏身世之慨,上下句看上去没有必然的关系,实际上是以感情这条线作维系。正因为在穷山恶水的夜郎国住久了,今天的游洞庭才更有意义。萧德藻曾跟从江西诗派诗人曾幾学诗,这样造句,正是江西诗派诗的特点。

第三联是全诗唯一兼及景色的一联,但仍以情为主体。诗说自己沉浸在洞庭秋色之中,各种感情涌上心头,忽然看见白鹭在辽阔的水面上飞翔,猛然触动诗兴,觉得这是极好的诗料,于是放眼远望,久久看着天边的青山。这两句,一句写思维,一句写动作,仍无必然联系,显得生硬奇崛。

最后,诗说自己在船上看不够这美景,所以登上了岳阳楼,点出题目。诗的构思,显然是从王之涣《登鹳雀楼》"欲穷千里目,更上一层楼"翻出,结得很含蓄。前三联,处处谈感受,但通过游洞庭湖的喜悦心情,放眼远眺、诗兴大发等情况,暗写了洞庭湖风景的迷人;这联仍不直接写洞庭湖,而说要登上岳阳楼再次眺望,让人们自己去品味湖的吸引人处,很出人意外。

杨万里很推崇萧德藻这首诗,特地录入《诚斋诗话》。陈衍《宋诗精华录》评说:"作者手笔,直兼长吉、东野、阆仙而有之,卢仝长短句不足况,宜诚斋之一见推许也。"可是在这首诗中,我们却找不出萧德藻学李贺的险怪及孟郊、贾岛的寒瘦的味道来。

古　梅

湘妃危立冻蛟脊[①],海月冷挂珊瑚枝。
丑怪惊人能妩媚?断魂只有晓寒知。

【注释】

① 湘妃:传说舜的妻子娥皇、女英死后成为湘水之神,称湘妃,也即《楚辞》中的湘夫人。危立:高高地站立。

【语译】

它亭亭玉立,犹如湘妃高高地站在寒蛟的背上;它玲珑剔透,犹如海上的冷月,悬挂在珊瑚枝头。古梅奇丑怪状的枝干令人感到惊讶,怎会使人觉得妩媚?它的神韵,只有清晨凛冽的寒风才能充分感受。

【赏析】

原诗共二首,这是第一首。这首诗得到了清末陈衍的极度赞赏,认为"梅花诗之工,至此可叹观止,非和靖所想得到矣"(《宋诗精华录》)。和靖即林逋,他的题梅诗句"疏影横斜水清浅,暗香浮动月黄昏"被公认为题梅诗的顶峰之作,陈衍的赞语,不免有溢美之嫌。如果将萧德藻这首诗与林逋诗比较,便会发现二诗是不同的格调,所写梅也有本质上的区别。林诗写得神清骨秀、幽独超逸,描写疏枝横斜、清腴爽朗的梅花;萧诗写得拗折孤峭、生硬瘦拔,描写盘囷苍古、姿态怪异的梅花。二诗都很精工,不能简单地定优劣。

萧德藻是怎样来描绘这株奇怪的老梅的呢?由于这梅长在水边,诗便结合水来写。由水,他想到那缀立枝头的梅花,犹如湘妃挺立在那如同寒蛟背脊般的枝干上。湘妃在这里只是借用其水神身份,说明梅在水边,又由湘妃联想到《九歌·湘夫人》中"麇何食兮庭中,蛟何为兮水裔"句,因而用"冻蛟脊"一词,形象地把梅干的苍劲与梅根的盘屈之状表现出来。次句,诗人远远望去,梅花在晨光中朦胧剔透,他便进一步想象,这梅花犹如海上的月亮挂在珊瑚枝上。这句句格仍同首句,由海月带出珊瑚,同为海中之物,凑在一起,以珊瑚枝形容梅干的错综弯曲,很神似,"冷"字又呼应了上句的"冻"字。两句写的实际上是同一意思,由于比喻新奇,所以不觉重复。通过这两句,再结合第二首中的"百千年藓着枯树,三两点春供老枝"句,诗人所介绍的古梅便呼之欲出了。

三、四句转入议论。清龚自珍《病梅馆记》说:"梅以曲为美,直则无姿;以欹为美,正则无景;以疏为美,密则无态。"这株古梅只有盘旋的老根与怪异的枝干,不具备疏、欹的特点,充满奇丑古怪,不以姿态媚人,自然得不到人们欣赏。因此诗人感叹,这古梅只引起人们的惊怪,唯有拂晓寒风才对它倾心销魂。末句与林逋诗"粉蝶如知合断魂"同意,以自然界的晓寒欣赏古梅,表示自己对这古梅的欣赏,同时又有将古梅自况,叹知音难得的意思在内。

樵　夫

一担干柴古渡头,盘缠一日颇优游①。
归来涧底磨刀斧,又作全家明日谋②。

【注释】

①盘缠:本意指路费,这里作开销解。优游:悠闲。这里是宽裕的意思。

② 谋:筹划。

【语译】

挑上了一担干柴到古渡头去卖,换了钱足够一天的开销,便心满意快。他回到家中又在山涧边磨快刀斧,为筹集明天的生活费用做好准备。

【赏析】

这首绝句写山中樵夫的生活,说他每天砍上一担柴,卖后便筹够了一天的开销,回到家中,磨快了斧头,准备第二天再去砍柴。诗在表现艺术上有两点值得赞赏:一是诗写的是深山的樵夫,但没有明说,通过"古渡""涧底"二词,含隐不露地告诉大家;二是诗写樵夫一天的生活,以"又作全家明日谋"暗逗,说明樵夫天天如此,带有典型性。这样细微的构思,是宋人绝句的长处,也是值得后人借鉴的地方。

诗人写樵夫的生活,究竟是站在什么立场上来写的呢?这点可以根据对诗的不同的理解来推敲解释。如果着眼于末句"又作全家明日谋",则可如此解说:诗人认为樵夫的生活非常艰苦,每天辛辛苦苦地打了柴,远远地挑到市上去卖,卖了钱只够一天的开销;回到家中,又忙着磨快斧头,为明天的生活考虑。再进一步扩大思维,如果樵夫病了,或者刮风下雪,他的"明日谋"岂不是要落空,家中便要挨饿了。因此,诗人表现的是对樵夫辛勤劳累仍不能保证温饱寄予同情,"颇优游"三字是有意调侃,发泄心中的不平。

如果着眼于"盘缠一日颇优游"一句来推论,结果便完全不同了。中国古代诗人对隐居山中、水边的自食其力逍遥容与的樵夫、渔翁一直抱赞赏企羡的态度,认为他们远离扰乱红尘,友麋鹿,伴烟霞,是最令人赏心适意的生活。《西游记》第九回开场时,有一大段渔樵问答,对各自的逍遥自在,大肆夸耀,就很能说明问题。萧德藻正是从此出发,说樵夫隐居深山,远离人间是非;他每天打了柴,行歌古渡,易米市菜,只要筹够了当天的用费,便不再烦心。回到家中,面对青山绿水,悠闲地磨着斧子。这样的生活,大有"日出而耕,日入而息,帝力于我何有哉"般无忧无虑的心态,也是历来文人始终向往而难以拥有的生活境界。因此,诗人写深山樵夫,正是对他毫无争竞、自得其乐的生活作出歌颂。

"诗无达诂",人们可以根据自己的理解去解诗,只要不离题太远,或带着偏见去钻牛角尖。

黄公度

黄公度(1109—1158),字师宪,号知稼翁,莆田(今属福建)人。绍兴八年(1138)状元,历官秘书省正字、考功员外郎。诗自成一格。被洪迈等称赞。有《知稼翁集》。

道间即事

花枝已尽莺将老,桑叶渐稀蚕欲眠。
半湿半晴梅雨道,乍寒乍暖麦秋天①。
村垆沽酒谁能择②,邮壁题诗尽偶然③。
方寸怡怡无一事④,粗裘粝食地行仙⑤。

【注释】

① 麦秋:麦收。粮食成熟为秋。　② 村垆:乡村酒店。　③ 邮:驿站、旅舍。　④ 方寸:指心。怡怡:和悦顺畅。　⑤ 粝食:粗米饭。地行仙:佛教说有十种仙,《楞严经》说:"坚固服饵,而不休息,食道圆成,名地行仙。"后以之比喻闲散享乐、无忧无虑地过日子。

【语译】

枝上的花朵已经落尽,莺啼的声音也渐渐稀残;桑叶被采得稀疏,蚕也将做茧三眠。正是梅雨季节,一会儿晴一会儿雨,路上半湿半干;恰当麦熟时候,天气忽暖忽寒。我在小村的酒店停下,喝着薄酒,没有选择的余地;住在旅店里,在墙上题诗,也只是偶然。心中坦然顺畅没有什么烦恼;穿着粗布衣服,吃着粗食,悠闲自乐宛如神仙。

【赏析】

这首诗写旅途所见,通过景物的描写,抒发自己闲适容与的心情及随遇而安的处世观。在用笔上下力均匀,描写入微,是典型的宋诗。

首联写景。"花枝已尽莺将老",是一个侧面,"桑叶渐稀蚕欲眠"是一个侧面,两组景色合在一起,就构成了完整的江南初夏的场面。诗注重炼字,以一个"尽"字写出百花凋残,以"老"字形容黄莺叫声短促稀疏,以"稀"字写桑叶被采尽,都带有季节及地区的特点,用得恰到好处。同时,通过"已""将""渐""欲"字,说明时间推移,把各种动植物的生态由静止转向流动,夹杂入自己惜春的淡淡情思。

次联由富有时令特色的景观转到气候特征的描写。江南春夏之交多雨,称梅雨,天气变化很大,在外旅行的人尤其感受真切。诗描写这一气候,说由于忽晴忽雨,路上半湿半干,温度也忽暖忽寒。这两句以工整的对偶,从诗人自己的感受上表现气候特征。在写法上仍与上联相同,两句写两个侧面,合成一层意思,相互衬托。这样落笔是宋诗常用手法,因此而使宋诗具有细微纤巧的特点。

诗题是"道间即事",以上两联是就道间所见所感而写,第三联开始转入"即事",牵出感怀。诗仍分两个侧面来记事。出句写自己在小村的酒店沽酒,店仅一家,酒仅一种,没有选择的余地,实际上诗人也无意挑剔;对句写一时兴到,随意在驿站旅馆的墙上题诗。两件事都紧紧切合"道间",与一般写游览时沽酒题诗的兴味有显著的区别。诗没有具体写路途的辛苦,车马的劳累,但人们自然能从这两桩小事中体会出来。诗人把这一切信手写来,隐隐有失意的情怀在内,但写得又是那么坦然,诗人的世界观也就得到了体现。因此,他在尾联直抒胸臆,以作收煞,说自己虽然劳累途路,但心中怡然,毫不把得失萦绕胸中,穿着粗布衣服、吃着粗食,仍然恬淡无忧,犹如地行仙一样。这一联有意撇开行路的苦楚,故作达语,这也是宋诗常用的手法。

黄公度以状元步入仕途,因不愿阿附秦桧而落职,后又因作《分水岭》诗被流放,但是他对个人得失一直采取乐观态度,在这首诗中流露的也是随遇而安的处世观。他的诗以写景著名,赋予景色以情感,往往惆怅而不伤悲,纤巧而不缛丽,名联除了本诗的颔联外,如《悲秋》的"迢迢别浦帆双去,漠漠平芜天四垂",《暮春宴东园方良翰喜有诗人夏追和》的"颠狂柳絮将春去,排比荷花刺水开",《正月晦日寄宋永兄》的"寒束幽花如有待,风延啼鸟告相催",都很得体物抒情的真旨,所以陈衍说:"数诗造句,皆能自具炉锤者。"

陆 游

陆游(1125—1210),字务观,号放翁,山阴(今浙江绍兴)人。孝宗时赐进士出身,历任镇江、隆兴、夔州通判,入王炎、范成大幕,官至宝章阁待制。他是宋朝最有成就的爱国诗人,存诗近万首,以七言擅场。古诗气势磅礴,直追苏轼;律诗浑厚老成,对偶工整;绝句精警畅达,情景并茂。有《剑南诗稿》。

三月十七日夜醉中作

前年脍鲸东海上,白浪如山寄豪壮①。

去年射虎南山秋,夜归急雪满貂裘②。

今年摧颓最堪笑③,华发苍颜羞自照④。

谁知得酒尚能狂,脱帽向人时大叫⑤。

逆胡未灭心未平,孤剑床头铿有声⑥。

破驿梦回灯欲死⑦,打窗风雨正三更。

【注释】

① "前年"二句:前年,指前些年。陆游在绍兴三十年(1160)官宁德主簿,曾在福州泛海。有《航海》《海中醉题》等诗。脍鲸,把鲸鱼肉切碎。　② "去年"二句:乾道八年(1172),陆游佐王炎军幕,驻陕西南郑,积极筹划北伐。他在军中常参加打猎,曾刺虎,有多首诗谈到打虎事。南山,终南山。　③ 摧颓:摧

丧颓废,精神不振。 ④ 华发:白发。 ⑤ "脱帽"句:写酒后狂态。杜甫《饮中八仙歌》:"张旭三杯草圣传,脱帽露顶王公前。" ⑥ 铿:金属撞击声。 ⑦ 灯欲死:灯光微弱,即将熄灭。

【语译】

前些年在东海遨游,切细鲸鱼肉做羹汤,眼前是如山白浪,激起我豪情万丈。去年在终南山下射虎,半夜里回营,漫天大雪积满了我的貂裘。今年摧丧颓废真令人发笑,花白的头发,苍老的容颜,使人羞于取镜一照。谁能料到喝醉了酒还能作出狂态,脱帽露顶,向着人大喊大叫。金虏还没消灭,我的怒气不会平静,那把挂在床头上的宝剑也发出铿然的响声。破败的驿站里一觉醒来灯火黯淡欲灭,风雨吹打着窗户,天气约摸是半夜三更。

【赏析】

这首诗作于乾道九年(1173)春,当时陆游权理蜀州(今四川崇州市)通判,因事到成都。他满怀报国壮志,郁郁不得舒,抚今感昔,在旅店里借酒消愁,醉醒后作了这首诗。

诗前六句怀念过去,回视今日。诗说前些年在白浪如山的东海中遨游,把鲸鱼肉切细了做鱼羹;去年在南山射虎,晚上归来,雪满貂裘。这回忆过去的四句,脍鲸事是虚写,打虎事是实写,句子十分豪壮,气魄很雄伟。写白浪、急雪,都寄托了自己勇往直前的大无畏精神。这样的胸襟气魄,与他志灭金虏、向往收复失土紧密相连,读后很容易使人联想到辛弃疾所赋的"壮词"《破阵子》"醉里挑灯看剑,梦回吹角连营。八百里分麾下炙,五十弦翻塞外声"那样雄壮的场面。陆游与辛弃疾表达的都是实施报国杀敌行动的热忱,也都流露时光流逝、一事无成的感慨。正因为前年、去年的生活都过得很有意义,尤其是去年在南郑,地处前沿,更符合他杀敌立功的抱负,此较下来,更加显得今年的不堪。他想到自己已年近五十,容颜苍老,颓唐失意,感到非常愁闷。"最堪笑""羞自照"是自我解嘲,中间埋藏着无限的不平与感伤。祖国的前途如何?自己的前途又如何?他痛苦地求索着。

于是,诗人借酒消愁,醉后,满腔的疾愤都喷发了出来。表面上,他惊诧自己居然酒后能狂,脱略形骸,然而透视他的内心,这真是醉醺醺的狂态吗?显然不是。诗人是在凭借醉酒,抒发心中强烈的不平,痛恨国家恢复无策,坐失良机,正如下面所说的,是"逆胡未灭心未平",自己也同"孤剑床头铿有声"。这两句正面的叙述,正是诗人慷慨的誓词,与他在《长歌行》中所说的"国仇未报壮士老,匣中宝剑夜有声"相同,都表现了赴沙场杀敌的渴望及蹉跎岁月的苦闷。

最后,诗人酒醒了,身在破败的驿站里,梦觉后,眼前是黯淡的灯光,窗外是风声雨声。这两句写得低沉郁闷,是写景,也是抒情。那昏昏灯火,那凄厉的风雨声,更使诗人心中扰乱不堪,更何况,这半夜的风雨,在诗人刚才的梦中,是否也像他在《十一月四日风雨大作》中所述"夜阑卧听风吹雨,铁马冰河入梦来"呢?

这首诗充分反映了陆游胸中所存的一段不可磨灭的杀敌锐

气,以及英雄失路、托足无门的伤悲,因此诗写得跌宕奇崛,似狂似悲。忽而豪气奋发,如江水流入三峡,气势雄伟;忽而忧愁苦闷,如寡妇夜哭,哀哀欲绝。诗在用韵上也与内容密切配合,十二句诗换了四个韵,节奏感很强。

金错刀行①

黄金错刀白玉装,夜穿窗扉出光芒。

丈夫五十功未立,提刀独立顾八荒②。

京华结交尽奇士③,意气相期共生死④。

千年史策耻无名⑤,一片丹心报天子。

尔来从军天汉滨⑥,南山晓雪玉嶙峋⑦。

呜呼!楚虽三户能亡秦⑧,岂有堂堂中国空无人!

【注释】

① 金错刀:用黄金装饰的刀。 ② 八荒:指四面八方边远地区。 ③ 京华:指南宋京城临安(今杭州市)。 ④ 意气:豪情气概。相期:互相希望和勉励。 ⑤ 史策:史书。 ⑥ 天汉滨:汉水边。这里指汉中一带。 ⑦ 南山:终南山,一名秦岭,在陕西省南部。嶙峋:山石参差重叠的样子。 ⑧ "楚虽三户"句:战国时,秦攻楚,占领了楚国不少地方。楚人激愤,有楚南公云:"楚虽三户,亡秦必楚。"意思说:楚国即使只剩下三户人家,最后也一定能报仇灭秦。

【语译】

用黄金镀饰、白玉镶嵌的宝刀,到夜间,它耀眼的光芒,穿透窗户,直冲云霄。大丈夫已到了五十岁,可建功立业的希望渺茫,只能独自提刀徘徊,环顾着四面八方,祈求能一展抱负,小试牛刀。我在京城里结交的都是些豪杰义士,彼此意气相投,相约为国战斗,同生共死。不能在流传千年的史册上留名,我感到羞耻;但一颗丹心始终想消灭胡虏,报效天子。近来,我来到汉水边从军,每天早晨都对着参差耸立的终南山,遥望着布满晶莹似玉般积雪的峰峦。啊,楚国虽然被秦国蚕食,但即使剩下三户人家,也一定能消灭秦国,难道我堂堂中华大国,竟会没有一个能人,把金虏赶出边关?

【赏析】

这首诗是陆游四十九岁时在嘉州时所写。当时陆游满怀着恢复失土、报效祖国的热忱,自以为来到了前沿,定能够驰骋沙场、手刃金虏,没想到南宋朝廷一味忍辱求和,杀敌志愿屡屡成为画饼。在这样的形势下,他的满腔激愤,都通过诗歌倾泻出来,犹如报国的誓言,战斗的号角,铿锵有力地掷在人们面前。

诗用乐府体。前两句以宝刀起兴。一把装饰华美的宝刀,被闲置不用,但晚上仍然发出无法掩藏的光芒,直射斗牛。这两句是赞宝刀,也是替宝刀惋惜,更是借宝刀说自己徒有报国热情而没地方发挥的怨愤。因而,下面就自然过渡,由刀写到了持刀的人,直接抒写自己的寂寞与不平。"顾八荒"三字,很形象地表现了不被理解、内心茫然若失的愁闷,仿佛在仰首问天:天下如此之大,何处是我报国的地方呢？以上四句是第一层。

以下进入第二层，情感产生一个跳跃。自己虽然处在逆境，得不到满足，但从来没有消沉下去。所以他自己表白，生平抱定的志向是要收复国土，捐躯沙场，名垂青史。这四句写得慷慨激昂，句调也刚劲有力。

从"尔来"句至末为第三层，写从军汉中后的感想。陆游一向主张击败金虏收复国土应当以陕西为根据地，现在自己正处在抗金前线，感到振奋。诗全力描写与赞美终南山的景色，正是对这块根据地充满感情。最后，他又回到现实，报国之心仍然难以着落，眼看一次次机会都白白错过了，他很懊恼；但他坚信，这样的局面不会太久，于是用"楚虽三户，亡秦必楚"的豪语，表示必胜的信念，也寄托自己悲壮的情绪。诗就在这高亢的格调中结束了。

陆游的不少歌行，直接抒发自己胸中满腔的报国热忱，不加任何雕饰，感染力很强。如这首诗，以四句为一层，每层用一韵，自然流转，层层递进。起首便音节高亢，随后越转越激，到末尾几乎把遏制不住的激情，高声呼出，慷慨充沛，人们恍若见到作者正热血沸腾地磨刀霍霍。尽管有些评论者因了这类诗一泻无遗，不符合传统的"温柔敦厚"的诗学，遂斥之为"粗卤叫嚣"；但多少年来，每当祖国遇到危难，正是这些诗，激励着爱国志士们去抛头颅、洒鲜血。

胡 无 人

须如猬毛磔,面如紫石棱①。

丈夫出门无万里,风云之会立可乘②。

追奔露宿青海月③,夺城夜蹋黄河冰④。

铁衣度碛雨飒飒⑤,战鼓上陇雷凭凭⑥。

三更穷虏送降款⑦,天明积甲如丘陵。

中华初识汗血马⑧,东夷再贡霜毛鹰⑨。

群阴伏⑩,太阳升;胡无人,宋中兴。

丈夫报主有如此,笑人白首蓬窗灯。

【注释】

① "须如"二句:磔,直立张开貌。棱,瘦劲之貌。二句写英雄外貌,《晋书·桓温传》云桓温眼如紫石棱,须作猬毛磔。　② 风云之会:《易·系辞》曰,"云从龙,风从虎"。后世因以龙虎与风云相际会,比喻人遇良机贤主。　③ 追奔:追逐奔逃的敌人。　④ 蹋:同"踏"。　⑤ 碛:沙石堆积之地。雨飒飒:形容铁甲摩擦及行走沙石中的声响。　⑥ 陇:陇山,在甘肃、陕西交界处。凭凭:雷声。形容鼓声响亮。　⑦ 降款:投降的文书。　⑧ 汗血马:大宛名马,汗出如血红,日行千里。汉贰师将军李广利征西域,斩大宛王,得汗血马归。　⑨ 霜毛鹰:羽毛雪白的鹰。唐新罗、扶余国曾贡白鹰。　⑩ 群阴:各方敌人。

【语译】

胡须像刺猬的刺一样张开,面孔像紫石一般瘦劲。大丈夫驰骋疆场,转战万里不在话下;犹如飞龙升天,猛虎下山,风云际会,马上可以立功彪炳。追逐逃跑的敌人,月夜在青海头露宿;攻打敌人的城池,半夜里踏着黄河的坚冰。穿着铁衣,在沙石中行军,声如飒飒风雨;战斗在陇上,战鼓敲响,如雷声凭凭。半夜三更,穷途末路的敌寇被迫送上了降表;到天亮时,缴获的衣甲,堆积得如同山陵。中国人初次见到敌人进贡的汗血宝马,东方的夷狄,再次献上了洁白的老鹰。所有的敌人都已震慑拜服,中华的声威如太阳般东升。胡虏再没人敢于顽抗,大宋的国势终于复兴。大丈夫报效祖国就应该如此,可笑穷书生老死蓬窗,一事无成。

【赏析】

这首气势磅礴的歌行,是乾道九年(1173)陆游四十九岁时在嘉州所作,抒发的是他迫切希望剿灭金虏、光复神州的愿望。陆游的这一愿望伴随了他一生,也成了他终身的遗憾,常常形诸梦寐。这首诗则通过想象,寄希望有不世名将出现,驱除金人,一腔忠愤,喷薄而出,使人读后,深受激励。

诗用乐府旧题,首先便在题"胡无人"上做文章。要使"胡无人",就必须宋有人,所以诗人用浪漫主义手法,塑造了一个他心目中的抗金杀敌、气吞云汉的英雄。这一想象,正是他一向感叹的"岂有堂堂中国空无人"(《金错刀行》)的表现。

开头四句,写这位英雄的外貌与志向。诗描绘他胡须如同刺猬刺一样直竖,面如紫石,刚毅强健,直接把他叱咤风云的气概展示出来。值得注意的是,陆游在这里是借用了桓温的形象,而桓温是晋朝北伐的英雄,由此可见诗人所塑造的英雄所包含的寄托。接着,诗把英雄的大志与时运相结合,说他志在立功异域,驰骋万里,又逢国家多事,君王求贤,所以立时际会风云,大展身手。这样一起,雄健排挞,为下文铺叙打好了基础。

"追奔露宿"以下四句,写这位英雄与金人作战的情景。诗写他在万里青海头,月夜追逐敌人,踏着黄河坚冰,夺取敌人的城市,身穿铁甲,不管风吹雨打,奋勇战斗,与敌对垒,战鼓如雷。诗选取了几个具有代表性的战争片段,凝练地表达了这位英雄的勇敢,把场面描绘得高昂激烈。读这些诗句,不由使人想起唐人的边塞诗,如王昌龄的《从军行》:"青海长云暗雪山,孤城遥望玉门关。黄沙百战穿金甲,不破楼兰终不还。""大漠风尘日色昏,红旗半卷出辕门。前军夜战洮河北,已报生擒吐谷浑。"卢纶《塞下曲》:"月黑雁飞高,单于夜遁逃。欲将轻骑逐,大雪满弓刀。"陆游诗中所写的战斗场面,与唐人这些边塞诗十分接近,而在诗意上更具有积极的意义,杀气腾出纸上。

"三更穷虏"以下六句,写敌人投降,讴歌胜利。诗从各方面来反映战争的结果——敌人送降表、缴获衣甲堆积如山,汗血马、霜毛鹰入贡,诗以热情洋溢的笔墨予以一一拈出,充满了喜悦之情。随后,诗转入赞叹,说宋朝如同太阳,扫除了阴翳,胡无人,宋中兴,写得十分酣畅。这样，逼出了总的议论：大丈夫就应该这样，为国立功，永垂青史，不能白首蓬窗，一事无成。末两句是对英雄的赞赏，也是自我表白。陆游一生，无时无刻不在希望驰骋疆场，手刃敌寇，也无时无刻不为自己没有立功的机会而悲慨失望。因此，诗中所写的理想化的英雄，实际上正是陆游在把自己理想化，企图通过理想来实现自己的抱负，得到暂时的满足。

诗长短间用，节奏高昂，用语毫无雕琢，始终贯串着"气可吞匈奴"（《三江舟中大醉作》）般的豪壮，这就是陆游"六十年间万首诗"的主旋律。

长 歌 行

人生不作安期生①，醉入东海骑长鲸；
犹当出作李西平②，手枭逆贼清旧京③。
金印煌煌未入手④，白发种种来无情⑤。
成都古寺卧秋晚，落日偏傍僧窗明⑥。
岂其马上破贼手⑦，哦诗长作寒螀鸣⑧？
兴来买尽市桥酒，大车磊落堆长瓶⑨。
哀丝豪竹助剧饮⑩，如巨野受黄河倾⑪。
平时一滴不入口，意气顿使千人惊。
国仇未报壮士老，匣中宝剑夜有声。

何当凯还宴将士⑫,三更雪压飞狐城⑬!

【注释】

① 安期生:传说是秦时仙人,处海上,食大枣如瓜。 ② 李西平:唐李晟。德宗时领兵平朱泚,收复长安,封西平郡王。 ③ 枭:斩首后把头挂在杆上示众。此即指斩杀。逆贼:指朱泚。 ④ 金印:古代大官佩黄金印。 ⑤ 种种:头发短少。 ⑥ 偏傍:斜靠。 ⑦ 岂其:难道。 ⑧ 寒螀:即寒蝉。入秋后的蝉,叫声凄厉。 ⑨ 磊落:众多的样子。 ⑩ 哀丝豪竹:丝指弦乐器,竹指管乐器。哀丝豪竹,指悲壮的音乐。剧饮:放量喝酒。 ⑪ 巨野:古代的大湖,在今山东巨野县。 ⑫ 凯还:同"凯旋",得胜归来。 ⑬ 飞狐城:在今河北涞源县,古代著名关隘,当时被金兵侵占。

【语译】

一个人活在世上,就算没法做个安期生那样的仙人,喝醉了,在东海里骑着鲸鱼玩耍游荡;也该做个李西平那样的名将,带兵杀敌,收复沦陷的国土与首都长安。可怜我,什么功名也没建立,年龄却已老大,白发萧骚;傍晚躺在这成都的古庙,眼见着落日的余晖,装点这僧房的纱窗。哎,难道我这个驰骋沙场的杀敌能手,就成了这么个做做诗的无用之辈,像寒蝉那样?酒兴来时我把桥边酒家的酒都买光;长长的酒瓶,把大车全都堆满。唤来了乐队奏起悲壮的音乐助兴,喝起来犹如黄河水倾倒在巨野中一样。我平时滴酒不沾,这番豪迈气概,顿时令许多人惊讶感叹。国仇还没报,壮士已衰老;匣中宝剑耐不了寂寞,半夜里发出阵阵吟啸。什么时候在三更大雪中收复了飞狐城,凯旋归来,与将士宴会欢笑!

【赏析】

这首七古作于淳熙元年(1174),当时陆游五十岁,离蜀州通判任,闲居成都,住安福院僧寮。回想一生走过的路程,想到自己从前方被调回,杀敌的希望落空,他心中很苦闷,因此借这诗抒发胸中的抱负。

诗用浪漫手法开始,前四句谈自己生平的抱负:或者做个安期生那样的神仙,游戏人生;要么做个李西平那样的名将,杀敌立功。这四句写得气势很雄壮,与李白《将进酒》等古风一样,给人以一种强烈的激励,使人进入振奋的状态。就表达上来说,前者又只是后者的陪衬,做神仙是幻想,做名将才是诗人努力想实现的方向。同时,用李西平事又十分贴切当时时局,陆游正是想要同李西平扫平逆贼、收复旧京长安一样扫平金虏、收复旧都汴京。

然而,现实是残酷无情的,愿望是那么的虚无缥缈。诗人回到了现实,便把前四句放出的狂澜一下子倒挽回来,进而感叹自己,年龄老大,功业无成,只能闲居在僧寮,无聊地躺着,默送着夕阳西下。他想着,难道像自己这样的战士,就只能作个诗人,发出凄苦的吟声吗?不,这绝不是自己所愿意的,于是诗在沉重的压抑中再度放开,故作豪语,先写自己放浪于酒,意气奋发,从而在吐露心中郁结的烦闷时,又表现自己的豪情、对未来的向往,这就是收复失地,饮酒庆功。末两句结得很自然,既承上饮酒而来,又与起首要做李西平遥遥呼应。

后人评放翁诗十九都是从军之作,这首诗虽然是闲居遣怀,主题仍与从军诗保持了一致。诗的格调雄放豪轶,悲中带壮,既有不满与牢骚,又充满积极向上的奋斗精神,无论是醉歌作达还是自我排遣,都紧密围绕对国事的关心与对未来的信心,所以很有鼓舞力。清方东树《昭昧詹言》推本诗为陆游集中压卷之作,清马星翼《东泉诗话》云:"放翁《长歌行》最善,虽未知与李、杜何如,要已突过元、白。集中似此亦不多见。"

关 山 月[①]

和戎诏下十五年[②],将军不战空临边。
朱门沉沉按歌舞[③],厩马肥死弓断弦。
戍楼刁斗催落月[④],三十从军今白发。
笛里谁知壮士心,沙头空照征人骨。
中原干戈古亦闻,岂有逆胡传子孙[⑤]?
遗民忍死望恢复[⑥],几处今宵垂泪痕。

【注释】

① 关山月:乐府横吹曲名。　② 和戎:戎是古代汉人对西北民族的通称,这里指金人。宋孝宗隆兴元年(1163),派王之望为通问使,与金人通和,至此已达十五年。　③ 按:打拍子。　④ 戍楼:守望边境的楼。刁斗:军中用来打更的东西。　⑤ 逆胡:指金人。　⑥ 忍死:不死以待。

【语译】

　　与金人讲和的诏书已经下达了整整十五年,将军按兵不动,白白地驻扎在边防前线。豪门大族深沉的府第里传出阵阵歌舞音乐,马棚中的战马肥得要死,弓也朽断了弦。边防的岗楼里刁斗声仿佛催促着月儿快快西落,那戍守的军士从三十岁来到边疆,如今头发已经花白。从笛曲中传出来的苦闷,有谁能了解?战场上惨淡的月亮,徒然照着征夫战死的白骨。古往今来,中原地区不是没发生过战争,可哪里见过胡人长久占我国土,传给子孙?沦陷区人民挣扎着不愿死去,为的是想等到失地恢复;此夜此时,有多少人在垂泪痛哭,伤心断魂!

【赏析】

　　诗作于淳熙四年(1177),当时陆游在成都。自从南宋朝廷向金人屈辱求和后,边疆得到暂时的安定,但这对于把收复国土、消灭金虏作为生平大志的陆游来说,是十分失望与愤慨的。眼见前敌将帅无所事事,朱门豪贵醉生梦死,他焦急不安,遂以乐府旧题写边塞事,又借用守边军士的口吻,反映了执政者与爱国志士及沦陷区人民的尖锐的矛盾。

　　整首诗可以分为三段。第一段四句,写和议签订后,统治者的腐败现象。因为和戎,所以将军不战;因为没有战争,豪门权贵尽情欢乐,武备废弛。诗把这些腐败现象产生的原因直接归咎于和戎,不啻向主和派公开挑战,把矛盾直指朝廷。从这里可见,在爱国的热忱与对收复失地的渴望中,陆游已完全抛弃了个人的安危与得失。

第二段四句,表现征人悲愤抑郁的心情。长期戍边,征人的头发已经花白,但仍然报国无门。这种空度年华的悲伤无时无刻不在煎熬着他们,又有谁能够理解他们呢?"催落月"的"催"字下得很有力,具体反映了征人对岁月流逝、壮志未酬的感慨。"沙头空照征人骨"是与前"朱门沉沉按歌舞"作对照,是战士在指责不思收复国土的达官权贵,只知自己苟且享乐,置为了保家卫国而牺牲在沙场的战士不顾。古诗写战争之苦,总要描写白骨暴露的场面。如杜甫的《兵车行》"古来白骨无人收",陈陶的《陇西行》"可怜无定河边骨,犹是春闺梦里人",都描写战争的残酷,对捐躯沙场的战士表示同情,反对穷兵黩武。而陆游诗中所写的白骨暴露,是愤疾之言,渴望打仗,要为死去的烈士报仇。各个时代边塞诗主题的不同,由此可见。

第三段末四句,写自己的怨怒及沦陷区人民的心情与愿望。这一主题是陆游诗经常表达的,如《秋夜将晓出篱门迎凉有感》:"遗民泪尽胡尘里,南望王师又一年。"同样,在范成大等爱国诗人的集中也经常可以见到。陆游用在这里作结束,因了与起首的鲜明对比,更具有震撼人心的力量。

三段诗,分写将军不战,豪门腐败;壮士斗志昂扬,难酬心愿;遗民忍死望恢复,反映了三种人的不同的心态。通过这些典型的人物与典型的事例,陆游对和戎的不满,对前途的忧虑跃出纸上。

游山西村①

莫笑农家腊酒浑②,丰年留客足鸡豚③。
山重水复疑无路,柳暗花明又一村。
箫鼓追随春社近④,衣冠简朴古风存。
从今若许闲乘月⑤,拄杖无时夜叩门⑥。

【注释】

① 山西村:在今浙江省绍兴市鉴湖附近。 ② 腊酒:腊月里酿造的酒。 ③ 豚:小猪。这里以鸡豚代指丰盛的菜肴。 ④ 春社:古代在春天祭祀土地和五谷神的日子。这天村民们要吹箫打鼓举行集会。 ⑤ 乘月:同"趁月"。 ⑥ 无时:随时。

【语译】

你不要嫌弃农家腊月里酿造的米酒浑,碰上了丰收年成,招待客人有的是鱼肉满盆。一重重山,一道道水,前面仿佛已没有了道路;葱郁的柳树边,繁花怒放,又是一座山村。耳边是喧闹的箫声鼓点,原来是春社将近;村民们个个衣冠简朴,像上古时的人民,待人诚恳真纯。从此后如果允许我空闲时趁着月光晚上来拜访,我定会拄着拐杖,随时来敲你们家的柴门。

【赏析】

乾道二年(1166),陆游罢官归里,居鉴湖旁的三山。在乡居期间,他与农民们广泛交往,建立了深厚的感情,写出了许多带有浓厚乡村风味的佳作。这首诗是乾道三年春天游邻近的山西村所作,描写丰收后农村欢天喜地的景象及农民们淳朴好客的作风。

诗直接从村民写起。因为是丰年,所以农民们都酿好了美酒,家中畜养了家禽及猪羊,用酒肉热情地款待客人。这两句充满了喜气,为全诗定调。三、四句写山村的形势,描绘出丘陵平原交汇处的独特景色,注意了曲折与层次,密切结合诗题中的"游"字,十四个字,既有游中所见,又有游中所思,又充满了游趣。下半首着重写村里情况,写了迎神赛会的欢乐,民风的淳朴,又紧密关联首联的"丰年"。最后,由游而抒发情感,说自己深深地沉浸在欢乐的气氛中,因而殷殷订约,以后自己会经常来这儿。这时,诗人已完全与村民们的感情融合在一起了。

陆游最擅长写近体诗,尤工七言。这首诗依游程展开,层次分明,"以游村情事作起,综言境地之幽,风俗之美,愿为频来之约"(方东树《昭昧詹言》),且将自己深深地投入到诗里的境界中,给人以很强的感染力,所以历来被认为是他七律的代表作。

"山重水复疑无路,柳暗花明又一村",两句诗已成为妇孺皆知的名句。诗很形象地刻画了山村景色。山路萦绕,山峰重重叠叠,山间的小溪,山下的河流,回环往复,很容易使人疑惑前面无路可走;可转过一道山,经过一座树林子,往往又出现一个美丽的村庄。诗人把客观的景物描写了出来,又突出"疑无路"与"又一村"的主观感觉,使人产生变幻与喜悦感。这种情况,走山路的人经常碰到,却让陆游十分形象地作了总结。诗在技巧上又采取了当句对形式,"山重"对"水复","柳暗"对"花明",这样错综复杂,更显得山水之间各种美景纷至沓来,令人应接不暇。此外,陆游没有想到的是,后人因这两句诗悟出了景外的哲理,认为诗给人启发,说人的一生中必定会充满艰难困苦,坎坷颠踬,甚至会遇到绝境,感到前途已断;那时候你应该忍受、奋斗、探求,也许最困难的时候正是转机的开始,挺过了这阵子,前景会豁然开朗。宋诗有很多是直接讲理的。也有一些是如同本诗一样,被后人悟出了其中包含的理,这样的诗,才是我们通常所说的"耐读""够味"之作。

晚 泊

半世无归似转蓬①,今年作梦到巴东②。
身游万死一生地,路入千峰百嶂中。
邻舫有时来乞火,丛祠无处不祈风③。
晚潮又泊淮南岸④,落日啼鸦戍堞空⑤。

【注释】

① 转蓬:蓬草随风飘转,因之比喻到处漂泊。　② 巴东:古郡名,辖今重庆奉节、云阳等县。陆游此行赴夔州,即奉节。　③ 丛祠:乡野间的神祠。　④ 淮南:陆游泊船的瓜洲所在地属淮南东路。　⑤ 戍堞:瓜洲有石城,设兵戍守。堞,城上的短墙。

【语译】

我半世以来飘零不定,像蓬草随风;谁想到今年又往巴东,那地方,已多次出现在我的梦中。我就要进入那险阻难行、万死一生的蜀地;行走在危机四伏的小路,面对高耸的百嶂千峰。邻船有人来借火种,荒野的神祠,总有人在祈求顺风。乘着晚潮船泊在淮水南岸,戍楼空无一人,只有乌鸦啼叫,回荡在凄迷的夕阳中。

【赏析】

乾道五年(1169),陆游四十五岁,奉命为夔州通判。次年六月初,他从临安出发,踏上了入川的水程。这首诗是六月二十八日舟过镇江,停泊在瓜洲时所作。

陆游在此之前,已历官镇江、隆兴通判,乾道三年,被言官以"交结台谏,鼓唱是非,力说张浚用兵"而罢官,至此复出。所以诗首联就抒发身世之感,说自己长期辗转道路,似随风飘转的蓬草一样,没想到今年又往巴东去。以蓬草喻生涯无定,是前人常用的比喻,陆游用在这里,不但很切合他的身世,更因为他此刻离家不久,还带着离别的遗愁,所以分外凄切。"无归"二字,结合陆游生平以收复国土为己任,渴望战斗在前线来看,不仅仅是说自己似飞蓬,不能安居,而是对此行是到夔州,仍是闲职,不能为国出力而感到不满。次句写赴官巴东,构思巧妙,不直说其事,而说自己做梦到巴东,既说出了目的地,又表现了自己复杂的心情。陆游在出发以前,曾作《投梁参政》诗,直率地说自己"残年走巴峡,辛苦为斗米",

"但忧死无闻,功不挂青史",梦到巴东,正是这一心情的反映。当然,三峡蜀道之难行,也是一个重要原因,因此次联便遥想此行前程的苦难,说蜀道是万死一生的险地,自己将步入那千峰百嶂之中。这两句是想象之词,也可理解为上联所说的梦中所历,在写行路难中,不免也有世路艰难的感叹。

诗的前两联是说明晚泊即乘舟出行的原因及黯然的心情,第三联正式入题写晚泊,通过泊船时的一件小事及眼前的景色来表现。邻舟乞火,乡间庙宇有船夫们祈祷顺风,看似漫不经心而出,实际上以借火说明夜泊,以庙宇说明所泊处不是很荒凉的地方;由此末尾再顺手带出晚泊的地点是淮南岸,眼前是落日、啼鸦、戍楼。尾句结得很萧索,与诗人的心情紧密相合。瓜洲属镇江,陆游曾在这里任职,当时斗志昂扬,满怀希望,以致他后来在诗中自豪地宣称他这段经历,有"楼船夜雪瓜洲渡"句。如今他旧地重到,见眼前萧然景色,叹仕途多艰,壮志难酬,心中感慨,可想而知。

陆游《九月一日夜读诗稿有感走笔作歌》说自己早年学诗,"残余未免从人乞",自从四十八岁到南郑从军,从现实中汲取了创作源泉,遂悟出诗家三昧。这首诗是陆游从军南郑以前的作品,格调远不如他晚年作品那么苍劲雄健,或多或少还可看出他向江西诗派作家曾幾学习的痕迹。但全诗看似随笔挥洒,仍能情意相贯,属对工整,是他前期诗中的佳章。清刘熙载《艺概》说陆游诗"明白如话,然浅中有深,平中有奇,故足令人咀味",就是指这一类诗。陈衍《宋诗精华录》说:"翁与石湖、诚斋皆倦游者,而石湖但说退居之乐,陆、杨则甚言老于道路之苦,似与官职大小亦有关系。"此评恐未真正说中放翁心事。

临安春雨初霁①

世味年来薄似纱②,谁令骑马客京华?
小楼一夜听春雨,深巷明朝卖杏花。
矮纸斜行闲作草③,晴窗细乳戏分茶④。
素衣莫起风尘叹⑤,犹及清明可到家。

【注释】

① 临安:南宋都城,即今浙江杭州市。初霁:雨后刚晴。　② 世味:对人情世态的兴味。　③ 矮纸:小纸。　④ 细乳:沏茶时水面所泛泡沫。唐宋人以泡沫细白的茶为上品。分茶:一种茶戏,以冲时水面所呈不同的图像等品第工巧。　⑤ "素衣"句:化用晋陆机《为顾彦先赠妇》诗"京洛多风尘,素衣化为缁"句,言京师肮脏龌龊,玷污人的清白。

【语译】

世道人情是那么的淡薄无味,我已尝了个够;是什么原因,又让我骑马到京城客游?住在小楼我一夜没入睡,听着那滴滴答答的春雨;天亮雨住,幽深的小巷里,传来卖杏花的叫喊,一声比一声悠。闲得无聊,拿出纸来,练习草字;又在窗前,沐浴着春阳,品茶消遣排忧。是的,不用为干净的衣服染上闹市的尘污而发愁,在清明前,我就能回到家里,与亲人聚首。

【赏析】

诗作于淳熙十三年(1186)春。这时,陆游被征召到临安,授官朝请大夫,权知严州事。他在入觐时,孝宗说:"严陵是山水名胜之地,你公事之余,可以作作诗自娱。"陆游生平最大的愿望是上前线杀敌,从来不甘心做一个诗人,得到这么一个官职,当然很不满意;而孝宗的话,又分明把他当个诗人,同时告诫他不要再提抗金的事。在失望的心情中,他写下了这首诗。不久,他就回到山阴,拖到七月份,方去严州上任。

诗先表达了对世事人情的不满,说世事人情薄得像纱一样,本该隐居避世,而自己却又被命运所支配,来到了京城。因此他惆怅地提出:为什么要来过这寂寞而又难堪的生活呢?接着,诗人写春情,说自己住在小楼里听了一夜的春雨,次日清晨又听见了卖杏花的叫声。这联是名句,典型地描写了江南二月的都市景色。诗人把这一切都写得意味深浓,情趣盎然。小楼听雨,是一境界;雨中杏花灿烂,是一境界;清晨在小巷里传来阵阵悠扬的卖花声,又是一重境界。前者写雨,后者写晴,又浑和成春季的综合色彩,由杏花春雨,构成迷人的画面。元代虞集的《风入松》词,曾以"杏花春雨江南"一句脍炙人口,不就是陆游这联诗的诗意么?传说这两句诗后来传进宫中,孝宗见了,十分赞赏。

"小楼"一联,是实写,也是虚写;是景语,也是情语。何以一夜听春雨?诗人是着意于春的消息、花的消息,是惜春伤春,但也饱含着愁苦,接续了上联。同时,客游在外,面对春景,特别容易产生思乡之感,所谓"独有宦游人,偏惊物候新"(杜审言《和晋陵陆丞早春游望》)就是这意思。而春天中最引起人们感情波动的正是那连绵的雨声,诗人一夜不寐,静听风雨,含蓄地融进了思归,而写得韵味无穷。所以清舒位《书剑南诗集后》说:"小楼深巷卖花声,七字春愁隔夜生。"

五、六句,承首联而来,人情淡漠,所以闲得没事干,只好以写草书、分茶来自我消遣。"闲作草"的"闲"字,"戏分茶"的"戏"字,都是愁苦的流露,便遥接不愿骑马客京华的情绪。"果"在首联说出,"因"伏在此处,看似不相关,却紧密相关,这就是名家谋篇的高明之处。结尾二句是全诗大收煞,世味薄促使自己要回去,春雨杏花产生的乡思促使自己想回去,闲得无事迫使自己赶快回去,二句大关大合,滴水不漏。

书　愤

早岁那知世事艰①,中原北望气如山。

楼船夜雪瓜洲渡②,铁马秋风大散关③。

塞上长城空自许④,镜中衰鬓已成斑。

出师一表真名世⑤,千载谁堪伯仲间⑥!

【注释】

① 早岁:早年。陆游自指自己的青壮年。　② 楼船:高大的战船。瓜洲渡:在江苏扬州南,长江北岸,是有名的古渡,也是重要军事据点。1161年冬,金

酋完颜亮南侵,一度占领瓜洲,遭虞允文等抵抗而败回。陆游在1163年曾任镇江通判。　③铁马:披带铁甲的马。大散关:在今陕西宝鸡西南大散岭,为宋前线重镇。1161年秋,金兵攻占大散关,被宋吴璘部队击退。陆游1172年曾在南郑任王炎幕僚。以上二句,既写真事,也写自己的经历。　④塞上长城:南朝宋名将檀道济曾自比为万里长城。　⑤出师一表:一篇《出师表》。诸葛亮在出兵伐魏时,向后主上《出师表》,表示自己恢复中原的决心。名世:有名于世。　⑥伯仲:兄弟序次,长为伯,次为仲。后人用以评量人、物等差不相上下为伯仲。

【语译】

我年轻力壮时,从没想到世事是这么的艰难;北望中原,豪气如山。想当年,在漫天飞雪中,我们高高的战船夜间出没在瓜洲渡口;秋风萧瑟时,我曾跨着披有铁甲的战马,戍守在大散关。可如今,把自己看成是边防长城已成空想;年龄老大,对着明镜,不觉得鬓发已经斑斑。哎,诸葛亮的《出师表》真正流传百世,千年来,有谁能够与他并驾相攀?

【赏析】

顾题思义,这首诗写的是心中的愤疾。陆游的一生,在报国无门的郁积中度过,他的愤疾,就是天天萦绕于胸的"上马杀强胡,下马草军书"(《观大散关图有感》)的愿望不能达到,"丈夫不虚生此间,本意灭虏收河山"的理想破灭。这样的愿望与理想,到了他老年时,随着机会的渺茫而日益迫切,同时失望的心情也日益加重。这首诗是陆游淳熙十三年(1186)六十二岁时所作,流露的正是这一情感。

诗抒发对现实失望,恨南宋没人为国效力,倾吐自己爱国热忱,采取的是以青壮年与现在对比的手法。前四句写往年,说自己把收复失土看作很容易实现的目标,豪气干云,亲自投身在战斗行列里,参加了瓜洲戍防与大散关捍边。诗气格轩昂,铿锵有力,与内容紧密相合。"楼船"一联全用名词组成,学唐温庭筠《商山早行》"鸡声茅店月,人迹板桥霜"句法,但恢宏广阔,老健遒劲,读后使人如见其胸怀。下半段四句写现在,风格转入沉郁。说自己读书学剑,立志做一名杀敌的勇将,成为保家卫国的长城,没想到壮志成空,年龄老大,闲居家乡,无所事事。自己没有了希望,便把收复失土寄托在别人身上,于是他再次想起了诸葛亮。陆游对诸葛亮鞠躬尽瘁、死而后已、誓灭汉贼的精神一直十分敬佩,他在《病起书怀》中就曾说过"《出师》一表通今古,夜半挑灯更细看",感慨时无诸葛亮,使逆虏猖狂。因此,他在失望中便自然而然地希望朝廷中有诸葛亮这样的能人,出兵北伐,消灭敌人。

陆游的七律长于对偶,一般来说,都细腻地刻情绘景;这首诗却沉着警策,直追杜甫,所以李慈铭评说:"全首浑成,风格高健,置之老杜集中,直无愧色。"

应该一提的是,陆游的愤疾一直没能消逝,而他对收复失地的向往也如本诗所表现的那样,始终勃郁于胸间。他在同年所作的另一首《书愤》诗中,也说:"剖心莫写孤臣愤,抉眼终看此虏平。"到六十九岁,在《书叹》中又说:"少年志欲扫胡尘,至老宁知不少伸。"

七十三岁所作《书愤》还说:"壮心未与年俱老,死去犹能作鬼雄。"这种心情,一直伴随到去世。梁启超《读陆放翁诗集》云:"辜负胸中百万兵,百无聊赖以诗鸣。谁怜爱国千行泪,说到胡尘意不平。"可谓道出了陆游一生心事。

剑门道中遇微雨①

衣上征尘杂酒痕②,远游无处不消魂③。

此身合是诗人未④?细雨骑驴入剑门。

【注释】

① 剑门:剑门山,在今四川剑阁北。　② 征尘:旅行时衣服沾上的尘土。　③ 消魂:这个词词意随句意而变化,表示精神上激动或感触深厚。这里有陶醉、伤神等多层意思。　④ 合:应该。

【语译】

衣服上满是酒污与灰尘,离乡背井,漂流远方,眼前的万物都使我陶醉又令我伤神。不禁怀疑地问:我究竟是不是诗人——不然,怎么也像诗人寻诗,骑着驴子,冒着牛毛细雨,洋洋地进入剑门?

【赏析】

这首诗作于宋孝宗乾道八年(1172),当时陆游从汉中调任成都,途经剑门山。报国无望,却从前线调到后方,他胸中无限的感慨,借这短短四句诗委婉含蓄地表达了出来。

前两句写自己从浙江来到川陕,远游万里,到处漂泊,旧衣服上又是酒痕又是灰尘。吐露了无可奈何的怅惘与愤激,与对河山风景的赞叹等复杂心理。后两句是倒装句,说自己在蒙蒙细雨中骑着驴进入剑门关;而骑驴觅句是唐诗人的时尚,孟浩然、李白、杜甫、李贺、贾岛都有骑驴作诗的故事,郑綮干脆说诗思在灞桥驴背上,因而骑驴已成为诗人的标志,所以他不禁发问:我该不该算个诗人呢?实际上,陆游在当时已经是名扬四海的大诗人,他这样发问,正是不甘心仅做个诗人,而是要做保家卫国、收复失土的志士。这一问,凝结着无限的深情,也包涵了对现实的遗憾。

陆游的这首诗实际上是自我写照,描绘了一位心情抑郁并不甘心做个诗人的战士形象。他不甘做诗人的思想,在他的很多作品中都得到体现,尤其是在吟咏杜甫的一些诗句中表现得很突出。如《读杜诗》云:"常憎晚辈言诗史,清庙生民伯仲间。""后世但作诗人看,使我抚几空咨嗟。"都认为杜甫是个忧国忧民,热爱国家的战士,不能单看作是个诗人。陆游这样评论杜甫,是有自况的意思,他的许多思想,与杜甫有共同之处。所以《御选唐宋诗醇》这样说:"观游之平生,有与杜甫类者。""其感激悲愤,忠君爱国之诚,一寓于诗。酒酣耳热,跌宕淋漓……或雨或晴,一草一木,莫不歌咏以寄其意。此与杜甫之诗,何以异哉!"

由于本诗诗格涵意俱佳,陈衍《石遗室诗话》说:"剑南七绝,宋人中最占上峰,此首又其最上峰者,直摩唐贤之垒。"

花时遍游诸家园

为爱名花抵死狂①,只愁风日损红芳。

绿章夜奏通明殿②,乞借春阴护海棠③。

【注释】

① 抵死:格外,分外。 ② 绿章:上奏神灵的表章,又称青词。通明殿:传说玉帝所居的天宫中殿名。 ③ 春阴:护花的荫翳。

【语译】

因为爱名花爱得发狂,整天发愁狂风烈日损坏那红颜芬芳。恭恭敬敬地写了篇青词连夜呈送通明殿,乞求上帝多安排些荫翳来庇护海棠。

【赏析】

诗人在淳熙三年(1176)春天,遍游各家花园,欣赏名花,作了十首绝句,这是第二首。

遍游各家花园,是为赏花,诗人对花的爱好已在题中表明。这首诗一开始就点明题目,说自己格外地爱名花。因了爱花,所以惜花,生怕风儿吹残了花朵,怕烈日晒萎了花朵。这意思,与辛弃疾词"惜花常怕花开早"相同。怕花被摧残,但花毕竟要凋谢,"无计留春住",诗人只好发一奇想,求求上帝,多给予荫翳,让娇美的海棠多开几天。

对春天的爱,对花的爱,诗人们总是通过惜花来表达。陆游这首诗平平而叙,逐次推进,然后寄希望于天公,构思奇特。苏轼有首《海棠》诗,也是表达爱花"抵死狂"的。诗说:"东风袅袅泛崇光,香雾空蒙月转廊。只恐夜深花睡去,高烧银烛照红妆。"因了爱花,白天看不够,晚上点了蜡烛去看。

小雨极凉舟中熟睡至夕

舟中一雨扫飞蝇,半脱纶巾卧翠藤①。

清梦初回窗日晚,数声柔橹下巴陵②。

【注释】

① 纶巾:用青丝编织而成的头巾。翠藤:指藤床。 ② 巴陵:今湖南岳阳。

【语译】

一阵凉雨带走了船上的暑热,驱散了讨厌的苍蝇;我脱去了帽子和外衣,在藤床上美美地进入了梦乡。一觉醒来,斜阳透进了舷窗;耳边是阵阵咿哑的橹声,船已不知不觉驶近了岳阳。

【赏析】

淳熙五年(1178),陆游五十四岁,奉命离开四川东归。夏天行舟本来很热,可这天遇上下雨,江面上很凉爽,他心中很高兴,脱衣去帽,睡了一觉。醒来时,雨住天晴,斜阳西照,在橹声中,船已不知不觉地到了洞庭湖边的岳阳。

这首小诗写得很有韵味,具有唐诗浑然清丽的特点。前两句是因,后两句是果。前两句是睡前,后两句是醒后,互为补充。因为舟行遇雨,赶走了暑热,前几天热得睡不好,碰上如此凉爽,于是赶快伏枕而睡;天凉,睡得很舒畅,醒后的心情就十分轻松愉快,于是便觉得景色、环境恬静优美,连那单调的橹声,也变得非常柔和动听起来,时间也感到特别短,转眼已是黄昏,船居然已到了岳阳。而这一切,又与陆游是在客蜀十年后回乡的心情紧密结合。因为是还乡,心情很平静,很高兴,再加上长江在湖南一带波平水缓,所以睡得很妥帖。顺应这心情,诗表现得也很平淡,自然流转。

秋夜将晓出篱门迎凉有感

三万里河东入海①,五千仞岳上摩天②。

遗民泪尽胡尘里,南望王师又一年!

【注释】

① 三万里河:指黄河。 ② 岳:指在陕西的西岳华山。仞,八尺。

【语译】

黄河绵亘三万里,滔滔不绝,东流入海;华山高耸五千仞,巍然屹立,直上青天。那被金虏统治的遗民眼泪都已哭尽,天天向南盼望着大军去收复,熬过了一年又一年。

【赏析】

诗前两句写北方沦陷区河山的雄伟壮丽,说黄河绵亘中华大地,华山高耸,上与天齐,山河各取其一,以作概括。后两句说这大好河山被金人占领,中原父老日复一日、年复一年地盼望大军到来,眼泪都哭干了,但都是空想。诗平平直叙,却斥责了南宋朝廷苟安求和,不报国仇。"南望王师又一年",深涵着无数的血与泪。

唐人的绝句,常有从对面写起的手法。如王维《九月九日忆山东兄弟》:"遥知兄弟登高处,遍插茱萸少一人。"白居易《邯郸至除夜思家》:"想得家中夜深坐,还应说着远行人。"罗邺《雁》:"想得故园今夜月,几人相忆在江楼。"都是以在家的人想念在外的人,反衬自己在外的孤寂与对家乡与亲人的想念。陆游这首绝句借鉴了这一写法,说中原父老盼望南宋大兵前往,正写自己盼望从军北伐,收复中原,统一祖国。

陆游一生下来就遭国变,他作这首诗时已经六十八岁了。这么多年来,他都在渴望收复失土中度过。他的另一首《寒夜歌》,几乎用相同的句子表达自己的悲愤:"三万里之黄河入东海,五千仞之太华摩苍旻。坐令此地没胡虏,两京宫阙悲荆榛!"可见,北方的大好河山是那么地使他眷念,这就是他睡不着,起床纳凉时,还把这事萦环心头的原因。

十一月四日风雨大作

僵卧孤村不自哀①,尚思为国戍轮台②。
夜阑卧听风吹雨③,铁马冰河入梦来。

【注释】

① 僵卧:直挺挺地睡着。这里形容自己穷居孤村,无所作为。 ② 轮台:在今新疆境内,是古代边防重地。此代指边关。 ③ 夜阑:夜深。

【语译】

我困居在这小小的村庄里,但一点也不为自己感到悲哀;只是朝思暮想,为国家去戍守轮台。夜深了,耳听着风吹雨打蒙眬睡去,梦中我骑着披有铁甲的战马,渡过冰河,战斗在万里塞外。

【赏析】

这首小诗作于绍熙三年(1192)。当时陆游六十八岁,居住家乡三山村,生活很贫困。但是他没有丝毫叹老哀贫的抱怨,一颗赤诚之心,仍然向往着为国战斗,以致半夜里兴起的风声雨声,在梦里化成铁马行走在冰河的情景。

诗句句相扣。因了第二句想为国戍守轮台,故而首句写自己"不自哀";因了要去戍轮台,引出听风听雨而铁马冰河入梦来。不论虚实,都围绕戍轮台这个中心。诗整个气势与风雨密合,雄壮开阔。

梦是人思想的折射。陆游作有一百多首纪梦诗,在梦中,他经常欢呼着赶走了金虏,恢复了中原;或在梦里挥戈纵马,浴血战斗。这首诗梦见自己行走在冰河上,正是他杀敌报国思想的反映,读后使人对他一片爱国热忱由衷地生出敬意,同时也对他壮志无成的不幸遭遇产生深切的同情。

沈园①二首

城上斜阳画角哀②,沈园无复旧池台③。
伤心桥下春波绿,曾是惊鸿照影来④。

【注释】

① 沈园:故址在今浙江绍兴禹迹寺南。　② 画角:古时乐器,一种刻有花纹的号角。　③ 无复旧池台:指沈园改变很大。　④ 惊鸿:语出曹植《洛神赋》"翩若惊鸿",形容女子体态轻盈。

【语译】

城墙上残留着一抹斜阳的余晖,一声声画角,是那样的凄凉,动人心扉。我步入了沈园,熟悉的小池楼台都变了,只有那座小桥仍在。桥下碧绿的流水呜咽,仿佛在说:是她,曾在这里照影徘徊。

【赏析】

陆游在二十岁左右与表妹唐琬成亲,两人感情很好。但因唐琬不能得陆游母亲的欢心,二人被迫离婚,后陆游再娶王氏,唐琬改嫁赵士程。在陆游二十七岁时,两人在沈园偶然碰到,各各伤心。唐琬派人送了酒菜给陆游,陆游写了著名的《钗头凤》词题壁。又过了约八年,唐琬郁郁病死。四十年后已是庆元五年(1199),陆游七十五岁再游沈园,抚今忆昔,无限伤感,作了这两首绝句。

第一首写故地重游勾起的回忆。诗从描写气氛开始:斜阳照着城头,角声阵阵悲哀。在这样的场景里,诗人走进了沈园,竭力寻觅着当年与唐琬相见的情景;然而,一切都变了,柳树老了,亭台改了,最后,终于看到那桥下春水,还如往日,就是在那河边,唐琬曾经照影徘徊。

这首绝句,写得很凄凉,重点放在环境的渲染上,但所写的景,又无一不倾注了深情。那城头西坠的斜阳、萧条的园林,不正是陆游自己老态的写照?悲哀的画角、呜咽的河水,不正是陆游自己悲哀情绪的呻吟?诗人把自己的情感移入大自然中,糅合成一体,所以诗读来十分感人。

梦断香销四十年①,沈园柳老不吹绵。
此身行作稽山土②,犹吊遗踪一泫然③。

【注释】

① 梦断香销:指唐琬去世。　② 稽山:会稽山,在绍兴东南。　③ 泫然:水珠下滴。此指流泪。

【语译】

你告别人世已经有了四十年,沈园的柳树经历了这漫长的岁月,也已经老了,不再扬起满天的柳絮如绵。我在这个世界的日子已经不多,很快要化作会稽山的泥土;可面对着你曾经游历的地方,还是禁不住伤心的泪如珍珠断了线。

【赏析】

第一首以景为主,第二首便改而以情为主。承接上首,由"惊鸿照影",他想到唐琬已经去世有四十年了,连沈园也不再像当年,那目击二人见面的柳树都老了,不再能飘絮。"树犹如此,人何以堪?"诗人不禁感叹,自己也老得快要入土了,可是仍然对往事不能忘怀,对景怀人,老泪纵横。末句结得有无限涵意,包括了悲伤、悔恨,也凝结了对唐琬深沉的爱,含蓄蕴藉。

陆游对唐琬与他的一段爱情生活很看重,唐琬的影子几乎伴随了他一生,直到八十一岁时,他还梦见沈园,醒后作诗对唐琬表示哀悼。因此,这两首绝句写得沉挚深厚,感人肺腑。写惯了刀枪剑影从军之作的陆游,在表现自己的爱情生活时同样能以婉约的诗风曲折地表达自己的心理,同样能动人心弦。诗风的多样化,使陆游跻身于中国诗歌史中的大家毫无愧色。陈衍评云:"无此等伤心之事,亦无此等伤心之诗。就百年论,谁愿有此事;就千秋论,不可无此诗。"道出了读者的普遍看法。

梅花绝句

闻道梅花坼晓风①,雪堆遍满四山中。

何方可化身千亿②?一树梅前一放翁③。

【注释】

① 坼:裂开。此指花开。　② 化身千亿:化身为佛教习语,佛教认为释迦牟尼能化身千万亿。《无量义经·说法品第二》谓佛"能以一身,示百千万亿那由他无量无数恒河沙身"。　③ 放翁:陆游自号。

【语译】

我听说,梅花已在清晨的寒风中开放;四面的山中,一片洁白,一树树梅花,就像一堆堆冰雪一样。有什么办法可以让我化成千个亿个?每一枝梅花前都站上个我,细细地欣赏。

【赏析】

这首绝句作于嘉泰二年(1202),诗人已是七十八岁高龄了。

诗前两句说梅花在晨风中开放,像是一堆堆白雪,遍满了群山之中。寒梅迎风、洁白如雪,是人们用惯了的比喻,已不用举例说明,陆游这样写,非常平平;好在诗人用了"闻道"二字领句,改直写为虚拟,增加了婉转,使人着力于从句外去想象,诗的境界就被拓宽了。令人击节叹赏的是后两句。山上开满了梅花,难以普遍赏玩,他忽发奇想:有什么办法能让自己化作成千上亿个身子,这样,每棵梅花前都站上个自己,就能全面地、细细地品赏这些梅花了。这样写,尽管诗中没有一个"爱"字,诗人对梅花的爱,可说是发挥到了极点;而梅花的千姿百态也在无形中得到了落实。

陆游以爱梅出名,他的《卜算子·咏梅》一向被推作咏梅的代表作。在《落梅》诗中,他深情地赞颂梅花说:"雪虐风饕愈凛然,花中气节最高坚。过时自合飘零去,耻向东君更乞怜。"其实,梅花的品格正是诗人自己立身的标准,他的爱梅,正是因为他同样具有梅花一样高洁的操守,所以在这首诗中,他希企着和梅花完全结合成一个整体。

唐柳宗元有一首《与浩初上人同看山寄京华亲故》诗,云:"海畔尖山似剑铓,秋来处处割愁肠。若为化得身千亿,散上峰头望故乡。"在用意用典上与陆游这首诗相仿,可合在一起品味。

示 儿

死去原知万事空,但悲不见九州同①。
王师北定中原日,家祭无忘告乃翁②!

【注释】

① 九州:古代中国分为九州,这里以之代指全国。 ② 乃翁:你们的父亲。

【语译】

我知道,人一死,万事都是空空;只有一样我放心不下,没有活着见到祖国一统。到那一天,大宋的军队收复了中原,在家祭时,你们不要忘记,把这胜利的消息告诉你们泉下的老翁。

【赏析】

嘉定二年(1209)十二月二十九日,八十五岁高龄的老诗人带着满腔的报国热忱与深深的遗憾,告别了人世,留下了这首绝笔诗。

诗从说理擒入,"万事空"与盼望"九州同",看似矛盾,却正表明了他对个人事与国家事截然不同的态度。由此出发,三、四句成了自己的遗嘱,说自己对恢复中原充满了信心,可是见到的只是一次又一次的失败,在等待中耗尽了生命的最后一刻;然而他并不灰心丧气,直到死,还是那么的执着,希望那一天来到后,自己能及时知道,在泉下得到一份安慰,分享胜利的喜悦。

全诗只是简短地交代后事,且一言不及私,字里行间透露的全是血泪与悲壮,千载后读了,仍激起人们无限的爱国热情与对诗人由衷的崇敬,正如后人所评,可以"泣鬼神"。可惜,南宋小朝廷的偷安苟且,使中原终于没能恢复。二十多年后,金虏是被南宋与蒙古联合消灭了,到了陆游死后差不多七十年,南宋也被元灭亡了。后来林景熙《读陆放翁诗卷后》对此曾发感慨说:"青山一发愁蒙蒙,干戈况满天南东。来孙却见九州同,家祭如何告乃翁?"写出了人们普遍的遗憾。

范成大

范成大(1126—1193),字致能,号石湖居士,平江(今江苏苏州)人。绍兴二十四年(1154)进士,历官枢密院编修、起居舍人、广西经略安抚使、四川制置使,淳熙中任参知政事。晚年退居石湖。诗与尤袤、杨万里、陆游齐名,号称南宋四大家。诗风多样,上规六朝,下学盛唐,五言精致华赡,七绝流丽自然。晚年所作《四时田园杂兴》组诗,被誉为田园诗集大成之作。有《石湖居士诗集》。

后催租行

老父田荒秋雨里,旧时高岸今江水。

佣耕犹自抱长饥①,的知无力输租米②。

自从乡官新上来③,黄纸放尽白纸催④。

卖衣得钱都纳却,病骨虽寒聊免缚⑤。

去年衣尽到家口,大女临歧两分首。

今年次女已行媒⑥,亦复驱将换升斗⑦。

室中更有第三女,明年不怕催租苦。

【注释】

① 佣耕:做雇农,为别人种田。　② 的知:确知。输:交纳。　③ 乡官:地方官。　④ 黄纸:豁免灾区租赋税的告示。白纸:地方官下令催收的公文。

⑤ 聊:姑且,暂时。　⑥ 行媒:已托人提亲。实际上即出卖。　⑦ 驱将:赶出去。斛:同"斗"。

【语译】

连绵的秋雨下个不停,老农眼看着荒芜的田地深深地叹息:那江水滚滚流过的地方,原来是岸边的高地。我替人干活仍然常常受冻挨饥,真的是没钱来交纳租米。自从近年来新官上任,把皇上免税的诏书再不一提,到处贴出了征租的通告,衙役们挨家挨户催逼。前年把卖衣服的钱全部上交,多病的身子虽然寒冷,可免去了被绑缚受欺。去年衣服已经卖完,只好含泪把大女儿嫁出,各分东西。今年二女已托人作媒,也将送出去换上微薄的钱米。明年不怕催租的上门,家中还有第三个女儿可以充抵!

【赏析】

这首诗为一位贫穷的老农民,碰到灾荒,无力缴纳租税,但官府仍然催逼不已,不得不卖女交租。这一题材,范成大共写了二首,这是第二首,所以取名《后催租行》。第一首有原注云"效王建"。王建是唐著名乐府诗作家,有《田家行》,也写官府催逼交租事。

诗分前后二段。前段六句,写老农遇灾,田地都被淹没,走投无路,只好去为人做雇农,仍然无法吃饱肚子,确实没有力量缴租纳税。可是新官上任后,视朝廷免税诏令不顾,仍然督促交税。这六句,写出老农已经处在绝境,全作正面介绍,为下文作出铺垫。"黄纸放尽"一句,骂贪官不骂皇帝,是传统乐府类诗为尊者讳的写作手法,但也更加加深了贪官横征暴敛、贪得无厌、不顾人民死活的罪恶,是全诗的中心所在。后段八句,全围绕贪官逼租写,历述老农被逼,无可奈何,只得卖衣嫁女,以图活命。当然,诗中的嫁女,并不是正常意义的婚嫁,而带有出卖的性质,目的是得到男方微薄的财礼。在写嫁女时,诗有意逐一叙述,更见不堪。人们读后不禁要延伸下去想:三个女儿都嫁走了以后,老翁又用什么来完税?有女儿的嫁女儿,没女儿可嫁的人家又怎么办?

诗用古乐府手法,自己不出场,不加评论,完全通过老农代言,语句简约生动。全篇主题是贪官逼租,但不具体写县官立限、官差催逼、百姓哀求等场面,只是让被逼迫的对象老农一一诉出催租的后果——被迫卖衣服,衣服卖完了,逐一卖女儿。老农诉说的话,从表面上看,是直陈其词,平平道来,没有一句愤疾的言辞,却是沉痛之至。尤其是末句,"明年不怕催租苦",简直是字字泪,句句血。这样翻过一层,不直诉苦而愈显得苦不堪言,增强了感染力,也扩大了诗所表现的范围。这也是古乐府的艺术特点之一。

范成大是一位正直的官员,他作这首诗时,官徽州司户参军,大有以诗反映民生疾苦,向朝廷为民请命之意。

六月十五日夜泛西湖风月温丽[①]

暮舣金龟潭[②],追随今夕凉。
波纹挟月影,摇荡舞船窗。

夜久四山高,松桂黯以苍。

长烟界岩腹,浮空余剑铓③。

棹夫三弄笛④,跳鱼翻素光。

我亦醉梦惊,解缨濯沧浪⑤。

多情芙蕖风⑥,袅袅吹鬓霜⑦。

会心有奇赏,天涯此何方?

清润不立尘,空明满生香。

过情难久留⑧,俛俯坠渺茫⑨。

【注释】

① 六月十五日:指淳熙元年(1174)六月十五日。西湖:指广西桂林西湖,在城西约三里。　② 舣:停泊船只。金龟潭:西湖边水潭名。　③ 剑铓:剑的锋芒。此形容山顶尖削。　④ 棹夫:船夫。三弄笛:奏了数只笛曲。三是泛指。　⑤ 缨:帽上的带子。沧浪:水青色。屈原《渔夫》有"沧浪之水清兮,可以濯吾缨"句。　⑥ 芙蕖:荷花。　⑦ 袅袅:柔和轻微的样子。　⑧ 过情:已消逝的情怀。　⑨ 俛俯:弯腰低头。

【语译】

傍晚我把船停泊在金龟潭,要享受今夜的清凉。水面上波纹粼粼,映照着月光,船儿摇荡,波光舞动,对着船窗。夜色深沉,四面的山峰更显得高大,山上的松树桂树,一片深黑青苍。一道长长的烟云像把青山拦腰截断,山的上半部,似乎浮在空间,锐如剑铓。

船夫吹着笛子，奏了一曲又一曲；水面上鱼儿跳跃，翻动着白浪。我也仿佛从醉梦中惊醒，解下了帽缨，在青黑色的湖水中洗去尘世的肮脏。湖面上满是荷花，风儿也特别多情，吹拂着我如霜似雪般的鬓发，令人沁心爽朗。我的心与这奇丽的景色融合在一起，忘记了自己置身于天涯南方。湖上的空气潮湿清润，没有一点灰尘；月光皎净明澈，扑来阵阵幽香。过去的情怀难以久留，今天也会成为过去，想到这，我不禁低下头来，陷入沉思，泛起了一丝怅惘。

【赏析】

这首纪游诗，作于淳熙元年（1174），记述桂林西湖月夜风光。题目中的"风月温丽"四字，恰好可作全诗的提纲，诗正是围绕温风丽月，铺写景色，抒发意趣。

诗前两句用游记体，交代所游之地及游的目的。诗人是为了纳凉而游，时间是十五的晚上，所以诗接下来便铺陈夜景，着重表现月色。月夜是最能让人们浮想联翩的时候，一切事物在月色中似乎都改变了日间的常态，月光给大地披上了一层朦胧的面纱。唯有朦胧的东西才具有不可推测的底蕴，唯有在朦胧中人们才能依照自己的想象改易物体原有的本性，主观在这里得到了最大限度的发挥，景物随着诗人的心情同步变化。范成大在这里是怎样表现美好的月景的呢？因为是游湖，他首先写水，说风吹着，波光荡漾，月影在水中闪耀；船在摇动，水中的月亮又似乎在船窗外舞动。这两句把月夜写得扑朔迷离,炫目多彩,"挟"字与"舞"字,炼得都很工。次四句写岸上月景。夜渐渐深了,月亮升高,这时仰望高山,似乎比往常更高了;山上的松桂,黑沉沉地。忽然,一道长长的烟云飘来,把山岩拦腰截断,上半部分,像是飘浮在空中,尖削的山峰犹如剑锋,刺向青天。"夜久四山高"一句,把晚上看山的感受表现得十分逼真。这是因为晚上人的视力受到影响,月光由下斜照,所以平时不怎么高的山,显得分外的高。"松桂黯以苍"句,把月光下树的情况予以再现,使人犹如目见。"长烟界岩腹,浮空余剑铓"二句,更把桂林山水的情况写绝了。桂林处在喀斯特地形区,山峰多挺拔尖秀,诗人及时捕捉到烟云飘过山腰的夜景,把山写得更为奇峭。这状况,不禁使人想起柳宗元《与浩初上人同看山寄京华亲故》中的名句"海畔尖山似剑铓,秋来处处割愁肠"。柳宗元写的是柳州的山,柳州与桂林山水近似,范成大这句诗也许是吸收了柳宗元的比喻。二句中的诗眼,也千锤百炼而出。一个"界"字,活画出薄薄烟云凝聚在山腰的景象,比徐凝题庐山瀑布所说的"一条界破青山色"句更加洗练。一个"余"字,把山峰缥缈的现象,也描绘得惟妙惟肖。

  以上六句,是从视觉的角度上写夜景,以下转入听觉与感觉,语调也逐渐纤徐流畅。诗写道,在这幽静的环境中,船夫吹起了笛子,笛声悠扬,湖面上不时有鱼儿跳跃,翻出银色的水波。月下的笛声,总是为诗人所津津乐道,也总使多情的诗人沉醉;夜深鱼跃,也常常出现在写静夜水中的诗里。范成大把它们合在一起,使画面更富有诗意。也许是笛声终了,也许是鱼跳泼剌,诗人仿佛在醉梦中惊醒,于是在清澈的湖水中洗起帽缨来。"解缨濯沧浪",可以是实写,也可理解为诗人醉心于眼前景物,用《渔父》中典句,说自己面对山水,尘心顿消,一片清明。以下,诗又以景抒情,说水面上的清风夹带着阵阵荷花香,吹拂着自己如霜鬓发,他更加着意欣赏美景,忘记了自己是远处南国。"清润不立尘,空明满生香"二句,再次总写月色、环境,回照前句的"会心"一词。在这样奇丽赏心的景色中,诗人由前面的不觉身处天涯的感觉忽然又转到抚今怀昔的感叹。他想到,一切美好的事都难以久留,所以不知不觉,浮上了一丝怅惘来。这样以情作结,余味无穷,既表达了对美景的叹赏,又表示了对平生漂泊的感慨。不过,诗写得淡淡的,非常蕴藉。

全诗把桂林山水的夜景用精致而又贴切的笔墨描绘出来,与自己容与淡荡的心情相融合,使诗显得顺畅流转,情深意远。范成大与陆游一样,"天教饱识汉山川",写了不少纪游诗,这些诗大多以清新真切的笔墨,畅述祖国山河之美。值得注意的是,范成大描写山川风景时,绝少有陆游诗中那样的愤疾、哀伤,他总是对景物充满激情与赞叹,笔调以清丽明净为主,这首写桂林山水的诗是一个典型例子。杨万里在《石湖诗序》中说范成大的诗"大篇决流,短章敛芒,缛而不酿,缩而不僒。清新妩丽,奄有鲍、谢;奔逸隽伟,穷追太白",总的来说,是相当切当的。

灯 市 行

吴台今古繁华地①,偏爱元宵灯影戏。

春前腊后天好晴,已向街头作灯市。

叠玉千丝似鬼工②,剪罗万眼人力穷③。

两品争新最先出,不待三五迎东风④。

儿郎种麦荷锄倦⑤,偷闲也向城中看。

酒垆博簺杂歌呼⑥,夜夜长如正月半。

灾伤不及什之三⑦,岁寒民气如春酣。

侬家亦幸荒田少⑧,始觉城中灯市好。

【注释】

① 吴台:即吴王所造姑苏台。此代指苏州。 ② 叠玉千丝:指珠灯。珠灯以五色珠做纲,下垂流苏,灯绘制或做成各种形状。 ③ 剪罗万眼:指罗帛灯。罗帛灯以罗帛剪制,有的状如百花;有的剪细眼,红白相间,以"万眼罗"最精巧。 ④ 三五:正月十五元宵节。 ⑤ 儿郎:小伙子,年轻男子。 ⑥ 酒垆:酒店。垆为安放酒甕的土墩。博簺(sài):赌博游戏。 ⑦ 什之三:十分之三。 ⑧ 侬家:我家。江南人以"侬"自称,后转为称对方为"侬"。

【语译】

苏州自古以来就是繁华之地,人民最喜爱在元宵节闹花灯游戏。春节还没到,还在腊月里,连着碰上几个晴天,街上已彩灯罗列成市。珠子灯制作精巧真非人间凡品,罗帛灯剪出万眼费尽了人力。这两种灯最先上市,用不着等到元宵节才争奇斗姿。农家儿郎种麦辛劳,忙里偷闲也到城中瞧瞧。那连片的酒店人声喧嚣,赌博声、歌唱声、叫喊声,一阵比一阵高。城里人生活奢侈豪华,对乡下人来说,天天都是元宵。幸好今年受灾不到十分之三,腊月里天冷,可农民心中如春天般温暖。我家也万幸受灾抛荒的田地很少,因此才感觉到:今年城中的灯市真好!

【赏析】

作者晚年居住在石湖,继《四时田园杂兴》六十首后,又写了《腊月村田乐府》十首,描绘农村田家的生活,着重表现春节前苏州一带农村的风俗习惯。《灯市行》是组诗的第二首。

苏州风俗,对元宵最为看重。距元宵前一个月,已经开始制作花灯出卖,形成灯市。那些价钱昂贵的,就由几个人集资,以赌博定输赢,赢家得灯。因此,灯市中赌博吆喝之声,十分喧闹。范成大这首诗写的就是这一场面。

诗用赋体,明白如话,可分二段,每段八句。上段八句,从苏州风俗写起,介绍灯市的形成,然后以灯中的极品为代表,写灯市的热闹与灯的精美。下半段转换角度,在极热闹的场合植入一个冷眼旁观的农夫,从农夫的眼中写灯市的繁华,然后引出他的感叹,点出灯市的欢闹与人们的生活、社会的稳定密切相关,又将城市的奢侈与乡村的俭朴作对比,突出自己悯农的观念,为社会的贫富不均作出呼吁。

范成大的乐府诗,一般都在诗末点出题意,密切时政,以寓劝惩,提供人们思考。如本诗通过灯市的繁华热闹,以冷语提醒执政者要在表面的升平现象中看到危机。同样,他在《冬舂行》中,在写富家轰轰烈烈的舂米活动后,以"邻叟来观远叹嗟,贫人一饱不可赊。官租私债纷如麻,有米冬舂能几家"作结,指出贫富悬殊,广大百姓仍在贫困线上挣扎。这样的写作手法,很容易使人想起白居易新乐府,如《轻肥》写了官僚贵族的奢侈后,以"是岁江南岸,衢州人食人"作结;《买花》在大力铺陈帝城牡丹花市后,以田舍翁偶来花市,低头长叹"一丛深色花,十户中人赋"作结。范成大正是有意向白居易学习,"文章合为时而著,歌诗合为事而作",虽作为统治者中的一员,但有清醒的头脑,深入地揭示了许多社会中不合理的事,对腐朽现象作了犀利的批判,具有一定的进步意义。

田 舍①

呼唤携锄至,安排筑圃忙②。

儿童眠落叶,鸟雀噪斜阳。

烟火村声远,林菁野气香③。

乐哉今岁事,天末稻云黄④。

【注释】

① 田舍:农家。 ② 筑圃:修筑打谷场。 ③ 菁:水草。 ④ 天末:天

边。这里是指稻田一望无际。

【语译】

大家呼唤着扛着锄头出了村庄,匆匆忙忙地修筑着打谷场。小孩子欢快地躺在落叶堆里玩耍,斜阳中一群群鸟雀喳喳叫得忙。远远的村中传来阵阵笑语,炊烟袅袅;田野上林木与野草散发着迷人的芳香。今年真是个高兴的年头,一望无际的稻田已是一片金黄。

【赏析】

这是首写农家生活的五律,重点描绘秋收前的片段。

诗以欢快的节奏开始,说农民们互相呼唤着,拿起锄头,忙忙碌碌地赶着修筑打谷场。秋收是农民一年的寄托所在,从起首两句,人们马上可以感受到今年的收成一定不错。范成大的诗,善于在首联渲染气氛,为全诗的主题作好铺垫,这首诗可作代表。

以下,诗忽然掉开,不写筑场打谷事,转说小孩子睡在落叶上玩耍,鸟雀在斜阳下热闹地飞鸣,远处村庄升起了袅袅炊烟,原野中草木发出浓郁的香气。这两联,着力对农村作描写,落叶、鸟雀及野景都点明节令是秋天,是收获的季节。写小孩子无忧无虑地玩,从侧面反映了大人们忙于准备秋收的喜悦。鸟雀到了傍晚,总是成群地在稻田上空飞翔啄食,"鸟雀噪斜阳"不是经历过的人写不出来。作者选录的每一幅场景,都带有欢乐气息在内,于是诗出齐尾联,不再旁写,直接说明今年真快乐,田野里的稻子一片金黄,像云彩一般,一直铺到与天相连,丰收已经在望了。这样,通过末联的明点,前数联所表现的欢快都得到了落实。

这首诗,首尾呼应,中间采用了几组跳跃性的镜头,忽写筑场,忽写儿童,忽写鸟雀,忽写村庄,看似各自为政,不相统属,而以"丰收"这条线作感情上的贯穿,烘托点染出一派庆祝丰收的喜悦景象,收到了很好的艺术效果。从这首诗,我们往往会联想到范成大在《秋日田园杂兴》中写的打谷的场面:"新筑场泥镜面平,家家打稻趁霜晴。笑歌声里轻雷动,一夜连枷响到明。"这一派欢乐的景象,正是这首《田舍》诗所表现的内容的继续。

州　桥①

州桥南北是天街②,父老年年等驾回③。
忍泪失声询使者,几时真有六军来④?

【注释】

① 州桥:在开封汴水上,一名天汉桥,位宫城正南。　② 天街:御道。皇帝出宫所走的路。　③ 驾:天子的车驾。此即代指皇帝。　④ 六军:古代天子有六军。此泛称南宋的军队。

【语译】

州桥下是南北贯通的大路,州桥边的父老年年等着皇帝的车驾回宫。他们含着泪忍不住问我:什么时候真的有宋朝的大军来到开封?

【赏析】

乾道六年(1170),范成大以资政殿大学士的名义出使金国,在途中将见闻及感受写成七十二首七绝及《揽辔录》一卷,反映了沦陷区的百姓对金国的愤恨及对恢复国土、重见天日的期望,表达了自己强烈的爱国精神,这里选的是其中最著名的一首。

诗题写汴京宫殿南面著名的州桥,但诗没有对州桥作具体的描写,仅仅是以之为背景,选取了父老向宋使急切地询问什么时候有宋兵到来、皇帝回宫这一情节来写。因为父老是在宋宫前的州桥发问,因而更有典型意义,也更使人伤怀。诗中汴京父老的问话,也有可能是作者假托,在金接伴使的监视下,汴京人应当无法与范成大作这样的交谈,但至少心灵是相通的。

诗描摹的情节很感人,用语也很精到。"失声"二字下得很形象,表明了下面问的话是埋藏心底不能出口的话,加深了父老的压抑感。一个"真"字,也费尽斟酌,千锤百炼而出。"几时真有六军来"一句,至少有二层意思,一是父老日夜盼望宋朝大兵的到来;一是消息听得多了,只看见宋朝的使者经过,不见大兵到来,也许他们每次都问南方来的使者,回答都是"快了"一类话,失望了不知多少次,蹉跎了不知多少年,因而这次他们执着地问,请告诉我们一个准确的消息,什么时候大军真的到来。这一问,沦陷区百姓的无数血泪、无数希望都凝结在中间;作者对恢复失土的向往也融汇在内,强烈地撼动人的心弦。然而,这个问题是难以回答也无法回答的,因此诗即以之收煞,给人以回味。

北方人希望大军去收复失土,能重见天日,南方的爱国志士也希望见到赶走金虏、祖国统一,这一主题成为许多诗人作品中的主流。最突出的是陆游,他的诗反复出现这类词句,如"遗民泪尽胡尘里,南望王师又一年"(《秋夜将晓出篱门迎凉有感》)、"三秦父老应惆怅,不见王师出散关"(《观长安城图》)、"遗民忍死望恢复,几处今宵垂泪痕"(《关山月》)。不过,陆游是身居南宋,没有范成大亲临沦陷区那么感触深厚,所以清潘德舆《养一斋诗话》评范诗说"沉痛不可多读,此则七绝至高之境"。陆游读了范成大的《揽辔录》后,也作诗云:"公卿有党排宗泽,帷幄无人用岳飞。遗老不应知此恨,亦逢汉节解沾衣。"表示了无穷的感慨。

横 塘①

南浦春来绿一川②,石桥朱塔两依然③。
年年送客横塘路,细雨垂杨系画船。

【注释】

① 横塘:在今江苏苏州市西南。　② 南浦:南面水边。此指送别的地方,出江淹《别赋》:"送君南浦,伤如之何。"　③ 石桥:指枫桥。在横塘之北。朱塔:指寒山寺的塔。

【语译】

春天来了,南浦边,一道碧绿的河水已经涨满;那横卧河上的枫桥,高耸的寒山寺塔,还是同旧时的模样一般。我不记得多少年了,每年都在这横塘送客,眼前总是这熟悉的一幕:天下着细雨,杨柳依依,水边停泊着画船。

【赏析】

这首送别的小诗,写得很别致。诗题"横塘"就是送别的地方。横塘在苏州,是典型的江南水乡,所以诗中所写,句句与水相关。

首二句写横塘的景色。春天来到,送别之处,一川绿水,枫桥与寒山寺塔,呈现眼前。用"南浦"二字,已暗藏送客,而"依然"二字,说明自己不是初到横塘,而是常常到这里来,为下文"年年送客"作引子。同时,石桥、朱塔,就在诗中不单是作为景色的点缀,同样是离别的见证物。范成大另一首《枫桥》诗就这么说:"墙上浮图路旁堠,送人南北管离愁。"诗中的浮图,就是枫桥边上寒山寺的塔。诗的结句很蕴藉,"细雨"是点春时,也是写春景,为送别的气氛平添了三分冷清凄凉;"垂杨"即柳树,古人有折柳送别的风俗习惯,依依杨柳,在雨中摇曳着枝条,仿佛在挽留行人,又为送别增添了三分惆怅;"系画船"是写船等着人走,写系,实在又带着催,又为送别加深了三分愁苦。前三句次第写来,句句连环,被末句带有深刻情感的景语一束,诗便全都活了起来。

怀人诗与送别诗,都喜欢用景物作为衬托,寄存自己的情思。如唐赵嘏的成名作《江楼感旧》云:"独上江楼思渺然,月光如水水如天。同来玩月人何处,风景依稀似去年。"诗先为人们勾勒了一幅空灵明丽的图景,以"独上"二字逼出下文风景依稀如旧而人事变迁,从而细腻地表达怀人之感。范成大这首诗在写作手法上也相仿。诗先描绘了一派江南水乡的春景,然后说到送人。诗写今年送别,却点明"年年送别",于是春水仍如往年那么绿,石桥朱塔还是像往年那样耸立,连细雨中维系的画船都与往年相似,不过送的对象变了。去年、前年送别的人在何处呢？如今又送走的朋友,到明年春天,我再送别人时,今天送走的朋友又在何处呢？这样,感情色彩就更加浓重,别离滋味更加难耐,诗由一层而化多层,越发令人感动。

咏河市歌者①

岂是从容唱渭城②,个中当有不平鸣③。

可怜日晏忍饥面④,强作春深求友声⑤。

【注释】

① 河市:河边街市。　② 渭城:《渭城曲》,即王维所作《送元二使安西》,被谱入乐,作为离别所唱的歌。这里代指歌者所唱的歌。　③ 个中:此中。不平鸣:暗用韩愈《送孟东野序》:"大凡物不得其平则鸣……人之于言也亦然。有不得已者而后言,其歌也有思,其哭也有怀。凡出乎口而为声者,其皆有弗平者乎!"　④ 日晏:天色已晚。　⑤ 求友声:语出《诗经·小雅·伐木》:"嘤其鸣矣,求其友声。"说黄莺不断地叫着,在寻求它的伴侣。

【语译】

我听出来了,你并不是从容不迫地演唱着《渭城曲》,你的歌声中充满了激越与不平。可怜你在这黄昏时候面容憔悴忍受着饥饿的煎熬,强打着笑容唱着,好似那春天的鸟儿,为了求友不住地啼鸣。

【赏析】

诗人黄昏时分行走在街上,忽然听到路边有人在卖唱,声音纡徐婉转,可是诗人从中品出了某种不平的感慨。于是他停下来打量了一下歌者,只见他面黄肌瘦,在这日暮时分还不得不忍着饥饿高歌,以求行人布施。诗写得音调和谐,起句以问句形式,为下句作铺垫,次句自答,补足题目,写出歌者的心声。三、四句使用流水对,进一步阐述歌者的歌声中何以有不平的音符,从对音乐的感受转移到直接的描述,通过"日晏""忍饥""强作"三个词,把歌者内心的惨痛与生活的艰难完全表现出来,诗又以"可怜"二字领句,表明自己同情的立场。

范成大晚年退职家居后,写了很多描写下层百姓痛苦的诗歌,诗风朴实自然,带有乐府民歌的特性,同时往往学民歌用双关、谐音词等手法,使诗活泼生动。如本诗末句,用《诗经》典故,一方面切合歌者身份,回照他歌声的美妙;另一方面又暗喻他处境困难,渴望人们同情与施舍。

关心民瘼的人一般都很富有同情心,范成大就很富有同情心,苦难人的悲声常常使他产生感伤。像这首诗写到听人卖唱一样,他有次在寒冷的夜晚,听到门外有人喊叫卖卜,他就满怀伤悲地写下这么一首诗:"静夜家家闭户眠,满城风雨骤寒天。号呼卖卜谁家子?想歎明朝籴米钱。"(《夜坐有感》)又有一次,他听到卖菜人在大雪天吆喝卖菜,他便作诗说:"饭箩驱出敢偷闲?雪胫冰须惯忍寒。岂是不能扃户坐?忍寒犹可忍饥难。"(《雪中闻墙外鬻鱼菜者求售之声甚苦有感》)这三首诗,写的都是在饥寒交迫中挣扎的苦命人,诗的句法与结构也很接近,合在一起,可全面地理解范成大诗作的内容与思想状况。

四时田园杂兴三首

土膏欲动雨频催①,万草千花一晌开。

舍后荒畦犹绿秀②,邻家鞭笋过墙来③。

【注释】

① 土膏:肥沃滋润的泥土。 ② 畦:田间分隔区。 ③ 鞭笋:竹子的根,其形如笋,但为实心,在土中旁伸。此即指竹笋。

【语译】

大地苏醒了,土壤松软,阵阵春雨把它滋润;花儿草儿也苏醒了,一时间万紫千红,争奇斗妍。我家后院本来是荒地一片,如今也呈现出蓬勃的生机,邻居家的竹笋,透过土墙,冒出地面,刺向青天。

【赏析】

淳熙十三年(1186),范成大在石湖养病,就乡村景物,触目所见,吟咏成诗,共得六十首,分春、晚春、夏、秋、冬五组,每组十二首,总名《四时田园杂兴》。这首诗是《春日田园杂兴》之一。

诗写的是初春,地点是自己的家。初春最显著的特点是大地回暖、万物复苏。首句将泥土将萌万物的现象用"欲动"出之,又加上"雨频催",把大自然看成有生命的东西,这是宋诗常套,与范成大同时并被合称为"南宋四大家"的杨万里、陆游的诗都喜欢采用这手法。因了土膏动、雨频催,于是花草树木,万紫千红。"一晌开"三字,写尽了春意蓬勃的状态,形象很鲜明。前两句是总写,后两句选取了自家后院这一局部环境来写。诗说连荒芜的后院也蒙上了一片绿装,邻家的春笋透过土墙顶出了地面,到处是欣欣向荣的景象。

这首诗最令人叹绝的是末句。春雨绵绵,正是笋出土的时节,所谓"雨后春笋"的成语就描绘这种情况。而笋根横窜,所以邻居家种的竹子,却在他家的土壤里露头。这是一笔特写,用以反映早春,别具一格,道人所未道。

蝴蝶双双入菜花,日长无客到田家。

鸡飞过篱犬吠窦①,知有行商来买茶②。

【注释】

① 窦:墙洞。 ② 行商:流动商贩。

【语译】

蝴蝶成双作对,在菜花中翩翩起舞;白天渐渐长了,没有人来到这乡村田家。狗对着墙洞使劲地叫,鸡扑腾着翅膀飞过了篱笆——知道是商贩进村来收购新茶。

【赏析】

这首诗是《晚春田园杂诗》第三首。

晚春时节,菜花盛开,一对对蝴蝶在菜地里飞来飞去。这季节,正是江南春播的时候,村里人都下田劳作去了,空空的。大家都很忙,所以也没有客人串门。偶然听到鸡飞狗叫,原来是商人下乡来收购新茶。

这首诗前两句写静,静得甚至于使人感到冷清,人们不禁浮现出那乡村中万籁俱寂的画面,连特意点缀的蝴蝶,也是无声无息的,不同于一般诗中以鸟鸣蝉唱来衬托静。后两句写闹,闹得近于嘈杂,狗不住地吠,鸡高叫着飞,都杂乱无章。后两句的闹,又是静的延伸,正因为日长无客,什么惊吵也没有,突然来了个人,鸡狗便被惊动,在原先十分寂静的环境中显得分外地闹。

历来的田园诗,从陶渊明开始,都写山水田园的闲适以及自己躬耕、隐逸的感想。这首诗只是点缀实景,渲染实事,不写自己主观上的情感,但对农村生活的热爱,自然能从诗句中品味出来。诗写行商买茶固然是日常乡村所见,但把行商作为田园诗中的一个内容,在这首诗以前是没有过的。

昼出耘田夜绩麻①,村庄儿女各当家。

童孙未解供耕织②,也傍桑阴学种瓜。

【注释】

① 耘田:除草。　② 供:从事,参加。

【语译】

白天出门下田除草,晚上在家织布搓麻。庄户人家的儿女就是如此,个个勤劳节俭持家。你看,那小孙儿还不懂得耕田织布,也在桑树底下学着种瓜。

【赏析】

这首诗是《夏日园园杂兴》的第七首,写农民在夏天紧张的生活。

一、二句写农民们白天下地,已经很辛苦,晚上还要忙着搓麻线织布,赞扬了农民的勤劳,反映了他们艰苦繁忙的生活。三、四句由正面转到侧面,写小孩子还不懂得耕织,可也学着大人样,在桑树下学着种瓜。这样,由侧面更衬托了全部:小孩子尚且如此勤快,何况大人呢?

这首诗用笔很朴实,平平而叙,风格与内容完美地统一。尤其是后两句,是神来之笔,在原本很平淡而又略带沉闷的气氛中增入童孙天真的形象,在农家苦的主题中渗透了几分农家的乐趣。

汉乐府《相逢曲》有"大妇织绮罗,中妇织流黄,小妇无所为,挟瑟上高堂"句,范成大这首诗先写农家中的成年人,次及未解事的小孩,吸取了乐府民歌体的长处,推陈出新,意趣俱到。大词人辛弃疾有首《清平乐·村居》词,下半阕也写农家儿女辛勤持家,词云:"大儿锄豆溪东,中儿正织鸡笼。最喜小儿无赖,溪头卧剥莲蓬。"末句写不解事小儿情态栩栩如生,可与范成大这首诗同参。

尤 袤

尤袤(1127—1194),字延之,号遂初居士,常州无锡(今属江苏)人。绍兴十八年(1148)进士,官至礼部尚书兼侍读。诗平淡而少趣味,作品大都失传,清人辑有《梁溪遗稿》。

淮民谣

东府买舟船,西府买器械①。
问侬欲何为②?团结山水寨③。
寨长过我庐④,意气甚雄粗⑤。
青衫两承局⑥,暮夜连勾呼⑦。
勾呼且未已,椎剥到鸡豕⑧。
供应稍不如,向前受笞箠。
驱东复驱西,弃却锄与犁。
无钱买刀剑,典尽浑家衣⑨。
去年江南荒,趁熟过江北⑩。
江北不可住,江南归未得。
父母生我时,教我学耕桑。
不识官府严,安能事戎行⑪?

执枪不解刺,执弓不能射。

团结我何为?徒劳定无益。

流离重流离,忍冻复忍饥。

谁谓天地宽⑫?一身无所依。

淮南丧乱后,安集亦未久⑬。

死者积如麻,生者能几口?

荒村日西斜,破屋两三家。

抚摩力不给⑭,将奈此扰何?

【注释】

① 东府、西府:泛指掌管地方武装的官府。　② 问侬:犹言借问。　③ 团结:组织。山水寨:乡兵。宋兵制,官军之外有乡兵,选自百姓或自己应募,就地组织起来,作为防守部队。　④ 寨长:指乡兵首领。　⑤ 雄粗:雄豪、粗野。　⑥ 承局:公差。　⑦ 勾呼:点名传唤。　⑧ 椎剥:宰杀。　⑨ 浑家:妻子。也可作全家解。　⑩ 趁熟:到未遭灾荒的地方去乞讨谋生。　⑪ 戎行:当兵打仗。　⑫ "谁谓"句:用孟郊《赠别崔纯亮》:"食荠肠亦苦,强歌声无欢。出门即有碍,谁谓天地宽。"　⑬ 安集:安定、聚集。　⑭ 抚摩:抚慰、体惜。力不给:力量不够。

【语译】

东府购买了船只,西府购买了器械。要问他们买这些干什么?是为了组建山水寨。寨长经过我的家,盛气凌人,态度粗暴。两个穿着青衣的公差,在黑夜里还忙着来拉人,大呼小叫。呼叫声没落,就催着杀鸡宰猪。供应稍不如意,马上就被鞭打侮辱。做了乡兵被东驱西赶,没时间种田,田园都已荒芜。家中拿不出钱买刀剑,只好当尽妻子的衣服。去年江南受了灾荒,逃荒到了江北。在江北没法活命,回江南也没有生路。父母生下了我,教我种田养桑;从来不知道官府的规矩,怎能够当兵打仗?拿着枪不知道怎样刺,拿起弓射不准目标。拉我来当兵干什么,只是白白劳民,毫无益处。逃到了东边又逃往西边,忍受着寒冷又忍受着饥饿。谁说天高地广?我居然没块地方安身立足!淮南自从经过战乱,人民回归家园,安定不久。死去的人如麻数也数不清,生存的又有几口?荒芜的村庄斜阳西照,只见到破败的农家没有几户。他们没有力量医好战争的创伤,对这番扰害又怎能承受?

【赏析】

以往的评论家,因为杜甫许多诗忠实地反映了"安史之乱"间的史事,因而称杜诗为"诗史"。实际上,在中国古代,许多诗都可以当作史来读,尤袤这首诗就是被宋徐梦莘视作诗史,收入《三朝北盟会编》卷一四〇。尤袤作此诗时,官泰兴知县。当时金主完颜亮南侵,他率部下抗敌,又眼见淮南置山水寨,扰害人民,心中同情不安,所以记下了这件事。诗写的都是实际情况,是很珍贵的有关组织乡兵的第一手材料。

诗首四句总冒,写官府买了舟船器械,成立了山水寨。自"寨长过我庐"起到"一身无所依"句一大段,通过一个流离失所、苦难不堪的乡兵的自述,放笔写山水寨由于地方官及土豪的垄断,改变了它抵御入侵的性质,变成了恶霸鱼肉乡民的幌子,存在种种弊端,使百姓们遭受了难以忍受的磨折。诗先写了寨长对乡民的粗暴行为,又写公差下乡勒索,乡民们忙着杀鸡宰猪供应公差,稍不道地,还要受鞭打侮辱。接着,诗铺叙那个乡民被抽为乡丁后,整年疲于奔命,农田荒芜,为了买刀剑,把妻子的衣服都典卖一尽。政府只知道用乡兵,不给报酬,碰到荒年,他们只好出外讨饭,流离失所。"父母生我时"以下十二句,直接诉苦,说自己是个农民,只知耕田,不知打仗,参加乡兵,起得了什么作用?到现在弄得一身无所依靠,忍冻受饥。这一大段乡民的话,反映了当时社会的一大矛盾。国家设置乡兵,成立山水寨,本来是作为正规军的补充,抵御金人入侵。但国家却不出钱,连武器也要乡民自己买,乡民受尽战争磨难,又连受天灾,哪里买得起?而乡兵的组织者寨长及所属小吏又乘机敲诈勒索,损公肥己,人民怎能承受这双重负担?成立了乡兵组织,又加以训练,只是"驱东复驱西",这些只会种田的农民,"执枪不解刺,执弓不能射",又怎么去抗击敌人?最终不唯于国无补,也使小民百姓落得饥寒交迫、无家可归的下场。这段叙述,正是作者代乡民立言,字字血,声声泪,反映了诗人为民请命的思想。《宋史》说尤袤任官时关心民间疾苦,由此也可作证明。

末段六句是诗人由乡民之苦而直接抒发感慨,发表议论。诗说淮南经兵乱后,死者众多,村庄荒凉,活着的人已在作垂死挣扎,不能再逼迫他们了。这一段是总结前文,把自己的意见提供给当政者,也是诗人作这首诗的目的。

  这首诗,采用了乐府歌谣形式,语言质朴,格调苍凉,模仿杜甫《三吏》《三别》等诗,又直接追踪白居易新乐府。如起首四句写实际情况,以问答表明主题;中间一段通过主人公的控诉,展开矛盾;末尾加以评论,指出不合理现象的症结所在,为不幸者呼吁:这样的结构,与《兵车行》《潼关吏》《无家别》《石壕吏》等诗都有类似之处。结束点主题的写法,更与白居易新乐府相近。尤袤正是主动继承杜甫、白居易"歌诗合为事而作"的现实主义传统,并取得了相当高的成就。

杨万里

杨万里(1127—1206),字廷秀,号诚斋,吉水(今属江西)人。绍兴二十四年(1154)进士,历官知县、太子侍读、秘书监、江东转运副使等。诗初学江西诗派,后学晚唐及王安石,讲究"活法",典雅精工,清新流丽,色彩鲜明,被称为"诚斋体"。尤长于绝句,善于抓住瞬间即逝之景物,赋予新意,灵透活泼,逗人喜爱。有《诚斋集》。

重九后二日同徐克章登万花川谷月下传觞[1]

老夫渴急月更急,酒落杯中月先入。

领取青天并入来,和月和天都蘸湿。

天既爱酒自古传[2],月不解饮真浪言[3]。

举杯将月一口吞,举头见月犹在天。

老夫大笑问客道:月是一团还两团?

酒入诗肠风火发,月入诗肠冰雪泼。

一杯未尽诗已成,诵诗向天天亦惊。

焉知万古一骸骨[4],酌酒更吞一团月。

【注释】

[1] 徐克章:作者友人,生平不详。万花川谷:诗人宅内花园名。传觞:传杯,即饮酒。 [2] "天既爱酒"句:据《后汉书·孔融传》注引孔融语:"天垂酒旗

之耀,地列酒泉之郡。"李白《月下独酌》:"天若不爱酒,酒星不在天。地若不爱酒,地应无酒泉。天地既爱酒,爱酒不愧天。" ③"月不解饮"句:李白《月下独酌》:"举杯邀明月,对影成三人。月既不解饮,影徒随我身。"浪言:随意乱讲。④ 焉知:安知,不管。万古一骸骨:言人生短暂,死后不过留下一具枯骨。

【语译】

我老人家急着要喝上一杯酒,没想到月亮比我还急,酒刚倒进杯中,月亮已经抢先进入酒里。月亮带着青天一起泛在酒中,月亮、青天都被酒浆沾湿。青天喜欢喝酒自古以来就有这个说法;月亮不知道酒的好处,这话说得真是太随便。我举起酒杯把月亮一口吞下,抬头一望,月亮仍然挂在青天。我呵呵大笑向客人询问:月亮究竟是有一团还是两团?酒饮入诗肠,激得我诗兴大发,月亮进入诗肠,仿佛把冰雪浇灌。一杯还没喝完我的诗已经完成,高声对着青天朗诵,天也大吃一惊。我不管他人生短暂死后不过留下一具骸骨,斟满了酒再吞下一轮明月。

【赏析】

这首诗作于绍熙五年(1194),当时诗人退休家居。陈衍《宋诗精华录》称杨万里的诗为"白话诗",这首诗文笔浅显,正是杨万里白话诗中的代表作。

诗写的只是酒、月、天和诗人自己,回环反复。第一联承题,从饮酒起,随手拉入月亮,以"月更急"这样拟人化的比喻,把月与自己安排在对等的地位,为下文的奇思异想做准备。第二联由杯中月,连及杯中天,把人、酒、月、天出齐。第三联由酒中月、天生发议论,驰骋想象,扩大诗境。第四联写饮酒,兼及月、天,抒发自己的豪情,同时以风趣幽默的笔调,把诗趣推到极致。以下数联,把自己与酒、月、天连带而说,由天上月、杯中月而引出月是一团还是二团的奇思,然后扯入酒意诗肠,故作达语,抒发感慨。最后以酒与月作双结,呼应起首。

　　诗活泼跳动,写的仅仅是月下饮酒,但诗人句句设境,思潮坌涌,横谈竖说,一笔一变,如登泰山十八盘,层层转折,步步有景,变幻无穷,这就是诚斋体所强调的"活法"的主要标志之一。诚斋体还强调新奇活泼、风趣幽默,这首诗也完全符合这一要求。诗的设想出人意表,由酒杯中的月影,诗人竟然化虚为实,说月、天都被酒所沾湿,从而又要把月、天都吞入肚中,真是匪夷所思。而"举杯将月一口吞,举头见月犹在天"一类诗句,又充满趣味与幽默感。这样的奇巧构思,加上跳脱排宕的语言,欢快流利的音节,以及诗人超乎寻常的感受,都使这首诗达到了诚斋体的顶峰。

　　宋周必大《省斋文稿》卷十一《跋杨廷秀饮酒对月辞》说:"韩退之称柳子厚云:'玉佩琼琚,大放厥辞。'苏子瞻答王庠书云:'辞至于达而止矣。'诚斋此诗,可谓乐斯二者。"周必大总结杨万里这首诗汪洋恣肆与辞能达意相结合,精辟地说出了诗的好处。我们从本诗注释之中所引的李白《月下独酌》诗片断,可以很明白地看出,杨万里这首诗有意模仿了李白诗的风格,又加以变化,形成了自己的体制。杨万里自己对这首诗也十分自负,宋罗大经《鹤林玉露》

说:"杨诚斋月下传杯诗云……余年十许岁时,侍家君竹谷老人谒诚斋,亲闻诚斋诵此诗,且曰:'老夫此作,自谓仿佛李太白。'"确实,一个人作了这么首好诗,是值得自鸣得意一番的。

过百家渡①

一晴一雨路干湿,半淡半浓山叠重。

远草平中见牛背,新秧疏处有人踪。

【注释】

① 百家渡:在今湖南永州。

【语译】

忽然天晴忽然下雨,路上干了又湿,湿了又干。天边的山峰,重重叠叠,半浓半淡。远处齐刷刷的草丛中,牛背时隐时现;新插秧的田里,秧苗疏处,人的踪迹清晰可辨。

【赏析】

在江西诗派讲究无一字无来处,走入狭窄的胡同后,杨万里自辟蹊径,不事模拟,直接就眼前景、心中趣形诸诗,创造了新鲜活泼、幽默诙谐的诚斋体。杨万里的诗以绝句擅场,这里选的这首小诗作于绍兴三十二年(1162)官永州零陵丞时,很能反映自然界的活趣,是他的代表作之一。

诗由两个对句组成,就像杜甫的绝句"两个黄鹂鸣翠柳,一行白鹭上青天"一样;同时起联又用了拗体,因此在音节上显得跳跃铿锵,充满活力。诗写过百家渡,是路上所见。第一句写气候,时当暮春,正是江南多雨、变幻无常的季节,所以忽而晴忽而雨,路也就干了又湿,湿了又干,一段湿,一段干。第二句写远处的山峦,由于受天气影响,也伴随着乍阴乍晴而呈现出忽浓忽淡、变幻莫测的景色。忽干忽湿,是行路时的直觉;忽浓忽淡,是观察所见,既写了山,又写了云,非常细致。三、四两句写春夏之交田野风光。春耕已过,耕牛悠闲地卧在青草丛中,一阵风吹过,可以见到它黑黑的牛背,这景象,很接近《敕勒歌》所写"风吹草低见牛羊"句;田里刚插好的秧,颜色嫩黄,稀稀疏疏,在清浅的水中,可以见到人们插秧时留下的脚踪。这两句信手拈来,却满含生活气息,使人如临其境。

《过百家渡》计有四首,这里选的是第四首。其他三首,风格与此相仿,都抓住景物的某些特点,在景中见性情,新巧奇特。如第一首"莫问早行奇绝处,四方八面野香来",率尔成句,很直观地说出了野行的感受;又如第二首云"疏篱不与花为护,只为蛛丝作网竿",也即眼前景,发奇想奇思。

过 下 梅①

不特山盘水亦回②,溪山信美暇徘徊③?
行人自趁斜阳急④,关得归鸦更苦催!

【注释】

① 下梅:不详。　② 不特:不仅,不只是。　③ 暇:这里是无暇的意思。
④ 趁:追赶。

【语译】

不仅是山道盘曲,小溪也萦回;青山绿水确实很美,我怎有时间欣赏徘徊?太阳已快下山,我急着抢在天黑前赶路;那归巢的乌鸦,关你什么事,你却叫个不停,拼命地把我逼催。

【赏析】

这首诗作于隆兴元年(1163),诗人时由零陵赴调杭州。

也许是此行的限期很紧,诗人已经倦于行路,所以诗中充满着焦急与不耐的心情。你看,山路盘曲,溪水萦回,这本来是很美妙的景色,如果是闲暇之日,入山寻幽探胜,一定会使人留连忘返,而诗人用"不特""亦"数字,仿佛对本来就应该曲折的山路溪水意见很大。于是,他在第二句干脆说:"溪山美倒是美,可是我哪有空暇来游赏观玩?"这一切原因是什么呢?诗人为何无暇?原来是要赶路,心中唯恐天晚,走得很急。这第三句不仅写出了自己的心情,又通过"斜阳"二字说明时间已晚,呼应前两句为什么对美景无暇徘徊,写得直截明快。由此,逼出了末句,听得乌鸦归巢,阵阵鸣叫,他不禁大怒:我心里已经够急了,你这讨厌的乌鸦,我与你有什么相干,偏要聒噪催人,使我心中更加烦恼!

诗的末句,移情于物,明明是自己心急,与乌鸦的叫声无关,偏要怪到乌鸦头上,不仅很形象地表达了自己的心情,也借物达志,陡起波澜,给诗增添了许多情趣。唐人金昌绪有一首《春怨》诗云:"打起黄莺儿,莫教枝上啼。啼时惊妾梦,不得到辽西。"说一个闺中少妇,思念远征的丈夫,她梦中无法与丈夫相会,醒后迁怒饶舌的鸟儿。明代周在有一首《闺怨》诗云:"江南二月试罗衣,春尽燕山雪尚飞。应是子规啼不到,故乡虽好不思归。"写少妇思念丈夫,可丈夫到春末还没回家,她满腹牢愁,却反说丈夫不知回来是因为那暮春啼叫着"不如归去"的杜鹃鸟,只知道在江南叫,却不飞到燕山去催自己的丈夫回家。杨万里、金昌绪、周在诗所寄托的感情不同,但都把自己的情感通过责备鸟儿来表现,合在一起读,很有趣味。

小 池

泉眼无声惜细流①,树阴照水爱晴柔。

小荷才露尖尖角,早有蜻蜓立上头。

【注释】

① 泉眼:泉水冒出的地方。

【语译】

泉水无声地冒溢,是那么地缓慢涓细,似乎泉眼对它特别地珍惜;树阴映照在水面,仿佛在欣赏着自己婀娜的柔姿。小小的荷叶才露出尖尖一角,蜻蜓就已飞了上去,颤动着薄翅。

【赏析】

小小的池塘,景观非常有限,作者却组合了无声的细流、柔弱的树影、刚冒尖的荷叶、停留在小荷上的蜻蜓这一系列细微的景物,描绘出一幅优美和谐的画面,不禁使人读后对作者敏锐的观察力与准确鲜明的表达力击节叫绝。

笔调清新、善于融景入诗是杨万里诗歌的特点,这首诗便把很单调的小景物写得很有韵味,表现得很热闹。撇开这点不说,诗的用语也很值得玩味。如写泉水涓涓涌出,用了个"惜"字,就再现了那并不很充沛的泉水从泉眼中缓慢涌出,那泉顶只是微微高起,水向四周流溢,泛起了浅浅的涟漪的情况,而诗中"无声""细流"都得到了落实。又如"爱晴柔"的"爱"字,也使人仿佛见到清晰的绿树的倒影在水波中泛摇出的景象。这样,通过将人的感情移入物中的写法,使人对景更有一分亲近感。

这首诗作于淳熙三年(1176),杨万里当时闲居在家。杨万里酷爱大自然,因为闲居,能最大容量地领会自然,咀嚼人生,因此这一阶段所作诗,富有生活气息,意境显豁,语言浅白,节奏轻巧,几与自然融为一体,从而使他所创的"诚斋体"诗风辉煌诗坛。

闲居初夏午睡起

梅子留酸软齿牙①,芭蕉分绿与窗纱。
日长睡起无情思②,闲看儿童捉柳花。

【注释】

① 软齿牙:牙齿因为梅子酸味而难受。 ② 无情思:指无所适从,不知做什么好。

【语译】

酸酸的梅子,吃了好久,还使我牙齿难受非常;窗外的芭蕉叶,一片浓绿,染映着纱窗。夏日悠长,午睡方醒,什么事也不去想;看着院里儿童们捕捉柳絮,来来往往不停地奔忙。

【赏析】

陶渊明弃官回家,北窗高卧,自以为似羲皇上人。后世便常常用此典,作为歌颂隐士闲适淡泊生活的典故。杨万里在这首诗中所写的午睡醒后的闲适,正是师法陶渊明的意趣,而在表达上则改陶诗的平淡为凝练,丰富了田园诗的艺术风格。

诗从初夏时令谈起。江南的初夏,杨梅熟了,诗人尝了杨梅,嘴里还带着酸味;芭蕉叶已肥大了,满院的浓绿,映照得窗纱也一片绿色。这两句扣紧节物,以小见大。诗下语极为洗练,一个"软"字,把食梅后牙齿的难受劲形象地点明,道人所未道;一个"分"字,变静态为动态,色彩很鲜明。

三、四句重点是写闲。午睡本已是闲的表现,但睡醒了仍然无所事事,那就更闲了。用什么来打发时间呢?正好有一群儿童在捕捉柳絮玩,诗人就饶有兴趣地看了起来。这两句,前是因,后是果,一排比,诗人毫无机心、热爱生活的状况,也体现了出来。末句写儿童捉柳絮,很为人所称道。其中一个"捉"字,把儿童们嬉闹稚气的动作再现了出来。这样用,虽然白居易已经用过,但杨万里用在这里密合眼前情态,不显凑泊。杨万里自己也对此很自负,认为这句诗"工夫只在一'捉'字上"(见周密《浩然斋雅谈》)。

杨万里论诗,认为诗要有味外之味,"诗已尽而味方永"。所以他的一些小诗,善于摄取自然与日常生活中小景,捕捉住稍纵即逝的情感,灵活透脱,逗人喜爱。《闲居初夏午睡起》是他的代表作,全诗共二首,这里选的是第一首。第二首也写得耐人寻味,诗云:"松阴一架半弓苔,偶欲看书又懒开。戏掬清泉洒蕉叶,儿童误认雨声来。"饱含生活气息,使人如目睹诗人与儿童相忘于形的状况。

小 雨

雨来细细复疏疏,纵不能多不肯无。
似妒诗人山入眼,千峰故隔一帘珠。

【语译】

细细的,疏疏的,雨儿飘飘洒洒;你下又下不大,停又不肯停下。是不是妒忌我太喜欢欣赏那远处的青山?故意从檐下滴成一层珠帘,遮住那千峰万崖。

【赏析】

生活中任何小事,自然界任何景物,到了杨万里的笔下,总是充满无穷的情趣。杨万里生平游迹很广,他的诗中,写山水的很多；他又特别喜欢雨景，所以写雨的也不少。这些诗，每一篇有每一篇的特点，令人百读不厌。这首绝句写小雨。雨本是没有情的东西，杨万里偏要赋予它与人相同的感情，于是诗便使人觉得格外地新鲜，读了令人发出会心的微笑。

诗前两句刻画小雨，说丝丝细雨，稀稀拉拉地下着，既下不大，又不肯停下。首句以两组叠字状出小雨的情况，非常传神，与他的《雨作抵暮复晴》中"细雨如尘复如烟"句一样，描绘得很细，但有程度上的不同，这里写的是小雨，不是毛毛雨，所以不如尘似烟，而是"细细"与"疏疏"。第二句从雨量上写，不能多又不肯无，不是小雨又是什么？

即使是小雨，下久了，在屋上、树丛中也都渐渐地凝聚成水珠，滴落下来。三、四句便写这一情况。杨万里在《发孔镇晨炊漆桥道中纪行》中也曾描写过这样的雨景，诗说："雨入秋空细复轻，松梢积得太多生。忽然落点拳来大，偏作行人滴伞声。"对雨水滴下采用自然的描写手法。这首《小雨》诗，换用拟人手法，说自己生平喜欢看山，这雨似乎对自己妒忌，有意从屋檐上滴下，组成一张珍珠般的帘子，把那千峰给遮挡。"珠帘"二字很确切，因为雨不大，尚是一点点下滴，如成串的珍珠；如果是大雨，流下的就是水线、水柱，而雨本身就成了帘子了。说雨妒，诗人是在调侃，但这一调侃非常有意思。因了雨的妒，挂上了珠帘，却使原本的景色似乎更加优美。因为是稀疏的珠帘，隔着它去眺望远处的山峰，增加了迷蒙，不比直接看山更富有诗情画意吗？清代蒋士铨《题王石谷画册》中有"不写晴山写雨山，似呵明镜照烟鬟"句，说出了雨中青山的韵味。杨万里眼前的山,正带有这样的韵味,也正是杨万里追求的意境,他在《秋雨叹》中也这样写道:"横看东山三十里,真珠帘外翠屏风。"对隔着窗前珍珠般的雨帘眺望婀娜的青山,充满了喜悦。

诗仿佛不经思考,脱口而出,正如他在《晚寒题水仙花并湖山》诗所说,"老夫不是寻诗句,诗句自来寻老夫"。语言明快而诗意曲折,正是杨万里小诗的特点。

晓出净慈送林子方①

毕竟西湖六月中②,风光不与四时同。
接天莲叶无穷碧,映日荷花别样红③。

【注释】

① 净慈:寺名,在杭州西湖边,与灵隐寺为杭州两大著名佛寺。林子方:名枅,福建莆田人。绍兴二十一年进士,历任秘书省正字、监司、福建路转运判官。为官有政声。　② 毕竟:到底。　③ 别样:非同一般,特别。

【语译】

到底是西湖的六月,风光与四季中任何时候都不相同。那满湖的荷花高举着圆圆的绿叶,密密地直到天边;在初升的阳光照耀下,绽开的花朵,又是那么的红。

【赏析】

六月的清晨,诗人送好朋友林子方离开临湖的净慈寺。一到湖边,他就被自己素来喜爱的西湖的景色所深深地吸引住了。他不禁欣喜地高呼:到底是西湖的美景,这六月里的景色,与四季都不相同。不同在何处呢?就在于这直接映入眼中的连片的荷叶,一直与天相接,绿得是那么的苍翠欲滴,而娇嫩的荷花,在初日的照射下,又格外的红艳。

诗的前两句看上去很率意,几乎是未经思考,脱口而出,却为后两句作了铺垫,提出了强烈的悬念,又点明了时地,犹如铺开了一张白纸,为后两句用浓笔重色大加渲染作了准备。三、四句是铺陈不同于四时的六月独有景色——满湖的荷花。在写时则将荷叶与荷花分开来写,叶是无穷碧,花是别样红,这鲜明的色彩,构成浓艳的画面,而这色调,在美学角度上,又是欢快心情的体现。

我们再细细品味,西湖四时风光不同,早晚又何曾相同?杨万里这首诗写清晨,便有清晨的特点:太阳刚出来,光线还不强,西湖便显得格外广阔;清晨的荷叶,也比白天更加碧绿、挺拔;初阳的光芒,本带微红,照在红色的荷花上,又布上了一层红晕,便红的"别样"。从这些,都可看出杨万里的匠心,这首诗流传人口,绝不是偶然的。

原诗共有两首,这里选的是第二首。第一首写拂晓情景,云:"出得西湖月尚浅,荷花荡里柳行间。红香世界清凉国,行了南山却北山。"用"红香世界清凉国"写湖中荷花,饶有风味。读了第一首,再从时序上去推敲第二首,可以想象,诗人见到日方出时的荷花的欣喜心情由来有自;也更能体会第二首的境界。

凡是在杭州住过的人,莫不赏叹西湖四时景色不同的美。苏轼《赠刘景文》云:"荷尽已无擎雨盖,菊残犹有傲霜枝。一年好景君须记,正是橙黄橘绿时。"杨万里喜欢六月中,苏轼赞美秋末冬初,各有眼力怀抱。

送德轮行者①

沥血抄经奈若何②,十年依旧一头陀。

袈裟未着愁多事③,着了袈裟事更多。

【注释】

① 行者:行脚乞食的僧人,梵语称头陀。　② 沥血:刺血。佛家以刺血抄经为积功德。　③ 袈裟:和尚穿的法衣。

【语译】

你虔诚地刺血抄经又有什么结果?十年了,还是当年的一介头陀。没出家前你嫌世事烦人,难以忍受;没想到出家后,俗事比以前更多。

【赏析】

清王士禛《香祖笔记》卷九及清人所撰《笑笑录》卷四记有这么一则故事:清初名士吴蔺次在广陵时,见到有个和尚名叫大汕,天天出入督抚将军及布政司等衙门。有天,大汕向吴蔺次诉苦,说:"每天要没完没了地应酬,真让人受不了。"吴听了,笑着回答:"你既然受不了这些俗事的干扰,为什么不出家去做和尚?"这则故事说的主题思想,正密相吻合了杨万里这二句诗:"袈裟未着愁多事,着了袈裟事更多。"

世界上的事往往与初愿相违。和尚出家,本意是要远离世事,脱离红尘的扰攘,可德轮行者入了空门后,十年来沥血抄经,谋求广积功德,可从来没得到解脱,烦恼比以前更多了。杨万里由德轮的事生出感慨,以十分诙谐的语调,写出了佛门中空而不空的现象,具有一定的讽刺意义,不一本正经地说理,同样给人以彻悟。

杨万里这首诗除了讽刺意味外,也从另一角度告诫人们,要有面对现实的勇气,靠逃避不是上策。世界上的事往往不能自己做主,有时根本无法逃避。曾记得还有这么个小故事:某诗人游览寺院,与寺内和尚谈得很投机,临行时高咏唐人诗句"因过山寺逢僧话,偷得浮生半日闲"以表示高兴。没想到和尚说:"您是偷得半日闲,老僧却是增加了半日忙碌。"像这样的和尚,肯定不会"着了袈裟事更多"。

关于本诗的解释,历来也不一致。宋罗大经《鹤林玉露》说:"今世儒生竭半生之精力,以应举觅官,幸而得之,便指为富贵安逸之媒,非特于学问切己事不知尽心,而书册亦几绝交。如韩昌黎所谓'墙角君看短檠弃',陈后山所谓'一登吏部选,笔砚随扫除'者多矣,是未知着了袈裟之事更多也。"认为杨万里诗是规劝世人做官后仍然应该努力学习,不断有新的进步。明田汝成《西湖游览志余》卷十四则认为杨万里揭示的是生活中的矛盾心理,没做官前想做官,做了官又想退隐。田汝成云:"杨廷秀赠抄经头陀诗云……又有住山僧者,或谋攘之,僧乃挂草鞋一双于方丈前,题诗云:'方丈前头挂草鞋,流行坎止任安排。老僧脚底从来阔,未必枯髅就此埋。'愚谓前一诗可为士人筮仕进解褐之规,后一诗可为士人勇退抽簪之法。"这些观点,都有助于理解这首诗的丰富涵义。

田 家 乐

稻穗堆场谷满车,家家鸡犬更桑麻。

漫栽木槿成篱落①,已得清阴又得花。

【注释】

① 木槿:落叶灌木或小乔木,高七八尺,开各色大花,农民多种作藩篱。

【语译】

稻穗堆满了打谷场,稻谷也装满了车;家家户户畜养了鸡犬,又种了桑麻。随意栽种的木槿已围成了篱笆,既享受了清凉的树阴,又欣赏到美丽的花。

【赏析】

杨万里反对江西诗派的生吞活剥、闭门造车,斤斤于词句的斟酌斧削,因此他提倡走向自然,"闭门觅句非诗法,只是征行自有诗"(《下横山滩头望金华山》),所以诗多直抒胸臆,其中有很大一部分是写农村生活的,这首《田家乐》是他在淳熙十六年(1189)从筠州赴杭州途中即目所作。

杨万里曾经说过:"升平不在箫韶里,只在诸村打稻声。"可见他对农民的收成特别关心,以丰年作为国家太平强盛的保证。这首诗写农家乐,就是从丰收来写。诗前两句写丰年景象,稻谷堆满了场地,装满了车,家家院子里养着鸡犬,四周种植着桑麻。诗通过眼前所见,写明丰收后,农民的吃穿有了着落,这对农民来说,确实是一件最大的快乐事。三、四句再进一步写农家的乐趣,说他们的院子以木槿作篱笆,既得清阴,又能观赏到鲜花。这是从自己这边来写,带有对恬静的农家生活的向往在内,同时仍然扣紧丰收,只有解决了温饱,才能领略到其他一系列生活中的乐趣。

农民的生活固然艰苦,但有丰年有灾年,遇到丰年,对欲望不高的农民来说,自有其乐趣。杨万里写过许多反映农民遇灾后难以过活的诗,如《悯农》云:"稻云不雨不多黄,荞麦空花早着霜。已分忍饥度残岁,更堪岁里闰添长。"这次他从筠州去杭州路上,还写过《再观十里塘捕鱼有叹》《过白沙竹枝歌》等诗同情人民蒙受的苦难。这些悯农诗在近年特别受到推崇,而写农家乐的诗总被冷落在一边,这种片面的认识是很不正常的。

初入淮河四绝句(选二)

船离洪泽岸边沙[①],人到淮河意不佳。
何必桑乾方是远[②],中流以北即天涯。

【注释】

① 洪泽:洪泽湖,在江苏北部,与淮河相通。　② 桑乾:桑乾河,源于山西朔县,流经北京,至天津入海。清改名永定河。

【语译】

船离开了洪泽湖边的沙洲,进入淮河,我顿时觉得情绪不佳。何必说桑乾河才是极远之处,这淮河中流以北就是天涯。

【赏析】

自从绍兴十一年(1141)宋金和议签订后,南宋与金东以淮河、西以大散关为界,淮北的大片国土正式确定为金人所有。淳熙十六年(1189)冬,金国派使臣到南宋贺正旦,杨万里奉命迎接陪伴。他北行到淮河,眺望北方河山,低徊怅惘,悲感交集,写了《初入淮河四绝句》,这里选的是第一、第三首。

第一首破题,写初到淮河的感受。首二句就把格调降得很低,很压抑。洪泽湖与淮河相通,离湖后即入淮,扣紧"初入淮河"。洪泽湖还是南宋领土,到了淮河就见到了金统治区,所以心情马上不佳。诗人的抑郁、"意不佳"是为什么呢?即"初入淮河",触景伤情。于是三、四句回答感伤的内容。当年北宋与辽国以北方的桑乾河为界线,宋辽使者"年年相送桑乾上"(苏辙《渡桑乾》),而如今却以淮河为界,自己在淮河接金国使者,所以他抚今感昔,无限痛苦。"天涯"二字本指遥远的地方,在此,诗人以之代指南宋人无法去的敌占区,用意等同于"咫尺天涯",可望而不可即,与白居易《西凉伎》中所写"平时安西万里疆,今日边防在凤翔"的感慨十分相似。杨万里此行到淮水边的盱眙时,作过《题盱眙军东南第一山》诗,中有"白沟旧在鸿沟外,易水今移淮水前"句,也说当年宋与辽分界在易水,结果宋人没能收复邻近易水的幽燕地区,反而退到以淮水为边界的地步。二诗诗意一致,可合在一起看。

杨万里在淮河边的悲凄,是南宋很多爱国志士共同的心声。如戴复古《盱眙北望》诗就有"难禁满目中原泪,莫上都梁第一山"句,陆游诗中这样的句子更多。这些诗,都表现了诗人对江山沦陷、收复无望的刻骨铭心的仇恸。

两岸舟船各背驰,波痕交涉亦难为。
只余鸥鹭无拘管,北去南来自在飞。

【语译】

淮河两岸的舟船相背而驰,荡起的波痕也交合不到一起。只剩下水边的鸥鹭没人拘管,北去南来自在飞翔栖息。

【赏析】

第一首,诗人对以淮河作为国界的事感慨伤心,并重点突出"中流以北即天涯"这一事实,这首诗便在"中流"二字上做文章。

在当年大宋的国土上,淮河这条著名的水上通道,如今以中流为界,各自的船都靠着各自一边的岸行驶,不敢相近,互不相干,连船行走的波痕都交涉不到一起去。"相背驰"三字,下得很冷峻,可以想见诗人见到自己国家被如此割裂,一个民族被弄得不能往来也不敢往来时,心中是何等的凄苦悲愤。三、四句,诗转到写水边的鸥鹭,说只有它们是自由的,北去南来,自在飞翔。借鸥鹭的"无拘管","自在飞",进一步说人受到拘管,不自在。南宋诗人经常以鸥鹭、大雁往来飞翔衬托人民不自由、不能互通音问,这是一个例子。

这首诗采用对比,感叹祖国沦陷,人民受异族统治,虽是平平直说,但可以感觉到杨万里压抑在胸头的怒火是何等的炽烈。这种怨而不怒、沉郁顿挫的风格,与他的写景抒情的小诗,体现的又是一种截然不同的趣味。

过松源晨炊漆公店①

莫言下岭便无难,赚得行人错喜欢。
正入万山圈子里,一山放出一山拦。

【注释】

① 松源、漆公店:当在今皖南山区。时杨万里任江东转运副使,赴皖南公干。

【语译】

你们不要以为下山就没有什么困难,这想法定会骗了你们使你们空欢喜一场。我们正进入万山围绕的圈子里,一山放过了你,又有一山把你阻挡。

【赏析】

绍熙三年(1192),杨万里与同伴们外出,费尽气力,登上了高峻的山岭,歇宿在松源的漆公旅店。早饭后,同伴们望着下岭的山路,松了口气说:现在好了,险峻的上山路走完了,余下的路程可不用劳累了。杨万里听了却大不以为然,脱口作了这首诗。

诗起首二句接着同伴们的话,作了交代,接着就告诫大家说:你们不要高兴,不要说接下去没有难走的路了,产生麻痹心理。要知道,我们正处在万山环抱之中,走完了这座山,还有另一座山等着,前途困难正多着呢!

杨万里善于从生活中捕捉写诗的材料,他的一些写景小诗,大多数就眼前所见极平常的现象随手勾勒,成为一首形态生动、景观鲜明的佳作,且充满生活的理趣。这首说理的小诗,也是因为听了同伴的话,偶然触动诗机,随手挥洒而成。诗写得与他的写景诗一样,跳脱不羁,尤其是"一山放出一山拦"句,用拟人化手法,使山富有灵性,诗便充满情趣,富有韵味。作为说理诗,本诗也完全不像理学家的"击壤体"俚俗刻露;而是朋比苏轼的《题西林壁》、朱熹的《观书有感》一类说理诗,就眼前事隐括一个道理,同时在文字外面给人以启发。诗虽是说行路时的事,同时也在比喻人生:人在生活的旅途中,也犹如踏入十万大山,步步充满了艰难困苦,"一山放出一山拦",刚克服了一个困难,度过了一段逆境,取得了一点成就,新的困难、新的目标又在等着你,容不得有丝毫的放松和麻痹大意。

清代大诗人袁枚作诗提倡神韵性灵,诗风接近杨万里,他作过一首《山行杂咏》,也是写经过了一段崎岖山路、迎来了平路时的感想,诗是这样的:"十里崎岖半里平,一峰才送一峰迎。青山似茧将人裹,不信前头有路行。"诗的意境和造语都与杨万里有相似之处,可合在一起读。

朱 熹

朱熹(1130—1200),字元晦,一字仲晦,号晦翁、晦庵,婺源(今属江西)人。绍兴十八年(1148)进士,历知南康军、漳州、秘阁修撰、焕章阁待制。卒谥文。宋代著名理学家,诗富有理趣。有《朱文公文集》。

观书有感

半亩方塘一鉴开①,天光云影共徘徊②。
问渠那得清如许③?为有源头活水来。

【注释】

① 鉴:镜子。 ② 徘徊:这里是倒影荡漾的意思。 ③ 渠:他。指方塘。如许:如此。

【语译】

半亩大小的方塘犹如一面明镜打开,水光里荡漾着蓝蓝的天空,白白的云彩。我忍不住动问:池塘啊,你怎么会如此清澈见底?池塘回答说:喏,全靠上游不断有活水灌注进来。

【赏析】

半亩大小的池塘,像一面明镜呈现在你面前,蓝天白云倒映在水中。这一派美妙的景色,使诗人陶醉。于是,诗人抓住景色的特点——水清加以发挥,唯有水清方才如镜,才能倒映变化无穷的天象。可水何以清呢?是因为上流不断有活水补充的缘故。

从字面上来理解,这是一首写景的诗,以轻松活泼的语言,对明澈似镜的方塘进行赞美。可是当你注意了诗题"观书有感"后,方领会到这位大哲学家原来是借自然界的实例阐明一个道理:一个人要心地澄明,知识渊博,才能如实地对各种事情作出反映和判断,才能充分弄清各种道理;而要做到这点,就得不断地学习,补充新的知识,保持心地的澄明与平静,犹如水塘不断注入活水才不会积滞浑浊。

宋人以理学为诗,很多理学家的诗,呆板酸腐,有的甚至谑浪鄙俚,深为时人及后世评论家所不满。朱熹虽然也作了不少说理诗,大多数成就不高,可也有一些诗写得新鲜活泼。这里还可以举他的《春日》诗为代表:"胜日寻芳泗水滨,无边光景一时新。等闲识得东风面,万紫千红总是春。"这首诗被选入《千家诗》,脍炙人口,但朱熹不可能到金人占领下的泗水去,他是通过这首诗,以东风暗喻孔门道统,表达自己因学习而明白事理、触处皆有生意的感想。因此,陈衍《宋诗精华录》说朱熹登山临水,写了很多诗,但诗的语言多数算不上佳作,只有一些借景说理的诗,没有酸气。

水口行舟①二首

昨夜扁舟雨一蓑②,满江风浪夜如何?
今朝试卷孤篷看,依旧青山绿树多。

【注释】

①水口:在福建邵武东南,宋置水口寨。　②扁舟:小船。雨一蓑:穿着蓑衣站在雨中。

【语译】

昨晚我乘着一条小船航行在江上,天下起雨来,我披上蓑衣,在船上尽情瞭望。一夜来,风急浪高,我在舱中默默地思念,外面的景色究竟变得怎样?今天天一亮,我赶紧卷起船篷仔细观看,原来一点没改,那青山,那绿树,还是郁郁苍苍。

【赏析】

宋代理学家的诗,往往纯粹说理,陈腐可厌,用语则俚俗不堪,常被后世攻讦。朱熹的诗,虽然也讲理,但经常能寄情于景,寓理于趣,清巧绵密,令人喜爱。这两首小诗,写乘舟在江中航行时的所见所思,第一首直书感受,富有生活理趣;第二首着意渲染山水,寄托坦荡胸怀,都是宋人绝句的成功之作。

第一首诗,重点在表现清晨醒来时的瞬间感想。起笔从未睡前写起。诗人乘着一只小船,航行在江中,晚上,下起了雨,他仍然披着蓑衣,站在船头,观望着夜景。船儿顶风冒雨前进着,天黑,什么也见不着了,他回到船舱睡,倾听着外面的风浪声,浮想联翩。前两句虽是直写经过,但颇多转折。"雨一蓑",很鲜明地描绘出船在雨中行走时诗人的形态,大有唐张志和"青箬笠,绿蓑衣,斜风细雨不须归"(《渔歌子》)及苏轼"一蓑烟雨任平生"(《定风波》)的潇洒,反映出诗人随境而安,襟怀大度。同时,诗人晚上冒雨眺望,表现出对山水的迷恋,白天的景色之美也就不言而喻了。次句写满江风浪,换个角度,改用揣测语气。又以"夜如何"之"夜"与上"昨夜"之"夜"有意相重,可见诗人这时已不在船头,已经进舱睡觉。他在舱中,耳听风浪之声,因而发出这样的疑问;通过这一问,又点出入睡后风浪又加大了许多。三、四句说自己清晨醒来,赶快卷起篷窗往外看,见到两岸景色原来和昨天一样,依然满目是青山绿树。这两句承"夜如何"而来,看似不接,实际上接得很巧。"夜如何"包蕴着很广泛的意思,其中最主要的是想知道这一夜的大风大雨,是否使昨天所见的秀丽景色改变了呢?所以诗接写醒来就忙忙地卷篷要看个究竟。这样一蓄势,答案出来后,我们更能体会到他见到青山无恙,绿树常青后的欣喜。这一心情,从"依旧"二字强烈地表现了出来。同时,"青山绿树多"又遥呼首句他冒雨赏春的迷恋之感。

　　诗写的是生活中的一件小事,常年旅行在外的人都有过这样的体会,所以容易引起人们的共鸣。从诗人对风雨的坦然及对青山绿树经历风雨而依旧的赞叹,我们还可以寻绎出诗人所发挥的哲理:禁得起风吹雨打的人处变不惊,禁得起考验的人精神不磨,勇气常存,就如眼前的青山绿树一样。

> 郁郁层峦夹岸青,春山绿水去无声。
> 烟波一棹知何许[①]?鹧鸪两山相对鸣[②]。

【注释】

①棹:划船的桨。这里代指小船。 ②鹈鴂(tí jué):杜鹃。在春暮始鸣,初夏而止,声如"不如归去"。

【语译】

两岸层叠的山峦绿树重重,一派青苍;春天秀丽的山峰无比寂静,绿水也静静地流淌。一只小船冲破了烟波驶去,它要驶向何方?传来阵阵杜鹃啼鸣,在两岸的山中回荡。

【赏析】

第二首写青山绿水,小舟啼鹃,是第一首的延续。诗人在上首着重表现对青山绿树的赏鉴依恋之情,这首便从两岸青山切入。第一句描绘山的青葱,峰峦重叠,生机勃勃。"郁郁"二字写树,但只通过树阴的浓郁来表达树的茂密,避免了质直的描写。次句承上句"层峦"而来,引出江水,表明自己是乘舟在水中航行,写得很轻灵。"去无声"三字很值得玩味一番。首先使人想到舟船航行在水中悄无声息,又使人想到江水平静地流淌,悄无声息,还使人想到两岸的群山密林,也都悄无声息,诗人便被这寂静的世界所深深地陶醉了。通过前两句,呈现了一派和穆恬淡的世界,与第一首所写的满江风浪、漫天雨丝成鲜明对比,使人有置身画中的感觉,分外赏心悦目。

下半以问句作过渡,导景入情,接得很密,转得很稳。诗人面对着青山绿水,赏玩不尽,忽然一只小船闯入他的视线,冲破蒙蒙烟水,飘然远飏,打破了眼前的岑寂。这船引发了他的遐想,他不禁设问:那是谁的船?它要往何方?从这一问中,我们可以体会到,诗人已由对景物的热爱,转而羡慕起住在这里的人,从而勾起了他的羁旅情怀。由此,诗在末尾抒情,但竭力荡开,纯用景语作暗示,说两面山中传来了阵阵杜鹃的啼声。这样的表达十分含蓄,杜鹃的叫声是"不如归去",他写杜鹃啼鸣,正是寄托自己离乡背井的愁思,但出语仍是那么的清绝,令人击节。

全诗前后两半的对比色彩很明显,前两句写静,山水寂寞,绿树葱翠;后两句写动,小舟冲破烟波,杜鹃应答酬和。这样描写景色,正隐示了诗人心情从恬静到激动的过程,使诗不是如一般的写景诗单独地停留在写景上。朱熹的诗就是如此,凡要表现一个内容,总要捎带上一些该内容以外的东西,同时往往又不肯明白地说出来。

志 南

志南,诗僧,生平不详。朱熹曾跋其诗,称其诗清丽有余,格力闲暇,无蔬笋气。

绝 句

古木阴中系短篷①,杖藜扶我过桥东②。
沾衣欲湿杏花雨,吹面不寒杨柳风。

【注释】

① 系:拴住。短篷:小船。　② 藜:一种草本植物,其干坚韧,古人用来做手杖。

【语译】

我在高大的古树阴下拴好了小船;拄着拐杖,走过小桥,恣意欣赏这美丽的春光。丝丝细雨,淋不湿我的衣衫;它飘洒在艳丽的杏花上,使花儿更加灿烂。阵阵微风,吹着我的脸已不使人感到寒;它舞动着嫩绿细长的柳条,格外轻飏。

【赏析】

这是一首脍炙人口的小诗。如今,只要稍读过一点古诗的人,都能冲口而出"沾衣欲湿杏花雨,吹面不寒杨柳风"二句。很难使人相信,这样清新纤巧的句子,出自一位出家人之手。

诗前两句叙事。写年老的诗人，驾着一叶小舟，停泊到古木阴下，他上了岸，拄着拐杖，走过了一座小桥，去欣赏眼前无边的春色。诗款款道来，纡徐容与，使人可以想见诗人游春时的从容不迫、恬淡轻松的心情。次两句通过自己的感觉来写景物。眼前是杏花盛开，细雨绵绵，杨柳婀娜，微风拂面。诗人不从正面写花草树木，而是把春雨春风与杏花、杨柳结合，展示神态，重点放在"欲湿""不寒"二词上。"欲湿"，表现了蒙蒙细雨似有若无的情景，又暗表细雨滋润了云蒸霞蔚般的杏花，花显得更加娇妍红晕。"不寒"二字，点出季节，说春风扑面，带有丝丝暖意，连缀下面风吹动细长柳条的轻盈多姿场面，让人越发感受到春的宜人。这样表达，使整个画面色彩缤纷，充满着蓬勃生气。

历来写春的句子，或浑写——"等闲识得东风面，万紫千红总是春"（朱熹《春日》），或细写——"花开红树乱莺啼，草长平湖白鹭飞"（徐元杰《湖上》），志南这首诗将两者结合起来，既有细微的描写，又有对春天整个的感受，充满喜悦之情。诗写景凝练，意蕴丰富，读来使人如闻似见。尽管在此之前，"杏花雨""杨柳风"这样的诗境已广泛为人们所用，但真正成为熟词，不得不归功于志南这两句诗。元代虞集脍炙人口的《风入松》的名句"杏花春雨江南"所描绘的意境，除了受陆游诗"小楼一夜听春雨，深巷明朝卖杏花"影响外，或许也曾受此启发。

《娱书堂诗话》载朱熹曾跋志南诗卷，云："南诗清丽有余，格力闲暇，无蔬笋气。如云'沾衣欲湿杏花雨，吹面不寒杨柳风'，予深爱之。"朱熹所说的"蔬笋气",指和尚诗普遍带有的清苦寒酸之气。志南这首诗,语语清淳,从容不迫,在写景时充分注意了春天带给人的勃勃生机,富有情趣,所以为崇尚理趣的朱熹所赞赏。

陈 造

陈造(1133—1203),字唐卿,高邮(今属江苏)人。淳熙进士,历官知县、淮南西路安抚司参议。后退居,自号江湖长翁。有《江湖长翁集》。

望 夫 山

亭亭碧山椒①,依约凝黛立②。

何年荡子妇③,登此望行役④。

君行断音信,妾恨无终极。

坚诚不磨灭,化作山上石。

烟悲复云惨,仿佛见精魄⑤。

野花徒自好,江月为谁白?

亦知江南与江北,红楼无处无倾国⑥。

妾身为石良不惜⑦,君心为石那可得?

【注释】

① 亭亭:耸立。山椒:山顶。 ② 依约:隐约。凝黛:凝眉。 ③ 荡子:外出不归的男子。 ④ 行役:出门在外。这里指外出的男子。 ⑤ 精魄:指化石女子的阴灵。 ⑥ 红楼:泛指华丽的楼房,多指富贵女子所居。 ⑦ 良:实在。

【语译】

　　瘦削的望夫石矗立在青山上,隐约可以看出,她皱着眉头,满怀伤情。我不禁要问:是哪一朝代的女子,丈夫出外,她登上这山,盼望着丈夫回归的身影?石头说:"丈夫出外多年,杳无音信,我心中的怨苦,无穷无尽。我的心啊,永远不会改变,化成了石头,屹立在山顶。"烟云缭绕着她,一片悲惨凄清。我仿佛见到她的精魄,在山头上现形。我似乎听见她在感叹:"盛开的野花有谁来欣赏,江上的明月使谁动情?我知道这江北江南,红楼处处,美女倾国倾城。我化成了石头没有什么后悔,可丈夫啊,你的心可能够像石头一样,不改忠贞?"

【赏析】

　　在中国辽阔的土地上,同名的山很多,最频繁出现的,要算"望夫"这个悲剧性的名字。湖北武昌有望夫山,安徽当涂、辽宁兴城、江西德安、浙江萧山、广东清远都有望夫山或望夫石,陈造这首诗写的不知是何处。各地的望夫山都伴随着这样的故事:丈夫出外,妻子想念丈夫,登山眺望,伤心哀绝,化成石头。因此,富有同情心的人们便给山起名"望夫",并通过吟咏寄托对她的哀婉感叹。陈造这首咏望夫山的诗,就依这样的传说内容展开。

　　诗写在高高的青山顶上,依稀可以见到化作石头的女子站立着。对此,诗人浮想联翩:这是什么时代的人,因为丈夫外出不归而痴情化石的呢?起首四句,写出了眼前望夫石的外形,又同时将当年望夫女子的容貌与心情灌注入石像,起到了既写人又写石的作用。接着,针对上文的提问,诗借望夫女子的口吻,进行回答,说丈夫外出,没有音信,女子抱恨无极,精诚不灭,因而化成了石头。在这样的一问一答后,诗转入旁写,渲染气氛,说在凄惨的云烟缭绕中,仿佛可见到女子的精灵在徘徊着。然而女子化石以后,何以仍然如此悲伤呢?诗继续用女子口吻作答,先以野花、江月两句起兴,写自己的心情,然后说明丈夫不归,是因外面有许多倾国倾城的野花,把丈夫给迷住了,忘了自己的家。因此,她深深的感叹,自己化石虽然不值得,但也在所不惜,可怎样才能使丈夫的心也像石头一样坚强不变呢?

咏望夫山、望夫石的著名作品,唐代有刘禹锡的《望夫石》:"终日望夫夫不归,化为孤石苦相思。望来已是几千载,只似当时初望时。"诗写得很拙朴,但含意很深。王建的《望夫石》则如此说:"望夫处,江悠悠,化为石,不回头。山头日日风复雨,行人归来石应语。"说望夫女子化石后矗立江边,执着地等待着丈夫归来。这些作品,都是从正面着笔描写,说女子的丈夫出外未归,女子殷切地盼望,遂而化石,没有说明她丈夫何以不归,对女子的苦情,也只是停留在痴心地等待上。陈造这首诗,从另一个角度上深层次地揭示女子的不幸:她苦苦地等啊等,望穿秋水,化成了石头;而她所等的人呢,却被其他女子勾住了魂,变了心,根本忘记了家中的妻子。通过这样强烈的对比,女子的等待、化石就成了社会不合理现象的缩影,她本人就成为封建制度的牺牲品了。同时,陈造此诗用乐府体,继承了以往写望夫山作品的风格;在具体写作时,又通过细致的外形描绘,通过问答,深入揭示了化石女子的苦痛心情,语调幽咽清苦,这也是以往同类作品中少见的。

陈傅良

陈傅良(1141—1207),字君举,号止斋,温州瑞安(今属浙江)人。乾道八年(1172)进士,历官太学录、中书舍人兼侍读,宝谟阁待制。卒谥文节。理学家,诗具讲学气。有《止斋集》。

游 赵 园

主人避客竟何之①?雨过停桡落日迟②。
赖有畦丁曾识客③,来禽花送两三枝④。

【注释】

① 何之:到何处去了。 ② 桡:船桨。亦代指船。 ③ 畦:田间小路。畦丁,此指园丁。 ④ 来禽:一名林檎,春天开红花。

【语译】

主人避客不知道躲在何方,雨后天晴,夕阳西下,我停船前来拜访。幸亏园丁认出了我这个常客,送给我几枝来禽,艳丽芬芳。

【赏析】

这首诗的诗题是游赵园,实际上是访友,因为诗人与园主是好朋友,这从园丁认出诗人上很容易得到证实;更何况主人不在,到时又是傍晚,看来诗人只是稍稍休息了一阵就告辞了,根本没有游过园。

诗前两句写去拜访朋友的过程。时当春天,一阵春雨刚过,诗人的船停泊在岸边,夕阳西下,照着四周秀丽的景色,诗人想到这里离老朋友家很近,就上岸去拜访他,没想到扑了个空。诗采用倒装句,强调主人不在,使诗的气氛略显低沉,为下半首蓄势。主人不在,却说他"避客",带有几分调侃,也带有几分赞许,因为怕打秋风的人与高士在避客上是相同的。三、四句写不遇后的事,写得很豁达有趣,以"赖有"二字作转折,说主人虽然不在,但园丁却认出了自己这个常客,送上几枝来禽花。这样一转,把不遇的不快全部冲洗一尽。

一个热爱生活的诗人,自然会对生活中种种缺陷抱坦然态度。访客不遇,本来是一件扫兴的事,诗人偏偏从中发掘出令人惬意的情趣来。《世说新语》中有则著名的故事,说王子猷在雪夜忽然想起住在剡溪的朋友戴安道,就乘舟去看他。船行一个晚上才到,可王子猷忽然改变了主意,调转船头回家。人们问他为什么,他说:"吾本乘兴而行,兴尽而返,何必见戴?"可见,诗人们访友,讲究的是兴致,兴致高了,便去看朋友,即使碰不上,仍然很高兴。如贾岛《寻隐者不遇》诗说:"松下问童子,言师采药去。只在此山中,云深不知处。"就是写访人不遇,没有一点不遇的遗憾。同样,叶绍翁访友不遇,则从"春色满园关不住,一枝红杏出墙来"的景色中获得莫大的慰藉。陈傅良这首诗,也写访友不遇,可是从园丁相赠的来禽花中,他仍然获得了访友的乐趣,也许在日后的追忆中,这件事比访友而遇更多了几分趣味。

刘 过

刘过(1154—1206),字改之,号龙洲道人,太和(今属江西)人,终身未仕。著名词人。诗与词风格相同,豪宕激越,沉雄悲壮,充满爱国热情。有《龙洲集》。

题润州多景楼①

金山焦山相对起②,挹尽东流大江水③。
一楼坐断水中央,收拾淮南数千里。
西风把酒闲来游,木叶渐脱人间秋。
烟尘茫茫路渺渺,神京不见双泪流④。
君不见王勃才名今盖世⑤,当时未遇庸人尔;
琴书落魄豫章城,滕王阁中悲帝子⑥。
又不见李白才思真天然,时人未省为谪仙;
一朝放浪金陵去,凤凰台上望长安⑦。
我今四海行将遍,东历苏杭西汉沔⑧。
第一江山最上头⑨,天下无人独登览。
楼高思远愁绪多,楼乎楼乎奈汝何?
安得李白与王勃,名与此楼长突兀。

【注释】

① 润州:今江苏镇江。多景楼:在镇江市东北北固山上,知州陈天麟建。 ② 金山焦山:在镇江西北及东北,均在江中,东西对峙。 ③ 挹:汲取。 ④ 神京:神州京师。此指北宋京城汴京。 ⑤ 王勃:唐诗人,初唐四杰之一。 ⑥ "琴书"二句:《唐摭言》载,王勃十四五岁到南方去看望父亲,经过豫章(今江西南昌)。当时太守新修滕王阁,设宴阁上,请客人作序文,实际上已让自己的女婿写好了。王勃也参加了宴会,他见座客纷纷谦让,轮到自己,毫不推辞,挥笔便成,文采惊人,在座的人无不钦佩。帝子,指滕王李元婴,唐高祖之子。王勃《滕王阁》诗有"阁中帝子今何在,槛外长江空自流"句。 ⑦ 放浪:放情、浪游。 ⑧ 凤凰台:在今南京市。李白作有《登金陵凤凰台》诗,有"总为浮云能蔽日,长安不见使人愁"句。 ⑨ 苏杭:苏州、杭州,指今江浙一带。汉沔:汉阳、沔阳,指今湖北一带。 ⑩ 第一江山:梁武帝曾称北固山为"天下第一江山"。

【语译】

金山与焦山兀立江中,相对而起,面向着滔滔不绝东流的长江水。多景楼巍然矗立在水中央,眼前可望尽淮南数千里大好河山。在萧瑟的西风中我带酒乘闲到此一游,树叶渐渐黄落,时令已是初秋。烟雾尘沙弥漫了天空,北望是渺渺一片,我见不到昔日的京城,满怀忧愁。你没见到王勃的才名今天被认作盖世无双,他当时不为人知,被当成凡夫俗子,带着琴书流落到豫章;登上了滕王阁,写诗作赋,感慨悲伤。你又不见李白的才思真是人间第一,人们不知道他是神仙下凡,一旦浪游到金陵,在凤凰台作诗高吟望长安。如今我也把四海都将走遍,西边到过汉沔,东边到过苏杭。如今站在北固山的最高处,眼前没一人,独自在这里骋目游览。楼高我的思绪深远、愁苦也多,楼啊我又能对你如何?怎能够像李白与王勃一样,名声与这楼永远高耸巍峨!

【赏析】

据宋岳珂《桯史》卷二《刘改之诗词》条载,开禧元年(1205),刘过游镇江,当时岳珂在军中管粮,刘过与岳珂、章升之、黄机等人四处游览,凡名胜之处,都作有诗。这首题多景楼的诗当时最为同伴所欣赏,章升之"为之大书,词翰俱卓荦可喜",属岳珂刻在多景楼上,因事未果。岳珂《桯史》录诗全首,字句与刘过集中所载多异文。

刘过是著名的豪放派词人,这首诗也写得很豪放。因为诗人处在国家多事之秋,对前途充满担忧,对中原沦丧充满伤感,所以豪放中又带有悲壮。

诗前四句为一段,写多景楼的形势,起得很壮阔。诗以多景楼为中心,写它左右有金山、焦山峙立,地势险要,山下是滔滔不绝的江水,控制了淮南数千里。这样一写,为下文在多景楼上眺望抒怀作了铺垫。

"西风把酒闲来游"起四句为一段,转入登楼远眺。诗写自己在秋天登上多景楼,极目远望,但是望不见已经沦陷的中原,悲从中来,泪流满面。这四句风格与前迥异,充满悲伤凄愁。刘过在多景楼写过好几首诗,每首都有这样的情怀,如《登多景楼》云:"北顾怀人频对酒,中原在望莫登楼。"也是写登楼远望缅怀中原怨愁。

国家如此,眼前的局势又很紧张,诗人无由开怀,以下一大段便一泻而下,抒发自己胸中的抑郁之气。刘过是个爱国者,一直以抗敌复国为己任,光宗末年曾上书请求恢复中原被勒令还乡。他的诗中常常充满豪宕激越之气,渴望报国,如《夜思中原》云:"独有孤臣挥血泪,更无奇杰叫天闻。"又如《从军乐》云:"但期处死得其所,一死政自轻鸿毛。"在这里,诗人紧密切合"楼"的典故,举出王勃赋滕王阁、李白游凤凰台的故事,抒发感慨。诗尽管由楼而及滕王阁、凤凰台,因上接北望中原,总显得有所脱节,前人评刘过诗有粗疏之处,就是指这种情况。刘过这首诗在这里作了一个大的跳跃,诗表面上写阁台,实际注目在王勃、李白二人身上。王勃少年以诗文名,后落落不偶,刘过也是如此,四次参加科举不中;李白学书学剑,朝廷不加重用,刘过也出入戎马,终被摒弃。刘过正是为王勃、李白抱不平,同时结合自己身世,为自己怀才不遇、报国无门而忿忿不平。由古代文人的不偶,他想到自己也漂泊四海、浪游天下,如今登上多景楼,心中满腔愁绪,无从发泄。最后,诗仍以王勃、李白为喻,说自己今天在此吟诗,怎能如前人一样名传千古呢?诗感叹了自己目前的遭际,觉得实现抱负很难,所以寄希望于身后,希望也能像王勃、李白一样;可是这希望又很渺茫,他的哀怨便更进一步流露了出来。"楼高思远愁绪多"是全诗主题,也就是诗人在另一首《登多景楼》诗中所说的"景于多处最多愁",他的愁仅仅这首诗又岂能包含一尽呢?

全诗气势雄壮,把身世之叹,结合在登临怀古之中,由中原不见,恢复无望,引出家国之怨;由古人引出自己落落不偶,都很自然。通篇充满牢骚,却又含融不露,充满哀伤,却又慷爽高昂、豪宕激越,充分表达了诗人不甘落寞、勇于进取的雄心壮志。正是这不可扼灭的志向,驱使他终身为恢复中原而奋斗。

姜　夔

姜夔(约1155—1209)，字尧章，号白石道人。鄱阳(今属江西)人。终身流浪江湖，与范成大、杨万里等人唱和。精音律，能自度曲，词名满天下。诗清秀淡远，精致蕴藉，尤以七绝见长。有《白石道人诗集》等。

除夜自石湖归苕溪①

细草穿沙雪半消，吴宫烟冷水迢迢②。
梅花竹里无人见，一夜吹香过石桥。

【注释】

① 除夜：除夕。石湖：在今江苏苏州西南。当时范成大居石湖，号石湖居士。此即以石湖代指范成大家。苕溪：在浙江湖州。此代指湖州。　② 吴宫：指春秋时吴王所建宫殿的遗址。

【语译】

积雪已经融化了一半，茸茸细草，已从沙地探出了头。吴王当年修建宫殿的地方，冷烟弥漫，无尽的河水静静地奔流。那翠绿的竹林间，一定藏着梅花深幽，我虽然看不见，它的清香整夜陪伴着我的船，把一座座石桥抛在身后。

【赏析】

绍熙二年(1191)除夕，姜夔离开石湖范成大的家，返回湖州，沿途写了十首诗,这是第一首。

诗写水程所见。除夕是将春未春的时候,江南的春天来得特别早,所以眼前已是残雪半消,细草露头。接着,诗由自然景色中融进人事,写吴王宫殿的旧址上,只有冷漠的烟雾缭绕,在景中暗寓世事不常、人间沧桑之感。人们每当面临寂寞凄凉的景色,总会牵动怀古幽思,所以这两句在景中寄情,显得很自然。

三、四句又拉回,着意写江南水路,承上"水迢迢"而来。时令正当腊月三十,是寒梅怒放的时候,但河两岸只见到丛丛绿竹,不见梅花,只有梅花的清香,却整夜伴随着船行过了一座座小石桥。这两句,很形象地道出了所经过的水乡的特征。苏州是著名的梅花栽种区域,而河港纵横、石桥遍布也是一大特点,诗写得细致入微。全诗二十八字,却罗列了细草、沙地、残雪、吴宫、寒烟、冷水、梅花、绿竹、石桥九种景物,多是江南水乡早春的特征。唐杜荀鹤《送人游吴》云:"君到姑苏见,人家尽枕河。古宫闲地少,水港小桥多。"诗长期以来受到赞美,姜夔这首诗与之相比,毫不逊色。此外,写闻香而不见梅,也很有韵味,不减王安石"遥知不是雪,为有暗香来"名句。

姜夔当时曾把这诗抄寄杨万里,杨万里回信说诗"有裁云缝雾之妙思,敲金戛玉之奇声",对之高度推崇。

过 垂 虹[①]

自作新词韵最娇,小红低唱我吹箫[②]。
曲终过尽松陵路[③],回首烟波十四桥[④]。

【注释】

① 垂虹:垂虹桥,又名长桥,在江苏苏州吴江区东。 ② 小红:范成大送给姜夔的一个歌女。 ③ 松陵:吴江区。 ④ 十四桥:指沿途经过的众多石桥。

【语译】

我自创的新调,音韵是如此和谐美妙;小红轻轻地唱着,我为她伴奏,吹着洞箫。一曲唱完,小船已摇过了吴江县城;回望经过的水路,轻烟绿波,还有那一座座美丽的石桥。

【赏析】

这不是诗,而像一组诱人的动画片:一叶小舟,泛行在江南的水乡,一座座弯弯的石拱桥,像一道道彩虹,架在河上,倒影在清澈的水波中荡漾。一个读书人,站立船上,吹着洞箫,如泣如诉;一个明艳照人的美女,正低低地唱着歌,那动人的吴侬软语,回旋在轻烟中。两岸的梅花,袭来阵阵暗香……

这组画面,是姜夔为自己写照。姜夔是宋代著名的词人、音乐家,他新创了不少词调。前几天(绍熙二年除夕),姜夔在范成大家里刚创作了后来脍炙人口的咏梅新词《暗香》《疏影》,这是他的得意之作,所以毫不掩饰自己的高兴,说自己所创词音节和谐婉丽。这诗中,小红低低唱的,应该就是这两首新词。自作新词,自己伴奏,由美丽的歌女用动人的歌喉演唱,且又置身在明媚的江南水乡中,是何等的欢快。"小红低唱我吹箫",正概括尽了诗人无边的快乐与舒畅。

前两句是抒写自己的畅达与快感,好就好在直说,且又有后两句作陪衬。后两句一方面勾勒环境,补足前半,又在回首眺望中,寄托了无尽的情思,给人以景外的回味。船是在乐曲中前行,等一曲终了,居然已"过尽了""松陵路",形象地概括了自己在惬意的欢乐中,在艺术的陶醉中,全身心地投入,两岸的一切都视而不见,物我两忘,当乐曲奏完,方才回到现实的状况。而"回首烟波十四桥",浑写一句,又包含了诗人此时此刻无数的心理感慨,称得上神来之笔。

平甫见招不欲往①

老去无心听管弦②,病来杯酒不相便③。

人生难得秋前雨,乞我虚堂自在眠④。

【注释】

① 平甫:张鉴。他是张俊的孙子,曾任州推官,家豪富。　② 管弦:指音乐。　③ 便:适宜。　④ 虚堂:空阔的厅堂。

【语译】

我年龄渐渐增大,已经没有兴趣聆听那急管繁弦;疾病缠身,更不适宜饮酒欢宴。人生在世,难得碰到这秋前消暑的好雨;乘着凉快,请让我自在地在家,一枕酣甜。

【赏析】

诗人在绍熙四年(1193)至嘉泰二年(1202)居杭州,与张鉴过从甚密,这首诗就作于那段时间。好朋友邀请赴宴,自己不想去,这是生活中经常碰到的事。面对这种情况,要借故推辞,很难措词。姜夔这首诗却推辞得很得体,既道出了不想去的原因,又说得不俗,耐人寻味。

诗首句直抒胸臆,表明自己一天天衰老,对世间的事渐渐淡漠,提不起兴致,因此懒得出门,没有心情听到宴饮中的嘈杂的管弦,也更无心应酬。这句是实写,企图通过自己的种种不堪,引起对方的同情,但作为不去赴席的理由,仍嫌不足,于是第二句再加以补足,请出万能挡箭牌,以身体不好,不适宜饮酒为托词,谢绝邀请。这样拒绝,既说明了自己不去的原因,又等于告诉对方,自己的现状,去了后反而会因了自己一人向隅而使满座不欢,于是主人就不便再勉强了。

三、四句说自己不去,但与前两句直接表示不同,换个角度,说自己愿意留在家中。留在家里的理由也很充分,时逢夏末,碰到了难得碰到的好雨,驱尽了残暑,在这样凉爽的天气里,正好可以在家中舒舒服服地睡一觉。虚堂的幽静,与上面管弦的热闹成对比,走向年老而又在病中的他自然适宜乘凉快在家好好休息;而白天高卧,又带有几分高士的闲适意趣,很切合诗人自己的身份。听了这些,张平甫就更加不会因为诗人不答应赴宴而不快了。

姜夔一生困顿失意,为生计所迫,羁旅天涯。他写这首诗时,生活主要依靠张鉴、张镃和范成大的资助,人到中年,彷徨无措,使他倍感寥落。他在《忆王孙》词中自述"零落江南不自由,雨绸缪,料得吟鸾夜夜愁",正是他当时生活及心情写照。这首诗表面上写的是辞谢友人的邀请,三、四句甚至带有些豁达,但隐藏在诗后的是很浓重的牢愁,因此读来使人觉得有些压抑。

湖上寓居杂咏①

荷叶披披一浦凉②,青芦奕奕夜吟商③。
平生最识江湖味,听得秋声忆故乡。

【注释】

① 湖:指杭州西湖。　② 披披:分散状。　③ 奕奕:摇曳貌。商:五音之一。在四季中属秋。商声激厉肃杀。

【语译】

湖中的荷花,叶子已经稀疏,满湖透发着阵阵的凉意;青色的芦苇,在晚风中摇荡,发出凄厉的声响,仿佛诉说着无尽的愁思。我一生颠沛流离,已尝够了浪迹江湖的滋味;如今,猛听得这秋声,禁不住把故乡深深地思忆。

【赏析】

这首诗作于庆元六年(1200),当时姜夔旅食杭州,依托张鉴等人而居。这年,他考进士落第,郁郁寡欢,加以长期漂泊江湖,生活困顿,使他更加心灰意懒,西湖的佳丽风光,触眼皆成愁思,因此写下了这组《湖上寓居杂咏》诗。组诗共十四首,这里选的是第一首。

时逢秋天,湖中"接天莲叶无穷碧,映日荷花别样红"的盛况早已过去,只剩下柄柄荷叶,稀疏离披,在秋风中摇曳,满湖中透着侵人的凉意。岸边的芦苇,在夜风中发出凄凉的声响。这两句写湖上秋景,选取了两种湖中具有代表性的植物,寄以愁思。两句相对,又各嵌以叠字,以"披披"状莲叶扶疏衰败的状况,以"奕奕"状青芦沙沙作响,凝聚着肃杀萧瑟之气,都很入神。第一句写静态,突出环境是衰冷。第二句将静态的景物赋予生命与活力,用拟人化手法,让青芦变成有忧愁、能叹息的生物,诗人自己的心情也就深深地寄托在笔下的景物之中了。

上句的"夜吟商",即发出愁怨肃杀的声息。秋声秋气,令人哀怨,诗人们已经反复形诸吟咏,宋玉《九辩》"悲哉秋之为气也"一句,也早已成为诗人固定的情思,聆听着秋声,姜夔同样心潮起伏。他首先想到的是自己飘零的身世,于是深深地感叹,我这一生,浪荡江湖的滋味真是尝够了,因此听到这秋声,顿生思乡之情。这两句,是姜夔倦游情怀的总申诉,"江湖味"三字,凝聚着无数的愁怨;"最识"二字,又包含着无数的辛酸。"听得秋声忆故乡",只是思绪的一端,实际上,他离乡背井,辗转江湖,怀才不遇,壮志难酬,落到眼下这有家难归的地步,何止仅仅"听得秋声忆故乡"而已!"白头行客,不采蘋花,孤负熏风"(《诉衷情》),"文章信美知何用,漫赢得天涯羁旅"(《玲珑四犯》),"南去北来何事,荡湘云楚水,目极伤心"

(《一萼红》)……他在词中表现的落寞伤感,我们在这首诗外同样能品味到。

全诗写得低回凄迷,感人肺腑。前两句用比兴,以景抒情;后两句用赋体,直抒心臆。深远惨淡的景色,哀怨迷离的情思,在诗人的笔下缓缓流出,读后令人伤叹。清陈廷焯《白雨斋词话》说姜夔的词"清虚骚雅,每于伊郁中饶蕴藉",移评比诗,也很允当。

姑苏怀古[①]

夜暗归云绕柁牙[②],江涵星影鹭眠沙[③]。
行人怅望苏台柳[④],曾与吴王扫落花。

【注释】

① 姑苏:即今江苏苏州市。　② 柁牙:船舵,形状突出似牙。此代指船。③ 涵:这里是包容的意思。　④ 苏台:姑苏台,在苏州吴中区西南,是吴王夫差所造。夫差为春秋时霸主,他为父报仇,打败越国。后宠爱西施,醉生梦死,终被越国所灭。

【语译】

在朦胧的夜色中,一片片云儿,急遽地掠过船旁。清澈的江水,静静地流淌;天上的星辰,在水波中荡漾,闪耀着光芒。沙滩上的白鹭,早已睡熟,没一点声响。我默默地望着姑苏台,带着几分惆怅:那迷蒙的柳树,经历了多少年的风霜?是它,曾用低垂的细条,为吴王扫拂着满地飘坠的花瓣。

【赏析】

怀古绝句一般首句入题,点明所怀的对象,如以咏怀古诗闻名的刘禹锡,《西塞山怀古》就以与西塞山有关的战争"王濬楼船下益州"开始;他的《金陵五题》,也都在首句以古迹、地名来揭开怀古内容,姜夔这首诗以景语发端,超出了常格。

诗前两句写在姑苏所见:夜色苍茫,云彩低垂,匆匆地飘过了停泊的船边,江水静静地流着,天上的星星倒映在水中,白鹭安闲地在沙滩上休眠。这两句全是写景,形象地勾勒了姑苏水乡的风貌。在描写手法上,出句是写动态,对句是写静态,描画出一个清幽的境界,格调很低抑,看上去与诗题怀古不相干,却暗逗下文,为感叹胜事不常、人生几何定调。

眼见着那匆匆飘过的云朵,是否会产生人生就如云朵一样,变化须臾,匆匆而过的想法呢?言云而下一"归"字,不正说自己流浪无归吗?而江水流淌,星光映照,这些永恒存在的景物,不又极容易激发人对流逝的往事叹息?熟睡的鸥鹭,毫无机心,又极容易导致人们想到世间争名夺利的龌龊。于是,这种种景物的诱发,使诗人马上由姑苏想到了春秋时的吴国,想到了吴王建造的姑苏台,进一步想到了那姑苏台畔的杨柳,弯垂的枝条拂地,也许当年它拂扫过满地的残花,目击过吴国的兴亡。三、四句是怀古,过渡得不露丝毫生硬痕迹。诗仅选取杨柳作为历史的见证,寄托无限兴亡盛衰的感慨。既是怀古,又借夜色中的杨柳,回环照应上半的写景。

姜夔这首诗在造语及结构上都很有特色，如言云则说"归""绕"，写星光倒映则下一"涵"字。上半全写景，离题很远，第三句用"怅望"二字收束，加强句意，使诗既有笔力，又见情韵。同时，诗用永恒的江水、星辰、古老的柳树来反衬人事的短暂，称王称霸不值一谈，也得怀古诗的精髓。李白有首著名的《苏台览古》诗，也是写姑苏台的，诗云："旧苑荒台杨柳新，菱歌清唱不胜春。只今唯有西江月，曾照吴王宫里人。"也写到了姑苏台的杨柳，也用永恒的月亮来衬托吴王称霸的短暂，姜夔的这首诗从命意上有继承李白处，但在环境的勾勒上，更为幽雅生动。由于诗命意新巧，宋罗大经《鹤林玉露》说杨万里很喜欢朗诵这首诗。

林 升

林升,淳熙时士人,生平不详。

题临安邸①

山外青山楼外楼,西湖歌舞几时休?
暖风熏得游人醉,直把杭州作汴州②!

【注释】

① 临安:南宋都城,即今杭州市。邸:旅店。 ② 汴州:北宋都城汴京,即今开封市。

【语译】

青山连着青山,高楼接着高楼;西湖内外这轻歌曼舞什么时候才能消停罢休?扑面的暖风熏得游人们昏昏如醉,简直把这杭州当作了汴州。

【赏析】

宋朝自从把中原地区拱手让给金人后,偏安一隅,随着时间的推移,对恢复中原的大计日益淡漠,上至帝王将相,下至士子商人,大多数沉沦于奢侈享乐,在西湖上朝朝买醉,暮暮笙歌,一时西湖有"销金锅"的称号。一些爱国志士,对此义愤填膺,纷纷指责统治者醉生梦死,不顾国计民生。这首诗的作者是个默默无闻的人,但这首题在杭州旅店墙上的诗,辛辣地讽刺了时政,表现了自己的忧虑,引起了很多人的共鸣,成为传诵最广的咏西湖的诗词之一。原诗没有题,现在的诗题是后人加的。

诗以景起兴。那西湖边上,青山外又是青山,山山重叠不断;高楼外又是高楼,楼楼紧密相连。这句用粗笔浓墨涂抹出了西湖天然的景色与人为的建筑,概括与再现了西湖边当时畸形发展的情况,被后人指为西湖繁华与优美山水的象征性品题。"楼外楼"三字,点出了繁盛,因而下文就接着写人,写那些楼中、山中、湖中的人,轻歌曼舞,无休无止。诗用问句,提出"几时休",就把个人的爱憎都包括了进去。

下半首进一步写人。说那扑面而来的暖风,熏得游人昏昏如醉,使他们忘记了身处何地,把杭州当作了汴州。"暖风"二字,是实写,也是影射,包括了上文所写的歌舞沉醉、靡靡腐败之风。正是这风,使得那些不把国事放在心头的人,根本忘记了这是杭州,忘记了沦陷的国土,更忘记了中原父老、君王之仇。"直把杭州作汴州",犀利的词句,向昏庸的帝王官僚敲响了警钟,不啻是当头棒喝:这样下去,杭州也要像当年汴州一样,被金人的铁蹄蹂躏,想当年,汴州的豪门富户,不也是因为像今天一样,才导致国家倾覆的吗?

这首诗虽然有很强烈的讽刺意味,但却毫不刻露,巧妙地通过了提问、旁述等手法,使诗的底蕴十分深厚。

徐 照

徐照(？—1211)，字灵晖，一字道晖，号山民，永嘉(今浙江温州)人。与徐玑、翁卷、赵师秀合称为"永嘉四灵"，所作以近体见长，采用白描手法，讲究炼字炼句。有《芳兰轩集》。

和翁灵舒冬日书事①

石缝敲冰水，凌寒自煮茶②。
梅迟思闰月，枫远误春花。
贫喜苗新长，吟怜鬓已华③。
城中寻小屋，岁晚欲移家。

【注释】

① 翁灵舒：翁卷，字灵舒。与徐照同为"永嘉四灵"之一。 ② 凌寒：冒着寒冷。 ③ 华：花白。

【语译】

我在石缝间敲开坚冰汲取泉水，冒着寒冷烹煮着香茶。梅花迟迟未开，使人想起今年是闰腊月；远处的枫叶，红红火火，让人误认是迎春的鲜花。生活贫寒，见了新苗自然地产生了欣喜；吟着诗句，感叹双鬓已都是白发。我想到城中去寻间小屋，在这岁暮搬去住下。

【赏析】

四时代序,流光转移,诗人有感于内,往往借吟咏来寄托怀抱。徐照这首冬日书事诗,虽然是和作,但不为和韵所囿,自抒真情,精心锤炼,词巧意新,受到后人赏识。原诗共三首,这是第一首。

诗题是"冬日书事",首联就点出时令,带出"事"来。诗写自己在寒冷的冬天,凿冰取水,煮茶品茗。徐照酷爱饮茶,叶适《徐道晖墓志铭》说他"嗜苦茗甚于饴蜜,手烹口啜无时"。可见这联是诗人真实地记载自己的日常生活及嗜好,抒发自己的情趣。通过这两句,我们仿佛可见诗人正对着茶炉,享受着"雪乳已翻煎处脚,松风忽作泻时声"(苏轼《汲江煎茶》)般的乐趣,更可推想,窗外天寒地冻,诗人与二三知心朋友,品茗清谈的雅况。

次联写冬日的所见所思,微妙工巧,是徐照诗中名句。已经是腊月,自然使人想到梅花,可是梅花还没有开放,原来今年是闰腊月,冬天特别长;远处的枫树,还残留着红叶,在冬天的萧瑟灰暗的背景中,被误认为早放的春花。这联摹写江南冬景很逼真,用笔虚实相间,该开的花没开,却错把枫叶当花,可见诗人对春的向往。两句看似不相干,实际上是以"思花"这一主观愿望作驱使,以感情为统属。永嘉四灵的诗模仿晚唐,讲究苦吟,有意与江西诗派相对立,但这联的格律音节、造句炼字,都很接近江西诗派,所以元方回评说:"思字、误字,当是推敲不一乃得之。"清纪昀也评说:"故为寒瘦之语,然别有味。"

上联"思闰月""误春花"都传达了一个信息,即诗人希望凛冽严寒的冬天早些过去,温暖的春天早些到来。这是为什么呢?颈联便由客观转到主观来作说明,披露自己的内心。诗说,因为贫,冬天便难过,见到田里过冬的麦苗很高兴。冬天的麦苗是不会长的,诗人所说的"新长",实际上是心理作用,表现盼它快长。由冬天的漫长,年关将近,又使他感叹岁月流逝,双鬓花白,愁思无穷。这一切,使他产生了逃离农村的意思,导出了尾联想要搬家,免得再见到这一幕幕景色,触动忧愁。

自君之出矣

自君之出矣,懒妆眉黛浓①。
愁心如屋漏,点点不移踪。

【注释】

① 眉黛:黛是古代女子用来画眉的颜料,因称眉为眉黛。

【语译】

我的夫君,你知道么?自从你出门远去,我百无聊赖,再也提不起精神来梳妆打扮。我的愁像什么?是了,就像那破旧的屋子漏下来的雨水,一滴接着一滴,绵绵不绝,总是滴在那同一个地方。

【赏析】

"自君之出矣"是古乐府杂曲歌辞名,写女子思念丈夫。诗起于徐幹《室思》:"自君之出矣,明镜暗不治。思君如流水,无有穷已时。"自后,诗的结构,均是前两句实写,表示离别后对丈夫的思念;后两句用比喻虚写,表达自己的情意。如梁范云诗:"自君之出矣,罗帐咽秋风。思君如蔓草,连延不可穷。"唐李康成诗:"自君之出矣,梁尘静不飞。思君如满月,夜夜减容辉。"徐照这首诗采取的也是这一约定的写法。

诗前两句写丈夫出门后,她再也没有心思化妆了。女子爱美,可她因为丈夫不在,连天天要做的梳妆打扮都撂下了,可见她对丈夫思念的程度,以及如今独自一人的孤寂愁苦。诗抬取了平时生活中的具有代表性的一件事予以说明,很有说服力,丈夫不在,懒于画眉,便反衬出夫妇团圆时的恩爱情况,离别后的伤感就加倍突出了。后两句说自己的愁心好比屋漏,一点点一滴滴都落在固定的地方。这个比喻很新颖。屋子漏了,象征着美满的生活出现了缺陷,隐指丈夫远出;屋漏不绝,是愁心不绝的写照;屋漏不移踪,又表示了她的愁心是那么的专一,她对丈夫的思念是那么的执着不移。

诗明白如话,带有浓重的民歌意味,置于南朝民歌中,毫不逊色。"永嘉四灵"的作者,无论是写景还是抒情,都给人以细腻新鲜的感觉,这首小诗是一个很典型的例子。

以雨滴不移喻愁心不变,杨万里的《细雨》也曾用过。杨诗云:"孤闷无言独倚门,梅花细雨欲黄昏。可怜檐滴不脱洒,点点何曾离旧痕。"两首诗可以合起来参看。

韩 淲

韩淲(1160—1224),字仲止,号涧泉,信州(今江西上饶)人。韩元吉之子,出仕不久即归隐。与赵蕃齐名,称"二泉"。诗受江西诗派影响,但较轻快。有《涧泉集》。

五月十日

片月生林白,沿流涧亦明。
幽人方独夜①,山寺有微行②。
野处偏宜夏,贫家不厌晴。
薰风吹老鬓③,腐草见飞萤④。

【注释】

① 幽人:隐士,幽居之人。 ② 微行:散步,缓缓行走。 ③ 薰风:夏天吹的东南风,或单指南风。 ④ "腐草"句:出《礼记·月令》:"季夏之月,……腐草为萤。"季夏即农历六月。

【语译】

一片月亮在黄昏后升起,把树林照亮;它又仿佛沿着溪流而上,把山涧洒满了清光。我一个人幽居在深山,碰上这美丽的夜晚,禁不住步出了小寺,在路上悠闲徜徉。住在郊野的人,没有暑气的侵扰,最适宜夏季的气候,贫苦人对晴天也特别地盼望。和暖的南风吹动我稀疏斑白的鬓发,腐烂的草丛中,有萤火虫在飞来飞去,闪闪发光。

【赏析】

　　这首五律,写夏日山居情怀,写得格高意深,是韩淲集中佳作。诗虽然是律体,但不拘泥于一般律诗讲究的起承转合,也不强求声韵对偶,一意流转,整散结合。韩淲是江西诗派中诗流传下来最多的作家,存世诗作达二千六百多首。他的诗受黄庭坚、陈师道的影响较大,但也有不少诗另走偏锋,不以锻炼生拗为能,转向和婉清淡,这首《五月十日》可作代表。

　　诗层层关联,自然展开。首联写夏夜初临的情况。时当初十,月亮早早地升起,照在林子里,一片光明。随着月亮的升高,又渐渐照着了低处山涧的流水。这两句观察得很细,用语也十分精到,不殚精竭虑,难以写出。首先,诗给月亮所下的定义就很适合初十的月亮,因为是大半个,既不是圆得可称为轮,也不是弯得可称为钩,所以别出心裁称之为片。月亮照着树林,清光如水,诗人又用了个"生"字,既给月光以主动性,又刻绘出天渐渐黑、月光渐渐亮的过程,与《庄子·人间世》"虚室生白"及张九龄诗"海上生明月"有同工异曲之妙。对句写山涧,更令人叫绝。月亮升高,仿佛是沿着流水而上,出语很新;月亮高了,照的角度不同,所以先照到林木,后照低深山涧。通过这两句,境界全出,人们读着,自身似乎也沐浴在月光中,与诗人同赏这无边月色。

在这样的月景中,诗人在做什么呢?第二联逆回,说自己幽居深山,独自一人,在这美好的夜晚,步出山寺,赏月闲行。这联在时序上应该与上面对换,诗人因为步月,才发现和感受到上联所说的美景,但是如果先出此联,诗便显得浅露无味;同时有了上联写景,这联写人方能突出诗人本身的品格与趣味,加深了情韵,这是诗人谋篇高明的地方。元方回评说"三、四亦幽淡",清查慎行评价此联的特点是"流丽自然",都是因此而发。

五、六句说晚上山中,南风阵阵,使人感受不到夏天酷暑的暴虐,贫穷人家特别喜爱晴天。这两句在结构上只是乘思绪所在,随手而出,有些像近代所说的意识流手法。诗中的"野处""贫家"都是指自己,切合此刻步月山中的心情,山中无暑,月光皎好,他自然觉得"偏宜夏""不厌晴"。但是这联是对句,例当分写两事,否则便成合掌,因此,乍一读来,觉得上下阻隔,令人莫名其妙。因而尽管方回在《瀛奎律髓》评中推许说"五、六新美",清冯舒还是批驳说"'贫家'句凑",意思是接得不合情理。清纪昀也批评说:"第六句细思不甚可解。"对此,清许印芳特作转圜,释道:"五、六须合看,又须从对面推勘。凡夏晴必热,城市无林泉避暑,其不宜夏可知。富人多肥腻柔脆,最畏烦暑外蒸,其厌晴可知。野处贫家则反是。此等事理,浅近真实,有何难解?晓岚(纪昀)呆讲本句,故觉其凑而不可解耳。"许印芳解释,有助于人们理解本诗,但诗作到需要人们如此推敲索解,显然落入下乘。这联与前四句比,确实过率。

尾联继续抒发感慨。第三联是以普通的心理代指自己的心理,这联便专门拈出自己的感慨,同时借助景语来表达。薰风吹鬓而加一"老"字,便表现自己叹岁月消逝、没法与自然景观共存的心情。"腐草见飞萤"是点眼前所见,又接应了题目,用《礼记·月令》句,明点月份。

这首诗,前半段即景抒情,后半段寄情于景,没有作过分的雕琢,自然精妙。因此纪昀赞说:"风格遒上,意境不凡,结有人不能化之感,寓意亦深。"

风雨中诵潘邠老诗①

满城风雨近重阳,独上吴山看大江②。
老眼昏花忘远近,壮心轩豁任行藏③。
从来野色供吟兴,是处秋光合断肠④。
今古骚人乃如许⑤,暮潮声卷入苍茫。

【注释】

① 潘邠老:潘大临。　② 吴山:在浙江杭州城内。　③ 轩豁:开朗。行藏:出处,行止。语出《论语·述而》:"用之则行,舍之则藏。"后多指出仕及归隐。　④ 是处:到处。　⑤ 骚人:诗人。

【语译】

满城的风声雨声,原来是重阳佳节悄悄地临近;我独自登上了吴山,眺望着浩荡的大江。老眼昏花,看不清景物,我已经不再计较距离的远近;壮心开朗豁达,再不把出仕与归隐放在心上。自古以来,郊野的景色令诗人们忘情地吟咏;可眼前萧瑟的秋景,却使人黯然神伤。古今诗人都是如此,与我相仿,我眼看着晚潮澎湃,一片苍茫。

【赏析】

宋惠洪《冷斋夜话》载,潘大临说:"秋来景物,件件是佳句。"有年重阳节前,窗外风雨交加,他忽然触动诗思,提笔挥写,刚写了第一句"满城风雨近重阳",有催租人上门,于是意兴索然,没有再作下去。"满城风雨近重阳"句,因其烘托场景自然入妙,尽管没有成篇,却成为千古名句。后来有不少人将这句诗续成全篇,其中以潘大临的老朋友谢逸的三首绝句较为成功。其中一首云:"满城风雨近重阳,无奈黄花恼意香。雪浪翻天迷赤壁,令人西望忆潘郎。"谢逸写这首诗时,重阳刚过,风雨萧瑟,他想念老朋友潘大临,所以借潘诗起句。诗写得全篇浑然,句句精绝,语短情长,令人叹绝。无独有偶,过了大约一百年,即庆元四年(1198),韩淲在重阳前登吴山,正逢风雨,便也借潘诗发端,写下了这首脍炙人口的名作。

诗题是"风雨中诵潘邠老诗",可见,诗人在登吴山时,因遇风雨,触景生情,所以反复吟诵潘邠老这句诗,默然有会于心,因而就潘诗所描写的场景为己用,对以"独上吴山看大江"这样雄浑清旷的句子,扣紧潘大临原诗,将人、事、地点出齐,与原句融成一气,不仅是气势上,而且在情感上,也是那么和谐统一,丝毫不见凑合痕迹,恐怕潘大临不遇催租人败兴,所作也不过如此。因而方回评说:"轩豁痛快,不可言喻。"

诗人站在吴山上,在风雨中远眺,必然会因大自然的壮观而思潮汹涌。诗在首联已把景物出齐,照例这联即景抒情,不过诗省去了历来重阳登高思亲等惯套,在首联苍莽雄壮的气氛后,一变为凄凉悲慨,接得出人意表。诗说自己已经老眼昏花,因而不再把远近距离放在心上。这句,"老眼昏花"是一层,诗人当时不过四十岁,自称老眼昏花,是表现自己面对风雨,有感于时光流逝,岁月催人,老之将至;"忘远近"是一层,接得很妙,因了老眼昏花,看不远,更何况目前风吹雨打,也不可能望远,所以干脆说自己已不把远近放在心上。对句又由抑而扬,说自己胸怀开朗,壮志不改,不管是出仕还是退居,都能做到胸怀坦荡。这样陈述,又与登高所造成的气势相统一,表现诗人积极奋发的精神。

以下两联,夹入议论,继续申述登高引起的感慨。第三联故作平淡之语,以与上联形成跌宕。诗人认为,自古以来,大自然的风光展现在每个诗人面前,都让他们产生各种想法,形诸笔墨,但总不像眼前这派景色,带给人无尽的痛苦感伤。这两句,仍然一放一收,尤其是后一句,密合风雨,写尽了景色给人的感情的潜移作用,所以方回评说:"第六句则入神矣。"最后,诗人以"今古骚人乃如许"句,来强调古今诗人的共同感受;这感受如何,诗不直说,以景语来表达,说"暮潮声卷入苍茫",通过江潮澎湃,诗人独立山上,眼观这苍茫景色,来含蓄地表达内心世界。这样一结,如同黄庭坚《王充道送水仙花五十枝欣然会心为之作咏》"坐对真成被花恼,出门一笑大江横"那样,把意境无限地展拓,让读者自己去回味、思考,所以方回评说:"第八句则感极而无遗矣。"

　　这首诗虽然是借用潘大临诗起句,但全首浑如生成,写景抒情,郁勃纡盘,神完气足。在句法上,又充分吸收江西诗派特点,出入变化,不拘一格,得杜甫律诗之法;方回评全诗"悲壮激烈",就是由此而言。

徐 玑

徐玑(1162—1214),字文渊,一字致中,号灵渊,晋江(今属福建)人,侨居永嘉。历官主簿、县令。是永嘉"四灵"之一,诗风格清苦。有《二薇亭集》。

新 凉

水满田畴稻叶齐①,日光穿树晓烟低。
黄莺也爱新凉好,飞过青山影里啼。

【注释】

① 田畴:耕熟的田地。

【语译】

水灌满了田畦,稻叶似箭,高低整齐;初升的红日把阳光穿透了树林,大地上雾气低迷。黄莺也喜爱这新凉沁人,展翅飞过青山影里,欢快地鸣啼。

【赏析】

这首诗前两句全用白描手法。诗题是新凉,写的是初秋时分,水灌满了稻田,稻正当秀穗的时候,叶子挺拔似箭,整整齐齐;清晨,大地笼罩着霭霭轻烟,日光穿透了林木。这一幅初秋清晨的风景图,使人仿佛置身其中,呼吸着浓重的乡村气息。《红楼梦》第四十八回写香菱学诗,有香菱说的一段话:"诗的好处,有口里说不出来的意思,想去却是逼真的;又似乎是无理的,想去竟是有情有理的。"又说:"'渡头余落日,墟里上孤烟',这'余'字合'上'字,难为他怎么想来!我们那年上京来,那日下晚便挽住船,岸上又没有人,只有几棵树,远远的几家人家做晚饭,那个烟竟是青碧连云。谁知我昨儿晚上看了这两句,倒像我又到了那个地方去了。"确实,好诗就有那么股勾魂摄魄的能力,见诗能引起你对往事的回忆;同样,如果你亲临诗中所述的境界,又会不由自主地想起那首诗来。徐玑这两句诗,就具有这等魅力,每个有农村生活经历的人读了都会浮现自己所见过的这一场景。

前两句写新凉,通联没有正面说天气怎么凉,而是通过景色,让你感受到新凉。三、四句仍不直接写,而是忽然从翩飞的黄莺上发出奇想:那黄莺是不是因为新凉而高兴,所以飞到了青山影里,欢快地啼鸣呢?诗把自己对新凉的感受移到黄莺身上,使新凉的境地更加深化,融合进一切生物中去,诗便由景而生情,透出了无边的灵气来。

写景诗贵在景中含情,纤巧与浑融相结合,这首诗前两句工笔绘景,后两句寄情于景,所以很有感染力。诗中虽然没有人,但读后觉得人无所不在。

翁 卷

翁卷,字灵舒,一字续古,永嘉人。淳祐十年(1183)登乡荐,未仕。"四灵"之一,诗学晚唐,耽苦吟,多佳句。有《苇碧轩诗集》。

野 望

一天秋色冷晴湾①,无数峰峦远近间。
闲上山来看野水②,忽于水底见青山。

【注释】

① 晴湾:太阳照耀的水边。 ② 野水:郊外的水。

【语译】

无边秋色,森森寒意透露在晴日照耀着的水湾;远远近近,映入眼中的是无数层叠起伏的峰峦。我闲来登上山顶想好好观赏一下山下的湖水,却没想到,低头一看,又在水底看见了青山。

【赏析】

这是一首写景诗,写秋天的山水,通过偶然发现的错位,给诗平添了无穷的情趣。

诗第一句写满天秋色给晴天的水湾带来了丝丝寒意。这句写得很笼统,留下了许多想象的空间。"一天秋色",自然使人联想到萧瑟的秋风、清澈的湖水、飘坠的黄叶,甚至于想到昨天刚停的绵绵秋雨,今天放晴的淡淡秋日。"一天"二字,又把景色无限地扩大,附合日朗气清的季节特点。秋色满眼,接下一"冷"字,就把感情锲入,把冷景转化成冷的感觉,诗意便更加浓郁了。第二句切题写放眼瞭望。首句是浑写秋色,这句是具体写山,但又将远近高低重叠的山一笔囊括进诗,又带有浑写的性质。在满天秋色中,放眼看山,大有晋人挂笏看山,叹风景佳丽的意味,表现了作者陶情山水的旨趣。

上两句,一句带写了水,一句概括了山。青山林立,看得很清楚,很尽兴;绿水平铺,难以尽收眼底,稍嫌不足。诗人由下往上看,看够了,就萌发了想由上往下看,好好欣赏绿水全景的念头。于是,诗人乘闲登山了。登上了山顶,向下眺望俯视山下的秋水,结果没想到看到的主景不是水,却是水中青山的倒影。这一漫不经心的描写,是人人碰到过的实事,平时谁也不注意,却被诗人捕捉住,放入诗中,显得那么有趣味。这么一写,又照实了上两句的风景:因为是秋天,水特别的清,所以说"冷晴湾";因为晴,山才投以浓郁的影子,在清水中格外地分明。而这些山,就是上面说过的"无数峰峦"。同时,诗以"忽"字领句,与出句的"闲"字相对应,使景更加突出,也带出了诗人的欣喜。这时候,诗人的心也就随着山与水的交融而深深地陶醉了。

"永嘉四灵"的山水诗就是这样空灵透脱、一波三折,寥寥数笔,给人以很大的艺术享受。近来不少评论家说他们的诗空虚,没有现实内容,恰恰忽略了赞叹山水美本身也是现实内容丰富的表现。

乡村四月

绿遍山原白满川①,子规声里雨如烟②。

乡村四月闲人少,才了蚕桑又插田③。

【注释】

① 川:指河流。 ② 子规:杜鹃,在春末夏初开始啼鸣。 ③ 了:做完。

【语译】

绿色染遍了山峦与平原,河水泛着天光,一片白茫茫。蒙蒙细雨飘洒着,杜鹃的叫声,是那么凄伤。乡村四月又有谁会闲散?农民们刚忙完采桑养蚕,又急着下田插秧。

【赏析】

翁卷作为"永嘉四灵"之一,以苦吟出名,讲究修辞,这首诗却写得很自然,所以受到普遍赞扬。

诗写江南景色,坐实在乡村的四月。诗首句就大开大阖,浓笔涂抹。南方的四月,已红芳消歇,一片浓绿,而浙江的丘陵地带,又多水田湖港,所以诗用两种颜色来分染画面,绿表现陆地,白表现水面。尽管颜色很单调,但很有代表性。且绿后加一"遍"字,白后加一"满"字,不仅切合时间、地点,也使画面无限扩大。第二句点时令。杜鹃是暮春初夏啼鸣的鸟,而江南四月又多连绵阴雨。这样,选了有代表性的禽鸟与气候,补足了题面,又与首句浓绿惨白构成整个清新的初夏山村景图,反映出山村的恬淡幽静。

三、四句转笔写人。四月是农村最繁忙的季节,农民们刚忙完了养蚕采桑,又忙着去插秧了。这两句从上文的写景中度出,所以表现的是一种旁观者的心理,与历来直接刻露地写农民繁忙疾苦的诗不同。诗人欣赏的是没有被紧张的农活所打破的宁静,肯定紧张而有节奏的生活也是一种和谐,是与山光水色默契的,所以说得很平淡。不过对农民生活的辛苦,也很自然地作了描述。这种艺术手法,就是通常所说的"含蓄""蕴藉"。

山 雨

一夜满林星月白①,亦无云气亦无雷。
平明忽见溪流急②,知是他山落雨来。

【注释】

① 星月白:指星星与月亮的光照得很亮。　② 平明:天刚亮时。

【语译】

整个晚上,林子里都洒满了星月的辉光;天上没有一丝云,也没听见有雷震响。天亮时出门,忽然见到溪水流得分外湍急;因此上,我知道别的山曾经下过大雨,水宛转流到这个地方。

【赏析】

"永嘉四灵"都喜欢描写山水形胜,又善于捕捉生活中一两件小事,用轻动灵快的笔墨描写出来,惹人喜爱。这首小诗,写夏天山中夜雨,全用虚写,道人所未道,正是四灵诗中的妙作,在趣味上颇类杨万里的绝句。

诗题是"山雨",偏不从雨入手,反过来,从题外擒入,极力写天晴。诗说整整一夜,月光照着林间,星星在天上闪烁。诗把晴写得很足,还加以"一夜"字,强调整个晚上都是如此,可诗人还嫌不足,进一步说,这一夜不但星月灿烂,连一丝云都没有,也没听见雷声。这第二句,补足第一句,分别从视觉及听觉上写,把晚晴说得很死,不容转圜。三、四句却突然一变,说天明时,见到溪中流水湍急,因此知道这座山以外的山曾经下过一场大雨。这两句也写得很肯定,与上两句组成一对矛盾,出人意表,诗人惊喜的心情,强烈地表达了出来。

诗写雨,不通过正面写,没一句说雨如何,已奇。前两句非但不写雨,反而写晴,更奇。妙在诗描述的不单单是普通的雨,完全是山中的雨,更使人感到奇。如果是在平地上,诗人晚上便会见到远处的乌云、闪电。但因为是在山中,只能见到自己头顶上一块天,见不到山外的山,所以诗人得以放笔写晴,得以在第二天清晨的溪水上做文章,把极其矛盾的两组景象统一在一首小诗中。"永嘉四灵"的诗巧就巧在这种出人意表的构思上,同时在景物中贯注了浓厚的生活情趣。

戴复古

戴复古(1167—?),字式之,号石屏,黄岩(今属浙江)人。一生不仕,浪游江湖,卒年八十余。江湖诗派名家,诗风清健俊爽,近晚唐。有《石屏诗集》。

淮村兵后①

小桃无主自开花,烟草茫茫带晚鸦。
几处败垣围故井②,向来一一是人家。

【注释】

① 淮村:淮河边的村庄。 ② 败垣:倒塌毁坏了的矮墙。故井:废井。也指人家。

【语译】

寂寞的一株小桃树,没人欣赏,默默地开着红花。满眼是迷离的春草,笼罩着雾气,黄昏里盘旋着几只乌鸦。一处处毁坏倒塌的矮墙,缭绕着废弃的水井;这里与那里,原先都住满了人家。

【赏析】

南宋时,淮河流域是宋、金交战的前线,村庄田野都受到毁灭性的破坏,昔日繁华的城市、富饶的村庄,一派萧条。戴复古的这首诗,就是写战乱后淮河边上的一座村庄的情况。

野外的村庄,当春天时,最抢眼的是桃红柳绿、碧草绵绵,诗人就从桃花入手,说桃花盛开,绿草上笼罩着一片雾气,望不到边,在夕阳的余晖中,乌鸦喧闹着。桃花盛开本是一幅很鲜明的画面,显示出勃勃的春的生机,但诗加上"无主"二字,就平添了凄凉与伤惨;而春草笼烟展示的也是万物繁昌的景象,加上"茫茫"二字,隐隐在说,这里的耕地都长满了野草,一片荒凉,末缀上乌鸦这一不吉祥的鸟,不啻在告诉人们,这里已经没有人烟了。诗人匠心独运,把极热闹奋发的春天写得极不堪。不写兵荒马乱,而兵荒马乱已经被包括了进去。

三、四句承上而来。一、二句写景,通过无主的花卉及无人耕种的荒田、盘旋的乌鸦,点出了背景后的人都已被杀尽逃光了,三、四句就更深一层写,说到处都是毁坏了的矮墙围着废井,这儿原来都住有人家。这两句呼应题目"淮村兵后",把景物从大背景中拉回,定格在"村"上,具体写时则混写一句,以住家的破败来囊括兵后一切。家成了败垣废井,屋子自然无存,人就更不用说了。

整首诗以景为主,寄托诗人对遭受兵乱的人民表示深厚的同情和对入侵敌人的仇恨。江湖诗派的作者固然多应酬之作,但当他们的笔触涉及现实生活时,同样有自己深沉的思想。

在中国古代,不知发生了多少次战争,"兴,百姓苦;亡,百姓苦",因而不少诗人通过对战祸的描写,表示自己的哀悼。著名的诗如杜甫《春望》"国破山河在,城春草木深。感时花溅泪,恨别鸟惊心",借草木花鸟以抒愤疾。又如韩偓《乱后却至近甸有感》写乱后的城市情况说:"狂童容易犯金门,比屋齐人作旅魂。夜户不扃生茂草,春渠自溢浸荒园。"戴复古这首诗,很明显借鉴了杜、韩的写法,含蓄地表示情感,很具特色。

江阴浮远堂①

横冈下瞰大江流②,浮远堂前万里愁。
最苦无山遮望眼,淮南极目尽神州。

【注释】

① 江阴:今江苏江阴市。浮远堂:在江阴北澄江门外君山上,取苏轼"江远欲浮天"句命名。堂北临大江,南望城市,为登临胜地。 ② 横冈:当即君山,一名瞰江山,突起平野,俯视长江。

【语译】

我登上横冈,俯视着大江东流;我站在浮远堂前,纵目万里,满怀着无尽忧愁。最使我痛苦的是眼前没有一座山来遮断我的视线;淮南大地,一望无边,都是中原神州。

【赏析】

戴复古由于长期浪游江湖,一生未仕,被称为江湖诗派的代表。他的诗很多写游历江湖的闲适,曾以"贾岛形模元自瘦,杜陵言语不妨村"(《望江南·自嘲》)概括自己的诗风。但他也写下了大量指摘时政、忧国忧民的篇章,这首诗流露的就是对无法收复沦陷的北方国土的深切感伤。

诗前两句写登上横冈,俯视大江,又在浮远堂上远望万里山河,只觉得忧愁郁结,无法排解。诗把登浮远堂一事分作两句写。第一句"大江流"写浮远堂所在环境,前加"下瞰"二字,以说明其高,引出下面的远望,同时以水流无限来寄托自己无尽的哀思。第二句的"万里愁",承上句:一是说长江水流万里,带不去心中的愁怨;一是说眼前的万里江山,使自己产生无穷的愁怨。第三句又接上,"无山遮望眼"照应"万里愁",所以说最苦。第四句点出主题,说明为什么眼见万里会引起愁是因为向淮南眺望,眼前都是沦陷的中原国土。

诗三、四句翻过一层,打破了历来登临诗的惯套。大凡登高,没有不希望看得远的,因而一般登临诗总是对眼前因为有山、有云遮断视线表示伤感,如李白《登金陵凤凰台》:"总为浮云能蔽日,长安不见使人愁。"这首诗偏说望有山遮住视线,免得见到中原,更加深了自己的沉痛,诗人通过不想看而更深沉地表达对中原的怀念。

戴复古还作了一首《盱眙北望》诗,可与这首诗合在一起看。诗云:"北望茫茫渺渺间,鸟飞不尽又飞还。难禁满目中原泪,莫上都梁第一山。"说自己不忍心登高瞭望中原,与这首诗登高瞭望时流露的痛苦心情是完全一致的。

赵师秀

赵师秀(？—1219),字紫芝,号灵秀,永嘉(今浙江温州)人。绍熙元年(1190)进士,官江东从事、高安推官。在"四灵"中排名最末,成就最高。诗工五律,追踪贾岛、姚合,细微精练,多灵气。有《清苑斋集》。

雁荡宝冠寺①

行向石栏立,清寒不可云。
流来桥下水,半是洞中云。
欲住逢年尽,因吟过夜分②。
荡阴当绝顶③,一雁未曾闻。

【注释】

①雁荡:山名。此指北雁荡山,在浙江乐清市东,有灵峰、大龙湫瀑布等名胜。　②夜分:夜半。　③荡阴:雁荡山顶的小湖。湖终年不涸,为鸿雁栖息过冬之地。

【语译】

我走到了溪水边,凭倚着石栏;心中的思潮难以表达,只觉得四周阵阵清寒袭人。那桥下哗哗流淌的泉水,多半是山洞里的白云化成。我多想在这里住上一阵子,可又正逢一年将尽,对着这美景留恋忘返,再三吟咏,不知不觉已过了夜半时分。山顶的小湖是如此地寂静,连栖息的大雁,也一声不吭。

【赏析】

宝冠寺是雁荡山四大名刹之一。雁荡山以瀑布奇峰著名,这首诗打破常规,题目是题宝冠寺,重点不写雁荡的峰岩瀑布,甚至无一字写到寺庙,只是描绘环境的幽静,突出自己的心灵感受。"永嘉四灵"的诗讲究雕镂后的归真,即纯用白描手法,绘景写情,虽然气格有些局促,但在当时江西诗派踔厉诗坛的情况下,无疑是给沉闷中注入了新鲜空气。赵师秀在"四灵"中成就最高,这首诗又是他的代表作,从此可以窥见"四灵"诗风的特点。

诗开门见山,首联就把自己置身在山寺中,写环境,抒感受。诗说自己漫步在寺内,在流水边驻足,凭倚着石栏杆,只觉得有一股说不出的清寒。清寒是人对外部气候的感受,没有什么难以表达之处,诗人何以说"不可云"呢?山中寒冷,又逢岁暮,自然寒气逼人,这不是诗人唯一的感觉。更重要的是如此幽寂的环境,使诗人心中产生了另一种清寒的感受,这感受很复杂,是淡泊名利、淘洗心境、出世达观等种种感受的总和,因此不可名状,难以叙述概括,只能用"不可云"三字来代表。虽然"不可云",但必要抒发,诗接着便巧妙地借景达意,说眼见桥下流来清寒的泉水,想到其源头,抬头观望,岩洞谽然,由此便推测流水的清寒,是因为它是石洞中的云朵所化。这样写,境的清寒与人的高洁全都予以表露了。这种表现方法,就是历来诗家所说的"不写之写","鸳鸯绣了从教看,莫把金针度与人"(元好问《论诗》),不明白说,让读者自己品味。也达到了司空图《诗品》含蓄的标准:"不着一字,尽得风流。语不涉己,若不堪忧。是有真宰,与之沉浮……浅深聚散,万取一收。"

三、四联仍然用前两联手法,一联抒情,一联以景蕴情。环境如此岑寂,诗人的情怀如此淡泊,境与情吻合无间,诗人就不由自主地产生了流连忘返的心情。第三联明白说出自己的情感,在表现时先抑后扬。出句说自己想在这里住段时间,可是正逢年末,非得回家去;因为不能住下,留有遗憾,对句便写自己在幽闃的环境中反复吟咏,不知不觉到了半夜。这样写,又回照了上文。尾联以景色来反衬心情的淡泊。雁荡山顶有湖,四季不干,是越冬大雁栖息的所在,雁荡山即以此得名。诗写听不见一声雁鸣,是实事,同时用以突出夜深时万籁俱静的场面。诗人在这样的深夜尚不回去,他的胸怀就自然可知了。

诗的第二联"流来桥下水,半是洞中云"是众口传颂的名联。诗人通过自己的感受,由水的寒想到高处的寒,由高处又想到云与水的关系,从而把两者相联系,表现那一特定环境与特定心情,所以陈衍评说:"在四灵中最为掉臂游行之句。"赵师秀对云水之间常常产生通感,喜欢把它们组合成一个场景,或硬把它们相互联系,如他在另一首名作《薛氏瓜庐》中写道:"野水多于地,春山半是云。"本诗这联,元方回《瀛奎律髓》曾指出是参考了唐杜荀鹤的"只应松上鹤,便是洞中人"句,这是从构思的角度上来说。如果从赵师秀喜在云与水上做文章的角度上看,诗更接近于武陵《赠王隐人》"飞来南浦水,半是华山云"句。赵师秀以苦吟出名,他曾经对人说:"一篇幸止有四十字,更增一字,吾未如之何矣。"(宋刘克庄《野谷集序》)他在写这联诗时,极有可能受到杜荀鹤、于武陵诗的启发。

赵师秀曾经选贾岛、姚合诗为《二妙集》,他的这首诗的风格即近似贾岛、姚合,诗面不用典故,写景造境简易平淡,结构严谨,意境清瘦,琢磨锻炼得不露痕迹。

约　客

黄梅时节家家雨,青草池塘处处蛙。
有约不来过夜半,闲敲棋子落灯花。

【语译】

黄梅时节雨下个不停,青草池塘传来了阵阵蛙鸣。约好了的人儿,半夜还没来到;我等着,无聊地敲打着棋子,震落了烧尽的灯芯。

【赏析】

江南的春夏之交多雨,这时正当梅子黄时,所以俗称黄梅天。诗起首两句,就用连绵的雨声与喧闹的蛙声,把读者带入了江南的黄梅季节,因此一向为评论者津津称道。

家家雨,处处蛙,是自然界不绝的声响,是外部的描写。与外部相对比的是室内,在这些繁乱的声响里,室内却静悄悄的,只有诗人在等人,因为客人不来,百无聊赖,轻轻地敲动着棋子,震落了灯花。前者写大自然的闹,闹中有静;后者写室内的静,静中有闹。大自然的闹,给人以恬静的感觉;而室内的静中夹杂着一二声敲响棋子的声音,反映出诗人心中的焦急,透出了心灵的不平静。"闲敲棋子",写的是一个小小的动作。然而,棋子不是用来敲的,因为独自一个,所以无意识地敲响棋子,这无意识的动作,正是焦急意识不经意的表露。下文"落灯花"是敲棋子的结果,却又说明等人等久了,灯芯燃久了变长,垂下了灯穗,与上文"过半夜"相呼应。这样写,把自己寂寞、思客心切细腻地刻画出来,含蓄蕴藉。

整首诗,由黄梅天这个季节缩小到某天的半夜,由家家、处处这些大环境缩小到室内灯下,于是广泛与局部的结合,辅以闹和静的烘托反衬,写尽了诗人因"有约不来"而产生的孤寂心情。

数　日①

数日秋风欺病夫,尽吹黄叶下庭芜②。

林疏放得遥山出,又被云遮一半无。

【注释】

① 数日:此以诗首句首二字为题,相当于无题诗。　② 庭芜:庭院中的杂草。

【语译】

连日秋风,吹着我支离病骨。把满树的黄叶摇下,飘洒在庭院的每个角落。稀疏的树林,刚让人能透过它眺望远方的群山;不作美的白云,飘过来又把山顶的一半遮没。

【赏析】

赵师秀在"永嘉四灵"中排名在最末位,诗的成就,却以他最高。赵师秀的诗,以五律著名,次为七绝。五律虽多佳句,如《雁荡宝冠寺》"流来桥下水,半是洞中云",但作为一个依傍贾岛、姚合的作家,不免时多雕镂,内容单薄,反不如几首写景的七绝来得自然感人。

这首诗前两句写秋风一起,自己的病体受到打击,不堪承受,眼前庭院里纷纷飘下了黄叶。这两句一写人,一写树叶,看上去是分写,各有所主,实质上是用秋风作为共同媒体,在感情上物我相通。人被秋风吹得难受,树被秋风吹得枯黄,树尚不能抵挡风寒,何况是人,且又在病中。于是两句又合成了一句。"永嘉四灵"就是如此善于捕捉情景的共同点,通过微妙的系属加以联贯,创造出所需要的氛围来。同时,以"欺病夫"三字对自然进行调侃戏谑,这种圆熟,也是四灵诗派的特色,所以陈衍《宋诗精华录》认为接近杨万里。

三、四是名句,充满理趣。庭前黄叶飘坠,门外的树林便也脱尽绿叶,透过稀疏的林木,刚能看到远山,然而又飘来白云,山被遮住了一半。赵师秀诗善于炼字,每被评论家所激赏,这儿的"放"与"遮"二字就很见功力。用了这二个动词,自然景观一下子活了起来,变成了主动的有感情的物体。开门望山,本是诗人的情趣,但平日密林遮挡,无法直见远山。如今树林采取合作态度,落尽了树叶,宛如把关禁的远山放出,呈现目前。偏偏白云又来为难,把平常放在外面、任人观赏的秀丽山峰遮盖住一半,不给你看。于是,诗人不禁感叹,山林是否也有它的思想,不肯让人们过分惬意,特地留下一分遗憾,使人增加几分想象。

整诗虽然格局不大,但诗人善于欣赏景物,纵深地领略自然界的情趣,用语又十分精到,所以在以绝句出名的宋代,仍为众口交誉的好诗。

曹 豳

曹豳(1170—1249),字西士,号东亩,瑞安(今属浙江)人。嘉泰二年(1202)进士,官秘书丞、左司谏,以直声名天下。卒谥文恭。

暮 春

门外无人问落花,绿阴冉冉遍天涯①。
林莺啼到无声处,春草池塘独听蛙。

【注释】

① 冉冉:柔软下垂的样子。

【语译】

没人去注意那门外纷纷飘落的红花,树木的枝条低垂,浓郁的绿阴直铺向海角天涯。树上的黄莺儿啼声渐渐停下,春草芊芊,我独自站立在池塘边,听着青蛙不停地叫着,一片喧哗。

【赏析】

这首绝句写的是暮春三月的景象。繁花凋谢,树阴绿浓,莺啼声渐渐消歇,春草池塘的蛙声开始热闹起来。诗人选择的几个物象,花落、绿阴、莺老、蛙鸣,无一不是暮春典型景况,通过这些,组成了一幅丰富多彩、热闹非凡的暮春全景。

大凡写暮春的诗词,总是由惜春而充满着愁怨,尤其是对落花,没有不带有伤感的,如杜甫诗"一片花飞减却春,风飘万点更愁人"(《曲江》)就是如此。黄莺是一种季节性很强的鸟,它到了春暮,叫声便逐渐稀少,诗人往往借莺啼停息前的鸣声,感叹春天的逝去。如王安国《清平乐》云:"留春不住,费尽莺儿语。满地残红宫锦污,昨夜南园风雨。"秦观《八六子》词,则将飞花、黄鹂(即黄莺)合成一片凄凉世界,表示对春天逝去的黯然销魂,词有句云:"那堪片片飞花弄晚,蒙蒙残雨笼晴。正销凝,黄鹂又啼数声。"曹豳这首诗,却一改悲凄情调,把暮春景色写得分外开朗。诗人对逝去的春光不存在伤感,而对将来的初夏充满喜悦。于是,诗说对落花不去过问,对莺声的消失也不放在心上,因为繁花有绿阴来代替,莺啼有蛙鸣来代替。这四种景象,在暮春是同时存在的,诗人不是把它们简单地并列,而是两两对应,在情感上侧重于对后者的鉴赏,着重对后者的描绘。所以诗对花落、莺老这类衰退的现象只是一笔带过,而说冉冉绿阴似乎是一支画笔,把整个世界涂抹得苍翠欲滴。春草池塘,处处蛙鸣,诗人独立凝听,格外赏心。诗把这些新生的、充满活力的景物渲染得有声有色,使暮春别有一番情趣,诗人的心情便和盘托出,情趣横溢。

　　秦观《三月晦日偶题》云:"节物相催各自新,痴心儿女挽留春。芳菲歇去何须恨,夏木阴阴正可人。"通过议论,诗表现出对节物转换的豁达。曹豳这首诗与秦观的看法相同,但把自己的感情通过对景物的描写表达出来,各有长处。宋诗的理趣,也正是从这两种艺术手法中得到充分体现。

华 岳

华岳,字子西,号翠微,贵池(今属安徽)人。开禧元年(1205)以武学生上书请诛韩侂胄,登嘉定武进士第一,为殿前司官属,因谋去史弥远被杀。诗豪纵洒脱。有《翠微南征录》。

骤 雨

牛尾乌云泼浓墨,牛头风雨翻车轴①。
怒涛顷刻卷沙滩,十万军声吼鸣瀑。
牧童家住溪西曲,侵早骑牛牧溪北②。
慌忙冒雨急渡溪,雨势骤晴山又绿。

【注释】

① 车:指水车。　② 侵早:天刚亮。

【语译】

乌云尚在牛尾后,仿佛把浓浓的墨汁泼满了天空。忽然间牛头前急风挟着大雨倾下,像水车戽水翻动。怒涛顷刻卷没了沙滩,悬流飞瀑鸣吼着像十万军士高呼奋勇。小牧童家住溪水西曲,一清早骑着牛儿到溪北来放牧。雨儿来得突然,他慌忙冒雨渡溪回家,过了溪,雨却停了。阳光照着山头,格外苍翠葱绿。

【赏析】

江南有句谚语,叫"夏雨隔牛背",说夏日骤雨,来势迅猛,但区域性很明显,往往牛这边在下雨,牛那边却天晴。华岳是安徽人,也许熟闻这句民谚,便以暴风雨中的牛作为着眼点,描写夏日骤雨的情况。

诗分两个场面来写。前四句渲染雨势。一、二句写雨来时的过程:乌云尚在牛后,如泼墨于空中,忽然牛前已下了倾盆大雨,像是水车转动,戽上水泻出来。诗以牛为中心。一句写云,一句写风雨;一句刻绘颜色,一句着力声响;一句写暴雨将来,一句写暴雨已来。造句与苏轼《六月二十七日望湖楼醉书》"黑云翻墨未遮山,白雨跳珠乱入船"相同,都写了雨势之猛。三、四句描写雨下后,顷刻间水流暴涨,卷没沙滩,山洪流泻,响声震天。气势很磅礴,切合夏日短而大的雨。

后四句写另一个场面,仍写骤雨,诗中虽然还有牛,中心却移到了放牛的牧童身上。写牧童家住溪对面,连忙冒雨渡溪回家。这四句看似只写了一件事,但没有一个冗词,说牧童住得近、忙回家,都照应了上文雨来得快,来不及躲避;雨下得大,不得不急急回家躲避。最后两句格外精神,说牧童过了溪,雨又突然停了,太阳出来,山被雨洗得分外翠绿,把题目"骤雨"完全烘染了出来。

全诗扣紧暴雨,突然而来,戛然而止,变化多端,生动灵变,笔势矫健。在用词上尤其贴切,比喻乌云则言如泼墨,形容雨大则言"翻车轴",溪水上涨用"怒"字"卷"字,洪水轰响则以十万军声作譬,都得锤炼之法。末句写天晴,以"山又绿"三字回映首句"泼浓墨",对比也很强烈。

雷 震

雷震,生平不详。一云眉州(今四川眉山)人,嘉定间进士;一云南昌(今属江西)人,咸淳元年(1265)进士。

村 晚

草满池塘水满陂①,山衔落日浸寒漪②。
牧童归去横牛背,短笛无腔信口吹③。

【注释】

① 陂:水岸。 ② 寒漪:带有凉意的水纹。 ③ 腔:曲调。

【语译】

绿草长满了池塘,池塘里的水呢,几乎溢出了塘岸。远远的青山,衔着彤红的落日,一起把影子倒映在水中,闪动着粼粼波光。那小牧童横骑在牛背上,缓缓地把家还。他手拿一支短笛,随口吹着,也没有固定的声腔。

【赏析】

这首诗给人们展示的是一幅牧童骑牛晚归图,真正达到了"诗中有画"的境界。

诗前两句写背景。首句"草满池塘"是说节令已在春末,池塘里的青草已经长满,借鉴谢灵运《登池上楼》名句"池塘生春草",但以"满"字易"生"字,显出节令的不同。"水满陂",是说正逢多雨季节,因此水涨得很高。次句写远山落日。用一个"衔"字,形象地现出落日挂在山头的情况,与杜甫"四更山吐月"的"吐"字同见炼字之工。又用一个"浸"字,写落日青山倒映水中,与王安石"北山输绿涨横陂"句情景非常相似。诗围绕池塘为中心,以池塘中的绿草与澄净的池水,带出青山与落日,中间以一"浸"字作维系,使池塘显得很热闹,色彩也十分绚丽。

在这样宁静优美的背景中,主人公牧童登场了。他骑着牛儿,走向村庄,手中拿着支短笛,随意吹着。与上两句的恬静相比,这两句描绘得非常生动活泼。牧童骑着牛,不是规规矩矩地骑,而是横坐着。他吹笛也不是认真地吹,而是"无腔信口吹"。于是,牧童调皮天真的神态,活生生地呈现在读者面前,使人为之耳目一新。

诗摄取的画面不大,写景则集中在池塘上,写人则集中在牧童上,又都紧紧围绕着"村晚"二字落笔,把人引入了江南优美的田园之中,使人对悠然恬静的乡村生活充满着向往。在此之前,张舜民《村居》诗有"夕阳牛背无人卧,带得寒鸦两两归"句,与这首诗比,画面中少了个天真烂漫的牧童,代之以牛背的乌鸦,以显出村晚的萧瑟。同样的农村景色,因诗人的心情不同,摄取的画面便不同,一是充满情趣,一是惆怅落寞,因此诗家有"一切景语皆情语"的说法。

叶绍翁

叶绍翁,字嗣宗,号靖逸,处州龙泉(今属浙江)人。诗属江湖派,擅绝句,词淡意远,耐人寻味。有《靖逸小集》。

游园不值①

应怜屐齿印苍苔②,小扣柴扉久不开③。
春色满园关不住,一枝红杏出墙来。

【注释】

① 不值:不遇。指主人不在家。　② 屐:木鞋,鞋底前后有齿。　③ 小扣:轻轻地敲。

【语译】

莫不是主人爱惜园内小径的苍苔,怕我的屐齿把它踩坏;我轻轻地敲响园门,许久许久,也没个人理睬。那满园的春色,一道柴门又怎么隔得开?你看,一枝繁花似锦的红杏,斜斜地伸出墙来。

【赏析】

诗人去友人家花园,正碰上主人不在,园门紧闭,于是写了这首诗。前两句说主人是否怕客人的脚步踩坏园里的青苔,所以把门紧闭,不放人进来。说得很有趣味,不仅交代了题目"游园不值",又写出了园主的高情雅致。三、四句写园门虽关,却关不住满园春色,一枝红杏伸出了墙头,报告了园内春光洋溢的情况。这是游园不值的余波,表明自己的心态与情趣。

中国的文人也许比任何国家的人都要豁达。他们去拜访朋友,既可以像"雪夜访戴"故事所说的,走了很多路,到了门口,忽然不想进去了,马上打道回府,也可以是去见某人,吃了闭门羹后,毫不失望,高高兴兴地回去,甚至留下首动人的诗歌,如贾岛的《寻隐者不遇》云:"松下问童子,言师采药去。只在此山中,云深不知处。"不因寻人不遇而颓丧不快,却寄意云山,遐想连篇。叶绍翁这首诗表现的也是对春意的歌颂,而不是失望。

一段土墙缭绕,两扇柴门紧闭,一枝艳丽的花儿探出墙来,这景色一经人眼,确难忘怀,很自然地逗起人们的诗兴。宋代的张良臣有首《偶题》诗,也写这一景色给人刹那的感受,诗云:"谁家池馆静萧萧,斜倚朱门不敢敲。一段好春藏不尽,粉墙斜露杏花梢。"也写得蕴藉风流,但在艺术表现上比叶绍翁要逊色得多。不过,叶绍翁这首诗也不是自己独造,而是脱胎于陆游《马上作》:"平桥小陌雨初收,淡日穿云翠霭浮。杨柳不遮春色断,一枝红杏出墙头。"唐吴融《途中见杏花》也有"一枝红杏出墙头,墙外行人还独愁"句。但叶绍翁选取了小园的一个局部来写,比陆游取景小而意境深。且诗先叙自己无法入见园内情景以作铺垫,然后写红杏出墙;在写红杏出墙以前,先叙说"春色满园关不住",用一"关"字,突出了春意盎然的活泼景象,与"出墙来"的"出"字相互呼应,更显得精神百倍。

北宋的宋祁因了《木兰花》词中"红杏枝头春意闹"被称为"红杏枝头春意闹尚书",留下描绘杏花的佳话。叶绍翁虽是用旧句写出"春色满园关不住,一枝红杏出墙来",名气却远远超过了宋祁,后世因此有了"关不住的春光"的说法,而"红杏出墙"作为成语在文人笔下又赋予多层与原诗意思不相干的新意。

夜书所见

萧萧梧叶送寒声①,江上秋风动客情。
知有儿童挑促织②,夜深篱落一灯明③。

【注释】

① 萧萧:风声。此指风吹动草木之声。　② 挑促织:捉蟋蟀。　③ 篱落:篱笆边。

【语译】

一阵阵飒飒的梧桐叶响,传送着秋的声音;江面上凄冷的秋风,引起我无尽的思乡愁情。我知道,那是儿童在捕捉蟋蟀,在这深夜时分,篱笆下闪动着一盏明灯。

【赏析】

在一个萧瑟的秋夜,诗人见到儿童挑灯捉蟋蟀,牵动了自己无边的乡愁,于是写出了这首情思婉转的小诗。

诗首句极力渲染悲秋的气氛,隐括自己怀归的牢愁。秋夜,风声萧萧,落叶纷纷,这一情景,一直被诗人作为抒发思乡伤感情绪的背景。如杜甫《登高》"无边落木萧萧下,不尽长江滚滚来。万里悲秋常作客,百年多病独登台",就是以秋风落叶,兴起悲秋怀乡之感。而梧桐在诗人的笔下,也总是愁的象征。如孟郊《秋怀》"梧桐枯峥嵘,声响如哀弹",白居易《长恨歌》"秋雨梧桐叶落时",李清照《声声慢》"梧桐更兼细雨,到黄昏、点点滴滴。这次第,怎一个愁字了得"。叶绍翁在这里将这些景象凝聚在一起,勾勒出十分凄凉的景况。同时诗用叠字起句,加深了人的感觉。"送寒声"的"送"字,使景象流动起来,使人倍感怵目伤感。

第一句写了秋风,但只以"萧萧"二字代指,第二句便直接说由秋风引起自己思乡,在感情上与上句的景语联成一片。首句是因,这句是果。在写法上加以变化,上句是景中凝情,这句是直截了当地写情。诗所说秋风催动羁旅情怀,又暗用了晋张翰见秋风起想起家乡的莼菜羹、鲈鱼脍,所以立即弃官而归的典故,表达自己欲归不能、孤身做客的寂寥与凄伤。这样表达,看似质朴,而意味深邃。上句的梧桐叶、寒声,这句的秋风,何以如此撼动诗人的心,都在"动客情"三字上得到了落实,一个"动"字入木三分地表示了诗人因景而引起的情感波动。

三、四句忽然跳跃,写儿童捉蟋蟀。这件事,看上去与上文秋声引起乡思无关,但凑合在一起,诗人恰是通过儿童的无忧无虑、天真烂漫,与自己的低徊伤心无以排遣作鲜明的对比。诗人见到种种秋天的物候,已足以愁苦满怀,再见到儿童捉蟋蟀的场面,就会不由自主地想到自己的儿女,此刻是否在家也在捉蟋蟀呢？或者,诗人还会回想自己幼年在家捉蟋蟀的情况,加倍增加怀乡的感情。宋著名词人姜夔《齐天乐》词咏蟋蟀,中有句云:"笑篱落呼灯,世间儿女",也写儿童挑灯捉蟋蟀的景况。清陈廷焯《白雨斋词话》评说:"以无知儿女之乐,反衬出有心人之苦,最为入妙。"移评叶绍翁这两句诗,也是非常切合的。

诗前两句写景及由景所引起的感慨,似乎神完气足,已无余地,后两句忽转入儿童一事,远远撒开,却加深了情感,这是他人不及之处。细味全诗,还可以这样理解:诗人是见了儿童捉蟋蟀以后,产生了对故乡、家人的怀念,遂而感到江风萧萧、梧桐叶落,分外黯然魂销。诗是故作逆笔,突出捉蟋蟀一事。就后两句来说,也是因果倒装,他是见到篱落灯明,因而推知是儿童在捉蟋蟀。这样,倒装中复有倒装,使诗逆折倒挽,顿起波澜,分外耐咀嚼。

严 羽

严羽,字仪卿,一字丹丘,自号沧浪逋客,邵武(今属福建)人。精研诗学,作《沧浪诗话》,提倡"兴趣""妙悟",步武盛唐,所作时有清趣。有《沧浪集》。

访益上人兰若①

独寻青莲宇②,行过白沙滩。
一径入松雪,数峰生暮寒。
山僧喜客至,林阁供人看③。
吟罢拂衣去,钟声云外残。

【注释】

① 益上人:不详。上人是对僧人的尊称。兰若:寺院。 ② 青莲宇:喻佛寺。佛家以莲花比高洁脱俗。 ③ 供人看:一作"借人看"。

【语译】

我独自一人去寻访益上人所住的庙宇,路上经过了一片洁净的沙滩。一条小径深入到松林中,积满了白雪,几座山峰,在落日中隐隐生寒。山僧高兴地迎接我到来,带着我在林中佛阁到处赏玩。吟罢诗歌我拂衣告别,身后传来断续的钟声,消逝在云端。

【赏析】

严羽是宋代著名的文学评论家,他的《沧浪诗话》,以禅论诗,特别强调含蓄有味,推崇盛唐山水诗的清趣。严羽的作品,虽然常常被人讥为眼高手低,但也时有佳作。这首《访益上人兰若》诗,就富有盛唐诗的风格及兴味。

诗起得很平稳,缓缓道来,向读者介绍自己一个人去访问益上人所住持的庙宇,经过了满是白沙的沙滩。从诗中,人们可以品味出诗人清淡闲远的心境。第二联把"访"字再进一层写,描写经过白沙滩时所见。僧人住在远处的群山中,诗人抬头望,眼前是一条小路,深入满是积雪的松林,天色将晚,远处的山峰,仿佛充溢着阵阵寒气。这四句诗,合成一组生动的画面,前两句以人为主,后两句以景为主。读着这样的诗,我们似乎也跟着诗人在幽邃偏僻的小径上行走,感受到诗人澄净无尘的襟怀来。这就是严羽诗的禅味,不说什么,又好像说出了什么,个中理趣,靠读者自己去细细品味。

颈联写到达寺院后的情况。山僧喜客至,是山僧不俗,来的人也不俗,大家趣味相合,所以特地带着客人在禅林佛阁中随喜参观。仅此两句,便把拜访益上人的过程简捷地表达出来,以下就写离别。诗说自己与益上人一起吟诗,最后告别上人,离开寺庙,天色已晚,身后传来阵阵钟声。结尾结得很含蓄,把自己这次访僧的满足舒心隐括在里面,而钟声断续不绝,透上云霄,暗示出诗人对离别的依依不舍,晚钟同时又与前"暮寒"相呼应。

全诗沉浸在一派静穆和平的气氛中,所描绘的景物全是冷色调,与所访寺院及诗人的心情十分和谐。读这样的诗,我们可以从中体会到王维、孟浩然山水诗的清淡雅洁的境界。

杜 耒

杜耒(？—1225),字子野,号小山,盱江(今江西南城)人。嘉定间为人幕僚。以诗名,曾问句法于赵师秀。诗风近江湖派,时有秀句。

寒 夜

寒夜客来茶当酒,竹炉汤沸火初红①。
寻常一样窗前月,才有梅花便不同②。

【注释】

① 竹炉:一种烧炭的小火炉,外壳用竹子编成,炉芯用泥,中间有铁栅,隔为上下。汤:水。 ② 才有:同"一有"。

【语译】

寒冷的夜晚,客人来了,我冲杯茶权当是酒;竹炉上水在沸腾,炭火正红。照在窗前的月光与平常一样,可今儿添上了梅花的清香,便使人觉得大不相同。

【赏析】

这首诗因为被《千家诗》选入,所以流传很广,几乎稍读过些古诗的人都能背诵,"寒夜客来茶当酒",几被当作口头话来运用。常在口头的话,说的时候往往用不着思考,脱口而出,可是细细品味,总是有多层转折,"寒夜客来茶当酒"一句,就可以让你产生很多联想。首先,客人来了,主人不去备酒,这客人必是熟客,是常客,可以"倚杖无时夜敲门",主人不必专门备酒,也不必因为没有酒而觉得怠慢客人。其次,在寒冷的夜晚,有兴趣出门访客的,一定不是俗人,他与主人定有共同的语言,共同的雅兴,情谊很深,所以能与主人寒夜煮茗,围炉清谈,不在乎有酒没酒。由此,好诗须细细品味,不要因为它琅琅上口,似乎很浅显,就一读而过。如果这样的话,哪一天来了一位你必须招待的稀客,你也来一句"寒夜客来茶当酒",恐怕效果会适得其反。

前两句,我们已恍见诗人与客人夜间在火炉前向火深谈,喝着芳香的浓茶。屋外是寒气逼人,屋内是温暖如春,诗人的心情也与屋外的境地迥别。三、四句便换个角度,以写景融入说理。夜深了,明月照在窗前,窗外透进了阵阵寒梅的清香。这两句写主客在窗前交谈得很投机,却有意无意地牵入梅花,于是心里觉得这见惯了的月色也较平常不一样了。诗人写梅,固然有赞叹梅花高洁的意思在内,更多的是在暗赞来客。寻常一样窗前月,来了志同道合的朋友,在月光下啜茗清谈,这气氛可不与平常大不一样了吗?

诗看似随笔挥洒,但很形象地反映了诗人喜悦的心情,耐人寻味。宋黄昇《玉林清话》对三、四句很赞赏,并指出苏泂《金陵》诗"人家一样垂杨柳,种在宫墙自不同"与杜耒诗意思相同,都意有旁指,可说真正读出了诗外之味。

利 登

利登,字履道,号碧涧,南城(今属江西)人。早经丧乱,后官宁都尉。诗质朴自然,属江湖派诗人。有《骳稿》。

早起见雪

折竹声高晓梦惊,寒鸦一阵噪冬青①。
起来檐外无行处,昨夜三更犹有星。

【注释】

① 冬青:指冬青树,一种灌木。

【语译】

窗外传来声声竹子折断声,把我的晓梦惊醒;哦,天亮了,可怎么啦,院里的冬青树丛中,怎么会响着寒鸦凄厉的叫鸣?我赶快起床开门一看,到处是白茫茫的,道路也已不见;可就在昨晚三更,天上还闪烁着点点星星。

【赏析】

很多人都有这样的经历:晚上入睡前,还是晴空万里,星光灿烂;早晨一觉醒来,外面雨雪纷纷,令人大吃一惊。这一情景,诗家经常作为诗料,加以吟咏,如陈师道《次韵无斁雪后》云:"闭阁春云薄,开门夜雪深。"又《雪意》:"睡眼拭朦胧,开门雪已浓。"利登这首小诗,更把这一情景表现得淋漓尽致,为人普遍赞颂。

诗前两句不是写见雪,而是听雪,通过室外的种种声响,反映夜间雪下得很大,为以下见雪的心情蓄势。首句是说竹林里,积雪很厚,压断了竹子,发出很大的响声,惊醒了诗人的梦,为"早起见雪"作铺垫。次句说原来栖息在高树的乌鸦,此刻被风吹雪打,躲进了院内的冬青树丛中,惊恐地啼叫。诗没有直接写雪,仅从声响的描述上,便形象地告诉人们,雪下得很大。用折竹声形容雪大,以寒鸦惊啼、无处觅食衬托雪天,为诗家所常用。如陈师道《元日雪》:"帘疏穿细碎,竹压更婵娟。窘兔走留迹,饥乌鸣乞怜。"孟浩然《赴京途中遇雪》:"落雁迷沙堵,饥乌噪野田。"利登这首诗师法前人诗意而变换角度,改直写为虚写,且以折竹与惊梦相联系,以乌噪冬青这一不寻常的情况来反映因为下雪而产生的变化,烘染得很出色。

三、四句写开门见雪。晓梦被折竹声、鸦啼声吵醒,诗人充满惊异,连忙起床,开门一看,外面是白茫茫一片,连道路都看不见了。因此,诗人不由得产生感慨,昨天半夜三更时醒来,尚见到天上星光闪烁,怎么就下了如此大雪呢?这两句写得很精炼。被惊醒后,最先感受到的是风声、雪声、映窗的白光,诗人把这点全都跳过,马上写开门,迫切的心情可见。见雪后,诗又不写雪,略一点染后,马上转入设问,既出人意表,又在情理之中,集中突出了心中的惊讶,更表现出雪下得大。

诗是写"见雪",但全诗没有一个"雪"字,这是宋人常常采用的手法,即所谓的"禁体诗"。诗从各方面围绕雪来写,无论是旁衬还是正述,写景还是设问,都把雪意渲染得很浓,带有晚唐绝句的风韵。

胡仲参

胡仲参,字希道,清源(今山西清徐)人。诗学晚唐,喜苦吟。有《竹庄小稿》。

读秦纪①

万雉云边万马屯②,筑来直欲障胡尘。
谁知斩木为竿者③,只是长城里面人。

【注释】

① 秦纪:史书中有关秦国历史的部分。《史记》有《秦本纪》及《秦始皇本纪》。 ② 万雉:形容极高极长。城三丈长一丈高为一雉。 ③ 斩木为竿:指陈胜、吴广等起义。斩木为竿,语本《史记·秦始皇本纪》"斩木为兵,揭竿为旗"。

【语译】

为了防备北方的胡人入侵,秦始皇修筑了长城。长城又高又长,上接云霄,沿边屯扎着千军万马。他怎么也无法预料后来起义推翻秦政权的人,却个个原本都在长城里边安家。

【赏析】

这首咏史诗,就秦始皇筑万里长城事发表议论。前两句写筑城。第一句说长城高而广,城上屯扎着千军万马,铺陈城的高大稳固,守城的人众多,难以撼动。次句说筑城的目的,是为了抵御外部胡人的侵略,巩固自己的政权,以便于"一世而达万世",永保帝业。三、四句突转,说秦始皇只知道危险来自外边,自以为有了长城,便可高枕无忧,却不知道体恤人民,结果酿成内乱,激起民变,陈胜、吴广揭竿而起,秦政权没多久就完结了。诗揭示的是这样一个历史规律:内政不修,对人民残酷压迫,是国家灭亡的主要原因,外部的侵扰倒是其次的。当时宋朝对人民的压榨也很厉害,百姓怨声载道,诗人在这里明是咏史,也是针对现实,对统治者发出警告。

咏史诗所咏如果是前人没咏过的史实,就应该述清事件的来龙去脉,直接发表议论;如果所咏是熟事,务必转换角度,翻出新意,切忌人云亦云。胡仲参这首诗所咏是秦以暴政失国,这个题目,前人已经作了许多论述,所以这首诗擒住修筑长城备胡这一点,肯定长城的高广及防御功能,然后生发开去,牵出对立面,说秦始皇刻意预防的地方倒没出什么问题,他没想到的地方反而成了导致亡国的关键。这样组织材料加以议论,便给人以思考,也给人以新鲜感。

胡仲参这首诗的构思布局,与唐章碣的《焚书坑》有些相同。章碣诗云:"竹帛烟销帝业虚,关河空锁祖龙居。坑灰未冷山东乱,刘项原来不读书。"说秦始皇提防书生,结果灭秦的人恰是不读书的人,与胡诗一样,都是从相反处做文章。元人陈孚有首《博浪沙》诗,是从正面做文章的,也很有趣味,诗云:"一击军中胆气豪,祖龙社稷已动摇。如何十二金人外,犹有人间铁未销。"说秦始皇收尽民间铁,铸成十二金人,没想到仍然有大铁椎在,使他差点丧命。由此可见,诗材遍地皆是,只要细心挖掘,就能找到好的题目。

刘克庄

刘克庄(1187—1269),字潜夫,号后村居士,莆田(今属福建)人。曾官建阳县令,淳祐六年(1246)赐同进士出身,官至工部尚书兼侍读。卒谥文定。为江湖派重要作家,诗多反映现实,慷慨激昂近陆游。有《后村大全集》。

苦 寒 行

十月边头风色恶①,官军身上衣裘薄。
押衣敕使来不来②,夜长甲冷睡难着。
长安城中多热官③,朱门日高未启关④。
重重帏箔施屏山⑤,中酒不知屏外寒⑥。

【注释】

① 边头:边境。风色恶:气候恶劣。 ② 押衣敕使:朝廷派出来送寒衣的官员。 ③ 长安:此指南宋都城临安。 ④ 启关:开门。关,门闩。 ⑤ 帏箔:泛指帘幕。屏山:屏风。 ⑥ 中酒:喝醉了酒。

【语译】

十月里边境上气候恶劣,北风一阵比一阵强;官军们身上还只是穿着薄薄的衣衫。送棉衣来的使臣早该到了,如今却还不见踪影;可怜战士们披着铁甲,几乎冻僵,在漫漫长夜中难以入眠。京城中有多少炙手可热的高官,太阳高高升起,朱漆大门仍然牢关。无数重帘幕低垂屏风密遮,他们喝醉了酒沉睡,怎知道门外地冻天寒?

【赏析】

这首古风分前后两段,前段四句,写前线官兵在寒风凛冽中守卫着边防,他们穿着单薄的衣衫,忍受着寒冻,而送寒衣的官员该来而不来,长夜漫漫,铁甲冰冷,难以入睡;后段四句,写都城中的大官僚,关门高卧,醉生梦死,家中帷幕密遮,根本体会不到门外的寒冷。

诗写边塞战士的苦,通过受冻这一典型事例来概括。在具体写时,又采取对比手法,表示统治者只知个人享乐,不顾兵士死活,对这不合理的现象作出尖锐的批判。分写两种人时,用笔很有特色,用韵也与内容密切相合。写前线兵士,用仄声韵,写得很悲凉。诗抓住一个"寒"字,先以"风色恶"造声势,再以"衣衾薄"作呼应,最后又说寒衣不来,兵士穿着铁甲无法睡着,把兵士苦寒的情况推到极致。其中"押衣敕使来不来"句,已暗指朝中官僚昏庸误事,视国事为儿戏。写朝中官僚是配笔,用平声韵,且句句通押,笔调纤徐平缓。诗扣紧朝官的"不寒"以与兵士作对比,先说长安城中的官为"热官",固然是形容他们炙手可热、势焰熏天,但也与兵士的冷相辉映。兵士穿铁衣冻得睡不着,高官却日上三竿还在睡大觉,大门未开。兵士们衣服单薄,在寒风中守卫边疆、浴血战斗,高官却重门密遮,喝酒取乐。对他们来说,一点也受不到寒冷的威胁,甚至于感觉不到寒冷,"押衣敕使来不来"的情况,正肇基于此。诗人通过这番鲜明的对比,不唯寄托对边疆战士的同情,也表示了对朝中高官极大的憎恶。如此受苦,寒无冬衣的兵士,怎么能抵御敌人的侵略?如此昏庸奢侈的高官,怎么能处理好国家大事,使国家不受外侮?在诗中,我们处处可以感受到诗人在反映现实的同时,饱含着对国家前途的忧虑。

《苦寒行》是乐府旧题,多写军中兵士在雪天寒夜难以忍受的苦楚。刘克庄生活在金人不断入侵的时期,他目击朝中官僚的腐败现象,忧心忡忡,所以借旧题写边塞事,寄托自己的哀思。这样主题的诗,诗人写了好几篇,如《军中乐》写主将在帐中饮酒取乐,而营中血战的兵士却无钱买金创药。又如《国殇行》写战士血战尸骨成堆,落得个家小无依无靠的下场。由此我们可知刘克庄诗歌的主旋律所在,也可体会到当时正直的爱国知识分子的普通心声。

戊辰即事①

诗人安得有青衫?今岁和戎百万缣②。
从此西湖休插柳,剩栽桑树养吴蚕③。

【注释】

① 戊辰:宋宁宗嘉定元年(1208)。 ② 和戎:与外族议和,戎在此指金人。缣:质地细软的丝绸。 ③ 剩:仅仅。吴蚕:吴地所产品种精良的蚕。

【语译】

诗人从哪里觅绸缎做一领青衫?今年与敌人签订了和约,每年要贡上百万匹绸绢。我建议:从此后西湖边不要再种杨柳,全种上桑树,用来饲养吴蚕。

【赏析】

宋宁宗开禧二年(1206),宋兵伐金大败,不得已向金乞和。次年十一月,和约成,宋朝对金人提出的停战条件完全接受,答应每年向金增纳白银三十万两、细绢三十万匹,这就是令宋人深感耻辱的嘉定和议。翌年,也就是刘克庄写这首诗的戊辰年,条约正式实行。这年,除了岁贡银外,还要多交三百万两犒师银。这样,本来就不很富裕的宋朝,国家经济顿时紧张起来,广大爱国志士,对朝廷的无能表示了极大的愤慨,对国家前途充满了忧患,写了不少诗抒发不满,刘克庄这首讽刺诗是其中较出名的一首。

青衫是读书人的象征,是与一般平民区别的特征之一,代表了士子们的体面。诗一开始就抓住这件象征物,说如今我这个诗人连想穿一袭青衫都没办法了!极其愤疾的一句话,劈头而来,不啻在说如今斯文已经扫地。言外之意,当然扫地的何止是斯文,刘克庄正以此代指整个朝廷国家的体面都丢尽了。何以会连读书人想一件青衫都得不到?诗第二句立即指出,这是因为做青衫的丝绸都孝敬金房去了。这两句是倒装,因了和戎,诗人才没绸做衣服,诗把因果关系调转顺序,就突出了胸中的愤愤不平。此外,诗人没有青衫,百姓们为了交纳额外的赋税,穷困的程度就用不着多说了。

三、四句忽生奇想:金虏如此欺负我们,朝廷却一味忍让,这些贡银及绸缎从哪儿来呢?我看西子湖边的杨柳桃花不如全都拔掉,种上桑树养蚕织绢,用以填金人的无尽欲坑吧!这两句写得很冷。当然,诗人并不是真的认为在西湖边种桑是一个解决问题的办法,只是随机而发,加深前两句所述的愤慨而已。

全诗虽然很短,但紧紧抓住朝廷不顾耻辱向金人贡献大量丝绸这一中心做文章,有激切的鞭斥,有幽默的调侃,讽刺性很强,而诗又不显得直露,读后容易引起人们的深思和共鸣。

西 山

绝顶遥知有隐君,餐芝种术麈为群①。

多应午灶茶烟起,山下看来是白云。

【注释】

① 麈:一种类鹿的兽,俗称四不像。这里即代指麋鹿。

【语译】

我遥望着远方高山的峰顶,心想那里一定住有避世逃名的高隐。他服食芝草,种植白术,名心早尽,日常陪伴着清风明月,与麋鹿为群。这时候,他多半正在烹煮午茶,把炉火烧旺;那炉烟,山下看去,是缕缕白云。

【赏析】

在中国古代文人的处世观中,出仕与归隐一直是一对矛盾,一般的人总喜欢标榜隐士,以为清高,所以称赞隐士的诗特别多。刘克庄这首诗也是写隐士的,对隐士们高蹈绝尘的生活充满着赞许与向往。

诗写隐士的生活,但不是实写,而是通过猜测之词,发挥自己的想象,所以与一般写隐士的作品不同,表现出可望而不可即的羡慕崇敬的心情。诗第一句把眼光投向西山绝顶,由眼前的耸峙高秀的青山,推测山中一定住着隐士,遁世不求为人知,所以诗以"遥知"领句,在猜测中带有肯定的成分。隐士住在山顶,如何生活呢?第二句把想象继续推进,以历来描写隐居修行者的生活状况来予以坐实,说隐士平时服食芝草、培养白术,修炼真气;他足迹不入城市,也没人往来,山野情性,与麋鹿为友。这样一写,把隐士的生活写得很实在,仿佛目见,隐士的高风亮节、仙骨道气也跃然纸上了。

前两句是诗人望着西山时的种种推测,三、四句变换角度,再次对前面的推测予以肯定。他见到山峰上浮起朵朵白云,于是揣测,这也许不是真正的白云,而是隐士在烧煮午茶,炊烟袅袅,在山下看来,就成了白云,萦绕飘浮在山头。这两句想象十分新颖,写高山隐士如画,诗人对隐居生活的向往,也由此表达了出来。

诗以"西山"为题,是因为写的是诗人望着西山时产生的遐想。也许那山峰上什么人也没有,只是岩石荒草,白云往来,但诗人似乎表现得很有信心,肯定隐士的存在,这就体现了诗人对隐士生活的企羡。刘克庄对南宋政权的腐败极为不满,不断发表言论进行批判,被当权者视为"讪谤",一再加害。这首诗写隐士餐芝种术、与麋鹿为群的隔绝尘寰的生活,正是诗人对当时政治、社会状况无力改变后产生退避的反映,也是他失望的另一种追求。清沈德潜《说诗晬语》说:"七言绝句,以语近情遥、含吐不露为主,只眼前景、口头语,而有弦外音、味外味,使人神远。"刘克庄这首诗,语句浅淡,直诉所见所思,而涵义无穷,正达到了沈德潜所说的标准。

许棐

许棐(1195—1245?),字忱夫,号梅屋,海盐(今属浙江)人。嘉熙间隐居秦溪,读书自娱。咏物诗多有寄托,为时所称。有《梅屋诗稿》等。

泥孩儿①

牧渎一块泥②,装塑恣华侈③。
所恨肌体微,金珠载不起。
双罩红纱厨④,娇立瓶花底⑤。
少妇初尝酸⑥,一玩一心喜。
潜乞大士灵⑦,生子愿如尔。
岂知贫家儿,呱呱瘦如鬼⑧。
弃卧桥巷间,谁或顾生死。
人贱不如泥,三叹而已矣。

【注释】

① 泥孩儿:泥娃娃,一名摩睺罗、磨喝乐,在宋时很风行。吴自牧《梦梁录》卷四载:"内庭与贵宅皆塑卖磨喝乐……悉以土木雕塑,更以造彩装襕座,用碧纱罩笼之……或以金玉珠翠装饰,尤佳。"孟元老《东京梦华录》说,上品一对价值数千文。 ② 牧渎:牛饮水的沟渠。 ③ 装塑(sù):装塑。 ④ 双:泥孩儿多以对卖,成双供奉。 ⑤ 瓶花底:放花瓶的底座,多雕刻为之。 ⑥ 初尝

酸:刚刚怀孕。　⑦ 大士:观音菩萨。　⑧ 呱呱:婴儿哭声。

【语译】

牛喝水的小沟中的一块泥土,被装饰得格外华丽侈靡。恨只恨它形体微小不坚牢,没法让它佩金戴玉,更加神气。有钱人家成双成对地供奉在红纱遮盖的罩子里,下面配有雕花的座子,格外娇美多姿。少妇人刚刚怀孕,玩赏一回,增添一分欢喜;她们默然地乞求观音菩萨保佑,生下个儿子也像这泥娃娃般富贵美丽。有谁知道贫穷人家的孩子,呱呱落地,瘦得像鬼,被抛弃在桥边巷间,没个人关心他的生死。贫贱的人比泥土还要不如,想到这,怎不令人再三叹息?

【赏析】

这是一首咏物诗,采取新乐府手法,借咏物揭露社会贫富不均,为穷人鸣不平。

诗前六句咏泥孩儿。一开始,便说明泥孩儿很低贱,不过是小水沟中的一块泥土做成,一旦被人装饰得光彩华丽,便身价百倍,受人宠爱,恨不得给它佩金戴玉,不但用红纱小心地罩着,还配上底座。诗写得抑扬顿挫,先把泥孩儿说得极不堪,然后说明它的装饰,突出它的华而不实,为下文批判世人只重外表、不看实质作好铺垫,表达自己愤疾的立场。"所恨肌体微,金珠载不起"是欲扬故抑,装饰华美已是过分,何况佩金戴玉呢?实际上,当时的泥孩儿正是以金玉装饰的为上品,诗人这样写,是故意背离事实,增加批判的力度。是谁如此宠爱泥孩儿呢？以下便因物及人，写宠爱泥孩儿的贵妇人。诗写刚怀孕的少妇，把泥孩儿供奉玩赏，祈祷观世音菩萨赐给她们像泥孩儿那样美丽富贵的孩子。诗平平而述，似乎把很正常的现象告诉别人一样，这在诗歌写作方法上称作"蓄势"，越写得平淡，越见下文的波澜。接下去，诗换个角度，以贫家生儿，苟延残喘，甚至被抛弃的下场，来与泥孩儿作鲜明的对照。"呱呱瘦如鬼"与"装塛恣华侈"对比，"弃卧桥巷间，谁或顾生死"与"双罩红纱厨，娇立瓶花底"作对比，世道的不公，穷人难以存活，通过这样的对照，生动地呈现在人们面前，批判的笔锋，尖刻犀利。面对这样的反差，诗人因此在末尾作了总结，发出了"人贱不如泥"的愤疾感叹。

诗层层深入，先咏物，后咏人。在咏人时，不仅提出了人不如物的不合理，还通过贫富之间的差别，揭示尖锐的社会矛盾。许棐诗学白居易，他家里常年供着白居易的像。这首诗意旨与白居易新乐府完全相同，语言质朴，主题鲜明，讽刺性很强。

方 岳

方岳(1199—1262),字巨山,号秋崖,祁门(今属安徽)人。绍定五年(1232)进士,历官太学正、宗学博士,出知南康军、袁州。诗与刘克庄齐名,属对工整,写景多用白描,清新自然。有《秋崖集》。

三 虎 行

黄茅惨惨天欲雨①,老乌查查路幽阻。

田家止予且勿行,前有南山白额虎。

一母三足其名彪,两子从之力俱武。

西邻昨暮樵不归,欲觅残骸无处所。

日未昏黑深掩关②,毛发为竖心悲酸,客子岂知行路难!

打门声急谁氏子,束蕴乞火霜风寒③。

劝渠且宿不敢住,袒而示我催租瘢④。

呜呼!李广不生周处死⑤,负子渡河何日是⑥!

【注释】

① 黄茅惨惨:指南方天气不好时,茅草上蒸腾出阵阵瘴气。 ② 掩关:闭门。 ③ 束蕴:火把。蕴,火把。 ④ 瘢:伤痕。 ⑤ 李广:汉名将,曾射死虎。周处:晋勇士,曾杀死家乡宜兴南山白额虎。 ⑥ 负子渡河:《后汉书·儒林传》载,弘农太守刘昆,施行仁政,上任三年,教化大行,虎皆负子渡河离境。

【语译】

　　黄茅上凝聚着惨淡的瘴气,天马上就要下雨;老乌鸦呱呱地叫着,眼前的道路幽暗崎岖,充满险阻。田家拉住我劝我不要再往前走,告诉我前面南山中栖息着凶猛的白额虎。为首的母虎就是被称做彪的三只脚恶兽,它的两个儿子也都是力大雄武。西边那人家有人昨天傍晚进山打柴就没回来,大伙儿想找到他的残骸也没处找。天还没黑,家家都紧紧地把门关上,一个个被吓得毛发直竖,心中悲酸。你这个过路人,怎知道前程的艰难!忽然一阵紧急的打门声响,原来是个过路人拿着火把来求火,门外冷风阵阵,气候严寒。我劝他不要再赶路,他诉说不敢停留,脱下衣服,让我看身上因为交不起租子被打的伤瘢。天哪!射死猛虎的李广不能复生,为民除害的周处也早已死去,什么时候能有像刘崑那样使猛虎负子渡河的好官?

【赏析】

　　《礼记·檀弓》里记着一则大家都很熟悉的故事:孔子过泰山,听到有个妇人哭得很伤心,便派子路去问原因。妇人回答道:"以前我的公公被老虎吃了,接着我的丈夫又被老虎吃了,如今我儿子又被老虎吃了。"孔子问她为什么不离开这危险的地方,妇人回答说:"无苛政。"孔子叹息说:"苛政猛于虎也!"方岳这首诗,写的是目击的实事,反映的也是"苛政猛于虎"的黑暗事实。

　　第一段写猛虎的危害。诗人以过路人的身份出现在诗中,通过行路的艰难,农家的劝阻,勾勒出猛虎伤人的恐怖局面,为下文作烘托。首二句就描绘了一个十分险恶的环境:成片的黄茅上蒸腾出一片凄惨的瘴雾,天快要下雨了,代表不吉祥预兆的乌鸦,冲着你呱呱地叫着,前途幽暗,充满险阻。这样的路,对行人来说,已经是很怵目惊心了,诗再通过当地农民的介绍,引出虎害,加深行路的艰难。农民说,山中有三只猛虎,昨天刚吃了人,连骸骨都找不到。村里家家户户天不黑就关紧了门,个个胆战心惊。诗中虽然没有让猛虎直接出现,但猛虎的凶狠及危害,通过农民的介绍,已形象地跃出纸上,与前两句所写的路途的荒凉气氛,合成一个阴森的场面。于是,诗人在"客子岂知行路难"的感叹中,见到天近黄昏,决定接受农民的劝告,住了下来。

前一段,通过各方面的描述,已把行路的危险写透了,第二段转写避债逃亡人对行路难的看法及行为,把诗再推进一层。诗写道,突然有人敲门,原来是过路人来借火。通过"乞火",说明天色已黑;又以"霜风寒"加深对恶劣气候的渲染。这样的气候环境,自然万万不能走夜路,于是诗人对他劝阻,免不了再把前面农民所说的虎害的情况再复述一遍。可是这位行人与诗人截然不同,他并没有如诗人一样住下不走,而是"不敢住"。何以不敢住呢?诗不作铺叙,只用一句话来概括"袒而示我催租瘢"——撩开衣服,让诗人看自己身上因为交不起租子被打的伤痕。诗人这才明白,原来这位行人由于受不了官府的催逼毒打而逃跑,因此不管道路如何艰难,猛虎如何凶狠,也不得不冒死夜行。这一句概括力很强,含蕴很丰富。诗写到这里,一下打住,不再写那行人举着火炬上路的情况,马上转入第三段,抒发感慨。诗人叹息,原来行路难、老虎凶都不是最可怕的,最可怕的是苛政。诗一连用了三个典故,来说明自己的愤慨及忧虑,而重点又放在希望出现像刘崐那样的好官,让人民能够安居乐业。这一层,写得凝练深沉,对贪官污吏残酷地压迫百姓进行了强烈的抨击、辛辣的讽刺。

诗用新乐府体,通过叙事,揭发社会的弊病,对黑暗的现实进行控诉,形象地反映了南宋末年统治阶级不顾人民死活的情况。南宋末年进步诗人的诗,或对朝廷不能抵御外侮表示愤疾与失望,或对社会黑暗、民不聊生进行揭露,后来正由于这两大弊政,导致国家灭亡,诗歌为时为事而作的传统,在他们身上得到了充分的体现。

春 思

春风多可太忙生①,长共花边柳外行。
与燕作泥蜂酿蜜②,才吹小雨又须晴③。

【注释】

① 生:语助词,无意。 ② 与:替,帮助。 ③ 须:要。

【语译】

春风啊,因了你过分的随和,致使你那么的忙碌。你始终如一地陪伴着红花,陪伴着绿色的柳树。你使大地回暖,供给了燕子做窝的泥土;又急急忙忙地吹开花朵,让蜜蜂采蜜,酿成甘露。你刚吹来一阵小雨滋润了万物;又匆匆放晴,让温暖的阳光照耀到各处。

【赏析】

宋人的绝句,很喜欢用拟人化手法。诗人们想象自然及自然间的万物都像人一样具有感情,因而情不自禁地把自然当作人来看待,把自己的感情移入自然。这样写,把本来不具有生命的东西带上了人情味,令读者觉得亲切,受到感动。方岳这首《春思》诗,采用的就是这种艺术手法。

诗咏春思,不是说自己对春天引发的种种思维感情,如伤春、惜春等,而是描述春天本身具有的情感。在具体吟咏时,又选择了春的代表——春风来表现,吟咏的主题,则定点在一个"忙"字上。第一句是说春风为什么忙,诗人分析说是因为春风"多可"。多所许可,心甘情愿地想去满足各种不同对象的要求,春风当然要"太忙"了。以下三句,具体写春风的忙碌。春天,变化最大的是什么?得风气之先的是什么?诗人认为最突出的莫过于红花、绿柳。于是诗写春风一直陪伴着花柳,全心全意地为花柳服务。这句是浑写,读者自然能够由此想象到,整个春天,花先抽叶,后结花蕊,然后绽开花苞,终于繁花怒放,一直到纷纷堕落;想到柳树从吐芽抽条,到万丝绿条随风乱舞,最终柳絮纷飞,绿阴浓密。这全过程,春风无所不在,一刻不停,岂不是"太忙生"了吗?谈花说柳,当然不是孤立的,而是以之概括了春风对整个自然界中的植物所起的作用。后面两句,便一句写春风如何照拂鸟雀昆虫,一句写春风如何安排气候。诗写春风吹走了寒冷,使大地解冻,让燕子能衔泥筑巢,孵育下一代;又吹开了花朵,让蜜蜂酿出甜甜的蜜糖。它应付自然界的各种需要,刚安排了一阵小雨滋润大地,转而又安排晴天。这样全方位地写,更加突出春风的疲于奔命,诗人对春的歌颂,也就通过诗细微地表达了出来。

春风本来是一个很蒙浑又很广泛的概念,方岳组织了各种意象,娓娓道来,体会精细,令人眼目一新。宋诗的纤巧与理趣,在这首诗中都得到了反映。

乐雷发

乐雷发,字声远,号雪矶,春陵(今湖南宁远)人。累举不第,至宝祐元年(1253)赐特科第一,授翰林。诗雄深老健,自成一家。有《雪矶丛稿》。

乌乌歌①

莫读书!莫读书!惠施五车今何如②?
请君为我焚却离骚赋③,我亦为君劈碎太极图④。
揭来相就饮斗酒,听我仰天呼乌乌。
深衣大带讲唐虞⑤,不如长缨系单于⑥;
吮毫搦管赋子虚⑦,不如快鞭跃的卢⑧。
君不见前年贼兵破巴渝⑨,今年贼兵屠成都;
风尘颎洞兮豺虎塞途⑩,杀人如麻兮流血成湖。
眉山书院嘶哨马⑪,浣花草堂巢妖狐⑫。
何人笞中行⑬?何人缚可汗?
何人丸泥封函谷⑭?何人三箭定天山⑮?
大冠若箕兮高剑拄颐⑯,朝谭回轲兮夕讲濂伊⑰。
绶若若兮印累累⑱,九州博大兮君今何之?
有金须碎作仆姑⑲,有铁须铸作蒺藜⑳。

我当赠君以湛卢青萍之剑㉑，君当报我以太乙白鹄之旗㉒。
好杀贼奴取金印，何用区区章句为㉓？
死诸葛兮能走仲达㉔，非孔子兮孰却莱夷㉕？
噫！歌乌乌兮使我不怡。
莫读书，成书痴！

【注释】

①乌乌：歌呼的声音。《汉书·杨恽传》载，杨恽被罢官，常痛饮，"酒后耳热，仰天拊缶而呼乌乌"。后因以呼乌乌指慷慨愤疾之音。　②惠施：战国时博学者。《庄子·天下》说惠施"其书五车"。　③离骚赋：屈原所作。这里代指文学作品。　④太极图：宋理学家周敦颐所作。周敦颐认为太极为宇宙中心，万物由此生化，因作《太极图》及《太极图说》。这里代指道学著作。　⑤深衣大带：宽大的衣服，长长的带子。宋理学家都穿这样的衣装，此即指道学家。唐虞：唐尧、虞舜。　⑥长缨：长带子。汉终军少有大志，曾请求皇帝给他长缨去生缚南越王献上。单于：匈奴领袖。　⑦吮毫搦管：指握笔写作。子虚：汉司马相如所作赋名。　⑧的卢：马名。刘备曾骑的卢马跃过三丈宽的檀溪。　⑨巴渝：巴州、渝州，今四川重庆一带。　⑩濒洞：弥漫无边。　⑪眉山书院：眉山孙家的藏书楼及学堂。这里代指道学家讲学之所。　⑫浣花草堂：杜甫在成都的草堂。　⑬中行：中行说。他护送公主远嫁匈奴，留匈奴后为敌谋划侵汉。此代指降敌的人。贾谊上汉帝书中有"行臣之计，必系单于之头而制其命，伏中行说而笞其背"句。　⑭丸泥封函谷：函谷关为长安东面险要关隘。汉代王元曾对隗嚣夸口说"以一丸泥东封函谷关"。　⑮三箭定天山：唐薛仁贵多立边功，曾发三箭杀三人，敌人慑服投降。军中歌曰："将军三箭定天山，壮

士长歌入汉关。"见《旧唐书·薛仁贵传》。　⑯ 大冠若箕,高剑拄颐:戴着如簸箕般的大帽子,用长剑拄着下巴。语出《战国策·齐策六》。此指空谈的道学家的举止。　⑰ 谭:同"谈"。回轲:颜回与孟轲(即孟子)。濂伊:周敦颐,号濂溪;程颐,号伊川。二人均宋理学大家。　⑱ 绶:系印用的丝带。若若:长而下垂的样子。累累:众多貌。　⑲ 仆姑:箭名。　⑳ 蒺藜:指用于阻碍敌军行进的刺状物。　㉑ 湛卢、青萍:均为古代有名的宝剑。　㉒ 太乙白鹄之旗:军中所用的旗帜,象征胜利。　㉓ 章句:章节、句读。　㉔ 诸葛:诸葛亮。仲达:司马懿。《三国志·蜀书·诸葛亮传》注引《汉晋春秋》载民谣"死诸葛走生仲达"。传诸葛亮死后,部下以他的木制偶像吓退了司马懿的大军。　㉕ 莱夷:莱是古代山东小国。夷为东部少数民族的统称。《左传》定公十五年载,齐侯与鲁侯相会,齐侯令莱人劫持鲁侯,被孔子制止。

【语译】

别读书吧,别读书吧! 惠施家有五车书,他读了又有什么用处? 请您为我烧掉《离骚》赋,我也为您劈碎《太极图》。不如到我这里来相聚喝上一斗酒,听我仰面朝天呼乌乌。道学家穿着宽大的袍子系着长带子,开口闭口谈论尧舜虞,不如汉代的终军,请求皇上给一条绳子,去生擒活捉单于。文章家苦思冥想创作《子虚赋》,不如刘备,骑着的卢马,在沙场上扬鞭驰骋,挥刀砍下敌人的头颅。您没见到么? 前年贼兵攻破巴渝,今年贼兵屠烧成都。兵燹连绵不断,豺狼虎豹般的敌寇横行路途,杀人如麻,流血成湖。眉山书院成了敌人驻兵牧马之地,浣花草堂里栖满了妖狐。有谁去鞭打叛贼中行说? 有谁去捕获敌酋? 又有谁能用一丸泥封住函谷关使国家安泰？又有谁能三箭定天山？戴着高帽子挂着长剑的道学家们，早晨高谈颜回、孟子之道，晚上又讲授周敦颐、二程的学说。系印的绶带长长地下垂，佩的印信一个又一个，可一旦国家沦陷，你们又能到什么地方去过活？有金就把它熔化了做箭，有铁就把它铸成蒺藜。我要送给您像湛卢、青萍那样锋利的宝剑，您应当还送我太乙白鹊这象征胜利的战旗。我们一起杀敌博取功名，何必要孜孜于寻章摘句？死去的诸葛亮尚且能惊走司马懿，不是孔子勇敢谁能斥退莱夷？啊！我放声唱着乌乌歌，心中难消积郁的怨气。别读书吧，别成了书痴！

【赏析】

　　蒙古灭金后，纵兵南下，接连攻下宋朝多处州县，对江南虎视眈眈。宋理宗对蒙古人的威逼束手无策，朝中大臣只知务虚空谈，国势维艰。乐雷发对此感慨万端，作了这首长歌，抒发国难当头应该拿出实际行动投入到战斗行列中去的激烈情怀。

　　诗起句以短促的音调、重复的句子，表现自己的愤疾。"莫读书，莫读书！"诗人自己是个读书人，却大肆否定自己，真是振聋发聩。为什么别读书？他这样说明：饱学如惠施之辈，对匡危救国又有什么作用？在国家动荡的时刻，再也不要死捧着书本、寻章摘句，死抠着性理、讲论道学。为此，他号召大家觉悟过来，焚去《离骚》一类诗文，劈碎《太极图》一类道学书，大家一起来喝杯酒，探讨一下如何报效祖国。这几句，高昂慷慨，有李白诗的气势与杜甫诗的沉郁，如庐山瀑布飞泻，轰隆铿锵，横流四溅。尤其是诗人把读书人分作两类，一类是咬文嚼字的腐儒，一类是不关痛痒、低头拱手谈性命的道学家，正切中南宋末年的时病。后人论宋亡的原因，把清谈误国作为主要的一项，这一点，在此之前的爱国人士陈亮等都已注意到，乐雷发在此诗中，对之作了尖锐的揭露与批判。

读书人的无能，有多种表现，因此，诗以下对他们进行进一步的指斥。乐雷发指出，那些穿着宽衣博带的道学家，招摇过市，不厌其烦地讲道学，说什么唐虞无为而治，怎比得上当年终军请长缨缚单于而归？咬文嚼字，闭门觅句，即使作出《子虚赋》那样的文章，又怎比得上骑着的卢快马，杀敌于疆场？这四句，进一步表达对无能的读书人的鄙薄，也表白出他自己胸中的榜样，提出了自己报效国家、奋勇杀敌的目标。

诗人何以对读书人如此不屑一顾呢？归根结底，是他们无能。因此，诗接着以"君不见"引句，举例说明。在诗人作此诗前两年，也就是嘉熙三年(1239)，蒙古军队曾经攻入四川，占领重庆。到诗人写这首诗的淳祐元年，蒙古军再次麾兵攻陷成都。所以诗取四川当地风光，化用李白《蜀道难》中"所守或非亲，化为狼与豺。朝避猛虎，夕避长蛇，磨牙吮血，杀人如麻"等句，写四川人民遭受屠戮的悲惨情况。在此，诗特地拈出眉山书院及杜甫草堂，分别代指道学家讲学场所及文学家论文之地。诗描写这两处都被焚毁，被敌人的铁蹄蹂躏，这些道学家、文学家连自己的根本之地都保不住，又有谁奋身而起，抗击敌人？诗一连用了几个典故，如连珠响箭,箭箭诛心,把投降者、空谈家和尸位素餐的朝廷官员鞭挞得体无完肤。但诗人还嫌不够,又用浓笔勾勒了一遍他们的丑恶嘴脸,说他们当此国家危难之际,还是戴着高帽子,佩着长剑,忙着讲什么仁义道德;那些做高官的,醉生梦死,一点没有紧迫感与责任感。试问,一旦国家沦亡,他们又能到什么地方立命安身?"大冠"以下四句,通过辛辣的讽刺,表示自己对这批人的极端的愤怒。

"有金须碎作仆姑"以下八句,是诗人针对读书人中间的渣滓述明自己与他们截然不同的志向。诗人表示,学以致用,自己绝不读死书,志在投入到抗敌的第一线去。他要放下书本,摒斥空谈,积极行动起来,制作好射敌的利箭,阻敌的蒺藜,拿起宝剑,挥动战旗,杀敌立功,建立千秋功业,垂勋万世。读书不是为了空谈,要有实际行动。过去诸葛亮死了还能吓走司马懿,孔子能大义凛然地斥退莱人的无礼行为,这些都是学以致用的榜样。至此,诗的主题已经突出,诗人强调的是读书报国,如果读书只是装点门面、沽名钓誉,那还是不要读的好。通过一段表白,诗人的刚正之气跃出纸上,诗的情感也推到了高潮。于是下面急转快收,再次咏叹读书人读死书,结果成了书痴,百无一用。结尾两句与起首呼应,但一为激烈,一为悲切。

乐雷发虽然是江湖派作家,但这首诗却写得慷慨激昂、雄浑跌宕,诗人胸中的忧国忧民的积虑,渴望报效国家的雄心一泻而出,没有丝毫江湖派应酬纤巧之病。诗人作为一个读书人,愤疾的心理驱使他决心杀出自己的阵营,这种思想,在当时无疑是十分可贵的,因此他的后人乐宣在《雪矶丛稿》跋中特地提到这首诗,说是乐雷发"励志发愤"而作。

秋日行村路

儿童篱落带斜阳①,豆荚姜芽社肉香②。
一路稻花谁是主?红蜻蜓伴绿螳螂。

【注释】

① 篱落:篱笆下。　② 社肉:此指秋天祭祀社神的肉。

【语译】

一道斜阳西照,篱笆边孩子们在欢快地玩耍;农家正烹煮着豆荚姜芽社肉,空气中弥漫着诱人的浓香。这一路盛开的稻花静悄悄的,谁来作主?只有红的蜻蜓伴随着绿的螳螂。

【赏析】

这首绝句,正如诗题所说,写的是秋天经过郊野的一座小村时的所见所感。诗逐次展开一幅绝妙的田家景物风情图,使人读后为之神往。

诗写道,他走近了一个村庄,这时候,天已是黄昏时候,一道金色的斜阳照耀着,农民们劳累了一天,都已回到家中,门外院落的篱笆边,孩子们在快乐地玩耍着。正是烧晚饭的时间,烧煮豆荚、姜芽和社肉的香味,从农舍中飘出。村外的小路旁是连绵不断的稻田,稻谷正在扬花秀穗,这时远远望去,一个人也没有,十分寂静,只见到红色的蜻蜓在低低地飞着,稻叶上爬动着绿色的螳螂。这一派和谐自然的乡村风光,使诗人深深地陶醉了。

　　诗就眼前所见,精工细描,把农村傍晚的景物一组组摄入诗中,使人应接不暇。诗人没有在诗中倾诉自己的心情,但把自己的情感贯注到了景物的描写中,使整诗洋溢着喜悦欢快的气氛。如诗的第三句由问句形式出现,明知风光无主,偏要问"谁是主",便突出了眼前的丰收景象带给人的喜悦,也细微地表现黄昏的岑寂。第四句写红蜻蜓与绿螳螂,不仅在色彩上很艳丽,在二者之间加一"伴"字,更突出它们的勃勃生机,使全诗给人以积极向上的感觉。

　　这首诗的三、四句是名句,它的好处,钱锺书先生在《宋诗选注》中专门作了发挥,对我们理解诗很有帮助。钱先生说:古人诗里常有这种句法和颜色的对照,例如白居易《寄答周协律》"最忆后庭杯酒散,红屏风掩绿窗眠",李商隐《日射》"回廊四合掩寂寞,碧鹦鹉对红蔷薇",韩偓《深院》"深院下帘人昼寝,红蔷薇映碧芭蕉",陆游《水亭》"一片风光最画得?红蜻蜓点绿荷心"。乐雷发的第三句比陆游的新鲜具体,全诗也就愈有精彩。

黄大受

黄大受,字德容,号露香居士,南丰(今属江西)人。以诗名,所作清丽奇特。有《露香拾稿》。

早 作①

星光欲灭晓光连,霞晕红浮一角天。
干尽小园花上露,日痕恰恰到窗前。

【注释】

① 早作:早起。

【语译】

星光将要隐没,东方渐渐发白,冒起了一片霞光,染红了半边天。阳光晒干了花上的露水,照映到我的窗前。

【赏析】

这是一首写清晨秀丽景色的小诗。诗人摄取了几个有代表性的景色,连缀组合成一串美丽的令人向往的境界。

诗依时间的推移而展开。首句写天将亮未亮的时刻,未写晓,先写夜,把夜间的代表物星星拈出。黎明前特别黑暗,星光也就特别灿烂,特别引人注目,因此,可以想象,诗人起床时是在黎明前,所以他注意到了星星,这就呼应了题中的"早"字。星光欲灭,是说天快亮了;晓光连,是说东方透白,这两种物候的变化本来是同步的,诗人有意以"欲灭""连"三个字穿插,表示两者之间微小的差别,就把时光的转变形象地表达出来。第二句接首句写。东方既已发白,太阳便要出来。诗又不直接写日出,而写日出前的霞光,说霞光染红了一角天空。这句描绘景色有独到之处。红霞照空,用一"晕"字表示,带有色彩流动之感;而"红浮"二字,更细致地写出太阳渐渐升起,霞光渐渐铺展的场面,在静态中带有动感。前两句写得很平缓,景色的转换很慢,三、四句一下子跳跃,说太阳已经升起多时,晒干了花上的露水,照在窗前。这两句由远景拉到近处,他眼前露水被太阳晒干,证明他在晨光中已徘徊多时,从此可见他是多么深地沉醉在晨景之中。"日痕"二字用得很生新,是说他眼见太阳慢慢升起,日光渐渐向前蔓延的情景,道人所未道。

全诗把看似很寻常的景色渲染得栩栩如生,以时间先后为序,详细地描绘了先后景况的不同,充分表现了诗人细致敏锐的观察力。从诗中,读者自然地领略到诗人开阔爽朗的胸怀,从而自己也沉浸到诗中明净清新的氛围中去。

家铉翁

家铉翁(1213—1295后),字则堂,眉山(今属四川)人。历官端明殿学士,签书枢密院事。元兵至临安,以参知政事充祈请使入燕,被扣留。宋亡,不愿出仕,元成宗时放还。有《则堂集》。

寄江南故人

曾向钱塘住①,闻鹃忆蜀乡②。
不知今夕梦,到蜀到钱塘?

【注释】

① 钱塘:即临安,今浙江杭州,是南宋都城。 ② 蜀:四川。家铉翁是四川眉山人。

【语译】

我曾经住在钱塘,每当听到杜鹃凄切地啼叫,总会不由自主地想念远在四川的家乡。如今我被羁押在燕京,不知道今晚梦中,是回到四川,还是回到钱塘?

【赏析】

这首小诗作于南宋灭亡后,分两个层次,成今昔对比。前两句是写宋未亡前,因为北方领土先后被金元所占,宋偏安临安,所以家铉翁住在临安,每当听到杜鹃啼鸣,便想起了家乡。家铉翁是四川人,闻鹃事切合自己,用的是四川典故:相传古代蜀主望帝失国后,他的魂魄化作杜鹃鸟,鸣声悲哀,常啼至口角流血而止。古人常以杜鹃啼血典来寄托家国灭亡之痛。而杜鹃的叫声又如同"不如归去",家铉翁"闻鹃忆蜀乡",既是对国土沦陷表示愤慨,又寄托对家乡的深切思念及有家不能归的沉重悲哀。后两句写眼前,南宋已经灭亡,自己被俘到了燕京,这时候恢复失土已成画饼,不要说北方,就是南方,包括以前所住的南宋都城临安,也都成了异族统治的天下了。由此,家铉翁无限怅惘地问:今天晚上做梦,是梦蜀地还是梦临安呢?言下之意,两地分别代表家与国,都是那么使他思恋感伤。

前后二层,后层是前层的延续,前层是为后层预做地步,这就是论诗者所谓的加一倍写法。诗在谋篇手法上显然是参考了贾岛的《渡桑乾》诗:"客舍并州已十霜,归心日夜忆咸阳。无端更渡桑乾水,却望并州是故乡。"但贾岛诗只是抒发久客远游的思乡之情,家铉翁诗却表现亡国之恨,更加催人泪下。通过递进,前面本来是很突出的思乡之情,忽然又加入了新的内容,更显得沉痛。

家铉翁这首诗所表达的情感,在感慨兴亡盛衰的诗中很普遍,典型的可举虞集的《挽文丞相》诗,末联说:"不须更上新亭望,大不如前洒泪时。"用晋过江诸人新亭洒泪叹中原沦丧的典故,说那时还有半壁江山,如今连一点残山剩水也没有了。这与家铉翁梦四川、梦钱塘同一机杼。

罗与之

罗与之,字与甫,一字北涯,号雪坡,吉州(今江西吉安)人。理宗时曾应进士试,未中。是江湖派诗人,一些小诗颇有风致。有《雪坡小稿》。

寄衣曲① 三首

忆郎赴边城,几个秋砧月②。
若无鸿雁飞,生离即死别。

【注释】

① 寄衣曲:乐府题。《乐府诗集》收有张籍《寄衣曲》,入"新乐府辞",七言八句。 ② 秋砧月:秋天在月下捣衣。砧,捣衣石。

【语译】

想起了当年,丈夫当兵,远赴边疆;撂下我一人在家,凄凄凉凉。多少次,在昏黄的秋月下,我捣着寒衣,把你思想;假如没有那南来北往的大雁捎来你的消息,生离和死别,有什么两样。

【赏析】

自从边塞诗盛行后,一般有两个主题,一是写边疆战士浴血沙场及征战的苦楚、思乡的愁怨,一是写征人之妻对丈夫的怀念及独守空闺的寂寞。后一个主题,往往通过为丈夫寄征衣来表现,著名的如陈玉兰的《古意》云:"夫戍萧关妾在吴,秋风吹妾妾忆夫。一行书信千行泪,寒到君边衣到无?"罗与之这组《寄衣曲》,也是通过制寒衣、寄寒衣时的心理动态,表示对丈夫的思念。

第一首,写思念丈夫,从忆旧开始。丈夫去边城已有多年,自己便一年一度地捣衣。"几个秋砧月",极言时间之长,难以挨熬,"秋砧月"三字又切合时令,包容了女子多少次的织布、捣素、裁衣的辛苦,不由得使人想起李白《子夜吴歌》"长安一片月,万户捣衣声。秋风吹不尽,总是玉关情。何日平胡虏,良人罢远征"来。这女子默默捣衣,正同李白诗所说一样,无时无刻不在思想丈夫回来。三、四句转而写失望,说如不是还有书信往来,眼前的分离就同死去永无相见之期没有什么两样。这两句,下得很沉痛。以鸿雁代指书信,切合边塞风光,说丈夫离得很远。末句用《楚辞》"悲莫悲兮生别离"句,予以加深,呼应第二句"几个秋砧月",表现因为离别太久,相见无期的怨恨与失望。

寄衣诗带说鸿雁,表达对丈夫消息的渴望,也是诗家常用的手法。如张纮《怨诗》云:"去年离别雁初归,今夜裁缝萤已飞。征客近来音信断,不知何处寄寒衣。"罗与之借鉴了这一手法,翻过一层,写得到音讯但丈夫不能回来引起的悲哀,道人所未道。

  愁肠结欲断,边衣犹未成。
  寒窗剪刀落,疑是剑环声。

【语译】

　　我日思夜想,愁肠如结,寸寸欲断;烦恼撩人,征衣迟迟未能制成,满怀辛酸。寒窗下我心神恍惚,不小心把剪刀碰落地上,仿佛听到的是丈夫剑上的环发出铿锵的响声。

【赏析】

　　第二首,接写裁衣。这位女子在灯下为丈夫赶制寒衣,但由于心中很乱,愁怨不已,所以寒衣迟迟未做好。"愁肠结欲断"是加一倍写法。古人常以愁肠百结与哀肠寸断来形容心中极度的悲伤,这里把这两个意思合在一起用,更加凄绝。凄绝的结果,便是寒衣没有做好。这因果关系,也可以倒过来说,因为已是秋凉,寒衣未制成,因而心中发愁,引出下文急催刀剪的情景。

　　三、四句写女子一边赶做衣服,一边想念边塞的丈夫。具体写时,又不直写,而是抓住"寒窗剪刀落"这一细节来进行发挥。"寒窗"二字一方面点时令,一方面又以之表示思妇独守空房的凄凉寂寞。剪刀落地与上愁肠缭绕有关,她心中着急,不小心碰落了剪刀。剪刀落地之声,在这孤寂的气氛中,更为触目惊心,可是这声音在这位日夜思念丈夫的女子耳中,却似乎化作了丈夫剑环碰撞的声音,这就十分传神地刻绘出这女子边做寒衣,边思想丈夫,以致神思恍恍惚惚的情况。"剑环"二字,在诗中又是双关语。古乐府有"藁砧今何在?山上复有山。何当大刀头,破镜飞上天"句。其中藁砧是"夫"的隐语,"大刀头"即"刀环","环""还"同音,隐

"还"字。诗人在这里用的"剑环"二字与刀环同意,也是谐"还"字,隐盼望丈夫快回来的意思。

> 此身倘长在,敢恨归无日?
> 但愿郎防边,似妾缝衣密。

【语译】

只要我能够活下去,我怎敢怨恨你回家的日子绵绵悠长?我只是衷心地祝愿,郎君你严密地守卫着边防,像我细针密线缝成的征衣一样。

【赏析】

第三首写女子寄征衣时的祝愿。这三首诗,虽然都以思念丈夫为中心,但侧重不同。第一首是盼望丈夫归来,写自己的孤寂;第二首具体写自己思念丈夫到了触处伤感的地步;这第三首从丈夫不能回来,转而鼓励丈夫好好戍边。

诗前两句便退一步说但愿人长久,总有相见的日子,也是唐王建《送衣曲》"愿妾不死长送衣"的意思。诗中的"敢恨"二字,是正话反说。丈夫已去多年,回来的希望又很渺茫,她自然很怨恨,恨到极处,反说自己岂敢怨恨,这样一来,便把情感压到最低沉的地步,其实质与第一首"生离即死别"的意思相同。如果诗只到这里为止,就和一般闺怨诗没有大的区别。好在三、四句急转,妙设比喻,以缝征衣时的细针密线,想到丈夫戍边,从而叮嘱丈夫也要如此严密地守卫边防。这时候,她的思想已经与国家的命运与前途连在一起,使人们不由得对这位普通的妇女肃然起敬。

　　这组诗用乐府手法,写女子制衣寄衣的过程,深刻地表现她对丈夫的思念。诗写得朴实平易,感情深厚。罗与之所处的时代正逢北方民族威胁南宋政权,战火不断,因此,他借妇人之口,控诉了战争带给普通家庭的灾难。最为难得的是,诗最末歌颂了这位妇女为国情愿作出牺牲的博大胸怀,赋予边塞诗以新的意义,使本诗在同类题材的作品中脱颖而出。

谢枋得

谢枋得(1226—1289),字君直,号叠山,弋阳(今属江西)人。宝祐四年(1256)进士,历官江东制置使、江西招谕使。宋亡,起兵抗元,兵败后变姓名避建宁山中。后被拘执至大都,绝食死。诗朴实,多写战乱及亡国哀痛。有《叠山集》。

庆全庵桃花①

寻得桃源好避秦,桃红又见一年春。

花飞莫遣随流水,怕有渔郎来问津②。

【注释】

① 庆全庵:谢枋得避居建阳(今属福建)时给自己居所取的名称。 ② 问津:询问渡口。这里用陶渊明《桃花源记》中"无人问津"意,指寻访。

【语译】

我寻到了块像桃花源那样理想的地方,正可以同躲避秦朝的暴政一样躲避新朝;在这里,我早已忘记了节令,只是见了桃花又一次盛开,才知道又一年的春天来到。桃花纷纷飘落,切莫让它飘进溪水;恐怕有多事的渔郎见了,顺着漂浮的花瓣找到这里,把我骚扰。

【赏析】

南宋灭亡后,谢枋得在浙赣交界一带抗击元兵,以江东提刑、江西招谕使知信州。不久,信州失守,他变易姓名,躲藏在武夷山区,卖卜论学于建阳市中,一住十二年。这首小诗借自己门前桃花开放,结合自己逃难现状,抒发避世怕人知晓的心理,表示与新朝的决绝。

诗题的是自己门前的桃花,但诗直接由题宕开,从桃花联想到桃花源。桃花源是晋陶渊明《桃花源记》中的理想世界,文中说武陵有个渔夫,见到一条小溪,溪边长满桃花,落英缤纷,他顺溪水找到了一个地方,人民男耕女织,安居乐业,自称是避秦乱而迁移至此,遂与世隔绝,不知外面的世界已几经变更。渔夫回家后,告诉了当地太守,再去找那地方,却再也找不到了。诗首句就是借桃花源,说自己找了块与世隔绝的地方隐居,目的是为了躲避新朝。诗人在感情上已经把自己等同于桃花源中躲避秦末暴政的人物,万事不关心,因此第二句说自己自从避世后,连时间概念都没有了,只是见到眼前桃花盛开,方才知道,又是一年春天到来。这两句虽然读来觉得平易自然,实际上隐含着诗人无数的伤心血泪在内;他的避居,完全是不得已,他何尝不是天天在祈祷有人起来推翻元朝统治,恢复宋朝河山呢?

三、四句把基调更降下一层。桃花源中的人,因为桃花随着流水而出,被渔夫所追逐而发现了隐避之所。诗人当时变姓埋名,更怕被人知道,因此他担心地提出,门前的桃花凋谢时千万不要随流水淌出,怕有人见到,跟寻而至,发现自己隐居的地方。诗人这样说,不仅仅是表示不愿让人知,更多地是宣言自己绝不与新朝合作。

全诗随手设譬,既符合自己身世与当时社会现实,又明白地表明了自己的志向,自然熨帖。不过,诗人最终还是被人发现了,程文海、留梦炎等人交相荐举他出仕,他都严词拒绝,最后元世祖也下令他到京城大都去,在福建参政魏天祐的强逼下,他到了大都,不肯做官,绝食而死,实现了自己与新朝不两立的誓言。

武夷山中[①]

十年无梦得还家,独立青峰野水涯。
天地寂寥山雨歇,几生修得到梅花[②]?

【注释】

① 武夷山:在福建武夷山市南郊,群峰林立,溪流回湍,是著名风景区。
② 几生:何年何月,几时。

【语译】

十年了,我连梦中也没有回过一次家;如今,我一个人,站立在青翠的山峰前,依傍着水涯。天地一派寂寥,连山雨也悄悄地停下;哪年哪月,我才能够修得如同梅花?

【赏析】

岁月如流,谢枋得隐居山中已经十年了。他等啊等啊,等待着有抗元义军的消息,希望宋廷能死灰复燃,可是一切都落空了。这天,他面对着青山绿水,发出了深沉的叹息,作了这首凄凉而又悲壮的小诗。

诗第一句就布满了悲怆之感。十年了,没有返回故乡,连梦中都没梦到过故乡。诗人埋名避世,不得回乡,也不想回乡,这是情理中的事;但对家乡一点不怀念眷恋,以致于连回乡的梦都没有一个,诗人岂不是太寡情了吗?不,实际上,诗人所说的无梦还家,有着比别人更多的辛酸。谢枋得的家乡在江西弋阳,离他最后抗拒元兵时驻守的信州(今上饶)不远。信州失守时,谢枋得孤身逃窜,家小都被元兵掳去,下落不明,家乡也被元人蹂躏。他十年无梦,是因为没有了家,即使有梦,梦魂又往哪儿去寻觅自己的家呢?更何况,作为一个爱国斗士,国家已经沦丧,何以家为?因此,诗的第二句,通过独立青山前、野水边,表现自己无限的孤独伤感,忍受着无国无家的痛苦熬煎。诗虽然没有直接叙述自己的苦恼,但读者自然能够感受到。

三、四句照应题"武夷山中",重点仍放在抒情上。诗人站在山中,天地一片寂寥无声,连前不久还在下的雨也歇了。这是一幅十分宁静的场面,既是写景,也是写自己的心情。诗人通过景物的宁静,衬托自己心情的不宁静;更是以山川的沉寂比喻世事的不可为。宋朝的江山已经被元朝夺去,战斗已经结束,谢枋得日夜盼望有人奋臂高呼,掀起反抗高潮,但眼下却没有一点迹象,一切都悄悄地结束了。前途何在?他很迷惘,很痛苦,于是把目光投向了山中盛开的梅花,它是那么的高洁,遗世独立。谢枋得决心像梅花一样,永葆自己的高尚情操,不像百花一样,媚春争放,向新政权屈服。但真正能做到没世不为人知,逃避新政权的骚扰,又是何等的困难,所以他不禁长叹,要做梅花也是很不容易的事。

　　谢枋得这首诗,和当时很多遗民诗一样,抒发亡国之恨及无力回天的伤感,表明与新政权不合作的态度。不过,诗写得很悲,同时又透着坚屹不屈的刚气,并能巧妙地托物言志,是同时很多诗无法攀比的。

真山民

真山民,生平事迹不详。诗出晚唐,多写亡国遗恨,而语句委婉,有辑本《真山民诗集》。

杜鹃花得红字①

愁锁巴云往事空②,只将遗恨寄芳丛。
归心千古终难白,啼血万山都是红。
枝带翠烟深夜月,魂飞锦水旧东风③。
至今染出怀乡恨,长挂行人望眼中。

【注释】

① 杜鹃花:一名映山红,春季开红花,传为杜鹃精诚所化。杜鹃,一名子规,据《蜀王本纪》《华阳国志》等书载,为蜀王杜宇失国后精魄所化,它叫起来连绵不断,凄厉悲凉,不啼到口角流血不止。它的叫声又如"不如归去",所以又被称作催归鸟。这首诗就是依照杜鹃的这些传说及特点吟咏。　② 巴:指今四川。　③ 锦水:濯锦江,一名锦江,在四川成都。

【语译】

愁云密锁蜀国的土地,往事如梦都是空;杜鹃鸟啊,唯有怀念故国的心情无法放下,便把它寄托给盛开的杜鹃花丛。那归心,千万年来,向谁陈述,谁能理解?可怜它,声声悲啼,口角溅血,把这满山的杜鹃花染红。杜鹃花迷离的枝叶萦绕着青翠的烟雾,在夜月的照耀下一片迷蒙;杜鹃鸟的精魂又飞到了锦江边上,追忆着往日的东风。这愁这怨染出了无限的怀归忧恨,它时时呈现在行人凄凉的眼中。

【赏析】

这首咏物诗是咏杜鹃花的。诗层层相扣,渐次推进,先从杜鹃上着眼,然后过渡到杜鹃花,最终言志,表达故国之思。宋朝灭亡后,很多遗民诗借杜鹃典寄托亡国之恨、家山之恋,一时成为风气。如谢枋得《春日闻杜宇》"杜鹃日日劝人归,一片归心谁得知?望帝有神如可问,谓予何日是归期",梁栋《禽言》"不如归去,锦官宫殿连烟树。天津桥上一两声,叫破中原无住处。不如归去",汪元量《送琴师毛敏仲北行》"南人堕泪北人笑,臣甫低头拜杜鹃",郑协《溪桥晚兴》"一川晚照人闲立,满袖杨花听杜鹃",都与真山民这首诗一样,写得沉痛之极。

这首诗未写杜鹃花,先推本溯源,写杜鹃鸟。"愁锁巴云"直接由杜鹃典生发,写杜鹃产地,使人自然地联系到望帝杜宇化成杜鹃的哀怨故事。诗把环境描写成愁云密锁,一片凄凉黯然,为全诗定调。望帝已化杜鹃,自然往事都空,渺如云烟,无法挽回,所以诗以"往事空"论定。第二句赶紧拉回,说杜鹃把满腔的遗恨寄托在满山遍野鲜红怒放的杜鹃花上。这不啻告诉人们,云空未必空,一切都可忘怀,但对故国刻骨铭心的思念,又怎么能放得下呢?诗先抑后扬,极尽刻绘之能事,在写杜鹃时,顺笔带出杜鹃花,就与诗题不即不离,得咏物三昧。同时,透过咏物,诗人又把自己的心事沉入。杜鹃鸟的"愁锁巴云"与诗人愁锁故国大地的亡国之哀是相通的。杜鹃鸟将故国之思寄托在杜鹃花上,诗人又何尝不是将亡国之恨寄托在这首咏杜鹃花的诗中呢?因此,诗写得那么低沉,那么伤感。

次联承上,仍写杜鹃鸟。杜鹃鸟的啼声犹如"不如归去",又啼到口角出血,诗便由此展开。诗写道,它声声地悲啼着,但它的思归苦心,千万年来,向谁陈诉,谁能明白?因此它啼啊啼啊,啼出了血,染红了这万山开放的杜鹃花。诗的写作手法与上联完全一致。只是将杜鹃的典故分成两个着重点来写,同样在句尾关联杜鹃花。在这联中,诗再次借杜鹃明志,杜鹃眷恋故国的心不改,千古难明,怨深恨长;诗人眷恋已经灭亡的宋朝,不也是如此吗?诗人的血泪,又何尝不是像杜鹃一样流个不尽,到死不休呢?

第三联正式写杜鹃花。出句又承上,杜鹃啼血,染红杜鹃花,于是杜鹃花也就充满了愁思怨情,它在夜月的照耀下,丛生的枝叶,萦绕着青翠的烟雾。这句状夜中之花极神,因是写夜,诗便不再写花而写枝叶,既避免了重复,又与夜的朦胧融成一气,升腾起一片悲凉之气。对句改为虚拟,由冷月照射着的花,返带杜鹃鸟,说杜鹃鸟的精魄一定仍然记挂着往日锦江边的东风。这一点故乡之思,真是百死不悔。诗铸情造景,孤峭凄迷,神似李商隐的无题诗,缠绵感人。

最后,诗借物明志,说这满山的杜鹃花,是杜鹃的血染成,是杜鹃精魄的化身,充满思乡怨恨,行人见了,怎么能不因此而感动得凄然泪下呢?特地标举杜鹃花对行人产生的同是"怀乡恨",于是前面六句都有了主题,行人的恨与杜鹃的恨就统一在一起了。

李白《宣城见杜鹃花》云:"蜀国曾闻子规鸟,宣城还见杜鹃花。一叫一回肠一断,三春三月忆三巴。"李白见杜鹃花引起对家乡的思念,已低徊伤感;真山民由杜鹃花引起的是亡国之恨,与李白比,真该愁肠九回,寸寸裂断,但这首诗比李白诗含蓄得多。倒是他的另一首《泊白沙渡》诗"离怀正无奈,况复听杜鹃"句,与李白诗一样,直截了当。咏物诗与一般写景抒情诗表现手法的区别正在于此。

晚 步

未暝先啼草际蛩①,石桥暗度晚花风②。

归鸦不带残阳老,留得林梢一抹红。

【注释】

① 蛩:蟋蟀。 ② 度:吹来。

【语译】

天还没黑,草丛中躲藏的蟋蟀,已经迫不及待地鸣响;我走上小石桥,晚风迎面吹过,夹带着阵阵清淡的花香。回巢的乌鸦纷纷飞落,留下那西坠的夕阳,渐渐寂没在地平线下;只有高高的树梢还剩下一丝红色的霞光。

【赏析】

吃了晚饭出去散步,是许多读书人的爱好,这首美妙的小诗,就产生在诗人晚上散步之时。生活中充满了诗料,只要你处处留心,便都是一首首绝妙好词,怪不得唐庚《春日郊外》诗说"疑此江头有佳句";陈与义《春日》诗云"忽有好诗生眼底",《题酒务壁》云"佳句忽坠前",自然的美就是这样时刻向你提供艺术灵感。

散步时,心中充满闲适,甚至是漫无目的,精神完全放松。诗人步出了家门,走上了乡村的小道,最先引起他注意的是路边草丛中传来阵阵蟋蟀的鸣叫声。于是他想到,蟋蟀是晚上鸣叫的虫儿,如今还是黄昏,怎么就叫了起来?这样,他脑海中的第一个印象,就形成了第一句诗——"未暝先啼草间蛩",充满新鲜感,甚至有些童心未泯的因素在内。蟋蟀未晚先鸣,又提示人们,乡村的黄昏是何等的寂静。

听着蟋蟀的鸣叫,诗人慢慢向前。江南的乡村,水港密布,他家不远有座小桥,通往小桥的路,他早已走熟,习惯成自然,他踱上了小桥。桥上,水边,春天那略带潮湿的空气令人陶醉,于是他停了下来。微风吹来,夹带着阵阵的花香,他贪婪地呼吸着,赞叹着——"石桥暗度晚花风"。花在哪儿?他不知道,可风中送来的香气,是多么迷人!"暗度"二字下得很神,告诉人们,暮色朦胧,景色暗淡,诗人无意搜寻观赏花儿,可花通过微风偷偷地送来了香气。

诗人站在桥上,被晚景所吸引,诗的后两句就是站在桥上眺望景色所得。黄昏了,成群的乌鸦聒噪着,渐渐向自己的窝巢降集,树的上空没有了鸟儿,低低的夕阳照着树梢,只剩下一抹暗红。这一景象,写得细微入妙。一个"带"字是说暮鸦归巢,夕阳随即西沉,似乎乌鸦不管落日,因此落日迅速西下;用一个"老"字形容落日,也很别致。

以淡泊的心情写出这样有声有色的诗,使人如临其境,这就是这首诗的成功之处。《宋诗钞》说真山民的诗"皆探赏优胜之作,未尝有江湖酬应语也"。诗一涉应酬,便失去了真性情,《宋诗钞》以此肯定真山民的诗,一语中的。

文天祥

文天祥(1236—1283),字履善,一字宋瑞,号文山,吉水(今属江西)人。宝祐四年(1256)状元,历知赣州、临安。临安陷,起兵抗元,官至右丞相兼枢密使,封信国公。兵败被执,慷慨就义。诗多感慨时事,风格悲凉沉郁。有《文山诗集》等。

过零丁洋①

辛苦遭逢起一经②,干戈寥落四周星③。
山河破碎风飘絮④,身世浮沉雨打萍。
惶恐滩头说惶恐⑤,零丁洋里叹零丁。
人生自古谁无死,留取丹心照汗青⑥。

【注释】

① 零丁洋:伶仃洋,在今广东中山市珠江口外。 ② 遭逢:遭际、遇合。起一经:以通一经起家步入仕途。宋以经学取士,此即指考取进士。文天祥是宝祐四年(1256)第一名进士(即状元)。 ③ 干戈:都是古代武器,此指军队。四周星:四年。 ④ 絮:柳絮。 ⑤ 惶恐滩:在江西万安,水流湍急,中多危石,是著名的赣江十八滩之一。 ⑥ 汗青:古人写字于竹简上,先用火烤竹简使之出汗,这样竹简便干燥易写,且不被虫蛀,称汗青。后因以代指史册。

【语译】

　　我发愤读书,得以步入仕途,报效国家;四年来,孤军作战,转战天涯。祖国河山破碎得像飞絮被风吹散,我也动荡不定,如同水中浮萍,漂泊无依,又遭雨打。想往年败退惶恐滩,我心中有说不尽的惶恐;看今日被俘押在零丁洋,又是这么孤苦伶仃,心乱如麻。自古以来又有谁能不死,我时刻准备捐躯,留下赤诚忠心,在史册上闪放出熠熠光华。

【赏析】

　　德祐元年(1275),元兵南下,文天祥毁家纾难,起兵勤王。翌年,宋降,他组织义军,转战南方。祥兴元年(1278)十二月二十日,在广东海丰被俘。翌年正月,元兵南下攻打崖山,文天祥被押舟中。他回思往事,感慨万千,写了这首诗,表示誓死报国。当时元兵统帅张弘范要文天祥写信劝宋帅张世杰投降,文天祥就拿出这首诗作为回答,张弘范"但称好人,好诗,竟不能逼"(据诗后自注)。

　　诗自步入仕途写起,追述当年,发愤读书,终于考取状元。没想到国家遭变,自己起兵抗敌,转眼已是四年了。这四年中,眼见祖国命运颠簸坎坷,自己也历尽了艰辛。前四句对以往的总结,格调十分悲壮。文天祥当国家大厦将倾,明知一木难支,仍然企图斡旋乾坤,挽狂澜于既倒,他出生入死、百折不回的精神,都浸注在文字之中,饱含血泪。在遣词时,力求平稳工整,如以"风飘絮"形容山河破碎,以"雨打萍"比喻自己动荡不安,都概括得很形象。至于用"干戈寥落"四字,又写出当时勤王之师寥寥无几,他孤军作战,以致难以奏功,从而山河破碎,自己漂流无依,又充满了愤疾。

五、六句写自己的感触。出句是回顾景炎二年(1277)与元军交战,败于空坑,从惶恐滩撤入福建时,面对紧张局势,心急如焚、满腹忧虑的情况。对句是写目前遭俘,在船上飘摇,航过零丁洋时孤独难受的心情。诗以地名结合感受作巧对,语意双关,后句"零丁洋"是主,是眼前实事实感,前句的"惶恐滩"是为作对而拈出,实际上是概括起兵以来"干戈寥落四周星"过程中的典型心理,表现出诗人娴熟的谋篇技巧。

通过前六句的层层进逼,最后,诗奏出了他那时代的最强音。诗人大声疾呼,直抒心志:人总是要死的,但为国捐躯流芳百世,自己时刻准备着就义。后来,文天祥果然以实际行动实现了自己忠贞报国的誓言,在燕京柴市就义,而这两句诗也就传颂千古,多少年来,一直激励着爱国志士们。

金 陵 驿[①]

草合离宫转夕晖[②],孤云飘泊复何依?
山河风景元无异[③],城郭人民半已非[④]。
满地芦花和我老,旧家燕子傍谁飞[⑤]?
从今别却江南路,化作啼鹃带血归[⑥]。

【注释】

① 金陵:今江苏南京市,宋名建康。 ② 离宫:古代皇帝出巡休息的地方。此指南宋的行宫。 ③ "山河"句:《世说新语·言语》载,晋南渡后,士大夫碰上好天,常在新亭聚会。有次周顗叹息说:"风景不殊,正自有河山之异!"众人相视流泪。 ④ "城郭"句:《搜神后记》载,汉丁令威弃家学道,后化鹤归辽,停华表柱上,人逐之,鹤在空中说:"有鸟有鸟丁令威,去家千年今始归,城郭犹是人民非。" ⑤ "旧家"句:用刘禹锡《乌衣巷》诗:"旧时王谢堂前燕,飞入寻常百姓家。" ⑥ "化作"句:传说古蜀主望帝死后,魂化为杜鹃,鸣声悲苦,啼至口中出血。

【语译】

当年的离宫如今是一片荒草,沐浴着冷清清的残照。孤单的云朵,漫无边际地飘去,无所依靠。这河山,这风景,并没有什么改变;这城市,这人民,大多已非旧貌。遍地芦花,白蒙蒙的,与我一样衰老;旧家的燕子,又飞到何处去觅梁筑巢?今天我离别了江南,再来时一定已化成杜鹃,泣啼着把这故国凭吊。

【赏析】

祥兴二年(1279),文天祥从广东被押往燕京,沿途见到山河破碎,心中无限伤感,写了很多诗。六月十二日,到达建康,羁留达二月之久。这首诗是离开建康时所写。

建康是六朝故都,历代诗人在这里留下了无数怀古篇章,而北宋沦亡,南宋初建时,又曾作为行在所。因此文天祥这首诗通过怀古,集中了他的亡国哀痛。

诗从都城宫殿入手,称为离宫,是关合南宋行宫。诗写宫殿长满荒草,在夕阳中一片凄迷。以荒草、夕阳寄托亡国之痛,是历来怀古诗惯用的手法。荒草是用《诗·王风·黍离》典,叹故都衰亡,宫室宗庙长满禾草;夕阳又象征着没落。这样的组合,后来元人萨都剌的《金陵怀古》词写道:"思往事,愁如织;怀故国,空陈迹。但荒烟衰草,乱鸦红日。"取得了极大成功。次句仍是写景,说在这荒芜的离宫上空,孤单单的一朵白云,飘动着,无依无靠。这样衬托,使前句更显得凄凉,同时一语双关。陶渊明《咏贫士》有"万族各有托,孤云独无依"句,文天祥即用陶诗意,以"孤云"自喻,写自己漂泊天涯,国亡家破,无所依傍。

颔联转入议论,两句都用典。出句用晋过江诸人新亭对泣事,对句用丁令威化鹤归来典,说山河还是老样子,但人事已非,都隐括亡国悲哀。在字面上,一用典故的上半截意,一用下半截意,有意错开原典,以"元无异""半已非"作变化,自然妙合,一气贯之,明白如话,完全可以不作用典看。颈联由怀古转到自身,仍然语语双关。文天祥离开金陵驿时正当深秋,芦花飘飞,因此写芦花与自己同老,借芦花之白形容自己由于悲伤沉痛而头发花白;"旧家燕子"句暗用刘禹锡诗意,同时又以燕子比喻昔日宋朝大臣,此时纷纷效忠新主。

诗的最后,一如《过零丁洋》诗,设誓表忠,随时准备殉难,但在表现手法上有所改变,改直说为用典用句,化用宋玉《招魂》"魂兮归来哀江南"句及望帝化杜鹃的传说,曲折地表明这次北上不准备生回,死了以后,再魂归南土,凭吊旧都,吐露了心中无限的哀苦。

文天祥擅长七律,以杜甫诗为榜样,曾作《集杜诗》一卷,所以他的律诗格调高古,用典用事均妙合无痕,这首诗以其真挚悲壮尤为人所赞赏。

汪元量

汪元量,字大有,号水云,钱塘(今浙江杭州)人。宫廷琴师。宋亡,随幼帝、太后同掳至北,后出家为道士。诗多写亡国之戚,去国之苦,被誉为宋亡之诗史。有《湖山类稿》。

湖州歌① 二首

一掬吴山在眼中②,楼台累累间青红。

锦帆后夜烟江上③,手抱琵琶忆故宫。

【注释】

① 湖州:今浙江湖州市。因这组诗是记宋帝降元,被俘北上的,当时元军主帅伯颜驻扎湖州,派人索取符玺,接受宋降,所以汪元量把湖州作为组诗的题目。 ② 一掬:一捧。吴山:在杭州城内。 ③ 锦帆:指皇帝所乘的船。后夜:今后的夜晚。

【语译】

吴山像一个小小的土丘映入我的眼中,远近的楼台层层叠叠,有青有红。日后被押北上,乘舟航行在轻烟笼罩的江里,我只能在夜间手抱琵琶,怀念眼前的故宫。

【赏析】

德祐二年(1276)二月,元兵进入南宋都城临安,宋恭帝赵㬎与祖母谢太后、母全太后签表投降,元军首领伯颜将他们俘押北上。汪元量当时在宫中为琴师,与妃嫔们同行,一路上将亲身所见及亡国悲愁作成《湖州歌》九十八首,语语沉痛,字字血泪,"纪其亡国之戚、去国之苦",被称为"宋亡之诗史"(李鹤田《湖山类稿》跋)。

"一掬吴山"一首是组诗的第五首,写尚未离开临安时事。诗由景起兴,"一掬"形容吴山之小。吴山是杭州城的标志,是南宋宫廷所在。金兀朮当年有志南侵,曾画自己骑马站在吴山上,题句有"立马吴山第一峰"之句。诗人在这里写都城景色,首拈吴山,且言其小,正是感叹宋朝政权经不起元朝铁蹄一蹴。他在《越州歌》中说"昔梦吴山列御筵,三千宫女烛金莲。而今莫说梦中梦,梦里吴山只自怜",也是以吴山代表朝廷,与本诗涵义相同。次句由吴山而及宋宫室楼台,以"累累间青红"五字,写尽楼台的参差不齐与富丽堂皇,在感情上则是前句的延续。这两句景句,如果是在承平年代,用以歌颂临安的繁盛,便不见有什么好处,由于诗写在国家刚亡,诗人自己将随驾被俘北上之时,写景就不再单纯是为了写景,而带有浓厚的依恋伤悼之情。"在眼中"三字尤为沉痛。今天这美景、这都城尚在眼中,可不久就要被迫离开,这地方就属胡虏管辖,再见不知何日,即使能够再见,也定非旧时模样了。

后两句诗人由眼前景象,从依依惜别想到了不久后离开临安的情景:日后,锦帆北上,烟雨朦胧,我只能怀抱琵琶,默默地思念这故宫了。"忆故宫"三字包罗很广,既是怀念眼前景象,更多的是抒发亡国之痛,且一个"忆"字与前"在眼中"形成鲜明对比,诗人种种复杂的心情都寄托在里边了。

北望燕云不尽头①,大江东去水悠悠②。
夕阳一片寒鸦外,目断东西四百州③。

【注释】

① 燕云:在今河北、山西两省的北部。此指元朝的首都大都(今北京市)。② 大江:长江。 ③ 四百州:泛指宋朝的疆土。

【语译】

我抬头北望,一眼望不到边际,大都不知道在何处;脚下是万里长江,浪涛滚滚东流。夕阳下一片寒鸦飞舞,我留恋地东看西望,告别这大宋疆土四百州。

【赏析】

这是组诗的第六首,诗人这时已随宋帝被押北上,渡过长江。

前两句写山长水远,路途迢迢。北望燕云,此行的目的地大都不知还相隔多少路,眼前是江水滚滚东去。一句写远处,一句写近处,气势都很磅礴广阔,但分别接以"不尽头""水悠悠"作收煞,便带出了心境的凄凉。诗人正是以景寄情,北望燕云不见尽头,表示国家灭亡,山河破碎,前途渺茫,担心此行到达大都后,不知作如何结局。大江东去,流水悠悠,隐喻国事已不可收拾,如江水般不能回返,自己的愁苦也如江水,无穷无尽。

后两句写景与抒情相结合。诗人在夕阳中眺望,见到寒鸦一片,满目萧然,他无比留恋地望着这大宋朝的国土,直到暮色沉沉看不见为止。这两句写得沉痛之极,"目断东西"与首句"北望燕云"相照映。北望燕云是那么宽广,全是元朝统治下的国土,他因此心中茫然。看东西则是原来南宋的国土,但如今也被元人占领,他想多看一会儿,但看不见了。诗人此时的心境,就可想而知了。而夕阳、寒鸦,仍隐喻宋朝的灭亡。

诗从"望"字着眼,即景生情,悲怆愁怨。第一句的望燕云是对未来未卜的前程感到渺茫,第二句的望大江,是抒发国家灭亡的感慨,第三句望夕阳寒鸦是寄托迟暮的感受,第四句望四百州是对离别故国的依依不舍。四句合在一起,全方位地表现了国亡后的感受。

郑思肖

郑思肖(1241—1318),原名不详,宋亡后改名思肖,字忆翁,号所南,自称三外野人,连江(今属福建)人。太学上舍生。诗文均抒写故国之痛,激愤苍凉。又工画兰。有《郑所南先生文集》等。

画 菊

花开不并百花丛,独立疏篱趣未穷。
宁可枝头抱香死,何曾吹落北风中。

【语译】

菊花从来不与百花一起开放,它独自倚着稀疏的篱笆,情趣无穷。宁可带着淡淡的香气枯死在枝上,也不肯随着凌厉的北风,飘落土中。

【赏析】

郑思肖是南宋末著名爱国者,宋亡后隐居苏州,坐卧必南向,自号"所南",表示不忘故国。他是个画家,国亡后画墨兰不画根、土,所作诗多抒发悲痛。这首题画诗,表现的也是自己对宋朝忠贞不贰的誓言。

菊花在秋季开放,很多诗人都从这点上做文章,以表示花的独特,如黄巢《赋菊》诗"待到秋来九月八,我花开后百花杀",就是以菊花的特性来言志。郑思肖这首诗也是如此,起首就说菊花不与百花为伍,独自开放在不引人注目的地方,但意趣无穷。诗用"不并""独立"两个词来描摹菊花的品格,而以"趣无穷"三字表示自己对菊花的喜爱。在这里,赞花正是自我表白,后句中隐括的无穷感受,都从菊花本身的品格中可得到揣摸。

前两句诗是咏画面,从诗可知画面是几丛菊花,独立疏篱。因为是题自己的画,所以没有对画的技巧、意境作一番褒扬,只是通过写画表现自己的趣味,即物言志。三、四句进一步借菊花的特点来表达自己的志节,在表现手法上则改用议论。菊花除了开放的季节与众不同外,花不落下枯死枝头也是一大特点,屈原的《离骚》"夕餐秋菊之落英"只是个别现象。百花都落,即使是高洁的梅花,也终当"零落成泥碾作尘"(陆游《卜算子》),办不到"质本洁来还洁去"(《红楼梦》林黛玉《葬花吟》),而菊花却带着它的香气枯死枝头,对呼啸的北风绝不屈服,因此诗人抱以真诚的赞赏。在这里,诗人写花,也写自己;北风又代表了北方来的元朝统治者。诗人正是向人们表白,自己绝不改变节操,向蒙人屈服。

由这首题画诗,不由得使人想到元末名画家王冕的题梅诗。据王逢《梧溪集》,王冕曾题自画梅,有"冰花个个团如玉,羌笛吹他不下来"句,差点被官府抓起来。王冕在诗中也是借花自譬,以羌笛喻元朝统治者,"不下来"与郑思肖诗"抱香死"意思一样,都表示不屈服;这主题又与他的《墨梅诗》"不要人夸好颜色,只留清气满乾坤"相一致。

林景熙

林景熙(1242—1310),"熙"一作"曦"。字德旸,号霁山,平阳(今属浙江)人。历官泉州教官、礼部架阁,宋亡隐居教徒。诗宛转凄凉,寓故国之思。有《林霁山集》。

题陆放翁诗卷后

天宝诗人诗有史①,杜鹃再拜泪如水。

龟堂一老旗鼓雄②,劲气往往摩其垒③。

轻裘骏马成都花,冰瓯雪碗建溪茶④。

承平麾节半海宇⑤,归来镜曲盟鸥沙⑥。

诗墨淋漓不负酒⑦,但恨未饮月氏首⑧。

床头孤剑空有声,坐看中原落人手。

青山一发愁蒙蒙,干戈已满天南东⑨。

来孙却见九州同⑩,家祭如何告乃翁!

【注释】

① 天宝诗人:指杜甫。杜甫身历天宝年间安史之乱,所作有"诗史"之称。其作《杜鹃》诗,有"我见常再拜","泪下如迸泉"语。 ② 龟堂:陆游家堂名,他晚年即自号龟堂。 ③ 摩其垒:迫近他的堡垒。 ④ 冰瓯雪碗:透明洁白的茶杯。建溪:在福建,是产茶区。 ⑤ 承平:太平。麾节:旌旗与符节。此指做

官。 ⑥镜曲:镜湖边。镜湖在陆游家乡绍兴。盟鸥沙:与鸥鸟为友,指过隐居生活。 ⑦不负酒:没有辜负美酒。指喝了酒作出好诗。 ⑧月氏:古西域国名。《汉书·张骞传》载匈奴破月氏国,把国王的头做饮器。此以月氏代指金国。 ⑨天南东:东南天。 ⑩来孙:玄孙之子,泛指后代。

【语译】

天宝间的诗人杜甫,他的诗就是一部历史;他对着杜鹃鸟再次下拜,有感于国破民困,泪下如涓涓泉水。龟堂老人陆游与杜甫旗鼓相当,所作诗刚劲雄放,直摩杜甫诗垒。他穿着轻裘,骑着骏马,赏遍了成都城中的名花;又持着洁白精致的器具,在建溪品尝着名茶。天下太平,宦游的足迹到过国中的一半;辞官归来,隐居鉴湖,与白鸥为盟,度过了晚岁年华。喝醉了酒随意挥洒,作出了高超的诗篇上万首;平生最大的遗憾,就是没能投身战场,亲手斩下敌酋的头。床头挂的宝剑白白地发出铿然声响,他只能眼睁睁看着中原大好河山落在敌手。远远的青山如同一线,那是中原大地,笼罩着蒙蒙哀怨;祖国的东南一带也燃烧着战火,恢复的大业已经成空。陆游啊,你的后辈虽然见到了九州一统,可统治者是胡虏,在家祭时怎么开口禀告你这泉下的老翁?

【赏析】

陆游八十年间万首诗,"数篇零落从军作,一寸凄凉报国心",一直鼓舞着人们抗击外侮,保卫祖国,尤其是在国家危亡之际,更激起爱国者的共鸣。林景熙这首诗作于南宋刚灭亡时,他披读陆游的《剑南诗稿》,被陆诗深深地打动,从而挥笔对陆游及其诗进行了全面的赞扬,寄托自己忧国忧民的情怀。

全诗四句一韵,每韵为一段,表达一层意思。第一段肯定陆游在诗歌史上的地位,说他相当于唐朝的杜甫。在写时,先标举杜甫的诗是诗史,然后举杜甫《杜鹃》诗中"杜鹃暮春至,哀哀叫其间,我见常再拜,重是古帝魂"句为例,说明杜诗反映了国家动乱,诗的宗旨是忠君爱国。在此定论下,再述陆游诗与杜甫旗鼓相当,性质相同,高屋建瓴地肯定了陆游。这样开场,避免了低手直截浅露的写法,从远处逗起,稳重自然。诗中"旗鼓雄""摩其垒"二军事用语,又密合陆游诗"篇中十九从军乐"的内容风格。陆游一生敬仰杜甫,向杜甫学习,他在诗中多次这样说杜甫:"文章垂世自一事,忠义凛凛令人思","后世但作诗人看,使我抚几空嗟咨",这是在说杜甫,也是说自己。在林景熙前,刘应时《颐庵居士集》卷一《题放翁剑南集》也曾这样说:"放翁前身少陵老,胸中如觉天地小。平生一饭不忘君,危言曾把奸雄扫。"与林景熙一样,都把陆游比作当代杜甫,不仅十分恰当,也深得陆游本心。

第二段四句概括陆游一生坎坷经历。"轻裘骏马成都花",写陆游在乾道年间在四川任职的一段经历。陆游在成都为官时,曾写过《花时遍游诸家园》等赏花诗,所以林景熙拈出看花一事,以概括他入川经历。"冰瓯雪碗建溪茶",写陆游在福建事。陆游在淳熙年间任提举福建常平茶盐事,所以诗举饮茶事,既是因为福建是著名产茶区,陆游又官管茶叶收购的官,一语双关。这两句所写,一东一西,跨地极大,故用以代陆游宦迹。以下便以"承平麾节半海宇"作一总写,然后说他晚年退隐家乡鉴湖。通过四句诗,有分有合,精炼地概括了陆游的一生;"承平"二字,已将他难以报国的不得已隐藏在内,尤为春秋之笔。

第三段写陆游的报国雄心。承接上"承平"字,说他在承平时代无法实施自己的爱国抱负,上前线去杀敌,收复失土,只好沉湎诗酒,把满腔热忱通过诗歌来表达出来。而他胸中,时刻以未能手枭敌首为恨,所以空有豪情,眼睁睁地看着中原沦丧,无力挽救。这一段,隐曲地批判统治者苟且偷安,不图恢复,高度概括了陆游一生的心事。渴望杀敌是陆游诗的主旋律,这类诗在陆游集中俯拾皆是。这首诗中"床头孤剑"二句,就是反用了陆游《三月十七日夜醉中作》"逆胡未灭心未平,孤剑床头铿有声"句。

末段四句,接入自己,把当前现实与陆游所处时代作对照。陆游当时是眼睁睁地看着沦陷的中原无力收复;林景熙所处的时候,中原依然沦陷,遥望北方,青山隐隐,笼罩在一片哀愁之中。更令人揪心裂肺的是,南宋偏安一隅的局面也已打破,国家已经灭亡,只剩下东南一带,还有残余的宋军在抵抗元人。因此,诗人感叹,国势已无法挽回,陆游的后裔确是见到了九州一统,然而是被敌人统一,他们在遵照陆游遗嘱家祭时又怎么向他禀告呢?这一段,"青山一发"是化用苏轼"青山一发是中原"句;末两句是本陆游《示儿》诗"死去元知万事空,但悲不见九州同。王师北定中原日,家祭毋忘告乃翁",写得沉痛之极。这时候,诗人已经把陆游的悲与自己的悲完全融合在一起,字里行间,充满着血泪。正如陈衍《宋诗精华录》所评的那样:"事有大谬不然者,乃至于此,悲哉!"

全诗把叙事与抒情紧密结合,所题的是陆游的诗集,但在赞诗时更重在赞人。诗写得一意相贯,层层推进,悲壮雄浑,同时善于概括,尤其是在成句的化用上,浑如生成,自然得当,显示了诗人非凡的艺术功力。

山窗新糊有故朝封事稿阅之有感[①]

偶伴孤云宿岭东,四山欲雪地炉红[②]。
何人一纸防秋疏,却与山窗障北风。

【注释】

① 山窗:山上人家的窗子。故朝:宋朝。封事:臣子上奏给皇帝的奏章。古时奏章为防止泄密,都要加封,故称封事。此即指下文中的"防秋疏"。北方民族常在秋高气爽,马匹肥壮,中原秋收完毕时入侵,故以"防秋疏"指内容为抵御异族入侵所应采取的策略的奏章。 ② 地炉:用来烤火取暖的火炉。

【语译】

我偶然入山,与闲云为伴,投宿在岭东;四面的山色阴沉,乌云滚滚,将要下雪,我把房里的火炉烧得通红。不知是谁写的一封抵御异族入侵的奏稿,如今却被山民糊在窗上,用来遮挡北风。

【赏析】

宋朝灭亡后,林景熙避居山中。有一次,他投宿一家山民家中,这家人家刚用纸糊好窗子,他见到糊窗的纸中,竟然有一封奏请皇帝防御元朝秋天入侵的奏章,顿时触动了他无尽的亡国悲哀,写了这首小诗。

诗上半写时令、地点。"偶伴"句点出自己的孤独飘零,暗示国家已经灭亡,所以自己来宿山中,又以遁迹世外,表明不肯与新朝合作的态度。"四山"句说时逢冬天,阴云密布,将要下雪。以气候衬托自己的凄凉,也为下文写山民新糊窗纸预伏一笔。这句描绘场景很有特色,外景"四山欲雪"与内景"地炉红"对比鲜明。

下半入题,直接写防秋疏被用来糊窗事。以"何人"领句,故设疑问,加重语气;以"却与"呼应,表示自己心中的愤怒不平。"防秋疏"与"障北风"形成一组鲜明的对比,构思精巧,感慨见于言外。当年朝中爱国志士对国家前途充满忧虑,写下了这封用以抵抗以北风为象征的元军侵略计谋的奏疏,今天竟然落在民间,成了真正抵挡北风的窗纸,诗人能不因此而感慨吗?就是因为朝廷采取不抵抗政策,弃防秋疏不顾,致使国家灭亡,诗人由眼前这件事,追索国破的原因,所以诗写得很沉重凄凉,感人肺腑。

陆游《夜读范至能揽辔录言中原父老见使者多挥涕感其事作绝句》云:"公卿有党排宗泽,帷幄无人用岳飞。"直接指斥专权误国的投降派排挤主战派。林景熙这首诗以防秋疏的下落曲折地表达投降派的误国罪责。两人虽然隔了近百年,满腔爱国热忱与痛恨误国权臣、叹息朝廷无能的心情完全相同。由于林诗作于亡国后,又只通过纪事,从封事稿的下落显示国家必然灭亡的命运,更显得悲痛。陈衍《宋诗精华录》说:"前清潘伯寅尚书,见卖饼家以宋版书残叶包饼,为之流涕,遇此不更当痛哭乎!"

谢 翱

谢翱(1249—1295),字皋羽,号晞发子,长溪(今福建霞浦)人,徙浦城(今属福建)。元兵南下,率乡兵入文天祥军中,为谘议参军。入元不仕。诗主要写亡国悲痛,构思新异,遣词奇崛。有《晞发集》。

西台哭所思①

残年哭知己,白日下荒台。
泪落吴江水②,随潮到海回。
故衣犹染碧③,后土不怜才④。
未老山中客,惟应赋八哀⑤。

【注释】

① 西台:严子陵钓台,在浙江桐庐县富春山,下临富春江。 ② 吴江:今属江苏,因吴松江流过境内而得名。谢翱同时所作《登西台恸哭记》中说文天祥死后,自己在至元二十年(1283)过姑苏,"望夫差之台,而始哭公焉"。 ③ 染碧:用苌弘事。《庄子·外物》说,苌弘含冤而死,"藏其血,三年而为碧"。 ④ 后土:地神。 ⑤ 八哀:杜甫所作诗,悼念张九龄、李光弼等八人。

【语译】

已经是岁末,我来到西台,恸哭英勇就义的知己文天祥;时已黄昏,凄凉的落日,照在荒凉的台上。当年我在吴江哭祭你的泪水,洒入江中,随着潮水流淌;今天又随着潮头流到我面前,与新泪一起,充满这富春江。你走了,你那溅满鲜血的朝衣,那血定然已经化碧;我悲愤地呼叫,皇天后土,怎不爱才,让你过早地凋亡。如今只剩下我,还未步入老年,埋迹山林,无所作为;只能够赋诗悼念,凄伤彷徨。

【赏析】

民族英雄文天祥被杀后八年,这时已经是元世祖至元二十七年(1290)了。十二月初九是文天祥殉难的日子,谢翱与吴思齐、冯桂芳等来到富春江边的西台,设立了文天祥的灵主,对这位英雄也是良师益友进行哭祭,回到船上,写下了这首诗。

诗平平而起,先说明时间地点:正当岁末,来到西台,一轮寒日,匆匆西坠。这联诗,"知己"二字是主脑。谢翱年轻时追随文天祥抗击元兵,任咨议参军。二人互相激励,立志为国捐躯。后文天祥兵败被俘,谢翱隐居南方。文天祥死后,谢翱每年都要设位哭祭,进行悼念。"知己"二字强调了二人的生死交谊,也唯有哭知己,才会如此伤心。诗中写的设祭时的场景,虽然是直述现实,但年是残年,台是荒台,又是黄昏时分,冷日惨淡,这样一组合,整个景物便自然地披上了浓厚的衰飒黯淡之气。于是,在这样的气氛中,诗人悲伤的泪水似雨点般地洒下来。第二联写哭,以情感为趋使,发挥想象。因为他心情沉重,泪水不止,眼看着奔流的富春江,充满感伤,因此觉得前些年在苏州哭文天祥的泪水随江水入海,如今已随着海潮返回来,与现在的泪水融汇在一起。如此,自己的泪水将无休止地回返,永存世间,自己的悲悼也将永存世间。这样写,涵义很丰富,不直说现在的哭,却把现在的哭衬托得更加生动。

　　第三联由哭转入思。他是祭悼文天祥,自然地又忆起文天祥就义的场面。文天祥被杀时,仍然穿着宋朝的服饰,慷慨受刃。诗因此用"故衣"二字,称赞他忠诚不贰,以苌弘血化为碧的典故,歌颂他忠义浩气,与世长存。想到文天祥的遭际,他不禁仰天呼吁,无情的皇天大地,为什么如此不爱惜人才,让文天祥落得这样下场呢？最后,诗由死及生,由文天祥归到自己,说自己还健在,还没到老年,但一事无成,再也不能有所作为,只能在这山中,写些怀悼忠臣烈士的诗篇而已。谢翱这年四十二岁,所以自称未老。然而这"未老"二字,蕴涵深义,是相对文天祥而言。故人已死多年,自己含辱偷生,内心十分伤痛,他觉得这样活着毫无意趣,恨不得早日与文天祥相会于地下,所以"未老"反而增加一重伤心、一重负担。这心思,正与清黄仲则"茫茫来日愁如海,寄语羲和快着鞭"相同。这两联,仍然是平铺直叙,但情感深厚。任士林说谢翱"所作歌诗,其称小,其指大,其辞隐,其义显,有风人之余,类唐人之卓卓者,尤善叙事"(《宋遗民传·谢翱传》)。任士林如此概括谢翱诗,很有见地。

　　这首哭祭诗,依题目层层展开,首联点"西台",次联写"哭",三、四联写"所思"。诗人对文天祥的哀痛,不因为时间的推移而稍减,在悼念文天祥时,又表现了自己对元政权的痛恨,亡国之哀凝聚在每个字中,读来令人怆然涕下。前人以谢翱西台恸哭比之汉高祖时为田横自杀的五百门客,就是有见于谢翱对文天祥的知己之感及他强烈的爱国主义热忱而言。

感叹文天祥一木难支倾倒的大厦,从而国亡身死,是大多数遗民的共同感情,因为谢翱与文天祥的特殊关系,所以这诗所流露的情感格外深厚。需要说明的是,元政权对宋遗民悼念文天祥采取的是宽容理解的态度,当时已在元朝任职的人中,也有不少人写悼念文天祥的诗。如虞集就在《挽文丞相》诗中,对文天祥极力赞扬,并抒发"不须更上新亭望,大不如前洒泪时"那样的故国之思、亡国之恨。官居学士的徐世隆甚至公开说元帝的不是,指出"当今不杀文丞相,君义臣忠两得之"。正因为如此宽松的政策,一大批宋末遗民的爱国诗词得以保存下来。

过杭州故宫

禾黍何人为守阍①?落花台殿黯销魂②。

朝元阁下归来燕③,不见前头鹦鹉言。

【注释】

① 禾黍:谷类。守阍:看守宫门。 ② 黯销魂:心情十分伤感。 ③ 朝元阁:唐宫中阁名,此代指宋宫建筑。

【语译】

遍地长满了禾黍,这故宫还有谁在为官家守门?在台殿旧址边,我看到落花飘洒,令我黯然销魂。那朝元阁下归来的燕子,再也见不到当年檐下学舌的鹦鹉,更别说后妃宫人!

【赏析】

南宋灭亡后,谢翱流落江湖,不肯与新朝合作,写了很多具有浓厚爱国主义情感的诗篇。有一次,他到杭州,经过南宋故宫,见昔日的朱楼翠殿,只剩下蔓烟荒草,悲从中来,写下了两首绝句,这里选的是第一首。

诗首句就以"禾黍"二字概括故宫的荒凉衰败。诗暗用《诗·王风·黍离》写东周大夫看到西周镐京故宫长满禾黍而不胜悲悼的典故,伤悼南宋故宫蹈前人覆辙,寄咏国亡家破的沉重心情。由故宫长满禾黍荒草,诗人接着感叹,今天再也没有人在这里看守宫门了。诗用问句,加深荒凉的气氛,也进一步说明国亡已久,表示对人世沧桑的无限感慨。次句换一个角度写故宫的荒凉,说自己徘徊在台殿故址,只见到落花飘坠。落花在这里是实景,也作为宋政权及这故宫的象征物。面对这样的凄惨场景,诗人自然地抚今追昔,伤心流泪,因此以"黯销魂"这个十分沉痛的语词来概括自己的心情。

三、四句将自己的情感移到燕子身上。宫殿里昔日筑巢的燕子回来了,可见不到昔日的繁华景象,阁前学舌的鹦鹉也不见了。这两句下得很巧妙,包含深广。燕子回来,借鉴刘禹锡《乌衣巷》诗"旧时王谢堂前燕,飞入寻常百姓家"句,加以变化,说燕子依旧飞来,但旧日筑巢之地已不是旧时模样,宫殿荒芜,人事已非,说明国家已亡。"不见前头鹦鹉言"句,化用朱庆余《宫中词》"含情欲说宫中事,鹦鹉前头不敢言"句,以没有了鹦鹉,表示昔日宫中妃嫔如云的情况,如今再也见不到了。这两句意思仍然是叹故宫荒凉,但换了角度,加深了意境。此外,唐崔橹《华清宫》诗云:"障掩金鸡蓄祸机,翠环西拂蜀云飞。珠帘一闭朝元阁,不见人归见燕归。"写朝元阁前的燕子归来,而宫中人已不见,这一构思,也许被谢翱所借用。再进一步扩大,我们甚至还可以设想,作者在这里正是把自己比作燕子,亡国后见到一切都已改观,无家可居。

　　全诗从多方面进行渲染,表达了诗人深沉的故国之思。作者的全部情感都渗入了所见的景物之中,所以显得特别哀婉感人。这一格调,也是谢翱诗的基本格调。

赵 㬎

赵㬎(1271—1323),宋恭帝,元兵入临安,被掳北去,封瀛国公。后出家为僧。

在燕京作①

寄语林和靖②,梅花几度开?
黄金台下客③,应是不归来。

【注释】

① 燕京:元大都,即今北京市。这首诗原见元陶宗仪《南村辍耕录》,诗题是后人所加。 ② 林和靖:林逋,字君复,宋初钱塘(今杭州)人。隐居孤山,植梅养鹤。卒谥和靖先生。 ③ 黄金台:故址在今河北易县东南。相传燕昭王筑此台,置千金于台上,以招延天下贤士。此代指燕京。

【语译】

我真想请人捎个信儿,问一问孤山的林逋,自从我离开后,梅花又开放了几番?独身留在燕京,我心早碎,恐怕再也不会回到故国,重见家园。

【赏析】

赵㬎作为恭帝,咸淳十年(1274)即位,时年四岁,还是一个完全不懂事的孩子。元兵攻至临安,即随谢、全二太后出降,被押至大都,封瀛国公。至元十九年(1282)徙上都(今古蒙古自治区锡林郭勒盟正蓝旗上都镇)。这首诗是他十二岁离开大都以前所作。

孤山的梅花,一向被当作杭州的象征,不少诗人借此发端,寄托自己的感情。如宋末文及翁有一首《贺新凉·游西湖有感》,叹息宋朝面临灭亡,末云:"借问孤山林处士,但掉头,笑指梅花蕊。天下事,可知矣!"讥刺国家岌岌可危,士大夫却自命清高,不关心国家大事。由金入元的文学家刘因,在宋亡后,写了首《观梅有感》诗,说:"东风吹落战尘沙,梦想西湖处士家。只恐江南春意灭,此心元不为梅花。"借孤山梅花哀悼沦陷后的故都,繁华已歇,一派荒凉。赵㬎这首诗也是借问讯西湖梅花起兴,寄托亡国的哀痛。

赵㬎的地位在当时是很尴尬的。作为一个皇帝,被掳到大都,过了这么多年,他心里自然十分不安,怀念故国的心情应该比谁都厉害,这种情感,我们可以到南唐后主李煜的词去找。可是赵㬎又没有李煜的胆量,不敢说什么,又没有刘阿斗那样乐不思蜀的愚态,所以他只好把心中的痛苦深藏着,偶然含蓄地露出一角。这首诗,在词面上很堂皇,前两句不过是说想到了西湖边的梅花,表现普通的因节令而引起的感伤;后两句明说自己是黄金台下客,受到了元世祖优待,所以不会想再回临安去了。但细细品味,却是字字忧伤。他被掳到大都,那环境与往事,令他度日如年,难道会忘记自己在异国他乡过了多少年,而需要问梅开几度吗?他嘴中说"应是不归来",何尝不是天天在思归呢?"应是"二字,正是无可奈何的集中反映。因此陶宗仪《南村辍耕录》说:"二十字含蓄无限凄戚意思,读之而不兴感者几希。"陈衍《宋诗精华录》也说"末五字凄黯"。

宋朝的皇帝大都能诗,最受人称赞的是宋太祖的咏月诗:"未离海底千山墨,才到中天万国明。"有一种恢弘浩大的帝王气象。赵㬎这首诗则以凄凉深沉感人,代表了没落的挽歌。时代造就诗人,诗风反映时代,这是文学创作的规律。对此,陈衍也这样认为:"宋诸帝皆能诗,然舍仁宗'地有湖山美,东南第一州'十字,语多陈腐,无能如唐玄宗者。此首可兄事唐文宗之'辇路生秋草,上林花满枝',殆所谓愁苦易好欤!"

图书在版编目(CIP)数据

宋诗三百首全解:典藏版/李梦生解.—上海:复旦大学出版社,2023.7
(中华经典全解典藏)
ISBN 978-7-309-16585-2

Ⅰ.①宋… Ⅱ.①李… Ⅲ.①宋诗-诗歌研究 Ⅳ.①I222.744

中国版本图书馆 CIP 数据核字(2022)第 204448 号

宋诗三百首全解(典藏版)
李梦生　解
责任编辑/方尚芹

复旦大学出版社有限公司出版发行
上海市国权路 579 号　邮编:200433
网址:fupnet@fudanpress.com　http://www.fudanpress.com
门市零售:86-21-65102580　团体订购:86-21-65104505
出版部电话:86-21-65642845
上海盛通时代印刷有限公司

开本 890×1240　1/32　印张 24.25　字数 478 千
2023 年 7 月第 1 版
2023 年 7 月第 1 版第 1 次印刷

ISBN 978-7-309-16585-2/I·1338
定价:98.00 元

如有印装质量问题,请向复旦大学出版社有限公司出版部调换。
版权所有　侵权必究